ro
ro
ro

ro
ro
ro

Annika Bengtzon beginnt ihre journalistische Karriere mit einer Sommervertretung beim *Abendblatt.* Als jemand die Leiche der jungen Stripteasetänzerin Josefine findet, will Annika mehr wissen. Der Mordfall gewinnt eine pikante Dimension, als die Polizei herausfindet, dass der schwedische Außenminister in die Geschichte verwickelt sein könnte. Er hat für die Tatzeit kein Alibi.

Liza Marklund, 1963 geboren, wuchs in Nordschweden auf. Jahrelang hat sie für verschiedene Zeitungen und Fernsehsender gearbeitet. Sie lebt mit ihrem Mann und ihren drei Kindern in Stockholm und ist nach wie vor als Reporterin tätig. Für ihren Roman »Olympisches Feuer« (rororo 22733) wurde sie von der Schwedischen Krimiakademie mit dem Poloni-Preis für das beste Debüt des Jahres 1998 ausgezeichnet.

Liza Marklund

Studio 6

Roman

Aus dem Schwedischen
von Susanne Dahmann

Rowohlt Taschenbuch Verlag

Einmalige Sonderausgabe
Juni 2003

Veröffentlicht im Rowohlt Taschenbuch Verlag
GmbH, Reinbek bei Hamburg, Mai 2002

Die schwedische Originalausgabe erschien
1999 unter dem Titel »Studio sex« im Verlag
Ordupplaget, Stockholm

Published by agreement with
Bengt Nordin Agency, Värmdö, Sweden,
and Agentur Literatur, Germany
Umschlaggestaltung any.way, Andreas Pufal
(Foto: zefa / Brian Sytnyk)
Druck und Bindung Clausen & Bosse, Leck
Printed in Germany
ISBN 3 499 23474 2

Die Schreibweise entspricht den Regeln
der neuen Rechtschreibung.

VORBEMERKUNGEN

»Studio 6« ist der neueste Roman in der Serie um die Kriminaljournalistin Annika Bengtzon. Er spielt fast acht Jahre vor den Ereignissen in »Olympisches Feuer«. Wir begegnen Annika, als sie gerade als junge Aushilfe bei der Zeitung *Abendblatt* begonnen hat. Ich wünsche Ihnen spannende Unterhaltung.

Hälleforsnäs, im Juli 1999
Liza Marklund

PROLOG

Zuerst sah sie nur die Unterhose, die in einem Strauch hing. Sie schwang sanft hin und her, leuchtete lachsrosa vor dem taubeschwerten Grün. Augenblicklich empfand sie Wut. Dass die jungen Leute aber auch vor nichts Respekt hatten. Nicht einmal die Toten durften ihre Ruhe haben.

Sie versank in Grübeln über den Verfall der Gesellschaft, während der Hund weiter am Metallzaun entlangzog. Als sie dem Tier an der Südseite des Friedhofs um die kleinen Bäume herum gefolgt war, sah sie das Bein. Ihr Unmut wuchs, diese unverschämten Leute! Abends konnte sie die Frauen sehen, wenn sie über den Gehsteig promenierten, leichte Kleidung und laute Stimmen, und die Kerle einluden. Es war keine Entschuldigung, dass es warm war.

Der Hund setzte am Zaun eine lange Wurst ins Gras. Sie schaute weg und tat, als hätte sie nichts gesehen. Um diese Zeit war kein Mensch unterwegs. Warum sich dann mit der Tüte rumquälen?

»Komm, Jesper«, lockte sie und zog den Hund zum Auslauf auf der östlichen Seite des Parks. »Komm schon, Alter, Silberherzchen …«

Sie warf einen Blick über die Schulter, als sie sich vom Zaun entfernte. Das Bein war nicht mehr zu sehen, wurde von dem dichten Blattwerk des Parks verdeckt.

Es würde heute wieder ein heißer Tag werden, das konnte sie bereits spüren. Schweiß lief ihr über die Stirn, obwohl die Sonne gerade erst aufgegangen war. Sie atmete schwer, als es bergauf ging. Der Hund zerrte an der Leine. Seine Zunge hing bereits so weit heraus, dass sie übers Gras schleifte.

Wie konnte man nur auf einem Friedhof schlafen, auf der Ruhestätte der Toten? War das der Sinn des Feminismus, sich schlecht und respektlos zu benehmen?

Sie war immer noch erbost, und der steile Hügel machte ihre Laune nur noch schlechter.

Ich sollte den Hund abschaffen, dachte sie und bekam sofort ein schlechtes Gewissen. Um ihre bösen Gedanken zu überspielen, bückte sie sich, um die Leine loszuhaken und das Tier auf den Schoß zu nehmen, aber der Hund befreite sich und rannte einem Eichhörnchen hinterher. Ihre Fürsorge wurde offenbar nicht geschätzt. Mit einem kleinen Seufzer ließ sie sich auf eine Bank sinken, während Jesper versuchte, das Eichhörnchen zu Tode zu hetzen. Nach einer Weile war der Hund völlig erledigt und ließ sich bellend unter einer Kiefer nieder, auf der sich der kleine Nager versteckt hatte. Sie blieb sitzen, bis sie sah, dass der Hund sich ausgeruht hatte, dann stand sie auf und merkte, dass der Stoff des Kleides ihr am Rücken klebte. Der Gedanke an die dunklen Flecken entlang des Rückgrats war ihr peinlich.

»Jesper, mein Junge, Silberherzchen, kleines Hundchen ...«

Sie schwenkte eine Plastiktüte voller Hundekuchen, und der kurzbeinige Bullterrier lief auf sie zu. Die Zunge hing heraus und schlackerte hin und her, es sah aus, als würde er lachen.

»Ja, das möchtest du gern haben, das verstehe ich gut, mein Lieber ...«

Sie gab dem Hund den ganzen Inhalt der Tüte und hakte dabei schnell die Leine wieder ein. Es war Zeit zurückzugehen. Jesper hatte seinen Teil bekommen. Jetzt war sie an der Reihe, Kaffee und Hefekuchen. Der Hund wollte aber ganz und gar nicht zurückgehen. Er hatte das Eichhörnchen wieder entdeckt, und durch die Hundekuchen gestärkt, war er bereit für eine neue Jagd. Er protestierte laut und wild.

»Ich will nicht länger draußen bleiben«, schimpfte sie. »Komm jetzt!«

Sie nahmen einen Umweg, um nicht die steilen Hügel hinuntergehen zu müssen, die nach Hause führten. Bergauf ging noch, aber bergab tat ihr immer das Knie weh.

Sie hatte gerade die nordöstliche Ecke hinter sich gelassen, als sie den Körper sah. Er ruhte, in das wuchernde Grün des Grabes gebettet, lustvoll hinter einem halb umgefallenen Granitstein ausgestreckt. Das Fragment eines Davidsterns lag direkt neben seinem Kopf. Jetzt erst bekam sie Angst. Der Körper war nackt, allzu still und weiß. Der Hund riss sich los und raste auf den Zaun zu, die Leine tanzte wie eine wütende Schlange hinter ihm her.

»Jesper!«

Er schaffte es, sich zwischen zwei Stangen hindurchzuzwängen, und rannte auf die tote Frau zu.

»Jesper, komm her!«

Sie rief, so laut sie sich traute, sie wollte ja die Leute in den umstehenden Häusern nicht wecken. Viele schliefen in der Hitze bei offenem Fenster, die Häuser in der Innenstadt kühlten über Nacht kaum ab. Sie wühlte wie wild in der Plastiktüte, aber die Hundekuchen waren alle.

Der Bullterrier blieb vor der Frau stehen und betrachtete sie aufmerksam. Dann fing er an herumzuschnüffeln, erst prüfend, dann eifrig. Als er zu ihrem Geschlechtsorgan kam, konnte sie sich nicht länger beherrschen.

»Jesper! Jetzt kommst du aber!«

Der Hund schaute auf, machte aber keinen Ansatz zu gehorchen. Stattdessen lief er zum Kopf der Frau und begann an ihren Händen zu schnüffeln, die am Gesicht lagen. Zu ihrem Entsetzen begann der Hund an den Fingern der Frau zu nagen. Ihr wurde übel, und sie griff nach den schwarzen Eisenstangen. Sie bewegte sich vorsichtig nach links, beugte sich hinab und schaute zwischen den Grabsteinen hindurch. Aus zwei Meter Entfernung starrte sie in die Augen der Frau. Sie waren hell und etwas trübe, stumm und kalt. Sie hatte plötzlich das Gefühl, als würden die Geräusche um sie herum verschwinden, ein Summton erklang in ihrem linken Ohr. Ich muss mit dem Hund hier weg, dachte sie, und:

Ich darf niemandem erzählen, dass Jesper von ihr gefressen hat.

Sie kniete sich hin und streckte die Hand so weit wie möglich durch den Zaun. Ihre ausgestreckten Finger zeigten direkt auf die toten Augen. Das Fett auf den Oberarmen drohte zwischen den Stangen stecken zu bleiben, aber sie bekam die Öse des Halsbands

zu fassen. Der Hund jaulte, als sie am Lederriemen zog. Er wollte seine Beute nicht loslassen, und der Körper saß fest zwischen den Kiefern des Hundes und bewegte sich ein wenig.
»Du dummer Hund!«
Mit einem Rums und kläffend schlug er gegen den Zaun. Sie zwang den Hund mit zitternden Händen durch die Eisenstangen zurück. Sie trug ihn, wie sie es noch nie getan hatte, mit beiden Händen in einem festen Griff um seinen Bauch. Sie beeilte sich die Straße hinunterzukommen, glitt mit den Absätzen im Gras aus und verrenkte sich die Leiste.
Erst als sie die Tür zu ihrer eigenen Wohnung hinter sich geschlossen hatte und die Fetzen im Maul des Hundes sah, musste sie brechen.

Teil I

JULI

Siebzehn Jahre, vier Monate und sechzehn Tage

Ich dachte, die Liebe wäre nur für die anderen, für all jene, die gesehen und beachtet werden. Mein Irrtum singt in mir, singt einen Jubel des Glücks. Ich bin es, die er haben will.

Der Rausch, die erste Berührung, die Haare, die ihm in die Augen fielen, als er mich ansah, nervös, überhaupt nicht selbstsicher. Glasklar: der Wind, das Licht, das absolute Gefühl der Vollendung, der Bürgersteig, die heiße Hauswand.
Ich habe den Mann bekommen, den ich haben wollte.

Er steht im Mittelpunkt. Die anderen Mädchen lächeln und flirten, aber ich bin nicht eifersüchtig. Ich vertraue ihm. Ich weiß, dass er mir gehört. Sehe ihn von der anderen Seite des Raumes, helles Haar, das glitzert, die Bewegung, wenn er es zurückstreicht, starke Hand, meine Hand. Die Brust schnürt sich mir zusammen, ein Band des Glücks, ich bin atemlos, Tränen stehen mir in den Augen. Das Licht bleibt bei ihm, macht ihn stark und ganz.

Er sagt, dass er ohne mich nicht klarkommt.
Die Verletzlichkeit liegt direkt unter seiner glatten Haut. Ich liege auf seinem Arm, und er fährt mit seinem Finger über mein Gesicht.
Verlass mich niemals,
sagt er,
ich kann ohne dich nicht leben.

Und ich verspreche es.

SAMSTAG, 28. JULI

»Im Kronobergspark liegt ein totes Mädchen.«
Die Stimme war atemlos, das Lallen der Zunge ließ auf eine regelmäßige Einnahme von Amphetaminen schließen. Annika Bengtzon wandte den Blick vom Bildschirm ab und wühlte im Chaos auf dem Schreibtisch nach einem Stift.
»Woher wissen Sie das?«, fragte sie einigermaßen skeptisch.
»Weil ich neben ihr stehe, verdammt nochmal!«
Die Stimme überschlug sich, und Annika hielt den Hörer ein wenig vom Ohr weg.
»Aha, was heißt denn tot?«, fragte sie und hörte selbst, wie idiotisch das klang.
»Ja, also, verdammte Scheiße, total tot! Wie tot kann man denn sein?«
Annika sah sich verunsichert in der Redaktion um. Spiken, der Nachrichtenchef, saß an seinem Tisch und telefonierte, Anne Snapphane saß am Schreibtisch gleich gegenüber und fächelte sich mit einem Ringbuch Luft zu, und Bild-Pelle stand am Bildtisch und schaltete gerade den Mac ein.
»Aha«, sagte sie und entdeckte in einer leeren Kaffeetasse einen Kugelschreiber, zog ein altes tt-Telex heran und fing an, sich auf der Rückseite Notizen zu machen.
»Im Kronobergspark sagten Sie, nicht wahr?«
»Hinter einem Grabstein.«
»Einem Grabstein?«
Der Mann am anderen Ende brach in Tränen aus. Annika wartete schweigend einen Augenblick. Sie wusste nicht, wie sie verfahren sollte. Das Tipptelefon, das offiziell »Der heiße Draht« hieß, in-

tern aber nur »Idiotentelefon« genannt wurde, wurde meist von Witzbolden oder Verrückten beherrscht. Das hier war offensichtlich ein Kandidat für die letztere Gruppe.
»Hallo …?«, fragte Annika vorsichtig.
Der Mann schnäuzte sich. Er atmete ein paar Mal tief ein und erzählte. Anne Snapphane beobachtete Annika von der anderen Seite des Tisches aus.
»Dass du das überhaupt aushältst, immer an dieses Telefon zu gehen«, sagte sie, als Annika aufgelegt hatte. Annika antwortete nicht, sondern fuhr fort, auf dem Telex herumzukritzeln.
»Ich brauche ein Eis, sonst sterbe ich. Willst du was aus der Kantine?«, fragte Anne Snapphane und stand auf.
»Ich muss erst noch was überprüfen«, sagte Annika, hob den Hörer und wählte die Durchwahl der Einsatzzentrale. Es stimmte. Vier Minuten zuvor hatte man die Nachricht von einer Toten an der Kronobergsgatan bekommen.
Annika stand auf und ging mit dem Telex in der Hand zum Newsdesk. Spiken telefonierte immer noch, und seine Füße ruhten auf dem Schreibtisch. Annika stellte sich auffordernd direkt vor ihn. Der Nachrichtenchef sah verwundert auf.
»Mordverdacht, junges Mädchen«, sagte Annika und wedelte mit dem Zettel.
Spiken beendete das Telefonat, indem er augenblicklich auflegte, und ließ dann die Füße auf den Boden fallen.
»Kam das über tt?«, fragte er und klickte seinen Bildschirm an.
»Nein, übers Idiotentelefon.«
»Bestätigt?«
»Die Einsatzzentrale hat es jedenfalls.«
Spiken ließ den Blick über die Redaktion schweifen.
»Okay«, sagte er, »wer ist denn im Haus?«
Annika trat einen Schritt vor.
»Es ist mein Tipp«, sagte sie.
»Berit!«, rief Spiken und stand auf. »Der Sommermord des Jahres!«
Berit Hamrin, eine der älteren Reporterinnen der Zeitung, nahm ihre Handtasche und kam zu ihnen.
»Wo ist Carl Wennergren? Arbeitet er heute nicht?«

»Nein, er hat frei, er segelt die Gotland Rund mit«, sagte Annika. »Es war mein Tipp, ich habe ihn entgegengenommen.«
»Pelle, Foto!«, rief Spiken in Richtung Bildredaktion.
Der Redakteur hielt den Daumen hoch.
»Bertil Strand«, rief er.
»Okay«, sagte der Nachrichtenchef und wandte sich Annika zu, »was haben wir?«
Annika schaute auf ihre krakeligen Notizen und merkte plötzlich, wie nervös sie war.
»Ein totes Mädchen hinter einem Grabstein auf dem jüdischen Friedhof innerhalb des Kronobergsparks auf Kungsholmen.«
»Das muss nicht unbedingt ein Mord sein.«
»Sie ist nackt und erdrosselt.«
Spiken sah Annika abschätzend an.
»Und Sie wollen das selbst machen?«
Annika schluckte und nickte, der Nachrichtenchef setzte sich wieder hin und zog einen Schreibblock heraus.
»Okay«, sagte er, »Sie können mit Berit und Bertil hinfahren. Sehen Sie zu, dass wir gute Bilder bekommen, den Rest können wir später erledigen, aber die Fotos müssen sofort sitzen.«
Der Fotograf warf sich den Rucksack mit seiner Ausrüstung über, während er am Newsdesk vorbeiging.
»Wo ist es denn?«, fragte er Spiken.
»Kronobergshäktet«, sagte Spiken und nahm den Hörer ab.
»Park«, berichtigte Annika und suchte ihre Tasche. »Kronobergspark. Der jüdische Friedhof.«
»Passen Sie nur auf, dass es nicht ein Familienstreit ist«, meinte Spiken und wählte eine Nummer in London.
Berit und Bertil Strand waren schon auf dem Weg zum Fahrstuhl und zur Garage, aber Annika zögerte.
»Was meinen Sie damit?«, fragte sie.
»Was ich sage. Wir wühlen nicht in privaten Familienangelegenheiten herum.«
Der Nachrichtenchef wandte ihr demonstrativ den Rücken zu. Annika wurde wütend.
»Deswegen ist das Mädchen doch nicht weniger tot«, sagte sie.

Spiken hatte am anderen Ende jemanden in der Leitung, und Annika begriff, dass die Diskussion beendet war. Sie schaute sich um, Berit und Bertil Strand waren schon im Treppenhaus verschwunden. Sie ging schnell zu ihrem Platz, zog die Tasche heraus, die unter den Schubladenschrank geraten war, und rannte ihren Kollegen hinterher. Der Fahrstuhl war schon unten, sie nahm die Treppe, Himmel nochmal, warum musste sie immer Streit anfangen? Jetzt verpasste sie fast ihre erste große Sache, weil sie unbedingt den Nachrichtenchef zurechtweisen musste.

»Idiotin«, sagte sie laut zu sich selbst.

Sie holte die Reporterin und den Fotografen am Eingang zur Garage ein.

»Wir arbeiten gleichberechtigt zusammen, bis wir uns aufteilen müssen«, sagte Berit und machte sich im Gehen Notizen auf einem Block. »Ich heiße übrigens Berit Hamrin, ich glaube, wir haben uns noch nicht kennen gelernt. Sag einfach Berit.«

Die ältere Frau lächelte Annika an. Sie gaben sich die Hand und setzten sich in Bertil Strands Saab, Annika hinten und Berit vorn.

»Die Tür bitte nicht so heftig zuknallen«, sagte Bertil Strand missbilligend und warf Annika über die Schulter einen Blick zu. »Sie können damit den Lack ruinieren.«

Du meine Güte, dachte Annika.

»Oh, Entschuldigung«, murmelte sie.

Die Reportagewagen der Zeitung wurden von den Fotografen wie ihre eigenen Dienstfahrzeuge behandelt. Fast alle Fotografen nahmen die Pflege der Autos ungeheuer ernst, was vielleicht daran lag, dass sie ausnahmslos Männer waren, dachte Annika. Obwohl sie erst seit sieben Wochen beim *Abendblatt* arbeitete, war sie bereits von der Heiligkeit der Fotografenautos in Kenntnis gesetzt worden. Mehrere Male waren geplante Interviews verschoben worden, weil die Fotografen sich in irgendeiner Waschstraße aufhielten. Das zeigte natürlich auch, welchen Wert man ihren Artikeln beimaß.

»Ich glaube, es ist am besten, man kommt von der Rückseite zum Park und vermeidet den Fridhemsplan«, meinte Berit, als der Wagen sich an der Kreuzung zum Rålambsvägen einordnete. Bertil

Strand drückte aufs Gaspedal und schaffte es noch bei Gelb, fuhr die Gjörwellsgatan hinunter und weiter zum nördlichen Ufer des Mälarsees.

»Kannst du mal erzählen, was du von deinem Informanten bekommen hast?«, bat Berit und drehte sich um, so dass sie mit dem Rücken zur Autotür saß und nach hinten schauen konnte.

Annika fischte das zerknitterte Telex aus der Tasche.

»Also, es ist ein junges Mädchen, das tot hinter einem Grabstein im Kronobergspark liegt. Nackt und wahrscheinlich erdrosselt.«

»Wer hat angerufen?«

»Ein Säufer. Sein Kumpel hat an den Zaun gepinkelt und sie durch die Eisenstäbe entdeckt.«

»Warum meinen sie, sie sei erdrosselt worden?«

Annika drehte das Blatt um und las etwas, das sie auf der anderen Seite notiert hatte.

»Sie war nicht blutverschmiert, hatte die Augen aufgesperrt und Verletzungen am Hals.«

»Das muss nicht heißen, dass sie erdrosselt worden ist, nicht einmal, dass sie ermordet wurde«, sagte Berit und drehte sich wieder nach vorn.

Annika antwortete nicht. Sie schaute durch die Fensterscheiben des Saabs und sah den Rålambshovpark sonnendurchflutet vorbeigleiten. Vor ihr breitete sich glitzernd das Wasser der Riddarfjärden aus. Sie musste die Augen zusammenkneifen, obwohl die Scheiben getönt waren. Zwei Windsurfer waren Richtung Långholmen unterwegs, aber es schien nicht besonders gut zu laufen. Die Luft stand in der Hitze.

»Was für ein schöner Sommer es bislang gewesen ist«, sagte Bertil Strand und bog in die Polhemsgatan ein. »Das hätte man nicht gedacht, als es im Frühjahr so geregnet hat.«

»Ja, ich hatte Glück«, fügte Berit hinzu, »ich habe gerade meine vier Wochen gehabt. Jeden Tag Sonne. Man kann da vor ein paar Häusern direkt hinter der Feuerwache parken.«

Der Saab raste an den letzten Häuserblocks der Bergsgatan vorbei. Berit löste den Gurt, noch ehe Bertil Strand langsamer geworden war, und war draußen, noch bevor er geparkt hatte. Annika beeilte

sich hinterherzukommen und keuchte in der Hitze, die ihr entgegenschlug.
Bertil Strand parkte auf einem Wendeplatz, und Berit und Annika machten sich, vorbei an einem roten Ziegelbau aus den fünfziger Jahren, auf den Weg. Der asphaltierte Weg war schmal und wurde von einem Mauersims zum Park hin begrenzt.
»Ein Stück weiter gibt es eine Treppe«, sagte Berit, die schon außer Atem war.
Nach sechs Treppenstufen waren sie im Park. Sie rannten einen asphaltierten Spazierweg entlang, der zu einem aufwändig gestalteten Spielplatz führte.
Zur Rechten standen ein paar barackenähnliche Bauten, Annika las »Spielplatz«, als sie vorbeilief. Hier gab es einen Sandkasten, Bänke, Tische, Klettergerüste, Rutschen, eine Schaukel und andere Dinge, mit denen Kinder spielen und auf denen sie herumklettern konnten. Drei oder vier Mütter befanden sich mit ihren Kindern auf dem Spielplatz. Sie schienen gerade zusammenzupacken. Etwas entfernt standen zwei uniformierte Polizisten und sprachen mit einer weiteren Mutter.
»Ich glaube, der Friedhof liegt etwas weiter unten in Richtung Sankt-Göransgatan«, sagte Berit.
»Wie gut du dich auskennst«, sagte Annika, »wohnst du in der Nähe?«
»Nein«, antwortete Berit, »aber das ist nicht der erste Mord in diesem Park.«
Annika bemerkte, dass die Polizisten eine Rolle mit blauweißem Absperrungsband in der Hand hielten. Sie waren also dabei, den Spielplatz zu räumen und für die Allgemeinheit abzusperren.
»Wir kommen gerade rechtzeitig«, murmelte sie.
Sie bogen nach rechts ab, folgten einem Weg und gelangten auf einen Hügel.
»Links runter«, sagte Berit.
Annika lief voraus. Sie kreuzte zwei Wege und war da. Sie sah eine Reihe schwarzer Davidsterne, die sich vom Grün absetzten.
»Ich sehe ihn«, rief sie nach hinten und bemerkte im Augenwinkel, dass Bertil Strand Berit einholte.

Es war ein schmiedeeiserner Zaun, schwarz und schön. Die Eisenstäbe wurden durch Kreise und Bögen zusammengehalten, wobei jede Stange von einem stilisierten Davidstern gekrönt war. Sie lief auf ihrem eigenen Schatten, und ihr wurde klar, dass sie sich dem Friedhof von Süden näherte.

Auf dem Hügel oberhalb der Gräber blieb sie stehen, da sie von dort aus einen guten Überblick hatte. Die Polizei hatte diesen Teil des Parks noch nicht abgesperrt, was von Norden und von Westen her bereits geschehen war.

»Beeilt euch!«, rief sie Berit und Bertil Strand zu.

Der Zaun rahmte den kleinen jüdischen Friedhof und seine verfallenen Gräber mit etwa dreißig Grabsteinen aus Granit ein. Die Vegetation hatte fast überhand genommen, der Ort machte einen wild verwachsenen und vernachlässigten Eindruck. Der eingezäunte Bereich umfasste höchstens dreißig mal vierzig Meter, auf der Rückseite war der Zaun ungefähr eineinhalb Meter hoch. Der Eingang lag westlich zur Kronobergsgatan und zum Fridhemsplan. Sie sah das Reporterteam der Konkurrenz an der Absperrung stehen. Eine Gruppe Männer, alle in Zivil, hielt sich an der östlichen Seite innerhalb der Umzäunung auf. Ihr wurde klar, was sie machten. Dort lag die Frau. Annika rappelte sich auf. Sie durfte ihren ersten richtigen Tipp im ganzen Sommer nicht vermasseln.

Berit und Bertil Strand folgten ihr, und im selben Moment sah sie einen Mann, der an der Kronobergsgatan das Tor öffnete. Er trug eine graue Plane. Annika hielt die Luft an. Sie hatten sie noch nicht zugedeckt!

»Schnell«, rief sie über die Schulter, »vielleicht kriegen wir von hier aus ein Bild.«

Vor ihnen tauchte ein Polizist auf. Er rollte das blauweiße Absperrungsband aus. Annika rannte auf den Zaun zu und hörte, wie Bertil Strand ihr hinterherstolperte. Der Fotograf nutzte die letzten Meter vor dem Zaun, um den Rucksack abzuwerfen und eine Canon mit Teleobjektiv herauszufischen. Die graue Plane war noch drei Meter entfernt, als Bertil eine Serie Bilder ins Grün schoss. Dann trat er einen halben Meter zur Seite und feuerte noch eine Salve ab. Der Polizist mit der Plastikrolle rief etwas, und

die Leute innerhalb der Umzäunung wurden ebenfalls auf sie aufmerksam.
»Wir sind fertig«, sagte Bertil Strand, »wir haben genug Bilder.«
»Hören Sie, verdammt nochmal«, rief der Polizist mit dem Plastikband, »wir sind dabei, hier abzusperren!«
Ein Mann in einem Hawaiihemd und Bermudashorts kam vom Friedhof auf sie zu.
»Jetzt müssen Sie wirklich verschwinden«, sagte er.
Annika sah sich um und wusste nicht, was sie tun sollte. Bertil Strand war bereits zu dem asphaltierten Weg, der zur Sankt-Göransgatan hinunterführte, gegangen. Sowohl der Polizist hinter ihr als auch der direkt vor ihr sahen wirklich wütend aus. Sie sah ein, dass sie bald verschwinden musste, wenn sie nicht wollte, dass die Polizisten ihr auf die Sprünge halfen. Instinktiv bewegte sie sich seitwärts zu der Stelle, von wo Bertil Strand seine ersten Bilder gemacht hatte.
Sie schaute zwischen den schwarzen Eisenstangen hindurch, und dort lag die junge Frau. Ihre Augen starrten Annika aus zwei Meter Entfernung an. Sie waren trübe und grau. Der Kopf war zurückgeworfen, die Oberarme nach oben ausgestreckt, die Unterarme lagen über ihrem Kopf, eine Hand schien verletzt zu sein. Der Mund stand weit offen in einem lautlosen Schrei, die Lippen waren braunschwarz. Ihr Haar bewegte sich leicht in einem unmerklichen Luftzug. Sie hatte einen kräftigen Bluterguss auf der linken Brust, der untere Teil ihres Bauches schien grün zu sein.
Annika nahm das Bild in sich auf, kristallklar, in einem Augenblick. Das strenge Grau des Steins im Hintergrund, das dumpfe Grün, das Schattenspiel des Laubs, die Feuchtigkeit und die Hitze, der ekelhafte Geruch.
Dann kam die Plane und tauchte die ganze Szene in Grau. Sie bedeckten nicht den Körper, sondern den Zaun.
»Jetzt ist es Zeit zu verschwinden«, sagte der Plastikband-Polizist und legte ihr eine Hand auf die Schulter.
Wie routiniert, musste Annika denken, als sie sich umdrehte. Ihr Mund war ausgetrocknet, und alle Geräusche kamen von weit her. Sie schwankte ein klein wenig, als sie zu dem Weg ging, wo Berit

und Bertil Strand hinter der Absperrung warteten. Der Fotograf sah erschöpft und unfreundlich aus, aber Berit lächelte flüchtig. Der Polizist folgte ihr, die Schulter an ihren Rücken gedrückt. Es musste ziemlich warm sein, an einem solchen Tag in Uniform unterwegs zu sein, dachte Annika.

»Hast du etwas sehen können?«, fragte Berit.

Annika nickte, und Berit machte ein paar Notizen.

»Hast du den Kripomenschen im Hawaiihemd etwas gefragt?«

Annika schüttelte den Kopf und kroch mit der freundlichen Hilfe des Polizisten unter der Absperrung durch.

»Schade. Hat er spontan was gesagt?«

»Jetzt müssen Sie wirklich verschwinden«, zitierte Annika, und Berit lächelte.

»Wie geht es dir, bist du okay?«, fragte sie, und Annika nickte.

»Jaja, alles klar. Und sie könnte durchaus erdrosselt worden sein, die Augen sahen aus, als würden sie rausspringen. Sie hat wahrscheinlich versucht zu schreien, ehe sie starb, der Mund stand offen.«

»Dann hat sie vielleicht jemand gehört. Wir können ja später ein paar Nachbarn befragen. War sie Schwedin?«

Annika musste sich setzen.

»Ich hab vergessen zu fragen …«

Berit lächelte wieder.

»Blond, dunkel, jung, alt?«

»Höchstens zwanzig, langes, helles Haar. Große Brüste. Vermutlich Silikon oder Kochsalz.«

Berit sah sie fragend an. Annika sank im Schneidersitz ins Gras.

»Sie standen hoch, obwohl sie auf dem Rücken lag. Sie hatte eine Narbe in der Achselhöhle.«

Annika spürte, wie ihr Blutdruck absackte, legte den Kopf auf die Knie und atmete tief ein.

»Kein schöner Anblick, nicht wahr?«, fragte Berit.

»Schon in Ordnung«, erwiderte Annika.

Nach ein paar Minuten fühlte sie sich besser. Die Geräusche kehrten in voller Lautstärke zurück und schlugen in ihr Gehirn ein, als würde sie in einer auf Hochtouren laufenden Werkstatt stehen: der Verkehr, der auf dem Drottningholmsvägen rauschte, zwei Si-

renen, die unabhängig voneinander ertönten, Rufe, die lauter und leiser wurden, das Knattern der Kameras, ein Kind, das weinte.
Bertil Strand hatte sich dem kleinen Aufgebot der Presse angeschlossen, das sich am Eingang versammelt hatte, er stand da und plauderte mit dem Fotografen von der Konkurrenz.
»Wer macht was?«, fragte Annika.
Berit setzte sich neben Annika ins Gras, warf einen Blick auf ihre Notizen und fing an, etwas zu skizzieren.
»Wir müssen davon ausgehen, dass es sich um einen Mord handelt, oder? Dann müssen wir erst mal einen Artikel über die Neuigkeit an sich haben. Das und das ist geschehen, eine junge Frau ist ermordet aufgefunden worden. Wann, wo, wie? Wir müssen rauskriegen, wer sie gefunden hat, und mit ihm reden, hast du seinen Namen?«
»Ein Penner, sein Kumpel hat eine Adresse bei der Fürsorge angegeben, damit er das Geld für den Tipp bekommt.«
»Versuche ihn ausfindig zu machen. Die Einsatzzentrale hat alle Fakten bezüglich des Notrufs«, fuhr Berit fort und hakte ihre Aufzeichnungen ab.
»Hab ich schon.«
»Gut. Dann müssen wir irgendeinen bei der Polizei zu fassen bekommen, der redet. Der Pressesprecher sagt niemals etwas außer der Reihe. Sag mal, dein Hawaiipolizist, wie hieß denn der?«
»Keine Ahnung.«
»Schade. Versuch auch das rauszukriegen. Ich habe ihn noch nie gesehen, vielleicht ist er neu im Gewaltdezernat. Dann müssen wir wissen, wann sie gestorben ist und warum, ob es Verdächtige gibt, in welche Richtung als Nächstes ermittelt wird, alle Punkte, die die Polizei in der Sache untersucht.«
»Okay«, sagte Annika und machte Notizen auf ihrem Block.
»Gott, ist das heiß. Ist es jemals in Stockholm so heiß gewesen?«, fragte Berit und trocknete sich den Schweiß von der Stirn.
»Weiß nicht«, sagte Annika, »ich bin erst vor sieben Wochen hierher gezogen.«
Berit holte ein Taschentuch aus der Handtasche und trocknete sich den Haaransatz.

»Ja, und dann wäre da noch das Opfer«, sagte sie. »Wer war sie? Wer hat sie identifiziert? Wahrscheinlich hat sie irgendwo eine völlig am Boden zerstörte Familie, wir müssen überlegen, ob wir Kontakt zu ihr aufnehmen wollen. Wir brauchen Bilder von dem Mädchen, als es noch lebte. Glaubst du, dass sie über achtzehn war?«

Annika überlegte und erinnerte sich an die Plastikbrust.

»Ja, wahrscheinlich.«

»Dann gibt es vielleicht Abiturfotos von ihr, alle Jugendlichen gehen doch inzwischen aufs Gymnasium, und Abiturbilder sind nie verkehrt. Was sagen ihre Freunde? Hatte sie einen festen Freund?«

Annika schrieb mit.

»Und dann die Reaktionen der Nachbarn«, fuhr Berit fort. »Dieser Ort liegt doch praktisch mitten in der Stockholmer Innenstadt, in den Stadtteilen rundherum wohnen über dreitausend Frauen. Ein solches Verbrechen wird die Sicherheit von allen, das Nachtleben und das Stadtbild beeinflussen. Das sind eigentlich zwei Artikel. Wenn du die Nachbarn nimmst, nehme ich den Rest.«

Annika nickte, ohne aufzuschauen.

»Da ist noch etwas«, sagte Berit und ließ den Block auf ihren Schoß sinken. »Vor zwölf oder dreizehn Jahren geschah eine ganz ähnliche Sache, nur ungefähr hundert Meter entfernt.«

Annika sah sie erstaunt an.

»Wenn ich mich recht entsinne, wurde eine junge Frau auf einer Treppe an der Nordseite des Parks Opfer eines Sexualmordes«, sagte Berit nachdenklich. »Der Mörder wurde nie gefasst.«

»Meine Güte«, erwiderte Annika, »kann es derselbe Typ sein?«

Berit zuckte mit den Schultern.

»Wahrscheinlich nicht«, meinte sie, »aber man muss den anderen Mord auf jeden Fall erwähnen. Sicher gibt es viele, die sich daran erinnern. Die Frau wurde vergewaltigt und erdrosselt.«

Annika schluckte.

»Was für ein grässlicher Job das im Grunde ist«, sagte sie.

»Ja, das stimmt«, sagte Berit, »aber er wird um einiges leichter sein, wenn du deinen Hawaiipolizisten erwischst, ehe er wegfährt.«

Sie zeigte zur Sankt-Göransgatan hinunter, wo der Mann im Ha-

waiihemd gerade den Friedhof verließ. Er ging auf ein Auto zu, das an der Ecke zur Kronobergsgatan geparkt war. Annika fuhr hoch, griff ihre Tasche und rannte zur Straße hinunter. Sie sah, wie der Reporter der Konkurrenz mit dem Hawaiihemd zu sprechen versuchte, aber der Polizist winkte ihn nur weg.
Im selben Moment stolperte Annika über einen Bordstein und fiel fast hin. Mit unkontrollierten Schritten raste sie den steilen Hang zur Kronobergsgatan hinunter. Ohne etwas dagegen tun zu können, fiel sie dem Polizisten mit dem Hawaiihemd direkt in den Rücken, woraufhin er auf die Motorhaube seines Autos geworfen wurde.
»Was soll denn das?«, brüllte er und packte Annikas Arme mit einem eisenharten Griff.
»Entschuldigung«, piepste sie, »das war keine Absicht. Ich bin gestolpert.«
»Was machen Sie denn für einen Mist? Sie sind wohl nicht ganz dicht?« Der Mann hatte sich erschrocken und war außer sich.
»Tut mir Leid«, sagte Annika mit Tränen in den Augen. Ihr linkes Handgelenk schmerzte.
Der Polizist hatte sich wieder unter Kontrolle und ließ sie los. Er schaute sie kurz an.
»Sie sollten das alles etwas lockerer angehen«, sagte er, setzte sich in seinen weinroten Volvo-Kombi und fuhr mit quietschenden Reifen davon.
»Verdammt«, flüsterte Annika. Sie blinzelte die ärgerlichen Tränen fort und schaute angestrengt gegen die Sonne, um die Rufnummer auf dem Auto zu erkennen. Sie meinte, eine »1813« auf der Seite erkennen zu können. Zur Sicherheit merkte sie sich auch die Autonummer.
Dann drehte sie sich um und sah, dass die kleine Gruppe von Zeitungsleuten am Eingang sie anstarrte. Sie errötete bis zum Haaransatz. Schnell bückte sie sich und sammelte die Sachen ein, die bei der Kollision aus ihrer Tasche gefallen waren: einen DIN-A5-Block, ein Paket Kaugummi, eine fast leere Plastikflasche mit Pepsi und drei Slipeinlagen in einer grünen Plastikverpackung. Der Stift lag noch in der Tasche. Sie fischte ihn heraus

und schrieb schnell die Autonummer und die Telefonnummer auf den Block.
Die Journalisten und Fotografen starrten sie nicht länger an und unterhielten sich weiter miteinander. Annika bemerkte, dass Bertil Strand einen gemeinsamen Einkauf von Eis organisierte.
Sie warf sich die Tasche über die Schulter und ging langsam auf ihre Kollegen zu, die sie nicht weiter zu bemerken schienen. Abgesehen vom Reporter des Konkurrenzblattes, der unter seinen Kriminalartikeln immer mit Foto abgebildet war, kannte sie niemanden. Da war noch eine junge Frau mit einem Kassettenrecorder, auf dem Radio Stockholm stand, zwei Fotografen, die jeder von einer Fotoagentur kamen, der Fotograf der Konkurrenz und drei Reporter, die sie nicht zuordnen konnte. Kein Fernsehsender war gekommen, die Lokalnachrichten des öffentlich-rechtlichen Senders dauerten während des Sommers nur fünf Minuten, das Privatfernsehen hatte bloß Talk-Shows und Kurznachrichten im Programm. Die Morgenzeitungen würden wahrscheinlich Bilder von den Pressebüros bringen und mit einem Agenturtext ergänzen. Das *Echo* war nicht da und würde auch nicht kommen, das war ihr klar. Einer ihrer ehemaligen Kollegen vom *Katrineholms-Kurier* hatte ihr verächtlich erklärt, warum: »Mord und Ähnliches überlassen wir der Boulevardpresse. Wir sind keine Aasfresser.«
Annika hatte damals schon gewusst, dass diese Worte mehr über den Kollegen als über das *Echo* sagten, aber manchmal geriet sie in Zweifel. Warum war das ausgelöschte Leben einer jungen Frau keine Berichterstattung wert? Sie verstand das nicht.
Die restlichen Leute an der Absperrung waren neugierige Passanten. Sie ging langsam vorbei und löste sich aus der Menschenansammlung. Die Polizisten, sowohl die Kripoleute als auch das technische Personal, waren innerhalb der Umzäunung beschäftigt. Bisher war weder ein Krankenwagen noch ein Leichenwagen eingetroffen. Sie schaute auf die Uhr. Siebzehn nach eins. Es waren fünfundzwanzig Minuten vergangen, seit sie den Tipp durchs Idiotentelefon erhalten hatte. Sie wusste nicht so recht, was sie jetzt tun sollte. Es erschien ihr nicht sinnvoll, mit den Polizisten zu reden, die würden wahrscheinlich nur ausrasten. Ihr war klar,

dass sie noch nicht viel wussten, weder, wer die Frau war, noch, wie sie gestorben war oder wer sie ermordet hatte.
Sie ging zum Drottningholmsvägen. Vor den Häusern auf der westlichen Seite der Kronobergsgatan hatte sich ein tortenstückgroßer Fleck Schatten gebildet. Sie ging hin und lehnte sich an die Fassade, die rau, grau und heiß war. Die Temperatur lag nur wenig unter der in der Sonne, und die Luft brannte ihr im Hals. Sie war entsetzlich durstig und holte ihre Cola aus der Tasche. Der Verschluss war offenbar undicht gewesen, und die Flasche war jetzt außen klebrig, so dass sie mit den Fingern auf dem Etikett kleben blieb. Welch eine Hitze!
Sie trank das warme, abgestandene Getränk aus und versteckte die Flasche dann zwischen zwei Stapeln Altpapier, die im nächsten Hauseingang lagen.
Die Journalisten an der Absperrung waren jetzt auf die andere Seite der Straße gegangen. Wahrscheinlich warteten sie darauf, dass Bertil Strand mit dem Eis kam. Aus irgendeinem Grund verursachte ihr die Situation Übelkeit. Etwa zehn Meter weiter schwirrten die Fliegen immer noch um die Leiche, während sich hier die Presse auf eine fröhliche Pause freute.
Sie ließ den Blick über den Park schweifen. Er bestand aus steilen, grasbewachsenen Hügeln und vielen großen Laubbäumen. Von ihrem Platz im Schatten aus konnte sie Linden, Buchen, Ulmen, Eschen und Birken unterscheiden. Einige waren riesig, andere neu gepflanzt. Zwischen den Gräbern wuchsen einige gigantische Bäume, vor allem Linden.
Ich brauche bald noch mehr zu trinken, dachte sie.
Sie setzte sich auf den Bürgersteig und lehnte den Kopf zurück. Es musste jetzt bald etwas passieren. Hier konnte sie nicht sitzen bleiben. Sie schaute zu der Gruppe von Journalisten hinüber, die langsam kleiner wurde. Die Frau von Radio Stockholm war gegangen, aber Bertil Strand war inzwischen mit dem Eis zurückgekommen. Berit Hamrin war nicht zu sehen, und Annika fragte sich, wohin sie wohl gegangen war.
Ich warte noch fünf Minuten, dachte sie, dann kaufe ich mir etwas zu trinken und versuche, einen der Nachbarn zu erwischen.

Sie versuchte, sich eine Karte von Stockholm vorzustellen und auszumachen, wo genau sie sich befand. Sie schaute an der Feuerwache im Süden vorbei. Dort lag die Hantverkargatan, die Straße, in der sie selbst wohnte. Im Grunde wohnte sie nicht mehr als zehn Häuserblocks von hier entfernt, im Hinterhaus eines zum Abriss vorgesehenen Hauses am Kungsholmstorg. Trotzdem war sie hier am Kronobergspark noch nie gewesen. Unter ihr lag die U-Bahn-Station Fridhemsplan, mit etwas Mühe konnte sie erahnen, wie die Züge unter ihr durchsausten und sich dabei ihre Vibrationen durch Beton und Asphalt fortsetzten. Geradeaus waren ein großer, kreisförmiger Belüftungsschacht vom Tunnel, ein Pissoir und eine Parkbank zu sehen. Vielleicht hatte dort der Penner, der das Idiotentelefon angerufen hatte, gesessen und sich im Sonnenlicht mit seinem Kumpel, der mal pinkeln musste, geräkelt. Warum benutzte sein Kumpel denn dann nicht das Pissoir, fragte sich Annika. Sie dachte eine Weile darüber nach und musste dann einfach hinübergehen und hineinschauen. Als sie die Tür öffnete, war ihr klar, warum. Der Gestank, der von der Kloschüssel ausging, war unerträglich. Sie trat ein paar Schritte zurück und machte die Tür wieder zu.
Vom Spielplatz her kam eine Frau mit einem Kinderwagen auf sie zu. Das Kind im Wagen hielt eine Flasche mit einer roten Flüssigkeit in der Hand. Die Mutter sah erstaunt auf das Plastikband, das am Gehweg gespannt war.
»Was ist denn hier passiert?«, rief sie.
Annika richtete sich auf und schob ihre Tasche etwas höher.
»Die Polizei hat abgesperrt«, sagte sie.
»Das sehe ich selbst. Warum denn?«
Annika zögerte. Sie warf einen Blick über die Schulter und sah, dass die anderen Journalisten sie beobachteten. Schnell machte sie ein paar Schritte auf die Mutter zu.
»Da drin liegt eine tote Frau«, sagte sie leise und zeigte auf den Friedhof. Die Frau wurde blass.
»Das ist ja schrecklich«, sagte sie.
»Wohnen Sie in der Nähe?«, fragte Annika.
»Ja, gleich um die Ecke. Wir waren unten zum Baden, aber da wa-

ren so viele Leute, dass man kaum ein Bein an den Grund bekam, und deshalb sind wir lieber hierher gekommen. Liegt sie noch da?« Die Frau reckte den Hals und schaute zwischen den Linden hindurch.

Annika nickte.

»Gott, wie furchtbar!«, stieß die andere hervor und schaute Annika mit großen Augen an.

»Kommen Sie oft hierher?«, fragte Annika.

»Ja, jeden Tag. Der Kleine geht in die offene Vorschulgruppe oben am Spielplatz.«

Die Frau konnte die Augen gar nicht mehr von dem Friedhof lassen. Annika beobachtete sie ein paar Sekunden.

»Haben Sie heute Nacht oder heute früh irgendetwas Besonderes gehört? Ein Rufen aus dem Park oder so?«, fragte sie.

Die Frau schob die Unterlippe vor, dachte nach und schüttelte den Kopf.

»Hier in dem Viertel ist ziemlich viel los«, sagte sie. »Im ersten Jahr, als wir hier wohnten, wachte ich jedes Mal auf, wenn die Feuerwehr ausrückte, aber das passiert mir jetzt nicht mehr. Und dann haben wir die Besoffenen unten an der Sankt-Eriksgatan, und damit meine ich nicht die, die hier in die Kneipe gehen, die sind längst weg, wenn es Nacht wird, sondern die richtigen Säufer. Die können einen die ganze Nacht wach halten. Aber am schlimmsten ist die Klimaanlage von McDonald's. Die läuft Tag und Nacht und macht mich wirklich wahnsinnig. Wie ist sie gestorben?«

»Das weiß noch keiner«, antwortete Annika. »Das heißt, es hat niemand geschrien oder um Hilfe gerufen?«

»Natürlich haben Leute geschrien, am Freitagabend wird hier jede Menge geschrien und gekreischt. Hier, mein Schätzchen, da hast du sie …«

Das Kind hatte die Flasche fallen lassen und jaulte, die Mutter steckte sie ihm wieder zu. Dann wies sie mit dem Kopf auf Bertil Strand und die anderen.

»Sind das die Hyänen?«

»Genau. Der mit dem großen Eis ist mein Fotograf. Ich heiße Annika Bengtzon und komme vom *Abendblatt*.«

Sie streckte die Hand aus und begrüßte die Frau. Trotz der zuvor geäußerten Verachtung schien sie beeindruckt zu sein.
»Du meine Güte«, sagte sie, »Daniella Hermansson, freut mich. Werden Sie darüber schreiben?«
»Ja, oder ein anderer von der Zeitung. Ist es okay, wenn ich ein paar Notizen mache?«
»Ja klar.«
»Darf ich Sie zitieren?«
»Ich werde mit zwei ›l‹ und zwei ›s‹ geschrieben, wie man es spricht.«
»Sie sagen, dass es hier immer ziemlich laut ist.«
Daniella Hermansson stellte sich auf die Zehenspitzen und versuchte, auf Annikas Block zu schauen.
»Ja«, erwiderte sie, »entsetzlich laut, vor allem am Wochenende.«
»Das heißt, wenn jemand um Hilfe rufen würde, dann würde niemand reagieren.«
Daniella schob wieder die Unterlippe vor und schüttelte dann den Kopf.
»Na ja, es kommt natürlich darauf an, um welche Uhrzeit«, sagte sie. »So ab halb fünf hat sich meist alles beruhigt. Dann hört man nur noch den Ventilator. Ich schlafe das ganze Jahr über mit offenem Fenster, das ist gut für die Haut. Aber ich habe nichts gehört ...«
»Gehen Ihre Fenster zur Straße oder zum Hof raus?«
»Beides. Wir wohnen in der Zweizimmerwohnung ganz rechts im zweiten Stock. Das Schlafzimmer liegt zum Hof hinaus.«
»Und Sie kommen hier jeden Tag vorbei?«
»Ja, ich bin ja immer noch im Erziehungsurlaub mit dem Kleinen, alle Mütter der Gruppe treffen sich vormittags auf dem Spielplatz im Park. Ach komm, Schätzchen ...«
Das Schätzchen hatte die rote Flüssigkeit ausgetrunken und begann laut zu schreien. Seine Mutter beugte sich über ihn und steckte ihm mit einer routinierten Bewegung den Zeigefinger hinten in die Windel und roch daran.
»Aber hallo«, sagte sie, »wir müssen wohl mal raufgehen. Eine neue Windel und dann ein kleines Schläfchen, oder, mein Schätzchen?«

Das Kind wurde still, als es ein Band von der Mütze fand, auf dem es kauen konnte.
»Könnten wir wohl ein Bild von Ihnen machen?«, beeilte sich Annika zu fragen.
Daniella Hermansson riss die Augen auf.
»Von mir? Nun ja, also, ich möchte ja nicht …«
Sie lachte und fuhr sich mit einer Hand übers Haar. Annika sah sie unverwandt an.
»Die Frau zwischen den Grabsteinen ist wahrscheinlich ermordet worden«, sagte sie. »Es scheint mir daher wichtig, das Viertel auf die richtige Weise zu beschreiben. Ich wohne selbst unten am Kungsholmstorg.«
Daniella Hermansson riss die Augen noch weiter auf.
»Mein Gott, ermordet? Hier im Viertel?«
»Man weiß noch nicht, wo sie gestorben ist, aber sie wurde hier gefunden.«
»Aber ausgerechnet hier, wo es immer so ruhig ist«, sagte Daniella Hermansson, bückte sich und hob ihr Schätzchen auf den Arm. Das Kind verlor das Band, auf dem es gekaut hatte, und fing wieder an zu schreien. Annika griff ihre Tasche fester und ging hinüber zu Bertil Strand.
»Warten Sie hier«, rief sie Daniella über die Schulter zu.
Der Fotograf war noch dabei, die Innenseite seiner Eistüte auszulecken, als Annika zu ihm kam.
»Könnten Sie mal kurz kommen?«, fragte sie leise.
Bertil Strand knüllte das Papier langsam zusammen und zeigte mit der Handfläche auf den Mann neben ihm.
»Annika, das hier ist Arne Påhlson, Reporter bei der Konkurrenz. Kennen Sie sich schon?«
Annika schaute zu Boden, streckte die Hand aus und murmelte ihren Namen. Arne Påhlsons Hand war warm und feucht.
»Sind Sie fertig mit dem Eis?«, fragte sie säuerlich.
Bertil Strands Sonnenbräune verdunkelte sich um ein paar Grad. Es gefiel ihm nicht, von einer Sommervertretung zurechtgewiesen zu werden. Statt zu antworten, bückte er sich und nahm seinen Rucksack.

»Wohin gehen wir?«
Annika wandte sich um und ging zurück zu Daniella Hermansson. Sie warf einen Blick zum Friedhof hinüber, wo die Beamten in Zivil standen und miteinander sprachen. Das Schätzchen schrie immer noch, aber seine Mutter kümmerte sich nicht um ihn. Sie war dabei, Lippenstift aufzutragen, den sie aus einer kleinen hellgrünen Lippenstiftdose mit Spiegel auf der Innenseite der Klappe geholt hatte. »Was ist das für ein Gefühl, zu erfahren, dass vor Ihrem Schlafzimmerfenster eine tote Frau liegt?«, fragte Annika und machte sich Notizen.
»Es ist entsetzlich«, antwortete Daniella Hermansson. »Wenn man bedenkt, wie oft meine Freundinnen und ich hier spätabends auf dem Heimweg von der Kneipe vorbeigekommen sind. Es hätte ja genauso gut eine von uns sein können.«
»Werden Sie in Zukunft vorsichtiger sein?«
»Ja, auf jeden Fall«, erwiderte Daniella Hermansson mit Nachdruck. »Ich werde nie wieder abends durch den Park gehen. Nein, mein kleiner Kerl, bist du so traurig …«
Daniella bückte sich, um ihren Sohn wieder auf den Arm zu nehmen. Annika schrieb derweil und spürte, wie sie eine Gänsehaut bekam. Das hier war richtig gut. Das konnte man sogar für die Schlagzeile verwenden, wenn man es ein wenig kürzte.
»Haben Sie vielen Dank«, sagte sie schnell. »Könnten Sie mal eben zu Bertil schauen? Wie heißt das Schätzchen? Wie alt ist er? Wie alt sind Sie selbst? Und wie wollen Sie tituliert werden …? Im Erziehungsurlaub, okay. Vielleicht sollten Sie nicht so fröhlich gucken …«
Daniella Hermanssons eingeübtes Filmsternchenlächeln, das sie wahrscheinlich auf allen Urlaubs- und Weihnachtsbildern trug, erstarb. Stattdessen sah sie jetzt verwirrt und unbeholfen aus. Bertil Strand knipste wie mit einem Maschinengewehr und bewegte sich dabei mit vorsichtigen Tanzschritten um die Frau und das Kind herum.
»Kann ich Sie später nochmal anrufen, falls noch Fragen auftauchen? Wie ist Ihre Telefonnummer? Und der Türcode? Nur für den Fall, dass …«

Daniella Hermansson drückte ihren laut schreienden Sohn in den Kinderwagen und wippte ihn an den Absperrungen der Polizei vorbei. Zu ihrem Entsetzen sah Annika, wie Arne Påhlson von der Konkurrenz auf Daniella zuging und sie begrüßte, als sie vorbeikam. Glücklicherweise schrie aber das Kind dermaßen, dass die Frau nicht stehen bleiben konnte, um sich noch einmal interviewen zu lassen. Annika atmete auf.

»Sie werden mir nichts über meinen Job beibringen«, sagte Bertil Strand.

»Wie gut«, erwiderte Annika. »Und was wäre gewesen, wenn sie die Leiche rausgetragen hätten, während Sie unterwegs waren, um für die Konkurrenz Eis zu kaufen?«

Bertil Strand sah sie voller Verachtung an.

»Draußen im Feld sind wir keine Konkurrenten, hier sind wir Kollegen.«

»Ich glaube, da täuschen Sie sich«, sagte Annika. »Journalisten jagen nicht in Rudeln. Wir sollten uns mehr auf unsere Seite konzentrieren.«

»Das bringt keinem was.«

»Doch, den Lesern und der Glaubwürdigkeit.«

Bertil Strand schulterte seine Kameras.

»Wie gut, dass Sie mir das erklären. Ich arbeite ja erst fünfzehn Jahre bei dieser Zeitung.«

Verdammte Scheiße, dachte Annika, als der Fotograf zu seinen »Kollegen« zurückging, dass ich aber auch nie die Klappe halten kann! Plötzlich war ihr schwindelig, und sie fühlte sich kraftlos. Ich muss schnell etwas trinken, dachte sie. Zu ihrer großen Freude sah sie Berit aus der Hantverkargatan hinaufkommen.

»Wo warst du?«, rief Annika und ging auf sie zu.

Berit stöhnte.

»Ich habe im Auto gesessen und telefoniert, die Zeitungsausschnitte von dem anderen Mord aus dem Archiv bestellt und mit ein paar Polizeikontakten geredet.«

Sie versuchte vergeblich, sich abzukühlen, indem sie mit der einen Hand wedelte.

»Ist was passiert?«

»Ich habe nur mit einer Frau aus dem Viertel geredet.«
»Hast du was getrunken? Ich finde, du siehst etwas blass aus.«
Annika wischte sich den Schweiß von der Stirn, und plötzlich war ihr zum Weinen zu Mute.
»Ich habe gerade ein paar ziemlich blöde Sachen zu Bertil Strand gesagt«, sagte sie gedämpft. »Dass man am Ort des Geschehens nicht mit den Konkurrenten rummachen sollte und so.«
»Ganz meine Meinung. Aber Bertil Strand ist da anderer Ansicht, das weiß ich«, sagte Berit. »Es ist manchmal etwas schwer, mit ihm zurechtzukommen, aber er ist ein ziemlich guter Fotograf. Geh und kauf dir was zu trinken. Ich halte die Stellung.«
Dankbar verließ Annika die Kronobergsgatan und ging den Drottningholmsvägen hinunter. Sie stand gerade in der Schlange am Kiosk am Fridhemsplan, um sich ein Mineralwasser zu kaufen, als sie den Leichenwagen nach links in Richtung Kronobergspark abbiegen sah. »Um Himmels willen«, rief sie, rannte einfach über die Straße – ein Taxi machte eine Vollbremsung – und lief quer über die Sankt-Eriksgatan zurück zum Park. Als sie wieder oben war, wurde sie fast ohnmächtig.
Der Leichenwagen war in der Sankt-Göransgatan stehen geblieben, und ein Mann und eine Frau stiegen aus.
»Warum bist du so außer Atem?«, fragte Berit.
»Das Auto, die Leiche«, keuchte Annika und stützte die Hände auf die Knie.
Berit beruhigte sie:
»Der Leichenwagen wird hier eine ganze Weile stehen. Die Leiche verschwindet nirgendwohin. Du musst nicht so nervös sein, wir verpassen schon nichts.«
Annika stellte ihre Tasche auf den Bürgersteig und richtete sich auf. »Entschuldigung«, sagte sie.
Berit lächelte.
»Geh und setz dich in den Schatten. Ich hole dir jetzt was zu trinken.«
Annika verzog sich in den Schatten. Sie kam sich vor wie ein Idiot.
»Das wusste ich nicht«, murmelte sie, »ich habe keine Ahnung.«

Sie setzte sich auf den Bürgersteig und lehnte sich wieder gegen die Hauswand. Der Boden brannte durch den dünnen Rock heiß auf ihrem Hintern.
Der Mann und die Frau aus dem Leichenwagen standen vor den Absperrungen, direkt am Eingang, und warteten. Drei Männer hielten sich immer noch innerhalb der Umzäunung auf, wahrscheinlich waren zwei von ihnen Kriminaltechniker und einer ein Fotograf. Sie bewegten sich vorsichtig, bückten sich, hoben etwas vom Boden auf. Richteten sich wieder auf. Die Entfernung war zu groß, um zu erkennen, was sie da eigentlich machten. Ist es immer so langweilig am Tatort?, fragte sie sich.
Berit kam nach ein paar Minuten zurück und hatte eine große, eiskalte Cola dabei.
»Hier, da ist Zucker drin und ein paar Sorten Salz, genau das, was du jetzt brauchst.«
Annika schraubte den Deckel ab und trank so schnell, dass die Kohlensäure im Hals aufstieg und durch die Nase herauskam. Sie hustete, schnaufte und verschüttete etwas Cola auf ihren Rock. Berit setzte sich neben sie und nahm eine eigene Flasche aus der Tasche.
»Was machen die da jetzt eigentlich?«, fragte Annika.
»Sie sichern Spuren«, sagte Berit. »Es sind so wenige wie möglich, und sie bewegen sich so wenig wie möglich. Oftmals sind es nur zwei Techniker und vielleicht noch ein Ermittler von der Kripo.«
»Kann das der im Hawaiihemd gewesen sein?«
»Vielleicht«, sagte Berit. »Wenn du genau hinschaust, siehst du vielleicht, dass der eine Techniker die Hand an den Mund hält. Er geht mit einem kleinen Kassettenrecorder herum und spricht alles auf Band, was er am Fundplatz der Leiche sieht. Das kann eine Beschreibung sein, in welcher Position die Leiche liegt, das Aussehen der Kleidung und so weiter.«
»Sie hatte keine Kleider an«, sagte Annika.
»Dann liegen vielleicht Kleidungsstücke um sie herum, das wird dann auch dokumentiert. Wenn sie fertig sind, wird die Leiche in die Rechtsmedizin nach Solna gebracht.«
»Zur Obduktion?«
Berit nickte.

»Dann werden die Techniker hier bleiben und den ganzen Park durchkämmen. Sie werden ihn Zentimeter für Zentimeter durchgehen und Spuren von Blut, Speichel, Haaren, Fasern, Sperma, Fußabdrücken, Autoreifen, Fingerabdrücken sichern, was immer man sich denken kann.«
Annika saß einen Augenblick still da und beobachtete die Männer. Sie hatten sich zu der Leiche hinuntergebeugt, sie sah ihre Köpfe bei der grauen Wand des Plastiksacks zusammenkommen.
»Warum haben sie den Zaun überdeckt und nicht den Körper?«, fragte sie.
»Sie decken die Leiche am Fundort nicht zu, wenn die Gefahr besteht, dass dabei Spuren verwischt werden«, antwortete Berit. »Es geht immer nur um die Spuren, sie wollen so wenig wie möglich zerstören. Den Plastiksack haben sie nur aufgehängt, damit man nicht hineinschauen kann. Ziemlich schlau ...«
Die Techniker und der Fotograf erhoben sich gleichzeitig.
»Jetzt ist es so weit«, sagte Berit.
Sie standen gleichzeitig mit den Journalisten, die ein Stück entfernt saßen, auf. Alle gingen wie auf ein geheimes Signal zur Absperrung vor. Die Fotografen brachten ihre Kameras in Anschlag und hängten sich ein paar Apparate mit unterschiedlich großen Objektiven über. Es hatten sich noch weitere Journalisten der Gruppe angeschlossen, Annika zählte schnell fünf Fotografen und sechs Reporter, einer von ihnen, ein junger Mann, trug einen Laptop bei sich, auf dem das Logo des schwedischen Nachrichtensenders stand, eine Frau hatte einen Block von der *Südschwedischen Zeitung* dabei.
Der Mann und die Frau öffneten die Hecktüren des Leichenwagens und holten eine eingeklappte Bahre heraus. Mit ruhigen, methodischen Handgriffen klappten sie sie auseinander und sicherten sie an verschiedenen Haken. Annika bekam eine Gänsehaut. Kohlensäure stieg aus ihrem Magen auf, und ihr wurde übel. Jetzt würden sie bald die Leiche vorbeirollen. Sie schämte sich für ihre morbide Aufregung.
»Könnten Sie bitte etwas beiseite treten?«, fragte die Frau mit der Bahre.

Annika blickte auf die Bahre, die vorbeirollte. Sie vibrierte, als die Räder über die Unebenheiten des Asphalts ratterten. Obenauf lag eine blaue Plastikplane, ordentlich zusammengefaltet. Das Leichentuch, dachte Annika und spürte, wie ihr ein kalter Schauer den Rücken herunterlief.
Der Mann und die Frau zwängten sich unter der Absperrung hindurch. Das orangegelbe Schild, auf dem »Gesperrt« stand, schaukelte noch lange hin und her.
Die Träger waren jetzt bei der Leiche. Die Männer und die Frau standen zusammen und diskutierten. Annika spürte, wie die Sonne auf die Unterseite ihrer Arme brannte.
»Warum dauert das so lange?«, flüsterte sie Berit zu.
Berit antwortete nicht. Annika zog die Cola aus der Tasche und trank ein paar Schlucke.
»Ist doch furchtbar, oder?«, fragte die Frau von der *Südschwedischen Zeitung*.
»Ja, allerdings«, erwiderte Annika.
Dann breiteten die Leichenträger ihre Plane über die Bahre, das blaugraue, glänzende Plastik flatterte zwischen den Blättern. Sie legten die junge Frau auf die Trage und wickelten sie in Plastik ein. Annika stiegen plötzlich Tränen in die Augen. Sie sah den lautlosen Schrei der Frau, ihren trüben Blick, die blau geschlagene Brust.
Ich darf jetzt nicht weinen, dachte sie und starrte auf die verwitterten Grabsteine. Sie versuchte Namen oder Jahreszahlen abzulesen, doch die Inschriften waren auf Hebräisch. Die verschnörkelten Zeichen waren von Wind und Zeit fast ausgelöscht worden. Alles war plötzlich sehr still. Sogar der Verkehr auf dem Drottningholmsvägen schien für einen Moment innezuhalten. Die Sonne blitzte durch die Kronen der mächtigen Linden und tanzte über den Granit. Der Friedhof war schon hier, als die Stadt noch gar nicht so weit reichte, dachte Annika. Die Bäume waren schon da, als die Toten begraben wurden. Sie waren damals kleiner und dünner, aber ihre Blätter sandten dasselbe Spiel von Licht und Schatten über den Granit, als die Gräber frisch gegraben waren.
Die Tore wurden aufgestoßen, die Fotografen fingen an. Einer von

ihnen drängte sich an Annika vorbei und rammte ihr einen Ellenbogen in den Bauch, so dass sie einen Moment lang nach Luft ringen musste. Erstaunt stolperte sie zurück und verlor die Bahre aus dem Blick, war aber schnell wieder vorn.
Ich frage mich, in welche Richtung wohl der Kopf liegt, dachte Annika. Sie werden sie ja wohl kaum mit den Füßen voraus fahren. Die Fotografen folgten der Bahre entlang der Absperrung. Die Motoren der Kameras ratterten unrhythmisch, das eine oder andere Blitzlicht war zu sehen. Bertil Strand sprang hinter seinen Kollegen herum, hielt die Kamera mal über und dann wieder zwischen sie. Annika hielt die Hecktür des Leichenwagens fest umklammert, der Lack brannte unter ihren Fingern. Durch die blinden Flecken, die die Blitze hervorriefen, sah sie das Paket der toten Frau auf sich zurollen. Der Fahrer des Leichenwagens blieb zwanzig Zentimeter vor ihr stehen. Er drückte eine mechanische Vorrichtung, und Annika konnte sehen, dass er verschwitzt und gestresst war. Sie schaute auf das Plastik hinunter.
Ich frage mich, ob die Sonne sie warm gehalten hat, dachte sie.
Ich frage mich, wer sie war.
Ich frage mich, ob sie wusste, dass sie sterben würde.
Ich frage mich, ob sie noch Angst haben konnte.
Plötzlich liefen die Tränen. Sie ließ die Tür los, wandte sich um und ging ein paar Schritte fort. Der Boden schwankte, ihr war, als müsste sie sich erbrechen.
»Das ist der Geruch und die Hitze«, meinte Berit, die plötzlich an ihrer Seite war, sie an der Schulter fasste und vom Leichenwagen wegzog.
Annika trocknete die Tränen.
»Jetzt fahren wir in die Redaktion«, sagte Berit.

Patricia erwachte mit dem Gefühl zu ersticken. Es gab keine Luft im Raum, sie konnte nicht atmen. Langsam wurde sie sich ihres Körpers bewusst, glänzend nackt auf der Matratze. Als sie den linken Arm hob, lief der Schweiß die Rippen hinunter und in den Bauchnabel. Himmel, dachte sie, ich brauche Luft! Und Wasser!
Sie erwog einen Moment, Josefine zu rufen, aber aus irgendeinem

Grund überlegte sie es sich anders. Es war völlig still in der Wohnung, entweder schlief Jossie noch, oder sie war ausgegangen. Patricia stöhnte leise und drehte sich halb um. Wie spät war es wohl? Josefines schwarze Gardinen schlossen den Tag aus und tauchten den Raum in ein muffiges Dunkel. Es roch nach Schweiß und Staub.

»Das ist ein schlechtes Omen«, hatte Patricia gesagt, als Josefine mit dem dicken schwarzen Stoff nach Hause gekommen war. »Man kann keine schwarzen Vorhänge haben. Das macht Trauerränder an die Fenster, dann können die positiven Energien nicht frei fließen.«

Josefine war ärgerlich geworden.

»Das ist mir scheißegal«, hatte sie gesagt. »Du musst es ja nicht anschauen. In meinem Zimmer will ich es jedenfalls dunkel haben. Wie sollen wir nachts arbeiten, wenn wir tagsüber nicht schlafen können, hast du darüber schon mal nachgedacht?«

Natürlich bekam Jossie, was sie wollte, so war es meistens. Patricia setzte sich langsam auf. Das Laken hatte sich zu einer feuchten Nabelschnur mitten im Bett gewunden.

Ärgerlich versuchte sie es zu glätten.

Jossie ist dran mit Einkaufen, dachte sie, deshalb ist wahrscheinlich nichts im Haus.

Sie stand auf und ging aufs Klo. Dann lieh sie sich Josefines Morgenmantel aus und kehrte ins Zimmer zurück, um die Vorhänge aufzuziehen. Das Licht stach ihr wie mit Nägeln in die Augen und ließ sie die Vorhänge schnell wieder zuziehen. Stattdessen machte sie ein Fenster weit auf und stellte einen Topf dazwischen, damit es nicht wieder zufiel. Die Luft war draußen zwar fast noch wärmer als drinnen, aber sie roch nicht so schlecht.

Sie ging langsam in die Küche, füllte ein Bierglas mit Wasser aus dem Hahn und trank gierig. Die Küchenuhr zeigte fünf vor zwei. Patricia war zufrieden. Sie hatte nicht den ganzen Tag verschlafen, obwohl sie bis fünf Uhr früh gearbeitet hatte.

Sie stellte das Glas zwischen einen leeren Pizzakarton und drei Tassen mit festgetrockneten Teebeuteln auf den Spültisch. Jossie war einfach nicht dazu zu bewegen, sauber zu machen. Patricia

seufzte und räumte auf, warf Müll weg, spülte und wischte, ohne nachzudenken, die Arbeitsplatten ab.
Sie war gerade auf dem Weg zur Dusche, als das Telefon klingelte.
»Ist Jossie da?«
Es war Joachim. Ohne dass es Patricia bewusst war, stellte sie sich gerade hin und konzentrierte sich darauf, strenger zu wirken.
»Ich bin gerade erst aufgestanden, ich weiß es wirklich nicht. Vielleicht schläft sie.«
»Kannst du sie bitte mal wecken?«
Er sagte es kurz, aber freundlich.
»*En seguida*, Joachim, warte einen Augenblick.«
Sie ging leise den Flur hinunter zu Josefines Zimmer und klopfte vorsichtig an den Türrahmen. Als sie keine Antwort bekam, machte sie die Tür einen Spalt weit auf. Das Bett war ebenso ungemacht wie gestern, ehe Patricia zur Arbeit gegangen war. Schnell schlich sie zum Telefon zurück.
»Nein, tut mir Leid, ich glaube, sie ist unterwegs.«
»Wohin? Mit wem trifft sie sich?«
Patricia lachte nervös.
»Mit niemandem oder vielleicht mit dir? Ich weiß es nicht. Sie ist dran mit Einkaufen …«
»Hat sie denn zu Hause geschlafen?«
Patricia versuchte beleidigt zu klingen.
»Natürlich hat sie das. Wo sollte sie denn sonst schlafen?«
»Das ist ja gerade die Frage, Pattilein. Hast du eine Idee?«
Er legte in dem Moment auf, als Patricia sich ihrer Wut bewusst wurde. Sie hasste es, wenn er sie so nannte. Das tat er, um sie zu erniedrigen. Er mochte sie nicht, denn er meinte, sie würde zwischen ihm und Josefine stehen.
Patricia ging langsam zu Josefines Schlafzimmer zurück und schaute noch einmal hinein. Das Bett sah wirklich genauso aus wie am Abend zuvor, die Decke lag auf der linken Seite des Bettes auf dem Boden und Josefines roter Badeanzug auf dem Kissen. Jossie war nicht zu Hause gewesen.
Der Gedanke beunruhigte sie.

Die Luft in der Eingangshalle des Zeitungsgebäudes schlug ihnen wie ein nasses, kaltes Handtuch entgegen. Auf dem Marmorfußboden schimmerte die Feuchtigkeit und ließ die Bronzebüste des Zeitungsgründers glänzen. Annika fröstelte und klapperte mit den Zähnen. In der verglasten Rezeption saß der Hausmeister Tore Brand und meckerte.
»Ihr habt es gut«, rief er, als die kleine Gruppe auf dem Weg zum Fahrstuhl an ihm vorbeikam, »ihr dürft ab und zu mal raus und euch aufwärmen. Hier drin ist es so verdammt kalt, dass ich den Heizlüfter holen musste, um mir nicht die Füße abzufrieren.«
Annika versuchte zu lächeln, doch es gelang ihr nicht. Tore Brand durfte dieses Jahr seinen Sommerurlaub erst im August nehmen, was er als Ungerechtigkeit an der Grenze zur vorsätzlichen Quälerei empfand.
»Ich muss aufs Klo«, sagte Annika, »fahrt ruhig schon rauf.«
Sie ging um Tore Brands Tisch herum und roch, dass er auf seinem Posten mal wieder heimlich geraucht hatte. Nach kurzem Zögern nahm sie die Behindertentoilette und nicht die gewöhnliche Damentoilette. Sie wollte ihre Ruhe haben und sich nicht mit anderen verschwitzten Frauen um ein Waschbecken drängen.
Tore Brands klagende Stimme folgte ihr bis in die Toilette. Sie verschloss die Tür und sah sich selbst im Spiegel an. Sie sah furchtbar aus. Ihr Gesicht war flammend rot und die Augen ebenfalls gerötet. Sie drehte den Hebel nach links, beugte sich vor, hielt ihre Haare hoch und ließ sich das kalte Wasser über den Nacken laufen. Das Porzellan an ihrer Stirn war eiskalt. Ein Rinnsal bahnte sich einen Weg ihr Rückgrat hinunter.
Warum tue ich mir das an?, fragte sie sich. Warum liege ich nicht am Tallsjön im Gras und lese eine Frauenzeitschrift?
Sie drückte den roten Knopf am Händetrockner und versuchte, sich die Achselhöhlen zu trocknen, was nicht besonders gut klappte.

Der Platz von Anne Snapphane war leer, als Annika in die Redaktion hinaufkam. Auf dem Tisch standen noch zwei Becher mit eingetrocknetem Kaffee, aber die Cola war weg. Annika zog daraus den Schluss, dass Anne einen Auftrag bekommen hatte.

Berit stand am Newsdesk und redete mit Spiken. Annika sank auf ihren Stuhl und ließ die Tasche auf den Boden fallen. Ihr war schwindelig, und sie war erschöpft.
»Na, wie war es denn da draußen?«, rief Spiken und sah auffordernd zu ihr hinüber.
Annika beeilte sich, den Block herauszufischen, und ging dann zum Newsdesk.
»Jung, nackt, Plastiktitten«, sagte sie, »viel Schminke. Sie hatte geweint. Keine direkte Verwesung, sie kann nicht besonders lange da gelegen haben. Soweit ich sehen konnte, keine Kleider in der Nähe.«
Sie schaute vom Block auf, und Spiken nickte ihr aufmunternd zu.
»Sieh mal einer an«, sagte er, »irgendwelche vor Schreck versteinerten Nachbarn?«
»Eine neunundzwanzigjährige Mutter eines Kleinkindes, die Daniella heißt. Sie wird nie wieder abends durch den Park gehen. ›Das hätte ich sein können‹, sagt sie.«
Spiken machte sich Notizen und nickte erfreut.
»Weiß man, wer sie ist?«
Annika presste die Lippen zusammen und schüttelte den Kopf.
»Soweit wir wissen, nicht.«
»Dann hoffen wir mal, dass sie im Laufe des Abends den Namen bekannt geben. Haben Sie noch was anderes gesehen, irgendetwas, was darauf hinwies, wo sie wohnte oder so?«
»Vielleicht die Adresse auf die Stirn tätowiert? Tut mir Leid …«
Annika lächelte, Spiken reagierte nicht.
»Okay. Berit, Sie übernehmen die Jagd der Polizei auf den Mörder, wer das Mädchen war, sprechen mit den Angehörigen. Annika, schreiben Sie über die verschreckte Mutter und gehen Sie die Artikel über den alten Mord durch.«
»Ich denke, wir werden ein bisschen zusammenarbeiten«, meinte Berit. »Annika hat Informationen vom Tatort, die ich nicht habe.«
»Macht das, wie ihr wollt«, murmelte er. »Auf jeden Fall möchte ich, bevor ich um sechs übergebe, wissen, wie weit ihr gekommen seid.«
Er drehte sich auf dem Stuhl herum, nahm den Hörer ab und wählte eine Nummer. Berit klappte ihren Block zusammen und ging zu ihrem Platz.

»Ich habe die Zeitungsausschnitte bekommen«, sagte sie über die Schulter, »wir können sie gemeinsam durchgehen.«
Annika zog sich vom benachbarten Schreibtisch einen Stuhl heran. Berit holte ein Bündel vergilbter Zettel aus einem Kuvert, auf dem »Evamord« stand. Der Mord war offenkundig geschehen, ehe die Zeitung digitalisiert worden war.
»Alles, was mehr als zehn Jahre alt ist, gibt es nur im Papierarchiv«, sagte Berit.
Annika nahm eines der zusammengefalteten Blätter, das Papier fühlte sich spröde und steif an. Sie ließ den Blick über die Seite gleiten. Die in der Überschrift verwendete Type sah unregelmäßig und sehr altmodisch aus, der Druck war ziemlich schlecht. Ein schwarzweißes Bild, das über vier Spalten ging, zeigte den Park von der Nordseite.
»Ich habe mich richtig erinnert«, sagte Berit. »Sie wollte die Treppen hinauf, und irgendwo auf der Mitte hat sie jemanden getroffen, der auf dem Weg nach unten war. Weiter kam sie nicht. Der Mord ist bis heute nicht aufgeklärt worden.«
Sie setzten sich an Berits Schreibtisch einander gegenüber und vertieften sich in die alten Artikel. Annika fiel auf, dass viele von Berit geschrieben worden waren. Der Mord an der jungen Eva wies tatsächlich viele Ähnlichkeiten zum aktuellen Fall auf.
An einem warmen Sommerabend vor fast zwölf Jahren war Eva den steilen Hügel hinaufgegangen, der die Verlängerung der Inedalsgatan bildete. Man fand sie direkt neben der siebzehnten Treppenstufe, halb nackt und erdrosselt.
Die gleich nach der Tat geschriebenen Artikel waren zahlreich und lang, die Bilder groß und oben auf der Seite platziert. Es gab Zusammenfassungen der Ermittlungen und des Obduktionsprotokolls, Interviews mit Anwohnern und Freunden, ein Artikel mit der Überschrift: »Lasst uns in Ruhe«. Das waren Evas Eltern, die sich über irgendetwas ausließen, sie hielten einander umarmt und schauten ernst in die Kamera. Es gab Demonstrationen gegen sinnlose Gewalt, vor allem gegen Gewalt gegen Frauen und Jugendliche, einen Gedenkgottesdienst in der Kungsholmskyrkan und Berge von Blumen am Tatort.

Seltsam, dass ich mich daran überhaupt nicht erinnern kann, dachte Annika. Ich war doch alt genug, um es mitzukriegen.
Je mehr Zeit nach dem Mord verstrich, desto kürzer wurden die Artikel. Die Bilder wurden kleiner und rutschten immer weiter nach unten. Eine Notiz dreieinhalb Jahre nach dem Mord berichtete, dass jemand verhört, aber wieder auf freien Fuß gesetzt worden sei. Dann war Stille.
Doch jetzt war Eva wieder ein Stoff für Neuigkeiten, zwölf Jahre nach ihrem Tod. Die Parallelen waren offenkundig.
»Was machen wir damit?«, fragte Annika.
»Nur eine kurze Zusammenfassung«, antwortete Berit. »Im Moment können wir nicht viel mehr machen. Wir schreiben auf, was wir haben, du nimmst deine Mama und ich Eva. Danach sollte die Kripo etwas mehr vorkommen, da können wir dann anfangen, ein wenig herumzutelefonieren.«
»Haben wir es eilig?«, fragte Annika.
Berit lächelte.
»Nicht besonders«, sagte sie. »Deadline für Manuskripte ist morgen früh um Viertel vor fünf. Aber es wäre natürlich schön, wenn wir etwas zeitiger fertig wären, und das hier ist ein guter Anfang.«
»Und was wird aus den beiden Artikeln in der Zeitung?«
Berit zuckte mit den Schultern.
»Vielleicht kommen sie gar nicht rein, das weiß man nie. Das hängt davon ab, was sonst noch in der Welt passiert und wie viele Seiten wir insgesamt zur Verfügung haben.«
Annika nickte. Die Seitenanzahl der Zeitungen war oft entscheidend dafür, ob Artikel reinkamen, so war das auch an ihrem eigentlichen Arbeitsplatz, dem *Katrineholms-Kurier*. Mitten im Sommer sparten die Verlage oft Papier, einerseits, weil im Juli weniger Anzeigen geschaltet wurden, andererseits, weil einfach nur selten etwas passierte. Die Seitenanzahl vergrößerte oder verringerte sich immer um vier, weil in der Druckerei vier Seiten auf eine Druckplatte gingen.
»Ich denke aber, die Sache wird ziemlich weit vorn in der Zeitung landen«, meinte Berit. »Zuerst die Nachricht vom Mord und von der Jagd der Polizei auf den Mörder, dann ein Kasten mit dem

Mädchen und wer sie war, das heißt, wenn wir den Namen herausbekommen. Dann kommt die Erinnerung an den Evamord, deine ängstliche Mama und am Ende vielleicht ein Artikel über Stockholm, eine Stadt in Angst. Ich denke, so sollten wir es machen.«
Annika blätterte in den Artikeln.
»Wie lange arbeitest du hier schon, Berit?«, fragte sie.
Berit seufzte und lächelte ein wenig.
»Bald fünfundzwanzig Jahre. Ich war nicht viel älter als du, als ich hierher kam.«
»Warst du von Anfang an Kriminalreporterin?«
»Nein, oh, nein. Zu Anfang habe ich über Tiere und Kochen geschrieben. Dann war ich eine Zeit lang im Politikressort, es war damals in, auf solchen Posten Frauen zu haben. Anschließend war ich eine Weile in der Auslandsredaktion. Ja, und jetzt bin ich hier.«
»Wo hat es dir am besten gefallen?«, wollte Annika wissen.
»Es ist am interessantesten, zu schreiben, sich die Fakten anzueignen und vorzuarbeiten. Hier in der Kriminalredaktion gefällt es mir sehr gut. Ich kann ganz gut über mich selbst bestimmen, recherchiere oft zu eigenen Themen. Kannst du mir mal die Artikel rübergeben? Danke.«
Annika stand auf und ging an ihren Platz. Anne Snapphane war noch nicht zurückgekommen. Es war leer und still, wenn sie weg war.
Annikas Mac war im Stromsparmodus, und sie erschrak über den schrillen Laut, den er von sich gab, als er wieder anging. Sie schrieb schnell herunter, was Daniella Hermansson gesagt hatte, Aufmacher, laufender Text, Bildtext. Dann schickte sie den Artikel in das Lager der Redaktion, »Kasten« genannt, hinüber. So! Das ging ja locker!

Sie wollte gerade gehen und sich einen Kaffee holen, als ihr Telefon klingelte. Es war Anne Snapphane.
»Ich stehe auf dem Flughafen von Visby«, rief sie. »War das im Park ein Mord?«
»Allerdings«, sagte Annika, »nackt und erdrosselt. Was machst du auf Gotland?«

»Ein Waldbrand«, sagte Anne. »Die ganze Insel brennt wie Zunder.«
»Die ganze«, echote Annika und musste lachen, »oder nur fast die ganze?«
»Du bist kleinlich«, erwiderte Anne. »Ich bleibe mindestens bis morgen weg. Kannst du die Katzen füttern?«
»Hast du sie immer noch nicht weggebracht?«, fragte Annika spitz.
»Zwei Fräulein bei dieser Hitze Hunderte von Kilometern herumfahren? Tierquälerin! Kannst du auch das Streu auswechseln?«
»Ja, klar …«
Sie legten auf.
Warum kann ich nie Nein sagen, fragte sich Annika resigniert. Sie holte sich einen Kaffee und kaufte in der Cafeteria Mineralwasser, dann drehte sie mit der Dose und dem Kaffee in je einer Hand eine unruhige Runde durch die Redaktion. Die Klimaanlage funktionierte nicht richtig, so dass die Luft nur unmerklich kühler war als draußen. Spiken hing natürlich am Telefon, unter seinen Achseln breiteten sich zwei große Schweißflecken aus. Bertil Strand stand am Fototisch und redete mit Pelle Oscarsson, dem Bildredakteur. Sie ging zu den beiden hinüber.
»Sind das die Bilder aus dem Kronobergspark?«
Pelle Oscarsson klickte zwei Mal auf ein Symbol auf seinem großen Bildschirm, der daraufhin völlig von dem tiefen Grün des Parks ausgefüllt war. Das harte Licht der Sonne machte die Szene scheckig. Die Grabsteine aus Granit schwebten zwischen den schmiedeeisernen Stangen. Im Zentrum des Bildes konnte man das Bein einer Frau sehen, von der Hüfte bis zum Fuß.
»Das ist verdammt gut und ziemlich harter Tobak«, sagte Annika spontan.
»Dann musst du dir mal das hier anschauen«, sagte Bild-Pelle und ging mit dem Cursor auf ein anderes Symbol.
Annika schrak zurück, als sie plötzlich in die trüben Augen der Frau schaute.
»Das waren die ersten Bilder«, sagte Bertil Strand. »Gut, dass ich mich so beeilt habe, nicht?«
Annika schluckte.

»Daniella Hermansson?«, fragte sie.
Bild-Pelle klickte auf ein drittes Symbol. Eine nervöse Daniella mit ihrem Schätzchen auf dem Arm schaute erschrocken zum Park hinüber.
»Super«, sagte Annika.
»›Das hätte ich sein können‹«, sagte Bild-Pelle.
»Woher wissen Sie, dass sie das gesagt hat?«, fragte Annika erstaunt.
»Das sagen sie immer in unseren Bildtexten«, seufzte Pelle.
Annika ging weiter.
Alle Türen zur Abteilung der Geschäftsführung waren geschlossen. Den Chefredakteur hatte sie heute noch gar nicht gesehen. Wenn sie genauer darüber nachdachte, dann war er eigentlich die ganze Woche kaum zu sehen gewesen. Noch waren keine Redakteure gekommen. Die Leute, die das Layout der Zeitung machten, kamen immer nach neunzehn Uhr, braun gebrannt und schläfrig nach einem ganzen Tag im Park, in die Redaktion. Sie begannen die Nacht damit, einen Liter schwarzen Kaffee in sich reinzuschütten, stritten dann eine Weile über alle Fehler, die ihrer Meinung nach in der letzten Nummer begangen worden waren, und dann fingen sie an zu arbeiten. Sie machten an Headlines herum, kürzten Texte und tippten auf ihren Macs, bis die Zeitung um sechs Uhr morgens in Druck ging. Annika hatte ein wenig Angst vor ihnen. Sie waren laut und ziemlich krass, leicht zynisch und hatten die Neigung zu verallgemeinern, doch ihr Können und ihre Professionalität waren erstaunlich. Viele von ihnen lebten für die Zeitung, sie arbeiteten vier Nächte und hatten dann vier Tage frei, jahrein, jahraus. Dieser Arbeitsrhythmus blieb unverändert über Weihnachten, Ostern und die Ferien, vier da, vier frei. Annika war es ein Rätsel, wie sie das durchhielten.
Sie ging zur menschenleeren Sportredaktion hinüber. In einer Ecke stand ein Fernseher, auf dem Eurosport lief. Sie blieb an den großen Fenstern am Ende des Raumes stehen, drehte der Redaktion den Rücken zu und schaute zum Parkhaus gegenüber hinaus. Der Beton schien zu dampfen. Wenn sie sich ganz dicht an die Scheibe stellte und nach links schaute, konnte sie die russische Botschaft sehen. Sie legte die Stirn ans Glas und war erstaunt, wie

kalt es war. Der Schweiß hinterließ einen schmierigen Film auf der Scheibe, und sie versuchte ihn mit der Hand wegzuwischen. Sie trank den letzten Schluck Mineralwasser. Es schmeckte fade. Langsam ging sie zurück, von einem leichten Glücksgefühl erfüllt. Sie war hier. Sie durfte dabei sein. Sie war eine von ihnen. Es wird gut laufen, dachte sie. Ich werde hier bleiben können.

Inzwischen war es kurz nach drei und an der Zeit, die Polizei anzurufen. Auf dem Weg zu ihrem Platz ging sie an der Teeküche vorbei und füllte die Mineralwasserdose mit Wasser aus dem Hahn.
»Wir wissen noch zu wenig«, sagte ein Kommissar bei der Kripo säuerlich, »rufen Sie den Pressesprecher an.«
Der Pressesprecher der Polizei konnte ihr nichts sagen.
Die Zentrale bestätigte, dass man Wagen zum Kronobergspark geschickt hatte, aber das wusste sie ja schon. Von der Einsatzzentrale erhielt sie noch einmal die Information, dass der Notruf um 12 Uhr 48 von einer Privatperson eingegangen sei. Die Telefonnummer konnte nicht zurückverfolgt werden.
Kein Erfolg. Annika nahm ihren Block und blätterte, und dabei fiel ihr Blick auf die Wagennummer des Hawaiihemds. Sie dachte ein paar Sekunden nach, dann rief sie noch einmal die Polizeizentrale an. Das Auto gehörte zur Kripo Norrmalm. Sie rief dort an.
»Wir hatten es heute ausgeliehen«, sagte der Dienst habende Wachmann, nachdem er in seiner Liste nachgeschaut hatte.
»Und an wen?«, fragte Annika und merkte, wie ihr Blutdruck stieg.
»An die Mordkommission. Die haben keine eigenen Autos. Heute gab es nämlich einen Todesfall auf Kungsholmen, müssen Sie wissen.«
»Oh, ja, davon habe ich gehört. Wissen Sie Genaueres?«
»Das ist nicht meine Abteilung, Kungsholmen gehört zu Söder. Aber die Sache liegt wahrscheinlich schon oben bei der Mordkommission.«
»Der Mann, der das Auto ausgeliehen hat, hatte kurzes, helles Haar und ein Hawaiihemd. Kennen Sie ihn?«
Der Wachtmeister lachte.
»Das kann nur Q gewesen sein«, sagte er.

»Q?«, fragte Annika verwundert.
»Das ist sein Spitzname, er ist Kommissar bei der Mordkommission. Jetzt kriege ich hier gerade einen anderen Anruf rein …«
Annika bedankte sich, legte auf und wählte noch einmal die Nummer der Telefonzentrale.
»Ich suche Q bei der Mordkommission«, sagte sie.
»Wen?«, fragte die Telefonistin erstaunt.
»Einen Kommissar, der Q genannt wird und bei der Mordkommission arbeitet.«
Sie hörte die Telefonistin leise stöhnen. Wahrscheinlich war es dort genauso warm wie hier.
»Einen Moment …«
Es klingelte wieder. Annika wollte gerade auflegen, als eine mürrische Stimme antwortete.
»Hallo, ist da die Mordkommission?«, fragte sie.
»Ja, hier ist die Mordkommission. Was gibt es?«
»Ich suche Q«, sagte Annika.
»Das bin ich.«
Volltreffer!
»Ich wollte nur um Entschuldigung bitten«, sagte Annika. »Ich heiße Annika Bengtzon und bin heute am Kronobergspark in Sie hineingelaufen.«
Der Mann in der Leitung atmete tief ein. Im Hintergrund scharrte etwas, es klang, als würde er sich auf einen Stuhl setzen.
»Von welcher Zeitung rufen Sie an?«
»Vom *Abendblatt*. Ich bin hier zur Aushilfe. Ich weiß nicht richtig, wie hier der Kontakt mit den Medien gehandhabt wird. Zu Hause in Katrineholm rufe ich immer um drei Uhr Johansson von der Kripo an, und der weiß dann alles.«
»In Stockholm ruft man den Pressesprecher an«, sagte Q.
»Aber Sie sind doch der Leiter der Ermittlungen, oder?«, versuchte Annika.
»Ja, im Moment noch.«
»Warum ist noch kein Staatsanwalt eingeschaltet worden?«, beeilte sie sich zu fragen.
»Dazu gibt es noch keinen Anlass.«

»Also haben Sie noch keinen Verdächtigen«, konstatierte Annika. Der Mann in der Leitung antwortete nicht.

»Sie sind nicht so dumm, wie Sie tun«, sagte er dann. »Worauf wollen Sie hinaus?«

»Wer war sie?«

Er brummte abfällig.

»Jetzt hören Sie mal, ich habe gesagt, dass Sie sich an den Pressesprecher …«

»Er sagt, er wisse nichts.«

»Dann müssen Sie sich einstweilen damit zufrieden geben!«

Er wurde langsam ärgerlich.

»Entschuldigung«, sagte Annika, »ich wollte Sie nicht unter Druck setzen.«

»Sicher. Aber jetzt habe ich jede Menge …«

»Sie hatte Brustimplantate«, sagte Annika, »sie war stark geschminkt und weinte, ehe sie starb. Wissen Sie, warum?«

Der Mann in der Leitung wartete schweigend. Annika hielt den Atem an.

»Woher wissen Sie das?«, fragte er, und Annika hörte, dass er erstaunt war.

»Lassen Sie mich es so sagen: Sie hatte sicher noch nicht lange dort gelegen. Die Wimperntusche war verschmiert, sie hatte Lippenstift auf der Wange. Jetzt liegt sie in der Gerichtsmedizin in Solna, oder? Wann kann ich erfahren, was Sie wissen?«

»Von den Brustimplantaten wusste ich nichts«, sagte er.

»Normale Brüste fließen sozusagen zur Seite, wenn man liegt, Silikonbrüste stehen gerade hoch. Das ist für ein junges Mädchen nicht unbedingt gewöhnlich. War sie Prostituierte?«

»Nein, absolut nicht«, sagte der Polizist, und Annika hörte, wie er sich auf die Zunge biss.

»Also wissen Sie, wer sie ist! Wann geben Sie den Namen bekannt?«

»Wir sind uns noch nicht sicher. Sie ist noch nicht identifiziert worden.«

»Aber das wird bald passieren, oder? Und was hat eigentlich an ihr geknabbert?«

»Jetzt habe ich keine Zeit mehr. Tschüss.«
Der Leiter der Ermittlungen legte auf, und erst als der Summton in der Leitung zu hören war, wurde Annika klar, dass sie immer noch nicht wusste, wie er hieß.

Der Minister legte den vierten Gang ein und raste in den Karlbergstunnel. Die Hitze im Auto war drückend, und er beugte sich vor und suchte nach der Klimaanlage. Sie sprang mit einem Klicken an, das in ein eintöniges Rauschen überging. Er seufzte. Die Strecke erschien ihm unendlich lang.
Wenigstens würde es gegen Abend kühler werden, dachte er. Er kam auf die Nordtangente und ordnete sich im Tunnel auf die E4 ein. Die Geräusche des Fahrzeugs hallten im Innenraum wider, wurden verstärkt und echoten zwischen den Scheiben: das Dröhnen der Reifen auf dem Asphalt der Straße, das Rauschen der Klimaanlage, das Jaulen von einer Leiste, die nicht dicht schloss. Er schaltete das Autoradio an, um das alles nicht mehr hören zu müssen. Das Gekreisch des dritten Programms erfüllte das Auto. Er schaute auf die Digitaluhr am Armaturenbrett: 17:53. Gleich würde Studio 6 anfangen, das Nachrichtenmagazin mit Diskussionen und Analysen.
Ob ich wohl dabei bin? Der Gedanke huschte ihm kurz durch den Kopf.
Natürlich nicht, dachte er dann. Warum sollte ich? Sie haben mich ja nicht interviewt.
Er fuhr auf die linke Spur und überholte zwei französische Wohnwagen. Haga Norra rauschte vorbei, und er merkte, dass er viel zu schnell fuhr. Das wär noch was, wenn ich ausgerechnet jetzt einen Unfall hätte, dachte er und wechselte die Spur. Die Wohnwagen füllten seinen Rückspiegel aus und hupten, weil er so dicht vor ihnen einscherte.
Es wurde sechs, und er drehte lauter, um die Nachrichten zu hören. Der Präsident der USA war besorgt über die Entwicklung des Friedensprozesses im Nahen Osten. Er hatte die Parteien in der folgenden Woche zu neuen Gesprächen nach Washington eingeladen. Es war noch unklar, wie der Verhandlungsführer der Palästinenser

die Einladung aufnehmen würde. Der Minister hörte aufmerksam zu, denn das konnte auch Konsequenzen für seine eigene Arbeit haben.

Danach folgte ein Bericht von Gotland, wo ein schwerer Waldbrand tobte. Große Gebiete auf der Ostseite der Insel waren gefährdet. Der Reporter interviewte einen beunruhigten Bauern. Die Aufmerksamkeit des Ministers ließ nach. Da kam bereits die Abfahrt nach Sollentuna, er hatte also überhaupt nicht bemerkt, dass er an Järva Krog vorbeigefahren war.

Nach Gotland folgten weitere Meldungen. Im drohenden Fluglotsenstreik wurde immer noch verhandelt, und die Gewerkschaft wollte auf das Angebot der Vermittler spätestens um neunzehn Uhr antworten. In der Innenstadt von Stockholm war eine junge Frau im Kronobergspark tot aufgefunden worden. Der Minister horchte auf und stellte lauter. Die Polizei hielt sich bedeckt, was den Todesfall anging, doch gab es Anzeichen, die darauf hinwiesen, dass die Frau umgebracht worden war.

Dann kam ein kurzer Einschub mit dem früheren Parteisekretär, der in einer Tageszeitung einen streitbaren Artikel über die alte IB-Affäre geschrieben hatte. Der Minister war verärgert. Dieser verdammte Kerl. Dass er einfach nicht die Klappe halten konnte, und das auch noch mitten im Wahlkampf.

»Wir haben es für die Demokratie getan«, sagte der ehemalige Parteisekretär im Lautsprecher. »Ohne uns hätte die Tür zum marxistisch-leninistischen Paradies weit offen gestanden.«

Anschließend folgte der Wetterbericht. Das Hochdruckgebiet würde in den kommenden fünf Tagen weiterhin über Skandinavien liegen. Das Grundwasserniveau lag jetzt überall weit unter dem normalen Stand, und die Brandgefahr in den Wäldern und der Landwirtschaft war sehr groß. Im ganzen Land war es immer noch verboten, Feuer zu entzünden. Der Minister schüttelte den Kopf.

Der Reporter im Studio beendete die Sendung, als das Rotebro-Motel vorbeiglitt, und auf der rechten Seite sah man ein Einkaufszentrum. Der Minister wartete auf die kreischende E-Gitarre, die Erkennungsmelodie von Studio 6, doch zu seinem Erstaunen kam sie nicht. Stattdessen wurde erneut ein Programm mit hysterisch kreischenden Jugendlichen als Moderatoren angekündigt. Ja, verdammt, es war ja Samstag. Studio 6 wurde nur Montag bis Freitag gesendet. Ärgerlich schaltete er das Autoradio aus. Im selben Moment klingelte sein Handy. Dem Laut nach zu schließen, lag es tief unten in einer Tasche auf dem Rücksitz. Er fluchte laut und warf den rechten Arm nach hinten. Während das Auto zwischen den Straßenmarkierungen hin und her schlingerte, boxte er seine Reisetasche auf den Boden und holte die kleine Übernachtungstasche hervor. Ein silberfarbener Mercedes neueren Modells hupte wütend beim Überholen.

»Kapitalistenschwein«, murmelte der Minister.

Er hielt die Tasche auf dem Beifahrersitz auf den Kopf und holte sein Telefon heraus.

»Ja?«, fragte er.

»Hier ist Karina, hallo.«

Seine Pressesprecherin.

»Wo sind Sie?«, fragte sie.

»Was gibt es?«, gab er zurück.

»*Svenska Dagbladet* fragt, ob die neue Krise in den Friedensverhandlungen im Nahen Osten die Lieferungen von Kampfflugzeugen nach Israel beeinflussen werde.«

»Das ist eine Fangfrage«, erwiderte der Minister. »Wir haben gar keine Abmachungen über Lieferungen von Kampfflugzeugen nach Israel.«

»Darum ging es in der Frage auch nicht«, sagte die Pressesprecherin. »Die Frage war, ob die Verhandlungen dadurch gefährdet sind.«

»Die Regierung kommentiert mögliche Verhandlungen über mögliche Verkäufe von schwedischem Kriegsmaterial oder schwedischen Kampfflugzeugen nicht. Es werden oft und sehr lange mit einer ganzen Reihe unterschiedlicher Interessenten Verhandlungen geführt, die nur in den allerseltensten Fällen zu größeren Verkäufen führen. In diesem Fall sind also definitiv keine Lieferungen gefährdet, weil es gar keine geben wird, jedenfalls nicht nach meinem Wissensstand.«

Seine Pressesprecherin machte sich schweigend einige Notizen.

»Okay«, sagte sie, »habe ich das jetzt richtig verstanden: ›Die Antwort ist Nein. Es sind keine Lieferungen gefährdet, weil keine Verträge bestehen.‹«

Der Minister strich sich mit der Hand über die müde Stirn.

»Nein, nein, Karina«, sagte er, »das habe ich ganz und gar nicht gesagt. Ich habe überhaupt nicht mit Nein auf die Frage geantwortet. Sie kann nicht beantwortet werden. Da keine Lieferungen geplant sind, können sie auch nicht gefährdet sein. Ein Nein auf diese Frage würde ja bedeuten, dass es Lieferungen geben wird.«

Karina atmete leise in den Hörer.

»Vielleicht sollten Sie selbst mit dem Reporter sprechen«, meinte sie.

Meine Güte, er musste diese verdammte Tussi rausschmeißen! Die war ja nicht ganz dicht!

»Nein, Karina«, sagte er. »Es ist jetzt Ihre Aufgabe, das so zu formulieren, dass meine Intention gewahrt wird und das Zitat korrekt ist. Was glauben Sie, wofür Sie vierzigtausend Kronen im Monat bekommen?«

Er drückte den Knopf, noch ehe sie antworten konnte. Zur Sicherheit schaltete er das Telefon ganz ab und warf es wieder in die Tasche. Die Stille wurde bedrückend. Langsam fingen die Geräusche des Wagens wieder an im Innenraum zu dröhnen, das Jaulen der Leisten, die Hitze des Asphalts und das Sirren der Klimaanlage. Irritiert riss er die beiden obersten Hemdknöpfe auf und machte das Radio wieder an. Die Wunschmusik auf P3 war nicht zu ertragen, und so drückte er auf gut Glück irgendeinen Kanal und bekam Radio Rix rein. Ein alter Schlager, den er aus seiner Jugend kannte, trällerte aus den Lautsprechern. Er verband irgendeine Erinnerung mit diesem Lied, aber konnte sich nicht erinnern, was es war. Irgendein Mädchen vermutlich. Er widerstand dem Impuls, das Radio wieder auszuschalten. Alles war besser als das Dröhnen der Straße. Es würde eine lange Nacht werden.

Das Redaktionsteam marschierte kurz vor sieben Uhr mit dem üblichen Getöse ein. Ihr Chef, Jansson, hatte sich Spiken gegenüber am Newsdesk niedergelassen. Annika und Berit waren inzwischen

unten in der Kantine gewesen, die von allen nur »Zu den Sieben Ratten« genannt wurde, und hatten dort Gulasch gegessen.
Die Verbindung aus schwerem Essen und lachenden Männern verursachte Magenkrämpfe. Sie war nicht weitergekommen. Den Betrunkenen, der ihr den Tipp gegeben hatte, hatte sie nicht ausfindig machen können. Der Pressesprecher der Polizei war ein Wunder an Freundlichkeit und Geduld, aber er wusste nichts. Sie hatte im Laufe des Nachmittags drei Mal mit ihm gesprochen. Er wusste nicht, wer die Frau war, wann oder wie sie gestorben war oder wann er jemals etwas darüber wissen würde. Das machte Annika nervös und trug vermutlich zu ihren Magenschmerzen bei.
Sie musste ein Porträt der Frau herzaubern, bis die Aufmacher dran waren, sonst würde es, was sie betraf, schlichtweg keinen Aufmacher geben.
»Immer mit der Ruhe«, sagte Berit, »wir schaffen das schon noch, du wirst sehen. Morgen ist auch noch ein Tag. Wenn wir den Namen nicht bekommen, dann erfährt ihn auch sonst niemand.«
Die Fernsehnachrichten um halb acht begannen natürlich mit der Krise im Nahen Osten und dem Gesprächsangebot des amerikanischen Präsidenten. Der Beitrag dauerte eine halbe Ewigkeit und wurde immer wieder durch Fragen an den direkt zugeschalteten Korrespondenten unterbrochen. Ellenlange Tiraden in Diplomatensprache liefen synchron über Archivbilder von der Intifada.
Dann kam der Brand auf Gotland, genau dieselbe Bewertung der Nachrichtenlage wie schon beim Konkurrenzsender. Die Luftaufnahmen waren beeindruckend, das konnte man nicht anders sagen. Zuerst sprach man mit dem Leiter der Rettungsaktionen, einem Feuerwehrhauptmann aus Visby, woraufhin Bilder einer improvisierten Pressekonferenz folgten, und Annika musste lachen, als sie Anne Snapphane sah, die sich mit ihrem Kassettenrecorder einfach ganz nach vorn drängelte. Schließlich wurde ein beunruhigter Bauer interviewt, dessen Stimme Annika von der Konkurrenzsendung wieder zu erkennen meinte.
Nach dem Brand waren die übrigen Nachrichten eher mager. Man machte ein großes Ding daraus, dass der Wahlkampf schon begonnen habe, obwohl das in Wirklichkeit doch schon vor ungefähr

einem halben Jahr geschehen war. Der sozialdemokratische Ministerpräsident ging Hand in Hand mit seiner neuen Frau auf dem Marktplatz seiner sörmländischen Heimatstadt spazieren und winkte, und Annika freute sich, als sie ihren alten Arbeitsplatz im Hintergrund erkennen konnte. Der Ministerpräsident kommentierte kurz den Artikel seines ehemaligen Parteisekretärs über die IB-Affäre.

»Das ist keine Frage, die wir mit ins nächste Jahrtausend schleppen wollen«, sagte er müde. »Wir werden der Sache auf den Grund gehen. Wenn man dazu einen Untersuchungsausschuss braucht, dann werden wir einen einsetzen.«

Dann wurde das vorproduzierte Material gesendet. Der Russlandkorrespondent des Schwedischen Fernsehens, ein ausgesprochen guter Mann, war in Kaukasien gewesen und hatte den langen, blutigen und ausgedehnten Konflikt in einer der ehemaligen Sowjetrepubliken geschildert. Das Gute an der Saure-Gurken-Zeit, dachte Annika, ist, dass man eine Menge in den normalen Nachrichtensendungen sieht, was man sonst niemals zu Gesicht kriegen würde.

Der alternde Präsident der kaukasischen Republik wurde interviewt. Er überraschte den Reporter damit, dass er Schwedisch sprach.

»Ich war von 1970 bis 1973 in der sowjetischen Botschaft in Stockholm stationiert«, sagte er mit starkem Akzent.

»Fantastisch«, sagte Annika fassungslos.

Der Präsident war tief besorgt. Russland versorgte die Rebellen mit Waffen und Munition, er selbst litt stark unter dem internationalen Waffenembargo, das die Vereinten Nationen gegen sein Land verhängt hatten. Er war das Opfer mehrerer Mordversuche gewesen und seither schwer herzkrank.

»Mein Land leidet«, sagte er auf Schwedisch und starrte in die Kamera. »Die Kinder sterben. Das ist ungerecht.«

Meine Güte, wie schlecht es den Leuten geht, dachte Annika und holte sich einen Plastikbecher mit Kaffee. Als sie zurückkam, lief ein Nachrichtenüberblick mit kurzen innerschwedischen Meldungen. Ein Autounfall in Enköping. Ein junges Mädchen war im

Kronobergspark in Stockholm tot aufgefunden worden. Der Fluglotsenstreik war abgewendet, nachdem auch die Gewerkschaft dem letzten Angebot der Schlichter zugestimmt hatte. Die Nachrichten wurden hintereinander gelesen wie kurze Live-Einschnitte über nichts sagenden Totalen. Offenbar hatte irgendein Fotograf vom Fernsehen den Weg nach Kungsholmen gefunden, denn es wurden ein paar Sekunden flatterndes blauweißes Absperrband und üppiges Parkgrün gezeigt. Mehr gab es nicht.
Annika seufzte. Das würde nicht leicht werden.

Patricia fror. Sie schlang die Arme um sich und zog die Füße auf den Sitz. Der Luftstrom von der Belüftungsanlage zog über den Fußboden und brachte Abgase und Pollen herein. Sie nieste.
»Haben Sie sich erkältet?«, fragte der Typ vom Vordersitz. Er war wirklich nett, aber trug ein widerliches Hemd. Kein Stil. Sie mochte lieber ältere Typen, die waren nicht so scharfe Hunde.
»Nein«, antwortete sie sauer, »ich bin allergisch.«
»Wir sind gleich da«, sagte er.
Neben ihm, am Steuer, saß eine richtige Tussi, so eine Polizistin, die viel härter drauf sein musste als alle Typen, um respektiert zu werden. Sie hatte Patricia steif begrüßt und anschließend ignoriert.
Sie schaut auf mich herab, dachte Patricia. Sie meint, sie sei was Besseres.
Die Polizistin war den Karlbergsväg heruntergefahren und hatte die Norra Stationsgatan gekreuzt. Eigentlich durften nur Busse und Taxis da fahren, aber das war der Tussi offensichtlich egal. Sie fuhren unter einer großen Hauptstraße hindurch und kamen von hinten in das Gebiet um das Karolinska-Institut mit der medizinischen Hochschule, der Rechtsmedizin und den großen Krankenhäusern. Rote Ziegelsteinbauten unterschiedlicher Epochen lösten einander ab, eine kleine Stadt in der Stadt. Kein Mensch war unterwegs, es war schließlich Samstagabend. Das Scheele-Laboratorium glitt auf der rechten Seite vorüber, die Tomteboda-Schule erhob sich wie ein rostroter Palast oben zur Linken. Die Tussi bog nach rechts ab und stellte das Auto auf

einem kleinen Parkplatz ab. Der Typ in dem grässlichen Hemd stieg aus und öffnete die Tür auf ihrer Seite.

»Die Sicherung ist noch drin«, sagte er.

Patricia konnte sich nicht bewegen. Sie saß mit den Füßen auf dem Sitz, die Knie unter dem Kinn. Ihre Zähne klapperten.

Das passiert jetzt nicht, dachte sie. Ein schlechtes Omen nach dem anderen. Positive Gedanken, positive Gedanken …

Die Luft war jetzt so dick, dass sie nicht mehr in ihre Lungen vordringen konnte. Sie saß irgendwo unterhalb der Kehle fest, wuchs, verdichtete sich, erstickte sie.

»Ich schaffe es nicht«, sagte sie. »Wenn sie es nun nicht ist?«

»Das werden wir gleich wissen«, sagte der Typ. »Ich weiß, dass das schlimm für Sie ist. Kommen Sie, ich helfe Ihnen aus dem Auto. Wollen Sie etwas zu trinken haben?«

Sie schüttelte den Kopf, nahm aber seine Hand. Mit zitternden Beinen trat sie auf den Asphalt. Die Tussi war schon auf einem kleinen Weg vorgegangen, und es knisterte unter ihren groben Schuhen.

»Mir ist übel«, sagte Patricia.

»Hier, nehmen Sie ein Kaugummi«, erwiderte der Typ.

Ohne zu antworten, streckte sie die Hand aus und nahm einen Streifen aus der Packung.

»Hier entlang«, sagte er.

Sie gingen an einem Schild mit einem roten Pfeil und dem Text »95:7 Gerichtsmedizinische Abtlg. Leichenschauhaus« vorbei.

Sie kaute intensiv. Sie gingen zwischen Bäumen, Linden und Ahorn. Ein schwacher Wind flüsterte in den Blättern, vielleicht würde die Hitze endlich nachlassen.

Das Erste, was ihr auffiel, war das lange Schutzdach. Es ragte aus dem bunkerähnlichen Gebäude vor wie eine überdimensionale Schirmmütze. Das Haus war aus den allgegenwärtigen roten Ziegelsteinen, die Tür aus grauschwarzem Eisen, geschlossen und schwer.

LEICHENSCHAUHAUS STOCKHOLM stand in goldenen Großbuchstaben unter dem Dach, und dann ganz unten: »Eingang für Angehörige. Identifizierung. Beisetzung.«

Die Gegensprechanlage war aus abgestoßenem Plastik. Der Typ drückte auf einen Knopf, eine leise Stimme antwortete, der Typ sagte etwas. Patricia drehte sich mit dem Rücken zur Tür und schaute zum Parkplatz zurück. Sie hatte das dumpfe Gefühl, als würde der Boden schwanken, eine lange Dünung auf einem großen Meer. Die Sonne war hinter der Tomteboda-Schule verschwunden, unter dem Schutzdach war der Tag fast vorbei. Direkt vor ihr lag die Hochschule für Gesundheitswesen, flach, ein roter Ziegelbau, 60er-Jahre. Die Luft wurde immer dichter, das Kaugummi in ihrem Mund immer größer. Ein Vogel sang irgendwo in den Büschen, der Laut erreichte sie wie durch einen Filter. Sie hörte ihre eigenen Kiefer mahlen.
»Kommen Sie herein.«
Der Typ legte seine Hand auf ihren Arm, und sie musste sich umdrehen. Die Tür hatte sich geöffnet. Ein anderer Typ stand im Eingang und lächelte ihr vorsichtig zu.
»Hier entlang, kommen Sie nur herein«, sagte er.
Der Kloß in ihrem Hals kam die Zunge hinauf, sie schluckte schwer.
»Ich muss mein Kaugummi wegwerfen«, sagte sie.
»Es gibt hier eine Toilette«, sagte er.
Die Tussi und der Typ mit dem Hemd warteten und ließen sie vorgehen. Das Zimmer war klein. Es erinnerte an das Wartezimmer beim Zahnarzt, graues, kleines Sofa links, niedriger Tisch in Birke, vier Chromstühle mit blau gestreiftem Stoff, abstraktes Gemälde mit drei Farbfeldern an der Wand, Grau, Braun, Blau. Ein Spiegel auf der rechten Seite. Garderobe geradeaus, Toilette. Sie ging dorthin mit dem unangenehmen Gefühl, gar nicht bis auf den Boden zu reichen.
Bist du hier, Josefine?
Kannst du mich spüren?
In der Toilette verschloss sie die Tür und warf das Kaugummi in den Papierkorb. Der Korb aus Metallgeflecht war leer, das Kaugummi blieb an der Kante kleben. Sie versuchte es ein wenig weiter zu schnippen, die Finger blieben daran kleben. Es gab keine Plastikbecher, also trank sie ein paar Schluck direkt aus dem Was-

serhahn. Ich bin ja schließlich in einem Leichenschauhaus, da nehmen sie es mit der Hygiene sicher genau, dachte sie.
Sie atmete einige Male tief durch die Nase ein und ging dann hinaus. Die anderen warteten auf sie. Sie standen vor einer weiteren Tür, zwischen dem Spiegel und dem Ausgang.
»Ich möchte Sie darauf vorbereiten, dass es sehr hart werden kann«, sagte der Typ. »Das Mädchen ist nicht gewaschen worden, seit es gefunden wurde, und befindet sich immer noch in derselben Stellung, in der wir sie fanden.«
Patricia schluckte noch einmal.
»Wie ist sie gestorben?«
»Das Mädchen wurde erdrosselt. Sie ist heute kurz nach Mittag im Kronobergspark auf Kungsholmen gefunden worden.«
Patricia legte die Hand auf den Mund, ihre Augen wurden groß und füllten sich mit Tränen.
»Wir gehen immer durch den Park, wenn wir von der Arbeit nach Hause gehen.«
»Es ist nicht sicher, dass es Ihre Freundin ist«, sagte der Typ. »Ich möchte, dass Sie ruhig bleiben und sie sich genau anschauen. Es ist kein schlimmer Anblick.«
»Ist sie … blutig?«
»Nein, überhaupt nicht. Sie ist unversehrt und schön. Der Körper hat angefangen auszutrocknen, deshalb kann das Gesicht etwas eingesunken aussehen. Ihre Haut und ihre Lippen sind verfärbt, aber es ist nicht so schlimm. Sie sieht nicht schrecklich aus.«
Er sprach leise und ruhig. Dann nahm er sie an der Hand.
»Sind Sie bereit?«
Patricia nickte. Die Tussi öffnete die Tür. Ein kühler Lufthauch zog aus dem anderen Raum. Sie sog seine Feuchtigkeit ein und erwartete den Geruch von Leichen und Tod, doch die Luft war frisch und sauber. Sie trat vorsichtig ein. Der Fußboden war aus Stein, glänzend, graubraun, die Wände kreideweiß, Stein, verputzt, uneben. An der gegenüberliegenden Wand waren zwei Elektroheizungen angebracht. Sie schaute hoch, unter dem Dach war eine Kuppel. Zwölf Glühbirnen verströmten dumpfes Licht im Raum. Es erinnerte an eine Kapelle. Zwei Kerzenleuchter, groß, aus Holz.

Sie waren nicht angezündet, aber Patricia konnte dennoch den Wachsduft ahnen. Zwischen ihnen stand die Bahre.
»Ich will nicht«, sagte sie.
»Sie müssen nicht«, sagte der Typ. »Wir können auch ihre Eltern oder ihren Freund holen. Das Problem ist nur, dass das länger dauert. Der Vorsprung des Mörders wächst. Der Täter soll nicht davonkommen.«
Sie schluckte. Hinter der Bahre hing ein großes blaues Textilbild. Es bedeckte die ganze hintere Tür. Sie starrte auf das Blau, versuchte ein Muster auszumachen.
»Also gut, dann mache ich es«, sagte sie.
Der Typ, der immer noch ihre Hand hielt, zog sie langsam zur Bahre. Sie lag unter einem Tuch. Sie hatte die Hände über dem Kopf.
»Jetzt nimmt Anja vorsichtig das Tuch von ihrem Gesicht. Ich stehe die ganze Zeit neben Ihnen.«
Anja war die Tussi.
Sie sah die Bewegung in den Augenwinkeln, das weiße Tuch, das weggezogen wurde, spürte den leichten Luftzug. Sie ließ das Blau los und senkte den Blick auf die Bahre.
Es ist wahr, dachte sie. Sie ist schön. Sie ist tot, aber sie ist nicht ekelhaft. Sie sieht etwas erstaunt aus, dachte sie, als hätte sie nicht richtig begriffen, was passiert ist.
»Jossie«, flüsterte Patricia.
»Ist das Ihre Freundin?«, fragte der Typ.
Sie nickte. Die Tränen liefen, und sie tat nichts, um sie aufzuhalten. Sie streckte die Hand aus, um Josefine übers Haar zu streichen, hielt aber inne.
»Jossie, was haben sie mit dir gemacht?«
»Sind Sie ganz sicher?«
Sie schloss die Augen und nickte.
»Du meine Güte«, sagte sie.
Sie legte die Hand auf den Mund und kniff die Augen noch fester zusammen.
»Sie können also hundertprozentig bestätigen, dass dies Ihre Mitbewohnerin Josefine Liljeberg ist?«

Sie nickte und wandte sich um, weg von Jossie, weg vom Tod, weg von dem Blau, das hinter der Bahre schwebte.
»Ich will weg hier«, sagte sie mit erstickter Stimme, »bringen Sie mich fort.«
Der Typ legte ihr den Arm um die Schultern, zog sie zu sich und strich ihr übers Haar. Sie weinte hemmungslos, durchnässte sein hässliches buntes Hemd.
»Wir möchten heute Abend gründlich ihre Wohnung durchsuchen«, sagte er. »Es wäre gut, wenn Sie dabei sein könnten.«
Sie wischte sich die Nase mit dem Handrücken ab und schüttelte den Kopf.
»Ich muss arbeiten«, sagte sie. »Wenn Jossie weg ist, muss ich besonders viel tun. Sie vermissen mich bestimmt schon.«
Er schaute sie prüfend an.
»Sind Sie sicher, dass Sie das schaffen?«
Sie nickte.
»Okay«, sagte er, »dann fahren wir jetzt.«

Die Pressemitteilung kam um 21 Uhr 12 aus dem Fax. Da die Presseabteilung der Stockholmer Polizei ihre Mitteilungen immer an die Redaktionssekretärin Eva-Britt Qvist schickte, die am Wochenende nicht arbeitete, entdeckte sie niemand. Erst als um 21 Uhr 45 ein kurzes Nachrichtentelex kam, wurde Berit auf die Information aufmerksam.
»Pressekonferenz im Polizeigebäude um 22 Uhr«, rief sie Annika zu und lief schnell zum Fotoraum.
Annika warf Block und Stift in die Tasche und ging zum Ausgang. Sie war voller Erwartung, jetzt würde sie es endlich erfahren. Sie war unsicher und nervös – sie war noch nie auf einer Pressekonferenz der Stockholmer Polizei gewesen.
»Wir müssen das Faxgerät von Eva-Britts Platz wegstellen«, sagte Berit im Fahrstuhl.
Sie zwängten sich in Bertil Strands Saab, genau wie das letzte Mal. Annika saß wieder hinten, auf demselben Platz. Sie zog die Tür sanft und vorsichtig zu.
»Wohin geht's?«, fragte Bertil Strand.

»Kungsholmsgatan, Haupteingang«, sagte Berit.
»Was meinst du, was sie sagen werden?«, fragte Annika.
»Wahrscheinlich haben sie das Mädchen identifiziert und die Angehörigen benachrichtigt«, meinte Berit.
»Ja, aber warum berufen sie dafür eine Pressekonferenz ein?«
»Sie tappen im Dunkeln«, sagte Berit, »und brauchen die maximale Aufmerksamkeit der Massenmedien. Es gilt, den Detektiv namens Bevölkerung wachzurütteln, solange die Leiche noch frisch ist, und wir sind dabei sozusagen die Wecker.«
Annika schluckte. Sie schaute durch die Fensterscheibe. Der Abend wirkte durch das getönte Glas diesig und grau. Die Neonschilder am Fridhemsplan blinkten grell im schummrigen Abendlicht.
»Man sollte jetzt irgendwo draußen sitzen mit einem Glas Rotem«, sagte Bertil Strand.
Die beiden Frauen antworteten nicht.
Sie fuhren am Park vorbei, und Annika sah die Absperrungen im leichten Wind flattern. Der Fotograf fuhr um das Grün herum und dann zum Haupteingang an der Kungsholmsgatan.
»Das hat ja schon eine gewisse Ironie«, sagte Berit, »die größte Ansammlung von Polizisten in ganz Skandinavien ist nur zweihundert Meter vom Mordplatz entfernt.«
Der braune Gebäudekomplex des Landeskriminalamts ragte rechts von Annika in die Höhe. Sie drehte sich um und schaute durch das Rückfenster zum Park. Der grüne Berg lag im Schatten und füllte das ganze Fenster aus. Plötzlich wurde ihr schwindelig, wie sie da so zwischen dem dunklen Grün und dem Plattenbau eingeklemmt war. Sie wühlte in ihrer Tasche und fand eine Rolle harter englischer Pfefferminzbonbons. Schnell steckte sie sich zwei Stück in den Mund.
»Wir kommen gerade rechtzeitig«, sagte Berit.
Bertil Strand parkte dicht an der Kreuzung, und Annika beeilte sich auszusteigen.
»Du siehst etwas blass aus«, sagte Berit. »Wie geht es dir?«
»Prima«, sagte Annika. Sie warf die Tasche über die Schulter und ging auf den Eingang zu, wobei sie wie wild auf den Pfefferminzbon-

bons herumkaute. Ein Wachposten stand am Eingang. Sie zeigten ihre Presseausweise und betraten einen engen Raum, dessen größter Teil von einem Kopiergerät ausgefüllt wurde. Annika sah sich neugierig um. Rechts und links erstreckten sich lange Korridore.
»Das sind eigentlich die Abteilungen für Identifizierung und Fingerabdrücke«, flüsterte Berit.
»Geradeaus«, kommandierte der Wachmann.
»Landeskriminalamt« stand spiegelbildlich in blauen Buchstaben auf der Glastür vor ihnen. Berit drückte die Tür auf, und sie gelangten in einen weiteren Flur mit beigegelber Wandverkleidung. Etwa zehn Meter weiter rechts lag der Raum für die Pressekonferenz.
»Das ist der langweiligste Raum in ganz Schweden, wenn es darum geht, Bilder zu machen. Man kann nicht einmal einen Blitz an die Decke werfen, denn die ist dunkelbraun«, beklagte sich Bertil Strand.
»Haben Pressesprecher deshalb immer rote Augen?«, scherzte Annika vorsichtig.
Der Fotograf stöhnte nur.
Der Raum war sehr groß, orangefarbener Teppichboden, beigebraune Stühle, Textilkunst in Blaubraun. Eine kleine Gruppe von Journalisten hatte sich ganz vorn versammelt. Arne Påhlson und ein weiterer Reporter vom Konkurrenzblatt waren gekommen und sprachen mit dem Pressesprecher der Polizei. Der Ermittler im Hawaiihemd war nicht da. Zu ihrem Erstaunen sah Annika, dass *Das Echo* vertreten war, ebenso wie die etwas vornehmere *Morgenzeitung*, die im selben Haus ansässig war wie das *Abendblatt*.
»Mord wird gleich ein wenig seriöser, wenn eine Pressekonferenz einberufen wird, weißt du«, flüsterte Berit.
Im Raum war es drückend heiß, und Annika brach wieder der Schweiß aus. Da keine Fernsehsender da waren, setzten sie sich ganz nach vorn. Die Reihen direkt vor dem Podium wurden sonst immer von Kabeln und Fernsehkameras eingenommen. Die Leute von der Konkurrenz setzten sich neben sie, und Bertil Strand lud seine Kameras. Der Pressesprecher räusperte sich.
»Ja, herzlich willkommen«, sagte er und ging auf die kleine Bühne, die am Kopfende war. Er ging um ein Pult herum und setzte sich

dann bedächtig hinter einen Konferenztisch, nestelte ein paar Papiere durch und klopfte gegen das Mikrofon vor sich.
»Also, wir haben Sie heute Abend eingeladen, um Sie über den Todesfall, der heute um die Mittagszeit im Zentrum von Stockholm entdeckt wurde, zu informieren«, sagte er und schob seine Papiere beiseite.
Annika und Berit saßen nebeneinander und machten Notizen. Bertil Strand ging etwas nach links und suchte durch die Linse verschiedene Winkel.
»Viele von Ihnen haben uns heute im Laufe des Tages angerufen und um Informationen über den Fall gebeten, deshalb haben wir uns entschieden, diese spontane Pressekonferenz einzuberufen«, fuhr er fort. »Ich habe mir gedacht, dass ich zunächst ein paar Fakten vortragen werde, und anschließend spreche ich gern mit jedem von Ihnen. Wollen wir so verfahren?«
Die Journalisten nickten. Der Pressesprecher nahm seine Papiere wieder auf.
»Um 12 Uhr 48 erhielt die Einsatzzentrale die Nachricht vom Fund der Leiche«, sagte er. »Der Anrufer war ein Passant.«
»Der Betrunkene«, schrieb Annika auf ihren Block.
Der Pressesprecher hielt ein wenig inne und holte tief Luft.
»Die Tote ist eine junge Frau. Sie ist als Hanna Josefine Liljeberg identifiziert worden, 19 Jahre alt, wohnhaft in Stockholm. Die Angehörigen sind unterrichtet worden.«
Annika spürte ein Brennen im Magen. Die trüben Augen hatten einen Namen bekommen. Sie sah sich vorsichtig um, um zu sehen, wie die Kollegen reagierten. Keiner verzog eine Miene.
»Das Mädchen ist erdrosselt worden«, sagte der Pressesprecher. »Der Zeitpunkt des Todes ist noch nicht genau festgestellt, doch wird er wahrscheinlich zwischen drei Uhr und sieben Uhr heute früh eingetreten sein.«
Er zögerte ein wenig, ehe er fortfuhr.
»Die Untersuchung der Leiche deutet darauf hin, dass das Mädchen sexuellen Übergriffen und sexueller Gewalt ausgesetzt war.«
Annika rasten ein paar Bilder durch den Kopf, Brüste, Augen, der Schrei.

Der Pressesprecher schaute vom Tisch und von seinen Papieren auf.

»Wir brauchen die Hilfe der Bevölkerung, um diesen Verrückten zu fassen«, sagte er müde. »Wir haben nicht sonderlich viele Anhaltspunkte.«

Annika schielte zu Berit hinüber, sie hatte Recht gehabt.

»Unsere Theorie ist im Wesentlichen, dass der Fundort mit dem Tatort identisch ist, es gibt technische Anhaltspunkte, die darauf hinweisen. Die Letzte, die Josefine außer dem Mörder lebend gesehen hat, ist ihre Mitbewohnerin. Die beiden haben sich kurz vor vier Uhr morgens in dem Restaurant, in dem sie beide arbeiten, getrennt. Das bedeutet, dass wir die Todeszeit um weitere zwei Stunden einschränken können.«

Ein paar Blitze flammten auf, und Annika nahm an, dass sie von Bertil Strand stammten.

»Also«, fasste der Pressesprecher zusammen, »zwischen fünf und sieben Uhr heute Morgen wurde Hanna Josefine Liljeberg im Kronobergspark in Stockholm ermordet. Verletzungen an ihrem Körper weisen darauf hin, dass sie vergewaltigt wurde.«

Sein Blick war über die Teilnehmer der Pressekonferenz hinweggewandert und ruhte schließlich auf Annika. Sie musste schlucken.

»Wir möchten gern mit allen, ich wiederhole, mit allen in Kontakt kommen, die sich zwischen fünf und sieben Uhr heute Morgen in der Nähe des Kronobergsparks, der Parkgatan, der Hantverkargatan oder der Sankt-Göransgatan aufgehalten haben. Alle Informationen, die von Interesse sein könnten, werden von den Polizeidienststellen entgegengenommen. Wir haben besondere Telefonnummern eingerichtet, die man anrufen kann. Man kann dann entweder mit einer Telefonistin oder mit einem Anrufbeantworter sprechen. Auch wenn ein Geschehnis dem Betrachter vielleicht unbedeutend erscheint, kann es doch in ein größeres Muster passen. Deshalb bitten wir alle, die in der betreffenden Zeit etwas gesehen haben, sich zu melden ...«

Er schwieg. Der Staub stand in der Luft. Annikas Hals brannte vor Trockenheit.

Der Reporter von der *Morgenzeitung* räusperte sich.

»Haben Sie einen Verdächtigen?«, fragte er resolut.

Annika schaute ihn erstaunt an. Hatte er denn gar nichts begriffen?
»Nein«, antwortete der Pressesprecher freundlich. »Gerade deshalb ist es ja so wichtig für uns, Tipps aus der Bevölkerung zu bekommen.«
Der Reporter machte sich Notizen.
»Was sind das für technische Anhaltspunkte, die besagen, dass der Fundort auch der Tatort ist?«, fragte Arne Påhlson.
»Dazu können wir jetzt noch nichts sagen«, antwortete der Pressesprecher.
Die Reporter stellten noch ein paar halbherzige Fragen, doch der Pressesprecher wollte nicht mehr preisgeben. Am Ende fragte der Reporter vom *Echo*, ob er unter vier Augen ein paar Fragen stellen könnte. Die Pressekonferenz wurde aufgehoben – sie hatte nur ungefähr zwanzig Minuten gedauert. Bertil Strand stand ganz hinten, an eine große schwarzweiße Trennwand gelehnt.
»Sollen wir auf das *Echo* warten und hinterher mit ihm reden?«, fragte Annika.
»Ich finde, wir sollten uns aufteilen«, meinte Berit. »Einer von uns bleibt hier und redet, und der andere geht auf die Jagd nach Bildern von dem Mädchen.«
Annika nickte, das schien sinnvoll zu sein.
»Ich kann an der Einwohnermeldezentrale vorbeifahren und das Passregister checken«, sagte Berit, »und du bleibst hier und redest mit Gösta.«
»Gösta?«
»So heißt er, der Pressesprecher. Bleibst du auch, Bertil? Ich nehme dann ein Taxi …«
Nach dem *Echo* war Arne Påhlson an der Reihe. Der ihn begleitende Reporter war verschwunden, wahrscheinlich würde Berit ihm bei den Passbildern begegnen.
Arne Påhlson nahm sich viel Zeit, ebenso lange, wie die ganze Pressekonferenz gedauert hatte. Viertel vor elf hatten alle außer Annika und Bertil Strand aufgegeben. Der Pressesprecher war müde, als Annika sich schließlich in einer Ecke des leeren Raumes neben ihn setzte.
»Finden Sie das anstrengend?«, fragte Annika.

Gösta schaute sie erstaunt an.
»Was meinen Sie?«
»Sie müssen sich doch wahrscheinlich unglaublich viel Mist anhören. Wie halten Sie das bloß aus?«
»So schlimm ist es nicht. Haben Sie noch Fragen?«
Annika blätterte ein paar Seiten in ihrem Block zurück.
»Ich habe das Mädchen oben im Park gesehen«, sagte sie ruhig und wie nebenbei. »Sie trug keine Kleidung, und ich habe auch in ihrer Nähe keine Kleider gesehen. Entweder ist sie nackt auf den Friedhof gegangen, oder ihre Kleider müssen noch irgendwo sein. Haben Sie sie gefunden?«
Sie schaute den Pressesprecher fest an. Er blinzelte erstaunt.
»Nein, nur die Unterhose«, sagte er. »Aber das dürfen Sie nicht schreiben!«
»Warum nicht?«
»Um die Ermittlungen nicht zu behindern«, antwortete der Pressesprecher.
»Jetzt hören Sie mal«, sagte Annika, »was soll denn das heißen?«
Der Mann dachte einen Moment lang nach.
»Na ja«, erwiderte er, »das können wir schon preisgeben, es macht wahrscheinlich nichts.«
»Wo haben Sie die Unterhose gefunden? Wie sah sie aus? Woher wissen Sie, dass es ihre war?«
»Sie hing in einem Busch in der Nähe, rosa Polyester. Wir haben sie identifizieren lassen.«
»Natürlich«, sagte Annika. »Es ging sehr schnell, ihre Identität festzustellen. Wie haben Sie das gemacht?«
Der Pressesprecher lehnte sich zurück.
»Ja, das stimmt«, sagte er, »sie wurde, wie ich schon sagte, von ihrer Mitbewohnerin identifiziert.«
»Wie alt?«
»Ein junges Mädchen, genau wie sie.«
»War Josefine als vermisst gemeldet worden?«
Der Pressesprecher nickte.
»Ja, von ihrer Mitbewohnerin.«
»Wann?«

»Sie ist heute Nacht nicht nach Hause gekommen, und als sie dann auch auf der Arbeit nicht auftauchte, hat ihre Freundin um halb sieben die Polizei angerufen.«

»Also wohnten und arbeiteten die Mädchen zusammen?«

»Offensichtlich.«

Annika machte ein paar Notizen und überlegte dann eine Weile.

»Und die restlichen Kleider?«, fragte sie.

»Wir haben sie nicht gefunden. Sie sind in einem Radius von fünf Häuserblocks um den Tatort nicht zu finden. Die Papierkörbe am Fridhemsplan sind leider am Vormittag geleert worden, einige unserer Leute suchen im Moment auf der Müllhalde.«

»Was hatte sie an?«

Der Pressesprecher steckte die Hand in die rechte Tasche seiner Uniform und zog eine kleine Kladde heraus.

»Kurzes schwarzes Kleid«, las er, »weiße Turnschuhe und blaue Jeansjacke. Vermutlich eine Schultertasche der Marke Roco-Baroco.«

»Sie haben nicht zufällig ein Foto von ihr? Vom Abitur vielleicht?«, fragte Annika.

Der Pressesprecher strich sich übers Haar.

»Es ist wichtig, dass die Leute wissen, wie sie aussah«, meinte er. »Brauchen Sie es heute Nacht?«

Annika nickte.

»Ein Abiturfoto? Ich werde sehen, was ich tun kann«, sagte er. »Noch Fragen?«

Sie biss sich auf die Lippen.

»Da hatte etwas an der Leiche genagt«, sagte sie. »An der einen Hand.«

Der Pressesprecher sah erstaunt aus.

»Da wissen Sie mehr als ich«, meinte er.

Annika ließ den Block auf ihren Schoß sinken.

»Wer war sie?«, fragte sie leise.

»Wir wissen es nicht«, antwortete er. »Wir wissen nur, dass sie tot ist.«

»Wie hat sie gelebt? In welchem Restaurant hat sie gearbeitet? Hatte sie einen Freund?«

Der Pressesprecher stopfte seine Kladde wieder in die Tasche zurück.

»Ich werde versuchen, ein Bild zu beschaffen«, sagte er und stand auf.

Berit schrieb gerade an einem Text, als Annika und Bertil Strand in die Redaktion zurückkamen.
»Sie war richtig süß«, sagte Berit und zeigte nach hinten zu Bild-Pelle.
Annika ging zum Fototisch und schaute sich das kleine schwarzweiße Polaroidbild aus dem Passregister an. Hanna Josefine Liljeberg lachte in die Kamera. Der Blick war so strahlend und das Lachen so betörend, wie es nur ein Teenager voller Selbstvertrauen zu Stande bringen konnte.
»Neunzehn Jahre«, sagte Annika und spürte einen Druck auf der Brust.
»Es wäre besser, wenn wir ein richtiges Bild bekommen könnten«, sagte Pelle Oscarsson. »Das da wird grau und verschwommen sein, wenn wir es breiter als eine Spalte machen.«
»Ich denke, das wird sich machen lassen«, meinte Annika, sandte ein stilles Stoßgebet zu Gösta und ging zu Berit.
»Kennst du dich mit der Dafa aus?«, fragte Berit.
Annika schüttelte den Kopf.
»Dann gehen wir mal rüber zu Eva-Britt«, meinte Berit.
Am Platz der Redaktionssekretärin gab es einen Computer mit Modem. Berit machte ihn an und wählte sich ins Netz ein. Über Infotorg kam sie zu Dafa Spar, dem staatlichen Personen- und Adressenregister.
»Hier findet man Informationen über alle Personen, die im Einwohnermeldeamt registriert sind und in Schweden wohnen«, erklärte sie, »ihre Adressen, alte Adressen, Geburtsnamen, Personennummer, Geburtsort und derlei Dinge.«
»Unglaublich«, sagte Annika verblüfft. »Davon hatte ich nicht die geringste Ahnung.«
»Die Dafa ist ein recht gutes Arbeitsmittel. Setz dich ruhig irgendwann einmal ran und checke ein paar Bekannte ab, wenn du Zeit hast.«
Berit ging über Namenssuche und ließ nach »Liljeberg, Hanna Jo-

sefine« suchen. Sie bekamen zwei Treffer, eine fünfundachtzigjährige Dame in Malmö und ein neunzehnjähriges Mädchen von der Dalagatan in Stockholm.
»Da haben wir sie«, sagte Berit.
Liljeberg, Hanna Josefine, geboren in Täby, unverheiratet. Die letzte Änderung beim Einwohnermeldeamt war vor weniger als zwei Monaten vorgenommen worden.
»Wir werden einmal nachsehen, wo sie vorher gewohnt hat«, sagte Berit und drückte die Taste für frühere Einträge.
Ein paar Sekunden später tauchte eine andere Anschrift auf dem Bildschirm auf.
»Runslingan in Täby Kyrkby«, las Berit. »Das ist eine Reihenhaussiedlung.«
»Woran siehst du das?«, fragte Annika und ließ den Blick über den Bildschirm gleiten.
Berit lachte.
»Ein paar Informationen sind auf der Festplatte hier oben gespeichert«, sagte sie und tippte sich an die Stirn. »Ich wohne in Täby. Die Adresse muss ihr Elternhaus sein.«
Sie machte einen Ausdruck und gab dem Computer einen neuen Suchbefehl. Liljeberg Hed, Siv Barbro, Runslingan in Täby Kyrkby, vor siebenundvierzig Jahren geboren, verheiratet.
»Die Mutter von Josefine«, sagte Annika. »Wie hast du sie gefunden?«
»Eine Suche nach Frauen mit demselben Nachnamen im selben Postleitzahlenbereich«, antwortete Berit, druckte die Informationen aus und ließ dieselbe Suche bei Männern laufen. Die Dafa meldete zwei Treffer, Hans Gunnar, einundfünfzig Jahre, und Carl Niklas, neunzehn Jahre, beide in Runslingan.
»Schau dir mal das Geburtsdatum des Jungen an«, meinte Berit.
»Josefine hatte einen Zwillingsbruder«, sagte Annika.
Berit machte einen letzten Ausdruck und loggte sich dann aus. Sie fuhr den Computer herunter und ging zum Drucker.
»Nimm das hier«, sagte sie und gab Annika die Ausdrucke. »Versuche mit jemandem zu reden, der sie kannte.«
Annika ging zu ihrem Platz zurück. Die Redakteure waren ganz

auf ihre Aufgaben konzentriert. Jansson stand da und schrie irgendetwas ins Telefon. Das flackernde Licht der Bildschirme ließ das Newsdesk wie eine blaue Insel im Redaktionsmeer erscheinen. Der Anblick machte ihr die Dunkelheit draußen bewusst. Es wurde Nacht. Die Zeit lief.

Bis sie sich setzte, klingelte das Idiotentelefon. Mit einer reflexartigen Bewegung nahm sie den Hörer ab. Es waren Partygäste, die fragten, ob Selma Lagerlöf wirklich lesbisch gewesen sei.

»Rufen Sie die Zentrale für sexuelle Aufklärung an«, sagte Annika und legte auf. Sie holte einen Stapel Telefonbücher hervor und fing an, die Umschläge zu lesen. Zu Hause in Katrineholm hatten sie ein Buch für ganz Sörmland, hier gab es vier für einen einzigen Vorwahlbereich. Sie schlug Liljeberg, Hans, Runslingan in Täby Kyrkby, nach. Er war als »Pfarrer« eingetragen. Sie schrieb die Telefonnummer ab und blickte eine ganze Weile auf sie herab. Nein, dachte sie schließlich. Es muss möglich sein, die nötigen Informationen auf andere Weise zu bekommen.

Sie schlug die Rosa Seiten mit den städtischen Informationen auf. In Täby gab es zwei Gymnasien, Tibble und Åva. Sie rief jeweils die Zentrale an und wurde bei beiden weiterverbunden zur Stadtverwaltung. Sie dachte kurz nach und begann dann, an der Zentrale vorbei zu wählen. Statt der 00 wählte sie 01, dann 02 und 03. Bei 05 hatte sie Erfolg, der Anrufbeantworter des stellvertretenden Rektors Martin Larsson-Berg, Ferien bis zum siebten August. Im Telefonbuch nannte er sich cand. phil. Er wohnte in Viggbyholm und war tatsächlich zu Hause und wach.

»Entschuldigen Sie bitte, dass ich an einem Samstagabend noch so spät anrufe«, sagte Annika, »mein Anliegen ist recht ernst.«

»Ist etwas mit meiner Frau?«, fragte Martin Larsson-Berg besorgt.

»Ihrer Frau?«

»Sie ist dieses Wochenende segeln.«

»Nein, es geht nicht um Ihre Frau, sondern um ein Mädchen, das eine Ihrer Schülerinnen gewesen sein könnte. Es ist heute in Stockholm tot aufgefunden worden«, sagte Annika und kniff die Augen zusammen.

»Ach so«, sagte der Mann erleichtert, »welche Schülerin?«

»Ein Mädchen, das Josefine Liljeberg heißt und in Täby Kyrkby aufgewachsen ist.«
»In welchem Jahrgang war sie?«
»Ich weiß nicht einmal, ob sie auf das Tibble-Gymnasium gegangen ist, aber es schien mir am wahrscheinlichsten. Erinnern Sie sich nicht an sie? Neunzehn Jahre, hübsch, langes blondes Haar, großer Busen ...«
Jetzt war der Rektor im Bilde.
»Ja, natürlich, Josefine Liljeberg«, sagte Martin Larsson-Berg. »Doch, sie war im Frühjahr mit im Medienpraktikum, stimmt.«
Annika atmete aus und öffnete die Augen.
»Erinnern Sie sich an sie?«
»Tot, sagen Sie? Wie furchtbar. Wo hat man sie gefunden?«
»Auf dem jüdischen Friedhof im Kronobergspark. Sie wurde ermordet.«
»Nein, wie scheußlich. Weiß man, wer es war?«
»Noch nicht. Könnten Sie etwas über sie sagen, darüber, wer sie war, was Sie empfinden?«
Martin Larsson-Berg seufzte.
»Ja, wissen Sie«, sagte er, »was soll man da sagen? Sie war wie die meisten Mädchen in dem Alter. Albern und eingebildet. Die sind doch alle gleich. Ihre Bilder fließen sozusagen zusammen.«
Annika war erstaunt. Der Direktor dachte nach.
»Sie wollte Journalistin werden, glaube ich. Am liebsten Moderatorin im Fernsehen. Sie war nicht unbedingt die Hellste, wenn ich ehrlich sein soll. Ermordet, sagen Sie? Wie denn?«
»Sie wurde erdrosselt. Aber sie hat doch ihr Abitur gemacht, oder?«
»Jaja, sie bekam Befriedigend in allen Fächern.«
Annika blätterte in ihren Ausdrucken.
»Ihr Vater ist Pfarrer«, sagte sie. »Hat sie das auf irgendeine Weise beeinflusst?«
»Ist er das? Das wusste ich nicht ...«
»Sie hatte noch einen Zwillingsbruder, Carl Niklas. Ging er auch aufs Tibble?«
»Niklas ... ja, ich glaube, dass er bis zum Frühjahr den naturwis-

senschaftlichen Zweig besucht hat. Er war ziemlich begabt. Wollte in den USA weitermachen.«
Annika machte sich Notizen.
»Erinnern Sie sich an noch etwas?«
Jansson kam und stellte sich drängelnd neben sie, sie winkte ihn fort.
»Nein, beim besten Willen nicht«, sagte der Rektor, »wir haben ja so viele Schüler.«
»Hatte sie viele Freundinnen?«
»Ja, das glaube ich schon. Sie war vielleicht nicht irrsinnig beliebt, aber sie hatte doch ein paar Freundinnen, mit denen sie herumzog. Sie wurde nicht ausgeschlossen.«
»Haben Sie möglicherweise eine Liste der Klasse zur Hand?«, fragte sie.
»Von Josefines Klasse?« Er überlegte ein wenig. »Doch, ich habe ein Telefonbuch von der Schule. Soll ich Ihnen das schicken?«
»Haben Sie Fax?«
Das hatte er. Annika gab ihm die Faxnummer der Kriminalredaktion, und er versprach auch gleich das Klassenfoto von Josefine rüberzuschicken.
Sie legte auf und wollte gerade zu Eva-Britt Qvists Platz gehen, als das Idiotentelefon erneut schrillte. Sie zögerte, blieb dann aber doch stehen und nahm den Hörer ab.
»Ich weiß, wer Olof Palme erschossen hat«, lallte eine Stimme.
»Nein, wirklich«, sagte Annika, »wer denn?«
»Was für eine Belohnung bekomme ich?«
»Wir bezahlen höchstens fünftausend Kronen für einen Nachrichtentipp.«
»Nur fünf Riesen? Das ist ja mickrig. Ich will mit einem Redakteur reden.«
Annika hörte ein Klirren und wie der Mann schluckte.
»Ich bin Redakteurin. Wir bezahlen fünftausend, egal, mit wem Sie reden.«
»Das ist zu wenig. Ich will mehr.«
»Rufen Sie die Polizei an. Da kriegen Sie fünfzig Millionen«, sagte Annika und legte auf.

Man stelle sich vor, der Besoffene hätte Recht, überlegte sie auf dem Weg zum Faxgerät. Man stelle sich vor, er wüsste es wirklich. Man stelle sich vor, die Konkurrenz hätte morgen Palmes Mörder als Aufmacher. Dann würde sie für alle Zeit als diejenige bekannt sein, die den Supertipp versaut hat, genau wie Bonniers, die Astrid Lindgren abgelehnt, oder die Plattenfirma, die die Beatles mit der Begründung »Gitarrengruppen sind out« weggeschickt hatte.

Das Fax hatte eine schlechte Qualität, Josefine und ihre Klassenkameradinnen waren schwarze Flecken auf einem grau gestreiften Hintergrund. Doch unter dem Bild standen die Namen aller Schüler, neunundzwanzig junge Menschen, die alle Josefine gekannt hatten. Auf dem Weg zurück zu ihrem Platz unterstrich sie die mit ungewöhnlichen Nachnamen, bei denen man vielleicht eine Chance hatte, sie im Telefonbuch zu finden. Die Kinder hatten wahrscheinlich keinen eigenen Anschluss, also musste sie nach dem der Eltern suchen.

»Sie haben eine Sendung bekommen«, sagte der Wachmann Peter Brand. Er war der Sohn von Tore und machte im Juli nachts die Vertretung.

Annika schaute verwundert auf und nahm den weißen Umschlag entgegen. »Bitte nicht knicken«, las sie. Rasch schlitzte sie ihn auf und leerte den Inhalt auf den Tisch.

Es waren drei Fotos von Josefine. Auf dem obersten lächelte sie strahlend in die Kamera. Es war ein entspanntes Studiobild, auf dem Kopf saß eine Studentenmütze – das Abiturfoto. Annika bekam eine Gänsehaut. Das Bild war so scharf, dass man es zehn Spalten breit ziehen konnte, wenn es sein musste. Die anderen zwei waren ordentliche Amateurbilder. Sie zeigten die junge Frau mit einer Katze beziehungsweise in einem Sessel sitzend.

Zuunterst lag ein Zettel von Gösta, dem Pressesprecher.

»Ich habe den Eltern versprochen, dass die Bilder an alle Medien weitergeleitet werden, die sie haben wollen«, schrieb er. »Seien Sie doch so nett, sie an die Konkurrenz zu schicken, wenn Sie damit fertig sind.«

Annika ging schnell zu Jansson hinüber und legte die Bilder vor ihn hin.

»Sie war Pfarrerstochter, träumte davon, Journalistin zu werden«, sagte sie.
Jansson nahm die Bilder auf und studierte sie gründlich.
»Fantastisch«, meinte er.
»Die Konkurrenz soll sie bekommen, wenn wir damit fertig sind«, sagte Annika.
»Natürlich«, sagte Jansson. »Wir schicken sie sofort rüber, sowie sie morgen früh ihre letzte Auflage gedruckt haben. Gute Arbeit!«
Annika kehrte zu ihrem Platz zurück, setzte sich und starrte auf das Telefon. Es war halb drei. Wenn sie noch eine von Josefines Freundinnen erwischen wollte, musste sie jetzt anfangen. Wenn sie wartete, wurde es nur später. Sie fing mit zwei ausländischen Nachnamen an, dort nahm aber niemand ab. Dann versuchte sie Silverbjörck, und eine junge Frau ging an den Apparat. Annikas Puls wurde schneller, sie schloss die Augen und hielt sich die Hand davor.
»Entschuldigen Sie bitte, dass ich mitten in der Nacht anrufe«, sagte sie langsam und leise. »Ich heiße Annika Bengtzon und bin vom *Abendblatt*. Ich rufe an, weil eine Ihrer Klassenkameradinnen, Josefine Liljeberg ...«
Ihre Stimme versagte, sie räusperte sich laut.
»Ja, ich habe es gehört«, schniefte das Mädchen, das laut Klassenliste Charlotta hieß. »Es ist so furchtbar. Wir sind alle so traurig. Wir Hinterbliebenen müssen einander stützen, um weiterleben zu können.«
Annika öffnete die Augen und machte sich Notizen. Das war viel einfacher, als sie gedacht hatte.
»So etwas ist unsere größte Angst«, sagte Charlotta, »es ist das, was junge Mädchen wie wir am meisten fürchten. Jetzt ist es einer unserer Freundinnen passiert, einer von uns. Wir müssen darauf reagieren.«
Sie hatte aufgehört zu schniefen und klang ziemlich wach. Annika machte Notizen.
»Haben Sie und Ihre Freundinnen schon mal über so etwas geredet?«
»Ja, unbedingt. Aber es hat natürlich keine gedacht, dass es einer von uns passieren könnte. Das glaubt man ja nie.«

»Kannten Sie Josefine gut?«
Charlotta schniefte wieder, ein trockenes, tiefes Schluchzen.
»Sie war meine beste Freundin«, sagte sie, aber Annika hatte den Verdacht, dass sie log.
»Wie war Josefine denn so?«
Charlotta hatte sich die Antwort schon zurechtgelegt.
»Immer nett und fröhlich«, sagte sie. »Hilfsbereit, gerecht, in der Schule fleißig. Sie ging gern auf Feste. Ja, das kann man sagen ...«
Annika hörte eine Weile schweigend zu.
»Wollen Sie ein Bild von mir machen?«, fragte Charlotta.
Annika schaute auf die Uhr. Täby und zurück, entwickeln, das würde zu knapp werden.
»Heute nicht mehr«, meinte Annika. »Die Zeitung geht bald in Druck. Kann ich Sie morgen noch mal anrufen?«
»Ja klar, am besten rufen Sie meinen Pieper an.«
Annika bekam die Nummer. Sie stützte den Kopf in die Hand und dachte nach. Josefine war immer noch undeutlich und fern. Eigentlich hatte sie sich noch kein Bild von der toten Frau machen können.
»Was wollte Josefine denn mit ihrem Leben so anfangen?«, fragte sie.
»Was sie anfangen wollte? Nun, sie wollte wohl, ja, Sie wissen schon, Familie und einen Beruf und so«, antwortete Charlotta.
»Wo arbeitete sie denn?«
»Arbeitete?«
»Ja, in welchem Lokal?«
»Ach so, nein, das weiß ich nicht.«
»Sie war ja in die Innenstadt gezogen, in die Dalagatan. Haben Sie sie da mal besucht?«
»In der Dalagatan? Nein ...«
»Wissen Sie, warum sie umgezogen ist?«
»Wahrscheinlich wollte sie gern in die Stadt ...«
»Hatte sie einen Freund?«
Charlotta schwieg. Annika verstand. Dieses Mädchen kannte Josefine alles andere als gut.
»Vielen Dank, dass ich Sie mitten in der Nacht stören durfte«, sagte Annika.

Danach musste sie nur noch einen Anruf erledigen. Sie schlug wieder »Liljeberg« im Telefonbuch nach, aber es gab keine Josefine in der Dalagatan. Sie stand wahrscheinlich noch nicht im Telefonbuch, dachte Annika und rief die Auskunft an.
»Nein, ich habe keine Liljeberg in der Dalagatan«, sagte die Frau bei der Auskunft.
»Es könnte eine ganz neue Nummer sein«, meinte Annika.
»Ich kann alle Anschlüsse sehen, die bis gestern angemeldet wurden.«
»Ist es möglich, dass sie eine Geheimnummer hat?«
»Nein«, sagte die Frau, »dann hätte ich hier einen Hinweis darauf. Kann die Nummer unter einem anderen Namen zu finden sein?«
Annika blätterte planlos in ihren Blättern. Sie kam zu Josefines Mutter. Liljeberg Hed, Siv Barbro.
»Hed«, sagte sie, »probieren Sie, ob es jemanden namens Hed in der Dalagatan 64 gibt.«
»Ja, eine Barbro Hed. Kann das richtig sein?«
»Allerdings«, sagte Annika.
Sie wählte, ohne zu zögern, die Nummer. Nach dem vierten Klingeln ging ein Mann ran.
»Bin ich da bei Josefine?«, fragte Annika.
»Wer ist da?«, fragte der Mann.
»Ich heiße Annika Bengtzon und bin von der Zeitung ...«
»Sie sind mir ein Teufel, überall tauchen Sie auf«, sagte der Mann, und jetzt erkannte Annika die Stimme wieder.
»Q!«, sagte sie. »Was machen Sie denn da?«
»Was glauben Sie denn? Und wie, um Himmels willen, haben Sie die Nummer herausbekommen? Nicht einmal wir haben die!«
»Es war ziemlich schwer«, sagte Annika. »Ich habe die Auskunft angerufen. Was gibt es Neues?«
»Ich habe jetzt wirklich keine Zeit für Sie«, knurrte er müde und legte auf.
Annika grinste. Wenigstens hatte sie die richtige Nummer. Und nun konnte sie noch die Information hinzufügen, dass die Polizei die Wohnung von Josefine in der Nacht durchsuchte.
»Jetzt muss ich aber mal wissen, was Sie gemacht haben«, sagte Jansson und setzte sich auf ihren Schreibtisch.

»So wird es werden«, sagte sie und machte schnell ein Skribble auf einem Block. Jansson nickte zufrieden, nahm die Zeichnung und lief rasch zu seinem Platz zurück.
Dann schrieb sie den Artikel über Josefine, die ehrgeizige Pfarrerstochter, die davon träumte, Journalistin zu werden. Sie schrieb einen weiteren Artikel über ihren Tod, ihre Augen und den Schrei, ihre angeknabberte Hand, die Trauer der Freundinnen. Die Silikonbrüste ließ sie weg. Sie schrieb über die Ermittlungen der Polizei, die vermissten Kleider, ihre letzten Stunden, den aufgeregten Mann am Tipptelefon, die Sorge von Daniella Hermansson und die Aufforderung des Pressesprechers: »Wir müssen diesen Verrückten schnappen.«
»Das ist unglaublich gut«, sagte Jansson. »Gut geschrieben, voller Fakten, auf den Punkt gebracht. Sie können wirklich was!«
Annika musste schnell weggehen. Es fiel ihr nicht leicht, Kritik einzustecken, aber noch schlechter war sie im Umgang mit Lob.
»Komm, wir trinken einen Kakao, ehe du nach Hause gehst«, meinte Berit.

Der Minister fuhr über die Bergnäsbrücke. Ein Auto voller Halbstarker kam ihm mit heruntergeklapptem Verdeck auf halber Strecke entgegen, ein paar in die Jahre gekommene Besoffene hingen über die Autotüren hinaus. Abgesehen davon sah er keinen einzigen Menschen. Als er in die kleinen Straßen hinter dem grünen Plattenbunker der Sozialverwaltung eingebogen war, atmete er auf. Das Dröhnen und Jaulen hatte ihn über neunhundert Kilometer weit verfolgt. Jetzt würde es bald vorbei sein.
Er saß noch eine Weile da und genoss die Stille, nachdem er am Büro des Autoverleihs geparkt hatte. Ein letztes leises Piepen war noch in seinem linken Ohr zu hören. Er war so müde, dass ihm speiübel war. Doch er hatte keine Wahl. Er stöhnte und quälte sich mit steifen Gliedern aus dem Wagen. Nachdem er sich schnell umgeschaut hatte, pinkelte er hinter das Auto.
Die Taschen waren schwerer, als er gedacht hatte. Ich werde es nicht schaffen, dachte er. Er ging die Storgatan hinauf, am Gericht vorbei und gelangte in die alten Villenviertel von Östermalm.

Sein eigenes Haus schimmerte durch die Birken, das mundgeblasene Fensterglas glitzerte. Die Fahrräder der Kinder lagen vor der Veranda. Das Schlafzimmerfenster war gekippt, er lächelte, als er sah, wie sich die Gardinen im Luftzug bewegten.
»Christer …?«
Seine Ehefrau schaute schlaftrunken hoch, als er sich vorsichtig ins Schlafzimmer schlich. Schnell ging er zum Bett und setzte sich neben sie, strich ihr übers Haar und küsste sie auf den Mund.
»Schlaf noch ein wenig, Liebling«, flüsterte er.
»Wie spät ist es?«
»Viertel nach vier.«
»Ging die Fahrt gut?«
»Ja, sehr gut. Schlaf jetzt.«
»Wie war die Reise?«
Er zögerte.
»Ich habe etwas aserbaidschanischen Cognac mitgebracht«, sagte er. »Den haben wir noch nie getrunken, oder?«
Sie antwortete nicht, sondern zog ihn zu sich herab und knöpfte seine Hose auf.

Die Sonne war aufgegangen, hing wie eine überreife Apfelsine direkt über dem Horizont und schien ihr genau ins Gesicht. Sie brannte schon, obwohl es erst halb fünf war. Annika war schwindelig vor Müdigkeit. Die Gjörwellsgatan war wie ausgestorben, und sie ging auf dem Mittelstreifen bis zur Bushaltestelle. Dort sank sie auf die Bank, mit weichen Knien.
Ehe sie gegangen war, hatte sie einen Entwurf zur ersten Seite auf Janssons Bildschirm gesehen. Die Seite wurde von Josefine mit ihrer Studentenmütze und der Überschrift »SEXMORD AUF DEM FRIEDHOF« dominiert. Sie hatte den Leitartikel zusammen mit Jansson geschrieben. Ihre anderen Artikel standen auf den Seiten sechs, sieben, acht, neun und zwölf. Heute Nacht hatte sie mehr Spalten gefüllt als in den ersten sieben Wochen bei der Zeitung zusammen.
Das ist gut gelaufen, dachte sie. Ich habe es geschafft. Es hat funktioniert. Sie lehnte den Kopf an die Plexiglaswand der Haltestelle

und schloss die Augen, atmete tief durch und konzentrierte sich auf die wenigen Verkehrsgeräusche, die von weit her kamen. Sie war dabei einzuschlafen, als sie von einem hysterischen Vogel im Botschaftsviertel wieder geweckt wurde.
Nachdem einige Zeit vergangen war, wurde ihr klar, dass sie nicht wusste, wann der nächste Bus fuhr. Sie erhob sich steif und schaute auf den Fahrplan. Der erste 56er würde an diesem Sonntagmorgen um 7 Uhr 13 kommen – in zweieinhalb Stunden. Es blieb ihr nichts anderes übrig, als sich zu Fuß auf den Weg zu machen.
Nach ein paar Minuten war sie in Schwung gekommen. Das war ein gutes Gefühl. Die Beine bewegten sich wie von selbst und setzten die Luft um sie herum in Bewegung. Sie folgte der Verlängerung der Västerbro zum Fridhemsplan. Als sie den Drottningholmsvägen erreichte, türmte sich vor ihr das Grün auf. Der Kronobergspark lag bedrohlich dunkel im Gegenlicht. Sie wusste, dass sie hingehen musste. Man hatte die Absperrungen aufgehoben. Nur der Zaun war noch mit Plastikband gekennzeichnet. Sie ging zum Eisentor und ließ die Finger über den Metallbogen des Hängeschlosses gleiten. Die Sonne hatte die Kronen der Linden erreicht und ließ das Laub erglühen.
Ungefähr um diese Zeit kam sie hierher, dachte Annika. Sie sah dieselbe Sonne, dasselbe Muster im Laubwerk. So zerbrechlich ist alles. So schnell kann es gehen.
Annika ging um den Friedhof herum und dann auf der Ostseite hinauf, wobei sie die Hand an den Kringeln und Bögen des Zaunes entlanglaufen ließ. Sie erkannte die Büsche wieder und den umgeworfenen Grabstein, ansonsten gab es nichts, was noch auf das Totenbett von Josefine hinwies.
Sie hielt sich mit beiden Händen am Zaun fest und starrte ins Grün. Langsam sank sie auf die Erde. Ihre Beine gaben nach, und sie setzte sich sanft ins Gras. Ohne dass sie es richtig gemerkt hatte, waren die Tränen gekommen. Sie rannen lautlos die Wangen hinab und tropften auf ihren zerknautschten Rock. Sie lehnte die Stirn an die Eisenstäbe, weinte langsam und schweigend.
»Woher kanntest du sie?«

Annika fuhr hoch. Sie fuchtelte mit den Händen, stolperte auf dem Gras und landete schmerzhaft auf dem Steißbein, als sie wieder auf die Erde fiel.
»Entschuldigung, ich wollte dich nicht erschrecken.«
Die junge Frau, die gesprochen hatte, war verweint. Sie sprach mit einem leichten, aber deutlich hörbaren Akzent. Annika starrte sie an.
»Ich … überhaupt nicht. Ich habe sie nie kennen gelernt. Aber ich habe sie gesehen, als sie hier lag. Sie war tot.«
»Wo?«, fragte die junge Frau und kam einen Schritt näher.
Annika zeigte. Die Frau trat vor und betrachtete ungefähr eine Minute lang schweigend den Tatort. Dann setzte sie sich neben Annika ins Gras, drehte dem Friedhof den Rücken zu und lehnte sich an den Zaun.
»Ich habe sie auch gesehen«, sagte sie und spielte mit den Falten ihrer Bluse.
Annika wühlte in ihrer Tasche nach etwas, womit sie sich die Nase putzen konnte.
»Ich habe sie im Leichenschauhaus gesehen. Sie war es. Sie war schön, unversehrt und schön.«
Annika hielt inne und starrte die Frau an. Mein Gott! Das musste Josefines Mitbewohnerin sein, das Mädchen, das sie identifiziert hatte! Sie mussten wirklich enge Freundinnen gewesen sein.
Sie dachte an den Aufmacher des *Abendblatts* am kommenden Tag und wurde von einem plötzlichen und unerwarteten Gefühl der Scham erfasst. Sie musste wieder weinen.
Die Frau neben ihr schluchzte auch.
»Sie war doch wirklich lieb, nicht wahr?«, sagte die Frau. »Sie konnte superschlampig sein, aber sie hat nie jemandem etwas getan.«
»Ich habe sie nicht gekannt«, sagte Annika und putzte sich die Nase mit einem Blatt aus einem Notizblock. »Ich arbeite bei einer Zeitung, ich habe über Josefine geschrieben.«
Die Frau schaute Annika an.
»Jossie wollte auch Journalistin werden«, sagte sie. »Sie wollte über Kinder schreiben, die es schlecht haben.«
»Sie hätte eine Zukunft beim *Abendblatt* haben können«, sagte Annika.

»Was hast du geschrieben?«
Annika rang nach Luft, zögerte einen Moment. Alle Zufriedenheit über ihre Artikel war wie weggeblasen. Sie wollte am liebsten im Erdboden versinken und verschwinden.
»Dass sie auf dem Friedhof ermordet wurde«, sagte sie schnell.
Die Frau nickte und schaute weg.
»Ich habe sie gewarnt«, sagte sie.
Annika, die gerade das Blatt Papier zu einem kleinen Ball zusammenknüllte, hielt mitten in der Bewegung inne.
»Was meinst du damit?«
Die Frau trocknete sich die Wangen mit der Rückseite ihrer Hände.
»Joachim war nicht gut für sie«, sagte sie. »Er hat sie oft geschlagen. Sie konnte es ihm nie recht machen. Sie hatte immer überall Blutergüsse. Das hat Probleme bei der Arbeit gegeben. ›Du musst ihn verlassen‹, habe ich gesagt, aber sie konnte nicht.«
Annika hörte mit großen Augen zu.
»Meine Güte!«, sagte sie. »Weiß die Polizei davon?«
Die Frau nickte, nahm ein Taschentuch aus der Tasche der Jeansjacke und schnäuzte sich.
»Ich bin so allergisch«, sagte sie. »Hast du zufällig eine Teldane?«
Annika schüttelte bedauernd den Kopf.
»Ich muss nach Hause«, sagte die Frau und stand auf. »Heute Abend werde ich wieder arbeiten, also muss ich erst mal ein wenig schlafen.«
Annika stand auf und klopfte ein wenig Gras von ihrem Rock.
»Glaubst du wirklich, dass ihr Freund es gewesen sein kann?«
»Er hat oft zu Jossie gesagt, dass er sie eines schönen Tages erschlagen werde«, erwiderte die Frau und ging zur Parkgatan hinunter.
Annika starrte durch den Zaun zu den Gräbern, doch diesmal mit einem völlig anderen Gefühl in der Magengrube. Ihr Freund! Da würde der Mord ja schnell aufgeklärt sein.
Plötzlich wurde ihr klar, dass sie nicht wusste, wie die junge Frau hieß.
»Hör mal, wie heißt du?«, rief sie ihr durch den Park nach.
Die Frau blieb stehen und antwortete:

»Patricia!«
Dann wandte sie sich um und verschwand in Richtung Fleminggatan.

Erst als Annika an der Tür zu ihrem Haus stand, erinnerte sie sich daran, dass sie versprochen hatte, Anne Snapphanes Katzen zu füttern. Sie überlegte kurz. Die Katzen würden wahrscheinlich überleben, die Frage war eher, ob sie selbst das schaffen würde, wenn sie nicht schnell etwas Schlaf bekam. Auf der anderen Seite war es wirklich nicht mehr als ein paar hundert Meter weit weg, und sie hatte es schließlich versprochen. Sie suchte in ihrer Tasche herum und fand ganz unten Annes Schlüssel, mit einem alten Kaugummi verklebt. Ich bin einfach zu nett, dachte sie.
Sie nahm die Treppen von der Pipersgatan zur Kungsklippan hinauf, und die Knie zitterten ihr, noch ehe sie oben war. Nach dem Sturz im Park tat ihr das Steißbein weh.
Die kleine Wohnung von Anne Snapphane lag im sechsten Stock. Sie hatte einen Balkon und eine traumhafte Aussicht. Die Katzen fingen an zu maulen, sowie sie den Schlüssel ins Schloss steckte. Als sie die Tür öffnete, standen beide da und steckten ihre Nasen in die Türöffnung.
»Ach, nein, ihr Süßen, steht ihr hier und maunzt?«
Sie schob die jungen Katzen mit dem Fuß hinein, zog die Tür hinter sich zu und setzte sich auf den Boden im Flur. Beide Tiere sprangen augenblicklich auf ihren Schoß und stupsten mit den Nasen an ihr Kinn.
»Was, wollt ihr Küsschen?«, fragte Annika und lachte.
Sie schmuste ein wenig mit ihnen, stand dann auf und ging in die Küchenecke. Die drei Näpfe der Katzen standen auf einer Korkfliese vor dem Herd. Die Milch war sauer geworden und roch schlecht. Das Fressen und das Wasser waren alle.
»So, jetzt kriegt ihr was, ihr Mausekätzchen …«
Sie leerte die saure Milch aus, spülte die Schale unter fließendem kalten Wasser aus und füllte sie mit frischer Milch aus dem Kühlschrank. Die kleinen Katzen strichen ihr um die Beine und jammerten wie besessen.

»Ja, ja, nur ruhig.«
Sie waren so aufgeregt, dass sie nicht aufhörten, an der Schale hochzuspringen, noch ehe sie sie absetzen konnte. Während die Katzen tranken, füllte sie Wasser in die andere Schale und suchte nach Katzenfutter. In einem Schrank fand sie drei Dosen Whiskas, was ihr wieder die Tränen in die Augen trieb, denn so hieß ihre eigene Katze zu Hause in Hälleforsnäs. Sie wohnte diesen Sommer draußen bei Großmutter in Lyckebo.
»Ich werde langsam verdammt sentimental«, sagte sie laut.
Sie öffnete eine Dose, rümpfte die Nase über den Geruch und schob die Masse in den dritten Napf. Dann ging sie kurz ins Badezimmer und sah nach dem Katzenklo – das konnte bis morgen so bleiben.
»Tschüss, ihr Mausis«, sagte sie.
Die Katzen beachteten sie nicht.
Schnell verließ sie die Wohnung und ging zum Kungsholmstorg zurück. Es wurde Tag. Alle Vögel waren jetzt erwacht. Sie war groggy, schwankte ein wenig, konnte Entfernungen nicht mehr richtig einschätzen.
Das hält man nicht lange durch, dachte sie.

In ihrer Wohnung war es drückend heiß. Sie lag unter dem Dach in einem Wohnhaus aus den 1880er-Jahren und hatte weder Badezimmer noch warmes Wasser. Dafür hatte sie drei Zimmer und eine große Küche. Annika empfand es als unglaubliches Glück, sie gefunden zu haben.
»Niemand will heute noch so primitiv wohnen«, hatte die Frau bei der Wohnungsvermittlung eingewandt, als Annika eingetragen hatte, dass sie ohne Fahrstuhl, warmes Wasser, Badezimmer oder zur Not auch ohne Elektrizität wohnen konnte, wenn es sein musste.
Annika hatte darauf beharrt.
»Hier. Die will keine haben«, meinte die Frau daraufhin und hatte ihr einen Computerausdruck mit der Anschrift, Hantverkargatan 32, 4. Etg., rübergeschoben.
Annika nahm sie unbesehen. Seither hatte sie jeden Tag ihrem

glücklichen Stern gedankt, doch sie wusste, dass ihre Freude nicht von Dauer sein würde. Sie hatte sich einverstanden erklärt, binnen einer Woche auszuziehen, sowie der Besitzer der Immobilie das nötige Geld für eine Renovierung aufgetrieben hatte.

Sie ließ die Tasche im Flur auf den Fußboden fallen und ging in ihr Schlafzimmer. Ehe sie gestern Vormittag zur Arbeit gegangen war, hatte sie das Fenster aufgemacht, doch es war zugefallen. Gähnend mache sie es wieder auf und ging ins Wohnzimmer, um Durchzug zu schaffen.

»Wo bist du gewesen?«

Sie erschrak sich so, dass sie zusammenfuhr und losschrie. Die Stimme war tief und kam aus den Schatten bei ihrem Bett.

»Meine Güte, verlierst du schnell die Nerven.«

Es war Sven, ihr Verlobter.

»Wann bist du gekommen?«, fragte sie, während ihr Herz pochte.

»Gestern Abend. Ich wollte dich ins Kino einladen. Wo bist du gewesen?«

»Auf der Arbeit«, sagte sie und ging ins Wohnzimmer hinaus.

Er stand aus dem Bett auf und folgte ihr.

»Das ist nicht wahr«, sagte er. »Ich habe vor einer Stunde angerufen, da haben sie gesagt, du seist gegangen.«

»Ich habe Annes Katzen gefüttert«, antwortete sie und öffnete das Wohnzimmerfenster.

»Was für eine beschissene Ausrede«, sagte er.

Sechzehn Jahre, sechs Monate und einundzwanzig Tage

Es gibt eine Dimension, die jede Grenze zwischen menschlichen Körpern zerfließen lässt. Wir leben miteinander, ineinander, geistig, körperlich. Tage werden Augenblicke, ich ertrinke in seinen Augen. Unsere Körper werden aufgelöst, gehen in eine andere Zeit über. Die Liebe ist wie Gold und Kristalle. Wir können im Universum reisen, wohin wir wollen, zusammen, zwei und doch eins.

Ein Seelenverwandter ist jemand, der Schlösser hat, die für unsere Schlüssel passend sind, und Schlüssel, die in unsere Schlösser passen. Mit diesem Menschen fühlen wir uns in unserem eigenen Paradies sicher. Das habe ich irgendwo gelesen, und es trifft auf uns zu.

Ich sehne mich in jedem Moment, den wir nicht zusammen sind, nach ihm. Ich wusste nicht, dass Liebe so unleugbar ist, so total, so verzehrend. Ich kann nicht essen und nicht schlafen. Nur mit ihm bin ich ganz, ein richtiger Mensch. Er ist die Voraussetzung für mein Leben und mein Sinn. Ich weiß, dass ich dasselbe für ihn bedeute. Wir haben das größte Geschenk, das es gibt, erhalten.

Verlasse mich nie,
sagt er,
ich kann ohne dich nicht leben.

Und ich verspreche es.

SONNTAG, 29. JULI

Patricia legte die Hand auf die Türklinke zu Josefines Zimmer. Sie zögerte. Das Schlafzimmer war Josefines Reich. Hier hatte sie keinen Zugang. Jossie hatte das sehr genau genommen.

»Du darfst hier wohnen, aber das Schlafzimmer gehört mir allein.«

Die Klinke saß ein wenig lose. Patricia hatte sie wieder festschrauben wollen, aber sie hatten keinen Vierkantschlüssel. Vorsichtig drückte sie sie hinunter. Die Tür knarrte. Der Geruch von Staub schlug ihr entgegen, die Wärme stand kompakt im Raum. Jossie wollte ihr Zimmer nur selbst putzen, was dazu führte, dass das nie geschah. Die nächtliche Durchsuchung der Polizei hatte den Staub von zwei Monaten aufgewirbelt.

Der Raum war in grelles Sonnenlicht gehüllt. Die Polizisten hatten die Vorhänge aufgezogen. Patricia wurde klar, dass sie das Zimmer so noch nie gesehen hatte. Josefine zog die Dunkelheit vor. Der Tag verriet den Schmutz und die abgewetzten Tapeten. Patricia schämte sich, als sie an die Polizei dachte. Die mussten gedacht haben, dass sie und Jossie richtige Schweine waren.

Sie setzte sich auf das Bett. Eigentlich war es nur eine Matratze von Ikea, die sie auf den Fußboden gelegt hatten, aber im Gegensatz zu Patricias, die aus Schaumgummi war, war diese ein paar Zentimeter höher.

Patricia war müde. Sie hatte in der Hitze schlecht geschlafen, war aufgewacht, hatte geschwitzt, geweint. Langsam ließ sie sich auf die Decke sinken. Als sie am Morgen nach Hause gekommen war, war ihr die Einsamkeit an der Tür entgegengeschlagen, dunkel und dumpf. Die Polizei war weg, nur die Spuren der Durchsuchung

waren noch da. Sie hatten die ganze Wohnung auf den Kopf gestellt, aber nicht besonders viel mitgenommen.
Sie war dabei, zwischen den Kissen einzuschlafen, fühlte das wohl bekannte Zucken im Körper. Schnell setzte sie sich auf. Sie durfte in Jossies Zimmer nicht schlafen.
Neben dem Bett lag ein Stapel Zeitungen, Patricia beugte sich hinab und blätterte in der obersten. Es war eine Wochenzeitschrift, Jossies Lieblingsblatt. Sie selbst mochte sie nicht besonders gern, es stand zu viel über Kosmetik, Gewicht und Sex darin. Wenn sie die Zeitschrift gelesen hatte, fühlte sich Patricia immer hässlich und unmöglich, so als wäre sie nicht ganz richtig.
Sie nahm die nächste Zeitung vom Stapel. Sie hatte ein viel kleineres Format, und Patricia hatte sie noch nie gesehen. Das Papier war billig und der Druck sehr schlecht. Sie schlug sie in der Mitte auf. Zwei Männer hatten ihre Penisse in einer Frau, der eine in ihrem Anus, der andere in der Scheide. Das Gesicht der Frau konnte man im Hintergrund erahnen. Sie schrie, als würde sie leiden. Das Bild traf Patricia wie ein Stoß in den Unterleib. Sie zuckte angeekelt zurück, wegen des Bildes, aber auch wegen ihrer eigenen Reaktion. Sie warf die Zeitung auf den Boden, als hätte sie sich daran verbrannt. So etwas las Josefine nicht. Sie wusste, das hatte Joachim mitgebracht.
Sie legte sich hin, starrte an die Decke und versuchte die unanständige Erregung zu verdrängen. Langsam klang sie ab. Dass sie sich nicht daran gewöhnen konnte.
Sie ließ den Blick durch das Zimmer schweifen. Die Tür zum Kleiderschrank stand offen. Josefines Kleider hingen nachlässig auf ihren Bügeln. Das hatten die Polizisten gemacht, das wusste Patricia. Mit ihren Kleidern ging Jossie ordentlich um.
Ich frage mich, was jetzt daraus werden wird, dachte sie. Vielleicht kann ich ein paar bekommen.
Sie stand auf und ging zum Kleiderschrank hinüber, ließ die Hände über die Kleidungsstücke gleiten. Es waren teure Kleider, die meisten hatte Joachim gekauft. Die Kleider würden Patricia nicht passen, sie waren obenherum zu weit. Aber die Röcke und ein paar der Sakkos vielleicht …
Als sie das Rasseln von Schlüsseln an der Eingangstür hörte, blieb

ihr fast das Herz stehen. Schnell schloss die die Tür zum Kleiderschrank, ihre bloßen Füße flogen über den Holzfußboden. Sie hatte eben die Schlafzimmertür von Josefine hinter sich zugezogen, als Joachim in den Flur trat.
»Was machst du denn?«, fragte er. Sein Haaransatz war schweißnass, er hatte dunkle Flecken auf dem Hemd.
Patricia sah den Mann an, das Blut pulsierte ihr in den Adern, der Mund war völlig trocken. Sie versuchte zu lachen.
»Nichts«, sagte sie nervös.
»Du sollst, verdammt nochmal, nicht in Josefines Schlafzimmer gehen, haben wir dir das nicht oft genug gesagt?«
Er zog die Eingangstür mit einem Knall zu.
»Die verdammten Polizisten«, sagte sie, »die verdammten Polizisten waren hier und haben alles durchsucht. Überall sieht es furchtbar aus, auch da drin.«
Er fiel darauf herein.
»Polizistenschweine«, sagte er, und Patricia konnte seiner Stimme anhören, dass er Angst hatte. »Haben sie was mitgenommen?«
Er ging auf Patricia und das Schlafzimmer zu.
»Ich weiß nicht«, sagte sie. »Von mir jedenfalls nichts.«
Er machte die Tür zum Schlafzimmer auf, ging zum Bett hinüber und hob die Decke hoch.
»Das Laken«, sagte er, »sie haben die Bettwäsche mitgenommen.«
Patricia stand abwartend in der Türöffnung. Er ging im Zimmer herum, sah sich um, entdeckte aber offensichtlich weiter nichts, was fehlte. Er ließ sich schwer auf das Bett fallen, saß mit dem Rücken zur Tür und stützte den Kopf in die Hände. Patricia atmete den tanzenden Staub ein und wagte nicht, sich zu bewegen. Sie betrachtete die breiten Schultern des Mannes, die starken Oberarme. Das Licht vom Fenster ließ sein blondes Haar erglühen. Er sah so gut aus. Josefine war überglücklich gewesen, als sie zusammenkamen. Patricia erinnerte sich an ihre Freudentränen und die glückseligen Beschreibungen, wie wunderbar er sei.
Joachim wandte sich um und schaute sie an.
»Was glaubst du, wer es getan hat?«, fragte er leise.
Patricia verzog keine Miene.

»Ein Verrückter«, sagte sie ruhig und bestimmt. »Irgendein Besoffener auf dem Heimweg von der Kneipe. Sie war zur falschen Zeit am falschen Ort.«
Er wandte ihr wieder den Rücken zu.
»Glaubst du, es könnte einer der Gäste gewesen sein?«, fragte er, ohne aufzuschauen.
Patricia überlegte, was sie antworten sollte.
»Einer von den hohen Tieren gestern Abend? Ich weiß nicht, was denkst du?«
»Das wäre ziemlicher Mist für den Klub«, erwiderte er.
Sie schaute auf ihre Hände hinunter und fingerte an der Unterkante des T-Shirts herum.
»Sie fehlt mir«, sagte sie.
Joachim stand auf und kam auf sie zu, legte den Arm um ihre Schultern und strich langsam über ihren Arm.
»Patricia«, sagte er behutsam, »ich verstehe, dass du traurig bist. Ich bin genauso traurig.«
Sie erstarrte vor Abscheu und musste sich zwingen, nicht zurückzuzucken.
»Ich hoffe, die Polizei bekommt ihn«, sagte sie.
Joachim zog sie zu sich heran, ein Schluchzer ließ seinen großen Körper erzittern.
»Verdammt, verdammt«, sagte er mit erstickter Stimme, »verdammte Scheiße, dass sie tot ist.«
Er begann zu weinen. Patricia legte vorsichtig die Arme auf seinen Rücken und wiegte ihn ein wenig hin und her.
»Meine Jossa, mein Engel!«
Er weinte, schniefend und rotzend. Sie schloss die Augen und zwang sich zu bleiben.
»Armer Joachim«, flüsterte sie. »Du Armer …«
Er ließ sie los und ging ins Badezimmer, schnäuzte sich und pinkelte. Sie wartete verlegen im Flur, während der Urin plätscherte und dann die Klospülung ging.
»Hat die Polizei mit dir geredet?«, fragte er, als er herauskam.
Sie erschrak.
»Ja, gestern ganz kurz. Sie wollten heute noch mal mit mir sprechen.«

Er schaute sie durchdringend an.
»Das ist gut«, sagte er. »Dieses Ekel muss eingelocht werden. Was wirst du sagen?«
Sie drehte sich um, ging in die Küche und goss sich ein Glas Wasser ein.
»Das hängt natürlich davon ab, was sie fragen. Eigentlich weiß ich ja gar nichts«, sagte sie und trank.
Er folgte ihr und lehnte sich an den Türrahmen in der Küche.
»Sie werden sicher fragen, wie Jossie so war. Wie es ihr ging ...«
Patricia stellte das Glas mit einem leisen Krachen auf der Spüle ab und sah Joachim in die Augen.
»Ich werde niemals etwas sagen, das für Jossie schlecht sein könnte«, sagte sie bestimmt.
Der Mann sah zufrieden aus.
»Komm mal mit«, sagte er und legte ihr den Arm um die Schultern. Er zog sie mit sich durch den Flur ins Schlafzimmer und zu Josefines Kleiderschrank.
»Schau mal«, sagte er und fuhr mit der freien Hand durch Jossies teure Kleider. »Gibt es etwas, das du gern hättest? Das hier vielleicht?«
Er hielt ein grell rosafarbenes, auf Figur geschneidertes Kleid aus Seide und Wolle mit großen Goldknöpfen hoch. Josefine hatte es geliebt. Sie fand, dass sie darin aussah wie Prinzessin Diana.
Patricia schossen die Tränen in die Augen. Sie schluckte schwer.
»Aber, Joachim, ich werde doch nicht ...«
»Nimm es. Du bekommst es.«
Sie fing an zu weinen. Er ließ sie los und hielt ihr das Kleid an.
»Du hast ein wenig zu kleine Titten, aber da können wir vielleicht was machen«, sagte er und lächelte sie an.
Patricia hörte auf zu weinen, schaute an sich herunter und nahm den Bügel.
»Danke«, wisperte sie.
»Du kannst es zur Beerdigung tragen«, sagte er.
Sie hörte ihn in die Küche gehen, etwas aus dem Kühlschrank holen und die Wohnung verlassen.
Patricia stand immer noch in Josefines Schlafzimmer, wie festgefroren in der Hitze.

Die Konkurrenz hatte mit dem Vater gesprochen. Natürlich sagte er nichts von Interesse, sondern nur, dass er es nicht fassen könne, dass sie fort sei, aber trotzdem. Sie hatten auf jeden Fall einen Minuspunkt in Sachen Interviews.

»Man weiß nie, woher der Wind weht«, meinte Berit. »Wenn die von der Konkurrenz Pech haben, haben sie bald eine Diskussion über Ethik in der Presse am Hals.«

»Weil sie sich an die Angehörigen rangemacht haben?«, fragte Annika und überflog den Artikel.

Berit nickte und trank einen Schluck Mineralwasser.

»Man muss ziemlich vorsichtig sein, wenn man so etwas macht«, sagte sie. »Manche wollen reden, viele wollen es nicht. Man darf nie jemanden dazu verleiten, etwas zu sagen. Hast du auch die Eltern angerufen?«

Annika legte die Zeitung zusammen und schüttelte den Kopf.

»Ich habe es nicht über mich gebracht. Es schien mir einfach falsch zu sein.«

»Das ist keine gute Richtschnur«, sagte Berit ernst. »Nur weil es dir unangenehm ist, muss es das noch lange nicht für die anderen sein. Es kann den Angehörigen ein Gefühl der Sicherheit geben, zu wissen, was die Zeitungen schreiben.«

»Du findest also, dass die Medien immer bei den Angehörigen anrufen sollen, wenn ihre Kinder gestorben sind?«

Annika hörte selbst, wie aggressiv sie klang.

Berit trank von ihrem Mineralwasser und dachte nach.

»Na ja, das muss man von Fall zu Fall entscheiden. Das Einzige, was man sicher sagen kann, ist, dass die Menschen unterschiedlich reagieren. Es gibt kein allgemein gültiges Urteil über richtig und falsch. Man muss sehr vorsichtig und hellhörig sein, damit man niemandem Schaden zufügt.«

»Ich bin auf jeden Fall froh, dass ich nicht angerufen habe«, sagte Annika, stand auf und holte sich einen Kaffee.

Als sie mit dem dampfenden Getränk zurückkam, war Berit zu ihrem Schreibtisch gegangen.

Annika fragte sich, ob sie ihre Kollegin gekränkt hatte. Sie sah Berit am anderen Ende der Redaktion über eine Zeitung gebeugt.

Schnell nahm sie den Hörer und wählte Berits Kurzwahl.
»Bist du sauer auf mich?«, fragte sie und begegnete dem Blick der Kollegin.
Annika sah ihr Lachen und hörte es in der Leitung.
»Überhaupt nicht. Du musst selbst herausfinden, was für dich richtig ist.«
Das Idiotentelefon klingelte, und Annika wechselte den Apparat.
»Was kriege ich für einen richtig guten Tipp?«, fragte eine erregte Männerstimme.
Annika verdrehte die Augen und gab die Informationen.
»Okay«, sagte der Mann. »Hören Sie gut zu. Schreiben Sie mit?«
»Jaja«, sagte Annika, »kommen Sie zur Sache.«
»Ich weiß von einem Fernsehpromi, der sich Frauenkleider anzieht und in obszöne Sexklubs geht«, sagte der Mann und platzte fast vor Stolz.
Er nannte den Namen eines der populärsten und beliebtesten Moderatoren. Annika kochte vor Wut.
»Was für ein unglaublicher Scheiß«, sagte sie. »Glauben Sie wirklich, das *Abendblatt* würde einen derartigen Blödsinn veröffentlichen?«
Der Mann in der Leitung wurde sauer.
»Das ist schließlich ein Riesenskandal«, meinte er.
»Mein Gott«, erwiderte Annika, »die Leute können machen, was sie wollen. Wie kommen Sie überhaupt darauf, dass es wahr ist?«
»Ich habe es aus sicherer Quelle«, sagte der Mann.
»Na klar«, sagte Annika. »Vielen Dank für Ihren Anruf.«
Sie legte auf.
Das Konkurrenzblatt hatte ungefähr dieselben Texte und Bilder zum Mord wie das *Abendblatt*, aber Annika fand, dass die andere Zeitung durchweg ein wenig schlechter war. Zum Beispiel hatten sie kein Porträtfoto von Josefine mit Studentenmütze. Ihre Fotos vom Tatort waren zahmer, der Text flacher, sie hatten langweiligere Nachbarn interviewt und waren weniger gut über den alten Evamord informiert. Sie hatten keinen Lehrer und keine Schulkameradin. Das *Abendblatt* hatte dagegen kurze Interviews mit der Klassenkameradin Charlotta und dem stellvertretenden Rektor Martin Larsson-Berg.

»Gute Arbeit«, sagte Spiken über ihr. Sie schaute hoch und begegnete dem Blick ihres Chefs.
»Danke«, erwiderte sie.
Er setzte sich auf die Ecke ihres Schreibtisches.
»Was machen wir heute?«
Sie wurde rot. Jetzt war sie eine von ihnen. Er war zu ihr gekommen und hatte sie gefragt.
»Ich habe vor, zu ihrer Mitbewohnerin zu fahren, zu dem Mädchen, das sie identifiziert hat.«
»Glauben Sie, dass sie redet?«
»Ist nicht ausgeschlossen. Ich habe versucht, einen Kontakt herzustellen«, sagte sie.
Sie wusste instinktiv, dass sie besser nichts von dem Treffen mit Patricia im Park erzählen sollte, denn sonst würde Spiken sauer werden, weil sie nicht sofort zurückgekommen war und einen Artikel darüber geschrieben hatte.
»Okay«, sagte der Nachrichtenchef, »wer kümmert sich um die Ermittlungen der Polizei?«
»Damit kommen wir klar«, sagte sie.
»Gut. Was noch? Glauben Sie, Vati und Mutti können sich noch ein wenig ausheulen?«
Annika wand sich.
»Ich glaube nicht, dass man sie in dieser Situation stören sollte«, sagte sie.
»Er hat immerhin mit der Konkurrenz geredet«, meinte Spiken. »Was hat er denn gesagt, als Sie anriefen?«
Annikas Wangen wurden heiß.
»Er ... ich ... ich fand nicht, dass man sich aufdrängen sollte, so kurz nach dem ...«
Spiken stand auf und ging ohne ein Wort davon. Annika wollte ihn aufhalten, erklären, wie falsch es ihr vorgekommen sei, dass man sich so einfach verhalten dürfe. Aber sie stand wie versteinert mit offenem Mund und erhobener Hand da und musste sich unterordnen, sie hatte hier nicht das Sagen. Spikens breiter Rücken verschwand, und sein massiger Körper krachte auf den Bürostuhl am Newsdesk. Annika vernahm trotz der Entfernung das schwere Knarren.

Schnell sammelte sie Block, Stift und Kassettenrecorder in die Tasche und ging zum Fototisch. Es waren keine Fotografen da und somit auch keine Autos. Sie rief ein Taxi.
»Nach Vasastan in die Dalagatan.«
Sie wollte wissen, wie die Tote gelebt hatte.

Die leichte Hand seiner Frau auf seiner Schulter ließ ihn mit einem Ruck hochschrecken.
»Christer«, flüsterte sie, »der Ministerpräsident ist dran.«
Er setzte sich mit einem vagen Gefühl von Orientierungslosigkeit auf. Das Bett schwankte leicht, die Müdigkeit schmerzte im Körper. Er erhob sich mühsam und ging in sein Arbeitszimmer.
»Ich nehme hier ab«, sagte er.
Die Stimme des Ministerpräsidenten war fest und klar. Er war schon viele Stunden wach.
»Na, Christer, bist du gut nach Hause gekommen?«
Der Außenhandelsminister sank auf den Stuhl vor seinem Schreibtisch und fuhr sich mit der Hand durchs Haar.
»Doch, doch«, sagte er, »aber es war eine lange Strecke. Wie geht es dir?«
»Gut. Ich bin mit meiner Familie draußen in Harpsund. Wie ist es gelaufen?«
Christer Lundgren räusperte sich.
»Wie zu erwarten. Das sind nicht gerade Balletttänzerinnen am Verhandlungstisch.«
»Du warst ja auch nicht auf einer Opernbühne«, sagte der Ministerpräsident. »Wie machen wir jetzt weiter?«
Der Außenhandelsminister sortierte schnell die Gedanken in seinem noch schwerfälligen Kopf. Als er sprach, war er einigermaßen strukturiert und klar. Er hatte auf dem Weg nach Luleå viel Zeit gehabt, nachzudenken.
Nach dem Gespräch saß er mit hängendem Kopf am Schreibtisch. Die Schreibunterlage bestand aus einer Weltkarte vor dem Fall des Eisernen Vorhangs. Er ließ den Blick über die verschiedenen Republiken schweifen, gelbe, anonyme Flecken ohne Städte oder Grenzen.
Seine Frau öffnete vorsichtig die Tür einen Spalt weit.

»Willst du einen Kaffee?«

Er drehte sich um und lächelte sie an.

»Ja, gern«, sagte er, und sein Lächeln wurde breiter. »Aber erst will ich dich.«

Sie nahm seine Hand und führte ihn zum Schlafzimmer zurück.

Patricia erschrak, als es an der Tür klingelte. Die Polizei würde erst in ein paar Stunden kommen. Ihr Mund wurde trocken. Wenn es nun Jossies Eltern waren?

Schnell schlich sie auf Zehenspitzen in den Flur hinaus und schaute durch den Spion an der Eingangstür. Sie erkannte die Gestalt wieder, es war die Frau vom Park heute Morgen. Sie machte schnell auf.

»Hallo«, sagte Patricia, »wie hast du hierher gefunden?«

Die Journalistin lächelte. Sie sah müde aus.

»Computer«, sagte sie. »Heutzutage ist alles gespeichert. Darf ich reinkommen?«

Patricia zögerte.

»Es ist ein wenig schmutzig«, sagte sie. »Die Polizei war hier und hat alles auf den Kopf gestellt, was wir haben.«

»Ich verspreche, dass ich nicht putzen werde«, sagte Annika.

Patricia dachte kurz nach.

»Na gut«, sagte sie und machte die Tür ganz auf. »Aber es sieht nicht immer so aus. Wie heißt du noch gleich?«

»Annika. Annika Bengtzon.«

Sie gaben sich die Hand.

»Komm rein.«

Die Journalistin trat in den dunklen Flur und zog die Schuhe aus.

»Meine Güte, ist das warm«, sagte sie.

»Stimmt«, erwiderte Patricia. »Ich habe heute Nacht kaum geschlafen.«

»Wegen Josefine?«

Patricia nickte.

»Schickes Kleid«, sagte Annika und nickte ihr zu. Patricia wurde rot und strich mit der Hand über den knallrosa glänzenden Stoff.

»Es gehörte Josefine. Ich habe es bekommen«, sagte sie.

»Du siehst darin aus wie Prinzessin Diana«, sagte Annika.
»Ach was«, meinte Patricia, »dazu ist mein Typ viel zu dunkel. Ich werde es ausziehen. Warte hier …«
Sie verschwand in ihrem Zimmer, dem Wohnzimmer, und hängte das Kleid wieder auf den Bügel. Schnell zog sie ein Paar Shorts und ein Hemd über.
Die Journalistin stand in der Küche, als sie wieder herauskam.
»Ich finde es eigentlich unmöglich, dass sie nicht hinter sich aufräumen«, meinte Annika und betrachtete die Stapel mit Tellern auf dem Küchentisch.
»Damit werde ich den heutigen Tag verbringen müssen«, sagte Patricia. »Willst du einen Tee?«
»Gern«, sagte Annika und setzte sich.
Patricia zündete den Gasherd an, schüttete Wasser in einen Aluminiumtopf und räumte schnell die Küchensachen wieder an ihren Platz im Schrank.
»Jossie hatte die Sterne gegen sich«, sagte Patricia. »Gerade jetzt standen sie nicht gut. Der Saturn hatte fast ein Jahr lang vor ihrer Sonne gestanden, es war lange Zeit hart und schwer für sie.«
Sie schwieg und blinzelte gegen die Tränen an. Die Journalistin sah sie erstaunt an.
»Glaubst du daran?«
»Ich glaube nicht, ich weiß«, erwiderte Patricia. »Wir haben Liptons oder Earl Grey.«
Annika wählte Liptons.
»Ich habe die Zeitung mitgebracht«, sagte sie und legte die Vorortausgabe vom *Abendblatt* auf den Tisch. Patricia rührte sie nicht an.
»Du darfst nicht schreiben, was ich sage«, sagte sie.
»Okay«, meinte Annika.
»Du darfst nicht schreiben, dass du hier warst.«
»Wie du willst«, sagte Annika.
Patricia schaute die Journalistin schweigend an. Annika sah jung aus, kaum älter als sie selbst. Sie tauchte ihren Teebeutel ein paar Mal ein, wickelte ihn dann um den Teelöffel und drückte so die letzten Tropfen Tee heraus.
»Was machst du dann hier?«, fragte Patricia.

»Ich möchte verstehen«, sagte Annika ruhig. »Ich will wissen, wer Josefine war, wie sie lebte, was sie dachte und fühlte. All das weißt du. Dann kann ich einer Menge anderer Leute die richtigen Fragen stellen, ohne schreiben zu müssen, was du mir gesagt hast. Das Grundgesetz schützt dich, wenn du mit mir redest. Kein Ermittler darf je fragen, mit wem ich gesprochen habe.«
Patricia dachte eine Weile nach, während sie ihren Tee trank.
»Was willst du wissen?«, fragte sie.
»Das weißt du wahrscheinlich besser als ich«, meinte Annika. »Wie war sie?«
Patricia dachte nach.
»Manchmal war sie schrecklich kindisch, was mich richtig wütend machen konnte. Manchmal vergaß sie zum Beispiel einfach, dass wir uns in der Stadt verabredet hatten. Dann stand ich da wie bestellt und nicht abgeholt. Hinterher war sie nicht einmal zerknirscht. ›Aber ich hab's doch bloß vergessen‹, sagte sie dann.«
Patricia schwieg.
»Aber ich vermisse sie furchtbar«, fügte sie hinzu.
»Wo hat sie gearbeitet?«, fragte Annika.
Sie hatte ihren Block und einen Stift herausgeholt. Patricia sah das und setzte sich gerade hin.
»Das schreibst du doch nicht, oder?«
Annika lächelte.
»Mein Gedächtnis ist manchmal genauso schlecht wie das von Josefine«, sagte sie. »Ich mache nur Notizen, damit ich es selbst nicht vergesse.«
Patricia entspannte sich wieder.
»In einem Klub, der Studio 6 heißt. Er ist in der Hantverkargatan«, sagte sie.
»Wirklich?«, fragte Annika erstaunt. »Da wohne ich! Wo in der Hantverkargatan?«
»Am Berg. Es gibt kein großes Neonschild oder so. Es ist ein ziemlich diskreter Laden, nur eine kleine Hinweistafel im Fenster.«
Annika dachte nach.
»Aber, gibt es nicht auch ein Radioprogramm, das Studio 6 heißt?«, fragte sie zögernd.

Patricia kicherte.
»Klar«, sagte sie, »aber Joachim, das ist der Typ, dem der Klub gehört, hat rausgekriegt, dass das Schwedische Radio den Namen nicht hat schützen lassen. Er gab seinem Klub denselben Namen und fand es superlustig, sich mit dem Radio zu streiten. Und es ist ja auch ein echt guter Name, er sagt, worum es geht. Vielleicht gibt es noch ein Gerichtsverfahren wegen der Sache.«
»Joachim«, meinte Annika, »ist das Josefines Freund?«
Patricia wurde ernst.
»Das, was ich dir da im Park erzählt habe, darfst du niemals jemandem erzählen«, sagte sie.
»Aber du hast es doch der Polizei gesagt, oder?«
Sie riss die Augen auf.
»Das stimmt«, sagte sie erschrocken, »das habe ich getan.«
»Das ist doch nur gut«, sagte Annika, »es ist doch wichtig, dass die Polizei so etwas erfährt.«
»Aber Joachim ist so traurig. Er war heute Morgen hier und hat geweint.«
Annika blickte auf ihre Notizen und beschloss, das Thema zu wechseln.
»Was war denn Jossies Arbeit?«
»Sie hat serviert und getanzt.«
»Getanzt?«
»Auf der Bühne. Nicht nackt, denn das ist nicht erlaubt. Joachim hält sich an das Gesetz. Sie trug einen String-Tanga.«
Patricia konnte sehen, dass die Journalistin ein wenig schockiert war.
»War sie … Stripperin?«
»So könnte man es ausdrücken«, sagte Patricia.
»Und du, bist du auch … Tänzerin?«
Patricia lachte.
»Nein, Joachim findet, dass mein Busen zu klein ist. Ich stehe an der Bar und versuche zu lernen, wie man Roulette spielt. Es klappt nicht besonders gut. Ich rechne nicht schnell genug.«
Ihr Lachen erstarb und wurde zu einem Schluchzen. Annika wartete schweigend, bis Patricia sich wieder gefasst hatte.
»Wart ihr Klassenkameradinnen, Josefine und du?«, fragte sie.

Patricia putzte sich mit einem Stück Haushaltspapier die Nase und schüttelte den Kopf.
»Nein, ganz und gar nicht«, sagte sie. »Wir haben uns im Fitnessstudio, im Sports Club an der Sankt-Eriksgatan, kennen gelernt. Wir gingen zur selben Zeit hin und nahmen immer zwei Schränke nebeneinander. Josefine fing an, mit mir zu reden, sie konnte mit allen reden. Sie hatte damals gerade Joachim getroffen und war unheimlich verliebt. Sie redete stundenlang von ihm. Wie gut er aussah, wie viel Geld er hatte ...«
Sie verstummte, erinnerte sich.
»Wie haben die beiden sich kennen gelernt?«, fragte Annika nach einer Weile.
Patricia zuckte mit den Schultern.
»Joachim kommt auch aus Täby. Ich habe Josefine vor anderthalb Jahren in der Weihnachtszeit kennen gelernt. Joachim hatte damals gerade den Klub aufgemacht. Es war von Anfang an ein Erfolg. Jossie fing an, manchmal an den Wochenenden zu arbeiten, und sorgte dafür, dass ich an der Bar stehen konnte. Ich habe eine Ausbildung dafür.«
Im Flur klingelte das Telefon, Patricia sprang sofort auf, um ranzugehen.
»Ja, natürlich, ist in Ordnung«, sagte sie. »In einer halben Stunde.«
Als sie in die Küche zurückkam, hatte Annika die Teetassen auf die Spüle gestellt und ihre Sachen wieder in der großen Tasche verstaut.
»Die Polizei kommt gleich noch mal her«, sagte Patricia.
»Ich werde dich nicht länger stören«, sagte Annika. »Danke, dass ich vorbeischauen durfte.«
»Du kannst gerne wiederkommen«, sagte Patricia.
Annika ging in den Flur hinaus und zog ihre Sandalen an.
»Wie lange wirst du hier noch wohnen?«, fragte sie.
Patricia biss sich auf die Lippen.
»Ich weiß nicht«, erwiderte sie. »Es ist Josefines Wohnung. Ihre Mutter hat sie schwarz gekauft, damit Jossie nicht immer nach Täby Kyrkby würde pendeln müssen, sobald sie auf die Journalistenschule gehen würde.«

»Hatte Josefine das denn vor? Waren ihre Noten gut genug, um angenommen zu werden?«
Patricia sah Annika feindselig an.
»Jossie ist superschlau«, sagte sie. »Sie hat in fast allen Fächern die beste Note bekommen. Schwedisch ist ihr bestes Fach, sie schreibt einfach toll. Du glaubst wohl, sie ist ein wenig blöd, nur weil sie als Stripperin arbeitet, oder?«
Sie sah trotz der Dunkelheit, dass die Journalistin rot wurde.
»Ich habe mit dem stellvertretenden Rektor ihrer Schule gesprochen. Er meinte, ihre Noten seien nicht besonders gut gewesen«, entschuldigte Annika sich.
»Dann hatte er sicher Vorurteile«, sagte Patricia.
»Hatte sie viele Freunde?«
»In der Schule, meinst du? Fast keine. Jossie hat die meiste Zeit gelernt.«
Sie gaben sich die Hand, und Annika machte die Tür auf. Im Weggehen hielt sie noch einmal inne.
»Warum bist du hierher gezogen?«, fragte sie.
Patricia schaute zu Boden.
»Jossie wollte es«, sagte sie.
»Warum?«
»Sie hatte Angst.«
»Wovor denn?«
»Das kann ich nicht sagen.«
Patricia sah der Journalistin an, dass sie dennoch begriffen hatte.

Annika trat in das gleißende Sonnenlicht auf der Dalagatan hinaus und blinzelte gegen die Sonne. Es war befreiend, aus der dunklen, stickigen Wohnung zu kommen. Schwarze Vorhänge, das war ja fast makaber. Es gefiel ihr nicht, was sie herausbekommen hatte. Die Wohnung von Josefine gefiel ihr nicht, und sie begriff nicht, wie man freiwillig Stripperin werden konnte.
Wenn es denn freiwillig war, dachte sie dann.
Die U-Bahn-Station lag direkt um die Ecke, und sie fuhr zwei Stationen zum Fridhemsplan. Dort ging sie die Sankt-Eriksgatan hinauf, am Fitnessstudio vorbei, wo Josefine und Patricia sich ken-

nen gelernt hatten, und bog anschließend nach rechts zum Tatort ab. Am Eingang lagen zwei Blumensträuße, und Annika nahm an, dass bald noch weitere folgen würden. Sie blieb einen Augenblick am Zaun stehen. Es war mindestens so warm wie gestern, und sie wurde schon wieder durstig. Als sie gerade weggehen wollte, kamen zwei junge Frauen, eine mit hellen und eine mit dunklen Haaren, langsam vom Drottningholmsvägen herauf. Annika entschloss sich zu bleiben. Die beiden trugen die gleichen kurzen Röcke und hohen Absätze. Sie kauten Kaugummi und hielten beide eine große Cola in der Hand.

»Hier ist gestern ein Mädchen ums Leben gekommen«, sagte die Blonde und zeigte zwischen die Gräber, als sie an Annika vorbeigingen.

»Nee, echt?«, fragte die Dunkle und machte große Augen.

Die Erste nickte eifrig und wedelte mit der Hand.

»Sie lag da drüben. Als sie tot war, ist sie vergewaltigt worden.«

»Wie entsetzlich«, sagte die Dunkle, und Annika sah, wie ihr die Tränen in die Augen traten.

Sie blieben ein paar Meter entfernt stehen und schauten andächtig in die tiefgrünen Schatten hinein. Kurze Zeit später weinten sie beide.

»Wir müssen einen Gruß hinterlassen«, sagte die Blonde.

Sie kramten einen Kassenzettel aus einer Tasche, in einer anderen fanden sie einen Stift. Die Blonde schrieb den Gruß, wobei sie den Rücken der anderen als Unterlage benutzte. Dann trockneten sie ihre Tränen und gingen zur U-Bahn hinunter.

Als sie um die Ecke verschwunden waren, ging Annika hin und las den Zettel.

»Wir vermissen dich«, stand dort.

Im selben Moment sah sie das Reportageteam der Konkurrenz am Spielplatz an der Kronobergsgatan aus einem Auto steigen. Sie machte auf dem Absatz kehrt und ging schnell die Straße hinunter, denn sie hatte wirklich keine Lust, einen Small-Talk mit Arne Påhlson zu halten.

Auf dem Weg zur Linie 56 kam sie am Eingang zu dem Haus von Daniella Hermansson vorbei, der forschen Mutter, die immer mit offenem Fenster schlief. Sie fischte den Block aus der Tasche – ja,

sie hatte den Türcode neben die Adresse von Daniella geschrieben. Ohne lange nachzudenken, tippte sie den Code in die Schließanlage neben der Tür ein und betrat das Treppenhaus.
Der Luftstrom, der ihr entgegenschlug, war so kühl, dass sie schauderte. Sie blieb stehen und hörte die Tür hinter sich ins Schloss fallen. Das Treppenhaus war mit Malereien aus den vierziger Jahren – wahrscheinlich das Baujahr des Gebäudes – dekoriert, die Motive aus dem nahen Park trugen.
Daniella wohnte im zweiten Stock auf der rechten Seite. Annika nahm den Lift. Niemand öffnete. Sie schaute auf ihre Armbanduhr, es war zehn nach drei. Wahrscheinlich war Daniella mit dem Schätzchen irgendwo im Park.
Annika ließ die Schultern hängen. Bisher war der Tag nicht sehr ergiebig gewesen. Sie sah sich im Treppenhaus um. Es war mit Türen nur so gespickt, die Wohnungen mussten ziemlich klein sein. Die Namen auf den Briefschlitzen waren aus gelben Plastikbuchstaben zusammengefügt worden. Sie trat näher und las den ersten. »Svensson« stand da. Da gab es nicht viel zu überlegen. Wenn sie schon hier war, konnte sie genauso gut die Reaktionen von ein paar Nachbarn aufnehmen.
Aus dem schmalen Türspalt, der sich bei Svensson öffnete, drang eine nach ungewaschenem Körper stinkende säuerliche Wolke, die Annika zurückschrecken ließ. Eine unförmige Frauengestalt in einem lila- und türkisfarbenen Polyesterkleid war im Durchgang zu sehen.
Kurzsichtige Augen, graue Haarsträhnen, fettig und mit Pomade. Sie hielt einen kleinen, dicken Hund im Arm, dessen Rasse Annika nicht bestimmen konnte.
»Entschuldigen Sie bitte, dass ich störe«, sagte Annika, »aber ich komme vom *Abendblatt.*«
»Wir haben nichts getan«, antwortete die Frau.
Sie schaute Annika durch den Türspalt erschrocken an.
»Nein, natürlich nicht«, sagte Annika höflich, »ich klingele nur, weil ich wissen will, wie Sie hier im Haus auf den Mord reagieren, der ganz in der Nähe geschehen ist.«
Die Frau schob die Tür etwas weiter zu.

»Ich weiß von nichts«, sagte sie.
Annika bereute schon, bei den Nachbarn geklingelt zu haben. Vielleicht war das doch nicht so eine gute Idee gewesen.
»Möglicherweise haben Sie es ja noch nicht gehört, direkt hier nebenan im Park ist eine junge Frau ermordet worden«, sagte sie ruhig, »vielleicht war ja die Polizei hier …«
»Sie waren gestern da.«
»Ach so, da haben sie vielleicht gefragt …«
»Jesper war es nicht!«, schrie die Frau unvermittelt. Annika ließ den Block fallen und wich vor Schreck zwei Schritte zurück.
»Ich konnte nichts tun, um ihn daran zu hindern! Und ich glaube auch nicht, dass der Minister etwas mit der Sache zu tun hat!«
Die Frau schlug die Tür mit einem solchen Knall zu, dass es im Treppenhaus hallte. Annika starrte verblüfft auf die Tür. Meine Güte, was hatte denn das zu bedeuten?
Am anderen Ende des Treppenhauses wurde eine Tür einen Spalt weit geöffnet.
»Was ist denn hier los?«, fragte eine ärgerliche ältere Männerstimme.
Annika sammelte ihren Block auf und lief die Treppe hinunter. Unten auf der Straße ging sie schnell nach rechts, ohne zum Park hinaufzusehen.

»Vielen Dank, dass du nach den Katzen geschaut hast!«
Anne Snapphane war zurück und saß auf ihrem Stuhl, die Füße auf den Schreibtisch gelegt.
»Wie war Gotland?«, fragte Annika und ließ ihre Tasche auf den Boden fallen.
»Heiß wie ein Backofen oder wie ein großes Feuer in der Sauna. Jetzt haben sie es unter Kontrolle. Aber was hast du denn gemacht?«
»Wieso?«, fragte Annika verständnislos.
»Du hast eine große Wunde über dem Auge!«
Annikas Hand schoss zur linken Augenbraue.
»Ach so, das«, sagte sie. »Ich habe mir heute Morgen den Kopf am Badezimmerschrank gestoßen. Rate mal, wo ich war.«

»In der Wohnung des Mordopfers?«
Annika grinste übers ganze Gesicht und setzte sich hin.
»Das ist ja ein Ding«, sagte Anne.
»Hast du schon gegessen?«
Sie gingen in die Cafeteria.
»Und wie war es?«, fragte Anne Snapphane neugierig und schob sich eine Ladung Nudeln in den Mund.
Annika dachte nach.
»Patricia, das ist ihre Mitbewohnerin, finde ich nett. Sie ist ausländischer Herkunft, vielleicht in der ersten Generation schwedisch. Kommt wahrscheinlich aus Südamerika. Sie ist ein wenig seltsam, glaubt an Astrologie.«
»Und was war Josefine für eine?«
Annika legte die Gabel hin.
»Ich weiß es nicht«, sagte sie. »Ich kriege sie nicht richtig zu fassen. Patricia sagt, sie sei sehr intelligent gewesen, der stellvertretende Rektor hielt sie für eine dämliche Blondine. Die Klassenkameradin Charlotta schien überhaupt nichts über sie zu wissen. Sie wollte Journalistin werden und Kindern in Not helfen und fing gleichzeitig an, als Stripperin zu arbeiten.«
»Als Stripperin?«, fragte Anne Snapphane.
»Ihr Freund hat so eine Art Pornoklub. Studio 6.«
»Das ist doch ein Radioprogramm. Die Besserwisser auf P3.«
Annika nickte.
»Genau. Joachim, der Freund, fand das offenbar ziemlich lustig. Studio 6 ist ja so ziemlich das Anspruchsvollste, was im Radio läuft.«
»Wenn er sich auf diese Weise mit den Besserwissern anlegen wollte, deutet das ja wenigstens auf ein gewisses Maß an Intelligenz hin«, meinte Anne Snapphane.
Annika lächelte und nahm einen großen Bissen.
»Erzähl weiter, wie sah es da aus?«
Annika kaute und dachte nach.
»Höchst spartanisch«, meinte sie dann. »Irgendwie gar nicht eingerichtet. Matratzen direkt auf dem Fußboden, so als wären sie noch gar nicht richtig eingezogen.«

»Wie hat sie es überhaupt geschafft, eine Wohnung in der Dalagatan zu bekommen?«
»Mama Barbro hat die Wohnung schwarz gekauft, an der staatlichen Wohnungsvermittlung vorbei. Das Telefon ist auch auf die Mutter angemeldet.«
Anne Snapphane lehnte sich auf ihrem Stuhl zurück.
»Warum musste sie sterben?«
Annika zuckte mit den Schultern.
»Keine Ahnung.«
»Und was sagen die Bullen?«
»Hab sie noch nicht angerufen.«
Sie kauften sich noch etwas zu trinken und kehrten dann in die Redaktion zurück. Spiken telefonierte gerade, sonst war niemand da.
»Was machst du heute?«, fragte Annika.
»Überall im Land sind weitere Waldbrände ausgebrochen. Ich lösche sie alle, höchstpersönlich.«
Annika lachte.
Sie schaltete ihren Computer an und legte eine Diskette ein. Schnell schrieb sie die Notizen von ihrem Gespräch mit Patricia auf, speicherte sie auf der Diskette und löschte dann das Dokument auf der Festplatte. Die Diskette legte sie in die unterste Schreibtischschublade. Annikas Telefon klingelte, und das Klingeln verriet, dass es sich um ein hausinternes Gespräch handelte.
»Sie haben Besuch«, sagte Tore Brand.
»Von wem?«, fragte Annika.
Tore Brand war plötzlich weg, und sie konnte ihn im Hintergrund schimpfen hören.
»Hallo, warten Sie! Sie können da nicht einfach rauf ...«
Schritte näherten sich dem Telefon.
»Hören Sie, er ist raufgegangen, ist aber nicht gefährlich. Es war ein Mann.«
Annika wurde wütend. Tore Brand saß da unten, um genau das zu verhindern. Verdammter Idiot!
»Was wollte er?«
»Er wollte mit Ihnen über etwas in der heutigen Ausgabe sprechen. Wir sollen den Lesern gegenüber offen sein«, meinte Tore Brand.

Im selben Moment sah Annika den Mann im Augenwinkel. Er kam forsch auf sie zu, seine Augen glühten. Annika beendete das Gespräch schnell. Ihr Blick folgte dem Mann durch die Redaktion, bis er vor ihrem Schreibtisch stand.
»Sind Sie Annika Bengtzon?«, stieß er hervor.
Annika nickte.
Der Mann holte weit aus und donnerte dann ein Exemplar des *Abendblatts* auf den Tisch.
»Warum haben Sie nicht angerufen?«, fragte er, und seine Stimme wurde von einem Krampf gebrochen.
Annika starrte den Mann an, sie hatte keine Ahnung, wer er war.
»Warum haben Sie uns nicht erzählt, was Sie schreiben würden? Ihre Mutter wusste nicht, dass sie so starb und dass jemand an ihr gefressen hatte, verdammt nochmal!«
Der Mann drehte sich um und setzte sich auf ihren Schreibtisch, schlug die Hände vors Gesicht und weinte. Annika nahm die Zeitung, die er ihr hingeworfen hatte. Es war der Artikel darüber, wie Josefine ausgesehen hatte, als sie gefunden wurde, ihr lautloser Schrei und die blau geschlagenen Brüste, das Bild mit dem nackten Bein im Grün. Annika schloss die Augen und strich sich über die Stirn.
Das kann nicht wahr sein, dachte sie. Großer Gott, was habe ich bloß getan? Die Scham überschwemmte wie ein Schwall heißes Wasser ihr Gesicht, der Fußboden begann zu schwanken. Großer Gott, was hatte sie bloß getan?
»Entschuldigen Sie«, sagte sie. »Ich dachte, Sie würden sicher nicht gestört werden wollen …«
»Gestört werden?«, schrie der Mann. »Glauben Sie, man kann noch mehr gestört werden? Glauben Sie, wir würden den Scheiß, den Sie da geschrieben haben, nicht sehen? Haben Sie gehofft, dass wir auch sterben und niemals etwas davon erfahren würden? Oder was?«
Annika standen die Tränen in den Augen. Der aggressive Mann hatte einen hochroten Kopf, sein Mund war von Spucke verschmiert. Jetzt merkten auch die anderen, was da vorging. Spiken hatte sich umgedreht und schaute zu ihr hinüber. Bild-Pelle reckte den Hals und versuchte einen Blick zu erhaschen.

»Es tut mir wirklich Leid«, sagte sie.
Plötzlich tauchte Berit aus dem Nichts auf. Ohne ein Wort zu sagen, legte sie dem Mann den Arm um die Schultern und geleitete ihn in Richtung Cafeteria hinaus. Er ging, ohne zu protestieren, mit, von Weinkrämpfen geschüttelt.
Annika nahm ihre Tasche und ging rasch auf den hinteren Ausgang zu. Sie atmete kurz und hektisch und musste sich anstrengen, normal zu gehen.
»Wohin gehen Sie, Bengtzon?«, rief Spiken.
»Raus!«, erwiderte sie mit viel zu schriller Stimme.
Die letzten Schritte rannte sie und warf sich gegen die Hintertür. Zwei Etagen tiefer, im Treppenhaus vor dem Archiv, setzte sie sich. Ich bin ein verkommener Mensch, dachte sie. So wird das nie was.
Sie blieb eine Weile sitzen und verließ anschließend das Gebäude über den Eingang der Druckerei und kaufte sich ein Eis.
Langsam schlenderte sie im Mariebergspark zum Ufer hinab. Über das Wasser hörte sie das Rufen der Kinder im Smedsudds-Bad. Sie setzte sich auf eine Parkbank, aß ihr Eis und warf dann das Papier in einen überquellenden Papierkorb am Weg.
So ist es, wenn man lebt, dachte sie. Man hört die Geräusche, man spürt den Wind und die Hitze, man macht etwas falsch und schämt sich. Genauso geht es. Leben und lernen.
Ich werde nie mehr zögern, jemanden anzurufen oder mit jemandem Kontakt aufzunehmen. Ich werde immer für das geradestehen, was ich schreibe. Ich werde mich niemals für meine Arbeit oder meine Worte schämen.

Langsam ging sie am Ufer entlang zum Smedsudds-Bad, dann den Weg am Fyrverkarbacken hinauf und zurück zum Pressehaus.
»Sie müssen Bescheid sagen, wenn Sie weggehen«, sagte Tore Brand säuerlich am Empfang.
Sie hatte keine Lust zu antworten, nahm den Fahrstuhl nach oben und betete im Stillen, der aufgebrachte Pfarrer möge verschwunden sein. Das war er, und mit ihm alle anderen. Spiken und Jansson saßen bei der Übergabe, die Redakteure waren noch nicht gekommen, Berit war irgendwo draußen.

Sie ließ sich schwer auf ihren Platz fallen. Heute hatte sie nichts von Wert zu Stande gebracht. Jetzt musste sie nur noch die Polizei anrufen.

Der Pressesprecher teilte ihr mit, die Ermittlungen seien noch in vollem Gange.

In der Dienststelle der Kripo ging niemand an den Apparat.

Die Einsatzzentrale hatte den ganzen Tag lang nichts mit dem Mord zu tun gehabt.

Sie zögerte, beschloss dann aber doch, den Leiter der Ermittlungen anzurufen. Sollte er doch sauer sein.

Er ging in der Mordkommission ans Telefon. Ihr Puls stieg.

»Hallo, ich bin Annika Bengtzon vom ...«

»Ich weiß.«

Leises Stöhnen.

»Arbeiten Sie rund um die Uhr?«, fragte sie.

»Sie doch offenbar auch.«

Seine Stimme klang kalt und kurz angebunden.

»Ich hätte da noch ein paar kurze Fragen ...«

»Wenn ich mit jedem Journalisten reden würde, hätte ich keine Zeit, Morde aufzuklären.«

Sauer, wütend.

»Sie müssen überhaupt nicht mit allen reden, es reicht, wenn Sie mit mir sprechen.«

»Das meinen Sie.«

Annika dachte ein paar Sekunden nach.

»Wir verschwenden unsere Zeit. Es geht schneller, wenn Sie einfach auf meine Fragen antworten.«

»Am schnellsten ginge es, wenn ich einfach auflegen würde.«

»Und warum machen Sie das nicht?«

Sie hörte ihn durchatmen, als würde er sich das selbst gerade fragen.

»Was wollen Sie?«, fragte er schließlich.

»Wissen, was Sie heute getan haben.«

»Routine. Verhöre.«

»Patricia? Joachim? Die anderen im Klub? Vielleicht ein paar Gäste? Die Eltern? Der Zwillingsbruder? Leute im Haus gegenüber?

Die dicke Tante mit dem Hund? Wer ist Jesper? Und wer ist der Minister?«
Sie konnte sein Erstaunen durch die Leitung spüren.
»Sie haben Ihre Hausaufgaben gemacht«, meinte er.
»Nein«, erwiderte sie, »nur die üblichen Recherchen.«
»Wir haben ihre Kleider gefunden«, sagte er.
Annika bekam eine Gänsehaut. Das war noch nicht offiziell. Er gab ihr etwas Exklusives.
»Wo?«
»In der Müllverbrennungsanlage in Högdalen.«
»Auf der Müllkippe?«
»Nein, in einer Pressmaschine, zusammen mit einem Haufen anderen Zeugs. Sie müssen irgendwo auf Kungsholmen in einen Papierkorb geschmissen worden sein. Die Körbe werden täglich von der Stockholmer Stadtreinigung in offene Wagen geleert und dann mit allem, was man so auf der Straße findet, zusammengepresst. Den Rest können Sie sich denken.«
»Können Sie sie noch als Beweise gebrauchen?«
»Bisher haben unsere Techniker Teile von einem Fernsehapparat, der Polsterung eines Sofas, Spuren einer Bananenschale und den Inhalt einer Babywindel in den Fasern festgestellt.«
»Somit ist der Fund wertlos?«
»Danach sieht es bisher jedenfalls aus.«
»Waren die Sachen kaputt?«
»Total zerrissen. Von der Pressmaschine.«
»Das heißt, dass alle Fingerabdrücke, Haare, Fasern und alles, was Aussagekraft haben könnte, zerstört ist?«
»So ist es.«
»Darf ich das schreiben?«
»Meinen Sie, dass das einen Sinn hat?«
Sie dachte nach.
»Der Mörder muss sie dort weggeworfen haben. Vielleicht hat ihn jemand gesehen.«
»Wie denn das? Was meinen Sie, wie viele Leute jeden Tag Müll in einen Papierkorb auf Kungsholmen werfen? Raten Sie mal!«

Sie dachte an ihr Eispapier im Papierkorb am Wasser.
»Vielleicht … fast alle?«
»Genau! Und es muss noch nicht mal der Mörder gewesen sein, der die Kleider weggeworfen hat. Möglicherweise hat irgendein ordnungsliebender Mensch sie gefunden.«
Sie wartete schweigend.
»Es zeigt zumindest, dass die Polizei etwas tut«, meinte sie.
Er lachte nur.
»Das stimmt.«
»Man muss ja nicht unbedingt herausposaunen, in welchem schlechten Zustand die Kleider sind«, meinte Annika. »Das braucht der Mörder ja nicht zu wissen.«
Ihr Gesprächspartner lachte ein wenig, antwortete aber nicht.
»Und die Verhöre?«
Er wurde wieder kurz angebunden.
»Darüber kann ich nichts sagen. Sie dauern noch an.«
»Mit den Personen, die ich zu Beginn aufgezählt habe?«
»Das ist nur der Anfang.«
»Und die Obduktion? Hat sie irgendetwas erbracht?«
»Sie wird zu den normalen Bürozeiten durchgeführt, mit anderen Worten, erst morgen früh.«
»Was ist Studio 6 eigentlich für ein Laden?«
»Gehen Sie hin, dann werden Sie es ja sehen.«
»Wissen Sie, was das für ein Minister ist, von dem die Frau geredet hat?«
»Was für ein Glück, dass es noch etwas gibt, was Sie noch herausfinden müssen«, sagte er. »Jetzt habe ich keine Zeit mehr. Tschüss.«
Annika überlegte. Das mit den Kleidern war neu, daraus könnten sie was machen. Zu schade, dass die Polizei dem Fund keinen größeren Wert beimaß, aber jetzt wussten sie wenigstens, dass der Mörder die Kleider nicht mehr bei sich hatte.
Spiken, Jansson und Bild-Pelle waren mit der Übergabe fertig. Sie saßen am Newsdesk zusammen und unterhielten sich.
»Ich habe etwas exklusiv bekommen, wenigstens sieht es bisher so aus«, sagte sie.

Die Männer schauten sie mit Erstaunen und einem leicht verwirrten Gesichtsausdruck an.
»Sie haben ihre Kleider gefunden.«
Die Männer richteten sich auf und griffen nach ihren Stiften.
»Super. Können wir sie fotografieren?«, fragte der Bildredakteur.
»Nein, aber den Ort, wo sie gefunden wurden. Die Müllverbrennungsanlage in Högdalen.«
»Ist was dabei herausgekommen?«
Annika wägte ihre Antwort ab.
»So richtig nicht, aber das kann die Polizei natürlich nicht veröffentlichen«, sagte sie.
Die Männer nickten.
»Das wird klasse«, meinte Jansson. »Zusammen mit all dem anderen haben wir eine gute Mischung. Schauen Sie mal.«
Er hielt Annika einen Notizblock hin.
»Ich denke, wir fangen mit Ihrer Sache an. ›Die neue Spur der Polizei‹. Bild von Josefine, Bild von der Müllhalde. He, bald brauchen wir ein Autorenfoto von Ihnen, Bengtzon!«
Die Männer lachten, ein freundliches Lachen. Annika senkte den Blick und wurde rot.
»Dann haben wir noch den Vater«, fuhr Jansson fort. »Berit hat ein fantastisches Interview gemacht.«
Annika staunte.
»Wirklich?«
»Ja, wirklich. Er ist doch hier aufgekreuzt und hat wegen irgendetwas herumgekeift, und da hat Berit sich um ihn gekümmert. Er hat gesagt, er wolle reden. Sie ist jetzt gerade mit dem fertigen Text bei den Eltern. Sie wollten ihn erst sehen.«
»Unglaublich«, murmelte Annika.
»Und dann brauchen wir was vom Tatort. Liegen da schon Blumen?«
»Heute Nachmittag waren es noch ziemlich wenige.«
»Fahren Sie doch bitte hin und schauen Sie nach, ob es mehr geworden sind. Vielleicht können Sie auch mit einem Trauernden reden, mit jemandem, der gerade einen Gruß schreibt oder eine Kerze anzündet.«

Annika nickte.

»Was ist denn aus den Klassenkameraden geworden?«, fragte sie.

»Berit hat außer Ihrer Charlotta keine ausfindig machen können. Wir haben ein Foto von ihr zu Hause im Mädchenzimmer. Sicher kommen einige ihrer Freundinnen heute Abend nach Hause, denn die Betriebsferien gehen jetzt zu Ende, aber darum kümmern wir uns erst mal nicht. Was wir haben, reicht für heute. Wir haben ja auch noch die Brände und die Lage im Nahen Osten. Das läuft womöglich auf einen Krieg hinaus ...«

Die Redakteure trudelten einer nach dem anderen ein, voller Arbeitslust. Annika ging zu ihrem Platz zurück, schrieb den Artikel zu der neuen Spur der Polizei und packte ihre Tasche, um noch einmal zum Tatort zurückzufahren.

Bertil Strand war nicht da, und sie schaltete den Fernseher ein, der über ihren Plätzen unter der Decke hing. Die Lokalnachrichten erwähnten Josefine nicht einmal mehr.

Rapport widmete die Hälfte seiner Sendung dem Nahen Osten. Sieben Israeli und fünfzehn Palästinenser waren bei den Zusammenstößen des heutigen Tages getötet worden. Drei von ihnen waren kleine Kinder. Annika schauderte.

Anschließend wurde der Sprecher der Umweltpartei interviewt, der einen Untersuchungsausschuss über die Ansichtsüberwachung und die IB-Affäre forderte. Annika gähnte.

Gegen Ende der Sendung folgte der zweite Teil der Dokumentation des Russlandkorrespondenten über den Konflikt in Kaukasien. Heute begleitete der Reporter die gut ausgerüstete Guerilla der Minderheit.

»Wir kämpfen für unsere Freiheit«, verkündete der Anführer der Guerilla mit einer Kalaschnikow in jeder Hand. »Der Präsident ist ein hinterhältiger Verräter.«

Im Hauptquartier der Guerilla gab es sowohl Frauen als auch Kinder. Die Kleinen lachten und tobten herum, sie waren schmutzig und trugen keine Schuhe. Die Frauen zogen sich die Schleier über die Köpfe und verschwanden in den dunklen Türöffnungen der Häuser. Der Anführer der Guerilla öffnete die Tür zu einem unterirdischen Keller, der Fernsehreporter folgte ihm in die Unterwelt.

Im Scheinwerferlicht der Kameras waren Reihen von russischen Waffen zu sehen, Kästen voller Minen, Luftgewehre, Maschinengewehre, Handgranaten, Panzerfäuste, Granatwerfer.
Annika war niedergeschlagen, müde und hungrig. Was spielte es schon für eine Rolle, was sie über ein totes schwedisches Mädchen schrieb, wenn die Menschen auf der Welt ohnehin nichts anderes taten, als sich umzubringen?
»Wie geht's dir, Annika?«
Es war Berit.
»Geht so«, antwortete Annika. »Es gibt so viel Elend in der Welt. Ging es gut mit den Eltern?«
»Einigermaßen«, erwiderte Berit. »Sie wollten ein paar kleine Änderungen im Text, aber im Großen und Ganzen konnten wir uns einigen. Wir haben ein Bild von ihnen, auf dem Bett in Josefines Mädchenzimmer.«
»Hatte sie dort noch Möbel?«, fragte Annika.
»Es sieht völlig unverändert aus.«
Berit ging zum Newsdesk, um die Chefs zu informieren. Im selben Moment kam Bertil Strand herein.
»Hätten Sie Zeit, noch mal kurz zum Tatort zu fahren?«, fragte Annika und nahm ihre Tasche.
»Jetzt habe ich den Wagen gerade in der Garage geparkt. Hätten Sie das nicht etwas früher sagen können?«

Patricia lag auf der Matratze hinter ihren schwarzen Gardinen und schwitzte in der Dunkelheit. Die Beine taten ihr weh, und ihr war übel vor Müdigkeit. Sie konnte nicht hinter Joachim herspionieren. Das konnten sie einfach nicht von ihr verlangen. Der bloße Gedanke ließ sie eine Gänsehaut bekommen.
Sie schloss die Augen und versuchte die Geräusche der Stadt zu verdrängen. Draußen wurde es langsam Abend, die Menschen waren auf dem Weg in die Restaurants und zu Verabredungen, Mädchen und Wein, Bier und Schweiß. Sie ging in sich, versuchte die Wahrheit in sich selbst zu finden, horchte auf ihre eigene Atmung und versank in einer leichten Selbsthypnose.
Durch das Dunkel rief sie Josefines Stimme hervor, tief aus ihrem

eigenen Inneren. Zuerst war die Stimme fröhlich, wurde lauter und leiser. Patricia lächelte. Jossie kicherte und sang, hell und rein. Als der Schrei kam, war Patricia darauf vorbereitet. Sie hörte sich geduldig die Schläge und das dumpfe Krachen und Joachims Brüllen an. Sie versteckte sich in den Schatten, bis er schwieg und verschwunden war, dann wartete sie auf das Weinen und die Verzweiflung aus Jossies Zimmer. Die Schuldgefühle waren weg, sie hätte das nicht verhindern können. Sie war nicht erschrocken, sie hatte keine Angst. Er konnte jetzt nichts mehr tun, Jossie nichts mehr antun.

Sie holte tief Luft und zwang sich an die Oberfläche zurück. Die Wirklichkeit kehrte langsam wieder, dumpf und heiß.

Ich muss die Karten befragen, dachte sie bei sich.

Sie erhob sich langsam, aber ihr Blutdruck spielte nicht mit, und ihr wurde schwindelig. Aus der Sporttasche in der Ecke holte sie ihren Schrein aus Balsaholz, nahm den Deckel ab und strich mit den Händen über den schwarzen Samt. Hier wohnten ihre Karten.

Sie setzte sich im Lotussitz auf den Boden und mischte die Tarotkarten mit Umsicht. Dann hob sie drei Mal ab. Danach wiederholte sie die Prozedur zwei Mal, genau so, wie die Energien es verlangten. Nach dem letzten Abheben legte sie die Stapel nicht zusammen, sondern wählte einen aus, nahm ihn mit der linken Hand und mischte die Karten ein weiteres Mal.

Schließlich legte sie auf dem Parkettboden ein keltisches Kreuz aus, zehn Karten, die die Beschaffenheit des Augenblicks aus verschiedenen Blickwinkeln darstellten. Das keltische Kreuz war das vollkommenste System vor großen Veränderungen, und sie spürte, dass ihr eine solche bevorstand.

Sie wartete damit, die Karten zu betrachten und zu analysieren, bis sie alle ausgelegt hatte. Dann studierte sie nachdenklich ihre Situation. Ihre Grundkarte war Schwert-Drei, die für den Saturn in der Waage stand. Sie nickte, das war im Grunde selbstverständlich. Schwert-Drei bedeutete Trauer und Spannung in Dreiecksverhältnissen. Sie wurde aufgefordert, klare und unmissverständliche Beschlüsse zu fassen. Die Karte, die ihre Grundkarte kreuzte,

also ihrer Stellungnahme im Weg stand, war natürlich die Fünfzehn der Hohen Arkanen. Der Teufel, das männliche Geschlecht. Deutlicher konnte es nicht sein. Die dritte und die vierte Karte offenbarten ihre bewussten und unbewussten Gedanken zur Situation. Auch da zeigte sich nichts Besonderes, Schwert-Neun und Stab-Zehn. Grausamkeit und Unterdrückung.
Die siebte und die achte Karte jedoch stimmten sie nachdenklich. Die siebte symbolisierte sie selbst; es war die Achtzehn der Hohen Arkanen, der Mond. Das war nicht gut, weil es bedeutete, dass sie vor einer endgültigen und sehr schweren Prüfung stand, die mit dem weiblichen Geschlecht zu tun hatte.
Die achte stand für die Energien, die von außen eindrangen und ihre Situation beeinflussen würden.
Der Magier, die erste Karte der Hohen Arkanen, die einen gewissenlosen Kommunikator darstellte, einen brillanten Wortverdreher, der sich ständig an den Rändern der Wahrheit bewegte. Sie ahnte schon, wer das sein konnte.
Die zehnte Karte, das Ergebnis, beruhigte sie. Stab-Sieben. Jupiter im Löwen. Klarheit. Durchbruch. Sieg.
Jetzt wusste sie, dass sie es schaffen würde.

Siebzehn Jahre, neun Monate und drei Tage

Unser Glück ist so stark. Er umarmt mich, immer. Seine Begeisterung ist unglaublich, manchmal fällt es mir schwer mitzuhalten. Er ist sehr enttäuscht, wenn ich ihm etwas nicht sage, ich muss mich zusammenreißen. Unsere Reisen in Zeit und Raum sind unendlich, ich liebe ihn so sehr.

Ich habe versucht, ihm zu erklären, dass der Fehler nicht bei ihm liegt. Ich bin es, ich bin es, die ihn nicht so wertschätzen kann, wie er es verdient. Er hat mir Kleider gekauft, wie ich sie noch nie besessen habe, Symbole für Liebe und Zuneigung. Die Gründe für meine Undankbarkeit sind Egoismus und Unreife, seine Enttäuschung ist tief und schwer. Es gibt keine Entschuldigung, man trägt in einer universellen Zweisamkeit auch Verantwortung.

Ich weine, wenn mir klar wird, wie unvollkommen ich bin. Er vergibt mir. Dann lieben wir uns.

Verlasse mich niemals,
sagt er,
ich kann ohne dich nicht leben.

Und ich verspreche es.

MONTAG, 30. JULI

Spiken stand vor ihrem Platz und trat von einem Fuß auf den anderen, obwohl ihre Arbeitszeit erst in anderthalb Stunden begann.

»Berit hat einen irren Tipp zu einer anderen Sache bekommen«, sagte der Nachrichtenchef. »Sie müssen sich heute zusammen mit Carl Wennergren um den Mord kümmern.«

Annika ließ ihre Tasche auf den Boden fallen und wischte sich den Schweiß von der Stirn.

»Es wird immer heißer«, sagte sie.

»Carl ist gerade auf dem Weg von Nynäshamn«, sagte Spiken. »Haben Sie gehört, dass er die Regatta gewonnen hat?«

Annika setzte sich und schaltete den Computer ein.

»Nein, aber das ist ja toll.«

Spiken setzte sich auf ihren Schreibtisch und schlug die Zeitung der Konkurrenz auf.

»Heute haben wir gewonnen«, meinte er. »Die haben weder die Eltern noch die wiedergefundenen Kleider. Sie haben gestern gute Arbeit geleistet, Berit und Sie.«

Annika senkte den Kopf.

»Wie machen wir heute weiter?«, fragte sie.

»Heute gibt es keinen Aushänger für Sie«, sagte Spiken. »Die Verkaufszahlen gehen am dritten Tag immer runter. Außerdem müsste es schon was richtig Großes sein, wenn Sie heute Berits Sache aus dem Rennen schlagen wollen. Sie müssen versuchen, die Polizei auf eine Theorie festzunageln, die müssten doch langsam was präsentieren können. Wissen Sie, ob die was am Kochen haben?«

Annika zögerte, sie dachte an Joachim und erinnerte sich an Spikens Abneigung gegen »Familienstreit«.

»Vielleicht«, meinte sie bloß.

»Wenn die Polizei keinen Durchbruch erzielt, wird die Geschichte bald im Leerlauf sein«, fuhr Spiken fort. »Wir müssen natürlich weiter am Tatort dranbleiben, heute könnten dort weinende Freundinnen und so auftauchen.«

»Wie wäre es mit einer Grafik über ihre letzten Stunden?«, schlug Annika vor.

Spikens Miene hellte sich auf.

»Stimmt, das hatten wir noch nicht. Besorgen Sie die Unterlagen dazu und reden Sie mit den Grafikern.«

Annika machte sich Notizen.

»Gibt's sonst noch was?«, erkundigte sie sich.

»Wir werden einen neuen Ressortchef serviert bekommen. Anders Schyman fängt heute an. Man darf gespannt sein ...«

Annika wartete ab. Sie hatte die Gerüchte über den neuen Ressortchef gehört, der bisher Moderator eines Gesellschaftsprogramms im Schwedischen Fernsehen gewesen war. Sie hatte ihn noch nicht kennen gelernt und kannte ihn nur aus dem Fernsehen. Er war groß und blond, und sie fand, dass er ziemlich mürrisch und unsympathisch wirkte.

»Was halten Sie von ihm?«, fragte Annika vorsichtig.

»Ich glaube, dass es ganz schön anstrengend wird«, meinte Spiken. »Wie kann ein Fernsehpromi bloß glauben, dass er einfach daherkommen und uns unsere Arbeit beibringen kann?«

Damit drückte er aus, was alle in der Redaktion zu denken schienen. Annika ließ das Thema fallen.

»Macht Anne Snapphane heute etwas Besonderes, oder kann sie sich auch um den Mord kümmern?«

Spiken stand auf.

»Fräulein Snapphane hat mal wieder einen Gehirntumor und setzt sich einer weiteren Kernspintomographie aus. He, Carl, herzlichen Glückwunsch!«

Carl Wennergren kam mit dem Pokal im Arm in die Redaktion geschlendert. Spiken ging mit großen Schritten auf ihn zu und schlug ihm auf den Rücken. Annika blieb geschockt auf ihrem Platz sitzen. Großer Gott, Anne, Gehirntumor!

Mit zitternden Händen nahm sie den Hörer und wählte die Nummer. Anne Snapphane ging sofort ran.
»Was ist los mit dir?«, fragte Annika und war den Tränen nah.
»Ich mache mir wahnsinnige Sorgen«, meinte Anne Snapphane. »Ich bin so kaputt und kraftlos. Wenn ich die Augen zumache, sehe ich Blitze.«
»Spiken hat es mir erzählt. Meine Güte, warum hast du nichts gesagt?«
Anne verlor den Faden.
»Was?«
»Dass du einen Gehirntumor hast!«
Anne schien verwirrt.
»Aber ich habe doch gar keinen Gehirntumor. Ich habe jede Menge Untersuchungen über mich ergehen lassen, und sie haben nichts gefunden.«
Jetzt kapierte Annika überhaupt nichts mehr.
»Aber Spiken hat gesagt ... Hast du gar keinen Gehirntumor?«
»Es ist so«, sagte Anne Snapphane, »ich neige dazu, zu glauben, ich hätte alle möglichen Krankheiten. Ich weiß das, aber trotzdem bin ich jedes Jahr ein paar Mal davon überzeugt, dass ich drauf und dran bin zu sterben. Letzten Winter habe ich es tatsächlich geschafft, mir eine Kernspintomographie im Karolinska zu erquatschen. Spiken fand das irre lustig.«
Annika lehnte sich auf ihrem Stuhl zurück.
»Du bist also nur ein Hypochonder, du Nuss«, sagte sie.
Anne Snapphane lachte ein wenig bekümmert.
»Ja, so nennt man das wohl. Wie auch immer, ich habe um halb vier einen Termin beim Arzt, man kann ja nie wissen ...«
»Was hast du an deinen freien Tagen vor?«
»Wenn ich nicht ins Krankenhaus eingeliefert werde, fahre ich mit den Katzen nach Piteå rauf. Ich nehme den Nachtzug.«
»Okay«, sagte Annika, »dann sehen wir uns, wenn du wieder da bist.«
Sie legten auf, und Annika dachte über ihre eigene freie Zeit nach, die vor ihr lag. Sie arbeitete heute den letzten Tag einer Fünftageschicht und würde anschließend vier Tage freihaben. Sie würde

nach Hause nach Hälleforsnäs fahren, Sven treffen und Whiskas einen Besuch abstatten. Ihr war unbehaglich zu Mute. Bald musste sie sich entscheiden. Entweder setzte sie darauf, hier zu bleiben und zu versuchen, in Stockholm zu arbeiten, oder sie musste ihren Mietvertrag kündigen und wieder nach Hause ziehen.
Sie ließ ihren Blick über die Redaktion schweifen. Da Montag war, wimmelte es nur so von Menschen, was sie nervös und unsicher machte. Von der Hälfte der Leute kannte sie nicht einmal den Namen. Das warme Gefühl der Zugehörigkeit, das sie während des Wochenendes empfunden hatte, war wie weggeblasen, denn es hing irgendwie mit ausgeschalteten Neonröhren, spiegelnden Fensterscheiben vor der Dunkelheit, mit leeren Fluren und dem leisen Summen der Klimaanlage zusammen. Tagsüber sah der Arbeitsplatz völlig anders aus, war voller Licht und Lärm und Menschen mit verkniffenen Mienen. Sie hatte keine Kontrolle, und es gab keinen Platz für sie.
»Da fährt man einmal weg, schon passiert alles Mögliche«, sagte Carl Wennergren und setzte sich auf vertrauliche Art auf Annikas Schreibtisch. Annika zog demonstrativ einen Computerausdruck unter seinem Hintern hervor.
»Eine ziemlich tragische Geschichte«, sagte sie.
Carl Wennergren stellte seinen Pokal auf den Computerausdruck.
»Es ist ein Wanderpokal«, erklärte er. »Sieht hübsch aus, nicht?«
»Allerdings«, meinte Annika.
»Der Besitzer des Bootes kriegt den Pokal, die anderen nur eine mickrige Urkunde. Internationale Olympische Klasse, die Eintonner – die größten Boote –, das ist mein Ding.«
»Es gibt ziemlich viele Bootsklassen, oder?«, fragte Annika und klickte sich ins Internet ein.
Carl Wennergren betrachtete sie einen Moment lang schweigend.
»Du hast nicht viel übrig für Wassersport, nicht wahr?«, fragte er.
»Doch, durchaus«, erwiderte Annika. »Ich leihe mir immer gern Großmutters Ruderboot und rudere dann auf dem Hosjö umher. Das kann unglaublich schön sein.«
Sie schaute nicht auf, als er ging, sondern bemühte sich, ihn mitsamt der restlichen Redaktion zu verdrängen. Sie streckte sich

nach dem Konkurrenzblatt, das zu dem Mordfall nicht viel zu sagen hatte. Sie sah, dass sie einen Zettel vom Tatort fotografiert hatten, auf dem »Du fehlst uns« stand. Annika schüttelte den Kopf und blieb bei einer Serie über Ehen nach den Ferien hängen. Bekümmert dachte sie an sich selbst und ihre eigene Beziehung.
»Warum so schwermütig? Trinken wir noch schnell einen Kaffee zusammen?« Berit lächelte sie fröhlich an, so dass Annika auch gleich lachen musste.
»Ich habe gehört, dass du einen richtig heißen Tipp bekommen hast?«, sagte Annika und holte ihren Geldbeutel aus der Tasche.
»Ja, allerdings«, erwiderte Berit. »Hast du schon mal von der IB-Affäre gehört?«
»Vage«, sagte sie. »Jan Guillou und Peter Bratt haben herausbekommen, dass die Regierung irgendwann in den siebziger Jahren mit illegalen Mitteln die Ansichten der Bevölkerung überwacht hat.«
Die beiden gingen Richtung Cafeteria.
»Genau«, sagte Berit. »Die Sozis gerieten damals in Panik. Sie setzten Journalisten fest und verhielten sich insgesamt total irrational. So haben sie zum Beispiel ihre Archive vernichtet, sowohl das vom Außen- als auch das vom Innenministerium. Bitte einen Kaffee und eine Vanilleschnecke.«
Sie setzten sich an einen Fenstertisch, weniger wegen der Aussicht, sondern um etwas von der Luft aus der Klimaanlage abzubekommen.
»Und deshalb kann man nie richtig herausbekommen, worum es bei der IB-Affäre wirklich ging«, sagte Annika.
»Ganz genau«, sagte Berit. »Die verschwundenen Archive haben allen Untersuchungen und Ermittlungen ein Ende gesetzt. Die Sozis konnten sich sicher fühlen. Bis heute.«
Annika hörte auf zu essen und sah Berit fragend an.
»Wieso?«, fragte sie.
Berit fing automatisch an zu flüstern.
»Ich habe gestern zu Hause, mitten in der Nacht, einen Tipp bekommen. Das Archiv des Außenministeriums ist wieder aufgetaucht.«
Annika staunte.
»Ist das wahr?«, fragte sie.

Berit zuckte mit den Schultern.
»In gewisser Weise schon«, sagte sie. »Man hat plötzlich Kopien aus diesem Archiv in den Akten des Generalstabes der Armee ›gefunden‹, ohne Quellenhinweise und Originale, aber immerhin.«
»Das muss nicht heißen, dass es die Originale noch gibt«, sagte Annika und blies auf ihren Kaffee.
»Nein, natürlich nicht, aber die Wahrscheinlichkeit ist gewachsen. Bis heute Nacht hieß es, dass nicht ein Fetzen Papier aus dem Archiv übrig geblieben sei. Nicht ein Dokument, nicht eine Aufnahme, nichts. Jetzt gibt es Kopien von großen Teilen des Archivs, so dass feststeht, dass sie einen großen Wert haben.«
»Hast du sie gesehen?«, fragte Annika.
»Ja, ich bin heute Morgen direkt dorthin gefahren. Das ist alles öffentlich.«
Annika nickte nachdenklich.
»Das ist ein Ding«, sagte sie. »Und auch noch mitten im Wahlkampf.«
»Du wirst niemals erraten, wo die Kopien gefunden wurden«, sagte Berit.
»Auf der Herrentoilette«, riet Annika.
»In der Eingangspost«, erwiderte Berit.

Der Minister zog die Schaukel so weit nach hinten, wie er nur konnte.
»Bist du bereit?«, rief er.
»Ja«, quiekte seine Tochter.
»Bist du bereit?«, fragte er nochmals ganz laut.
»Jaaa!«, rief das Mädchen.
Ein ohrenbetäubendes Kinderkreischen klingelte ihm in den Ohren, als er unter der Kiefer mit dem Brett hindurchlief, es sich über den Kopf schob und dann hoch oben losließ.
»Iiiiih!«, schrie das Kind.
»Bei mir auch, Papa, bei mir auch! Lauf drunter durch, lauf drunter durch!«
Er lächelte seinem Sohn zu und wischte sich den Schweiß von der Stirn.

»Okay, Cowboy«, sagte er, »aber das ist wirklich das letzte Mal.«
Er ging um den Baum herum, kitzelte der Tochter im Vorbeigehen den Bauch, griff sich die Schaukel des Jungen und ließ wieder sein »Bist du bereit?« hören.
Dann lief er unter der Schaukel durch, aber nicht so schnell wie bei der Tochter. Sein Sohn war etwas kleiner und ängstlicher, obwohl die beiden Zwillinge waren.
»Papa, nochmal bei mir«, rief seine Tochter.
»Nein, jetzt kann ich nicht mehr«, sagte er. »Schaukelt aus und kommt dann, damit wir uns auf der Terrasse in die Sessel kuscheln können.«
»Och, Papa, Papa ...«
Er ging zu seiner Frau hinüber, die unter dem Sonnenschirm saß. Die Gartenmöbel aus Kiefer, mit blauer Ökofarbe gestrichen, waren in einem großen Baumarkt gekauft worden. Manchmal hatte er das Gefühl, auf schreckliche Weise so zu sein wie alle anderen.
»Wann musst du wieder fahren?«, fragte seine Frau.
Er küsste sie aufs Haar und ließ sich neben ihr auf die Bank fallen.
»Ich weiß nicht«, meinte er. »Ich hoffe, dass ich mir den Rest der Woche freinehmen kann.«
Im Haus klingelte das Telefon, und er machte einen Versuch, aufzustehen und ranzugehen.
»Nein, bleib sitzen, ich gehe schon ...«
Sie stand auf und lief schnell zur Veranda, wo das schnurlose Telefon lag. Der Rock flatterte um ihre Waden, das Haar tanzte auf ihren braun gebrannten Schultern. Ihm wurde warm ums Herz. Sie nahm das Telefon und sprach mit jemandem, schaute dann erstaunt zu ihm hinüber.
»Natürlich«, sagte sie laut, so dass er es hören konnte. »Ich verbinde Sie mit seinem Büro.«
Sie legte auf und kam zu ihm.
»Christer«, sagte sie. »Es ist die Polizei.«

Sie konnte Q nicht erreichen. Er saß beim Verhör. Sie probierte alle anderen Nummern durch. Die Einsatzzentrale hatte nichts Neues zu vermelden, die Leute von der Wache wurden wütend, der Pressesprecher war anderweitig beschäftigt. Bei Patricia ging niemand ans Telefon. Sie fand die Nummer vom Studio 6 im Telefonbuch, wählte sie und landete bei einem Anrufbeantworter. Eine junge Mädchenstimme, die bemüht war, verführerisch zu klingen, wies auf die Öffnungszeiten von dreizehn bis fünf Uhr hin. Man könne nette Mädchen kennen lernen, sie zu Champagner einladen, sich eine Show oder ein privates Posieren ansehen und erotische Filme anschauen und kaufen. Alle Neugierigen, die Freude am Sex hätten, seien in Stockholms kuscheligstem Klub herzlich willkommen.

Annika wurde übel. Sie rief noch einmal an und nahm die Ansage auf. Dann versuchte sie es erneut beim Pressesprecher. Er war da.

»Das Ermittlungsverfahren wird jetzt von einem Staatsanwalt geleitet«, sagte er.

Annikas Herz schlug schneller.

»Wer ist es?«

»Oberstaatsanwalt Kjell Lindström.«

»Warum?«, fragte sie, obwohl sie die Antwort schon ahnte. Der Pressesprecher antwortete ausweichend.

»Nun ja«, sagte er, »die Ermittlungen sind schon ein wenig vorangekommen, und die Leute vom Dezernat für Gewaltverbrechen fanden, es sei an der Zeit, die Staatsanwaltschaft einzuschalten.«

»Es gibt einen Verdächtigen«, konstatierte Annika.

Der Pressesprecher räusperte sich.

»Wie gesagt, die Ermittlungen sind ein gutes Stück weiter ...«

»Ist es Joachim, ihr Freund?«

Gösta hielt sich bedeckt.

»Dazu darf ich nichts sagen«, sagte er. »Wir dürfen in der derzeitigen Situation noch nichts darüber sagen.«

»Aber es stimmt, oder?«, fragte Annika unbeirrt.

»Wir haben bisher zahlreiche Verhöre durchgeführt, und es gibt Anzeichen, die in diese Richtung weisen, ja. Aber ich muss Sie bitten, mit diesen Informationen noch nicht an die Öffentlichkeit zu gehen. Das würde die Ermittlungen behindern.«

Sie verspürte ein Gefühl des Triumphes, ja! Er war es gewesen!

Der verdammte Schurke, der Pornoklubbesitzer, der Frauenmisshandler!
»Was kann ich denn schreiben?«, fragte Annika. »Ich werde doch wenigstens schreiben können, dass die Polizei eine Spur hat und dass es einen Verdächtigen gibt und dass viele Verhöre geführt wurden … Hat sie ihn irgendwann einmal angezeigt?«
»Wer?«
»Josefine. Hat sie Joachim jemals angezeigt, weil er sie bedroht oder misshandelt hat?«
»Nein, soweit wir wissen, nicht.«
»Warum glauben Sie dann, dass er es war?«
»Darüber möchte ich nichts sagen.«
»Also hat jemand im Verhör etwas gesagt. War es Patricia?«
Der Pressesprecher zögerte.
»Bitte respektieren Sie doch, was ich sage«, antwortete er. »Ich kann Ihnen keine Details geben, so weit sind wir noch nicht. Bisher ist noch niemand des Mordes verdächtigt. Die Polizei arbeitet weiterhin ohne Vorbehalte bei der Jagd nach Josefines Mörder.«
Annika sah ein, dass sie nicht weiterkommen würde. Also bedankte sie sich, legte auf und rief bei Oberstaatsanwalt Kjell Lindström an. Er war den ganzen Tag bei Gericht. Sie resignierte. Da konnte sie genauso gut runter zu den Sieben Ratten gehen und etwas essen.

»Da ist eine Nachricht für Sie«, sagte der Dienst habende Wachmann in der Zentrale schlecht gelaunt, als sie auf dem Weg hinauf an ihm vorbeikam.
Martin Larsson-Berg, der stellvertretende Rektor von Josefines Gymnasium, hatte nach ihr gefragt. Die Nummer, die er hinterlassen hatte, war nicht seine Privatnummer, sondern schien eine Verbindung über eine Zentrale zu sein.
»Wie schön, dass Sie anrufen«, sagte er forsch. »Wir haben das Jugendzentrum von Täby schon eine Woche früher als geplant geöffnet.«
»Aha«, sagte Annika, »und warum?«
»Die Trauer um Josefine muss ausgelebt werden können«, erwi-

derte er. »Wir haben hier einen Krisenstab, damit wir uns um all die verzweifelten Jugendlichen kümmern können. Tutoren, Psychologen, Pfarrer, Gruppenleiter, Lehrer … Die Schule macht mobil, um den schweren Problemen begegnen zu können.«
Annika war im Zweifel.
»Hatte Josefine denn wirklich so viele Freunde?«
Martin Larsson-Berg klang sehr ernst, als er antwortete.
»Ein solches Gewaltverbrechen erschüttert eine ganze Generation. Wir von Seiten der Schule haben das Gefühl, dass wir für die Schüler da sein und ihnen bei der Bewältigung ihres Traumas helfen müssen. Einen kollektiven Schmerz wie diesen darf man nicht auf die leichte Schulter nehmen.«
»Und jetzt möchten Sie wahrscheinlich, dass wir darüber berichten«, vermutete Annika.
»Wir finden es wichtig, als Vorbild für andere in einer ähnlichen Situation dienen zu können«, erklärte er. »Wir wollen zeigen, dass man weiterleben kann. Das verlangt natürlich Engagement und Möglichkeiten, und das alles haben wir hier.«
»Würden Sie bitte einen Moment warten?«, bat sie und ging zu Spiken hinüber.
Der Nachrichtenchef hing einmal mehr am Telefon.
»Wollen wir Trauerorgien aus Täby haben?«, fragte Annika, ohne zu warten, bis er fertig gesprochen hatte.
»Was bitte?«, fragte Spiken und presste den Hörer an den Bauch.
»Der Rektor hat im Jugendzentrum eine Krisenstelle eröffnet. Wollen wir darüber berichten?«
»Fahren Sie hin«, sagte Spiken und hob den Hörer wieder ans Ohr.
Annika kehrte auf ihren Platz zurück.
»Wo sind Sie jetzt gerade?«
Sie fuhr mit einem Fotografen namens Pettersson, der vorübergehend als Sommervertretung bei der Zeitung arbeitete. Er hatte einen klapprigen Golf, dessen Motor an jeder zweiten Kreuzung ausging.
Ich werde nie wieder über Bertil Strand meckern, dachte Annika insgeheim.

Das Jugendzentrum war in einem rostroten Gebäude aus den siebziger Jahren untergebracht und mit einer Küche, einem Billardzimmer und einigen Fernsehsofas ausgestattet. Der meiste Platz wurde natürlich von den Jungen eingenommen. Die Mädchen hockten alle in einer Ecke. Einige von ihnen weinten. Annika und der Fotograf drehten schnell eine Runde, ehe Martin Larsson-Berg sie begrüßte.

»Es ist wichtig, dass wir die Gefühle der Jugendlichen ernst nehmen«, sagte er mit sorgenvoller Miene. »Wir werden für den Rest der Woche rund um die Uhr geöffnet haben.«

Annika machte sich Notizen. Sie fühlte sich nicht wohl. Der Geräuschpegel in den Räumen war hoch. Die Jugendlichen waren erregt und ließen ihren Gefühlen freien Raum. Sie schrien einander an, und die Nerven lagen bloß. Im Billardzimmer versuchten zwei Jungen einem Mädchen das T-Shirt auszuziehen. Sie hörten erst auf, als die Tutorin sie ermahnte.

»Lotta benimmt sich manchmal etwas provozierend«, sagte Martin Larsson-Berg entschuldigend.

Annika starrte ihn verwundert an.

»Heißt das, dass Sie das Verhalten der Jungen verteidigen?«

»Sie haben es im Moment nicht leicht, sie haben heute Nacht nicht sonderlich viel geschlafen«, erklärte der stellvertretende Rektor. »Das hier ist Lisbeth, die Sozialarbeiterin.«

Annika und Pettersson stellten sich vor.

»Es erscheint uns sehr wichtig, alles ernsthaft zur Sprache zu bringen«, erklärte die Sozialarbeiterin, »und den Jugendlichen wirklich zuzuhören.«

»Kann man das unter diesen Umständen auch wirklich?«, fragte Annika vorsichtig.

»Die Kinder müssen ihren Schmerz mitteilen«, erwiderte die Frau. »Sie helfen einander durch die Trauer. Wir sind für alle Freunde von Josefine da.«

»Auch die aus anderen Gemeinden?«, fragte Annika.

»Alle sind willkommen«, sagte Martin Larsson-Berg mit Nachdruck. »Wir haben die Möglichkeiten, um allen zu helfen, die Unterstützung brauchen.«

Im Nachbarzimmer begannen drei Jungen, sich um ein Billardqueue zu schlagen. Martin Larsson-Berg ging hinüber.

»Haben Sie auch Personen aufgesucht?«, fragte Annika.

Lisbeth lächelte unsicher.

»Wie meinen Sie das?«

»Josefines beste Freundin heißt Patricia. Haben Sie Kontakt zu ihr aufgenommen?«

»War sie hier?«, fragte die Sozialarbeiterin.

Annika schaute sich um. Vier Mädchen saßen schluchzend vor einer dröhnenden Stereoanlage, die mit hoher Lautstärke Eric Claptons »Tears in Heaven« spielte. Drei andere saßen auf dem Boden und schrieben Gedichte an Josefine. Sie hatten eine Kerze angezündet und das Abiturfoto aus dem *Abendblatt* aufgestellt. Sechs Jungen spielten Karten. Sie konnte sich nicht vorstellen, dass Patricia freiwillig einen Fuß hierher gesetzt hätte.

»Ich bezweifle es.«

»Nun, aber sie ist willkommen, alle sind willkommen«, wiederholte Lisbeth.

»Und Sie haben die ganze Nacht über geöffnet?«

»Unsere Unterstützung ist immer da. Ich habe extra meinen Urlaub abgebrochen, um hier zur Verfügung stehen zu können.«

Sie lächelte. Ihr Blick hatte etwas Strahlendes, Überirdisches. Annika ließ ihren Notizblock sinken. Die Sache gefiel ihr nicht. Diese Frau war nicht wegen Josefine hier oder wegen ihrer Freunde, sondern um ihrer selbst willen.

»Könnte ich vielleicht mit einer ihrer Freundinnen sprechen?«, fragte Annika.

»Wessen Freundinnen?«

»Josefines«, sagte Annika.

»Ja, natürlich. Mit jemand Bestimmtem?«

Annika dachte nach.

»Ist Charlotta da? Die beiden waren Klassenkameradinnen.«

»Ja, klar, ich glaube, sie ist dabei, einen Trauerzug zum Tatort zu organisieren. Da gibt es so viel zu bedenken, Busse müssen gemietet werden und so etwas. Kommen Sie hier entlang ...«

Sie gingen in ein Büro hinter dem Billardzimmer. Eine junge, braun gebrannte Frau mit kurzem Pagenschnitt diskutierte dort mit jemandem am Telefon. Sie schaute wütend, als sie gestört wurde, aber ihre Gesichtszüge hellten sich auf, als Annika stumm *»Abendblatt«* formuliert hatte, und sie beendete brüsk ihr Telefonat.

»Charlotta, Josefines beste Freundin«, stellte sie sich vor und lächelte halbwegs betrübt.

Annika senkte den Blick und murmelte ihren Namen.

»Wir haben schon einmal miteinander gesprochen«, erklärte sie, und Charlotta nickte zustimmend.

»Ich bin immer noch schockiert«, sagte Charlotta und schluchzte trocken. »Das hat mich wirklich fertig gemacht.«

Die Sozialarbeiterin umarmte sie mitleidig.

»Aber gemeinsam sind wir stark«, fuhr Charlotta fort. »Wir müssen ein Gegengewicht zu der sinnlosen Gewalt schaffen. Josefine darf nicht umsonst gestorben sein, dafür werden wir sorgen.«

Ihre Stimme wurde von glühendem Eifer und Engagement getragen. Sie würde sich sehr gut auf einer Fernsehcouch machen, dachte Annika.

»Und wie soll das gehen?«, fragte Annika ruhig.

Charlotta warf Lisbeth einen unsicheren Blick zu.

»Ja, also, wir müssen zusammen gehen. Protestieren. Zeigen, dass wir nicht zurückweichen werden. Das scheint mir jetzt das Wichtigste zu sein, einander in der Trauer zu stützen. Uns unsere Gefühle zu zeigen und einander durch all das Schwere zu helfen.«

Sie lächelte schwach.

»Und nun organisieren Sie also einen Trauermarsch«, hakte Annika nach.

»Ja, bisher haben sich über hundert Jugendliche angemeldet. Es werden mindestens zwei Busse voll.«

Charlotta ging um den Schreibtisch herum und holte ein paar Listen mit Namen, die sie hochhielt.

»Wir übernehmen natürlich die Kosten«, warf Lisbeth ein.

Pettersson, der Fotograf, erschien in der Türöffnung.

»Kann ich ein Foto von Ihnen beiden machen?«, erkundigte er sich.

Die Frauen, die junge und die ältere, stellten sich mit geradem Rücken nebeneinander.
»Sollten Sie nicht vielleicht ein wenig traurig aussehen?«, meinte der Fotograf.
Annika war das zu viel, sie schloss die Augen und wandte sich ab. Die Schamesröte brannte ihr auf den Wangen. Zur Freude des Fotografen umarmten die Frauen einander und schluchzten ein wenig.
»Nun gut, dann wollen wir mal nicht länger stören«, sagte Annika und wandte sich zum Gehen.
»Draußen sind noch mehr flennende Jugendliche«, meinte Pettersson.
Annika zögerte.
»Okay«, sagte sie. »Wir fragen sie, ob sie auf ein Foto wollen.«
Das wollten sie. Die Mädchen weinten, dass die Tränen nur so flossen, die Kerze flackerte, das Bild von Josefine schwebte über ihnen, grobkörnig vergrößert. Pettersson fotografierte die Gedichte und Zeichnungen der Mädchen, und während er knipste, stieg der Geräuschpegel noch weiter an. Die Jugendlichen waren auf die Gegenwart des Journalisten aufmerksam geworden, und ihre Hysterie wurde immer größer.
»He, wir wollen auch mit drauf«, riefen zwei Jungen mit Billardqueues in den Händen.
»Ich glaube, wir sollten jetzt abhauen«, flüsterte Annika.
»Wieso denn?«, fragte Pettersson erstaunt.
»Wir fahren«, wisperte Annika. »Sofort.«
Sie ging, um Martin Larsson-Berg zu suchen, während der Fotograf widerwillig seine Sachen zusammenpackte. Sie bedankten sich bei dem stellvertretenden Rektor und verließen dann das Gebäude.
»Warum haben Sie es denn so eilig?«, fragte Pettersson ärgerlich auf dem Weg zum Auto. Er lief zwei Meter hinter Annika, und die Kameratasche schlug ihm gegen die Hüfte. Annika antwortete, ohne sich umzudrehen.
»Das ist nicht ganz koscher«, sagte sie. »Die Stimmung kann jeden Moment umkippen.«

Sie setzte sich ins Auto und drehte das Radio auf. Schweigend fuhren sie nach Stockholm zurück.

Annika hatte gerade ihre Tasche auf den Boden fallen lassen, als sie den Mann durch die Redaktion kommen sah. Er war groß und blond, und das Licht von den Fenstern der Sportredaktion fiel auf ihn. Sie folgte ihm neugierig mit dem Blick. Der Mann blieb alle paar Meter stehen, schüttelte jemandem die Hand und grüßte. Erst als er am Newsdesk stand, bemerkte sie, dass neben ihm der Chefredakteur ging. Der kleine, hagere Intellektuelle war neben dem Mann kaum zu sehen.

»Ja, wenn ich mal um Ihre Aufmerksamkeit bitten dürfte«, sagte der Chefredakteur mit seiner nasalen Stimme am Newsdesk.

Spiken telefonierte mit den Füßen auf dem Tisch und sah nicht einmal auf. Bild-Pelle warf dem Mann einen schnellen Blick aus den Augenwinkeln zu und hackte dann weiter auf seinem Computer herum. Ein paar der übrigen Mitarbeiter waren aufgestanden und schauten skeptisch zu dem Mann hinüber. Niemand hatte darum gebeten, einen Fernsehpromi als Chef zu bekommen.

»Wenn Sie mir bitte zuhören würden«, bat der Chefredakteur.

Die Mienen der Mitarbeiter waren wie versteinert. Spiken ignorierte das alles völlig. Annika rührte sich nicht. Plötzlich machte der blonde Mann einen großen Satz auf den Newsdesk. Er erhob sich auf Spikens Schreibtisch zu voller Länge, ging ein wenig zwischen Telefonen und Kaffeetassen hin und her und sah sich um. Dann stützte er die Hände in die Seiten und ließ den Blick über die Redaktion schweifen. Seine Gestalt war immer noch in Licht getaucht, und Annika bemerkte, dass sie aufgestanden war und sich der Gruppe näherte. Spiken hatte plötzlich die Füße des anderen auf Augenhöhe, schaute an der Person hinauf, sagte: »I'll call you back« und legte auf. Bild-Pelle ließ den Mac stehen und trat an den Tisch. Der Geräuschpegel sank, man hörte nur noch ein leises Murmeln, und die Mitarbeiter versammelten sich langsam um die Mitte der Redaktion.

»Ich heiße Anders Schyman«, sagte der Mann. »Zurzeit leite ich eine Redaktion für kritischen Journalismus beim Schwedischen

Fernsehen. Ab Mittwoch, dem 1. August, werde ich Ihr neuer Ressortchef sein.«
Er hielt inne, und im Raum war es nun totenstill. Seine Stimme war so tief und tragend wie die Sprecherstimmen in Dokumentarfilmen. Annika starrte ihn fasziniert an.
Der Mann machte einen Schritt und blickte auf einen anderen Teil der Redaktion.
»Ich verstehe nichts von Ihrem Job«, sagte er. »Davon verstehen Sie umso mehr. Ich werde Ihnen nicht beibringen, was Sie tun sollen. Das wissen Sie selbst am allerbesten.«
Wieder Schweigen, Annika hörte die Geräusche der Nacht, die Klimaanlage und den Verkehr auf der Straße.
»Was ich tun werde«, fuhr der Mann fort, und Annika hatte das Gefühl, er würde sie direkt anschauen, »was ich tun werde, ist, den Weg zu ebnen. Ich werde die Lokomotive nicht selber fahren. Ich werde den Boden planieren und den Weg der Schienen planen. Legen kann ich sie allerdings nicht allein, das müssen wir zusammen tun. Aber Sie sind die Lokführer, die Heizer und die Schaffner. Sie sprechen mit den Passagieren, und Sie pfeifen auf dem Bahnsteig, damit wir pünktlich sind. Ich werde die Abfahrtszeiten koordinieren, darauf achten, dass wir an die richtigen Orte fahren und dass auf dem ganzen Weg Schienen verlegt sind. Ich bin kein Maschinist, habe allerdings den Ehrgeiz, irgendwann einmal, wenn Sie mir alles beigebracht haben, was ich nicht weiß, einer zu werden. Doch momentan bin ich nur eins: Publizist.«
Er drehte sich um und schaute zur Sportredaktion hinüber, so dass Annika nur seinen breiten Rücken sehen konnte. Die Stimme trug fast genauso gut.
»Ich hege eine tiefe Begeisterung für den Journalismus, und mein Auftraggeber ist der gewöhnliche Durchschnittsmensch. Ich habe mein ganzes Arbeitsleben lang gegen Korruption und Machtmissbrauch gekämpft. Das ist der Kern des Journalismus. Die Wahrheit ist meine Richtschnur, nicht Einfluss oder Macht.«
Er wandte sich halb um, und Annika sah ihn nun im Profil.
»Ich weiß, dass das große Worte sind, aber ich versuche, nicht prätentiös, sondern ehrgeizig zu sein. Ich habe diesen Job nicht ange-

nommen, um ein großes Gehalt und einen prestigeträchtigen Titel zu haben, auch wenn das dazugehört. Ich bin aus einem einzigen Grund hierher gekommen, nämlich, um mit Ihnen arbeiten zu dürfen.«

Man hätte eine Stecknadel fallen hören können. Spikens Telefon klingelte, und er legte schnell den Hörer neben die Gabel.

»Gemeinsam können wir diese Zeitung zur größten Schwedens machen«, sagte Anders Schyman. »Alle Qualitäten, die dazu erforderlich sind, gibt es hier bereits, vor allem durch Sie. Die Angestellten. Die Journalisten. Sie sind der Kopf und das Herz der Zeitung. Irgendwann werden wir es schaffen, dass alle Herzen im selben Takt schlagen, und das Dröhnen, das dadurch entsteht, wird Mauern einreißen können. Sie werden sehen, dass ich Recht habe.«

Ohne noch mehr zu sagen, machte er einen Schritt über die Kante des Schreibtisches und landete mit einem weichen Sprung auf dem Boden. Das Murmeln hob wieder an.

»Erstaunlich«, sagte Carl Wennergren, der plötzlich neben ihr stand.

»In der Tat«, meinte Annika, die von dem Charisma des Mannes immer noch ganz hingerissen war.

»Ein vergleichbares Gelaber habe ich nicht mehr gehört seit der Rede meines Alten anlässlich meines Abiturs. Seid ihr weitergekommen?«

Annika drehte sich um und ging zu ihrem Platz zurück.

»Die Polizei hat einen Verdächtigen«, sagte sie.

»Woher weißt du das?«, fragte Carl Wennergren skeptisch.

Annika setzte sich und sah ihm in die Augen.

»Die Sache ist ganz einfach. Es ist ihr Freund. So ist es doch meistens.«

»Ist er festgenommen worden?«

»Nee, er steht nicht mal offiziell unter Verdacht.«

»Dann können wir es ja nicht veröffentlichen«, meinte Carl.

»Das ist eine Frage der Formulierung«, meinte Annika. »Was hast du gemacht?«

»Ich habe mein Tagebuch von der Regatta geschrieben. Die vom Sport wollten es haben. Willst du es lesen?«

Annika lächelte etwas schief.
»Im Moment nicht.«
Carl Wennergren ließ sich wieder auf ihrem Schreibtisch nieder.
»Das war ja ein richtiger Durchbruch für dich, dieser Mord«, meinte er.
Annika warf ein paar Telexausdrucke in den Papierkorb.
»So würde ich es nun nicht gerade sehen«, erwiderte sie.
»Leitartikel und die Eins zwei Tage hintereinander, das hat diesen Sommer noch keine Vertretung geschafft«, sagte Carl Wennergren.
»Außer dir natürlich«, sagte Annika mit einem sanften Lächeln.
»Ja, ja klar, aber ich hatte andere Voraussetzungen, schließlich habe ich schon mein Praktikum hier gemacht.«
Und dein Papa ist einer der Herausgeber, dachte Annika, sagte aber nichts. Carl stand auf.
»Ich fahre zum Tatort und suche mir ein paar Trauernde«, warf er ihr über die Schulter zu.
Annika nickte und wandte sich ihrem Computer zu. Sie öffnete ein neues Dokument und schlug einen dramatischen Ton an:
»Der Polizei ist ein Durchbruch bei der Suche nach dem Mörder von Josefine Liljeberg gelungen ...«
Weiter kam sie nicht, weil das Idiotentelefon klingelte. Sie knurrte wütend und griff sich den Hörer.
»Jetzt ist es genug«, zischte eine Frauenstimme.
»Das finde ich auch«, sagte Annika.
»Wir werden uns die Willkür des Patriarchats nicht länger bieten lassen.«
»Ganz meine Meinung«, pflichtete Annika bei.
»Wir werden uns rächen, und zwar mit Blut und Feuer.«
»Ihr scheint mir ja ein paar nette Mädchen zu sein«, sagte Annika.
Die Stimme am anderen Ende klang jetzt ärgerlich.
»Jetzt hören Sie mir mal zu. Wir sind die Ninja Barbies, Amazonen, die der Unterdrückung von Frauen und der Gewalt gegen sie den Krieg erklärt haben. Wir machen das nicht mehr mit. Die Ermordete im Park war der Tropfen, der das Fass zum Überlaufen gebracht hat. Nicht nur wir Frauen sollten Angst davor haben, auf die Straße zu gehen. Die Gewalt wird die Männer ganz genauso

treffen, das werden sie schon merken. Wir werden mit den Bullen anfangen, den Heuchlern der Obrigkeit.«
Annika war hellhörig geworden, das klang nach einer richtigen Verrückten.
»Warum rufen Sie uns an?«, fragte sie.
»Wir wollen unsere Botschaft in den Medien verbreiten. Wir wollen die optimale öffentliche Aufmerksamkeit. Wir bieten dem *Abendblatt* an, bei unserem ersten Angriff dabei zu sein.«
Annika bekam einen trockenen Hals. Was, wenn die Frau es wirklich ernst meinte? Sie schaute sich in der Redaktion um und versuchte Blickkontakt mit jemandem zu bekommen, den sie dann heranwinken könnte.
»Wie ... meinen Sie das?«, fragte sie unsicher.
»Wir fangen morgen an«, sagte die Frau. »Wollen Sie dabei sein?«
Annika schaute sich verzweifelt um. Niemand nahm Notiz von ihr.
»Meinen Sie das ernst?«, fragte sie schwach.
»Unsere Bedingungen sind wie folgt«, begann die Frau. »Wir werden die absolute Kontrolle über alle Texte und Überschriften haben. Uns wird uneingeschränkte Anonymität und die Kontrolle über alle Bilder garantiert. Außerdem bekommen wir fünfzigtausend Kronen Vorschuss. In bar.«
Annika atmete lautlos in den Hörer.
»Vollkommen ausgeschlossen«, sagte sie dann. »Kommt überhaupt nicht in Frage.«
»Sind Sie ganz sicher?«, fragte die Frau am anderen Ende.
»Ich könnte nicht sicherer sein«, bekräftigte Annika.
»Dann rufen wir die Konkurrenz an«, sagte die Frau.
»Tun Sie das. Sie bekommen dort dieselbe Antwort, das kann ich Ihnen garantieren.«
Es klickte in der Leitung, und die Verbindung war tot. Annika legte den Hörer auf, schloss die Augen und legte das Gesicht in die Hände. Was, um Himmels willen, sollte sie jetzt tun? Die Polizei anrufen? Spiken alles erzählen? So tun, als wäre nichts gewesen? Sie hatte das ungute Gefühl, dass sie in jedem Fall Ärger bekommen würde.

»Hier sitzen die Abendreporter«, hörte sie den Chefredakteur sagen.
Sie schaute auf und sah die Redaktionsleitung vom Newsdesk her auf sie zukommen. Die Gruppe bestand neben dem Chefredakteur aus dem neuen Ressortchef Anders Schyman, den Leitern der Ressorts Sport, Unterhaltung, Kultur, Bild und einem der Leitartikler. Alle waren Männer, und außer Anders Schyman trugen alle dieselben dunkelblauen Wollsakkos, Jeans und glänzende Schuhe. Sie erinnerte sich plötzlich daran, wie Anne Snapphane sie nannte, und musste lachen. Flanelllappen.
Die Gruppe blieb vor ihrem Schreibtisch stehen.
»Die Abendreporter fangen um zwölf Uhr an und arbeiten bis dreiundzwanzig Uhr«, sagte der Chefredakteur mit dem Rücken zu Annika. »Sie arbeiten nach einem rotierenden Schichtsystem, viele von ihnen sind Vertretungen. Wir sehen die Abendschicht ein wenig als eine Art Ausbildung …«
Er wollte gerade weitergehen, als Anders Schyman sich aus der Gruppe löste und auf sie zukam.
»Ich heiße Anders Schyman«, sagte er und streckte ihr die Hand entgegen.
Annika sah vorsichtig zu ihm auf.
»Ja, das habe ich auch schon gehört«, erwiderte sie, lachte und gab ihm die Hand. »Annika Bengtzon.«
Er erwiderte ihr Lachen, und sie nickten einander zu.
»Sie haben über den Mord an Josefine Liljeberg berichtet«, sagte er.
Sie wurde rot.
»Ja, eine üble Geschichte«, entgegnete sie.
»Sind Sie fest angestellt?«
Annika schüttelte den Kopf.
»Nein, ganz und gar nicht, ich bin nur für den Sommer hier. Meine Zeit läuft in ein paar Wochen aus.«
»Wir haben sicher später noch Gelegenheit, mal in Ruhe zu reden«, meinte Anders Schyman und wandte sich wieder den Flanelllappen zu. Die Blicke, die sich zuvor auf Annika gerichtet hatten, hoben ab und überflogen die Redaktion. Sie sah es und fühlte sich nicht wohl in ihrer Haut.

Als die Gruppe in der Sportredaktion verschwunden war, fasste sie einen Beschluss.
Sie war keine Petze. Sie würde nicht die Polizei anrufen und ihr von den Ninja Barbies erzählen, und sie würde auch Spiken nichts davon sagen. Es riefen jeden Tag so viele Verrückte an. Sie konnte nicht mit allem gleich zum Nachrichtenchef rennen.
Sie machte sich wieder an ihren Artikel über den Durchbruch der Polizei in den Ermittlungen um Josefines Mörder. Ohne Patricia zu zitieren, schaffte sie es doch, informiert zu wirken, und sie schrieb über den Verdächtigen, ohne den Pressesprecher in Schwierigkeiten zu bringen. Sie ließ durchblicken, dass Josefines Freund der Täter war, ohne es direkt auszusprechen. Die Trauerorgie in Täby fasste sie kurz und knapp zusammen.
Sie machte einen Gang zur Cafeteria, kaufte sich eine Cola und hörte sich die Schlagzeilen von Studio 6 an. Das Thema war die Rolle der Journalisten im Wahlkampf. Sie schaltete aus und fertigte ein Schaubild mit Zeit- und Ortsangaben über die letzten Stunden im Leben von Josefine an. Das Einzige, was sie ausließ, war der Name des Pornoklubs, in dem Josefine gearbeitet hatte, sie nannte ihn einfach nur »den Klub«. Dann ging sie zur Grafikabteilung, wo ihre Angaben in eine Karte oder ein Luftbild von Kungsholmen eingearbeitet werden sollten.
Als sie fertig war, war es schon fast neunzehn Uhr. Ihr war warm, und sie war erschlagen und konnte einfach nicht mehr recherchieren. Stattdessen machte sie es sich bequem und las die Morgenzeitungen diagonal. Um halb acht schaltete sie den Ton des Fernsehers an und schaute sich *Rapport* an. Die Nachrichten brachten weder etwas zu Josefine noch zur IB-Affäre. Der einzig interessante Beitrag kam wieder einmal vom Russlandkorrespondenten. Er schloss seine kleine Serie über den Bürgerkrieg in Kaukasien mit einem Experten in Moskau ab, der seine Einschätzung der Lage zum Besten gab.
»Der Präsident braucht Waffen«, fasste der Experte zusammen. »Das Land hat keinerlei Munition, Granaten, Luftgewehre, Maschinengewehre, Schrotgewehre oder Ähnliches mehr. Das ist das unüberwindbare, gigantische Problem des Präsidenten. Da die

Vereinten Nationen beschlossen haben, ein Waffenembargo zu verhängen, fällt es ihm ziemlich schwer, an neue Waffen heranzukommen. Die einzige Alternative ist der Schwarzmarkt, und für den fehlt ihm das Geld.«

»Wie kommt es, dass die Guerilla über so viele Waffen verfügt?«, fragte der Korrespondent.

Der Experte lächelte verlegen.

»Im Grunde genommen ist die Guerilla ziemlich schwach, mangelhafte Ausbildung, schlechte Führung. Doch sie haben freien Zugang zu russischen Waffen, denn mein Land hat große politische Interessen in Kaukasien. Es lässt sich leider nicht leugnen, dass Russland die Guerilla materiell unterstützt ...«

Annika erinnerte sich an den Schwedisch sprechenden alten Mann, den Präsidenten, dessen Volk unter den Angriffen der Guerilla litt. Unglaublich, wie feige und ungeschickt die Weltgemeinschaft sich verhielt! Warum machte man Russland nicht zum Vorwurf, dass es den Bürgerkrieg unterstützte?

Als *Rapport* zu Ende war, war es in der Redaktion ruhig geworden. Spiken war nach Hause gegangen, und Jansson saß nun auf dem Chefsessel. Annika blätterte rasch durch die neuesten Telexnachrichten, las die Artikel im »Kasten« und sah im Fernsehen die Kurznachrichten in *Aktuell.* Dann ging sie zu Jansson hinüber.

»Hübsche Grafik«, meinte der Nachtchef, »und ein guter Text über den verdächtigen Freund. Das hätte man sich ja denken können.«

»Gibt's noch etwas, was ich tun könnte?«, fragte sie.

Janssons Telefon klingelte.

»Ich denke, Sie sollten jetzt nach Hause gehen«, antwortete er. »Sie waren jetzt das ganze Wochenende rund um die Uhr hier.«

Annika zögerte.

»Sicher?«

Jansson antwortete nicht. Annika ging zu ihrem Platz, sammelte ihre Sachen zusammen und räumte den Schreibtisch auf, denn sie würde jetzt vier Tage fort sein und ein anderer Reporter an ihrem Platz sitzen.

Auf dem Weg nach draußen stieß sie mit Berit zusammen.

»Sollen wir in der Pizzeria um die Ecke ein Bier trinken?«, fragte die Kollegin.

Annika war erstaunt, ließ sich aber nichts anmerken.

»Ja, das wäre nett«, meinte sie. »Ich habe noch nicht zu Abend gegessen.«

Sie nahmen die Treppe. Draußen war es so drückend, wie der Tag heiß gewesen war. Die Luft über dem Beton des Parkhauses flimmerte immer noch.

»So einen Sommer habe ich noch nie erlebt«, sagte Berit.

Die Frauen gingen langsam zum Rålambsvägen und zu der in einem Souterrain gelegenen Pizzeria, die sich auf geheimnisvolle Weise Jahr für Jahr dort hielt.

»Hast du Familie hier?«, fragte Berit, als sie an der Ampel warteten.

»Einen Verlobten in Hälleforsnäs«, erwiderte Annika. »Und du?«

»Einen Mann in Täby und einen Sohn auf der Uni in Lund. Eine Tochter ist Aupair in Los Angeles. Rechnest du damit, im Herbst bei der Zeitung bleiben zu können?«

Annika lachte nervös.

»Na ja«, sagte sie, »ich würde gern bleiben, und ich tue mein Bestes.«

»Das ist gut, das ist das Wichtigste«, sagte Berit. »Man muss zugucken und lernen, sich aber auch darüber klar werden, ob man bleiben will oder nicht.«

»Es ist ziemlich schwer«, meinte Annika. »Ich finde, dass die Sommervertretungen auf ziemlich zynische Weise ausgenutzt werden. Man holt eine Menge Leute und lässt sie sich um den Job schlagen, anstatt einfach direkt die Stellen neu zu besetzen, die frei werden.«

»Stimmt«, sagte Berit, »aber gleichzeitig bekommen dadurch eine Menge Leute eine Chance.«

Die Pizzeria war fast leer. Sie suchten sich einen Tisch im hinteren Teil des Lokals. Annika bestellte eine Pizza, und jede von ihnen nahm ein Bier.

»Ich habe deinen Artikel über die IB-Affäre gelesen«, sagte Annika. »Prost auf den Exklusivknüller!«

Sie stießen mit ihren Gläsern an und tranken einen Schluck.
»Die IB-Geschichte scheint niemals ein Ende zu nehmen«, meinte Berit, nachdem sie die beschlagenen Gläser auf dem Wachstuch abgestellt hatten. »Solange die Sozis lügen und vertuschen, wird es immer einen Artikel zu schreiben geben.«
»Obwohl man die Politiker fast verstehen kann«, sagte Annika, »das geschah doch mitten im Kalten Krieg.«
»Zunächst nicht«, erwiderte Berit. »Die ersten Formulare zur Ansichtsüberwachung wurden vom Hauptquartier auf dem Sveavägen bereits am 21. September 1945 verschickt. Es war Sven Andersson selbst, der Parteisekretär und zukünftige Verteidigungsminister, der den Begleitbrief dazu geschrieben hat.«
Annika blickte sie erstaunt an.
»So früh schon?«, fragte sie misstrauisch. »Bist du sicher?«
Berit lachte.
»Ich habe eine Kopie des Begleitschreibens in meinem Archiv«, sagte sie.
Sie schauten sich eine Weile schweigend die anderen Restaurantgäste an, ein paar Penner aus der Umgebung und fünf alberne Jugendliche, die wahrscheinlich noch nicht einmal alt genug waren, um Bier trinken zu dürfen.
»Ja, aber«, beharrte Annika, »warum wollten sie die Kommunisten beobachten, wenn nicht wegen des Kalten Krieges?«
»Macht«, sagte Berit. »Die Kommunisten waren stark, vor allem oben in Norrbotten, in Stockholm und in Göteborg. Die Sozis hatten Angst, die Macht über die Gewerkschaften zu verlieren.«
»Was spielte das für eine Rolle?«, fragte Annika verwirrt.
»Geld und Einfluss«, erklärte Berit. »Die Sozialdemokraten waren der Ansicht, dass sich die Arbeiter kollektiv ihrer Partei anschließen sollten. Die IG Metall in Stockholm stand dagegen schon 1943 unter kommunistischer Führung. Als man sich weigerte, kollektiv der Sozialdemokratischen Partei beizutreten, verloren die Sozis jedes Jahr dreißigtausend Kronen Mitgliedsbeiträge. Das war für die Partei damals entsetzlich viel Geld.«
Annikas Pizza wurde serviert. Sie war sehr klein und trocken.
»Ich begreife einfach nicht, wie das alles zusammenhängt«, sin-

nierte Annika nach ein paar gierigen Bissen. »Wie konnte die Überwachung gewährleisten, dass die Sozialdemokraten die Macht über die Gewerkschaften behielten?«

»Kann ich ein kleines Stück haben? Danke. Also, einige Gewerkschaftsvertreter manipulierten die Stimmen und Nominierungen für die Kongresse. Allen Sozis wurde gesagt, dass sie für ein paar ausgewählte Kandidaten stimmen sollten, und das alles nur, um die Kommunisten aus dem Feld zu schlagen«, antwortete Berit.

Annika kaute und schaute ihre Kollegin skeptisch an.

»Jetzt hör aber auf«, sagte sie. »Mein Vater war Gewerkschafter an der Basis in der Fabrik in Hälleforsnäs. Willst du damit sagen, dass Leute wie er die örtliche Demokratie aus den Angeln hoben, nur um es den Parteibonzen in Stockholm recht zu machen?«

Berit nickte und zuckte mit den Achseln.

»Nicht alle, aber viel zu viele. Es spielte keine Rolle, wer der Beste war oder wer das Vertrauen der Mitglieder besaß.«

»Und in der Parteizentrale der Sozialdemokraten hatten sie alle Namen auf langen Listen?«

»Anfangs noch nicht«, erklärte Berit. »Gegen Ende der fünfziger Jahre lagen die Informationen nur bei den lokalen Organisationen. Es waren in ganz Schweden um die zehntausend Vertreter, oder Ansichtsspione, wenn man so will, an den Arbeitsplätzen.«

Annika schnitt sich ein Tortenstück Pizza ab und nahm es in die Hand. Sie kaute schweigend und leckte sich hinterher nachdenklich die Finger ab.

»Also, ich will ja nicht besserwisserisch wirken, aber machst du die Sache nicht schlimmer, als sie eigentlich ist?«

Berit verschränkte die Arme und lehnte sich zurück.

»Ich weiß, dass man gern so denkt«, sagte sie. »Es breitet sich eine allgemeine Geschichtslosigkeit aus. Wir reden von den fünfziger Jahren – der Steinzeit in den Augen der modernen Generation.«

Annika schob ihren Teller zur Seite und wischte sich die Hände an der Serviette ab.

»Was passierte dann, nach den fünfziger Jahren?«, fragte sie.

»IB«, sagte Berit, »wurde 1957 gebildet.«

»Das Informationsbüro oder was?«, fragte Annika.

»Interaktion Birger«, antwortete Berit. »Nach dem Chef des Nachrichtendienstes im Inneren, Birger Elmér, benannt. Die Auslandsspionage wurde eine Zeit lang T-Büro genannt, nach dem Chef Thede Palm.«

Annika schüttelte den Kopf.

»Meine Güte, wie chaotisch«, sagte sie. »Wie behältst du das bloß alles im Kopf?«

Berit lächelte ein wenig und entspannte sich.

»Ich hatte *Folket i Bild/Kulturfront*, die Zeitschrift, für die Guillou damals arbeitete, abonniert, als das alles herauskam. Es war Nummer neun von 1973. Ich habe seither eine Menge über die IB und die Sozialdemokratische Partei geschrieben. Nichts Revolutionäres, aber ich bin auf dem Laufenden geblieben.«

»Mein Vater hat ziemlich viel von der IB erzählt«, sagte Annika. »Er meinte immer, das werde alles wahnsinnig aufgeblasen. Es gehe schließlich um die Sicherheit des Landes, meinte er, und eigentlich müsse man den Sozis dafür dankbar sein, dass sie das Beste für das Land wollten und die Verantwortung übernähmen.«

Berit stellte ihr Glas mit einem Knall auf den Tisch.

»Die Sozis haben die Ansichten der Bevölkerung registriert, weil das für die Sozis das Beste war. Sie haben ihre eigenen Gesetze gebrochen, haben gelogen und manipuliert. Übrigens lügen sie immer noch. Ich habe heute mit dem Parteisprecher gesprochen. Er leugnet stur und steif, Birger Elmér gekannt oder etwas mit der IB zu tun gehabt zu haben.«

»Vielleicht sagt er die Wahrheit«, meinte Annika.

Berit schaute sie mitleidig an.

»Glaube mir«, sagte sie, »die IB ist die Achillesferse der Sozis, ihr großer, gigantischer Fehler und gleichzeitig das, womit sie ihre Macht erhalten haben. Sie tun, was sie können, um ihre Übergriffe zu vertuschen. Mit Hilfe der Sapo haben sie das ganze schwedische Volk katalogisiert. Sie haben Menschen wegen ihrer Ansichten verfolgt, haben dafür gesorgt, dass sie aus ihren Gemeinschaften herausgedrängt und von ihren Arbeitsplätzen vertrieben wurden. Und sie werden weiter lügen, solange die Beweise nicht erdrückend sind. Und dann werden sie anfangen, sich herauszureden.«

»Was war denn die Sapo eigentlich genau? Eine sozialdemokratische Sicherheitspolizei?«
»Nein, Sapo steht für eine sozialdemokratische Vertretung am Arbeitsplatz. Oberflächlich betrachtet ist das keine anrüchige Angelegenheit, die Sapo sollte die Vorstellungen der Partei an den Arbeitsplätzen verbreiten.«
»Und wieso war dann alles so geheim?«
»Weil die Sapo-Leute die Ameisen in der IB-Organisation darstellten. Alles, was sie berichteten, landete bei Elmér und bei der Regierung. Damit ist die Sapo sozusagen des Pudels Kern, der Beweis, dass die IB und die Sozis ein und dieselbe Sache sind.«
Annika schaute in den Sommerabend hinaus. Drei verstaubte Benjamini aus Stoff trübten die Aussicht. Dahinter bildeten die schmutzigen Restaurantfenster einen grauen Schleier vor dem Verkehr draußen.
»Und, was gab es jetzt im Archiv des Außenministeriums?«, fragte sie.
Berit holte tief Luft.
»Die Namen von massenhaft Agenten, Journalisten, Seeleuten, Hilfsarbeitern, kurz: von Leuten, die viel reisten. Sie haben Berichte geschickt, die helfen sollten, drohende Krisen vorauszusehen. Unter anderem hatten sie Agenten in Vietnam, die Berichte nach Hause schickten, die dann sogleich an die Amerikaner und häufig auch an die Briten weitergeleitet wurden. Pierre Schori war einer von denen, die herumreisten und so genannte Reiseberichte erstellten. Eigentlich waren es reine Spionageberichte, denn sie handelten von Dingen wie der vietnamesischen Infrastruktur, wie die Leute lebten und reagierten und wie fertig sie waren.«
»Aber Schweden ist doch neutral«, meinte Annika erstaunt.
»Ja, guten Morgen«, erwiderte Berit ironisch. »Birger Elmér traf im Stallmästaregården regelmäßig den amerikanischen Botschafter und den amerikanischen Geheimdienstchef, um mit ihnen zu essen. Elmér und Palme haben auch häufig miteinander geredet. Ich kümmere mich um die Politik, du musst dafür sorgen, dass die Amis zufrieden sind, hat Palme gesagt. Ich muss in den Demonstrationszügen mitgehen und das Maul aufreißen, aber du musst dafür sorgen, dass die Yankees bei Laune bleiben.«

»Und jetzt ist plötzlich eine Kopie aus diesem Archiv aufgetaucht?«, hakte Annika nochmals nach.
»Ich bin überzeugt, dass das Original immer noch existiert«, sagte Berit, »die Frage ist nur, wo.«
»Und das Archiv des Innenministeriums?«
»Es war vollkommen ungesetzlich, was da getrieben wurde. Die Unterlagen enthielten detaillierte Personenangaben über Menschen, die als Feinde der Sozialdemokraten angesehen wurden, insgesamt ungefähr zwanzigtausend Namen. Alle, die da verzeichnet waren, sollten im Falle eines Kriegsausbruchs sofort verhaftet werden. In Friedenszeiten konnte es sein, dass sie nur schwer einen Job finden konnten. Sie wurden von Positionen in den Gewerkschaften ausgeschlossen. Man musste übrigens nicht Kommunist sein, um auf der Liste zu landen. Es genügte, die falsche Zeitung zu lesen, die falschen Bekannten zu haben oder zur falschen Zeit am falschen Ort zu sein.«
Sie saßen eine Weile schweigend da. Annika räusperte sich.
»Aber hier geht es doch trotz allem um Dinge, die vor vierzig Jahren passiert sind«, sagte sie. »Damals haben sie Leute zwangssterilisiert und überall mit DDT herumgesprüht. Wieso sind diese Papiere heute noch so wichtig?«
Berit dachte nach.
»Es sind da wahrscheinlich jede Menge unangenehmer Dinge zu lesen, über Wanzen und Einbrüche und all so was. Aber das Wichtigste ist dahin: das Gesamtbild.«
»Und was bedeutet das Ganze?«, fragte Annika.
Berit überlegte.
»Die wichtigsten Sozis waren im Grunde genommen amerikanische Spione. Der Bruch der Neutralität, der sich hinter den Dokumenten verbergen könnte, ist nach heutigem Maßstab schlimmer als die Überwachung von Ansichten. Die Sozis haben nicht nur die ganze Nation angelogen, sondern auch hinter vorgehaltener Hand mit den Supermächten gespielt. Die Sowjets wussten, wo Schweden stand, vor allem wegen Wennerström. Dem hatten die Russen in ihren Kriegsvorbereitungen Rechnung getragen. Wahrscheinlich war Schweden im Falle eines neuen Krie-

ges gerade wegen dieses Doppelspiels ein vorrangiges Angriffsziel.«
Annika schaute Berit mit großen Augen an.
»Du meine Güte«, sagte sie. »Glaubst du wirklich, dass es so schlimm war?«
Berit trank ihren letzten Schluck Bier aus.
»Wenn die Arbeit der IB wirklich offen gelegt würde, bis in ihre miesesten Details, dann wäre das vernichtend für die schwedische Sozialdemokratie. Das Vertrauen in sie wäre gebrochen, und zwar vollständig. Das Archiv ist der Schlüssel dazu. Es dürfte den Sozis schwer fallen, in absehbarer Zeit noch einmal an die Regierung zu kommen, wenn diese Dokumente ans Tageslicht kämen.«
Die jungen Leute am Nebentisch brachen mit Gegröle und Gelärme auf. Sie stolperten in die Hitze hinaus und hinterließen ein abstraktes Muster von Erdnüssen und verschüttetem Bier auf dem Tisch. Annika und Berit schauten ihnen nach, wie sie über den Zebrastreifen zur Bushaltestelle gingen. Der 62er kam, und die Jugendlichen stiegen ein.
Annika fragte sich plötzlich, ob sie etwas über die Ninja Barbies sagen sollte.
Berit sah auf ihre Uhr.
»Es ist Zeit«, meinte sie, »gleich geht mein letzter Zug.«
Annika zögerte, Berit winkte den Kellner heran.
Egal, dachte Annika, es erfährt sowieso niemand etwas davon.
»Morgen habe ich frei, darauf freue ich mich«, sagte sie stattdessen.
Berit lächelte etwas neidisch.
»Ich darf mich jetzt ein paar Tage mit der IB beschäftigen«, sagte sie. »Aber das ist eine willkommene Plage.«
Annika erwiderte ihr Lächeln.
»Ja, ich merke schon, dass du das gern machst. Bist du selbst Kommunistin?«
Berit lachte.
»Und du spionierst für die Sapo oder was?«
Annika lachte mit.
Sie bezahlten und gingen in den Sommerabend hinaus, der langsam seine Farbe und seine Form zur Nacht verändert hatte.

Siebzehn Jahre, elf Monate und acht Tage

Die Zeit rast und hinterlässt tiefe Spuren. Die Wirklichkeit macht die Liebe durch ihre Kleinlichkeiten und ihre Eintönigkeit kaputt. Unser Ehrgeiz, die Wahrheit zu finden, ist verzweifelt. Er hat Recht, wir müssen gemeinsam die Verantwortung übernehmen. Es fehlt mir an Rücksicht, das Ziel ist unklar, die Konzentration nicht vollkommen. Ich brauche zu lange, um zum Orgasmus zu kommen. Wir müssen einander näher kommen, uns nur dem anderen widmen, ohne dass uns etwas stört. Ich weiß, dass er Recht hat. Mit der richtigen Liebe im Bewusstsein dürfte es keine Hindernisse geben.

Ich weiß, wo das Problem liegt: Ich muss lernen, mit meiner Sehnsucht umzugehen. Sie steht unserem Erleben im Weg, unseren Ausflügen in den Kosmos. Die Liebe trägt einen, wohin man will, aber die Hingabe muss total sein.

Er liebt mich so unaussprechlich. All die wunderbaren Einzelheiten, sein Interesse für alles, was ich bin. Seine Auswahl an meinen Büchern, Kleidern, Platten, Essen und Trinken, unser Puls und unser Atem sind eins. Ich muss mir mein egoistisches Streben abgewöhnen.

Verlasse mich nie,
sagt er,
ich kann ohne dich nicht leben.

Und ich verspreche es, wieder und immer wieder.

DIENSTAG, 31. JULI

Der Luftzug weckte sie. Sie blieb mit geschlossenen Augen liegen. Durch die Augenlider ahnte sie die Schärfe des Lichts vom geöffneten Fenster. Es war Vormittag. Nicht so spät, dass sie fürchten musste, den ganzen Tag verschlafen zu haben, aber doch spät genug, um ausgeschlafen zu sein.

Annika zog sich den Morgenrock über und ging ins Treppenhaus hinaus. Der zersprungene Mosaikfußboden war angenehm kühl. Die Toilette lag einen Treppenabsatz tiefer, und sie teilte sie sich mit den anderen Mietern der obersten Etage.

Die Gardinen flatterten im Durchzug wie große Segel, als sie wieder in die Wohnung kam. Sie hatte dreißig Meter hellen Voile gekauft, den sie dann über die alten Gardinenstangen drapiert hatte, und das Ergebnis war erstaunlich. Die Wohnung war ganz in Weiß getaucht. Die Vormieter hatten alles mit Grundierung gestrichen und dann aufgegeben. Die matten Wände reflektierten das Licht und verschluckten es gleichzeitig und ließen die Zimmer gleichsam durchsichtig erscheinen.

Sie ging langsam in die Küche. Der Boden war frei, sie besaß fast keine Möbel. Die Bohlen schimmerten grau von Seife und Scheuermittel. Die Decke schwebte wie ein weißer Himmel hoch über ihr, matt und klar. Sie kochte Wasser auf dem Gasherd, gab drei Löffel Kaffee in eine Glaskanne, schüttete das Wasser hinein und drückte anschließend das Sieb herunter. Der Kühlschrank war leer. Sie musste sich im Zug ein Brötchen kaufen.

Die Tageszeitung lag leicht zerrissen im Flur. Der Briefschlitz war einfach zu schmal. Sie hob sie auf und setzte sich damit in die Küche.

Das Übliche. Der Nahe Osten. Der Wahlkampf. Die Hitzewelle. Nicht eine Zeile über Josefine. Sie war bereits Geschichte, eine Ziffer in der Statistik. Ein Leserbrief über die IB-Affäre. Diesmal las sie ihn. Ein Professor aus Göteborg verlangte einen Untersuchungsausschuss. Nur zu, dachte Annika.

Sie verzichtete darauf, runterzugehen und im Hinterhaus zu duschen, sondern wusch sich nur schnell das Gesicht und die Achselhöhlen am Spültisch in der Küche. Das Wasser war nicht mehr eiskalt, sie musste es nicht einmal aufwärmen.

Die Abendzeitungen waren soeben eingetroffen, und sie kaufte beide am Kiosk an der Scheelegatan. Das *Abendblatt* hatte natürlich die IB-Affäre auf der ersten Seite. Annika lächelte. Berit hatte gewonnen.

Ihre eigenen Artikel standen allerdings auch auf guten Seiten, acht, neun, zehn und in der Mitte. Sie las ihren Text über den Verdächtigen, und er war richtig gut. Sie hatte geschrieben, die Polizei habe eine Spur, die auf eine Person in Josefines Umkreis hinweise. Josefine habe sich auch früher schon bedroht gefühlt und Angst gehabt. Es gebe Hinweise darauf, dass sie schon früher einmal misshandelt worden sei. Sie musste lächeln. Ohne etwas über Joachim zu schreiben, hatte sie doch die Theorie der Polizei formuliert. Dann war da noch die Trauerorgie in Täby, und sie war froh, dass sie den Bericht darüber kurz gemacht und die Fakten betont hatte. Die Bilder waren in Ordnung. Es waren ein paar der Mädchen vor der Kerze zu sehen, und sie weinten auf dem Foto nicht. Das war gut. Im Konkurrenzblatt stand nichts Besonderes, abgesehen von der Fortsetzung der Serie »Leben nach den Ferien«. Die würde sie im Zug lesen.

Ein heißer Wind war aufgekommen. Sie kaufte sich ein Eis zum Frühstück und ging den Kaplansbacken zum Hauptbahnhof hinunter. Sie hatte Glück, der Intercity nach Malmö würde in fünf Minuten abfahren.

Außer ihr stiegen nur drei Araber in Flen aus. Der Bus nach Hälleforsnäs kam in einer Viertelstunde. Annika setzte sich auf eine Bank vor dem Gemeindehaus und studierte das Kunstwerk »Vertikales Streben«. Es war wirklich unglaublich schlecht. Im Bus aß sie eine Tüte Weingummi und stieg dann am Supermarkt aus.

»Herzlichen Glückwunsch!«, rief Ulla, eine der Kolleginnen ihrer Mutter. Die Frau stand in ihrer grünen Kittelschürze an den Blumenkästen vor dem Laden und rauchte.
»Wozu?«, fragte Annika und lächelte.
»Na, zu dem Erfolg! Titelseite und alles. In Hälleforsnäs sind alle ganz stolz!«, rief Ulla.
Annika lachte und winkte abwehrend. Sie ging an der Kirche vorbei zu ihrer Wohnung. Die Gegend wirkte tot und verlassen. Die roten Häuserreihen aus den vierziger Jahren stöhnten unter der Hitze.
Hoffentlich ist Sven nicht da, dachte sie.
Die Wohnung war leer, alle Zimmerpflanzen tot. Ein nicht geleerter Mülleimer verbreitete in der Küche einen unangenehmen Geruch. Sie leerte ihn aus und öffnete alle Fenster. Die Blumenleichen mussten stehen bleiben. Dazu hatte sie jetzt keine Lust.

Ihre Mutter freute sich ehrlich, sie zu sehen. Sie umarmte Annika etwas unbeholfen mit kalten, aber dennoch etwas schwitzigen Händen.
»Hast du schon gegessen? Ich habe Elchgulasch auf dem Herd.«
Der neueste Liebhaber der Mutter war Jäger.
Sie setzten sich an den Küchentisch, und ihre Mutter zündete sich eine Zigarette an. Die Fenster waren gekippt, und Annika konnte ein paar Kinder hören, die sich um ein Fahrrad stritten. Sie ließ den Blick den Hügel hinab zur Fabrik gleiten, deren trostloses graues Flachdach sich ausdehnte, so weit das Auge reichte.
»Jetzt erzähl mal. Wie ist es dir ergangen?«
Die Mutter lächelte ihr erwartungsvoll zu.
»Was meinst du?«, fragte Annika.
»Na, dieser Erfolg! Alle haben es gesehen und sind gekommen und haben mir an der Kasse gratuliert. So tolle Artikel. Auf der Titelseite und so.«
Annika sah auf ihre Füße hinab.
»Es war nicht so schwer«, sagte sie. »Ich habe einen guten Tipp bekommen. Wie geht es dir denn so?«
Das Gesicht der Mutter hellte sich auf.

»Ja, da wirst du staunen«, erwiderte sie und stand auf. Der Zigarettenrauch zeichnete einen Drachen in die Luft, als sie zur Arbeitsfläche hinübereilte. Annika verfolgte ihn, bis die Mutter zurückkam. Sie breitete ein paar Kopien vor Annika aus.
»Also, ich favorisiere das hier«, sagte sie, klopfte auf den Tisch, setzte sich und nahm einen tiefen Zug aus der Zigarette.
Annika betrachtete die Papiere ihrer Mutter mit einem leichten Seufzer. Es waren Prospekte von verschiedenen Maklern in Eskilstuna. Der oberste, auf den die Mutter geklopft hatte, kam von einer überregionalen Maklervereinigung. »Exklusive Villa in Hanglage m. bester Ausstg., u.a. vertiefte Badewanne in voll gekach. Badezimmer, Eckwohnzi., Partyraum m. offenem Kamin«, las sie.
»Warum kürzen die denn ›mit‹ ab?«, fragte Annika.
»Wie?«
»Sie kürzen das kürzeste Wort im Satz ab«, meinte Annika. »Ich finde das sinnlos.«
Die Mutter fächelte ärgerlich den Rauch zwischen ihnen weg.
»Was meinst du?«, fragte sie.
Annika zögerte.
»Ich finde, es ist etwas teuer.«
»Teuer?«, fragte die Mutter und zog den Prospekt zu sich herüber. »Flur mit Marmorfußboden, in der Küche Klinker und im Keller eine Bar. Ist doch perfekt!«
Annika holte tief Luft.
»Klar«, sagte sie, »ich frage mich nur, ob du dir das leisten kannst. 1,3 Millionen sind schließlich eine ganze Stange Geld.«
»Schau dir doch die anderen auch noch an«, forderte die Mutter sie auf.
Annika blätterte den Stapel durch. Alle Häuser waren große Kästen in der näheren Umgebung von Eskilstuna. Sie hatten sämtlich mehr als sechs Zimmer und große Grundstücke.
»Du magst Gartenarbeit doch gar nicht«, gab Annika zu bedenken.
»Leif ist ein Naturmensch«, erwiderte die Mutter und drückte ihre halb gerauchte Zigarette aus. »Wir überlegen, ob wir zusammen was kaufen.«

Annika tat, als hätte sie es nicht gehört.
»Wie geht es Birgitta?«, fragte sie stattdessen.
»Ganz gut«, meinte ihre Mutter. »Sie kommt mit Leif gut klar. Du würdest ihn auch nett finden, wenn du ihn mal kennen lernen würdest.« Ihre Stimme klang vorwurfsvoll und gekränkt.
»Kann sie beim Spar bleiben?«
»Jetzt wechsel mal nicht das Thema«, sagte ihre Mutter und setzte sich gerade hin. »Warum willst du Leif nicht kennen lernen?«
Annika stand auf, ging zum Kühlschrank hinüber und schaute hinein. Die Regale waren gut abgetrocknet, aber ziemlich leer.
»Natürlich kann ich ihn kennen lernen, wenn es dir Freude macht. Aber diesen Sommer war ich nun mal ziemlich viel unterwegs, das verstehst du vielleicht.«
Es störte sie nicht, dass ihre Worte ironisch klangen.
Auch ihre Mutter stand auf.
»Jetzt wühl nicht im Kühlschrank herum«, sagte sie. »Es gibt gleich Essen. Du kannst den Tisch decken.«
Annika nahm sich einen kleinen Diätjoghurt und machte den Kühlschrank wieder zu.
»Ich habe keine Zeit«, sagte sie. »Ich muss nach Lyckebo.«
Die Lippen ihrer Mutter wurden dünn und weiß.
»Es ist in ein paar Minuten fertig. Du kannst ruhig warten.«
»Wir sehen uns bald wieder«, antwortete Annika.
Sie hängte sich die Tasche über die Schulter und beeilte sich, aus der Wohnung herauszukommen. Ihr Fahrrad stand noch immer im Hof, der Hinterreifen war platt. Sie pumpte ihn auf, klemmte die Tasche auf dem Gepäckträger fest und trampelte los in Richtung Granhed.
Die Fabrik glitt rechts an ihr vorbei, sie blickte aus den Augenwinkeln hinüber. Diese verdammte Fabrik, einst das Herz der Gemeinde. Vierzigtausend Quadratmeter verlassene Industriegebäude. Manchmal hasste sie das alles dafür, was es ihrer Jugend angetan hatte. Als sie geboren wurde, arbeiteten hier zwölfhundert Menschen. Als sie mit der Schule fertig war, waren es noch ein paar Hundert. Ihr Vater musste mit der Rationalisierungswelle gehen, die die Zahl der Angestellten auf einhundertzwanzig redu-

zierte. Jetzt waren es noch acht. Sie fuhr am Parkplatz vorbei. Drei Autos, fünf Fahrräder.

Ihr Vater hatte mit der Arbeitslosigkeit nicht umgehen können. Er hatte für diesen miesen Job gelebt. Er erhielt niemals neue Angebote, und Annika ahnte, warum. Verbitterung lässt sich nur schwer verbergen, und keiner möchte sie in seinem Betrieb haben.

Sie kam an der Einfahrt zum Kanuklub vorbei und verlangsamte unbewusst ihr Tempo. Dort hatte man ihn gefunden, ungefähr eine halbe Stunde zu spät. Der Körper war schon zu stark unterkühlt gewesen. Er lebte noch ein paar Tage im Krankenhaus in Eskilstuna, aber der Alkohol trug das Seine dazu bei. In ihren dunkelsten Stunden hatte sie gedacht, dass es besser so war. Wenn sie darüber nachdachte, was sie nur selten tat, dann ahnte sie, dass sie sich niemals erlaubt hatte, um ihn zu trauern.

Und trotzdem bin ich ihm so ähnlich, dachte sie, schob den Gedanken aber schnell wieder fort.

Nach der Abfahrt zum Tallsjö wurde die Straße enger, hatte mehr Schlaglöcher und schlängelte sich zwischen den Bäumen hindurch. Annika mochte die Spätsommerfarben des Waldes nicht. Das kompakte Grün war so voller Chlorophyll, dass es nicht länger zu atmen schien, überall zeigte es exakt dieselbe Farbnuance, was ihr langweilig und einseitig vorkam.

Waldwege gingen mal rechts, mal links von der Straße ab. Alle nach links waren mit massiven Schlagbäumen und Vorhängeschlössern abgesperrt, denn hier verlief die Grenze zu den Ländereien von Gut Harpsund.

Die Straße führte steil bergauf, und sie stellte sich auf die Pedale und atmete schwer. Der Schweiß lief ihr in die Achselhöhlen, ein Bad wäre jetzt schön.

Die Abfahrt nach Lyckebo kam wie immer überraschend. Sie fuhr in der Kurve fast vorbei und geriet mit dem Fahrrad ein wenig ins Schleudern, als sie bremste. Sie machte die Tasche los, lehnte das Fahrrad an den Schlagbaum, kroch unter der Sperre hindurch und watete querfeldein durch das hohe Gras.

»Whiskas!«, rief sie. »Katerchen!«

Nach wenigen Augenblicken hörte sie ein fernes Maunzen. Die

kleine gelbe Katze tauchte aus dem Gras auf, mit Schnurrhaaren, in denen die Sonne glitzerte.
»Whiskas, Liebling!«
Sie warf die Tasche ins Gras und fing die Katze auf, die in ihren Schoß hüpfte. Lachend legte sie sich zwischen die Ameisen auf den Boden und rollte mit der Katze herum, kraulte sie am Bauch und streichelte ihren schmalen Rücken.
»He, da hast du eine Zecke, du Racker. Warte, ich mache sie ab.«
Sie fasste das Insekt, das sich unter dem Kinn der Katze festgebissen hatte, mit festem Griff und zog es heraus. Es war noch ganz. Sie lächelte zufrieden. Sie hatte den richtigen Dreh raus.
»Ist Großmutter zu Hause?«
Die alte Frau saß im Schatten der Eiche. Sie hielt die Augen geschlossen und die Hände über dem Bauch gefaltet. Annika nahm ihre Tasche und ging zur Großmutter hinüber, die Katze sprang ihr um die Beine, strich an ihren Knien entlang, maunzte und wollte spielen.
»Schläfst du?«
Ihre Stimme war nur ein Flüstern.
Die Frau öffnete die Augen und lächelte.
»Überhaupt nicht. Ich horche auf die Natur.«
Annika umarmte ihre Großmutter lange.
»Du wirst immer dünner«, sagte ihre Großmutter. »Isst du auch ordentlich?«
»Aber ja«, sagte Annika und lachte. »Schau mal her!«
Sie ließ die alte Frau los und wühlte in ihrer Tasche herum.
»Sieh mal«, sagte sie fröhlich, »das ist für dich!«
Sie hielt eine Schachtel handgemachter Schokolade aus einer kleinen Fabrik in Stockholm hoch. Die Großmutter schlug die Hände zusammen.
»Nein, wie lieb von dir!«, rief sie aus. »Ich bin ganz gerührt.«
Großmutter öffnete die Schachtel, und beide nahmen sich ein Stück.
»Wie geht es dir?«, fragte Großmutter.
Annika schaute auf ihren Schoß.
»Es ist anstrengend«, sagte sie. »Ich hoffe so sehr, bei der Zeitung bleiben zu können. Sonst weiß ich nicht, was ich tun soll.«

Die alte Frau sah sie mit einem langen, warmen Blick an.
»Du schaffst das schon, Annika«, sagte sie. »Du brauchst diese Arbeit nicht. Du wirst schon sehen, es wird sich auch so alles fügen.«
»Da bin ich mir nicht so sicher«, erwiderte Annika, und ihr schossen die Tränen in die Augen.
»Komm mal her.«
Großmutter streckte ihre Hand aus und zog Annika auf ihren Schoß. Annika setzte sich vorsichtig hin und legte ihre Stirn an den Hals der alten Frau.
»Ich weiß nicht, ob ich es wage«, sagte sie.
»Du weißt, was ich dir raten würde«, sagte ihre Großmutter ernst. Die alte Frau hielt ihre Enkelin im Arm und wiegte sie sanft hin und her. Wind kam auf, und das Laub in der nahen Espe fing an zu rascheln. Annika sah den Hosjö hinter den Bäumen glitzern.
»Ich bin immer hier, das weißt du«, fuhr die alte Frau fort. »Ich bin auf deiner Seite, was auch geschieht. Du kannst immer zu mir kommen.«
»Ich will dich da nicht hineinziehen«, wisperte Annika.
»Du dummes Mädchen«, erwiderte ihre Großmutter und lächelte. »So darfst du nicht reden. Ich tue ja nicht mehr besonders viel, und dir zu helfen wäre ja wohl das Mindeste.«
Annika küsste die alte Frau auf die Wange.
»Gibt es Pfifferlinge?«
Großmutter lachte.
»Das kannst du wohl annehmen! Im Frühjahr Schnee und dann anschließend diese Hitze. Der ganze Wald ist goldgelb. Nimm zwei Tüten mit!«
Annika sprang auf.
»Ich springe nur schnell einmal in den See!«
Auf dem Weg zum Steg hinunter warf sie rasch den Rock und die Bluse ab. Das Wasser war warm und der Boden schlammiger als je zuvor. Sie schwamm zu den Badeklippen, zog sich hinauf, legte sich auf die Steine und atmete ein wenig durch. Der Wind spielte in ihrem nassen Haar, und sie schaute auf und sah in mehreren tausend Meter Höhe Zirruswolken rasch vorbeisausen. Sie ließ sich wieder ins Wasser gleiten und auf dem Rücken zurücktreiben, ganz lang-

sam. Der Wald stand dicht um den ganzen See herum, man sah kein Lebewesen, abgesehen von Whiskas, der auf dem Steg wartete. In diesen Wäldern konnte man sich verlaufen. Als Kind war ihr das einmal passiert. Die an der Suche beteiligten Mitglieder des Orientierungsklubs hatten sie auf einem Kahlschlag auf der anderen Seite des Weges weinend und blau gefroren gefunden.
Sowie sie wieder an Land war und ihre Kleider angezogen hatte, ohne sich abzutrocknen, fing sie an zu schwitzen.
»Ich leihe mir deine Gummistiefel«, rief sie der Großmutter zu, die ihre Stickerei wieder aufgenommen hatte.
Sie klemmte eine Tüte aus dem Supermarkt in den Rockbund und nahm eine andere in die Hand. Whiskas folgte ihr auf dem Fuß, als sie in den Wald hineinschritt.
Großmutter hatte Recht. Pfifferlinge, so groß wie Eimerdeckel, standen in großen Gruppen rechts und links vom Weg. Sie fand auch Steinpilze, ein paar stolze Parasolpilze und massenhaft kleine, blasse Stachelpilze.
Whiskas tanzte ihr die ganze Zeit um die Füße, beschlich Ameisen und Schmetterlinge, hüpfte Mücken hinterher und fraß einen jungen Vogel. Sie überquerte den Granhedsvägen und ging an Johannislund und Björkbacken vorbei. Dort wandte sie sich nach rechts den Berg hinauf, um in Lillsjötorp dem alten Gustav einen Besuch abzustatten.
Das schöne Doppelhaus mit einer Wand aus riesigen Tannen dahinter lag ruhig in der Sonne. Es herrschte eine kompakte Stille, und man hörte keine Axtschläge vom Holzplatz, was bedeutete, dass der alte Mann wahrscheinlich mit demselben Ziel im Wald unterwegs war wie sie.
Die Tür war verschlossen. Sie ging zum Weißen Berg hinauf, wo sie auf einen Hochsitz kletterte und sich ausruhte. Unter ihr erstreckte sich der Kahlschlag, und wenn sie riefe, würde ihr das Echo antworten. Sie schloss die Augen und lauschte dem Wind. Er war laut und heiß, wirkte fast hypnotisch. Sie blieb lange sitzen, bis ein Stöhnen und ein Geräusch sie plötzlich zusammenzucken ließen.
Vorsichtig schaute sie über den Rand des Hochsitzes.

Ein untersetzter Mann kam von Skenäs her angeradelt. Er atmete schwer, und das Rad schwankte ein wenig. Zwischen den Speichen in seinem Hinterrad saß eine vertrocknete Tannenwurzel fest. Direkt unter dem Hochsitz blieb der Mann stehen, zog das Holzstück heraus, holte tief Luft und fuhr dann weiter.
Annika blinzelte erstaunt. Es war der Ministerpräsident.

Christer Lundgren betrat seine kleine Stadtwohnung mit einem Gefühl der Unwirklichkeit. Er ahnte die Katastrophe wie eine Wolke am Horizont, spürte die heißen Winde um sein Gesicht auffrischen. Die elektrische Ladung in der Luft ließ ihn das Unausweichliche begreifen: Das Unwetter kam in seine Richtung. Er würde im Regen stehen.
Die Hitze in der kleinen Wohnung war unbeschreiblich. Die Sonne hatte den ganzen Tag auf dem Panoramafenster gestanden, er war ärgerlich. Warum gab es hier keine Gardinen?
Er ließ die Übernachtungstasche im Eingang auf den Fußboden fallen und machte die Balkontür weit auf. Im Hinterhof lärmte eine Klimaanlage.
Verdammte Hamburgerkette, dachte er.
Er ging in die kleine Küchenzeile und goss sich ein großes Glas Wasser ein. Aus dem Ausguss roch es nach saurer Milch und Apfelschalen. Er spülte den Geruch fort, so gut es ging.
Das Treffen mit dem Parteisekretär und dem Staatssekretär war schrecklich gewesen. Er machte sich keine Illusionen über seine Situation. Alles war kristallklar.
Er nahm das Wasserglas mit. Mit einem schweren Seufzer ließ er sich auf das Bett fallen und stellte sich das Telefon auf die Knie. Er atmete ein paar Mal tief durch und wählte dann die Nummer seiner Frau zu Hause.
»Ich werde eine ganze Weile hier bleiben«, sagte er nach ein paar Einleitungssätzen.
Seine Frau wartete ab.
»Auch übers nächste Wochenende?«, fragte sie.
»Du weißt, dass ich das nicht will«, erwiderte er.
»Du hast es den Kindern versprochen«, sagte sie.

Er schloss die Augen und legte die Hand auf die Stirn. Die Tränen brannten ihm hinter den Augenlidern.
»Ich sehne mich so nach dir, dass mir ganz schlecht ist«, sagte er.
Sie wurde unruhig.
»Was ist denn passiert?«
»Das würdest du mir nicht glauben, wenn ich es dir erzählte«, sagte er. »Es ist ein Albtraum sondergleichen.«
»Aber, Christer, um Himmels willen! Sag schon, was passiert ist!«
Er schluckte und gab sich einen Ruck.
»Hör mir jetzt gut zu«, sagte er. »Fahr mit den Kindern nach Karungi. Ich komme nach, sobald ich kann.«
Sie antwortete schnell.
»Ich fahre nicht ohne dich.«
Seine Stimme wurde bestimmter.
»Du musst. Hier läuft einiges total schief. Du wirst belagert werden, wenn du in der Stadt bleibst. Am besten fährst du schon heute Abend.«
»Aber Stina erwartet uns nicht vor Samstag!«
»Ruf sie an und frage, ob du nicht früher kommen kannst. Stina kriegt das immer hin.«
Die Frau wartete schweigend.
»Es ist die Polizei«, sagte sie. »Es ist das mit der Polizei.«
Er hörte die Zwillinge im Hintergrund lachen.
»Ja«, erwiderte er, »zum Teil. Aber das ist nicht alles.«

Annika kam genau rechtzeitig zu den Nachrichten um Viertel vor fünf zurück.
»Du kannst dir nicht vorstellen, wen ich im Wald gesehen habe. Den Ministerpräsidenten!«
Während der Dreiklang aus dem Transistorradio erklang, schüttete sie den Inhalt der Tüten auf den Tisch.
»Er findet, dass er abnehmen sollte«, sagte Großmutter. »Er fährt hier oft mit dem Rad.«
Sie setzten sich an den Küchentisch und putzten die Pilze, während die Stimmen im Radio eintönig leierten. Es war nichts Besonderes passiert.

»Du hast also immer noch Kontakt zu Harpsund«, bemerkte Annika.
Großmutter lächelte. 37 Jahre lang war sie Haushälterin in der Sommerresidenz des Ministerpräsidenten gewesen. Das Lokalradio fuhr jetzt mit seinem Programm fort, und sie drehte die Lautstärke hoch.
Annika schnitt die Pfifferlinge zurecht und legte sie in die übervolle Schale neben sich. Dann ließ sie die Hände sinken und den Blick ruhen. Die Wanduhr tickte, die Minuten flogen vorbei. Die Küche ihrer Großmutter war ihr Sinnbild für Frieden und Wärme. Der Eisenherd mit dem weiß verputzten Abzug, der Korkfußboden, das Wachstuch, die Wiesenblumen auf dem Fensterbrett – hier hatte sie gelernt, ohne warmes Wasser zu leben.
»Bleibst du über Nacht?«, fragte Großmutter.
Im selben Moment hörte man die Erkennungsmelodie des Magazins Studio 6. Die alte Frau streckte die Hand aus, um die Lautstärke herunterzudrehen, aber Annika hielt sie auf.
»Lass uns hören, was sie heute gemacht haben«, meinte sie.
Die Musik wurde leiser, und der sonore Bass des Moderators legte sich darüber.
»Die Polizei hat einen Mann verhört, der des Mordes an einem jungen Mädchen im Kronobergspark in Stockholm verdächtigt wird«, sagte er. »Nach unseren Informationen handelt es sich bei diesem Mann um den Außenhandelsminister Christer Lundgren. Mehr dazu in unserem aktuellen Magazin mit Debatten und Analysen, direkt aus dem Studio 6.«
Wieder war die Erkennungsmelodie zu hören, Annika schlug die Hände vor den Mund. Um Himmels willen, war das die Möglichkeit?
»Aber was ist denn, du bist ja ganz blass?«, meinte Großmutter.
Die Musik lief aus, und der Moderator ergriff wieder das Wort.
»Es ist Montag, der 31. Juli, willkommen im Studio 6 im Funkhaus Stockholm«, sagte er und fuhr dann mit Grabesstimme fort:
»Die Sozialdemokratie steht offensichtlich vor einem ihrer größten Skandale überhaupt. Der Minister ist bisher zwei Mal verhört worden, gestern per Telefon und heute im Dezernat für Gewaltver-

brechen auf Kungsholmen. Wir gehen direkt zum Präsidium der Stockholmer Polizei.«
Es rasselte und knisterte ein wenig.
»Ja, ich stehe hier mit dem Pressesprecher der Polizei«, hörte man einen Reporter mit Nachdruck sagen. »Was ist denn heute hier passiert?«
Die Stimme des Pressesprechers erklang in der Küche. Annika drehte die Lautstärke noch etwas höher.
»Es ist richtig, dass die Polizei bei der Verfolgung des Mörders von Josefine Liljeberg gewisse Spuren verfolgt«, erklärte er. »Ich kann zurzeit jedoch keinerlei Details bekannt geben. Keine Person ist offiziell des Mordes verdächtigt, auch wenn die Verhöre bisher in eine bestimmte Richtung weisen.«
Der Reporter hörte nicht zu.
»Wie stehen Sie zu der Tatsache, dass ein Minister mitten im Wahlkampf eines derartigen Verbrechens verdächtigt wird?«, fragte er.
Der Pressesprecher zögerte.
»Also«, sagte er dann, »ich kann solche Informationen derzeit weder bekräftigen noch dementieren. Es gibt keine Person, die offiziell ...«
»Aber der Minister ist heute verhört worden?«
»Außenhandelsminister Christer Lundgren ist eine von vielen Personen, die aus Gründen der näheren Information verhört wurden, das ist richtig«, erklärte der Pressesprecher.
»Sie bestätigen also das Verhör«, sagte der Reporter triumphierend.
»Ich kann bestätigen, dass wir in diesem Mordfall bisher ungefähr dreihundert Verhöre geführt haben«, sagte der Pressesprecher, der langsam etwas angestrengt klang.
»Was hatte der Minister denn zu seiner Verteidigung zu sagen?«
Nun war der Pressesprecher leicht verärgert. Außerdem hörte man seinen Pieper. Ganz schön übel, dachte Annika, der wird heute Nacht nicht viel Schlaf bekommen.
»Natürlich kann ich keine Angaben zu dem machen, was in einem Verhör im Rahmen laufender Polizeiermittlungen gesagt wird«, erklärte er.

Der Kontrollraum kappte die Verbindung, und der Moderator war wieder da.
»So, hier sind wir wieder im Studio 6 des Funkhauses Stockholm«, sagte er. »Für die Sozialdemokraten ist dies mitten im Wahlkampf ein schwerer Schlag, selbst wenn der Minister nicht verurteilt werden sollte. Allein die Tatsache, dass ein Minister in diesem Zusammenhang genannt wird, wirkt sich vernichtend auf die Glaubwürdigkeit der Partei aus. Darüber werden wir in der heutigen Ausgabe von Studio 6 sprechen.«
Es folgte ein wenig Musik, während der Moderator vermutlich einen Schluck Wasser trank und mit der Technik plauderte. Als er wieder das Wort ergriff, hatte er einen Gast im Studio, einen so genannten Professor für Journalistik, der seine Position der Tatsache zu verdanken hatte, dass er ein aus politischen Gründen eingesetzter Chefredakteur einer großen sozialdemokratischen Zeitung war, deren Druckerei Schwedens größter Produzent von Pornozeitschriften war.
»Ja«, sagte der mürrische Professor, »das ist in der Tat eine Katastrophe für die Sozialdemokratie. Allein schon eines solchen Machtmissbrauchs verdächtigt zu werden versetzt die Partei in eine sehr schwierige Lage, also wirklich, sehr schwierig ...«
»Wir wissen nicht, ob der Minister schuldig ist, und verurteilen niemanden im Vorhinein«, ließ der Moderator wissen. »Aber was würde geschehen, wenn er verurteilt würde?«
Annika stand auf, ihr war ganz schwindelig. Es war also ein Minister in die Sache verwickelt. Die dicke Tante im Treppenhaus hatte Recht gehabt.
Der Professor und der Moderator im Studio 6 redeten weiter, manchmal wurden zwei andere Reporter, die in der Stadt unterwegs waren, zugeschaltet.
»Hat das etwas mit deiner Arbeit zu tun?«, fragte Großmutter.
Annika lächelte matt.
»Das kann man wohl sagen«, sagte sie. »Ich habe sehr viel über diesen Mord geschrieben. Sie war erst neunzehn Jahre alt, Großmutter. Sie hieß Josefine.«
Der Moderator klang seriös und schien sich seiner Sache sicher zu sein.

»Der Außenhandelsminister konnte bisher nicht für einen Kommentar gewonnen werden«, sagte er. »Er hat sich den ganzen Nachmittag mit dem Ministerpräsidenten und dem Parteisekretär zu einem Krisengespräch in Rosenbad aufgehalten. Unser Reporter steht jetzt vor der Regierungskanzlei ...«
Annika sperrte die Augen auf.
»Das stimmt nicht!«, sagte sie fassungslos.
Großmutter schaute sie fragend an.
»Der Ministerpräsident. Er hat an keinem Krisengespräch teilgenommen.«
Sie packte schnell ihre Sachen in die Tasche, leerte die Schale mit den geputzten Pilzen wieder in die Plastiktüte und stopfte auch sie in die Tasche.
»Ich muss nach Stockholm fahren«, sagte sie. »Nimm du die restlichen Pilze.«
»Musst du wirklich?«, fragte Großmutter.
Annika zögerte.
»Nein, aber ich will«, erklärte sie.
»Pass auf dich auf«, sagte Großmutter.
Sie umarmten sich eilig, und Annika trat in die heiße Abendsonne hinaus. Whiskas sprang neben ihr den Weg entlang.
»Nein, geh zurück. Du darfst nicht mitkommen. Du bleibst bei Großmutter.«
Annika blieb stehen, beugte sich hinab und schmuste ein wenig mit dem Kater, ehe sie ihn den Weg zurückscheuchte.
»Bleib da«, sagte sie. »Nun los, geh zurück.«
Die Katze lief an ihr vorbei, den Weg bis zum Schlagbaum hinunter. Annika gab auf, lockte das Tier zu sich, nahm es auf den Arm und trug es zum Haus zurück.
»Du musst leider die Tür zu lassen, bis ich weg bin«, sagte Annika, und ihre Großmutter lachte.
Der Wind hatte ein wenig aufgefrischt. Er blies den Weg entlang und schob sie an, so dass die Tannen in den Augenwinkeln nur so vorbeisausten. Sie trat bergauf ebenso fest in die Pedale wie bergab und war außer Atem, als sie das Fahrrad vor ihrer Tür beim Tattarbacken abstellte.

»Ich habe gehört, dass du zu Hause bist.«
Sven schlug die Autotür zu und kam vom Parkplatz auf sie zu. Annika schloss das Fahrrad ab, richtete sich auf und lächelte ihn müde an.
»Das ist diesmal nur ein Blitzbesuch«, sagte sie.
Sven lächelte, als er sie in den Arm nahm.
»Du hast mir gefehlt«, flüsterte er.
Annika umarmte ihn auch. Er küsste sie fest, aber sie entzog sich ihm.
»Was ist los?«
Er ließ sie los.
»Ich muss zurück nach Stockholm.«
Der Kies knirschte unter ihren Schuhen, als sie zur Tür ging. Sie hörte, dass er ihr folgte.
»Du bist doch gerade erst gekommen. Hast du denn niemals frei?«
Sie zog die Tür auf. Das Treppenhaus roch nach warmem Abfall.
»Doch, eigentlich schon, aber es sind ein paar Sachen passiert, die mit diesem Mord zu tun haben, über den ich schreibe.«
»Gibt es denn keine anderen Reporter als dich?«
Sie lehnte sich an die Wand, schloss die Augen und dachte nach.
»Ich will es«, sagte sie. »Das ist meine Chance.«
Er stellte sich vor sie, die Hände rechts und links neben ihrem Kopf, und sah nachdenklich drein.
»Hier wegzukommen? Ist es das?«
Sie sah ihm ins Gesicht.
»Überhaupt irgendwohin zu kommen. Ich habe beim *Katrineholms-Kurier* schon alles geschrieben. Beilagen zum Thema Wald, über Auktionen, den Gemeinderat, Kompostreportagen. Ich will mich weiterentwickeln.«
Sie machte sich klein und kroch unter seinem ausgestreckten Arm durch. Er packte sie an der Schulter.
»Ich fahre dich.«
»Ist nicht nötig. Ich nehme den Zug.«

Das Lokal war leer. Wenn es draußen so heiß war, liefen die Geschäfte nicht gut. Die Typen konnten am Strand liegen und kos-

tenlos nackte Titten anglotzen. Patricia warf schnell einen Blick in die Kasse am Eingang. Nur dreitausend. Sechs Kunden den ganzen Nachmittag und den Abend. Das war mager. Sie drückte die Kasse wieder zu. Na ja. Über Nacht machten sie das wieder wett. Die Hitze brachte das Blut der Touristen zum Kochen.
Sie ging in den kahlen Umkleideraum neben dem Büro und hängte ihre Tasche und die Jeansjacke auf, zog das Leinenhemd und die Shorts aus und holte den pailettenbesetzten BH hervor. Der String-Tanga war im Schritt klebrig vom Ausfluss, sie durfte nicht vergessen, ihn auszuspülen, ehe sie morgen früh ging. Sie schminkte sich schnell und kräftig, obwohl sie eigentlich kein Make-up mochte. Die Schuhe würden eine Qual sein. Die Sohle war an den Absätzen fast ab. Sie knöpfte die Riemen, holte einmal tief Luft und trippelte wieder zum Eingang.
Der Roulettetisch war auf der Längsseite der Gäste grau von Asche, sie sah, dass wieder einmal jemand ein Loch in den grünen Filz gebrannt hatte. Ärgerlich hob sie den Aschenbecher hoch – Rauchen sollte am Spieltisch verboten sein. Sie nahm die Bürste, die auf dem Regal auf der Seite des Croupiers lag, und fegte die Asche ab, über die Tischkante und auf den Fußboden.
»Ist unsere Putzfrau wieder in voller Fahrt?«
Joachim stand in der Tür zum Büro, an den Türrahmen gelehnt.
Patricia erstarrte.
»Es sah so dreckig aus«, sagte sie.
»Du solltest nicht darüber nachdenken«, entgegnete Joachim und lächelte ihr zu. »Du sollst einfach nur schön und sexy sein.«
Er richtete sich auf und kam auf sie zu, immer noch lächelnd, mit ausgestreckter Hand. Patricia schluckte. Er strich ihr über die Schulter und ließ seine Hand ihren Arm hinuntergleiten. Sie zog sich vorsichtig zurück. Sein Lächeln erstarb.
»Wovor hast du Angst?«, fragte er. Seine Augen hatten einen ganz anderen Ausdruck bekommen, kalt abschätzend. Patricia schaute auf ihre glitzernden Brüste hinunter.
»Vor nichts, wieso?«
Ihre Stimme war nicht ganz fest. Er ließ sie brüsk los.
»Du hast dieses Schmutzblatt gelesen«, sagte er.

Patricia schaute auf und machte unschuldige große Augen.
»Welches meinst du?«
Sein Blick ruhte schwer auf ihr, sie konzentrierte sich darauf, ihm zu begegnen.
»Sie werden ihn bald haben«, sagte er.
Sie blinzelte.
»Wen denn?«
»Den Minister. Sie haben es im Radio gesagt. Die Typen, die an dem Abend hier waren. Es war einer von ihnen. Er ist den ganzen Tag verhört worden. Der Ministerpräsident ist sicher sauer.«
Ihre Augen verengten sich.
»Woher weißt du das?«
Er wandte sich um und ging zur Bar.
»Sie haben es im Radio gesagt. Studio 6.«
Er hielt inne, warf ihr einen Blick über die Schulter zu und lächelte wieder.
»Könnte doch nicht passender sein, oder?«

Teil II

AUGUST

Achtzehn Jahre, einen Monat und drei Tage

Die Liebe wird oft so platt und gleichgültig beschrieben, immer nur rosarot. Einen anderen Menschen zu lieben kann die ganze Farbpalette umfassen, kann in Stärke und Intensität variieren, kann schwarz und grün und ekelhaft gelb sein.

Es fiel mir etwas schwer, das einzusehen. Ich war auf das Helle, Kristallfarbene fixiert, konnte mich mit den grellen Farben nicht anfreunden.

Ich weiß, dass er das tut, um mir zu helfen, und doch macht es mich fertig.

Er nimmt an, dass ich in meiner Kindheit etwas ausgesetzt war, das es mir unmöglich macht, mich sexuell zu lösen. Ich habe nachgedacht und nachgedacht, doch ich kann mir nicht vorstellen, was es gewesen sein könnte.

Wir experimentieren, vereint in unserer Liebe, damit ich in dieser Sache weiterkomme. Ich sitze auf ihm, fühle ihn tief in mir, da schlägt er mich plötzlich mit der Hand ins Gesicht. Ich erschrecke, Tränen steigen mir in die Augen. Ich frage ihn, warum er das tut.

Er streichelt mir über die Wange, führt ihn hart und tief ein. Das ist, um dir zu helfen, sagt er, schlägt wieder und bewegt sich dann hart, bis er kommt.

Hinterher sprechen wir lange darüber, wie wir zur Göttlichkeit in unserer Beziehung zurückfinden können. Es mangelt mir an Hingabe, ich sehe das ein. Ich muss ihm vertrauen. Wie kann es mir sonst gelingen?

Wir sind das Wichtigste,
das es gibt,
füreinander.

MITTWOCH, 1. AUGUST

Annika betrat kurz vor neun Uhr das Foyer der Zeitung. Tore Brand saß am Empfang und begrüßte sie säuerlich.

»Bomben und Granaten«, sagte er, »das ist alles, wofür sich diese Zeitung interessiert.«

Er nickte zum Aufmacher hinüber, der am Fahrstuhl aufgehängt war. Annika folgte seinem Blick, aber es dauerte ein paar Augenblicke, bis die Information zu ihr vordrang. Sie hatte den Eindruck, ihr würde der Boden unter den Füßen weggezogen. Das kann doch nicht wahr sein, dachte sie, suchte Halt am Empfangstresen und las den Aufmacher noch einmal. »TERRORANSCHLAG HEUTE NACHT – Die Ninja Barbies fordern die Polizei heraus«, und dann ein großes Bild von einem brennenden Auto.

»Wer hat den Artikel geschrieben?«, flüsterte sie.

»Sensationen und Skandale, mit was anderem beschäftigen wir uns doch nicht«, schimpfte Tore Brand.

Sie nahm sich eine Zeitung aus dem Stapel am Empfang. Die erste Seite wurde von einem Foto des Außenhandelsministers Christer Lundgren dominiert. Neben ihm, den Arm um seine Schultern gelegt, stand der Ministerpräsident. Beide Männer lachten herzlich. Das Bild war gemacht worden, als der Minister acht Monate zuvor berufen und der Presse vorgestellt worden war. Die Headline war ziemlich schwach, fand Annika. »IM GEGENWIND«.

Beim Aufmacher war ein Hinweis auf die Seiten sechs und sieben. Sie blätterte mit zitternden Händen durch den ersten Teil der Zeitung, ließ den Blick über die Seite gleiten und suchte nach dem Namen des Reporters. Carl Wennergren.

Sie ließ die Zeitung sinken.

»Ist doch schrecklich, oder?«, meinte Tore Brand.
»Da haben Sie verdammt Recht«, antwortete Annika und ging zum Fahrstuhl hinüber.
Sie setzte sich mit einem großen Becher Kaffee und einem Baguettebrötchen in die Cafeteria. Das Getränk wurde kalt, während sie die Artikel las, zunächst den über die Ninja Barbies und dann den über den des Mordes verdächtigten Minister.
Sie haben ihren Willen bekommen, dachte sie und sah sich lange das Bild mit dem brennenden Auto an. Das Fahrzeug lag auf der Seite, mit dem Unterboden in Richtung Fotograf, der übrigens auch Carl Wennergren hieß. Aus dem Bildtext ging hervor, dass das Auto einem Polizeichef aus dem Großraum Stockholm gehörte. Hinter den Flammen konnte man eine Backsteinvilla aus den sechziger Jahren erkennen. Im Artikel durften die Ninja Barbies dann ihre kindische, gewalttätige Botschaft verkünden. Der ganze Text enthielt nicht ein einziges kritisches Wort. Pfui, dachte sie, er soll sich schämen, der miese Kerl.
Der Text über den Minister im Gegenwind war besser. Er griff die in Studio 6 geäußerten Vorwürfe als das auf, was sie waren: unbestätigte Informationen über wirre Mordverdächtigungen. Der Minister hatte nicht für einen Kommentar zur Verfügung gestanden, aber seine Pressesprecherin Karina Björnlund bekräftigte, dass alle Verdächtigungen völlig aus der Luft gegriffen seien.
Annika wusste nicht, was sie glauben sollte. Christer Lundgren war wirklich verhört worden, das hatte der Pressesprecher bereits gestern im Radio bestätigt. Andere im Radio verbreitete Informationen waren dagegen garantiert falsch. Und was war aus dem Verdacht gegen Joachim geworden?
Sie warf das Brötchen in den Mülleimer, ohne es überhaupt aus dem Plastik gewickelt zu haben. Den inzwischen kalten Kaffee trank sie in drei gierigen Schlucken aus.
Spiken saß auf seinem Platz, den Hörer fest am Ohr. Er zeigte kein Erstaunen darüber, dass Annika an ihrem freien Tag auftauchte – das war bei Sommervertretungen so üblich.
»Sie haben sich ja ganz schön getäuscht bei dem Mord mit dem Mädchen«, sagte er, als er den Hörer auf die Gabel gedrückt hatte.

»Sie meinen den Minister? Die Geschichte stimmt nicht«, erwiderte Annika.
»Ach nee«, meinte Spiken, »und wieso nicht?«
»Das werde ich heute rausfinden, wenn es recht ist.«
»Zum Glück haben wir den Knüller mit den Ninja Barbies gekriegt«, knurrte er. »Sonst hätten wir den Mord und den Minister größer bringen müssen. Und es wäre doch ziemlich komisch gewesen, wenn wir zwei Tage hintereinander zwei verschiedene Mörder präsentiert hätten, meinen Sie nicht?«
Annika wurde rot. Darauf wusste sie nichts zu erwidern. Spikens Blick war kalt und abwartend.
»Der gute Carl hat dafür gesorgt, dass wir unsere Ehre nicht verloren haben«, tönte der Nachrichtenchef, sauste auf dem Bürosessel herum und zeigte ihr seine beginnende Glatze auf dem Hinterkopf.
»Wie schön«, sagte Annika. »Ist Berit da?«
»Sie ist auf Fårö und jagt einen Parteisprecher. Die IB-Affäre«, antwortete Spiken, ohne sich umzudrehen.
Sie ging zu ihrem Platz und ließ die Tasche auf den Boden fallen. Ihre Wangen brannten. Was sie betraf, würde es wahrscheinlich erst mal ziemlich lange keine Unterschrift mit Foto geben.
Sie sah durch, was die anderen Zeitungen über den Minister und den Mordverdacht geschrieben hatten. Keine konzentrierte sich sonderlich darauf. Die Zeitungen der Morgenpresse hatten Hinweise darauf, dass Minister Christer Lundgren im Rahmen der Ermittlungen zu einem Mord an einer Frau in Stockholm gehört worden sei, das Konkurrenzblatt aus der Abendpresse nahm ungefähr dieselbe Haltung in der Sache ein wie das *Abendblatt.*
Annika fragte sich, wie Studio 6 seiner Sache nur so sicher sein konnte. Sie mussten doch gewusst haben, womit sie an die Öffentlichkeit traten. Da würde garantiert noch mehr kommen. Der bloße Gedanke daran verursachte ihr Unbehagen, und sie fragte sich, warum sie sich nur so entsetzlich schuldig fühlte.
Die Luft war trotz der Klimaanlage stickig und heiß. Sie ging zur Toilette und wusch sich das Gesicht mit kaltem Wasser. Ich muss diese Sache klären, sagte sie zu sich selbst. Ich muss weiterkommen. Was habe ich übersehen?

Sie lehnte die Stirn an den Spiegel und schloss die Augen. Das Glas war eiskalt, und die Kälte breitete sich in ihren Nebenhöhlen und im Schädel aus.
Die alte Tante, dachte sie. Die dicke Frau mit dem Hund, Daniellas Nachbarin.
Sie trocknete sich das Gesicht mit einem Papierhandtuch ab. Auf dem Spiegel blieb ein Fleck aus Schweiß, Fett und Wasser zurück.

Der neue Ressortchef Anders Schyman war besorgt. Natürlich war ihm klar gewesen, welche ethischen Probleme ihm seine neue Position einbringen würde, doch er hätte es lieber gesehen, wenn ein oder zwei Tage vergangen wären, ehe er akrobatische Analysen am Trapez der Moral unternehmen müsste. Was war denn das für eine hysterische Geschichte, auf die Carl Wennergren da gestoßen war? Eine feministische Terrorgruppe, die Autos in Brand setzte und Polizisten bedrohte, was, um Himmels willen, sollte das bedeuten? Und nicht eine einzige kritische Reaktion, nur der vorhersehbare Kommentar des Pressesprechers, dass man das Geschehene mit äußerstem Ernst betrachte und alle notwendigen Schritte eingeleitet habe, um die gewalttätigen Personen möglichst rasch dingfest machen zu können.
Der Redaktionschef wusste sich keinen Rat und sank in das orange geblümte Zweisitzersofa, das in seinem kleinen Alkoven stand. Das Sofa musste weg, gar keine Frage. Die Polsterung war derart von abgestandenem Tabakrauch durchtränkt, dass das ganze Möbel wie ein Aschenbecher roch.
Er stand wieder auf und setzte sich stattdessen an den Schreibtisch. Es war wirklich kein nettes Zimmer. Es hatte keine Fenster, sondern nur indirektes Tageslicht durch die Glaswände, die es von der Redaktion trennten – hinter der Sportredaktion konnte er die Konturen eines Parkhauses erahnen. Mit einigem Unbehagen betrachtete er den Stapel Kartons, der gestern mit dem Umzugsunternehmen vom Schwedischen Fernsehen gekommen war. Meine Güte, wie viel Zeug man ansammelt, dachte er bei sich.
Er beschloss, das Auspacken vorerst zurückzustellen, und breitete stattdessen die Zeitung vor sich aus. Bedächtig las er noch einmal die

einzelnen Artikel. Natürlich war er nicht der verantwortliche Herausgeber, doch er wusste, dass er von heute an die Mechanismen kennen musste, die den Rahmen der Zeitung und ihren Inhalt ausmachten.

Irgendetwas stimmte nicht an dem Terrorartikel. Wie war es möglich, dass der Reporter exakt zum richtigen Zeitpunkt zur Stelle war, und wie war es dazu gekommen, dass die Frauen mit ihm redeten? »Er hat einen Tipp bekommen«, hatte Spiken erklärt. Das konnte doch nicht alles sein. Wenn die Gruppe eine maximale öffentliche Aufmerksamkeit wollte, hätte sie selbst filmen und die Tat dokumentieren können, um die Informationen dann in allen Medien zu verbreiten. Es musste irgendeine Art von Deal geben, oder es waren wenigstens besondere Bedingungen gestellt worden.

Er würde mit dem Reporter darüber sprechen.

Die Geschichte mit dem Minister war genauso seltsam. Auch Minister durften auf Grund von Verbrechen angehört werden. Er persönlich fand, dass die Leute vom Studio 6 viel zu weit gegangen waren, als sie Christer Lundgren als Mordverdächtigen darstellten. Soweit er die Sache übersah, gab es nichts, das darauf hinwies. Trotzdem musste natürlich eine Zeitung wie das *Abendblatt* die Geschichte verfolgen.

Anders Schyman hatte es nicht leicht.

Aber es war nur gut, wenn er sich gleich daran gewöhnte.

Niemand öffnete. Annika klingelte und klingelte, aber die alte Tante tat so, als wäre sie nicht zu Hause. Durch den Briefschlitz konnte sie das gehetzte Atmen des Hundes und die schweren Schritte der Frau hören.

»Ich weiß, dass Sie da drin sind«, rief sie durch den Briefschlitz. »Ich möchte Ihnen nur kurz ein paar Fragen stellen. Bitte machen Sie doch auf!«

Die Schritte hörten auf, doch das Atmen des Hundes war noch da. Sie wartete weitere fünf Minuten.

Blöde Kuh, dachte Annika und klingelte stattdessen bei Daniella Hermansson, die mit ihrem Schätzchen auf dem Arm und einer Schnullerflasche in der Hand öffnete.

»Ja, hallo!«, sagte Daniella Hermansson fröhlich. »Kommen Sie herein! Es ist ein wenig unaufgeräumt, Sie wissen ja, wie das ist, wenn man kleine Kinder hat ...«

Annika murmelte etwas und betrat den dunklen Flur. Die Wohnung war lang und schmal und sah wie aus dem Ei gepellt aus. Direkt gegenüber der Tür befanden sich eine Spiegelwand und eine Kommode, auf der eine blaue Glasvase mit Holztulpen stand. Annika erschrak, als sie ihr eigenes Gesicht sah. Es wirkte unter der Sonnenbräune blass, die Haut spannte über den Wangenknochen. Sie wandte schnell den Blick ab und zog die Sandalen aus.

»Haben wir nicht einen fantastischen Sommer?«, zwitscherte Daniella aus der Küche. »Sie dürfen sich gern ein wenig umschauen und sehen, wie wir so wohnen.«

Annika schaute pflichtschuldigst in das Schlafzimmer, das zum Hof hinausging, und ins Wohnzimmer, das zur Straße wies, betonte, wie wunderschön die Wohnung sei und ob sie sie über die Stadt bekommen hätten und dass sie bestimmt tierisch teuer gewesen sei, oder? Ein echtes Schnäppchen!

»Es ist doch einfach zu schlimm, die Geschichte mit Christer Lundgren«, sagte Daniella und schüttelte den Kopf, während die Kaffeemaschine neben ihnen auf dem Küchentisch gurgelte. Schätzchen hielt sich an Annikas Beinen fest und sabberte auf ihren Rock, und sie versuchte ihn nicht zu beachten.

»Wie meinen Sie das?«, fragte sie und biss in einen Diätkeks.

»Als ob er der Mörder wäre, das ist doch einfach zu gemein. Natürlich ist er geizig, aber deswegen muss er doch nicht gleich gewalttätig sein ...«

Annika starrte sie erstaunt an.

»Kennen Sie ihn denn?«

Daniella goss den dünnen Kaffee in Tassen aus den fünfziger Jahren.

»Natürlich kenne ich ihn«, erwiderte die Frau beleidigt. »Er verhindert jetzt seit einem Jahr die Renovierung der Fassade. Milch oder Zucker?«

Annika blinzelte verwirrt und schüttete den Kaffee in sich hinein.

»Entschuldigung«, sagte sie, »aber ich begreife gar nichts.«

»Eigentlich ist es gar nicht seine Wohnung, sie gehört der Zeitung, irgendeiner sozialdemokratischen Lokalzeitung oben in Luleå. Er ist der Vorsitzende des Aufsichtsrats und hat diese Übernachtungsgelegenheit im letzten Jahr als seine eigene Wohnung benutzt. Er ist unglaublich geizig.«

Daniella füllte Annikas Tasse noch einmal.

»Das heißt, er wohnt hier im Haus?«, dämmerte es Annika.

»Im vierten Stock links«, erwiderte Daniella. »Eine Anderthalb-Zimmerwohnung mit vierzig Quadratmetern. Balkon. Nette kleine Bude. Die Preise für unsere Wohnungen liegen inzwischen bei über vierzehntausend pro Quadratmeter.«

Annika trank auch die zweite Tasse leer und lehnte sich zurück.

»Himmel«, sagte sie, »fünfzig Meter vom Tatort entfernt.«

»Noch Kaffee?«, fragte Daniella.

»Geizig, sagen Sie? Wie äußert sich das?«

»Ich bin Schriftführerin der Eigentümervereinigung. Christer ist Mitglied. Jedes Mal, wenn wir eine Verbesserung oder eine Renovierung planen, widersetzt er sich. Er will unter keinen Umständen, dass sich die laufenden Kosten erhöhen. Ich finde das ziemlich mies. Er hat seine Wohnung nicht wie wir anderen gekauft, sondern schmarotzt auf Kosten der Parteizeitung, und das Einzige, was er bezahlen muss, sind die laufenden Kosten. Ja, hallo, Schätzchen, komm zur Mama …«

Daniella nahm ihren Sohn auf den Schoß, der unverzüglich die Kaffeetasse seiner Mutter umwarf. Die heiße Flüssigkeit lief über den Tisch und auf Annikas Schoß. Sie verbrannte sich nicht, aber ihr Rock bekam einen weiteren Fleck.

»Nichts passiert«, beteuerte Annika.

Daniella kam mit einem schlecht riechenden Geschirrtuch angelaufen und versuchte ihr den verschmierten Rock abzutrocknen. Annika zog sich schnell in den Flur zurück und zog ihre Sandalen wieder an.

»Bis bald«, sagte sie und trat ins Treppenhaus.

»Tut mir so Leid, Schätzchen hat es nicht absichtlich getan …«

Annika nahm die Treppen zum Erdgeschoss, ging am Eingang vorbei und hinüber zum Fahrstuhl für die linke Seite des Hauses. Er war defekt. Müde begann sie wieder die Treppen zu erklimmen. Im dritten Stock war sie vollkommen erledigt und musste stehen bleiben und verschnaufen.

Ich sollte mal anfangen, Vitamine zu nehmen, dachte sie.
Sie schlich die letzte Treppe hinauf, atmete lautlos mit offenem Mund und betrachtete die acht Wohnungstüren. Hessler, Carlsson. Lethander & Sohn HG. Lundgren. Ihr Blick blieb auf dem Briefkasten des Ministers hängen. Das Namensschild war handgeschrieben und über dem schmalen Glasfensterchen des Briefschlitzes angeklebt. Langsam ging sie darauf zu und horchte vorsichtig. Sie ließ den Finger über der Klingel schweben, zögerte. Anstatt zu läuten, öffnete sie den Briefschlitz. Ein warmer Luftstrom schlug ihr aus der Wohnung entgegen.
Im selben Moment klingelte irgendwo hinter der Tür ein Telefon. Erschrocken ließ sie die Klappe fallen, die mit einer lautlosen Bewegung zuschlug. Sie hielt das Ohr an die Tür. Es klingelte nicht noch einmal, also war jemand an den Apparat gegangen. Sie hörte eine murmelnde Männerstimme. Der Schweiß trat ihr auf die Oberlippe, und sie trocknete ihn mit dem Handrücken ab. Ihr Blick fiel wieder auf den Briefschlitz. Das sollte sie eigentlich nicht tun.
Aber die Sozis brachen bei anderen Leuten ein und klebten ihnen Wanzen unter die Tische, dachte sie bei sich. Da konnte sie doch auch ein wenig lauschen.
Sie bückte sich und öffnete wieder die Klappe des Briefkastens. Der Luftstrom schlug ihr ins Gesicht. Sie drehte den Kopf und legte das Ohr an den Schlitz, es rauschte vom Durchzug.
»Ich muss heute nochmal zum Verhör«, meinte sie hinter dem Luftstrom eine Männerstimme zu hören.
Schweigen. Sie drehte den Kopf, um besser hören zu können.
»Ich weiß nicht. Das ist alles gar nicht gut.«
Wieder Schweigen. Der Schweiß rann ihr zwischen die Brüste. Als die Stimme wieder zu hören war, war sie lauter und aufgeregter.
»Was soll ich denn machen? Das Mädchen ist nun mal tot!«
Annika veränderte ihre Position, um bequemer zu hocken, stützte sich mit dem Knie auf. Sie meinte, Räuspern und Schritte zu hören. Dann wieder die Stimme, jetzt leiser.
»Ja, ja, ich weiß. Ich werde nichts sagen. Nein, ich werde natürlich nichts gestehen. Wofür hältst du mich?«
Die gegenüberliegende Tür, Hessler, wurde geöffnet. Annika zuck-

te zusammen und erhob sich schnell und etwas unbeholfen. Resolut stellte sie den Finger auf die Türklingel und sah verstohlen zu Hessler hinüber. Der Mann musste an die achtzig sein, in der Hand hielt er die Leine eines kleinen weißen Hundes. Er sah Annika misstrauisch an, und sie schaute zu ihm hinüber und lächelte.
»Ganz schön heiß heute«, sagte sie.
Der Mann antwortete nicht, sondern ging zum Fahrstuhl.
»Der ist leider defekt«, sagte Annika und klingelte wieder.
Sie beobachtete den spiegelnden Fleck in der Mitte des Türspions. Er wurde plötzlich dunkel, jemand stellte sich vor das Licht. Sie schaute direkt in das Guckloch und versuchte vertrauenerweckend auszusehen. Niemand öffnete. Sie klingelte wieder. Die dunkle Stelle verschwand, und der Türspion wurde wieder blendend hell. Nichts passierte. Sie klingelte ein viertes Mal.
»Hallo!«, rief sie leise in den Briefkastenschlitz. »Ich heiße Annika Bengtzon und komme vom *Abendblatt.* Darf ich Ihnen ein paar Fragen stellen?«
Hessler begann ächzend die Treppe hinunterzugehen, während der Hund an der Leine zog.
Sie klingelte noch einmal.
»Verschwinden Sie«, sagte eine Stimme aus dem Inneren der Wohnung.
Annika atmete schneller und merkte plötzlich, dass sie dringend aufs Klo musste.
»Es wird nur schlimmer, wenn Sie keinen Kommentar abgeben«, behauptete sie und schluckte.
»Blödsinn«, fauchte der Minister.
Sie schloss die Augen und atmete tief durch.
»Darf ich mal Ihre Toilette benutzen?«, fragte sie.
»Wie bitte?«
Sie stellte die Beine über Kreuz, denn der labberige Kaffee von Danielle drohte ihre Blase zu sprengen.
»Bitte«, flehte sie. »Ich muss aufs Klo.«
Die Tür wurde geöffnet.
»Also, den Trick höre ich auch zum ersten Mal«, knurrte der Minister.
»Wo?«, fragte Annika bloß.

Er zeigte auf eine hellgrüne Tür zur Linken. Sie huschte hinein und zog die Tür hinter sich zu, atmete auf, spülte und wusch sich die Hände.
Die Wohnung war äußerst hell und fürchterlich heiß. Man konnte in ihr einmal rundherum gehen, von der Küche ins Esszimmer, dann ins Wohnzimmer und dann zurück in den Flur.
»Jetzt müssen Sie gehen«, erklärte der Minister, der im Türrahmen zum Wohnzimmer stand.
Sie betrachtete den Mann vor sich genau. Er sah müde und blass aus, trug ein weißes Hemd, das zu knöpfen er sich nicht die Mühe gemacht hatte, und eine schwarze, zerknitterte Hose. Die Haare standen ihm zu Berge, er war unrasiert.
Er sieht gut aus, dachte Annika. Sie lächelte.
»Danke«, meinte sie. »Not kennt kein Gebot.«
Die Worte hingen in all ihrer Doppeldeutigkeit zwischen ihnen. Er drehte sich auf dem Absatz um und ging ins Wohnzimmer.
»Machen Sie die Tür hinter sich zu«, sagte er.
Sie folgte ihm.
»Ich glaube nicht, dass Sie es getan haben«, erklärte sie.
»Wie haben Sie mich gefunden?«, fragte er.
»Recherche«, erwiderte sie.
Ohne zu antworten, setzte er sich aufs Bett. Annika baute sich vor ihm auf.
»Aber Sie haben etwas gesehen, oder? Deshalb werden Sie verhört, stimmt's?«
Der Minister sah mit müdem Blick zu ihr hoch.
»Nahezu niemand weiß, wo ich wohne«, beharrte er. »Woher wussten Sie, dass ich hier sein würde?«
Annika schaute ihn prüfend an.
»Sie verbergen etwas, nicht wahr? Was ist es, was können Sie nicht erzählen?«
Der Minister erhob sich abrupt und stellte sich dicht vor sie.
»Einen Dreck wissen Sie«, donnerte er. »Verschwinden Sie von hier, ehe ich Sie rausschmeiße!«
Annika schluckte, hielt beschwichtigend die Hände hoch und zog sich zur Tür zurück.

»In Ordnung«, sagte sie. »Ich gehe jetzt. Danke, dass ich die Toilette benutzen durfte ...«
Sie ging rasch durch die Tür und schloss sie leise hinter sich. Auf der ersten Etage holte sie Hessler ein.
»Großartiger Sommer, nicht wahr?«, sagte sie.

Der Minister knöpfte sich das Hemd zu. Er konnte genauso gut gleich zum Polizeipräsidium hinuntergehen. Er setzte sich mit einem kleinen Seufzer aufs Bett und machte sich die Schuhe zu. Was für miese Tricks die sich einfallen lassen, dachte er, und sah zur Tür, hinter der die Reporterin verschwunden war. Muss pinkeln, du meine Güte!
Er stand auf und zögerte, ob er ein Sakko anziehen sollte. Er entschied sich für eines aus hellem Leinen.
Wie hatte sie ihn bloß aufgespürt, verdammt nochmal? Nicht einmal Karina Björnlund wusste, wo er wohnte, wenn er sich in Stockholm aufhielt. Sie rief ihn immer auf dem Handy an.
Das Telefon klingelte, aber diesmal das gewöhnliche, nicht das Handy. Er nahm sofort ab. Nur eine Hand voll Leute kannte diese Nummer.
»Wie geht es dir?«
Seine Frau, beunruhigt. Er ließ sich wieder aufs Bett sinken, und zu seinem eigenen Erstaunen fing er an zu weinen.
»Aber, Liebling, sag doch, was los ist!«
Auch sie weinte.
»Seid ihr jetzt bei Stina?«
»Gestern angekommen.«
Er schnäuzte sich.
»Ich kann es nicht erzählen.«
»Ist denn etwas dran?«
Er strich sich mit der Hand über die Stirn.
»Wie kannst du das fragen?«
»Was soll ich denn glauben?«
Verunsichert, ängstlich, misstrauisch.
»Glaubst du etwa, dass ich einen ... Mord begehen könnte?«
Sie zögerte.

»Nicht aus eigenen Motiven«, antwortete sie dann.
»Aber wenn …«
»Es gibt nichts, was du nicht für die Partei tun würdest«, fügte sie in resigniertem Tonfall hinzu.

Q ging an den Apparat. Annika war außer sich vor Freude, aber es sollte ein kurzes Vergnügen werden.
»Ich kann überhaupt nichts sagen«, zischte er.
»Wird der Minister wirklich verdächtigt?«, fragte Annika, lehnte sich in ihrem Stuhl zurück und legte die Füße auf den Schreibtisch.
Er lachte grob.
»Was für eine unglaublich intelligente Frage. Sind Sie da etwa von selbst darauf gekommen?«
»Irgendetwas an ihm ist seltsam«, beharrte Annika. »Er hat Angst, dass etwas rauskommen könnte. Was verbirgt er?«
Das Lachen erstarb und wurde von einem kurzen Schweigen gefolgt.
»Woher haben Sie das alles?«, fragte der Polizist.
»Ich höre zu, sammele, halte die Augen auf. Er wohnt ziemlich nahe am Tatort.«
»Das haben Sie also schon herausbekommen.«
»Hat das etwas mit der Sache zu tun?«
»Alle Mieter der Sankt-Göransgatan 64 sind verhört worden.«
»Es handelt sich um eine Eigentümergemeinschaft.«
»Wie?«
»Es sind keine Mieter, sondern Eigentümer.«
»Ja, von mir aus«, gab der Kripomann zurück.
»Glauben Sie wirklich, dass er es getan haben könnte?«
Q überlegte.
»Es ist vorstellbar«, sagte er dann.
Annika war fassungslos.
»Aber … der Freund, Joachim? Was ist mit dem?«
»Er hat ein Alibi.«
Annika lehnte sich weit vor.
»Dann war es also … Es schien so, als ob …«
»Es wäre besser, wenn Sie von der Presse nicht so entsetzlich viel

spekulieren würden«, schimpfte der Polizist. »Manchmal machen Sie es den anderen damit ziemlich schwer.«
Jetzt wurde Annika sauer.
»Was sagen Sie da? Wer hat denn an einem Samstagabend um 22 Uhr zur Pressekonferenz geladen, das war doch nur, weil Sie so verdammt scharf auf die Presse waren. Jetzt reden Sie mal keinen Mist. Was heißt denn schwer machen? Das kann man auch anders sehen. Jetzt kommen Sie mir nicht mit schwer machen!«
»Glücklicherweise muss ich nicht hier sitzen und mir solch einen Quatsch anhören«, antwortete der Polizist und legte auf.
»Hallo!«, rief Annika in den Hörer. »Hallo! Teufel nochmal!«
Sie haute den Hörer auf die Gabel, was ihr einen ärgerlichen Seitenblick von Spiken einbrachte.
»Sie sitzen auf meinem Platz.«
Eine Frau in einem Kleid, die ungefähr dreißig Jahre alt war, blickte auffordernd auf sie und ihre Sandalen herab. Annika starrte verwirrt hoch.
»Was ist?«
»Hätten Sie heute nicht eigentlich frei?«
Annika nahm die Füße vom Tisch. Sie stand auf und streckte der anderen ihre Hand entgegen.
»Sie müssen Mariana sein«, sagte sie. »Schön, Sie kennen zu lernen. Ich heiße Annika Bengtzon.«
Der Drache im Kleid hatte einen verschnörkelten Nachnamen, der den niederen Adel verriet, und galt als eine große Begabung.
»Ich wäre Ihnen dankbar, wenn Sie hinter sich aufräumen könnten. Es ist nicht unbedingt erfreulich, von Chaos begrüßt zu werden, wenn man seine Schicht anfängt.«
»Ganz meine Meinung«, pflichtete Annika ihr bei. »Ich musste sowohl das Bücherregal als auch den Schreibtisch freiräumen, als ich am Mittwoch kam.«
Sie riss rasch die Zettel durch, die sie auf den Schreibtisch gelegt hatte.
»Ich gehe essen«, informierte sie den Nachrichtenchef kurz, nahm ihre Tasche und ging.
An den Fahrstühlen traf sie auf Carl Wennergren, der mit ein paar

anderen Reportern vorbeikam, die über etwas zu lachen schienen, das Carl gerade gesagt hatte. Annika hatte sich den Kopf zerbrochen, was sie sagen sollte, wenn sie ihn das nächste Mal träfe. Jetzt war es ihr plötzlich klar. Entschlossen stellte sie sich der Gruppe in den Weg.

»Kann ich mal kurz mit dir reden?«, fragte sie kurz angebunden.

Carl Wennergren schob den Brustkorb vor und ließ ein Lächeln über sein sonnengebräuntes Gesicht huschen. Seine Haare waren noch nass vom vormittäglichen Bad, eine Locke hing in die Stirn.

»Natürlich, mein Mädchen«, erwiderte er. »Was gibt's denn?«

Annika ging eine halbe Treppe hinunter. Carl Wennergren winkte seine Kumpel weiter, ehe er ihr selbstsicher und entspannt folgte. Sie stellte sich mit dem Rücken gegen die Wand und starrte ihrem Kollegen direkt in die Augen.

»Ich habe am Montag ein Angebot bekommen«, begann sie leise. »Eine Gruppe, die sich die Ninja Barbies nannte, wollte mir einen Tipp verkaufen. Für fünfzigtausend in bar sollte ich dabei sein können, wenn sie irgendeine Art Attentat auf einen Polizisten verübten.«

Sie betrachtete Carl Wennergren eingehend. Der junge Mann hatte aufgehört zu lachen und wurde bis zu den Ohren rot. Er kniff den Mund zu einem dünnen Strich zusammen.

»Was willst du damit sagen?«, fragte er etwas gepresst.

»Wie ist das denn gelaufen, als du die Sache für die Ausgabe von heute gemacht hast?«

Carl Wennergren warf die Locke zurück.

»Und was geht dich das an?«, fragte er. »Seit wann bist du die verantwortliche Herausgeberin?«

Sie sah ihn an, ohne zu antworten. Er drehte sich um und wollte die Treppe wieder hinaufgehen. Annika rührte sich nicht. Nach vier Schritten überlegte er es sich anders, kam zurück und baute sich mit dem Gesicht dicht vor Annika auf.

»Ich habe nicht eine verdammte Öre bezahlt«, zischte er. »Was glaubst du denn von mir?«

»Ich glaube gar nichts«, gab sie zurück und merkte, dass ihre Stimme ein wenig zitterte. »Ich fand das alles nur ziemlich seltsam.«

»Die wollten halt ihre Botschaft rüberbringen«, rechtfertigte sich Carl Wennergren, »aber sie kriegten den Tipp nicht verkauft. Es ist doch keine Zeitung so blöd, für ein Terrorattentat gegen einen Polizisten zu bezahlen, das ist ja wohl klar.«

»Und dann haben sie die Sache am Ende gratis vergeben?«, fragte Annika.

»Genau.«

»Und da fandest du es dann ganz in Ordnung, dabei zu sein, oder was?«

Carl Wennergren machte auf dem Absatz kehrt und ging die Treppe hinauf, wobei er immer zwei Stufen auf einmal nahm.

»Haben sie mit dem Zündeln gewartet, bis du den richtigen Film eingelegt hattest?«, rief Annika ihm nach.

Der Reporter verschwand in der Redaktion, ohne sich noch einmal umzusehen. Annika ging die Treppen hinunter. Carl Wennergren hatte Recht. Es wäre sinnlos, Autos anzuzünden, wenn niemand erfuhr, warum man das tat. Die Ninja Barbies konnten ihm den Tipp durchaus umsonst gegeben haben.

Doch er hatte nicht gewusst, dass man ihr zuerst das Angebot gemacht hatte, da war sie sich sicher. Das hatte ihn aus der Fassung gebracht.

Sie ging hinaus und tat, als würde sie die schlecht gelaunten Kommentare von Tore Brand nicht hören.

Es war heißer denn je. Die Sonne brannte auf die Wendeplatte vor dem Pressehaus herab, und der Asphalt war weich geworden. Sie ging zur Imbissbude am Rålambsvägen und kaufte sich ein Baguette und einen Krabbensalat und aß beides im Stehen.

Die frühe Nachrichtensendung von *Aktuellt* brachte weder etwas über den Mord an Josefine noch über den Minister oder die Ninja Barbies in den Schlagzeilen. Eventuell würden diese Themen als Kurznachrichten später in der Sendung auftauchen, doch niemand beim *Abendblatt* verfolgte das Fernsehprogramm so lange. Alle Geschäftigkeit erlosch, als drei Minuten nach 18 Uhr die E-Gitarre der Erkennungsmelodie zu Studio 6 aufheulte. Annika saß auf Berits Platz und starrte auf die Lautsprecherboxen des Radios.

»Die Ermittlungen zum Mord an der neunzehnjährigen Josefine

Liljeberg gestalten sich immer komplexer«, verkündete der Moderator, während die E-Gitarre im Hintergrund lärmte. »Die Frau arbeitete als Stripperin in einem berüchtigten Pornoklub. Außenhandelsminister Christer Lundgren ist heute noch einmal verhört worden. Mehr darüber im aktuellen Magazin mit Debatten und Analysen, direkt aus dem Studio 6.«

Annika musste nicht aufschauen, sie spürte die misstrauischen Blicke vom Newsdesk in Mark und Bein.

»Es ist Mittwoch, der 1. August, willkommen im Studio 6 im Funkhaus Stockholm«, dröhnte der Moderator.

»Josefine Liljeberg arbeitete als Striptease-Tänzerin in dem berüchtigten Pornoklub, der denselben Namen angenommen hat, den auch dieses Radioprogramm trägt, Studio 6. In anderen Medien, vor allem im *Abendblatt*, ist sie bisher als ein zurückhaltendes Familienmädchen, dessen Traum es war, Journalistin zu werden und Kindern in Not zu helfen, stilisiert worden. Die Wahrheit aber sieht anders aus. Wir werden jetzt eine Einspielung mit der besagten jungen Frau hören.«

Eine junge Frauenstimme, die versuchte, verführerisch zu klingen, hieß alle Gäste, die neugierig waren und Freude am Sex hatten, im Studio 6, Stockholms kuscheligstem Klub, willkommen. Sie nannte die Öffnungszeiten von dreizehn bis fünf Uhr. Man konnte nette Mädchen kennen lernen, sie zu Champagner einladen, eine Show oder ein privates Posieren ansehen und erotische Filme anschauen und kaufen.

Annika blieb die Luft weg, sie verbarg das Gesicht in den Händen. Sie hatte nicht gewusst, dass es Josefines Stimme war.

Das Programm ging mit Informationen zu dem Mord weiter. Der Minister war noch einmal zu weiteren Verhören in das Polizeipräsidium geladen worden. Ein neues Band lief an, eine Tür wurde zugeschlagen, und die gerufenen Fragen einiger Reporter waren zu hören, als Christer Lundgren das Polizeigebäude betrat.

Annika stand auf, hängte sich die Tasche über die Schulter und nahm den hinteren Ausgang. Die Blicke, die ihr folgten, schienen den Sauerstoff aus ihren Lungen zu saugen. Sie brauchte frische Luft, wenn sie nicht ersticken wollte.

Patricia hatte den Radiowecker so eingestellt, dass er sich kurz vor achtzehn Uhr einschaltete. So konnte sie noch aufs Klo gehen und etwas Wasser trinken, ehe das Programm von Studio 6 begann. Sie hatte fest und traumlos geschlafen und hatte fast das Gefühl, unter Drogen zu stehen, als sie zur Matratze zurückstolperte. Mit fahrigen Bewegungen türmte sie die Kissen gegen die Wand auf. Sie hörte im Dunkeln hinter ihren schwarzen Gardinen, Josefines schwarzen Gardinen, zu. Der Mann im Radio redete Jossie in Grund und Boden, er zog die Wahrheit durch den Dreck und machte sie zu einem schlechten Menschen. Patricia weinte. Das war so ungerecht.

Sie schaltete das Radio aus und ging in die Küche. Mit zitternden Händen kochte sie sich eine Kanne Tee. Als sie sich gerade die erste Tasse einschenkte, klingelte es an der Tür. Es war die Journalistin.

»So ein mieses Schwein!«, rief Annika Bengtzon und stürmte in die Wohnung. »Wie kann man sie nur so darstellen, als wäre sie eine verdammte Prostituierte? Der tickt doch nicht richtig!«

Patricia trocknete sich die Tränen ab.

»Willst du auch eine Tasse Tee? Ich habe gerade welchen gekocht.«

»Gern«, sagte Annika Bengtzon und ließ sich auf einen Stuhl fallen. »Ich frage mich, was man da tun kann, sich beim Presserat beschweren oder beim Rundfunkrat. Das darf man nicht durchgehen lassen!«

Patricia nahm eine Tasse aus dem Schrank und stellte sie vor die Journalistin. Annika sah nicht gut aus. Sie war noch blasser und dünner als das letzte Mal.

»Möchtest du vielleicht etwas essen? Ich habe dünnes Knäckebrot.«

Das war Jossies liebstes Brot gewesen, mit Port Salut.

»Nein, danke, ich habe den ganzen Tag nur gegessen.«

Annika Bengtzon schob die Tasse fort, lehnte sich über den Tisch und starrte ihr ins Gesicht.

»Habe ich alles falsch verstanden, Patricia?«, fragte sie. »Habe ich in meinen Artikeln etwas Falsches geschrieben?«

Patricia schluckte und senkte den Blick.

»Nicht, soweit ich weiß«, sagte sie.

»Patricia, antworte mir ehrlich, hast du jemals diesen Minister Christer Lundgren gesehen?«

Patricia biss sich auf die Unterlippe, ihre Augen füllten sich mit Tränen.
»Ich weiß nicht«, flüsterte sie. »Vielleicht.«
Annika lehnte sich auf dem Stuhl zurück, wie erschlagen.
»Meine Güte!«, rief sie aus. »Es könnte also wahr sein. Ein Minister. Das ist doch unglaublich!«
Sie stand auf und ging in der Küche auf und ab.
»Es ist trotzdem absolut unverzeihlich, Josefine wie eine Hure darzustellen. Und dann dieses Band mit ihrer Stimme abzuspielen, widerlich.«
»Das war gar nicht Jossie«, wandte Patricia ein und schnäuzte sich.
Annika Bengtzon blieb stehen und starrte sie erstaunt an.
»Nicht? Wer war es dann?«
»Sanna, die an der Kasse arbeitet. Es gehört zu ihrem Job, sich um den Anrufbeantworter zu kümmern. Trink deinen Tee, er wird sonst kalt.«
Die Journalistin setzte sich wieder hin.
»Diese Radiofritzen haben also keineswegs alles so gut im Griff, wie sie uns weismachen wollen«, sagte sie.
Patricia antwortete nicht. Sie schlug die Hände vors Gesicht. Ihr eigenes Leben war gleichzeitig mit dem von Josefine verschwunden und jetzt durch eine unkontrollierbare Wirklichkeit ersetzt worden, die sie jeden Tag in neue Abgründe stieß.
»Das alles ist nur ein schlimmer Traum«, sagte sie mit dumpfer Stimme hinter ihren Händen. Sie spürte den Blick der Journalistin.
»Hast du Hilfe bekommen?«, fragte Annika Bengtzon.
Patricia nahm die Hände vom Gesicht, schluchzte und hob die Teetasse.
»Wie meinst du das?«
»Einen Psychologen oder einen Sozialarbeiter oder so etwas?«
Sie schaute die Reporterin erstaunt an.
»Warum sollte ich das?«
»Vielleicht brauchst du etwas Unterstützung von jemandem.«
Patricia trank, der Tee war nur noch lauwarm, sie schluckte.
»Was sollten die denn tun können? Josefine ist doch tot.«
Annika Bengtzon sah sie lange an.

»Patricia«, bat sie, »meine Liebe, sage mir, was du weißt. Es ist wichtig für mich. War es Joachim?«
Patricia stellte die Tasse auf die Untertasse und starrte vor sich hin.
»Ich weiß es nicht«, sagte sie leise. »Es kann auch jemand anders gewesen sein. Ein hohes Tier ...«
Die Stimme versagte, das Schweigen lastete plötzlich schwer in der Küche.
»Warum glaubst du das?«
Ihr traten erneut die Tränen in die Augen.
»Ich kann es nicht erzählen«, wisperte sie.
»Warum nicht?«
Sie sah die Journalistin an, und die Tränen liefen ihr über die Wangen, ihre Stimme wurde kreischend und schrill.
»Weil er kapieren würde, dass ich es war, die geredet hat! Begreifst du denn gar nichts? Ich kann nicht! Ich will nicht!«
Sie stand eilig auf und rannte aus der Küche, warf sich auf ihre Matratze und zog sich die Decke über den Kopf. Die Reporterin saß eine Weile in der Küche, dann hörte Patricia ihre Stimme von der Türöffnung her.
»Es tut mir Leid«, sagte Annika Bengtzon. »Ich wollte dich wirklich nicht kränken. Ich werde herausfinden, ob man das Studio 6 in irgendeiner Weise anzeigen kann wegen des Mists, den sie über Josefine verbreitet haben. Ich rufe dich morgen an, okay?«
Patricia antwortete nicht, sie atmete schnell und flach unter ihrer Decke die stickige, verschwitzte Luft, die schon bald keinen Sauerstoff mehr enthielt.
Die Journalistin öffnete die Wohnungstür und machte sie leise hinter sich zu. Patricia warf die Decke ab. Sie lag still da und sah durch einen Spalt in den schwarzen Vorhängen.
Bald war es wieder Nacht.

Jansson war gekommen, Gott sei Dank! Er hatte im Gegensatz zu Spiken wenigstens was im Kopf.
»Sie sehen etwas mitgenommen aus«, meinte Jansson.
»Kein Wunder«, erwiderte Annika. »Haben Sie kurz Zeit?«
Er klickte etwas vom Schirm weg.

»Klar. In der Rauchblase?«
Sie setzten sich unter die Glaskugel an der Grenze zur Sportredaktion, und der Nachtchef zündete sich eine Zigarette an und blies den Rauch an die Decke.
»Der Minister wohnt nur fünfzig Meter vom Tatort entfernt«, berichtete sie. »Alle Bewohner des Hauses sind verhört worden.«
Jansson pfiff durch die Zähne.
»Das stellt die Sache in ein anderes Licht. Haben Sie noch was rausbekommen?«
Sie senkte den Blick.
»Der Freund hat ein Alibi. Eine meiner Quellen sagt, dass der Mörder ein hohes Tier gewesen sein kann.«
Jansson rauchte und betrachtete die junge Vertretung schweigend. Er wurde nicht schlau aus ihr. Sie war klug, unprofessionell und karrieregeil in einer Kombination, die ihm nicht immer gesund schien.
»Sagen Sie mir, wie es ist«, verlangte er. »Was sind das für Quellen?«
Sie presste die Lippen zusammen.
»Sie sagen es doch nicht weiter, oder?«
Er schüttelte nachdenklich den Kopf.
»Die Mitbewohnerin des ermordeten Mädchens und der Leiter der Ermittlungen im Dezernat für Gewaltverbrechen. Keiner von beiden redet richtig drauflos, aber sie sagen doch eine Menge außer der Reihe.«
Jansson sperrte die Augen ein wenig auf.
»Nicht übel«, meinte er. »Wie haben Sie das denn hingekriegt?«
Sie zuckte mit den Achseln.
»Einfach angerufen und gequatscht. Ich bin zu dem Mädchen nach Hause gefahren. Sie heißt Patricia. Ich mache mir etwas Sorgen um sie.«
Jansson drückte die Zigarette aus.
»Wir müssen heute bei dem Minister eine härtere Gangart einlegen«, erklärte er. »Er hat jetzt in drei Verhören gesessen. Da muss es mehr Gründe als nur seinen Wohnort geben. Es ist natürlich interessant, dass er so nah wohnt – das habe ich noch nirgendwo gelesen. Darüber machen wir einen extra Artikel. Woher wissen Sie das eigentlich?«
Sie hob die Augenbrauen.

»Ich habe mit seiner Nachbarin Kaffee getrunken. Dann habe ich bei ihm geklingelt.«
Jansson war fassungslos.
»Und er hat aufgemacht?«
Sie wurde rot.
»Ich musste pinkeln.«
Der Nachtchef lehnte sich an die Rückenlehne des Plastikstuhls.
»Und was hat er gesagt?«
Sie lachte etwas peinlich berührt.
»Er hat mich hinterher wieder rausgeschmissen.«
Jansson lachte lauthals.
»Wo ist Carl?«, fragte Annika.
»Er hat noch einen Tipp in der Sache mit diesen Barbiepuppen bekommen. Die waren offenbar wieder in Aktion.«
Annika erstarrte.
»Wie ist das gestern eigentlich gelaufen?«, fragte sie.
»Ich weiß es nicht«, meinte Jansson. »Er kam nur gegen neun mit den Bildern.«
»Wussten Sie vorher davon?«
Jansson schüttelte den Kopf und zündete sich noch eine Zigarette an.
»Nicht das Geringste. Kam wie ein Geschenk des Himmels.«
»Glauben Sie, dass es ethisch vertretbar ist, bei Terroraktionen dabei zu sein?«, fragte sie.
Jansson zuckte mit den Achseln und drückte die Zigarette nach nur zwei Zügen aus.
»Das ist ein weites Feld«, sagte er und stand auf. »Stimmen Sie sich doch mit Carl ab und sehen Sie nach, ob Sie ein paar Informationen in seinem Artikel unterbringen können.«
Annika erhob sich ebenfalls.
»Gut«, erwiderte sie.
Janssons Telefon klingelte wie wild am Newsdesk, und er eilte dorthin.
»Hallo, Berit, wie ist es gelaufen? Nicht? Der miese Kerl!«
Annika setzte sich an Berits Platz und schrieb ihre Artikel. Die Verbindung des Ministers zum Tatort war ein wenig knifflig zu beschrei-

ben, denn sie hatte da nicht sonderlich viel zu bieten. Sie saß eine ganze Weile da und starrte auf den Bildschirm. Dann nahm sie den Hörer ab und rief die Pressesprecherin von Christer Lundgren an.

»Karina Björnlund«, meldete sich die Frau.

Annika stellte sich vor und fragte, ob sie störe.

»Ja, ich gebe hier gerade ein kleines Abendessen. Können Sie wohl morgen noch mal anrufen?«

Annika war fassungslos.

»Ist das Ihr Ernst?«

»Ich habe doch gesagt, dass ich beschäftigt bin.«

»Warum wird der Minister verhört?«

»Keine Ahnung.«

»Ist es, weil er direkt am Tatort wohnt?«

Das Erstaunen der Pressesprecherin klang echt.

»Tut er das?«

Annika resignierte.

»Danke, dass ich Sie stören durfte«, erklärte sie mit ironischem Unterton. »Das war wirklich sehr erhellend.«

»Nicht der Rede wert«, zwitscherte Karina Björnlund. »Einen schönen Abend noch!«

Himmel nochmal, dachte Annika.

Sie rief die Zentrale an und fragte, wo Berit wohnte, und bekam die Nummer eines Hotels in Visby. Die Kollegin war auf ihrem Zimmer.

»Na, kein Jagdglück?«, fragte Annika.

»Nein«, antwortete Berit, »der Parteisprecher gibt vor, nicht das Geringste über die Affäre zu wissen.«

»Was willst du denn von ihm wissen?«

»Er war tonangebend, einer der Engagiertesten in den sechziger Jahren. Unter anderem war er zum Wehrdienst bei der IB.«

Annika kniff die Augen zusammen.

»Konnte man das denn sein?«

»Offiziell hieß es, dass er in der Sicherheitsabteilung der Verteidigungskräfte stationiert war, aber in der Praxis setzte er seine politische Arbeit fort. Wie kommst du voran?«

Annika zögerte.

»Es geht so. Studio 6 hat verkündet, dass sie Stripperin war.«

»Wusstest du das?«
»Ja«, antwortete Annika kurz.
»Warum hast du das dann nicht geschrieben?«
Berit klang erstaunt. Annika rieb sich das Auge.
»Ich habe sie nur beschrieben. Das gehört doch irgendwie nicht dazu«, meinte sie.
»Doch, das tut es! Jetzt erstaunst du mich aber«, erwiderte Berit.
Annika war verunsichert.
»Das Bild von ihr wird so platt, wenn man das mit dem Pornoklub rauskehrt. Dann ist sie einfach nur eine Hure. Es gibt aber so viel mehr, so viele Nuancen, sie war schließlich Tochter und Schwester und Freundin und Schulmädchen ...«
»Und Tänzerin in einer Sexbar. Annika, das ist doch ganz klar, dass das von Bedeutung ist«, unterbrach Berit sie.
Es wurde still in der Leitung.
»Ich überlege, ob ich Studio 6 anzeigen soll«, meinte Annika schließlich.
Berit wurde fast ärgerlich.
»Ach nein, und wieso?«
»Patricia wusste nichts davon, dass die Typen mit diesen Informationen an die Öffentlichkeit gehen würden«, argumentierte sie.
»Wer ist Patricia?«
»Josefines beste Freundin.«
Berit klang jetzt sehr ernst.
»Annika, sei mir nicht böse, aber ich glaube, du nimmst diesen Mord ein wenig zu persönlich. Hüte dich davor, dich mit den betroffenen Personen zu eng zu verbinden. Das kann nur schlecht ausgehen. Du musst deine berufliche Distanz wahren, sonst hilfst du keinem, am allerwenigsten dir selbst.«
Annika schloss die Augen und spürte, wie sie rot wurde.
Die Erkenntnis ihres Scheiterns erfüllte ihren Kopf.
»Ich weiß, was ich tue«, sagte sie etwas zu spitz.
»Da bin ich mir nicht so sicher«, gab Berit zurück.
Sie beendeten das Gespräch rasch. Annika saß noch lange mit den Händen vor dem Gesicht da, fühlte sich zerschlagen und wollte nur noch heulen.

»Sind Sie mit dem Artikel über die Wohnung fertig?«, rief Jansson vom Newsdesk.

Sie riss sich zusammen.

»Ja«, antwortete sie. »Ich lege ihn ... jetzt! ... in den Kasten.«

Sie griff die Maus und ließ den Artikel durch die Leitungen sausen. Jansson drehte den Daumen nach oben, als der Text auf seinem Schirm landete. Rasch sammelte sie ihre Sachen von Berits Platz und stand auf, um zu gehen. Im selben Moment kam Carl Wennergren vom Fahrstuhl her angerannt.

»Holt mein Autorenfoto raus, denn heute Abend bin ich unsterblich!«, kreischte er.

Alle Männer um den Newsdesk herum sahen erstaunt auf, während der Reporter mit Block und Kamera in je einer Hand einen enthusiastischen Kriegstanz in der Redaktion aufführte.

»Die Ninja Barbies haben versucht, den Puff anzuzünden, in dem die Stripperin gearbeitet hat, und ratet mal, wer exklusive Bilder davon hat!«

Die Männer um den Tisch herum standen wie auf Kommando auf, gingen nach vorn und klopften Carl Wennergren nacheinander kräftig auf den Rücken. Annika konnte die Automatikkamera des Reporters wie eine Siegesflagge über ihren Köpfen tanzen sehen. Sie hängte sich rasch ihre Tasche über und verließ die Redaktion durch den Hintereingang.

Die Temperaturen waren um ein paar Grad gesunken, aber die Luft kam ihr stickiger vor als je zuvor. Es würde sicher bald ein ordentliches Gewitter geben. Sie ging an der nunmehr geschlossenen Imbissbude vorbei, blieb aber nicht an der Bushaltestelle stehen. Stattdessen schlenderte sie langsam zum Fridhemsplan hinunter, und ohne es richtig zu merken, kam sie am Kronobergspark heraus.

Alle Absperrungen waren entfernt worden, aber das Blumenmeer war noch gewachsen. Es lag an der falschen Stelle, am Eingang zum Friedhof, aber das spielte keine Rolle. Die Wahrheit über Josefine war nicht wichtig, nur der Mythos lebte und konnte als Ventil für die emotionalen Bedürfnisse der Menschen dienen.

Sie bog ab und kam hinunter zur Hantverkargatan. Blaulicht zuckte durch den Sommerabend.

Der Brandanschlag der Ninja Barbies, dachte sie, und im selben Moment: Großer Gott, Patricia!
Sie lief schnell den Berg hinunter. Die drei goldenen Kronen des Stadthauses glühten im letzten Sonnenlicht. Eine Menge Neugieriger hatte sich versammelt, und sie sah Arne Påhlson von der Konkurrenz an einem Feuerwehrauto stehen. Vorsichtig trat sie näher. Die eine der schmalen Fahrspuren der Hantverkargatan war abgesperrt, und die Autos mussten sich mit dem noch verbliebenen, engen Stück Fahrbahn begnügen. Drei Feuerwehrautos, zwei Polizeiwagen und ein Krankenwagen standen vor dem anonymen Eingang von Studio 6. Der Bürgersteig und die Fassade waren schwarz von Rauch, und es sah aus, als wäre der Krieg ausgebrochen. Sie stellte sich hinter eine Gruppe junger Männer mit Bierdosen in den Händen, die aufgeregt das Geschehen diskutierten.
Plötzlich öffnete sich die Tür zu dem Klub, und ein Polizist in Zivil kam heraus. Annika erkannte ihn sofort, obwohl er diesmal nicht das Hawaiihemd trug. Er sprach mit jemandem, der hinter der Tür verborgen war. Annika drängte sich etwas vor. Die Frau war stark geschminkt und hatte ihr Haar mitten auf dem Kopf zu einem langen Pferdeschwanz gebunden. Sie trug einen rot glitzernden BH und eine passende Hose mit String. Die Typen um Annika herum fingen an, wie verrückt zu schreien und zu pfeifen, und Patricia zuckte zusammen und schaute erschrocken zu der Gruppe hinüber. Sie erblickte Annika sogleich. Ihre Blicke trafen sich, Patricias Miene hellte sich auf. Sie erhob die Hand zum Gruß, und Annika erstarrte. Ohne nachzudenken, duckte sie sich schnell zwischen die Umstehenden und zog sich zurück. Die Männer drängten weiter vor, sie hörte eine Frau schreien.
Sie rannte in die nächste Seitenstraße hinein, die sie überhaupt nicht kannte, lief zur Bergsgatan und am Polizeipräsidium vorbei, den Parkplatz entlang und in die Agnegatan. Dann ging sie die Abkürzung über den Hof und erreichte zitternd und atemlos ihre Haustür. Der Schlüssel in ihren Händen zitterte dermaßen, dass sie das Schloss kaum aufbekam.
Ich bin dabei, die Kontrolle zu verlieren, dachte sie und ließ den Kopf hängen, als sie sich ihrer eigenen Feigheit bewusst wurde: Sie schämte sich für Patricia.

Achtzehn Jahre, ein Monat, fünfundzwanzig Tage

Wenn tiefstes Vertrauen die Angst überwindet, entsteht wahres Vertrauen. Alles andere bedeutet Scheitern, ich weiß das. Er will mich dazu bringen, schreckliche alte Erinnerungen noch einmal zu durchleben.
Zwingt mich ins Badezimmer zum Onanieren.
Mach so lange, bis du kommst, sagt er. Du darfst nicht reinkommen, sage ich.
Er macht die Tür auf, wenn ich da sitze mit der Dusche zwischen den Beinen, sein Gesicht ist weiß vor Wut.
Mit einem verdammten Apparat kannst du so lange bumsen, bis es läuft, aber nicht mit mir, schreit er.

Der Hotelflur, die Tür, die ins Schloss fällt. Panik, ein Zerren und Reißen, nackt und durchnässt. Stimmen, der Pool, wage nicht zu rufen. Niedergeschlagen und still, die Kacheln kalt unter meinen Füßen. Schleiche mich zwischen die Büsche, trete auf ein großes Insekt und schreie fast. Hasse Spinnen, hasse Kleingetier. Weine, friere, zittere. Es gilt, seine Angst zu meistern, seine Dämonen abzuschütteln.
Ich schleiche mich in regelmäßigen Abständen hinein und probiere die Tür. Kurz vor dem Morgengrauen schließt er auf, warm, trocken, heiß, liebend.

Wir sind das Wichtigste,
das existiert,
füreinander.

DONNERSTAG, 2. AUGUST

Der Ministerpräsident sah die Pressefotografen schon aus weiter Entfernung und seufzte schwer. Die schwer beladenen Journalisten hatten spontan eine Mauer vor dem Eingang zu Rosenbad gebildet. Er hatte natürlich gewusst, dass sie dort stehen würden, aber dennoch gehofft, sich zu täuschen. Bislang hatte er die Verdächtigungen gegenüber Christer Lundgren noch nicht kommentiert, sondern auf die junge Integrationsministerin verwiesen, die in seiner Abwesenheit die Amtsgeschäfte führte. Jetzt konnte er nicht länger ausweichen. Die wenigen Sommertage, die seinen Jahresurlaub ausmachen sollten, hatten sich in Luft aufgelöst. Er seufzte wieder und gähnte ausgiebig. Das tat er immer, wenn er nervös war. Die Leute in seiner Umgebung fanden, dass ihn das souverän wirken ließ, was positiv war. So wie jetzt: Die Leute, die mit ihm im Auto saßen, hatten keine Ahnung von der Unruhe in seinem Inneren, dem steinharten Knoten in seinem Magen. Die Gedärme wanden sich vor Unruhe, er würde bald aufs Klo müssen.

Die Presse erblickte das Auto, als es die Fredsgatan hinaufkam. Der ganze Haufen lief wie ein einziger Organismus herbei und schwenkte kleine Kästchen mit langen Objektiven. Der Ministerpräsident betrachtete sie durch den schwarzen Film der Fensterscheiben. Es waren Reporter vom Radio, dem Fernsehen und von der schreibenden Zunft mit kleinen, winkenden Kassettenrecordern.

»Sie sehen alle aus wie Spielzeugfiguren«, sagte er zu dem Mann von der Sicherheitspolizei, der auf dem Vordersitz saß. »He-Man mit seinen hässlichen Kleidern und abnehmbarem Zubehör, oder?«

Der Wachmann war seiner Meinung. Alle waren immer seiner

Meinung, wenn er etwas sagte. Er lächelte müde. Man stelle sich vor, die Presse und die Opposition wären ebenso kooperativ.
Das Auto blieb mit einem weichen, schaukelnden Bremsen stehen. Der Leibwächter war schon draußen, noch ehe die Räder standen, und mit seinem Körper schützte er den Ministerpräsidenten und hielt gleichzeitig die Hintertür auf.
Die Fragen schlugen wie eine schmutzige Flutwelle über dem Regierungschef zusammen.
»Was sagen Sie zu den Verdächtigungen, denen der Außenhandelsminister ausgesetzt ist?«
»Wie ernst ist dies für die Partei?«
»Wird das die Ausrichtung des Wahlkampfs verändern?«
»Sind Sie der Ansicht, dass Christer Lundgren zurücktreten sollte?«
Er schlängelte sich aus dem Auto, richtete sich mit all seiner massigen Leibesfülle auf und seufzte theatralisch. Mikrofone, Kassettenrecorder, Linsen und Bänder fingen diesen kleinen Puster ein. Alle konnten sehen, dass der Ministerpräsident die Sache nicht so ernst nahm. Er trug ein hellblaues Hemd, das am Hals zugeknöpft war, eine zerknitterte Hose, und in den Sandalen war er barfuß.
»Also«, sagte der Ministerpräsident und stellte sich in das auf ihn gerichtete Licht eines Fernsehscheinwerfers. Er sprach langsam, entspannt, sehr leise und mit einem etwas resignierten Unterton.
»Zunächst einmal steht Christer Lundgren unter keinerlei Verdacht, und das hat natürlich in keiner Weise Einfluss auf unseren erfolgreichen Wahlkampf. Für die Regierung und für Schweden und Europa hoffe ich wirklich, dass Christer Lundgren weiterhin in der Regierung bleiben wird.«
Ende von Antwort eins, dachte er und ging langsam auf den Eingang zu. Die Presseleute folgten ihm wie eine Amöbe, die an ihm festgeklebt war, alles ganz nach Plan.
»Warum haben Sie Ihren Urlaub abgebrochen?«
»Wer wird an der Krisenbesprechung teilnehmen?«
»Haben Sie nach wie vor Vertrauen zu Christer Lundgren?«
Der Ministerpräsident ging noch ein paar Schritte weiter, ehe er antwortete, genau wie er es mit seinem Medienberater einstudiert

hatte. Zeit für die Abschiedsreplik. Als er sich der Gruppe zuwendete, zwang er sich zu einem schelmischen Lächeln.
»Sehe ich aus wie ein Mann in der Krise?«, fragte er und versuchte seine Augen funkeln zu lassen, was ihm offenbar gelang, denn einige der Amöben lachten.
Er ging zur Tür, und der Sicherheitsmann machte sich bereit, sie zu öffnen. Nun war es an der Zeit für das Finale. Er setzte eine leicht besorgte Miene auf.
»Scherz beiseite«, sagte er mit der Hand auf dem großen Messinggriff der Tür, »Christer Lundgren tut mir natürlich Leid. Diese Art von unbegründetem Verriss durch die Medien ist immer eine Prüfung. Aber ich versichere Ihnen, für die Regierung und für die Partei spielen diese völlig übertriebenen Behauptungen überhaupt keine Rolle. Wahrscheinlich haben Sie heute das *Abendblatt* gelesen, da hat man herausbekommen, warum Lundgren verhört wird. Er hat zufällig eine Wohnung in der Nähe des Kronobergsparks. Selbst Minister müssen irgendwo wohnen.«
Er lächelte wehmütig und nickte zu seinen eigenen weisen Worten, ehe er hinter den Sicherheitstüren der Regierungskanzlei verschwand. Ehe sie hinter ihm zuglitten, tröpfelten die Fragen durch den Türspalt.
»... Grund, ihn mehrmals zu vernehmen?«
»... irgendetwas Besonderes gesehen?«
»... die neuesten Informationen über ...«
Er konzentrierte sich darauf, solange ihn die Journalisten durch die Glastüren sehen konnten, langsam und entspannt die Treppe hinaufzugehen. Verdammte Hyänen!
»Gott, ist das heiß hier drin«, rief er und riss sich verärgert ein paar Hemdknöpfe auf. »Wenn ich hier den ganzen Tag sitzen soll, dann müsst ihr wenigstens dafür sorgen, dass man atmen kann.«
Er stieg in einen Fahrstuhl und ließ die Türen zugehen, ehe der Wachmann es geschafft hatte hinterherzukommen. Jetzt musste er wirklich aufs Klo.

Der Schnürsenkel riss, und Annika fluchte. Sie hatte keinen mehr im Haus. Müde ließ sie sich auf dem Fußboden im Flur nieder, zog den Turnschuh aus und machte einen weiteren Knoten in den Schnürsenkel. Bald würde es überhaupt nichts mehr geben, womit sie ihre Schuhe noch zuknoten konnte. Sie durfte nicht vergessen, beim nächsten Einkauf neue zu kaufen.

Vorsichtig lief sie die Treppen hinunter, denn sie wollte ihre Knie nicht mehr als notwendig belasten. Ihre Beine waren steif, sie hatte das Laufen den Sommer über vernachlässigt.

Die Luft im Hinterhof stand förmlich. Alle Fenster im Haus waren weit geöffnet und bildeten schwarze Löcher in der heruntergekommenen Fassade des Gebäudes. Die Gardinen hingen unbeweglich wie müde Theatervorhänge vor den Bühnen dahinter. Annika warf ein Handtuch in das gemeinsame Badezimmer im Vorderhaus und joggte langsam durch das Tor zur Agnegatan.

Der Japaner an der Ecke hatte den Aushänger des *Abendblatts* bereits. Die erste Spitze der Zeitung bildete wieder Carl Wennergren mit seinen Ninja Barbies. Annika lief einen Moment lang auf der Stelle und las den kurzen Text:

»EXKLUSIVBILDER, NUR IM ABENDBLATT: DAS ATTENTAT AUF DEN PORNOKLUB«.

Ihr Puls stieg, sie fing an zu schwitzen. Auf dem Bild wurde gerade die Tür zur Straße gesprengt, und am Eingang loderten Flammen auf.

Annika fragte sich, wo Patricia wohl gerade gewesen war, als es knallte, und ob sie sich gefürchtet hatte.

Aus dem Artikel ging hervor, dass der Klub nicht sehr beschädigt worden war, und zu ihrem eigenen Erstaunen war sie darüber erleichtert.

Sie wandte sich um und lief die Agnegatan zum Ufer hinunter. Am Wasser angekommen, bog sie nach links ab und lief etwas schneller. Schon bald taten ihr die Lungen weh – sie war wirklich schlecht in Form. Sie trat immer fester auf den Asphalt auf und achtete nicht auf den Schmerz. Als sie das Karlsbergsschloss rechts vor sich liegen sah, legte sie den höchsten Gang ein. Ihre Brust hob sich wie ein Blasebalg, der Schweiß lief ihr in die Augen. Sie nahm die Lindhagensgatan zurück und lief durch den Rålambshovpark zum Kungsholmstorg hinauf. Als sie schließlich unter die Dusche stieg, war sie so erschöpft, dass sie fast in Ohnmacht fiel.

Ich muss etwas für mich tun, dachte sie. Ich muss regelmäßig trainieren, sonst halte ich nicht durch. Ihre Beine zitterten, als sie langsam die Treppe zur Wohnung hinaufstieg.

Kurz vor Mittag kam sie in die Redaktion. Berit war immer noch nicht zurück, und Annika setzte sich wieder auf ihren Platz.

Ihr eigener Beitrag zur aktuellen Zeitung bestand aus dem Artikel über die Wohnung des Ministers. Die Überschrift war reißerisch: »Das *Abendblatt* enthüllt: Darum wurde der Minister verhört«.

Mit dem kurzen Einleitungstext war sie zufrieden:

»Christer Lundgren wohnt in der Nähe des Tatorts. Er hat eine geheime Wohnung, nur fünfzig Meter vom Friedhof entfernt. Nicht einmal seine Pressesprecherin wusste davon.

›Wie haben Sie mich gefunden?‹, fragte der Minister gestern, als das *Abendblatt* ihn in der kleinen Einzimmerwohnung besuchte.«

Dann folgte eine Beschreibung der Wohnung, die Information, dass alle im Haus verhört worden waren, und anschließend wurde Daniella zitiert: »Als ob er ein Mörder wäre, das ist wirklich unglaublich. Er ist nicht gewalttätig.«

Den Geiz hatte sie weggelassen. Daraufhin folgten ein paar schwer zu deutende Sätze darüber, dass die Polizei trotz allem dem Minister mehr Aufmerksamkeit widmete als den anderen Bewohnern des Hauses. Sie hatte diese Passage sehr kurz gehalten, da sie die Beweggründe der Polizei nicht kannte.

Der Kleiderdrachen Mariana mit dem adligen Nachnamen hatte einen kurzen Text darüber geschrieben, dass Josefines Arbeitsplatz ein Klub namens Studio 6 gewesen war.

Berit hatte einen kurzen Artikel darüber geschrieben, dass der Parteisprecher abstritt, irgendetwas über die IB gewusst zu haben.

Am Desk saß ein ihr unbekannter Mensch mit Spikens Telefonhörer am Ohr. Annika machte den Computer an und beobachtete ihn über den Bildschirm hinweg. Ob er sie kannte? Sie würde hingehen und ihn begrüßen müssen, sie zögerte und strich sich das halb trockene Haar zurück. Als er aufgelegt hatte, ging sie schnell zum Desk. Sie hatte schon Luft geholt, um sich dem Nachrichtenchef, der ihr

den Rücken zuwandte, vorzustellen, als das Telefon erneut klingelte und er augenblicklich dranging. Annika blieb hinter dem Stuhl stehen und hatte plötzlich einen trockenen Hals. Nervös ließ sie den Blick schweifen. Da fiel ihr das Konkurrenzblatt ins Auge. Auf der ersten Seite prangte das Abiturfoto von Josefine. Die Headline war groß und schwarz: »STRIPPERIN IN EINEM PORNOKLUB«. Annika musste sich am Drehstuhl des Nachrichtenmachers festhalten und lehnte sich über die Zeitung. Die Bildunterschrift lautete: »Die ermordete Josefine arbeitete in der Sexbranche«.
»Wie konnten wir bloß diesen Gesichtspunkt außer Acht lassen? Können Sie mir das vielleicht erklären?«
Annika schaute hoch und begegnete dem kalten Blick des Nachrichtenmachers. Sie befeuchtete ihre Lippen und streckte die Hand aus.
»Annika Bengtzon, freut mich, Sie kennen zu lernen«, sagte sie leicht gepresst.
Der Mann schaute schnell weg, drückte ihr eilig die Hand und murmelte seinen Namen, Ingvar Johansson. Er nahm das Konkurrenzblatt und hielt es Annika entgegen.
»Wenn ich richtig informiert bin, haben Sie sich um diesen Mord gekümmert. Wie konnte uns, verdammt nochmal, entgehen, dass sie eine Hure war?«
Annika spürte, wie ihr Puls flatterte, ihr Mund war völlig ausgetrocknet.
»Sie war keine Hure«, erwiderte sie mit zitternder Stimme. »Sie tanzte im Klub ihres Freundes.«
»Ja, splitterfasernackt.«
»Nein, sie trug ein Höschen. Ihr Freund hielt sich streng an das Gesetz.«
Ingvar Johansson starrte sie an.
»Warum haben Sie das nicht geschrieben, wenn Sie es wussten?«
Sie schluckte, das Herz schlug ihr bis zum Hals.
»Ja, da habe ich wohl ... einen Fehler gemacht. Ich dachte, es wäre nicht so wichtig.«
Das Telefon klingelte wieder, und der Nachrichtenchef wandte sich ab. Annika stiegen Tränen in die Augen. Mist. Verdammter Mist. Jetzt ist es aus. Jetzt bin ich erledigt.

Sie machte kehrt und ging zu Berits Platz zurück, der Boden schwankte unter ihren Füßen. Bei dieser Zeitung konnte sie offenbar nichts richtig machen!

Das Telefon auf Berits Schreibtisch schrillte, sie eilte hin, räusperte sich und nahm ab.

»Ja, hallo, hier ist Lisbeth«, sagte eine reife Frauenstimme.

Annika sank auf den Stuhl, schloss die Augen und versuchte, einen Anflug von Hyperventilation zu unterdrücken.

»Wer bitte?«, fragte sie verwirrt.

»Lisbeth, die Sozialarbeiterin.«

Die Stimme klang jetzt ein wenig vorwurfsvoll.

Annika verdrehte die Augen.

»Ja, natürlich«, beeilte sie sich zu sagen, »das Jugendheim in Täby. Was kann ich für Sie tun?«

»Unsere Jugendlichen führen heute ihre Demonstration gegen die Gewalt durch«, erklärte Lisbeth. »Sie werden um zwei mit drei Bussen hier wegfahren und dann wahrscheinlich gegen halb drei am Tatort sein.«

Annika holte tief Luft und massierte sich die Stirn.

»Um halb drei«, echote sie.

»Ja, ich dachte, dass Sie das sicher gern wissen würden«, meinte Lisbeth.

»Ja, sehr schön, vielen Dank«, erwiderte Annika und legte auf.

Sie ging zur Toilette und spritzte sich etwas kaltes Wasser ins Gesicht und über die Handgelenke. Langsam wich die Panik.

So schlimm ist es nun auch wieder nicht, dachte sie. Ich muss einfach lernen, nicht alles gleich so ernst zu nehmen. Natürlich kann man der Meinung sein, dass ich einen Fehler gemacht habe, aber was soll's?

Sie strich sich über die Haare, ging in die Cafeteria und kaufte sich ein Brot. Rein moralisch gesehen, konnte es auch durchaus sein, dass sie es war, die Recht hatte.

Es lohnte sich, das genauer zu untersuchen.

Sie nahm ihr Brot und eine Fanta Light und ging zu Berits Platz.

Der Ombudsmann für die Presse war in diesem Fall eine Frau.

»Ich möchte Anzeige erstatten«, erklärte Annika.

»Aha, natürlich, sind Sie selbst betroffen?«, fragte die Frau.
»Nein, ein Mädchen, das tot ist.«
Die Ombudsfrau war freundlich und geduldig.
»In diesem Fall müssen die Angehörigen Anzeige erstatten, oder Sie müssen von den Angehörigen bevollmächtigt sein.«
Annika dachte nach.
»Es geht einerseits um eine Zeitung, andererseits um ein Radioprogramm, bin ich da bei Ihnen richtig?«
»Den Zeitungsartikel können wir uns anschauen, doch nicht das Radioprogramm. Das ist Sache der Kollegen von der Prüfungskommission für Radio und Fernsehen.«
Annika stöhnte.
»Aber kümmern die sich nicht nur um Unparteilichkeit und Sachlichkeit?«
»Ja, es ist richtig, dass sie sich um diese Fragen kümmern, aber sie greifen auch ethische und publizistische Fragen auf. Um welche Art von Veröffentlichung geht es denn?«
»Vielen Dank für Ihre Hilfe«, sagte Annika schnell und legte auf. Dann rief sie die Prüfungskommission für Radio und Fernsehen an.
»Ja, wir können uns um diese Sache kümmern«, bestätigte die Abteilungsleiterin.
»Auch, wenn ich sie aufwerfe?«, fragte Annika.
»Nein, wir kümmern uns nur um die Belange der Öffentlichkeit in Fragen, die Sachlichkeit und Unparteilichkeit angehen. Wenn es um Verletzungen der Privatsphäre einer Person geht, muss die Anzeige von den Betroffenen selbst erfolgen.«
Annika schloss die Augen und stützte den Kopf in die Hand.
»Wenn das geschähe, zu welchem Ergebnis würden Sie dann kommen?«
Die Abteilungsleiterin überlegte.
»Der Ausgang eines solchen Verfahrens kann nicht im Vorhinein festgelegt werden. Wir haben solche Fälle schon gehabt, und in einigen wenigen Fällen haben die Hinterbliebenen Recht bekommen. Könnten Sie die Sache etwas genauer beschreiben?«
Annika holte tief Luft.

»Es geht um eine ermordete Frau. Sie ist in einer Radiosendung als Stripperin bezeichnet worden. Ihre Angehörigen hatten nicht zugestimmt, dass die Information veröffentlicht wurde.«
Das stimmte nicht ganz, denn Annika hatte ja überhaupt nicht mit Josefines Eltern geredet. Aber es stimmte wenigstens im Hinblick auf Patricia, und immerhin lebten die beiden zusammen.
»Ich verstehe«, sagte die Abteilungsleiterin. Sie zögerte.
»Das ist nicht ganz astrein«, erklärte sie dann. »Der Kommission muss eine Anzeige zugehen, und man muss die Sache dann prüfen. Es liegt immerhin ein gewisses öffentliches Interesse vor.«
Annika gab auf. Sie merkte, dass sie nicht weiterkommen würde, also bedankte sie sich und legte auf.
Auf jeden Fall, dachte sie, liege ich nicht völlig falsch.

Die Mittagsnachrichten liefen, und Annika legte die Füße auf den Schreibtisch und horchte zerstreut auf Berits Transistorradio. Sie hatten fünf Schlagzeilen, eine über den Nahen Osten, eine über die Kommentare des Ministerpräsidenten zur Christer-Lundgren-Affäre und drei weitere, die Annika sofort wieder vergaß. Während der Nahe Osten abgehandelt wurde, ließ sie die Gedanken schweifen. Als dann der Ministerpräsident kam, drehte sie lauter. Die wohl bekannte Stimme klang etwas gehetzt.
»Sehe ich aus wie ein Mann in der Krise?«
Der Reporter gab eine Erklärung ab und beschrieb, dass der Ministerpräsident entspannt und bester Laune gewesen sei, als er am Morgen in Rosenbad angekommen sei. Der Regierungschef habe nicht besorgt gewirkt wegen der Vorwürfe gegen Außenhandelsminister Christer Lundgren, sondern sehe dem Wahlkampf mit Zuversicht entgegen. Dennoch könne er nachfühlen, was sein Kollege durchmachen müsse.
Nun hatte der Ministerpräsident selbst wieder das Wort.
»Scherz beiseite, Christer Lundgren tut mir natürlich Leid. Diese Art von unbegründetem Verriss durch die Medien ist immer eine Prüfung. Aber ich versichere Ihnen, für die Regierung und für die Partei spielen diese völlig übertriebenen Behauptungen überhaupt keine Rolle.«

Der Beitrag war beendet. Es folgte ein Bericht über eine Untersuchung des Städtetages, und Annika schaltete das Radio aus. Wenn es irgendetwas gab, was sie sterbenslangweilig fand, dann waren es Berichte auf Kommunalebene.

»Hast du diesen Blödsinn verzapft?«
Patricia blinzelte verschlafen in den Lichtstreifen, der zwischen den Vorhängen hereindrang, nahm den Hörer ans andere Ohr und versuchte sich auf der Matratze aufzusetzen.
»Hallo«, murmelte sie, »wer ...?«
»Versuch nur nicht, mir auszuweichen. Sag jetzt, wie es ist!«
Die gellende Stimme überschlug sich.
Patricia hustete und rieb sich die Augen. Wenn doch die Heuschnupfensaison bald vorüber wäre.
»Barbro, sind Sie das?«, versuchte sie.
»Natürlich bin ich das! Wer sollte es denn sonst sein? Einer von euren Pornofreunden vielleicht?«
Josefines Mutter fing an, unartikuliert und unzusammenhängend in den Hörer zu brüllen. Patricia rang nach Luft und versuchte ihre Gedanken zu sammeln. Die Wörter verhedderten sich, gruben sich ineinander und wurden diffus. Das Spanische gewann die Oberhand, wie so oft, wenn sie richtig gestresst war.
»*No entiendo ...*«
»Begreifst du, was du da angerichtet hast?«, heulte Josefines Mutter. »Du hast die Erinnerung an sie auf immer und ewig in den Dreck gezogen. Wie konntest du das nur tun?«
Ihre Gedanken wurden klarer. Hier stimmte was nicht.
»Was ist denn passiert? Da muss ein Missverständnis vorliegen ...«
Die Stimme in der Leitung wurde zu einem Wispern.
»Wir wissen genau, was du für eine bist. Du bist eine Negerhure, hörst du? Und damit nicht genug, nein, du musstest auch noch Josefine da mit reinziehen!«
Patricia stellte sich hin und schrie ins Telefon.
»Das ist nicht wahr, überhaupt nicht wahr! Ich habe Jossie nicht in irgendetwas hineingezogen!«
»Eins ist sicher«, zischte Barbro Liljeberg Hed, »du verschwindest

aus meiner Wohnung, und zwar sofort. Pack deine dreckigen Sachen und geh zurück nach Afrika oder wo du auch immer herkommst.«
»Aber …«
»Bis sechs Uhr bist du weg.«
Klick. Die Leitung war stumm. Patricia horchte noch einen Moment auf das leere Rauschen, legte langsam den Hörer auf und sank auf die Matratze. Sie setzte sich hin, die Knie unters Kinn geschoben, die Arme um die Beine, und wiegte langsam vor und zurück, vor und zurück.
Wohin sollte sie jetzt gehen?
Da klingelte wieder das Telefon. Sie zuckte zusammen, als hätte man sie geschlagen. Ohne nachzudenken, griff sie den Apparat, riss ihn aus der Wand und schleuderte ihn in den Flur hinaus.
»Blöde Kuh!«, schrie sie und fing an zu weinen.

Annika ließ es immer wieder klingeln. Patricia musste zu Hause sein. Vielleicht schlief sie, aber irgendwann musste sie das Telefon doch hören.
Wenn ihr nun etwas zugestoßen war.
Ihre Sorge vermischte sich mit der Scham, die sie am Vortag gespürt hatte, zunächst über die Frau, dann über ihr eigenes Versagen.
Besorgt drehte sie eine Runde durch die Redaktion, nahm sich eine Tasse Kaffee und schaute eine Weile CNN. Als sie am Newsdesk vorbeikam, fiel ihr ein, dass sie vergessen hatte, von der Demonstration am Tatort zu erzählen.
»Das müssen Sie selbst machen«, bestimmte Ingvar Johansson kurz. »Alle anderen Reporter sind beschäftigt.«
Sie ging zu Bild-Pelle hinüber und bestellte für Viertel nach zwei einen Fotografen.
»Sie müssen mit Pettersson fahren«, meinte Pelle. »Er kommt gerade wieder rein.«
Sie lächelte freundlich und stöhnte innerlich. Schon wieder der klapprige Golf.
»Ich warte draußen«, erklärte sie und holte ihre Tasche.

Sie nahm den Fahrstuhl nach unten, verließ das Gebäude und setzte sich auf eine Betonmauer vorm Parkhaus. Die Luft war kochend heiß, bleischwer und elektrisch aufgeladen, so dass es in den Lungen förmlich knisterte, wenn man atmete. Sie schloss die Augen und lauschte den Geräuschen der Stadt, die vielleicht nicht mehr lange die Ihren sein würden.
Als sie die Augen aufschlug, konnte sie das Bild, das sie sah, erst nicht recht begreifen. Die Frau, die gerade das Zeitungsgebäude betreten wollte, kam ihr bekannt vor, doch es dauerte einen Moment, ehe sie sie wirklich erkannte.
»Patricia!«, rief Annika und lief auf sie zu. »Was machst du denn hier?«
Die Frau sah sich erstaunt um und entdeckte Annika. Sie wollte wieder heraustreten und hätte sich fast in der automatischen Tür eingeklemmt. Tore Brand meckerte drinnen irgendetwas, und Patricia fing an zu weinen.
»Was ist denn passiert?«
Annika ging auf die andere Frau zu, legte ihr den Arm um die Schultern und zog sie mit zum Parkhaus hinüber.
»Ich bin rausgeschmissen worden«, schluchzte sie.
Annika atmete auf.
»Na, das ist doch nicht so schlimm«, tröstete sie Patricia, »du findest bestimmt bald einen neuen Job.«
Patricia sah sie erstaunt an.
»Nicht aus dem Klub. Aus der Wohnung.«
»Josefines Eltern?«
Patricia nickte und wischte sich die Tränen ab.
»Jossies Mutter ist ein Luder«, schimpfte sie. »Ein rassistisches Luder, ich wünschte, ich könnte sie mit schwarzer Magie verfolgen.«
»Wohin gehst du jetzt?«
Die junge Frau warf trotzig das Haar zurück und zuckte mit den Schultern.
»Weiß nicht. Vielleicht zu irgendeinem Typen. Es gibt jede Menge alte geile Daddys.«
Vielleicht war es das immer noch anhaltende Gefühl von Scham und Versagen, das Annika verleitete, einen Entschluss zu fassen,

noch ehe sie darüber nachgedacht hatte, jedenfalls nahm sie ihre Tasche und wühlte darin herum.

»Hier«, sagte sie und legte ihre Wohnungsschlüssel in Patricias Hand. »Hantverkargatan 32, das Hinterhaus, ganz oben. Hast du Geld? Lass Nachschlüssel machen, denn Sven hat meinen Zweitschlüssel.«

»Was?«, fragte Patricia.

Annika sah sie ernst an.

»Es ist gut möglich, dass ich in hohem Bogen bei der Zeitung rausfliege«, meinte sie. »Ich weiß wirklich nicht, was ich dann tun werde. Gehört die Matratze dir?«

Patricia nickte.

»Ich habe noch ein Schlafzimmer frei, das Mädchenzimmer hinter der Küche. Leg sie dorthin. Was ist mit den anderen Möbeln in der Wohnung?«

»Das Bett gehört Joachim, den Tisch hat Jossie über eine Kleinanzeige gekauft.«

»Wirst du heute Abend arbeiten?«

Die andere nickte.

»Arbeitest du jeden Tag?«

»Fast«, erwiderte sie leise.

»Okay, das ist deine Sache. Du darfst keinen Dreck machen, dann werde ich sauer.«

Patricia schaute sie mit großen Augen an.

»Wie kannst du mir vertrauen? Du kennst mich doch gar nicht.«

Annika lächelte etwas schief.

»Es gibt nichts, das man klauen könnte«, erwiderte sie.

Im selben Moment kam Pettersson die Gjörwellsgatan heruntergefahren, was Annika daran hörte, dass der Motor an der Einfahrt ausging.

»Nimm den 62er zum Rålambsvägen, der fährt die Hantverkargatan runter.«

Patricia lächelte erleichtert.

»Ich weiß.«

Annika stand auf und ging zu dem Fotografen.

»Heute Nacht gibt es ein Gewitter«, begrüßte Pettersson sie durchs Fenster.

Patricia winkte und war weg. Annika lächelte Pettersson tapfer an, war er nun auch noch zum Wetterfrosch geworden?
»Wir stellen das Auto ein wenig vom Park entfernt ab«, schlug sie vor, als sie sich auf dem Beifahrersitz niederließ.
»Warum denn?«, fragte der Fotograf.
»Ich bin nicht sicher, ob die sich wirklich freuen, wenn wir kommen«, meinte Annika.
Auf dem Weg zum Friedhof saßen sie schweigend nebeneinander. Das Auto blieb nur zwei Mal stehen, und sie parkten es in einer Tiefgarage, deren Einfahrt fast an der Fleminggatan lag.
Annika ging langsam die Kronobergsgatan Richtung Park hinauf. Sie waren gut in der Zeit, die Busse mit den Trauernden hatten Täby gerade erst verlassen. Sie ließ sich in einem Hauseingang mit Blick über den Friedhof nieder, während der Fotograf behäbig auf der anderen Straßenseite auf und ab ging.
Im Winter werde ich mich nach diesen Tagen zurücksehnen, dachte sie. Wenn es weht und schneit und ich am Morgen dastehe und die Windschutzscheiben freikratze, dann werde ich mich zurücksehnen. Wenn ich nach Katrineholm reinfahre und weiß, dass ich über noch eine Gemeinderatssitzung schreiben und mit ein paar verärgerten Tanten über die Schließung einer Postfiliale in Bie reden muss, dann werde ich mich an das alles hier erinnern.
Sie schaute in den blauen Himmel hinauf, der blauer als blau war. Hinter dem Park verschwand er mit einer leichten Färbung aus Stahl, blank und schneidend.
Der Hobbyfrosch hat vielleicht doch Recht, dachte sie. Vielleicht wird es ein Gewitter geben.

Zwanzig nach zwei schob sich der erste Bus die Kronobergsgatan hinauf. Annika blieb sitzen und wartete, während der Fotograf ein Teleobjektiv aufsetzte und zu knipsen begann, als die Jugendlichen ausstiegen. Die anderen beiden Busse kamen wenige Minuten später. Annika stand auf und bürstete ihren Rock hinten ab. Sie schluckte, ihr Hals war völlig ausgetrocknet, dass sie aber auch immer vergessen musste, Wasser mitzunehmen, wenn sie rausfuhr. Langsam näherte sie sich der Gruppe und hielt Ausschau

nach Martin Larsson-Berg, Lisbeth oder Charlotta. Sie konnte keinen von ihnen sehen.
Die Jugendlichen kreischten und weinten laut, manche wirkten aggressiv. Sie blieb auf der Sankt-Göransgatan stehen. Sie hatte kein gutes Gefühl bei der Sache. Trotz der Entfernung konnte sie sehen, dass viele der Jugendlichen sehr erschöpft aussahen. Ihre Gesichter waren grau vor Erregung und Schlafmangel. Sie ging über die Straße zu Pettersson.
»Hören Sie«, entschied sie, »ich denke, wir lassen das hier.«
Der Fotograf ließ die Kamera sinken und schaute sie erstaunt an.
»Warum denn?«, fragte er.
Annika nickte zu den Bussen hinüber.
»Schauen Sie sich die doch mal an. Die sind total hysterisch. Ich weiß nicht, ob es sonderlich hilfreich ist, andere zu einer Massenpsychose aufzustacheln, wie es da in diesem Jugendheim betrieben wird. Diese Jugendlichen waren wahrscheinlich seit Sonntag nicht zu Hause und haben auch nichts gegessen.«
»Ja, aber sie haben doch angerufen.«
Annika nickte.
»Gut, das stimmt. Sie denken natürlich, dass es wichtig ist. Aber letztlich ist es unsere Aufgabe zu denken, wenn diese Leute es selbst nicht mehr können.«
Der Fotograf wurde ungeduldig.
»Himmel nochmal«, knurrte er. »Ich will eine feste Anstellung, und ich habe nicht vor, hier einen Knüller sausen zu lassen, nur weil Sie plötzlich Ihr verdammtes schlechtes Gewissen kriegen.«
Die Gruppe von Jugendlichen war zu einer Menschenmenge angewachsen. Sie breitete sich um den Friedhof herum aus wie ein Fluss um eine Insel. Annika zögerte immer noch.
Im selben Moment sah sie das Auto des Konkurrenzblattes ankommen und auf der Sankt-Göransgatan parken. Arne Påhlson stieg aus.
Das entschied die Sache.
»Also gut, gehen wir hin«, sagte sie zu Pettersson.
Sie ging mit dem Fotografen im Schlepptau auf den Friedhof zu und peilte die schmiedeeisernen Bögen des Zaunes an. Als sie ein

paar Meter von den Jugendlichen entfernt war, fingen die an zu schreien und auf sie zu zeigen.
»Da sind sie. Sie sind hier! Aasfresser! Aasfresser!«
Annika blieb stehen. Pettersson fing an zu fotografieren. Plötzlich richtete sich alle Aufmerksamkeit der Gruppe auf die beiden Journalisten.
»Ist Lisbeth hier?«, erkundigte sich Annika, doch ihre Stimme drang nicht durch.
»Haut ab, widerlicher Abschaum«, kreischte ein Junge, der nicht älter als dreizehn oder vierzehn sein konnte. Er machte drohend ein paar Schritte auf Annika zu, die instinktiv zurückwich. Das Gesicht des Jungen war vom Weinen und der Müdigkeit aufgequollen, sein ganzer Körper bebte vor Adrenalin und Zorn. Annika starrte ihn fassungslos an.
»Aber«, versuchte sie, »wir wollen euch doch nicht stören. Wir wollen uns auf keinen Fall aufdrängen …«
Ein hoch gewachsenes Mädchen drängte sich vor und boxte Annika fest gegen die Schulter.
»Ihr miesen Hyänen«, brüllte sie und spuckte sie an.
Annika stolperte rückwärts, ohne begreifen zu können, was da geschah. Sie versuchte, dem rasenden Blick des Mädchens mit Ruhe und Vernunft zu begegnen.
»Aber, hör mal«, erwiderte sie, »können wir nicht miteinander reden …«
»Hyäne!«, kreischte das Mädchen. »Abschaum! Abschaum!«
Die Gruppe junger Leute schloss einen Kreis um Annika, und plötzlich bekam sie Angst. Ein Schlag traf sie im Rücken, und sie ging einen Schritt vor und stieß mit dem großen Mädchen zusammen.
»Was, zum Teufel, machst du da, du Flittchen?«, schrie das Mädchen. »Willst du was von mir?«
Annika suchte verzweifelt nach Pettersson. Wo war er bloß?
»Pettersson!«, rief sie. »Pettersson, verdammt nochmal, wo sind Sie?«
Seine Stimme kam aus der Nähe der Garageneinfahrt.
»Bengtzon!«, schrie er in Panik. »Sie versuchen mir die Kameras zu entreißen!«

Plötzlich hörte man eine Stimme über allen anderen, die drohend und hysterisch die Menge übertönte.
»Wo sind sie, wo sind sie?«
Ein Mädchen, das nach Annikas Tasche gegriffen hatte, ließ sie sofort los und wandte ihre Aufmerksamkeit der Stimme zu. Annika sah, wie eine Ausgabe des *Abendblatts* über die Köpfe der Jugendlichen hinweg nach vorne gereicht wurde. Die Gruppe teilte sich, und sie sah, dass mehrere Jugendliche Zeitungen auswickelten. Durch ein Spalier in der Menschenmenge kam Charlotta, Josefines Klassenkameradin, und Annika ging noch ein paar Schritte zurück, als sie sie sah.
Das Mädchen befand sich im Zustand völliger Auflösung. Ihre Augen waren rot, die Pupillen groß und schwarz, sie hatte Speichel um den Mund, ihre Bewegungen waren ruckartig und unkoordiniert. Das Haar war fettig und zerzaust, sie atmete stoßweise.
»Du … Aasfresserin!«, kreischte sie und stürzte auf Annika zu. »Du Schwein!«
Charlotta schlug die Zeitung mit aller Kraft auf Annikas Kopf. Annika nahm instinktiv die Hände nach oben, und nun kamen die Schläge von allen Seiten. Zeitungen sausten auf Arme und Rücken nieder, und die Schreie um sie herum steigerten sich zu einem kollektiven Gebrüll.
Annika konnte nicht mehr klar denken, drehte sich um, schubste einen Jugendlichen zur Seite und rannte los. Weg, großer Gott, nur weg von hier. Sie hörte ihre eigenen Schritte auf der Straße hallen. Das Grün rechts von ihr raste vorbei, der Boden schwankte, die Häuser hüpften in unregelmäßigen Bewegungen. Sie ahnte, dass Pettersson irgendwo hinter ihr sein musste, die Jugendlichen folgten ihr.
Die Einfahrt zur Garage wirkte, als sie aus dem Sonnenlicht kam, pechschwarz, und sie strauchelte.
»Pettersson«, schrie sie, »sind Sie da?«
Sie hatte das Auto erreicht, und als sie nach hinten sah, konnte sie den Fotografen die Rampe hinunterlaufen sehen. Er hielt die Kameras in der einen Hand, seine Fototasche baumelte über der Schulter, die Haare waren zerzaust.

»Die haben versucht, mir die Kleider vom Leib zu reißen«, sagte er entsetzt. »Und die Haare! Es war wirklich total bescheuert, zu ihnen zu gehen.«
»Halten Sie die Klappe, verdammt nochmal!«, brüllte Annika. »Setzen Sie sich ins Auto und fahren Sie uns hier weg!«
Er kriegte die Fahrertür auf, setzte sich hinein und machte auf der Beifahrerseite auf. Annika warf sich auf den Sitz, die Luft im Auto war kurz vor dem Siedepunkt. Schnell drehte sie die Scheibe herunter. Erstaunlicherweise sprang das Auto gleich beim ersten Mal an, und Pettersson fuhr mit quietschenden Reifen die Ausfahrt hinauf. Auf der Straße schlug ihnen wieder das helle Licht entgegen, und Annika war für einen Moment geblendet.
»Da sind sie!«
Der Ruf drang durch ihr geöffnetes Seitenfenster, sie sah die Menge wie eine Wand auf sie zurollen.
»Jetzt fahren Sie doch!«, schrie sie und drehte schnell die Scheibe hoch.
»Das ist eine Einbahnstraße!«, brüllte der Fotograf. »Ich muss die Straße hoch und am Friedhof vorbeifahren.«
»Spinnen Sie?«, rief Annika. »Fahren Sie, fahren Sie!«
Pettersson schaffte es gerade noch auf die Kronobergsgatan hinaus, als das Auto stehen blieb. Annika drückte die Türverriegelungen hinunter und hielt sich die Ohren zu. Pettersson drehte wieder und wieder den Zündschlüssel. Der Motor sprang nicht an. Die Menge umringte sie, und einer versuchte auf das Autodach zu klettern. Die Jugendlichen schlugen mit den Fäusten von überall her auf das Metall, ihre Schreie bekamen einen anderen Charakter, wurden rhythmisch und bedrohlich:
»Verbrennt sie, verbrennt sie!«
Plötzlich sah Annika das *Abendblatt* vorbeiflattern, ihr Artikel über die Trauer in Täby wurde an die Windschutzscheibe gedrückt. Das Bild von den Mädchen vor ihren Gedichten hinterließ schmierige Spuren von Druckerschwärze auf der Scheibe.
»Verbrennt sie, verbrennt sie!«
Die Zeitung wurde auf der Motorhaube zusammengeknüllt und angezündet. Annika schrie laut und besinnungslos auf.

»Nun bringen Sie schon das verdammte Auto in Gang! Fahren Sie, fahren Sie!«
Immer mehr Zeitungen fingen an zu brennen, vor allen Fenstern des Autos gingen die Bilder von Gedichten und Mädchen in Flammen auf. Das Auto schaukelte, es schien, als wollten sie es umstürzen. Das Dröhnen von den Fäusten wurde lauter, Pettersson schrie, und plötzlich sprang das Auto an. Es machte einen Satz vorwärts, der Fotograf legte den Gang ein und ließ den Motor aufheulen. Er drückte auf die Hupe, und das Auto kroch langsam durch die Menschenmenge, die Leute sprangen vom Dach herunter. Annika legte den Kopf in den Schoß, schloss die Augen und hielt sich die Ohren zu. Sie sah erst wieder hoch, als der Wagen in die Fleminggatan einbog.
Pettersson schluchzte. Er zitterte und konnte kaum mehr lenken. Sie fuhren in die Stadt hinüber und hielten an einer Imbissbude vor dem Trygg-Hansa-Haus.
»Wir hätten da nicht hingehen sollen«, klagte er.
»Jetzt hören Sie auf zu jammern«, gab Annika zurück. »Getan ist getan.«
Ihre Hände zitterten, sie war erschöpft und wie gelähmt. Der Fotograf war zwar nicht jünger als sie, aber dennoch fühlte sie, dass die Verantwortung für diese Situation bei ihr lag.
»Ist schon gut«, sagte sie etwas freundlicher. »Es ist ja gut gegangen.«
Sie suchte in ihrer Tasche nach einem ungeöffneten Paket Taschentücher.
»Jetzt putzen Sie sich mal die Nase«, beruhigte sie ihn, »und dann lade ich Sie zu einem Kaffee ein.«
Pettersson tat, was ihm gesagt wurde, dankbar, dass Annika die Entscheidung übernahm. Sie gingen zur Imbissbude hinüber, wo es auch Kaffee und Marzipanteilchen gab.
»Meine Güte, war das furchtbar«, sagte Pettersson leise und biss in ein Stück Marzipan. »So etwas Übles habe ich noch nie erlebt.«
Annika lachte trocken in sich hinein.
»Haben Sie's gut«, sagte sie bloß.
Sie aßen schweigend und tranken ihren Kaffee.

»Sie sollten das Auto mal reparieren lassen«, meinte Annika schließlich.
»Das ist wohl wahr«, stimmte er zu.
Beide schenkten sich noch einmal Kaffee nach.
»Und was machen wir jetzt daraus?«, fragte Pettersson.
»Nichts«, entgegnete Annika, »und hoffen wir mal, dass auch kein anderer etwas daraus macht.«
»Wer sollte das denn tun?«, fragte Pettersson erstaunt.
»Sie haben ja keine Ahnung«, meinte Annika.
Sie fuhren zur Redaktion zurück, indem sie einen langen Umweg über Gamla Stan und Södermalm nahmen. Noch einmal am Kronobergspark vorbeizufahren war undenkbar.

Es war schon fast halb fünf, als sie in die Redaktion zurückkehrten.
»Und, wie war es?«, fragte Ingvar Johansson am Newsdesk.
»Es war die Hölle«, antwortete Annika. »Sie haben uns angegriffen und auf der Motorhaube Zeitungen angezündet.«
Ingvar Johansson blinzelte skeptisch.
»Jetzt mal langsam«, sagte er.
»Das ist die reine Wahrheit«, gab Annika zurück. »Es war verdammt unangenehm.«
Plötzlich musste sie sich setzen und sank auf den Desk.
»Also haben Sie kein Interview? Kein Bild?«, fragte der Mann.
Annika schaute ihn an und hatte das Gefühl, zwischen ihm und ihr wäre eine dicke Scheibe aus Plexiglas.
»So ist es«, erwiderte sie. »Es lässt sich aber sowieso nichts draus machen. Die Jugendlichen waren nur auf einen Kick aus, sie haben sich in eine Massenpsychose hineingesteigert. Wir hatten Glück, sie hätten das Auto umstoßen und anzünden können.«
Ingvar Johansson sah sie eine Weile mit großen Augen an, drehte sich dann um und nahm den Telefonhörer in die Hand.
Annika stand auf und setzte sich an Berits Platz. Plötzlich merkte sie, dass ihr die Knie zitterten, sie hatte einen Kloß im Hals.
Ich werde noch eine verdammte Heulsuse, dachte sie.
Sie setzte sich auf und las Agenturmeldungen und seltsame Fach-

zeitschriften, bis um drei Minuten nach sechs die Erkennungsmelodie von Studio 6 zu hören war.
Später würde sie die nun folgende Stunde als einen surrealistischen Albtraum in Erinnerung behalten, der in den folgenden zehn Jahren immer wieder in ihren Träumen auftauchte. Wann immer die E-Gitarre einsetzte, würde sie spüren, wie schutzlos und unvorbereitet sie gewesen war, wie naiv sie dagestanden und sich hatte abschießen lassen.
»Die Abendpresse hat heute wieder einen neuen Tiefpunkt in Sachen Sensationslüsternheit erreicht«, donnerte der Moderator. »Die Zeitungen nehmen trauernde Jugendliche als Aushängeschild, verbreiten falsche Gerüchte über Angehörige und machen sich zum Sprachrohr von Politikern, um gemeinsam die Öffentlichkeit hinters Licht zu führen. Mehr dazu im aktuellen Magazin mit Debatten und Analysen, direkt aus Studio 6.«
Annika hörte die Worte, ohne sie richtig zu begreifen. Sie ahnte, wollte aber nicht verstehen.
Die E-Gitarre verklang, und der Moderator ergriff wieder das Wort.
»Es ist Donnerstag, der 2. August, willkommen im Studio 6 im Funkhaus Stockholm«, leierte er.
»Heute wollen wir uns einmal die Berichterstattung über den Mord an der Stripperin Josefine Liljeberg durch das *Abendblatt* ansehen. Zu Gast bei uns im Studio haben wir zwei Menschen, die Josefine beide gut kannten, ihre beste Freundin Charlotta und der stellvertretende Rektor ihres Gymnasiums, Martin Larsson-Berg. Außerdem haben wir mit ihrem Freund Joachim gesprochen …«
Langsam wurde ihr schwindelig. Ihr wurde bewusst, was jetzt kommen würde. Sie streckte die Hand aus, um das Radio auszuschalten, hielt aber inne.
Es ist besser, zu hören, was sie sagen, als hinterher darüber nachgrübeln zu müssen, dachte sie.
Diese Entscheidung sollte sie später oft bereuen, denn die Worte würden sich wie ein Mantra in ihrem Sprachzentrum festsetzen.
»Fangen wir mit Ihnen an, Charlotta, können Sie einmal beschreiben, was das *Abendblatt* Ihnen angetan hat?«
Charlotta brach in Tränen aus, was der Moderator offenbar sehr

effektvoll fand, denn er ließ sie ungefähr eine halbe Minute lang gewähren, ehe er sie bat aufzuhören. Das tat sie dann auch augenblicklich.
»Ja, also«, stotterte Charlotta und schluchzte wieder, »da war diese Reporterin, Annika Bengtzon, die mich zu Hause anrief und in meinem Unglück herumwühlen wollte.«
»Inwiefern?«, fragte der Moderator, der ungeheuer mitleidig und verständnisvoll klang.
»Meine beste Freundin war gestorben, und sie rief mich mitten in der Nacht an und wollte wissen, was das für ein Gefühl ist.«
»Unglaublich!«, stieß der Moderator hervor.
Charlotta schluchzte wieder.
»Ja, das war das Schlimmste, was mir je passiert ist. Wie soll man nach so etwas noch weitermachen können?«
»Ging es Ihnen genauso, Martin Berg-Larsson?«
»Larsson-Berg«, verbesserte der stellvertretende Rektor. »Ja, im Großen und Ganzen schon. Ich war ja nun kein enger Freund des Mädchens, das ist ja klar, aber ich stehe der Familie doch nahe. Ihr Bruder ist ein sehr begabter Student, der jetzt im Frühjahr Abitur gemacht hat und im Herbst ein Studium in den USA aufnehmen wird. Wir vom Tibble-Gymnasium finden es sehr schön, wenn unsere Schüler den Weg einer höheren internationalen Ausbildung beschreiten.«
»Und wie war das, mitten in der Nacht diese furchtbaren Fragen gestellt zu bekommen?«
»Nun ja, ich war natürlich schockiert. Zuerst dachte ich, es sei etwas mit meiner Frau, die segelt nämlich …«
»Wie haben Sie reagiert?«
»Ja, ich weiß nicht recht …«
»Und es war dieselbe Reporterin, die sich auch Charlotta aufgedrängt hatte, Annika Bengtzon?«
»Ja, genau.«
Der Moderator raschelte mit einer Zeitung.
»Nun wollen wir mal sehen, was Annika Bengtzon geschrieben hat, und zwar …«
Der Mann fing an, in leicht amüsiertem Ton laut aus Annikas Ar-

tikeln über Josefine, ihre Träume und Hoffnungen, die Aussage von Charlotta und die Trauerorgie in Täby vorzulesen.
»Was sagen Sie dazu?«, schloss er mit Grabesstimme.
»Es ist so furchtbar, wenn man mit seiner Trauer nicht allein sein darf«, piepste Charlotta. »Dass die Massenmedien krisengeschüttelte Menschen einfach nicht in Ruhe lassen können. Und heute, bei unserer Demonstration gegen sinnlose Gewalt, hat sie sich uns wieder aufgedrängt!«
Martin Larsson-Berg räusperte sich.
»Nun«, fügte er ein, »man muss die Massenmedien auch verstehen, wir haben in Täby eine ausgezeichnete Krisenbewältigung durchgeführt und möchten natürlich auch gern ein Vorbild sein ...«
Der Moderator schnitt ihm das Wort ab.
»Aber das *Abendblatt* und Annika Bengtzon haben sich damit nicht zufrieden gegeben. Die Zeitung hat darüber hinaus einen Versuch unternommen, den verdächtigen Minister Christer Lundgren reinzuwaschen. Somit hat sie sich vor den Karren der Sozialdemokratie spannen lassen und die Schuld auf den geschoben, der Josefine am nächsten stand, ihren Freund. Unser Reporter hat mit ihm gesprochen.«
Annika saß wie festgefroren im Stuhl. Kalter Schweiß lief ihr hinunter, alles war völlig unwirklich. Die Redaktion war voller Menschen, doch niemand sah sie an. Es gab sie nicht. Sie war bereits tot.
»Ich habe Josefine geliebt, sie war das Wichtigste für mich«, sagte eine helle Männerstimme, die jung und verletzlich klang.
»Was haben Sie empfunden, als Sie im *Abendblatt* als Mörder verurteilt wurden?«, fragte der Reporter vorsichtig.
»Ja, also, das kann man gar nicht beschreiben. Was soll ich da sagen? Zu lesen, dass man ... nein, das ist nicht zu fassen.«
Und er schluchzte tatsächlich.
»Haben Sie in Erwägung gezogen, die Zeitung anzuzeigen?«
Weiteres Schluchzen.
»Nein, das bringt doch nichts. Diese Riesenkonzerne geben doch so viel Geld aus, wie sie wollen, um einen kleinen Menschen zu zerquetschen. Ich würde vor Gericht niemals Recht bekommen. Außerdem würde das viel zu viele Erinnerungen wachrufen.«

Der Moderator kehrte zurück, diesmal mit einem anderen Reporter, der offenbar als eine Art Experte diente.
»Ja, das ist tatsächlich ein Problem, oder?«, fragte der Moderator.
»Ja, ganz richtig«, erwiderte der Experte besorgt. »Ein junger Mann wird von einer Sommervertretung, die ausgezogen ist, um Journalistin zu spielen, und dann die Lüge als Wahrheit darstellt, zum Mörder abgestempelt. Da bekommt man selten Recht. Es kostet viel Geld, sich in einem Gerichtsverfahren gegen eine Zeitung durchzusetzen, aber wir wollen dennoch darauf hinweisen, dass alle, die sich von den Medien unterdrückt oder verleumdet fühlen, eine Rechtsberatung erhalten können, um lügenden Journalisten das Handwerk zu legen.«
»Wäre das auch in Joachims Fall eine Möglichkeit?«
»Ja, das wäre möglich. Man kann nur hoffen, dass er die Kraft hat, die Sache vor den Richter zu bringen. Es wäre interessant, diese Angelegenheit zu einem Präzedenzfall zu machen.«
Der Moderator raschelte mit seinen Papieren.
»Aber warum macht eine junge Sommervertretung so etwas?«
»Ja, einerseits natürlich, weil sie bereit ist, alles zu tun, um eine feste Stellung bei einer Abendzeitung zu bekommen. Die Abendpresse lebt vom freien Verkauf, und je reißerischer die Aufmacher sind, desto mehr Zeitungen werden verkauft, und desto mehr Geld wird verdient. Die Journalisten, die sich auf dieses Arbeitsniveau herablassen, leben ausgesprochen gut von ihren schmutzigen Machenschaften, so ist es leider.«
»Also, je reißerischer der Aufmacher, desto höher das Honorar des Reporters?«
»Ja, so kann man es sagen.«
»Glauben Sie wirklich, dass sie einfach nur versucht hat, sich dem Höchstbietenden zu verkaufen?«
»Nein, leider können noch weitaus zweifelhaftere Motive hinter der ganzen Sache stecken.«
»Und welche?«
Der Experte räusperte sich.
»Es ist so«, begann er, »in Stockholm gibt es Tausende von Lobbyisten. Diese Lobbyisten haben nur eines im Sinn: gegen Bezah-

lung Medien und Meinungsmacher dazu zu bringen, sich so im Sinne ihrer Auftraggeber zu verhalten. Gerüchte streuen nennt man es, wenn man versucht, die Medien zu beeinflussen. Man verleitet oder kauft einen Journalisten mit einem Gerücht, und dann erfüllt einem der Reporter einen Wunsch.«
»Glauben Sie, dass es sich in diesem Fall so zugetragen hat?«
»Ja, davon bin ich absolut überzeugt«, erwiderte der Kommentator im Brustton der Überzeugung. »Jedem, der etwas Einblick in diese Branche hat, ist vollkommen klar, dass Annika Bengtzons Artikel über Christer Lundgren auf gezielt gestreuten Gerüchten beruhen.«
»Woher wissen Sie das?«, fragte der Moderator beeindruckt.
»Ich werde Ihnen den Beweis vorspielen, eine Sequenz, die ich heute Morgen in Rosenbad aufgenommen habe«, erwiderte der Experte triumphierend.
Die Stimme des Ministerpräsidenten erfüllte den Äther.
»Scherz beiseite, Christer Lundgren tut mir natürlich Leid«, sagte der Regierungschef besorgt. »Diese Art von unbegründetem Verriss durch die Medien ist immer eine Prüfung. Aber ich versichere Ihnen, für die Regierung und für die Partei spielen diese völlig übertriebenen Behauptungen überhaupt keine Rolle. Wahrscheinlich haben Sie heute das *Abendblatt* gelesen, da hat man herausbekommen, warum Lundgren verhört wird. Er hat zufällig eine Wohnung in der Nähe des Kronobergsparks. Selbst Minister müssen irgendwo wohnen.«
Man kehrte zurück ins Studio.
»Ja, da haben wir es mit eigenen Ohren gehört«, sagte der Experte. »Der Ministerpräsident verweist direkt auf Informationen in der Zeitung und will, dass die anderen Medien diesen folgen.«
»Welche Verantwortung haben die Politiker, in diesem Fall die Regierung?«
»Nun, es muss natürlich kritisiert werden, dass sie eine so junge Journalistin ausnutzen. Die unerfahrenen Sommervertretungen sind nun mal leider leichter zu manipulieren.«
Nun ergriff der Moderator wieder das Wort.
»Natürlich haben wir versucht, den Chefredakteur des *Abendblatts* zu erreichen, damit er unsere Einschätzung der Lage kom-

mentiert. Doch wir haben den Bescheid bekommen, er sei nicht anzutreffen ...«

Annika stand auf und ging zur Toilette, der Fußboden schien unter ihr zu schwanken. Das Gefühl nahm noch zu, als sie in den Flur hinter der Redaktion kam, und sie musste sich an die Wand lehnen. Ich breche zusammen, dachte sie. Das wird nicht gehen. Ich schaffe es nicht. Ich werde hier auf den Fußboden kotzen.

Sie übergab sich am Waschbecken in der Behindertentoilette, und als sie sich im Spiegel betrachtete, war sie erstaunt, dass sie immer noch ganz war und aussah wie immer, atmete und noch einen Herzschlag hatte.

Ich kann mich nie wieder draußen zeigen, dachte sie. Ich bin für alle Zeiten erledigt. Ich werde nie wieder einen Job bekommen. Nicht einmal beim *Katrineholms-Kurier* werden sie mich noch haben wollen, ich werde die Kündigung bekommen.

Sie begann zu weinen.

Um Himmels willen, wo soll ich bloß wohnen? Wenn ich die Miete nicht bezahlen kann, wo soll ich dann hingehen?

Sie sank auf dem Fußboden zusammen und weinte.

Lyckebo, dachte sie plötzlich und hörte auf zu weinen. Ich ziehe zu Großmutter. Da findet mich niemand. Großmutter wird sowieso irgendwann im Oktober in die Wohnung in Hälleforsnäs ziehen, da kann ich draußen wohnen bleiben.

Sie schnäuzte sich in ein Stück Toilettenpapier und trocknete die Tränen.

Ja, das werde ich machen! Großmutter hatte versprochen, für sie da zu sein, sie würde Annika nicht im Stich lassen. Und außerdem war sie in der Gewerkschaft, so würde sie das erste Jahr noch Arbeitslosengeld bekommen, dann würde sie weitersehen. Sie könnte ins Ausland gehen, das hatten schon viele gemacht. In Israel Apfelsinen pflücken oder Trauben in Frankreich, oder warum nicht Neuseeland?

Sie stand wieder auf. Es gab massenhaft Auswege.

»Man sollte nicht so einen engen Horizont haben«, sagte sie laut zu sich selbst.

Sie hatte einen Beschluss gefasst. Nie wieder würde sie einen Fuß

in eine Zeitungsredaktion setzen, vor allem nicht in diese. Sie würde ihre Tasche und ihre Kiste mit Aufzeichnungen holen und dem Journalismus für immer Adieu sagen. Resolut schloss sie die Tür auf. Der Seegang wollte nicht so richtig aufhören. Sie hielt sich in der Nähe der Wand, um nicht hinzufallen.
An Berits Platz angekommen, raffte sie schnell ihre Sachen zusammen und in die Tasche.
»Ah, da sind Sie ja, könnten Sie bitte einen Moment zu mir hereinkommen?«
Es war der neue Ressortleiter Anders Schyman, sie drehte sich erstaunt um.
»Wer, ich?«, fragte sie.
»Ja, sicher, ich sitze in dem Aquarium da drüben mit den widerwärtigen Gardinen. Kommen Sie doch bitte zu mir, wenn Sie einmal Zeit haben.«
»Ich habe jetzt Zeit«, erwiderte sie.
Sie bemerkte die verstohlenen Blicke der ganzen Redaktion, als sie auf das Zimmer des Chefs zusteuerte.
Eines ist sicher, dachte sie, es kann jedenfalls nicht schlimmer werden.

Es war kein schönes Büro. Die müden Gardinen waren wirklich schrecklich, der Raum war düster und roch muffig.
»Was stinkt denn hier so schrecklich? Haben Sie den Aschenbecher nicht geleert?«
»Ich rauche nicht. Es ist das Sofa. Setzen Sie sich bloß nicht drauf, das beißt sich in den Kleidern fest.«
Sie blieb einfach stehen, während er sich auf den Schreibtisch setzte.
»Ich habe bei Studio 6 angerufen«, begann er. »Einen derartigen Angriff auf eine Person habe ich noch nie erlebt, und wir haben noch nicht einmal Gelegenheit bekommen, etwas darauf zu erwidern. Ich habe schon die Anzeige an die Prüfungskommission für Radio und Fernsehen gefaxt. Es stimmt zwar, dass unser Chefredakteur verreist ist, aber ich war den ganzen Tag hier. Hat man versucht, Sie zu erreichen?«
Sie schüttelte nur den Kopf.

»Ich kenne diesen so genannten Experten. Er hat mal kurze Zeit bei meinem Magazin gearbeitet, aber ich musste ihn rausschmeißen. Eine Zusammenarbeit mit ihm war nicht möglich. Er intrigierte und redete so lange Mist, bis die ganze Redaktion drauf und dran war, zusammenzubrechen. Gott sei Dank war er nicht fest angestellt, sondern hatte eine eigene kleine Firma. Als ich schließlich den Entschluss gefasst hatte, musste er noch am selben Tag gehen.«
Annika starrte zu Boden.
»Und wo wir gerade von lancierten Gerüchten reden«, fuhr Anders Schyman fort und fischte dabei ein Fax aus dem Chaos, das sich bereits auf seinem Schreibtisch angesammelt hatte, »wir haben einen anonymen Tipp bekommen, dass auch ein konservativer Parteivorsitzender zu dem Mord an Josefine verhört worden sei.«
Er hielt Annika das Fax entgegen, und sie nahm es ihm wie betäubt aus der Hand.
»Woher kommt das?«, fragte sie.
»Das frage ich mich auch«, sagte der Ressortleiter. »Sehen Sie die Nummer des Absenders in der Ecke? Die gehört zur Werbeagentur der Sozialdemokraten.«
»Meine Güte, wie blöd«, erwiderte Annika.
»Ja, nicht wahr?«
Sie schwiegen. Annika gab sich einen Ruck.
»Ich bin keinen gestreuten Gerüchten auf den Leim gegangen«, verteidigte sie sich.
Anders Schyman sah sie aufmerksam an und wartete, dass sie weiterredete.
»Ich habe mit niemandem über diesen Mordfall geredet, außer mit Berit und Anne Snapphane.«
»Auch nicht mit den Nachrichtenmachern?«
Annika schüttelte den Kopf.
»Nicht viel«, sagte sie leise.
»Das heißt, Sie haben diesen Mordfall ganz allein bearbeitet?«
Er klang etwas skeptisch, und sie riss sich zusammen.
»Na ja, so gut wie«, bekannte sie, und Tränen traten ihr in die Augen. »Es gibt sonst niemanden, dem man einen Vorwurf machen kann.«
»Nein, nein«, beeilte sich Anders Schyman zu sagen, »so habe ich

das nicht gemeint. Ich finde, dass die Berichterstattung über den Mord in Ordnung war, um nicht zu sagen gut. Das einzig Dumme ist nur, dass wir die Sache mit dem Sexklub nicht hatten. Das wussten Sie aber, oder?«

Sie nickte.

»Wir hätten früher darüber schreiben sollen. Aber viel schlimmer ist es, das Mädchen wie eine Prostituierte darzustellen. Wie haben Sie eigentlich von dieser Wohnung des Ministers erfahren?«

Annika schniefte.

»Ich habe mit seiner Nachbarin Kaffee getrunken.«

»Fantastisch«, staunte Anders Schyman. »Und was war mit diesen Jugendlichen aus Täby?«

Annikas Augen blitzten auf.

»Also das«, empörte sie sich, »ist wirklich völlig unglaublich. Sie haben selbst angerufen und uns gebeten zu kommen, sowohl zum Jugendheim als auch heute zum Park.«

»Da ging es ziemlich hoch her, habe ich gehört.«

Annika begann zu gestikulieren.

»Sie trauern, und deshalb kann man sie nicht zur Rechenschaft ziehen. Es ist schade um sie, und deshalb darf man sich ihnen einfach überhaupt nicht mehr nähern. Alles, was in diesem verdammten Land auch nur im Entferntesten unangenehm oder kontrovers ist, darf einfach nicht gesagt werden. Wir glauben, dass Tod und Gewalt und Leiden verschwinden, wenn wir sie begraben und niemals darüber sprechen. Aber das ist falsch! Verstehen Sie? So wird alles nur noch schlimmer! Die jungen Leute da draußen waren nicht ganz bei Trost! Die hätten uns genauso gut anzünden können!«

»Also, ich glaube, jetzt übertreiben Sie ein wenig«, versuchte Anders Schyman sie zu beruhigen.

»Himmel nochmal!«, rief Annika aus. »Diese verdammten pathetischen Sozialfuzzis haben das Monopol für alles, was Trauerarbeit und Verständnis heißt, an sich gerissen. Krisenteam, ja, vielen Dank! Alles, was sie gemacht haben, war, den Jugendlichen alle Vernunft auszutreiben. Die meisten von ihnen hatten noch nie ein Wort mit Josefine gewechselt, darauf wette ich! Weshalb sollten sie an irgendeiner wochenlangen Trauerorgie teilnehmen? Die waren in Trance,

Schyman, die wussten nicht mehr, was sie taten. Und in uns sehen sie das Böse, ein Racheobjekt, ein Opfer. Und jetzt kommen Sie mir, verdammt nochmal, nicht damit, ich würde übertreiben!«

Ihr Gesicht war rot angelaufen vor Erregung und Wut, sie atmete kurz und stoßweise.

Der Ressortchef sah sie belustigt an.

»Ich kann mir vorstellen, dass Sie Recht haben«, meinte er.

»Ja, zum Teufel, natürlich habe ich Recht«, schimpfte sie.

Er lächelte.

»Was für ein Glück, dass Sie beim Schreiben nicht so viel fluchen«, sagte er.

»Das ist eine verdammt idiotische Bemerkung«, entgegnete sie. »Zum Teufel, ist doch klar, dass ich das nicht tue.«

Anders Schyman lachte. Annika trat zu ihm.

»Das ist nicht witzig«, hielt sie ihm vor, »es ist sehr ernst. Die Jugendlichen am Friedhof waren ein Lynchmob. Das heißt nicht, dass sie uns wirklich Schaden zugefügt hätten, aber sie haben uns ganz klar bedroht. Eigentlich sollten wir sie anzeigen. Das Auto von Pettersson hat Brandflecken im Lack, was bei der alten Klapperkiste nicht viel ausmacht, aber immerhin. Wir sollten ein Zeichen setzen, dass die Leute sich nicht benehmen können, wie sie wollen, auch wenn sie irgendeine Trauer als Alibi haben.«

»Es gibt Krisengruppen, die ganz hervorragende Arbeit leisten«, sagte der Ressortleiter ernst. »Wenn man alle Hilfsorganisationen über einen Kamm schert, ist das ebenso unseriös, wie zu behaupten, dass die komplette Abendpresse nur das Unglück anderer ausschlachten will.«

Annika antwortete nicht, und der Mann schaute sie eine Weile schweigend an.

»Sie haben in der letzten Zeit ziemlich viel gearbeitet, nicht wahr?«, fragte er.

Sie nahm sofort eine Verteidigungshaltung ein.

»Es ist nicht so, dass ich ausgepowert bin und deshalb überreagiere«, gab sie kurz zurück.

Der Ressortleiter erhob sich.

»Das habe ich auch nicht gedacht«, sagte er. »Ist das hier Ihre vorgesehene Schicht?«

Sie senkte den Blick.
»Nein, die fängt erst am Samstag an.«
»Nehmen Sie sich übers Wochenende frei«, bestimmte er. »Fahren Sie weg und ruhen Sie sich aus, das können Sie nach so einem Rückschlag gebrauchen.«
Sie drehte sich um und verließ das Zimmer, ohne noch etwas zu erwidern. Auf dem Weg ins Treppenhaus hörte sie Jansson in der Redaktion jubeln:
»Mein Gott, was machen wir doch für eine gute Zeitung! Der Parteisprecher gibt zu: Ich war die IB, der Ministerpräsident kommentiert die Mordverdächtigungen, die Ninja Barbies sind gefasst, und wir haben die Exklusivbilder!«
Sie beeilte sich, in den Fahrstuhl zu kommen.
Erst als sie vor dem Hinterhaus stand, wurde ihr mit einem Mal klar, dass sie keine Schlüssel hatte. Die Tür konnte nur mit einem Schlüssel geöffnet werden, es gab kein Codesystem. Am liebsten hätte sie wieder angefangen zu weinen.
»Verdammte Scheiße«, schimpfte sie und zog an der Tür. Zu ihrem Erstaunen ging sie auf. Ein kleines hellgrünes Stück Karton segelte zu Boden.
Patricia, dachte Annika. Sie hat begriffen, dass ich nicht hineinkommen würde, und hat das Schloss blockiert.
Sie schleppte sich die Treppen hinauf, und der Weg kam ihr unendlich lang vor. An ihrer Wohnungstür klebte ein C5-Kuvert, in dem die Schlüssel klirrten, als sie es löste.
»Tausend Dank für alles. Hier sind deine Schlüssel, ich habe welche nachmachen lassen. Ich bin im Klub und komme morgen früh wieder. PS: Ich habe ein wenig eingekauft, ich hoffe, das war okay.«
Annika schloss auf. Ein frischer Duft von Seife schlug ihr entgegen, der Voile schwebte eindrucksvoll im Luftzug. Sie zog die Eingangstür hinter sich zu, und alle Gardinen sanken wieder zur Erde. Langsam ging sie durch die Zimmer und schaute sich um.
Patricia hatte die ganze Wohnung geputzt, abgesehen von Annikas Schlafzimmer, dort war das Bett wie immer ungemacht. Der Kühlschrank war voll leckerem Käse, Oliven, Hummus, Erdbeeren, und auf dem Brett daneben standen Pflaumen, Trauben und Avo-

cados. Annika dachte, dass sie das alles niemals würde aufessen können, ehe es schlecht würde, bevor ihr plötzlich einfiel, dass sie ja jetzt zu zweit waren.
Sie schaute vorsichtig durch einen Spalt der Tür zum Mädchenzimmer. In einer Ecke lag Patricias Matratze, ordentlich mit großblumigem Bettzeug bezogen. Daneben stand eine Sporttasche mit Kleidern. An der Wand hing Josefines rosa Kleid auf einem Bügel.
Ich will hier bleiben, dachte sie. Ich will nicht zurück zum Tattarbacken. Ich will nicht den Rest meines Lebens in Lyckebo verbringen.

In dieser Nacht träumte sie zum ersten Mal von den drei Männern aus Studio 6, von dem Moderator, dem Reporter und dem Experten. Sie standen schweigend, schwarz und gesichtslos an ihrem Bett. Sie spürte ihre kühl abschätzende Böswilligkeit wie einen Krampf im Magen.
»Wie können Sie behaupten, dass das mein Fehler war?«, schrie sie.
Die Männer kamen näher.
»Ich habe wirklich nachgedacht! Vielleicht habe ich einen Fehler gemacht, aber ich habe es wenigstens versucht!«
Die Männer versuchten sie zu erschießen. Ihre Waffen dröhnten in ihrem Kopf.
»Ich bin nicht Josefine! Nein!«
Alle drei beugten sich gleichzeitig über sie, und als ihre eiskalte Atemluft in ihr Bewusstsein vordrang, erwachte sie von ihrem eigenen Schrei.
Es war pechschwarz im Zimmer. Draußen regnete es wie verrückt. Das Donnern und die Blitze kamen genau gleichzeitig. Das Schlafzimmerfenster schlug im Wind, das Zimmer war ausgekühlt.
Sie stolperte hoch, um das Fenster zu schließen, und es fiel ihr schwer, es gegen den Wind zuzudrücken. In der Stille nach dem Regen spürte sie ein Rinnsal zwischen den Beinen. Sie hatte ihre Tage bekommen. Die Tüte mit Binden war leer, aber sie hatte noch ein paar Slipeinlagen in ihrer Tasche.
In ihrem Bett zu einem Ball zusammengerollt, weinte sie lange, während das Unwetter vorüberzog.

Achtzehn Jahre, sechs Monate und vierzehn Tage

Er ist gekränkt, und ich bin so machtlos mit meinen Versicherungen. Ich weiß ja, dass er Recht hat. Niemand wird mich je so lieben können wie er. Es gibt nichts, das er nicht, ohne zu zögern, für mich tun würde, aber dennoch kümmere ich mich mehr um Äußerlichkeiten als um ihn.

Meine Verzweiflung wächst, meine Unvollkommenheit blüht: giftig, eiskalt, blau. Es ist vernichtend, niemals richtig zu taugen. Ich will fernsehen, wenn er mit mir ins Bett will, er kugelt mir den Arm aus. Die Leere, die dann kommt, schwarz und nass, konturlos, undurchdringlich. Er sagt, ich sei untreu, und ich finde keinen Ausweg.

Wir müssen zusammenhalten, zu unserem Himmel zurückfinden. Die Liebe ist ewig, fundamental. An ihr zweifle ich nie. Aber wer hat gesagt, dass es leicht sei? Wenn die Vollendung allen gegeben wäre, müsste man schließlich nicht darum kämpfen.

Ich kann jetzt nicht aufgeben.

Wir sind das Wichtigste,
das uns beiden
geschehen ist.

FREITAG, 3. AUGUST

Anders Schyman wurde auf dem kurzen Weg zu seinem Auto völlig durchnässt. Der Regen ergoss sich mit rasender Kraft, versuchte all die glühend heißen Tage in einem einzigen intensiven Wasserfall zu löschen. Der Ressortleiter fluchte und versuchte, hinter dem Steuer eingeklemmt, sich des Jacketts zu entledigen. Auch das Hemd darunter war auf Rücken und Schultern nass.

»Das trocknet schon wieder«, murmelte er sich selbst aufmunternd zu. Sein Atem hatte die Fensterscheiben bereits wieder beschlagen lassen, und er stellte die Lüftung an.

Seine Frau winkte ihm von der Küche aus zu, und er wischte das Seitenfenster frei und warf ihr eine Kusshand zu, dann fuhr er los in Richtung Stadt. Er konnte nichts sehen, obwohl die Scheibenwischer auf höchster Stufe liefen. Ständig musste er die beschlagenen Scheiben freiwischen, um überhaupt etwas sehen zu können.

Auf dem Saltsjöbadsleden lief der Verkehr einigermaßen, aber als er an Nacka Centrum vorbeifuhr, ging nichts mehr. Ein Unfall auf dem Värmdöleden hatte zu kilometerlangen Staus geführt. Er stöhnte laut auf. Die Abgase stiegen wie Nebel zwischen den Wassertropfen hoch. Schließlich machte er den Wagen aus und ließ die Klimaanlage auf Innenbelüftung laufen.

Er wurde nicht schlau aus dem *Abendblatt.* Vier Monate lang hatte er die Zeitung jetzt gründlich gelesen, seit er das erste Mal das Angebot erhalten hatte, die Leitung der Nachrichtenredaktion zu übernehmen. Vieles war natürlich selbstverständlich, zum Beispiel, dass die Zeitung ständig auf der Grenze zum moralisch und ethisch nicht mehr Vertretbaren balancierte. Das musste bei einer solchen Zeitung so sein.

Manchmal wurde die Grenze überschritten, aber im Grunde erstaunlich selten. Er hatte gründlich die Anzeigen beim Ombudsmann der Presse und beim Presseverband studiert, ebenso wie die gefällten Urteile, denn natürlich waren die Abendzeitungen ein selbstverständlicher Bestandteil der Statistiken. Sie wurden weitaus öfter angezeigt als alle anderen, was ganz natürlich war. Die Aufgabe der Abendpresse war es, zu provozieren und Reaktionen hervorzurufen. Und doch gab es nur etwa ein oder zwei Urteile pro Jahr. Es hatte ihn erstaunt, dass die Liste verurteilter Artikel meist von den Lokalzeitungen angeführt wurde, den kleinen, übers ganze Land verstreuten Zeitungen, die oft nicht richtig einschätzen konnten, wo die Grenzen verliefen.
Daraus hatte er den Schluss gezogen, dass das *Abendblatt* ein äußerst verantwortungsbewusstes Medienunternehmen war, dass Artikel, Aufmacher und Kolumnen wohl abgewogen waren und man auf Kontinuität, Offenheit und Diskussion setzte.
Die Wirklichkeit lag Lichtjahre von dieser idealisierenden Vision entfernt, das hatte er bereits feststellen müssen.
Beim *Abendblatt* hatte man oft nicht die geringste Ahnung davon, was man gerade tat. So schickten sie zum Beispiel dieses sörmländische Landei zu Leichen und Lynchmobs und erwarteten von ihr, dass sie immer glasklare und verantwortungsbewusste Beurteilungen abgab. Gestern Abend hatte er mit den Nachrichtenchefs für den Tag- und Spätdienst geredet, und keiner von beiden hatte mit ihr je direkt die Behandlung des Mordes an Josefine Liljeberg besprochen. Das empfand er als ein verantwortungsloses und inkompetentes Verhalten der Redaktionsleitung.
Und dann diese seltsame Geschichte mit den Terroristinnen – keiner im Führungskreis der Redaktion schien eigentlich zu wissen, woher die Story genau kam. Eine Aushilfe tanzte mit sensationellen Fotos in der Hand in die Redaktion, alle jubelten und veröffentlichten sie, ohne auch nur einen Moment lang nachzudenken.
So konnte es nicht weitergehen. Um auf einem schmalen Grat balancieren zu können, musste man ganz genau wissen, wo er verlief. Rechts und links lauerten Katastrophen, er konnte ihren sauren Atem bereits spüren. Studio 6 gestern war nur ein erster Hinweis ge-

wesen. Das *Abendblatt* wurde zu einer leichten Beute. Wenn die Redaktion in dieser Lage anfing zu bluten, würden sich die Aasgeier bald sammeln. Die Medien würden die Zeitung in Stücke reißen. Dann würde es nichts helfen, wie oder was man schrieb, denn alles würde als falsch und verwerflich angesehen werden. Wenn das Bewusstsein nicht schnell und ernsthaft geschärft wurde, war der Abgrund nah, was die Auflage, aber auch die journalistischen und wirtschaftlichen Möglichkeiten der Zeitung betraf.

Auf der Spur nebenan kam der Verkehr wieder ins Rollen. Er startete das Auto und ließ es mit angezogener Handbremse im Leerlauf laufen.

Zweifellos gab es in der Redaktion viel Kompetenz, aber es fehlte an Führung, Zusammenhalt und absoluter Verantwortlichkeit. Alle Journalisten mussten sich ihrer Aufgabe und ihrer Fähigkeiten bewusst sein, das Ziel musste deutlich gemacht werden. Damit hatte er eine der vielen Funktionen umrissen, die von ihm in der Redaktion erwartet wurden: Er sollte der Scheinwerfer gegen den Stacheldraht sein. Das Licht musste auf den Abgrund gerichtet werden, und zwar in Form von Diskussionen, Seminaren, täglichen Konferenzen und neuen Arbeitsabläufen.

Die Autos zu seiner Linken fuhren nun immer schneller vorbei, während er selbst keinen Millimeter vorankam. Er fluchte und versuchte nach hinten zu schauen, konnte allerdings überhaupt nichts erkennen. Am Ende setzte er einfach den Blinker und scherte mit Todesverachtung nach links aus. Der Autofahrer, vor den er sich gedrängelt hatte, stellte sich auf die Hupe.

»Schlechte Kindheit gehabt oder was?«, murmelte er in den Rückspiegel.

Im selben Moment stand der Verkehr wieder. Die Spur nebenan, die er gerade verlassen hatte, fuhr los und hatte bald ein gutes Tempo drauf.

Er legte die Stirn auf das Lenkrad und stöhnte laut auf.

Annika schaute vorsichtig ins Mädchenzimmer. Patricia schlief. Sie schloss lautlos die Tür, setzte Kaffee auf, ohne mit dem Geschirr zu klappern, und schlich sich hinaus, um die Morgenzeitung zu holen. Sie warf sie auf den Küchentisch, und zufällig wurde sie genau auf der Seite mit der Rubrik »Gestern im Radio« aufgeschlagen. Annikas Blick wurde magisch von dem Text angezogen, und sie las mit zunehmender Übelkeit die Worte des Rezensenten.

»Das engagierteste und wichtigste Nachrichtenmagazin im Moment ist ohne Zweifel Studio 6 auf P3. Gestern hatte es das sinkende Niveau der Abendpresse und die rücksichtslose Ausnutzung von Menschen in Trauer zum Thema, ein Thema, das immer aktuell ist und ...«

Annika riss die Zeitung auseinander, knüllte sie zu einem kleinen Ball zusammen und drückte sie in die Mülltüte. Dann ging sie zum Telefon, rief bei der Zeitung an und kündigte ihr Abonnement.

Sie versuchte eine halbe Avocado zu essen, doch das fette grüne Fruchtfleisch pappte in ihrem Mund, und ihr wurde übel. Anschließend versuchte sie es mit ein paar Erdbeeren, aber der Effekt war derselbe. Kaffee und Orangensaft gingen runter. Den Rest der Avocado und ein paar Erdbeeren warf sie weg, damit Patricia glauben sollte, sie hätte davon gegessen. Dann hinterließ sie die Nachricht, dass sie übers Wochenende nach Hälleforsnäs fahren werde.

Insgeheim fragte sie sich, ob sie jemals wieder zurückkommen würde. Wenn nicht, sollte Patricia die Wohnung übernehmen, sie brauchte ja eine.

Als sie die Tür zum Hinterhof öffnete, schlug ihr der Regen wie eine Wand entgegen. Sie blieb eine Weile dort stehen und starrte auf das Vorderhaus, das hinter dem Vorhang aus Feuchtigkeit kaum zu sehen war.

Das ist perfekt, dachte sie. Es wird niemand draußen sein. Niemand wird mich sehen. Mama muss sich nicht schämen.

Sie ging in den Regen hinaus und war, noch ehe sie es zum Müllcontainer geschafft hatte, schon völlig durchnässt. Dort versenkte sie die halb volle Mülltüte mit der Zeitung, den Erdbeeren und den Avocadoresten und ging langsam zur U-Bahn.

Auf dem Hauptbahnhof wurde ihr klar, dass sie fast zwei Stunden warten musste, ehe der nächste Zug nach Flen ging. Sie setzte sich auf eine der Bänke in der großen, hell erleuchteten Halle. Die

Laute der Reisenden, der Züge, die Stimmen in den Lautsprechern, das alles verschmolz zu einer Kakophonie von Stadt und Chaos.
Annika schloss die Augen und ließ die Geräusche ihr Gehirn durchdringen. Am liebsten hätte sie geweint. Nach einer Weile fing sie an zu frieren und ging auf eine Toilette mit einem Händetrockner, an den sie sich stellte, bis alle anderen Besucher der Toilette sauer wurden.
Die wissen wenigstens nicht, wer ich bin, dachte sie. Sie wissen nicht, dass ich die Gescheiterte bin. Gott sei Dank habe ich nie eine Bildunterschrift mit Foto bekommen.
Bei dem Zug handelte es sich um einen kleinen Regionalexpress, der schon bald brechend voll war. Sie landete gegenüber einem dicken Mann, der von Schweiß und Regen nass war. Er schlug eine aktuelle Ausgabe des *Abendblatts* auf, und Annika versuchte, nicht hinüberzustarren.
Berit hatte den Parteisprecher dazu gebracht, seine Verwicklung in die IB-Affäre einzugestehen.
»Ich gehörte zur Truppe von Elmér«, sagte er in der Einleitung zur ersten Spitze.
Na ja, dachte sie bei sich. Das geht mich nichts mehr an.
In Flen musste sie eine weitere Stunde auf den Bus nach Hälleforsnäs warten. Der Regen fiel immer noch wie aus Kübeln, und auf der Straße hinter dem Busbahnhof hatte sich bereits ein kleiner See gebildet. Sie saß in der Wartehalle des Bahnhofs mit dem Gesicht zur Wand. Sie wollte mit niemandem sprechen.
Es war bereits Nachmittag, als der Bus am Fuß des Tattarbacken hielt. Der Parkplatz des Supermarkts war voller Pfützen und menschenleer, niemand sah sie aussteigen. Sie war müde und zittrig, schleppte sich mit Beinen, die nach dem gestrigen Joggen schmerzten, zu ihrem Haus hinauf. Ihre Wohnung war dunkel und roch nach Staub. Ohne Licht zu machen, zog sie alle nassen Kleider aus und legte sich ins Bett. Drei Minuten später war sie eingeschlafen.

»Es ist nur eine Frage der Zeit«, sagte der Ministerpräsident.
Der Pressechef protestierte.

»Da können wir nicht sicher sein. Keiner weiß, wie so ein Treiben endet.«

Der Pressemann wusste, wovon er sprach. Früher war er einer der härtesten und erfahrensten politischen Journalisten Schwedens gewesen. Jetzt war es seine Aufgabe, die Berichterstattung im Sinne der Sozialdemokraten zu steuern. Zusammen mit den Wahlstrategen aus den USA hatte er am meisten zu sagen, wenn es um den Wahlkampf der Regierungspartei ging. Der Ministerpräsident wusste, dass er die Liberalen wählte.

»Ich muss zugeben, dass ich beunruhigt bin«, gestand der Regierungschef. »Ich möchte diese Sache nicht dem Zufall überlassen.«

Der schwergewichtige Mann erhob sich und ging unruhig zum Fenster hinüber. Der dichte Regen trübte die Aussicht über Riddarfjärden. Der Pressechef störte ihn.

»Sie sollten da nicht so stehen und grübeln, wo man Sie von der Straße aus sehen kann«, bemerkte er. »Solche Bilder sind ausgezeichnete Illustrationen für eine Regierung in der Krise.«

Der Ministerpräsident schrak zurück. Seine schlechte Laune wurde noch verstärkt, und er wandte sich verärgert seinem Außenhandelsminister zu.

»Wie konntest du nur so bescheuert sein?«, brüllte er.

Christer Lundgren reagierte nicht, sondern starrte nur weiterhin von seinem Platz in der Ecke aus in den bleischwarzen Himmel. Der Ministerpräsident schoss sich auf ihn ein.

»Wir können nicht einfach in die Arbeit staatlicher Behörden eingreifen, das wusstest du sehr wohl, verdammt nochmal!«

Der Minister sah zu seinem Chef hoch.

»Stimmt genau. Weder in die Arbeit der Polizei noch in die anderer, nicht wahr?«

Die Augen des Ministerpräsidenten wurden hinter seiner Brille zu schmalen Schlitzen.

»Begreifst du eigentlich, in welche Lage du uns versetzt hast? Sind dir die Konsequenzen deines Tuns bewusst?«

Christer Lundgren schoss hoch und stellte sich direkt vor den Ministerpräsidenten.

»Ja, ich weiß genau, was ich getan habe«, rief er. »Ich habe diese verdammte Partei gerettet, das habe ich getan!«
Der Pressechef griff ein.
»Wir können nichts ungeschehen machen«, sagte er ruhig. »Wir müssen versuchen, das Beste aus der Situation herauszuholen. In den Papieren im Nachhinein etwas zu verändern würde ein Ende mit Schrecken geben. Das können wir einfach nicht tun. Und ich glaube auch wirklich nicht, dass irgendwelche Journalisten die Abrechnungen finden werden.«
Er machte eine kleine Runde um die Minister herum.
»Das Wichtigste überhaupt ist, dass wir mit der Polizei zusammenarbeiten, ohne dass die allzu viel herausbekommt.«
Er legte dem Außenhandelsminister mit ernster Miene eine Hand auf die Schulter.
»Christer«, sagte er, »es hängt nun alles an Ihnen.«
Der Minister schüttelte die Last von seiner Schulter.
»Ich werde des Mordes verdächtigt«, sagte er erstickt.
»Ja, Ironie des Schicksals«, erwiderte der Pressechef. »Der Tod liegt ja praktisch auf Ihrem Tisch in der Regierung. Denn darum drcht sich doch eigentlich diese ganze Geschichte, oder nicht?«

Es war Abend, als sie aufwachte. Sven saß auf ihrer Bettkante und schaute sie an.
»Willkommen zu Hause«, sagte er und lächelte.
Sie erwiderte sein Lächeln. Sie war durstig und hatte leichte Kopfschmerzen.
»Du klingst ja gerade, als wäre ich eine Ewigkeit weg gewesen«, meinte sie.
»Für mich ist es so«, sagte er.
Sie warf die Bettdecke zurück und stand auf, ihr war schwindelig und übel.
»Ich fühle mich nicht gut«, murmelte sie.
Sie stolperte zum Badezimmer, nahm ein Aspirin und öffnete das Badezimmerfenster, um etwas Luft hereinzulassen. Der Regen hatte etwas nachgelassen, aber nicht aufgehört. Sven stellte sich in die Tür.

»Sollen wir uns eine Pizza holen?«, fragte er.
Sie schluckte.
»Ich habe keinen richtigen Hunger«, antwortete sie.
»Du musst doch etwas essen«, konstatierte er. »Du bist furchtbar mager geworden.«
»Ich habe viel zu tun gehabt«, erwiderte sie und ging an ihm vorbei in den Flur. Er folgte ihr in die Küche.
»Die waren anscheinend wirklich supergemein zu dir im Radio«, sagte er.
Sie holte sich ein Glas Wasser aus dem Hahn.
»Sieh mal einer an«, sagte sie. »Hast du jetzt angefangen, Nachrichtenmagazine mit Debatten und Analysen zu hören?«
»Ich nicht, aber Ingela.«
Sie hielt inne, das Glas am Mund.
»Der Spermatopf?«, fragte sie fassungslos. »Was hast du denn mit der zu tun?«
Er wurde böse.
»Das ist wirklich ein verdammt gemeiner Spitzname. Sie ist sehr traurig darüber.«
Annika lächelte.
»Du hast ihn doch selbst erfunden.«
Er grinste.
»Ja, okay«, sagte er und lachte.
Annika trank das Wasser in tiefen Schlucken, und er ging zu ihr und umarmte sie von hinten.
»Ich friere. Muss mir was anziehen«, sagte sie und machte sich los.
Sven küsste sie.
»In Ordnung. Ich rufe im Maestro an«, erklärte er.
Annika ging ins Schlafzimmer und machte ihren Schrank auf. Die Kleider, die dort noch hingen, rochen alle muffig und waren zerknautscht. Sie hörte, wie Sven die örtliche Pizzeria anrief und zwei Quattros bestellte.
»Jetzt wirst du ja wohl hier bleiben, oder?«, rief er, als er aufgelegt hatte.
Sie schaute die Kleider durch.

»Wie kommst du darauf? Meine Vertretung geht noch bis zum vierzehnten August, ich habe noch anderthalb Wochen.«
Er lehnte sich an den Türrahmen.
»Wollen die dich denn wirklich noch haben, wo du so fertig gemacht worden bist?«
Ihre Wangen fingen an zu glühen, sie wühlte weiter im Schrank.
»Den Leuten beim *Abendblatt* ist es total egal, was sie in einer dämlichen Radiosendung auf P3 sagen.«
Er kam zu ihr und umarmte sie wieder.
»Mir ist es total egal, was sie über dich sagen«, flüsterte er. »Für mich bist du immer die Beste, auch wenn alle anderen denken, dass du nichts wert bist.«
Sie zog eine Jeans an, die ihr zu groß geworden war, und einen alten Pullover.
Sven schüttelte unzufrieden den Kopf.
»Musst du so schlampig aussehen?«, fragte er. »Hast du kein Kleid?«
Sie machte den Schrank wieder zu.
»Wie lange braucht die Pizza?«
»Ich meine es ernst«, sagte er. »Zieh dir etwas anderes an.«
Annika blieb stehen, atmete durch.
»Jetzt komm schon«, bat sie. »Ich habe Hunger. Die Pizza wird kalt.«

Achtzehn Jahre, zehn Monate und sechs Tage

Ich sehne mich zurück zum Leichten und Hellen. Als der Tag in den Schatten der Nacht strömte wie ein Geist: rein, klar, duftend weich. Die Zeit unendlich, schwerelos. Der Rausch, die erste Berührung, der Wind, das Licht, das Gefühl absoluter Vollkommenheit. Mehr als alles andere in der Welt wünsche ich mir diesen Augenblick zurück.

Sein Schwarz verdunkelt den Horizont. Es ist nicht leicht, im Dunkeln zu navigieren. Der Kreislauf ist teuflisch. Ich bringe die Dunkelheit in ihm zum Vorschein, die unsere Liebe in den Schatten stellt. Meine Schritte werden unsicher, ich stolpere auf unserem Weg. Seine Geduld geht zu Ende. Ich bezahle den Preis.

Aber wir sind das Wichtigste,
das es gibt,
füreinander.

MONTAG, 6. AUGUST

Das Kaffeewasser kochte über, sie goss es in den Filter, verschüttete etwas und verbrannte sich.
»Mist!«, rief sie, und die Tränen traten ihr in die Augen.
»Hast du dir wehgetan?«
Patricia stand in Unterhose und T-Shirt, mit zerzaustem Haar und schlaftrunken in der Tür zum Mädchenzimmer. Annika bekam sofort ein schlechtes Gewissen.
»Oh, entschuldige, ich wollte dich nicht wecken, tut mir Leid ...«
»Was ist denn passiert?«
Annika wandte sich ab und schüttete das restliche Wasser in den Filter.
»Ich hänge im Job total durch. Möchtest du auch einen Kaffee, oder willst du noch etwas schlafen?«
Patricia rieb sich die Augen.
»Heute Abend habe ich frei. Ich trinke gern eine Tasse.«
Sie zog sich Shorts an und verschwand im Treppenhaus, um auf die Toilette zu gehen. Annika schnäuzte sich schnell und wischte sich die Augen. Sie nahm ein paar fertig geschnittene Scheiben Brot aus dem Gefrierfach, steckte sie in den Toaster und stellte Käse, Marmelade und Margarine auf den Tisch. Sie hörte, wie Patricia zurückkam und die Wohnungstür zumachte.
»Was hast du denn gemacht?«
Patricia starrte Annikas Beine an, so dass sie selbst an sich herabschaute.
»Ich bin am Donnerstag von einem Lynchmob gejagt worden«, erklärte sie. »Die wollten das Auto anzünden, als wir wegfuhren.«
Patricia sah sie entsetzt an.

»Meine Güte, das klingt ja wie in einem James-Bond-Film!«
Annika lachte. Der Toaster knackte und schickte die Scheiben in hohem Bogen nach draußen. Jede fing eine auf, und Patricia lachte auch.
Sie setzten sich an den Tisch und frühstückten, Annika vermisste ihre Morgenzeitung. Sie schaute hinaus, wo der Regen auf das Fensterblech prasselte.
»Wie war es auf dem Land?«, fragte Patricia.
Annika legte den Kopf auf die Seite.
»Wie zu erwarten, bei dem Wetter. Ich habe am Freitag bei Sven, meinem Freund, übernachtet, dann war ich draußen bei meiner Großmutter. Sie hat einen kleinen Hof, der zu Harpsund gehört. Dort darf sie wohnen, so lange sie will, denn sie war dreißig Jahre lang Hausdame auf Harpsund.«
»Was ist Harpsund?«, fragte Patricia.
Annika goss Kaffee ein.
»Ein Gut zwischen Flen und Hälleforsnäs«, erklärte sie. »Ein Typ, der Hjalmar Wicander hieß, vermachte es 1952 dem Staat. Die Idee war, dass der Ministerpräsident es als Rekreations- und Repräsentationsort nutzen können sollte.«
»Als was?«
»Als Ferienhaus und Festsaal«, sagte Annika und lächelte. »Harpsund war bei den Ministerpräsidenten schon immer sehr beliebt, und der jetzige ist besonders verliebt in das Gut. Er stammt aus Sörmland und hat noch Verwandte da. Ich habe ihn vor ein paar Jahren mal an einem Mittsommerabend dort getroffen.«
Patricia machte große Augen.
»Du warst da?«
»Ja, ich durfte oft mit Großmutter mitkommen, als ich klein war.«
Sie aßen schweigend.
»Wirst du heute arbeiten?«, fragte Patricia.
Annika nickte.
»Du hast einen ziemlich anstrengenden Beruf, oder?«, fragte Patricia. »Und gefährlich, wenn die versuchen, dich anzuzünden!«
Annika lächelte etwas schief.

»Dein Laden ist ja auch angezündet worden.«
»Das war aber nicht persönlich gemeint«, erwiderte Patricia.
Annika seufzte.
»Trotzdem wünschte ich, ich könnte dort bleiben.«
»Warum musst du denn gehen?«
»Meine Vertretung läuft nächste Woche aus. Nur ein oder zwei Vertretungen dürfen im Herbst weitermachen.«
»Das kannst doch auch du sein, oder? Du hast doch ganz viel geschrieben.«
Annika schüttelte den Kopf.
»Morgen ist die Konferenz mit den Vertretern der Gewerkschaft, danach wird uns dann gesagt, wer bleiben darf und wer nicht. Was wirst du heute machen?«
Patricias Blick verlor sich im Regen.
»Ich werde an Josefine denken«, sagte sie. »Ich werde mit den Geistern reden und auf der anderen Seite nach ihr suchen, und wenn ich Kontakt zu ihr bekomme, werde ich sie fragen, wer es getan hat.«

Anne Snapphane saß auf ihrem Platz, als Annika in die Redaktion kam.
»Du lebst also noch«, stellte Annika fest.
»So grade noch«, erwiderte die Kollegin. »Das Wochenende war schrecklich. Die Chefs waren total durchgeknallt. Was der Nachrichtenchef am Tag aufgesetzt hatte, hat der für den Spätdienst Zuständige am Abend in den Papierkorb befördert. Ich habe fünf Sachen geschrieben, die verschoben wurden.«
Annika sank auf ihren Stuhl. Der Kleiderdrache hatte ein Schlachtfeld aus leeren Kaffeetassen, Agenturmeldungen und zerknüllten Taschentüchern zurückgelassen.
»Ich habe gezögert, überhaupt herzukommen«, sagte Annika, »jetzt weiß ich, warum.«
Anne Snapphane lachte. Annika schob alles, was sich auf dem Schreibtisch befand, inklusive fünf Notizblöcken, zwei Büchern und drei Porzellantassen, auf denen »Mariana« stand, in den Papierkorb.

»Du kannst mich mal, du vornehme Tante«, brummte sie.
Anne Snapphane musste so sehr lachen, dass sie vom Stuhl fiel.
»So lustig war es nun auch wieder nicht«, meinte Annika.
Anne setzte sich wieder auf, wischte sich die Tränen ab und versuchte ihren Lachanfall zu unterdrücken.
»Nein, das war es nicht«, stieß sie hervor und lachte wieder. »Aber es gibt andere Sachen, die richtig lustig sind. Zum Beispiel, dass ich hier wegkomme.«
Annika riss die Augen auf.
»Hast du einen Job bekommen? Wo?«
»Bei einer Produktionsfirma unten in Södra Hammarbyhamnen. Ich werde für ein Frauenprogramm in einem der Kabelkanäle recherchieren. Am zwölften September fange ich an. Das kann richtig furchtbar werden. Ich freue mich darauf.«
»Aber vielleicht kannst du ja hier bleiben?«
»Keine Ahnung, ob ich das wirklich will. Momentan habe ich eigentlich die Schnauze voll. Außerdem ist die Sache beim Fernsehen eine feste Anstellung.«
»Herzlichen Glückwunsch«, gratulierte Annika, ging um den Schreibtisch herum und umarmte ihre Freundin. »Mensch, wie schön für dich!«
»Hört mal, ihr Lesben, hättet ihr Zeit zu arbeiten?«
Spiken saß wieder am Desk.
Anne bekam den Auftrag. Es ging um ein junges Kätzchen, das die Polizei in Norrköping aufgegriffen hatte. Es war zwei Wochen lang um die Polizeiwache herumgestreunt und sollte jetzt eingeschläfert werden.
»Wir brauchen ein Foto von der Katze im Gefängnis«, meinte Anne Snapphane. »Stellt euch mal die Headline vor: ›PUSSIKÄTZCHEN IN DER TODESZELLE‹.«
Spiken schielte zu Annika hinüber.
»Ich habe nichts für Sie, Sie können so lange in Bereitschaft bleiben.«
Annika begriff. Die Kühlschranktür fiel zu.
»Okay«, sagte sie. »Ich werde Zeitung lesen.«
Sie ging zum Archivregal und holte sich ein Exemplar des *Abend-*

blatts vom Freitag und noch ein paar weitere. Sie hatte das ganze Wochenende über keine Zeitung gelesen und auch kein Radio gehört. Radio würde sie ohnehin nicht mehr hören, wenn man sie nicht dazu zwang.

Als Erstes las sie gründlich Berits IB-Artikel. Der Parteisprecher gab jetzt unumwunden zu, dass er 1966 seine Kontakte zu Birger Elmér ausgenutzt hatte, um nicht zu einer Reserveübung eingezogen zu werden.

Damals war Wahlkampf, und der Parteisprecher war stellvertretender Sprecher im Sozialistischen Jugendverband, so dass diese Reserveübung für die Partei zu einem höchst unpassenden Zeitpunkt kam. Deshalb richtete Birger Elmér es so ein, dass der Parteisprecher seinen Wehrdienst bei der IB ableisten konnte.

Im Klartext bedeutete dies, dass er einfach weiter seiner politischen Arbeit nachging, während er gleichzeitig seinen Wehrdienst leistete.

Nach der Stammakte, die Berit ausgegraben hatte, war der Parteisprecher in die Sicherheitsabteilung des Verteidigungsstabs versetzt worden, was ein Deckname für die IB sein konnte. 1966 war er 33 Jahre alt und wurde danach nie wieder einberufen.

Annika ließ die Zeitung sinken. Wie hatte Berit den Parteisprecher dazu gebracht, das zuzugeben? Drei Jahrzehnte lang hatte er jede Verbindung zur IB geleugnet, und plötzlich legte er alle Karten auf den Tisch. Seltsam.

Die zweite Spitze enthielt spektakuläre Bilder von der Festnahme der Ninja Barbies, alle von Carl Wennergren aufgenommen. Im Text hieß es, dass die Terrorgruppe beschlossen hatte, einen Anschlag auf einen Richter, der in Djursholm wohnte, zu verüben. Der Grund dafür war, dass der Richter kürzlich einen des Missbrauchs an Jungen verdächtigten Mann mangels Beweisen freigesprochen hatte. Die Polizei hatte einen Tipp erhalten und ihre Spezialtruppe aufgeboten. Man hatte die Menschen in den Wohnhäusern ringsherum evakuiert und diskrete Straßensperren errichtet. Teile der Einheit hatten sich auf einem Sportplatz gegenüber der Wohnung verschanzt, andere waren in den Bäumen auf dem Grundstück des Richters versteckt gewesen.

Die Ninja Barbies waren völlig unvorbereitet gewesen, als die Polizei angriff, und hatten aufgegeben, nachdem zwei Frauen in die Beine geschossen worden war.
Der Artikel wirkte abstoßend. Verschwunden waren die unkritisch wiedergegebenen Parolen der Ninja Barbies, die den Ton der früheren Texte ausgemacht hatten, hier waren die Polizisten die Helden. Wenn es Artikel im *Abendblatt* gab, die man einmal genauer unter die Lupe nehmen sollte, dann waren es die hier, dachte sie.
»Wir werden in den Tränenströmen weinender Menschen ersaufen, die alle das Pussikätzchen haben wollen«, erklärte Anne Snapphane.
Annika lächelte.
»Wie hieß das Tier denn?«
»Auf dem Halsband stand Harry. Hast du schon Mittag gegessen?«

Der Minister fuhr in den kleinen Ort namens Mellösa. Er verlangsamte die Fahrt und spähte nach links durch den Regen. Die Abzweigung musste hier irgendwo sein.
Ein großes gelbes Haus löste sich unten am Wasser aus dem Grau. Er fuhr noch etwas langsamer, das schien nicht ganz richtig zu sein. Der Wagen hinter ihm hupte.
»Ja, Mensch, immer mit der Ruhe!«, brüllte der Minister und trat auf die Bremse. Die Bremsen des Volvos hinter ihm quietschten, der Wagen wich aus und wäre um Haaresbreite in ihn hineingefahren. Sein Leihwagen stotterte und soff ab, der Keilriemen jaulte, die Scheibenwischer quietschten. Seine Hände auf dem Lenkrad zitterten.
Meine Güte, dachte er, was mache ich da bloß? Ich kann doch nicht das Leben anderer aufs Spiel setzen, nur weil ...
Die Doppeldeutigkeit seines Gedankengangs traf ihn in ihrer ganzen Ironie, er startete den Wagen und fuhr langsam weiter. Nach 200 Metern sah er das Schild.
HARPSUND 5.
Er bog nach links ab und kam am Bahnhof vorbei. Die Straße schlängelte sich durch eine Landschaft aus einer anderen Zeit, an der Kirche, der Schule und an Bauernhöfen vorbei. Große

Höfe mit Glasveranden und Tannenhecken glitten im Dunst vorbei.
Hier haben die Gutsbesitzer tausend Jahre lang die Arbeiterklasse ausgebeutet, dachte er.
Ein paar Minuten später fuhr er zwischen den massiven Zaunpfählen aus Stein hindurch, die die Einfahrt zur Sommerresidenz des Ministerpräsidenten markierten. Zur Linken sah er den großen, gut gepflegten Stall und dahinter das Hauptgebäude.
Er parkte rechts vom Eingang, blieb noch einen Moment im Auto sitzen und betrachtete das Haus. Es war 1910 erbaut worden und wirkte mit seinen zwei Etagen unter einem Mansardendach wie eine Nachbildung des karolingischen Stils. Er suchte nach seinem Regenschirm, öffnete die Fahrertür und lief zum Eingang.
»Herzlich willkommen. Der Ministerpräsident hat schon angerufen. Ich habe Ihnen etwas zu essen gemacht.«
Die Hausdame nahm seinen nassen Schirm und die feuchte Jacke entgegen.
»Danke sehr, aber ich habe schon auf der Fahrt gegessen. Ich möchte einfach nur zu meinem Zimmer.«
Die Frau verzog keine Miene.
»Selbstverständlich. Hier entlang, bitte.«
Sie ging vor ihm in den ersten Stock hinauf und blieb an einem Zimmer mit Aussicht über den See stehen.
»Klingeln Sie einfach, wenn Sie einen Wunsch haben.«
Die Hausdame schloss die Tür lautlos hinter ihm. Er zog sein Hemd und die Schuhe aus. Der Ministerpräsident hatte vollkommen Recht. Hier fanden sie ihn nie.
Er setzte sich aufs Bett, nahm das Telefon auf den Schoß und atmete drei Mal tief durch.
Dann wählte er die Nummer in Karungi.
»Es ist vorbei«, sagte er, als sie abnahm.
Er hörte lange zu.
»Nein, Liebling«, beteuerte er, »weine nicht. Ich komme nicht ins Gefängnis. Nein, das verspreche ich.«
Er starrte aus dem Fenster und hoffte, dass er nicht log.

Der Nachmittag schleppte sich dahin. Sie bekam keine Aufträge zugeteilt. Den Wink verstand sie wohl, er war nicht einmal freundlich verpackt. Sie wurde von allem fern gehalten, was mit dem Mord an Josefine und dem verdächtigen Minister zu tun hatte. Alle Artikel zu diesem Thema stammten von Carl Wennergren.
In einem Anfall von Überdruss rief sie das Dezernat für Gewaltverbrechen an und fragte nach Q. Er war da.
»Die waren ganz schön brutal zu Ihnen im Radio«, sagte er.
»Die haben sich getäuscht«, konstatierte sie. »Ich hatte Recht. Die haben danebengegriffen.«
»Ich weiß nicht, ob ich da Ihrer Meinung bin«, erwiderte er belustigt. »Sie können wirklich ziemlich trampelig sein.«
Sie wurde böse.
»Ich bin, verdammt nochmal, leichtfüßig wie eine Balletttänzerin!«
Er lachte laut los.
»Also, das ist nicht unbedingt das Bild, das sich mir aufdrängt, wenn Sie anrufen«, prustete er. »Aber Sie kommen schon damit klar. Sie sind schließlich ein starkes Mädchen. Ein bisschen müssen Sie schon einstecken können.«
Erstaunlicherweise spürte sie, dass er Recht hatte.
»Hören Sie mal«, fuhr sie fort, »ich habe da ein paar Fragen zu den Ninja Barbies.«
Er wurde sofort ernst.
»Und welche?«
»Hatten sie Bargeld dabei?«
Sie hörte den Kripomann Luft holen.
»Warum, zum Teufel, fragen Sie das?«
Sie zuckte mit den Schultern und lächelte ein wenig.
»Ich habe es mich nur gefragt …«
Er dachte lange nach.
»Wissen Sie etwas?«, fragte er leise.
»Vielleicht«, erwiderte sie.
»Give it to me, Baby«, knurrte er.
Sie lachte grob.
»Das könnte Ihnen so passen.«
Sie schwiegen.

»Sie hatten es nicht bei sich«, sagte er.
Annikas Herz begann zu rasen.
»Aber im Auto? In der Wohnung? Zwischen den Einmachgläsern?«
»In der Wohnung, bei einer von ihnen.«
»Sagen wir, fünfzigtausend?«, fragte Annika unschuldig.
Er klang bedauernd.
»Wenn Sie doch nur Klartext reden könnten«, sagte er.
»Danke, gleichfalls«, erwiderte sie.
»48 500«, gab er zu.
Die Bestätigung stieg ihr wie Kohlensäure in den Kopf. Er hatte es getan, das Schwein!
»Können Sie uns vielleicht Aufschluss geben, woher das Geld kommt?«, fragte er sanft.
Sie antwortete nicht.

Als die Erkennungsmelodie von Studio 6 aufheulte, schaltete Annika das Radio ab und ging in die Kantine hinunter. Sie hatte sich gerade am Salatbüfett einen Teller Kaninchenfutter zusammengestellt, als eine Kassiererin mit gefärbtem Haar ihren Namen ausrief.
»Telefon für Sie«, sagte die Gefärbte.
Es war Anne Snapphane.
»Du solltest dir das anhören«, sagte sie ruhig.
Annika schloss die Augen. Ihr rutschte das Herz in die Hose.
»Noch eine Abrechnung verkrafte ich nicht«, erklärte sie.
»Nein, nein«, sagte Anne. »Es geht nicht um dich. Es geht um den Minister.«
Annika holte tief Luft.
»Was ist mit ihm?«
»Er war es wohl doch, trotz allem.«
Annika legte auf und ging mit ihrem Salatteller zum Ausgang.
»Hallo, Sie da!«, schrie die Gefärbte. »Sie dürfen hier kein Geschirr raustragen!«
»Zeigen Sie mich doch an«, meinte Annika nur, drückte die Tür auf und ging.

In der Redaktion war es totenstill. Der Moderator vom Studio 6 echote aus den verschiedenen Lautsprechern im Großraumbüro, alle Journalisten der Zeitung saßen vornübergebeugt und sogen die Botschaft auf.

Annika sank vorsichtig auf ihren Platz.

»Worum geht's denn?«, flüsterte sie Anne Snapphane zu.

Anne beugte sich über den Tisch.

»Sie haben die Rechnung gefunden«, sagte sie leise. »Der Minister war in der Nacht, in der Josefine ermordet wurde, in dem Pornoklub. Eine halbe Stunde vor ihrem Tod hat sie seine Rechnung quittiert.«

Annika wurde blass.

»Mein Gott!«

»Es passt alles zusammen. Christer Lundgren hat am Freitag, dem 27. Juli, hier in Stockholm an einem großen Kongress mit deutschen Sozialdemokraten und Gewerkschaftsvertretern teilgenommen. Er sprach über internationalen Handel und Zusammenarbeit. Danach hat er die Deutschen zu einer ordentlichen Kneipenrunde eingeladen.«

»Also ist er nur ein mieser Freier«, stellte Annika fest.

»Das ist noch nicht alles. Studio 6 hat offenbar die Abrechnung gefunden. Die Deutschen stehen mit hinten auf der Quittung.«

Annika war entsetzt.

»Ist er schon zurückgetreten?«

»Glaubst du, dass er das tun wird?«, fragte Anne Snapphane.

»Kommt dir die Geschichte nicht bekannt vor?«, fragte Annika. »Sozi auf Kosten des Steuerzahlers im Pornoklub?«

Ein Mann aus der Korrekturabteilung zischte zu ihnen hinüber.

Annika setzte sich vor ihr Radio und drehte die Lautstärke auf.

»Im Archiv des Außenministeriums hat unser Reporter die entscheidende Quittung aus dem Pornoklub gefunden. Aber zu diesem Zeitpunkt war die Polizei dem Minister bereits auf die Spur gekommen.«

In der Stimme des Mannes schwang unterdrückter Triumph mit. Er nahm Anlauf, sprach langsam und mit Grabesstimme.

»Es gab … nämlich … eine Zeugin.«

Es folgte eine Einspielung, die klang, als würde sich der Reporter in einem großen, leeren Raum befinden. Annika bekam eine Gänsehaut.
»Ich stehe im Treppenhaus zur heimlichen Wohnung des Außenhandelsministers Christer Lundgren in Stockholm«, flüsterte der Reporter erregt. »Bis vor wenigen Tagen wusste noch niemand von dieser Wohnung, nicht einmal seine Pressesprecherin Karina Björnlund. Doch mit einem hat der Minister nicht gerechnet: mit seinen Nachbarn.«
Jetzt waren Geräusche zu hören, Schuhe, die über eine sandige Marmortreppe gingen.
»Ich bin auf dem Weg zu einer Frau, die der Schlüssel zum Mord an der Stripperin Josefine Liljeberg sein wird«, keuchte der Reporter.
Offenbar streikt der Fahrstuhl immer noch, stellte Annika fest.
»Sie heißt Elna Svensson, und ihre Gewohnheiten am frühen Morgen und ihre messerscharfe Beobachtungsgabe überführten den Minister.«
Eine Klingel war zu hören. Annika erkannte sie. Er war immer noch in der Sankt-Göransgatan 64. Die Tür wurde geöffnet.
»Er kam herein, als Jesper und ich auf dem Weg nach draußen waren«, sagte Elna Svensson.
Annika erkannte die nörgelige Stimme sofort: Es war die dicke Frau mit dem Hund.
»Jesper will immer im Park spielen, ehe ich meinen Morgenkaffee trinke. Kaffee und Hefezopf, das ist mein Frühstück …«
»Und an diesem Tag trafen Sie den Außenhandelsminister Christer Lundgren, als sie rausgingen?«
»Ja, das habe ich doch schon gesagt!«
»Und er war auf dem Weg hinein?«
»Er kam rein und sah unbeherrscht aus. Er ist fast auf Jesper getreten und hat auch nicht um Verzeihung gebeten.«
Unbeherrscht? Annika wunderte sich und schrieb das Wort auf ihren Notizblock.
»Und wann war das?«
»Ich stehe immer um fünf Uhr auf, Werktag wie Sonntag. Das war kurz danach.«

»Haben Sie denn irgendetwas Ungewöhnliches im Park bemerkt?«
Die Frau wurde nervös.
»Überhaupt nicht. Gar nichts. Auch Jesper nicht. Er hat gemacht, was er machen musste, und dann gingen wir wieder hinein.«
Nun war der Moderator wieder an der Reihe, und er hatte auch diesmal wieder einen Experten bei sich. Sie sprachen eine Weile darüber, inwiefern es den Wahlkampf, die Zukunft der Sozialdemokraten und die Entwicklung der Demokratie beeinflussen würde, wenn der Minister nun zurückträte. An einem Abend wie diesem war für Studio 6 keine Frage zu groß.
»Mann, das ärgert mich«, brummte Anne Snapphane.
»Was denn?«, fragte Annika.
»Dass ausgerechnet die diese verdammte Quittung finden müssen. Warum bin denn nicht ich zum Außenministerium gegangen und habe danach verlangt?«
»Die Frage ist doch, woher sie wussten, dass da überhaupt etwas zu verlangen war«, gab Annika zu bedenken.
»Wir haben Christer Lundgren um einen Kommentar gebeten«, sagte der Moderator, »aber der Minister ist abgetaucht. Keiner weiß, wo er ist, nicht einmal seine Pressesprecherin Karina Björnlund. Sie behauptet, nicht einmal etwas von dem Besuch im Pornoklub gewusst zu haben.«
Und dann erklang die nasale Stimme von Karina Björnlund aus dem Radio.
»Ich hatte wirklich keine Ahnung, wo er sich an diesem Abend befand«, sagte sie. »Mir hat er gesagt, dass er ein inoffizielles Treffen mit ein paar ausländischen Repräsentanten hat, was ich ziemlich eigenartig fand.«
»Könnte er die deutschen Gewerkschaftsvertreter gemeint haben?«, fragte der Reporter süffisant.
»Das kann ich nicht sagen«, erwiderte sie.
»Und wo hält er sich zurzeit auf?«
»Also, ich habe den ganzen Tag versucht, ihn zu erreichen«, empörte sie sich. »Ich finde es ungeheuer rücksichtslos von ihm, mich hier allein in dem ganzen Schlamassel sitzen zu lassen.«
Anne Snapphane verdrehte die Augen.

»Karina Björnlund ist auch nicht gerade ein Einstein, oder?«, meinte sie.

Annika zuckte mit den Schultern.

»Der Ministerpräsident hat es abgelehnt, unsere neuen Informationen zu kommentieren«, sagte der Moderator. »Er wird morgen um elf Uhr in Rosenbad eine Pressekonferenz abhalten.«

»Glaubst du, dass Lundgren dann zurücktreten wird?«, fragte Anne Snapphane.

Annika runzelte die Stirn.

»Das kommt darauf an«, sagte sie nachdenklich. »Wenn die Sozialdemokraten die Diskussion beenden wollen, lassen sie ihn fallen wie eine heiße Kartoffel. Dann darf er oben in Lappland am Ende der Welt Bürgermeister oder Bankdirektor oder irgendetwas anderes Uninteressantes werden.«

Anne Snapphane drohte ihr mit dem Finger.

»Pass bloß auf, du kleines Hauptstadtluder, du redest von meiner Heimat.«

»Lokalpatriotin«, gab Annika zurück. »Auf der anderen Seite würde das bedeuten, dass die Regierung zugibt, einen Mörder als Minister beschäftigt zu haben, auch wenn er niemals für den Mord verurteilt wird. Wenn aber alle Sozialdemokraten eine weiße Weste haben, müsste der Minister, logisch gesehen, eigentlich bleiben dürfen.«

»Trotz der Quittungen aus dem Pornoklub?«

»Ich gebe dir Brief und Siegel darauf, dass er eine gute Ausrede hat. Todsicher war sein Chauffeur an allem schuld«, fügte Annika hinzu und lachte.

Die Leute von Studio 6 waren jetzt dabei, ihre Sendung zusammenzufassen, was sie mit viel Pathos und gewichtigen Worten taten. Annika musste wider Willen anerkennen, dass die Informationen, die sie brachten, sensationell und gut recherchiert waren.

»Ein Minister der sozialdemokratischen Regierung lädt sieben deutsche Gewerkschaftsvertreter in einen Pornoklub ein«, fasste der Moderator zusammen. »Um halb fünf Uhr morgens quittiert eine blonde Stripperin mit großem Busen seine Rechnung. Der Minister unterschreibt und notiert sorgfältig die Namen der Deutschen auf der Rückseite der Quittung. Eine halbe Stunde später kommt er nach Hause in seine Wohnung. Er ist unbeherrscht und tritt fast den Hund seiner Nachbarin, ohne es zu merken. Fünfzig Meter von seiner Wohnung entfernt wird später die Stripperin ermordet aufgefunden. Sie starb zwischen fünf und sieben Uhr am selben Morgen. Der Minister wird mehrfach von der Polizei verhört und hält sich an einem unbekannten Ort auf ...«

Das letzte Wort hing noch in der Luft, als die E-Gitarre einsetzte. Annika schaltete das Radio ab.

Die Häuptlinge der Redaktion versammelten sich um den Desk. Da waren Spiken und Jansson, Ingvar Johansson, Bild-Pelle und der Sportchef, Anders Schyman und der Chefredakteur. Sie bildeten einen Kreis, und ihre Rücken waren der Redaktion zugewandt.

»Sieh nur, was für ein symbolträchtiges Bild«, meinte Annika. »Die begreifen einfach nicht, dass sie die Zeitung mit dieser dämlichen Wand aus Rücken noch kaputtmachen werden.«

»Egal, was sie sagen, wir werden sowieso unsere Ruhe haben«, erwiderte Anne Snapphane. »Todsicher wird unser Lieblingsbubi dieses Fest ausrichten dürfen.«

Und richtig: Die Gruppe bewegte sich insgesamt hinüber zum Platz von Carl Wennergren.

»Arbeitet Jansson eigentlich rund um die Uhr?«, fragte Annika.

»Er hat drei Exfrauen und fünf Kinder zu unterhalten«, wusste Anne Snapphane.

Annika aß langsam ihren welken Salat. So weit kommt es mit einem vielleicht in diesem Job, dachte sie bei sich. Da ist es wahrscheinlich besser, wenn ich rausfliege, ehe ich so geworden bin wie die Flanelllappen, eine Reihe sensationsgeschädigter Heuchler mit Köpfen, in denen alles in 72 Punkt Bodoni gedacht wird.

»Sie können das Idiotentelefon übernehmen«, sagte Spiken im Vorübergehen zu ihr.

Noch anderthalb Wochen, dachte Annika, biss die Zähne zusammen und brachte den Teller und das Besteck in die Kantine.

»Ich kann einen ruhigen Abend gut gebrauchen«, sagte sie, als sie wieder an ihrem Platz saß.

»Ha!«, rief Anne Snapphane aus. »Das hast du dir so gedacht. Sieh

dir doch mal das Wetter an. Alle Verrückten sitzen drinnen und rufen ununterbrochen alle Idiotentelefone an, vor allem unseres.«
Anne hatte natürlich Recht.
»Ich finde, dass das mit der Einwanderung beschissen ist«, sagte eine Stimme, die nach Testosteron und den südlichen Vororten Stockholms klang.
»Ach, ehrlich«, sagte Annika, »inwiefern denn?«
»Dass die einfach alles übernehmen. Warum können die nicht erst mal ihre eigenen Probleme zu Hause bei den Negern lösen, anstatt ihren ganzen Mist hierher zu schleppen?«
Annika lehnte sich in ihrem Stuhl zurück und verdrehte die Augen.
»Könnten Sie das vielleicht etwas präzisieren?«, fragte sie.
»Erst hauen sie sich zu Hause in Stücke und vergewaltigen alle Weiber. Dann kommen sie hierher und ermorden unsere Mädels. Warten Sie mal ab, das mit der toten Tussi da im Park, ich wette, das war so ein Neger.«
Wenigstens gab es noch Leute, die nicht Studio 6 hörten.
»Na ja«, meinte Annika, »ich glaube nicht, dass die Polizei Ihre Verdächtigungen teilt.«
»Da haben Sie's! Das ist ja das Schlimme! Die Bullen schützen diese Typen auch noch!«
»Und was sollte man Ihrer Meinung nach tun?«, fragte Annika sanft.
»Die ganzen Scheißer alle rausschmeißen. Sie in den Urwald zurückschicken, Teufel nochmal. Schließlich sind sie eh alle nur Affen.«
Annika lächelte.
»Es fällt mir etwas schwer, Ihre Ansichten zu teilen, denn ich bin selbst Negerin«, sagte sie.
Der Mann am anderen Ende der Leitung sagte nichts mehr. Anne Snapphane hörte auf zu schreiben und sah sie erstaunt an, während es Annika schwer fiel, ernst zu bleiben.
»Ich will mit wem anders reden«, sagte der Rassist, als er sich wieder gefasst hatte.
»Tut mir Leid, aber hier gibt es niemand anders«, erwiderte Annika.

»Mit was für einem Idioten redest du denn da?«, fragte Anne Snapphane.
»Doch, klar«, sagte der Mann, »ich hör doch eine Tussi.«
»Ach so, ja, das ist Anne. Sie ist Koreanerin. Warten Sie einen Moment, dann verbinde ich Sie«, meinte Annika.
»Nee, verdammt«, knurrte der Mann und legte auf.
»Was für bescheuerte Leute es doch gibt«, stöhnte Annika.
»Koreanerin, vielen Dank«, sagte Anne Snapphane. »So hübsch werde ich nie.«
Sie zog an ihren dünnen, hellen Haarsträhnen und umfasste mit festem Griff ihren obersten Rettungsring.
»Du bist nicht dick«, beschwichtigte Annika sie und stand auf, um sich einen Kaffee zu holen.
»Lieber dünn und reich als fett und arm«, meinte Anne.
Es klingelte wieder, Annika nahm den Hörer im Stehen ab.
»Also, kann man anonym bleiben?«
Es war die Stimme eines verschreckten jungen Mädchens.
»Ja, natürlich«, versicherte Annika. »Worum geht es denn?«
»Ja, also, dieser Fernsehtyp, also, dieser Moderator oder so ...«
Sie nannte einen der populärsten und angesehensten Fernsehjournalisten Schwedens.
»Ja, und?«, fragte Annika nach.
»Er zieht sich immer Frauenkleider an und fummelt an kleinen Mädchen herum.«
Annika schüttelte den Kopf und erinnerte sich plötzlich, dass sie das schon einmal gehört hatte.
»Man darf sich in diesem Land anziehen, wie man will«, gab sie zu bedenken.
»Er geht auch in komische Klubs.«
»Außerdem genießen wir Meinungsfreiheit und Religionsfreiheit und Versammlungsfreiheit«, fuhr Annika fort und wurde langsam ärgerlich.
Das Mädchen in der Leitung hatte den Faden verloren.
»Ach so, über so was würden Sie also nicht schreiben?«
»Hat der Mann etwas Ungesetzliches getan?«
»Nöö ...«

»Herumfummeln, sagen Sie, heißt das, dass er jemandem Gewalt angetan hat?«
»Nee, gar nicht, die wollten ja …«
»Hat er mit öffentlichen Geldern Sex gekauft?«
Das Mädchen war verwirrt.
»Was heißt das?«
Annika atmete tief durch.
»Bezahlt er Huren mit Steuergeldern?«
»Das weiß ich nicht …«
Annika dankte für den Tipp und beendete das Gespräch.
»Du hast Recht«, warf sie Anne zu, »es ist der Abend der Verrückten.«
Das Idiotentelefon klingelte ein drittes Mal, und Annika griff sich den Hörer.
»Guten Abend, ich heiße Roger Sundström und wohne in Piteå«, sagte der Mann. »Hätten Sie einen Moment Zeit?«
Annika setzte sich, so erstaunt war sie. Ein höflicher Verrückter!
»Ich habe Zeit«, antwortete sie. »Worum geht es denn?«
»Ja, also«, begann der Mann im breitesten norrländischen Dialekt, »es geht um den Minister, Christer Lundgren. Im Radio, im Studio 6, behaupten sie, dass er in diesem Pornoklub in Stockholm gewesen sei, aber das stimmt nicht.«
Annika wurde hellwach, etwas in der Stimme des Mannes veranlasste sie, ihn ernst zu nehmen. Unter der Computertastatur fand sie einen Stift.
»Erzählen Sie«, ermunterte sie ihn. »Warum glauben Sie das?«
»Ja, also«, sagte der Mann wieder, »im Juli waren wir im Urlaub auf Mallorca, die ganze Familie. Das war etwas dumm, denn es war in Schweden wärmer als in Spanien, aber das konnten wir ja nicht wissen, als wir – na ja, jedenfalls waren wir auf dem Weg nach Hause nach Piteå, und wir hatten von Arlanda nach Hause Transwede gebucht, denn das ist ein wenig billiger …«
Im Hintergrund lachte ein Kind, Annika hörte eine Frau singen.
»Und weiter?«, fragte sie.
»Und da sahen wir den Minister«, sagte Roger Sundström. »Er war zur selben Zeit auf dem Flughafen wie wir.«
»Wann?«, fragte Annika.

»Am Freitag, den 27. Juli, um zwanzig Uhr fünf.«
»Wie können Sie die Uhrzeit so genau wissen?«
»Sie steht auf dem Flugticket.«
Natürlich!
»Aber warum glauben Sie, dass der Minister nicht in dem Pornoklub war? Die Rechnung, von der in Studio 6 die Rede war, ist ja am folgenden Morgen um halb fünf quittiert worden. Eine Nachbarin hat ihn an der Tür getroffen.«
»Aber er war zu der Zeit nicht in Stockholm.«
»Woher wissen Sie das?«
»Er ist mit dem Flugzeug geflogen. Wir haben ihn am Check-in-Schalter gesehen. Er hatte eine Aktentasche und eine kleine Reisetasche dabei.«
Annika bekam eine Gänsehaut, das hier konnte von Bedeutung sein. Trotzdem war sie noch misstrauisch.
»Warum haben Sie sich den Minister denn so genau angeschaut? Und wie kommt es, dass Sie ihn überhaupt erkannt haben?«
Das Kind im Hintergrund fing an zu singen. Roger Sundström lachte etwas peinlich berührt.
»Ja, also«, sagte er, »ich habe versucht ihn anzusprechen, aber er war so schrecklich gestresst. Ich glaube, er hat mich nicht einmal bemerkt.«
»Gestresst?«, hakte Annika nach. »Inwiefern?«
»Er war ganz verschwitzt, und seine Hände zitterten.«
»An dem Tag war es wirklich heiß, ich habe auch geschwitzt«, meinte Annika.
Roger Sundström antwortete geduldig.
»Ja, aber er sah nicht so aus wie sonst. Er hatte so einen starren Blick.«
Annikas Aufregung ließ nach, Roger Sundström war trotz allem ein Verrückter.
»Was heißt das, starr?«
Der Mann bemühte sich, genau nachzudenken.
»Er war so verspannt, sonst ist er immer so souverän und locker.«
»Kennen Sie ihn denn?«, fragte Annika verwundert.
»Christer ist mit meiner Cousine Anna-Lena verheiratet«, erklärte

Roger Sundström. »Sie wohnen irgendwo in Luleå, ihre Zwillinge sind genauso alt wie unsere Kajsa. Nun treffen wir sie wirklich nicht oft, das letzte Mal, glaube ich, auf der Beerdigung meines Großvaters, aber Christer sieht wirklich nicht immer so aus. Nicht einmal auf Beerdigungen ...«
Er schwieg, er merkte, dass Annika ihm nicht glaubte.
Annika wusste weder aus noch ein, entschied aber fürs Erste, dass der Mann die Wahrheit sagte. Wenigstens glaubte sie selbst, was er erzählte.
»Haben Sie ihn auch im Flugzeug gesehen?«
Roger Sundström zögerte.
»Es war ein recht großes Flugzeug, und es war ziemlich voll. Ich glaube nicht, dass ich ihn gesehen habe.«
»Kann er nicht später am Abend nach Stockholm zurückgeflogen sein?«
Der Mann am anderen Ende begann an sich selbst zu zweifeln.
»Das weiß ich nicht«, meinte er. »Das könnte er vielleicht getan haben. Ich weiß nicht, wann das letzte Flugzeug geht.«
Annika schloss die Augen und dachte an die Informationen in Studio 6 und daran, ob jene Zehntausende von Lobbyisten in Stockholm vielleicht Filialen in Piteå hatten.
»Ich möchte Sie noch etwas fragen, Roger«, sagte sie, »und ich möchte, dass Sie mir ganz aufrichtig antworten. Es ist ungeheuer wichtig.«
»Ja, was denn?«
Annika spürte Misstrauen und Furcht in seiner Stimme.
»Rufen Sie im Auftrag von jemandem an?«
Der Mann verstand sie nicht.
»Wie meinen Sie das?«
»Hat Sie jemand gebeten, dieses Gespräch zu führen?«
Er dachte wieder nach.
»Na ja«, sagte er, »ich habe erst mit Britt-Inger geredet. Sie fand, dass ich anrufen solle.«
»Britt-Inger?«
»Meine Frau.«
»Und warum meinte Britt-Inger, dass Sie anrufen sollten?«

»Ja, weil die bei Studio 6 sich doch geirrt haben«, erklärte Roger Sundström, der jetzt langsam ärgerlich wurde. »Ich habe zuerst dort angerufen, aber die wollten nicht mit mir reden. Sie sagten, ich hätte mich getäuscht, obwohl ich doch weiß, was ich gesehen habe. Britt-Inger hat ihn ja auch gesehen.«
Annika dachte fieberhaft nach.
»Und es hat Sie niemand sonst gebeten anzurufen?«
»Niemand.«
»Da sind Sie ganz sicher?«
»Jetzt hören Sie mal ...«
»Okay«, beeilte sich Annika zu sagen. »Ich finde Ihre Informationen ausgesprochen interessant. Sie lassen die Behauptungen von Studio 6 in einem völlig anderen Licht erscheinen. Ich werde prüfen, ob ich diese Informationen in irgendeinem Zusammenhang benutzen oder veröffentlichen kann. Haben Sie vielen Dank, dass Sie ...«
Roger Sundström hatte bereits aufgelegt.
Als sie den Hörer auf die Gabel legte, klingelte im gleichen Moment ihr eigenes Telefon.
»Sie müssen uns helfen, wir wissen nicht mehr, was wir tun sollen!« Es war Daniella Hermansson.
»Was ist passiert?«, fragte Annika.
»Sie klingeln andauernd bei Tante Elna, sie sitzt jetzt hier bei mir. Vor unserer Tür stehen fünfzehn Journalisten mit Fernsehkameras und Antennen und allem möglichen Kram. Sie klingeln und machen Lärm und wollen reinkommen, was sollen wir bloß tun?«
Sie war ziemlich aufgeregt, ihr Schätzchen weinte im Hintergrund. Annika versuchte mit ganz ruhiger Stimme zu sprechen.
»Sie müssen überhaupt niemanden hereinlassen, wenn Sie das nicht wollen. Weder Sie noch Elna Svensson sind verpflichtet, mit einem Journalisten zu reden. Rufen sie auch an?«
»Andauernd.«
»Wenn Sie mit mir gesprochen haben, legen Sie den Hörer daneben, dann hört man nur das Besetztzeichen. Und wenn Sie sich von den Journalisten im Treppenhaus bedrängt oder bedroht fühlen, können Sie die Polizei rufen.«

»Die Polizei? Nein, das traue ich mich nicht.«
»Soll ich es für Sie machen?«, erbot sich Annika.
»Wäre das möglich? Das wär aber nett …«
»Bleiben Sie dran, dann rufe ich von einem anderen Apparat aus an«, sagte Annika.
Sie nahm das Idiotentelefon und wählte die Nummer der Einsatzzentrale.
»Ja, hallo, ich rufe aus der Sankt-Göransgatan 64 an«, behauptete sie. »Die Presse bevölkert unser Treppenhaus, und die alten Leute sind außer sich vor Schreck. Die Reporter schreien und lärmen, klingeln an allen Türen und drängen sich den Leuten auf. Die vom Radio sind die Schlimmsten. Ich habe inzwischen fünf völlig verschreckte Rentner bei mir. Aufgang rechts, zweiter Stock.«
Sie wechselte wieder die Leitung.
»Sie sind unterwegs.«
Daniella atmete auf.
»Tausend Dank, ich bin Ihnen ja so dankbar. Das ist wirklich die Hölle, das kann ich Ihnen sagen …«
Annika hörte ihr nicht zu.
»Warum hat Elna Svensson mit dem Reporter von Studio 6 gesprochen?«
»Sie hat mit überhaupt keinem Reporter geredet, sagt sie.«
»Das muss sie aber getan haben, denn ich habe sie im Radio gehört. Es muss heute oder gestern gewesen sein.«
Daniella legte den Hörer beiseite und sprach mit jemandem, der sich weiter hinten im Zimmer befand.
»Auf keinen Fall, sagt Tante Elna.«
Annika dachte nach.
»Also«, meinte sie, »ist Elna ein wenig senil?«
Die Antwort kam wie aus der Pistole geschossen.
»Überhaupt nicht, sie ist vollkommen klar. Keine Reporter, da ist sie sich ganz sicher.«
»Irgendjemand hat auf jeden Fall mit ihr geredet, wenn nicht ich und der Rest der Journalistenherde da draußen Halluzinationen haben.«
»Ein Polizist«, sagte Daniella. »Sie hat heute Vormittag mit einem

Polizisten geredet. Er wollte ein Verhör noch vervollständigen, hat er gesagt.«

Die schrecken doch vor gar nichts zurück, dachte Annika.

»Und sie ist sicher, was den Tag und die Zeit angeht? Ich meine, als sie dem Minister begegnet ist?«

»Ja, absolut sicher.«

»Wie kann sie so sicher sein?«

»Darf ich es erzählen?«, fragte Daniella ihre Nachbarin.

Murmeln und Gebrummel. Wieder am Hörer, sagte sie:

»Nein, ich kann nicht sagen, warum, aber sie ist sicher. Jetzt passiert was da draußen! Warten Sie, ich schaue mal eben nach ...«

Sie legte den Hörer hin, und Annika hörte ihre Schritte. Wahrscheinlich schaute sie durch den Türspion. Dann kamen die Schritte zurück.

»Die Polizei ist jetzt da, sie sind dabei, das Treppenhaus zu räumen. Tausend Dank für Ihre Hilfe.«

»Nichts zu danken ...«

Annika legte den Hörer auf, ihr brummte der Schädel. Das Idiotentelefon klingelte erneut.

»Jetzt musst du rangehen«, sagte Annika zu Anne Snapphane, stand auf und ging in die Cafeteria. Sie kaufte ein Mineralwasser, setzte sich ans Fenster und schaute in den Regen und den grauschwarzen Abend hinaus. Nicht einmal die Scheinwerfer vor der russischen Botschaft vermochten die Dunkelheit zu durchdringen.

Ich frage mich, wann Josefine begraben wird, dachte sie. Das wird womöglich noch dauern. Die Leute von der Gerichtsmedizin und die Polizei wollen sicher die Möglichkeit nutzen, sie in kleinste Teile zu zerschneiden, damit sie sie nicht noch mal ausgraben müssen.

Sie dachte an den Minister und fragte sich, an welchem Fenster er jetzt wohl gerade saß und hinausstarrte.

Der sitzt ganz schön in der Scheiße, dachte sie. Wie kann einer nur so dämlich sein und eine Rechnung von einem Pornoklub einreichen? Aber er war schließlich geizig.

Sie trank aus, und ihre Gedanken kehrten zu Josefine zurück. Das

tote Mädchen war total in Vergessenheit geraten. Von dem Moment an, als sie als Stripperin entlarvt wurde, war sie nur noch ein Fleischpaket, ein Spielzeug der Mächtigen. Annika dachte an die Eltern.
Wie hätte ihre eigene Mutter reagiert, wenn sie ermordet worden wäre? Hätte sie sich in der Lokalpresse ausgeweint? Wahrscheinlich nicht, ihre Mutter mochte Journalisten nicht. Man sollte sich um seine eigenen Angelegenheiten kümmern und die anderen sich selbst überlassen, so lautete das Motto ihrer Mutter. Sie hatte es zwar nie offen ausgesprochen, aber sie war nicht besonders glücklich über Annikas Berufswahl gewesen. Da war sie einer Meinung mit Sven, der auch fand, Annika solle den angebotenen Ausbildungsplatz nicht annehmen.
»Das ist schließlich ein knallharter Job«, hatte Sven gesagt. »Zu den Leuten hingehen und sie zur Rede stellen, das passt überhaupt nicht zu dir. Dazu bist du viel zu nett …«
Ärgerlich stand sie auf und ging zu ihrem Schreibtisch zurück.
»Die können mich hier mal alle«, knurrte sie Anne Snapphane zu, nahm ihre Tasche und ging.

Patricia zuckte zusammen, als die Wohnungstür aufging. Annika zeichnete sich wie eine schwarze Silhouette gegen das scharfe Licht im Treppenhaus ab.
»Hast du geschlafen?«, fragte Annika und machte Licht.
Patricia blinzelte ins Licht.
»Ich habe die Energien strömen lassen«, antwortete sie.
»Und jetzt habe ich sie alle vertrieben, oder?«, fragte Annika und lächelte müde.
Patricia erwiderte ihr Lächeln.
»Sie sind immer hier.«
Annika hängte ihre Sachen an die Garderobe im Flur, ihre helle Jacke war völlig durchnässt. Patricia setzte sich auf.
»Genau so eine Sommerjacke hatte Josefine«, sagte sie erstaunt, »genau die gleiche.«
Annika schaute sie verwundert an.
»Die ist einige Jahre alt, von H & M, glaube ich.«

Patricia nickte.
»Wie die von Jossie. Sie hängt immer noch im Flur in der Dalagatan. ›Diese Jacke werde ich immer und ewig tragen‹, hat sie immer gesagt. Sie sagte oft solche Sachen, große Übertreibungen. ›Ich werde immer.‹ ›Ich werde nie und nimmer.‹ ›Das hier ist das Größte überhaupt.‹ ›Du bist die allerallerbeste Freundin, die ich je hatte.‹ ›Ich werde das hassen bis zu meinem Tod.‹ Bis zu meinem Tod ...«
Patricia fing an zu weinen. Annika setzte sich neben sie aufs Sofa.
»Hast du Studio 6 gehört?«
Patricia nickte.
»Was glaubst du? War es der Minister?«
Patricia blickte durch den Tränenschleier auf ihre Hände hinab.
»Es können welche von den hohen Tieren gewesen sein, von denen, die direkt nach Jossie den Klub verlassen haben. Schickes Plastikgeld hatten die, von der Regierung. Und dann die Deutschen. Man weiß ja, wie die sind. Nach dem Krieg haben sie sich in Asunción versteckt. Mein Vater hat oft davon erzählt.«
Annika schwieg, Patricia weinte.
»Alle, die mir etwas bedeuten, sterben«, schluchzte sie.
»Aber nein«, beschwichtigte Annika.
»Erst Papa, dann Jossie ...«
»Das können ja wohl nicht alle sein. Wo ist denn deine Mutter?«
Patricia fischte ein Taschentuch aus der Hosentasche und putzte sich die Nase.
»Sie will nichts mehr von mir wissen, sie nennt mich eine Hure. Und die ganze Verwandtschaft steht auf ihrer Seite.«
Annika stand auf, ging in die Küche und holte zwei Gläser Wasser. Das eine gab sie Patricia.
»Warum arbeitest du denn da?«
»Joachim findet, dass ich an der Bar gute Arbeit mache«, erklärte Patricia trotzig. »Und ich verdiene viel Geld, jeden Monat lege ich zehntausend zurück. Wenn ich genug habe, werde ich einen Laden aufmachen. Ich weiß schon, wie er heißen soll. Der Kristall. Ich habe einiges von Joachim gelernt und mich selbst ein wenig umgeschaut. Der Name ist noch frei. Ich werde Tarotkarten ver-

kaufen und die Sterne beobachten, den Menschen helfen, den richtigen Weg zu finden …«
»Du hast doch das Bild von dem Minister gesehen, war er einer der Typen im Klub?«, unterbrach Annika sie.
Patricia zuckte mit den Schultern.
»Die sehen doch alle gleich aus.«
Die Antwort kam Annika bekannt vor, die hatte sie schon einmal gehört. Sie betrachtete die Frau auf dem Sofa. Wahrscheinlich vermied sie es überhaupt, sich die Männer anzusehen.
»Hat die Polizei dich das auch schon gefragt?«
»Natürlich hat sie das. Sie haben alles eine Million Mal gefragt.«
»Was zum Beispiel?«
Patricia erhob sich ärgerlich.
»Tausend Sachen. Jetzt bin ich müde. Gute Nacht.«
Sie schloss die Tür zum Mädchenzimmer leise hinter sich.

Achtzehn Jahre, elf Monate und fünf Tage

Wir wissen nicht, wohin unser Weg führt. Die Wahrheit, die sich hinter den Wolken befand, ist ins Weltall verschwunden. Ich erkenne sie nicht mehr und kann nicht einmal mehr ihre Nähe ahnen.

Er weint über die Leere. Mein Gefühl ist ablehnend und kalt. Ich ertrage keine Berührung, bin abgestumpft, steril.

Die Verlorenheit gehört zum Scheitern. Der Wille, der entweder zu stark oder zu schwach ist, die Liebe, die entweder zu fordernd oder zu blass ist.

Ich kann nicht mehr zurück.

Wir sind, trotz allem,
das Wichtigste, das es gibt,
füreinander.

DIENSTAG, 7. AUGUST

»Sie muss weg«, sagte der Erste.

»Wie werden wir sie los?«, fragte der Zweite.

»Sollen wir sie erschießen?«, fragte der Dritte.

Die Männer von Studio 6 saßen an ihrem Küchentisch und diskutierten. Sie durfte nicht länger bei der Zeitung bleiben, so viel stand fest.

»Sie haben mich nicht gefragt«, rief Annika.

Sie murmelten weiter am Tisch, und Annika konnte nichts mehr verstehen.

»Hören Sie«, rief sie. »Ich will vielleicht gar nicht mitkommen! Ich will nicht nach Harpsund fahren!«

»Willst du frühstücken?«

Annika schlug die Augen auf und starrte Patricia an.

»Was?«

Patricia schlug die Hand vor den Mund.

»Oh, entschuldige, du hast geschlafen. Ich dachte … du hast geredet. Du musst geträumt haben.«

Annika schloss die Augen und strich sich übers Haar.

»Total wirr«, sagte sie.

»Von Harpsund?«

Annika stand auf, zog ihren Morgenrock an und schlurfte zur Toilette hinunter. Sie kam gerade zurück, als Patricia den Kaffee eingoss.

»Schläfst du unruhig?«, fragte Patricia.

Annika setzte sich und gähnte.

»Heute fällt die Entscheidung«, erklärte sie.

»Ich glaube, dass du bleiben darfst«, meinte Patricia und lächelte.

Annika dachte nach.
»Es gibt eine kleine Chance«, bestätigte sie. »Ich bin Mitglied im Schwedischen Journalistenverband, damit habe ich die Gewerkschaft auf meiner Seite. Auch wenn sich die Leitung der Zeitung von Studio 6 hat beeindrucken lassen, wird der Journalistenverband doch etwas anderes sagen.«
Sie nahm einen Bissen Hefezopf, und ihre Miene hellte sich auf.
»Genau, so kann es gehen«, sagte sie. »Möglich, dass die Chefs mich loswerden wollen, denn die sind auf dem besten Weg, die Kontrolle zu verlieren. Aber die Gewerkschaft pflegt eine viel menschlichere Sicht des Journalismus, die werden für mich kämpfen.«
»Siehst du«, sagte Patricia, und diesmal erwiderte Annika ihr Lächeln.

Es hatte aufgehört zu regnen, dennoch füllte der erste Atemzug seine Lungen mit Feuchtigkeit. Der Nebel war so dicht, dass er seinen Leihwagen kaum erkennen konnte.
Er ließ die Tür zufallen und ging über den knirschenden Kies. Die Geräusche klangen wie von Watte gedämpft, und er fuhr mit den Händen durch die Nebelschleier. Sie tanzten.
Er ging ums Haus herum zur Rückseite. Keiner konnte ahnen, dass der See mit seinen berühmten Ruderbooten nur wenige hundert Meter entfernt im Wald ruhte. Ihm war klar geworden, dass der Nebel sich im Laufe des Vormittags lichten würde. Wenn er also etwas frische Luft schöpfen wollte, dann war das nur jetzt möglich.
Auf der Straße fuhr ein Auto vorbei, er konnte es nicht sehen. Es ist wirklich ein perfektes Versteck, dachte er.
Er setzte sich auf eine Bank, und die Feuchtigkeit drang sogleich durch die Hosenbeine. Er scherte sich nicht darum.
Das Gefühl des Scheiterns brannte in seinen Lungen, er nahm tiefe, nebelschwere Atemzüge. Die Aussicht über den See war ungefähr so klar wie seine Zukunft. Der Ministerpräsident wollte sich auf keine Diskussion darüber einlassen, was er hinterher tun könnte. Im Moment war alle Energie darauf gerichtet, den Wahl-

kampf zu retten, der durch nichts gefährdet werden durfte. Heute würde der Ministerpräsident ihn absägen, öffentlich über ihn richten, irgendeinen vorgeschobenen Grund für seinen Rücktritt präsentieren und vor den Journalisten zu Kreuze kriechen. Die Amöben, wie er sie nannte, hatten alle Macht über den Wahlkampf, und der war das Wichtigste von allem.
Außer der Wahrheit, dachte er.
Diese Einsicht hatte denselben Effekt auf seine Zukunft, als wäre die Sonne plötzlich durch alle Wolken gebrochen und hätte den Nebel für einen Moment gehoben.
So einfach war das!
Plötzlich lachte er laut.
Zum Teufel, er konnte sich aussuchen, was er tun wollte.
Solange ihnen keiner auf die Schliche kam.
Das Lachen erstarb, wurde verschluckt und ertrank im Nebel.

»Er ist zurückgetreten«, rief Anne Snapphane. »Wir haben gerade die Agenturmeldung reinbekommen.«
»Und?«, fragte Annika.
»›Der Ministerpräsident hat auf einer Pressekonferenz in Rosenbad bekannt gegeben, dass der Außenhandelsminister zurücktreten wird‹«, las sie vom Bildschirm. »›Der Ministerpräsident bedauert Christer Lundgrens Entscheidung, hat aber Verständnis für seine Gründe.‹«
»Die da wären?«, hakte Annika nach, setzte sich und schaltete den Computer ein.
»›Aus familiären Gründen‹«, sagte Anne Snapphane.
»Das stinkt doch zum Himmel«, meinte Annika.
»Ach was«, erwiderte Anne, »du siehst Gespenster am helllichten Tag.«
»Und was ist die Alternative? Dass er wirklich der Mörder ist?«
»Im Moment gibt es einiges, was dafür spricht«, sagte Anne Snapphane.
Annika antwortete nicht. Sie blätterte zur Agenturseite. Es gab bereits fünf Meldungen zum Thema »Rücktritt des Ministers«. Christer Lundgren selbst hatte für eine Stellungnahme nicht zur

Verfügung gestanden. Der Ministerpräsident wies erneut darauf hin, dass der Minister keineswegs eines Gewaltverbrechens verdächtigt werde und die Verhöre der Polizei reine Routine seien.

»Und warum ist er dann zurückgetreten?«, murmelte Annika.

Die Quittung aus dem Klub Studio 6 wurde jetzt gerade im Rahmen einer internen Ermittlung der Regierung untersucht.

Sie ließ die Maus los, lehnte sich zurück und warf einen Blick in die Redaktion.

»Wo sind denn alle Häuptlinge?«

»Personalkonferenz«, erwiderte Anne.

Annika drehte sich der Magen um.

»Ich hole mir mal eben einen Kaffee«, sagte sie rasch und stand auf.

Meine Güte, bin ich nervös, dachte sie.

Sie nahm sich eine Zeitung, schlug die Seiten sechs und sieben auf und musste laut lachen.

Die Katze war klein und saß auf der dunkelgrünen Kunststoffmatratze einer Ausnüchterungszelle. Sie hatte große Augen und sah ein wenig verwirrt aus, vielleicht wegen des Blitzlichts. Die Schwanzspitze lag ordentlich auf ihren Pfoten drapiert.

»PUSSIKÄTZCHEN IN DER TODESZELLE« lautete die Headline über die komplette Seite sieben.

»Wie schön, dass sich die Massenmedien wenigstens manchmal den wesentlichen Dingen des Lebens widmen«, keuchte Annika, als sie sich wieder gefasst hatte.

»Die Leute rennen uns schon die Türen ein«, berichtete Anne. »Meine Aufgabe besteht heute darin, zu entscheiden, wo Pussikätzchen ihr neues Zuhause haben wird.«

Sie wedelte mit einem großen Bund Gesprächsnotizen.

»Die Zentrale soll alle aussortieren, die von weiter weg als Östergötland anrufen«, meinte sie. »Was hältst du von Arkösund? Findest du, dass Pussikätzchen wie eine Schärenkatze aussieht?«

Anne Snapphane beugte sich vor, studierte das Bild eine Weile gründlich und gab dann selbst die Antwort.

»Nein, nicht wirklich«, bestimmte sie. »Sie mag keinen Hering. Ich glaube, dass sie eher auf Mäuse und Vögel steht. Haversby, das klingt doch nach einem richtigen Rattenloch, oder? Soll sie dorthin kommen?«

Annika stand wieder auf, sie war unruhig.

Warum nahm Christer Lundgren nicht an seiner eigenen Pressekonferenz teil? Wieso teilte der Ministerpräsident seinen Entschluss mit und nicht er selbst? Wollte er nicht zurücktreten? Oder meinten die Wahlstrategen, dass er nicht das Gesicht wahren würde? Vielleicht beides, dachte Annika. Aber wie man es auch drehte und wendete, sah es doch so aus, als hätten sie etwas zu verbergen.

Sie ging zum Schwarzen Brett, dort stand, dass die Personalkonferenz für zehn Uhr anberaumt war. Sie müsste also bald vorbei sein. Sie hatte das Gefühl, schon wieder aufs Klo zu müssen.

Als sie herauskam, sah sie Bertil Strand am Fotodesk stehen und mit Bild-Pelle sprechen. Sie wusste, dass der Fotograf in der Gewerkschaftsleitung saß und an den Personaldiskussionen teilnahm. Ohne weiter nachzudenken, lief sie zu ihm hin.

»Was haben Sie entschieden?«, fragte sie atemlos.

Bertil Strand drehte sich langsam um.

»Die Gewerkschaftsleitung ist sich völlig einig«, antwortete er in neutralem Tonfall. »Wir finden, dass Sie sofort gehen sollten. Ihre verantwortungslose Art, sich Menschen zu nähern, hat die Glaubwürdigkeit der ganzen Zeitung in Mitleidenschaft gezogen.«

Annika begriff nicht.

»Aber«, fuhr sie fort, »kann ich denn bleiben?«

Seine Augen verengten sich, die Stimme wurde eisig.

»Wir finden, dass man Sie auf der Stelle hinauswerfen sollte.«

Der Raum begann zu schwanken, das Blut wich ihr aus dem Gesicht, sie musste sich auf den Fototisch aufstützen.

»Hinauswerfen?«, fragte sie nach.

Bertil Strand drehte sich wieder um, sie ließ den Tisch los, Himmel, weg von hier, wo, zum Teufel, ist die Tür, sie musste brechen. Die Redaktion hob und senkte sich, die Wände bewegten sich in Wellen.

Dann aber wurde sie wütend.

Jetzt ist sowieso alles egal, dachte sie. Es ist aus. Nicht ich habe mich hier widerwärtig benommen. Es ist nicht mein Fehler, dass die Zeitung den Bach runtergeht. Wie können die nur so etwas behaupten, meine eigenen Gewerkschaftsvertreter!

»Was erlauben Sie sich eigentlich?«, fragte sie Bertil Strand.

Der Rücken des Mannes erstarrte.

»Leute wie ich bezahlen Ihre feinen Essen mit der Gewerkschaftsleitung«, schimpfte sie. »Sie sollen mich hier vertreten. Wie können Sie mich auf diese Weise fallen lassen?«

Er drehte sich wieder um.

»Sie sind kein ordentliches Mitglied in der Gewerkschaft«, erwiderte er kurz angebunden.

»Nein, weil ich nicht fest angestellt bin. Aber ich bezahle exakt dieselben Beiträge wie alle anderen auch. Wieso habe ich dann nicht die gleichen Rechte? Und wie kann die Gewerkschaftsvertretung bestimmen, dass eines ihrer Mitglieder rausgeworfen wird? Sind Sie nicht ganz bei Trost?«

»Sie sollten jetzt nichts sagen, was Sie später bereuen«, erwiderte der Fotograf und ließ den Blick über ihren Kopf hinwegschweifen.

Sie machte einen großen Schritt auf ihn zu, und er wich erschrocken zurück.

»Sie sind es, der aufpassen sollte, was er sagt«, zischte sie leise. »Ich habe einen Fehler gemacht, aber der ist nicht so groß wie der, den Sie jetzt gerade begehen.«

Aus den Augenwinkeln sah sie Anders Schyman, der mit einer Kaffeetasse auf sein Aquarium zusteuerte. Sie richtete den Blick fest auf seinen Kopf und marschierte los. Computer, Menschen, Regale, Pflanzen, alles flog wie Stückwerk vorbei, bis sie vor ihm stand.

»Werden Sie mich rausschmeißen?«, fragte sie mit viel zu greller Stimme.

Der Ressortchef schob sie in sein Zimmer und zog die Gardinen vor. Sie ließ sich auf das Tabaksofa fallen und starrte ihn an.

»Natürlich nicht«, erwiderte er.

»Die Gewerkschaft will es aber so haben«, behauptete sie mit zitternder Stimme. Fang jetzt bloß nicht an zu weinen, dachte sie.

Anders Schyman nickte und setzte sich neben sie auf das Sofa.

»Ich werde aus den Gewerkschaftsvertretern der Journalisten nicht

schlau«, konstatierte er. »Viele von ihnen scheinen nur deshalb in der Leitung zu sein, um sich wichtig zu machen. Ihre Mitglieder sind ihnen völlig egal, sie wollen nur Macht.«
Sie schaute ihn misstrauisch an.
»Warum erzählen Sie mir das?«
Er sah sie ruhig an.
»Weil es sich in diesem Fall so verhält.«
Sie blinzelte.
»Leider haben wir im Moment keine freie Stelle für Sie«, sagte Anders Schyman. »Wir können nicht alle, die gut sind, einstellen. In diesem Herbst gab es nur eine Vakanz.«
»Und die ging an Carl Wennergren«, vermutete Annika.
»Ja«, bestätigte der Ressortchef und schaute zu Boden.
Annika lachte auf.
»Herzlichen Glückwunsch! Diese Zeitung setzt wirklich auf die Leute, die sie verdient«, rief sie und erhob sich.
»Setzen Sie sich«, befahl Schyman.
»Warum denn?«, fragte Annika. »Es gibt keinen Grund, auch nur eine Minute länger in diesem Haus zu bleiben. Ich gehe auf der Stelle, genau wie die Gewerkschaft es will.«
»Sie haben noch anderthalb Wochen«, sagte der Ressortchef. »Halten Sie durch.«
Sie lachte wieder.
»Um hier Dreck zu fressen?«
»Das kann in kleinen Dosen und zum richtigen Zeitpunkt der Charakterbildung dienen«, meinte Anders Schyman und lächelte.
Sie zog eine Grimasse.
»Ich habe noch Überstunden abzufeiern.«
»Ja, das haben Sie. Aber ich möchte, dass Sie die restliche Zeit bleiben.«
Sie ging zur Tür, hielt dann aber inne.
»Eine Frage noch«, sagte sie. »Würde die Zeitung für einen Tipp über eine Terrorgruppe bezahlen?«
»Wie meinen Sie das?«, fragte er und stand auf.
»So, wie ich es sage. Geld bezahlen, um bei einem Terroranschlag dabei sein zu können?«

Er verschränkte die Arme vor der Brust und schaute sie prüfend an.
»Wissen Sie etwas?«
»Ich gebe meine Quellen niemals preis«, erwiderte sie.
»Aber Sie sind bei dieser Zeitung angestellt«, beharrte er, »und ich bin Ihr Vorgesetzter.«
Sie fischte ihre Passierkarte aus dem Halter und legte sie auf seinen Schreibtisch.
»Jetzt nicht mehr«, sagte sie.
»Ich möchte wissen, warum Sie gefragt haben«, hakte er nach.
»Ich will eine Antwort«, erwiderte sie.
Er schaute sie eine Weile schweigend an.
»Natürlich nicht«, sagte er. »Das kommt überhaupt nicht in Frage. Unter keinen Umständen.«
»Wenn die Zeitung das getan hätte, seit Sie hier Ressortchef sind, würden Sie das dann wissen?«
Sein Blick verdunkelte sich.
»Davon gehe ich aus«, sagte er.
»Und Sie können garantieren, dass das nicht geschehen ist?«
Er nickte bedächtig.
»Okay«, sagte sie leichthin, »dann bin ich ja froh. Gut. War schön, Sie kennen gelernt zu haben.«
Sie streckte ihm die Hand mit einer arroganten Geste entgegen.
Er nahm sie nicht.
»Was werden Sie jetzt tun?«
Annika sah den Ressortchef verächtlich an.
»Was geht Sie das an?«
Er antwortete ruhig.
»Ich bin einfach neugierig.«
»Ich werde nach Kaukasien reisen«, sagte sie. »Ich fahre schon morgen.«
Anders Schyman kniff die Augen zusammen.
»Ich glaube nicht, dass das eine gute Idee ist«, sagte er. »Dort herrscht Bürgerkrieg.«
»Machen Sie sich keine Sorgen«, erwiderte Annika. »Ich werde bei der Guerilla wohnen, dann ist es absolut sicher. Die Regierungs-

truppen haben nämlich keine Waffen. Die Vereinten Nationen haben dafür gesorgt, dass das Abschlachten nur einseitig stattfinden kann. Viel Glück dabei, diese Zeitung wieder auf die Füße zu bekommen. Sie haben da wirklich einiges zu ackern. Die Macher hier haben nämlich keinen Schimmer, was sie eigentlich tun.«

Sie nahm die Klinke, blieb aber stehen.

»Und Sie müssen sich von diesem Sofa trennen«, fügte sie hinzu. »Es riecht zum Kotzen.«

Sie ließ die Tür weit geöffnet. Anders Schyman schaute ihr nach, als sie durch die Redaktion lief. Sie ging mit ruckartigen und wütenden Bewegungen zu ihrem Schreibtisch. Auf dem Weg nach draußen sprach sie mit keinem einzigen Menschen.

Anne Snapphane war nicht an ihrem Platz.

Umso besser, dachte Annika. Jetzt muss ich hier nur noch rauskommen, ohne zusammenzubrechen. Das gönne ich ihnen nicht.

Sie raffte ihre Sachen zusammen, nahm noch ein paar Packungen Stifte, eine Schere und einen Heftapparat mit. Gut so. Das waren sie ihr schuldig in dieser verdammten Zeitung.

Sie verließ die Redaktion, ohne sich umzusehen. Im Fahrstuhl auf dem Weg nach unten spürte sie plötzlich einen schweren Druck auf der Brust. Es fiel ihr schwer zu atmen, und sie starrte in ihr Gesicht im Spiegel, der im Fahrstuhl hing – es war genauso bläulich leichenblass wie immer.

Verdammte Beleuchtung, dachte sie, und dabei ist Sommer. Wie man in diesem Fahrstuhl wohl im Winter aussieht?

Das werde ich nie herausbekommen, dachte sie im nächsten Moment. Es ist das letzte Mal, dass ich mit diesem Fahrstuhl fahre.

Der Aufzug blieb mit dem wohl bekannten Rucken stehen. Sie schob die Tür auf, schwer wie Blei, und ging auf den Nebel draußen zu. Tore Brand musste in Urlaub gegangen sein, denn im Glaskasten an der Rezeption saß eine Frau, die sie nicht kannte.

Die Eingangstüren glitten hinter ihr zu, so, das wäre erledigt.

Sie stand eine Weile auf der Wendefläche vor dem Pressehaus und sog die Feuchtigkeit in ihre Lungen ein. Die Luft war kalt und unangenehm.

Ihre Worte bei Schyman fielen ihr wieder ein.
Sie fragte sich, wie sie bloß auf Kaukasien gekommen war. Obwohl es keine schlechte Idee war, zu verreisen, mit einem Last-Minute-Angebot zum Beispiel.
Auf der Straße löste sich eine Gestalt aus den Nebelschleiern, es war Carl Wennergren. Er schleppte zwei große Tüten mit Getränken. Na klar, er hatte natürlich was zu feiern!
»Herzlichen Glückwunsch«, sagte Annika ironisch, als er an ihr vorbeiging.
Er blieb stehen und stellte die Tüten ab.
»Ja, das ist einfach ein großartiges Gefühl«, freute er sich und lächelte breit. »Sechs Monate, die längste Vertretung, die man kriegen kann. Danach habe ich dann Anrecht auf einen festen Vertrag.«
»Das muss ein schönes Gefühl sein«, sagte Annika, »sich aus eigener Kraft eine Anstellung erarbeitet zu haben. Und mit eigenem Geld.«
Wennergren lächelte verunsichert.
»Wie meinst du das?«
»Na, Papas reiches Jüngelchen«, antwortete Annika. »Hattest du das Geld auf der Bank, oder musstest du ein paar Fondsanteile verkaufen?«
Sein Lächeln erstarb, er sah weg und kniff den Mund zusammen.
»Gehe ich recht in der Annahme, dass du rausgeflogen bist?«, fragte er leichthin.
Ihre Stimme wurde gellend, als sie antwortete.
»Da lebe ich lieber von Katzenfutter, als dass ich mir meine Stelle von einer Terroristengruppe kaufe!«
Er ließ seinen Blick verächtlich über ihren Körper gleiten.
»Bon appétit«, erwiderte er. »Du bist wirklich etwas dünn. Und es schmeckt sicher gut, wenn du es ein wenig würzt.«
Er griff sich wieder die Tüten und wollte ins Pressehaus gehen.
Annika sah, dass er Moët & Chandon gekauft hatte.
»Nicht genug damit, dass du dir einen Knüller und eine Festanstellung gekauft hast, nein, du hast auch noch deine Informanten verpfiffen«, sagte Annika.

Er blieb stehen und sah sich um.
»Du redest Blödsinn«, sagte er, doch sie sah die Furcht in seinen Augen aufflackern.
Sie trat näher an ihn heran.
»Woher wusste die Polizei dann, dass die Ninja Barbies genau zu der Zeit an dem Ort zuschlagen würden? Woher wusste sie, dass sie ausgerechnet dieses Viertel evakuieren musste? Wie war es möglich, dass sie schon warteten, und zwar an den richtigen Stellen?«
»Was weiß ich?«, fragte Carl und befeuchtete seine Lippen.
Sie ging einen letzten Schritt auf ihn zu und zischte ihm ins Gesicht.
»Du hast deine Informanten verkauft«, sagte sie. »Du hast mit der Polizei zusammengearbeitet, um eine Verhaftung aufs Bild zu bekommen, stimmt's?«
Er hob die Augenbrauen, legte den Kopf zurück und sah sie voller Verachtung an.
»Und wenn schon«, sagte er.
Annika verlor die Besinnung und fing an zu schreien.
»Scheiße, was für ein widerlicher Scheißhaufen du doch bist! Schäm dich!«
Er drehte sich um und stolperte auf den Eingang zu.
»Du bist ja nicht ganz dicht!«, kreischte er ihr über die Schulter zu. »In deinem Kopf ist was nicht in Ordnung. Du blöde Kuh!«
Er verschwand hinter der Glastür, und Annika traten die Tränen in die Augen. Der darf mit Champagner rein, und mich schicken sie in den Nebel hinaus.
»Hallo, Bengtzon, wollen Sie mitfahren?«
Sie fuhr herum, an der Ausfahrt zur Straße saß Jansson in einem klapprigen alten Volvo.
»Was machen Sie denn um diese Zeit hier?«, rief sie.
»Personalkonferenz«, brummte er und schaltete den Motor aus.
Sie ging zum Auto hinüber, während der Nachrichtenchef ausstieg.
»Meine Güte, Sie sehen aber müde aus«, stellte sie fest.
»Ja, ich habe heute Nacht auch gearbeitet«, sagte er. »Aber ich

wollte unbedingt bei der Konferenz dabei sein, um mich für Sie einzusetzen.«

Sie sah ihn misstrauisch an.

»Warum?«

Er zündete sich eine Zigarette an.

»Ich finde, dass Sie diesen Sommer die beste Vertretung waren. Ich fand, dass Sie die Halbjahresstelle bekommen sollten. Anders Schyman war derselben Ansicht.«

Annika sah ihn erstaunt an.

»Du meine Güte«, sagte sie. »Und warum ist dann nichts draus geworden?«

»Der Chefredakteur hat Nein gesagt, und wenn Sie mich fragen, ist er ein verdammter Feigling. Er hat entsetzliche Angst vor Kritik und Meinungsverschiedenheiten, und außerdem hatten Sie die Gewerkschaften gegen sich.«

»Ja, vielen Dank«, knurrte Annika.

Sie standen eine Weile schweigend da, Jansson rauchte.

»Hören Sie jetzt auf?«

Annika nickte.

»Hat keinen Sinn, noch weiterzumachen«, sagte sie.

»Vielleicht können Sie später noch mal wiederkommen«, schlug Jansson vor.

Sie lachte leise.

»Darauf würde ich nicht mein letztes Hemd verwetten«, sagte sie.

Der Nachrichtenchef lachte auch.

»Kann ich Sie irgendwo absetzen?«

Sie schaute in das todmüde Gesicht des Mannes und schüttelte den Kopf.

»Ich laufe«, sagte sie. »Muss doch das herrliche Wetter ausnutzen.«

Sie schauten beide in den Nebel hinauf und lachten.

Ihre Kleider stanken nach altem Zigarettenrauch. Sie zog sie aus und ließ sie in einem Haufen auf den Fußboden im Flur liegen. Stattdessen warf sie sich den Morgenmantel über und fiel aufs Sofa.

Patricia war unterwegs, das war gut. Sie zog das Telefonbuch heraus.

»Sie können nicht einfach so aus dem Journalistenverband austreten«, sagte eine Sachbearbeiterin beim Verband vorwurfsvoll.
»Ach nee«, erwiderte Annika, »und was muss ich tun?«
»Erst müssen Sie an Ihre lokale Verbandsstelle schreiben und den Austritt aus dem Verband beantragen, dann müssen Sie dies auch der Zentrale mitteilen. Und dann müssen Sie nach sechs Monaten Ihren Austritt noch einmal bestätigen, sowohl auf lokaler Ebene als auch bei der Zentrale.«
»Sie machen Witze«, meinte Annika.
»Die Kündigungsfrist wird vom ersten Tag des folgenden Monats an berechnet, was bedeutet, dass Sie frühestens am 1. März nächsten Jahres aus dem Verband austreten können.«
»Soll das heißen, dass ich bis dahin die vollen Beiträge zahlen muss?«
»Ja, es sei denn, Sie hören auf, einer journalistischen Arbeit nachzugehen.«
»Aber genau das tue ich doch«, sagte Annika, »von jetzt an.«
»Sie haben also Ihre derzeitige Anstellung verlassen?«
Sie zögerte.
»Nein, ich bin beim *Katrineholms-Kurier* fest angestellt.«
»Dann können Sie nicht austreten.«
Gleich werde ich die Alte mit dem Telefonkabel erdrosseln, dachte Annika.
»Jetzt hören Sie mal gut zu«, verlangte sie. »Ich trete aus dem Verband aus, und zwar jetzt. Heute. Für immer. Was ich mache oder nicht mache, kann Ihnen völlig egal sein. Ich werde nicht eine einzige Krone mehr an Ihren gottverdammten Verband zahlen. Streichen Sie mich aus den Listen, sofort.«
Die Frau in der Leitung war jetzt wütend und beleidigt.
»Das kann ich nicht tun«, sagte sie. »Außerdem ist es nicht unser Verband, sondern Ihrer.«
Annika brach in schallendes Gelächter aus.
»Sie sind wirklich unglaublich«, rief sie. »Wenn ich nicht austreten darf, sorge ich einfach dafür, dass ich hinausfliege. Schicken Sie mir einen Überweisungsträger für die Arbeitslosenversicherung.«
»Das tun wir nicht.«

Annika schluckte und schloss die Augen. Sie hatte das Gefühl, ihr Kopf würde explodieren.
»Okay«, sagte sie. »Scheißegal. Dann trete ich eben auch aus der Arbeitslosenversicherung aus. Gehen Sie zum Teufel.«
Sie ging in die Küche, machte sich ein Brot, aß die Hälfte und warf den Rest weg. Dann holte sie einen Notizblock und setzte sich hin. Sie atmete einmal tief durch und schrieb dann die beiden Briefe.

Es war schon Abend, als Patricia die Tür aufschloss und auf den Kleiderhaufen trat.
»Hallo«, rief sie in die Wohnung hinein. »Warst du in der Kneipe?«
Annika steckte den Kopf aus der Küche.
»Wieso?«
»Die Kleider riechen so.«
»Ich bin rausgeflogen.«
Patricia hängte ihre Jacke auf einen Bügel und kam in die Küche.
»Es hat wieder angefangen zu regnen«, berichtete sie und strich sich das Haar aus dem Gesicht.
»Ich weiß«, erwiderte Annika. »Ich bin auch gerade erst gekommen.«
»Hast du etwas gegessen?«
Annika schüttelte den Kopf.
»Ich habe keinen Hunger.«
»Du musst essen«, wiederholte Patricia eindringlich.
»Was passiert sonst, ein schlechtes Karma?«
Patricia lächelte.
»Karma sind Sünden aus einem früheren Leben, die dich in deinem jetzigen behindern. Das andere nennt man Hunger. Leute sterben daran.«
Sie stellte sich an den Herd, schlug ein paar Eier auf und hantierte mit Essenssachen.
Annika schaute aus dem Fenster. Der Regen pladderte und machte den dunkelgrauen Abend noch dunkler.
»Bald ist es Herbst«, meinte sie.
»Bitte schön, ein Pilzomelett«, sagte Patricia und setzte sich ihr gegenüber.

Zu ihrem eigenen Erstaunen aß Annika die ganze Portion auf.
»Was heißt das, du bist rausgeflogen?«, fragte Patricia.
Annika sah auf ihren leeren Teller hinab.
»Mein Vertrag wird nicht verlängert. Die Gewerkschaft wollte mich auf der Stelle rauswerfen.«
»Idioten«, sagte Patricia so bestimmt, dass Annika anfing zu lachen.
»Ja«, bestätigte sie, »das sind sie wirklich. Ich bin ausgetreten.«
Patricia deckte den Tisch ab und spülte.
»Was wirst du jetzt tun?«
Annika zuckte mit den Schultern.
»Ich weiß es nicht«, antwortete sie leise. »Ich habe beim *Katrineholms-Kurier* gekündigt und der Wohnungsvermittlung mitgeteilt, dass ich aus der Wohnung in Hälleforsnäs ausziehen werde. Die beiden Briefe habe ich heute Nachmittag weggeschickt.«
Patricia sah sie erstaunt an.
»Aber wie willst du zu Geld kommen?«
»Einen Monat bekomme ich kein Arbeitslosengeld, aber ich habe noch etwas Geld auf der Bank.«
»Wo willst du wohnen?«
»Erst mal hier«, meinte Annika. »Das ist zwar ein Mietvertrag, der jederzeit gekündigt werden kann, aber das kann schon noch ein Jahr so gehen. Dann muss ich weitersehen.«
»Wir brauchen immer Leute im Klub«, warf Patricia ein.
Annika lachte schrill und ohne Fröhlichkeit.
»Ja, ich bringe die Grundvoraussetzungen für eine Anstellung mit«, sagte sie. »Titten und Hintern, und außerdem habe ich in meinem Leben schon Roulette gespielt.«
Patricia bekam große Augen.
»Kannst du mit dem Roulette umgehen?«
Annika schniefte.
»Ich habe während meiner Ausbildung nebenher im Stadthotel von Katrineholm als Croupier gearbeitet. Ich drehe elf Runden, und manchmal schaffe ich es, die Kugel auf die Vierunddreißig zu bringen, wenn ich sie an der Null abschieße.«
Sie fing an zu weinen.

»Wir brauchen jemanden fürs Roulette«, sagte Patricia.
»Ich werde etwas verreisen«, erzählte Annika.
»Wohin?«
Sie zuckte mit den Achseln.
»Ich habe vergessen, wie es heißt. Es liegt in der Türkei, am Mittelmeer.«
»Da ist es bestimmt schön«, meinte Patricia.
Sie saßen lange schweigend da, und Annika riss sich ein Stück Haushaltspapier ab.
»Du solltest herausfinden, wohin du unterwegs bist«, sagte Patricia schließlich.
»Vielen Dank«, erwiderte Annika und schnäuzte sich.
»Warte, ich hole die Karten«, rief Patricia.
Sie stand auf und lief ins Mädchenzimmer. Annika hörte, wie sie den Reißverschluss der Sporttasche aufmachte. Einen Augenblick später stand sie mit einer bräunlichen Holzschachtel in den Händen wieder in der Tür.
»Was ist das?«, fragte Annika und knüllte ihr Taschentuch zu einem kleinen Ball zusammen.
Patricia stellte die Schachtel auf den Küchentisch und öffnete sie. Darin lag ein schwarzes Stück Stoff, das sie bedächtig auseinander schlug.
»Tarot ist eine alte Wissensform«, erklärte sie und legte das Kartenspiel auf den Tisch. »Es ist eine Weisheitslehre, die in den Karten mit esoterischen Bildern dargestellt wird. Jedes Bild besitzt die Energie, die die Symbole zeigen. Es ist ein Weg, ein höheres Bewusstsein zu erlangen.«
»Entschuldige bitte«, warf Annika ein, »aber ich glaube nicht an so etwas.«
Patricia setzte sich hin.
»Das hat nichts mit Glauben zu tun«, erwiderte sie. »Es geht darum, zuzuhören, offen zu sein und nach innen in sein eigenes Reich zu blicken.«
Annika konnte ein Lächeln nicht unterdrücken.
»Jetzt klingst du richtig verrückt.«
»Lach nicht, das ist ernst«, sagte Patricia streng. »Sieh mal, acht-

undsiebzig Karten, die Hohen Arkanen und die Kleinen Arkanen. Sie stehen für die verschiedenen Erkenntnisse und Perspektiven.«

Annika schüttelte den Kopf und stand auf.

»Nein, bleib sitzen«, sagte Patricia und ergriff ihr Handgelenk. »Lass mich dir die Karten legen!«

Annika zögerte, setzte sich aber wieder hin.

»Na gut«, meinte sie. »Was muss ich machen?«

»Hier«, erklärte Patricia und legte das Kartenspiel in ihre Hand. »Mischen und abheben.«

Annika mischte und hob ab und gab Patricia das Kartenspiel zurück.

»Nein, du musst drei Mal abheben und das Ganze zwei Mal wiederholen.«

Annika sah skeptisch aus.

»Warum denn das?«

»Wegen der Energien. Komm, mach weiter.«

Annika stöhnte leise und mischte und hob ab, mischte und hob ab.

»Gut«, sagte Patricia schließlich. »Jetzt legst du die Stapel nicht zusammen, sondern wählst mit der linken Hand einen Stapel aus und mischst wieder.«

Annika verdrehte die Augen.

»Schön«, meinte Patricia. »Jetzt musst du dich auf die Frage konzentrieren, auf die du eine Antwort möchtest. Stehst du vor einer großen Veränderung?«

»Ja, also, das weißt du doch«, meinte Annika ärgerlich.

»Gut, dann werde ich ein keltisches Kreuz legen ...«

Patricia breitete die Karten auf dem Tisch aus. Einen Teil legte sie übereinander, andere nebeneinander und dann in der Reihe.

»Hübsche Bilder«, sagte Annika. »Unheimliche Figuren.«

»Das Spiel ist von Frieda Harris gezeichnet, nach Skizzen von Aleister Crowley«, erzählte Patricia. »Die Arbeit hat fünf Jahre in Anspruch genommen. Die Symbole haben ihren Ursprung im Hermetischen Orden der Goldenen Dämmerung.«

»Himmel«, sagte Annika misstrauisch. »Und jetzt sollen sie meine Zukunft zeigen?«

Patricia nickte ernst und zeigte auf eine Karte, die unter einer anderen lag.

»Hier«, erklärte sie, »liegt deine Grundkarte. Sie zeigt deine derzeitige Situation. Der Turm, die sechzehnte Karte in den Hohen Arkanen. Du siehst, dass er dabei ist, einzustürzen. Das ist dein Leben, Annika. Alles, was du als Sicherheit gespürt und besessen hast, ist dabei zusammenzubrechen, und das weißt du auch.«

Annika schaute Patricia prüfend an.

»Und weiter?«

Patricia zeigte jetzt mit dem Finger auf die Karte, die quer über dem Turm lag.

»Münzen-Fünf kreuzt deine Grundsituation, hindert oder erschwert sie. Das bedeutet Merkur im Stier, Angst und Furcht.«

»Und?«, fragte Annika.

Patricia sah sie mit ernster Miene an.

»Du hast Angst vor der Veränderung, aber die brauchst du nicht zu haben«, sagte sie.

»Ja, ja, und dann?«

»Deine bewusste Sicht der Situation ist wie zu erwarten. Das Gericht, die zwanzigste Karte, steht für Selbstkritik und Nachdenklichkeit. Du glaubst, dass du versagt hast, und richtest dich selbst. Aber deine unbewusste Interpretation der Lage ist viel interessanter. Sieh her, Schwert-Bube. Er ist ein Meister der kreativen Ideen und versucht sich von allen beschränkten Idioten loszureißen.«

Annika lehnte sich auf ihrem Stuhl zurück. Patricia fuhr fort.

»Du kommst von Münzen-Sieben, Beschränkung und Misserfolg, und gehst zu Schwert-Acht, Einmischung.«

Annika seufzte.

»Das klingt anstrengend.«

»Das hier bist du. Der Mond. Wie seltsam. Als ich mir das letzte Mal die Karten gelegt habe, war ich auch der Mond. Das weibliche Geschlecht, die entscheidende Prüfung. Tut mir Leid, aber das ist keine gute Karte.«

Annika antwortete nicht. Patricia betrachtete schweigend die übrigen Karten.

»Das hier ist es, wovor du am meisten Angst hast«, sagte sie. »Der

Gehängte. Erstarrung, dass dein persönlicher Wille gebrochen werden könnte.«

»Aber wie wird es ausgehen?«, fragte Annika, und ihre Stimme klang nicht mehr so abweisend.

Patricia zeigte zögernd auf die zehnte Karte.

»Das ist das Ergebnis. Keine Angst, das Symbol ist nicht wörtlich zu nehmen.«

Annika beugte sich vor. Die Karte zeigte ein schwarzes Skelett mit einer Sense.

»Der Tod«, sagte sie.

»Das muss nicht den körperlichen Tod bedeuten, sondern steht auch für eine radikale äußere Veränderung. Alte Verbindungen müssen aufgelöst werden. Siehst du, dass der Tod zwei Gesichter hat? Auf der einen Seite schneidet er ab, auf der anderen Seite befreit er dich von alten Lasten.«

Annika stand abrupt auf.

»Ich pfeife auf deine alten Papierfetzen«, sagte sie, ging in ihr Zimmer und schloss die Tür hinter sich.

Teil III

SEPTEMBER

Neunzehn Jahre, zwei Monate und achtzehn Tage

Ich glaube, ich bin gut darin, zu leben. Ich bilde mir ein, dass mein Leben im Grunde schön ist. Mein Atem geht so leicht, meine Beine sind glatt, meine Sinne offen. Ich glaube, es fällt mir leicht, glücklich zu sein. Ich glaube, ich liebe das Leben. Ich ahne einen Schimmer, der ganz nah ist, nicht greifbar.

Alles kann so leicht sein. Eigentlich ist nur so wenig vonnöten. Sonne. Wind. Eine Richtung. Zusammenhang. Engagement. Liebe. Freiheit. Freiheit …

Aber er sagt,
dass er mich niemals
gehen lässt.

MONTAG, 3. SEPTEMBER

Erst kurz bevor das Flugzeug aufsetzte, wurde die Landschaft sichtbar. Wolkenfetzen hingen in den Baumkronen und verbreiteten einen feinen Regenschleier.

Ich hoffe, das Wetter war die ganze Zeit so widerlich, dachte Annika. Das würde allen Idioten nur recht geschehen.

Das Flugzeug fuhr an eine Fluggastbrücke von Arlandas Terminal zwei heran, und es war dasselbe Gate, von dem sie auch gestartet waren. Bei der Abreise war Annika sehr enttäuscht worden. Terminal zwei war nur ein kleiner Blinddarm neben der eigentlichen Auslandshalle, und es gab dort fast keine Duty-Free-Shops. Nur ganz kleine Fluggesellschaften starteten dort. Ausland und Inland, Charter und reguläre Flüge nebeneinander, kein bisschen Glanz und Gloria. Auch der Zoll war nicht besetzt.

Immerhin etwas, dachte sie, während sie bei Grün durchging.

Natürlich kamen ihre Koffer zuletzt. Der Shuttle in die Stadt war überfüllt, und sie musste den ganzen Weg bis zum Hauptbahnhof stehen. Als sie am Klarabergsviadukt ausstieg, regnete es heftig. Ihre Koffer aus Stoff sogen die Feuchtigkeit wie Pilze auf, der Inhalt wurde völlig durchnässt. Sie fluchte mit zusammengebissenen Zähnen und sprang am Bolindersplan in den 52er.

In ihrer Wohnung war es still und hell, die Gardinen hingen regungslos im Vormittagslicht. Sie stellte ihr Gepäck im Flur auf einen Teppich und ließ sich erschöpft auf das Sofa fallen. Das Flugzeug hätte bereits gestern Nachmittag vom Flughafen in Antalya abheben sollen, doch aus Gründen, die nie richtig erläutert wurden, mussten sie acht Stunden in dem türkischen Hangar und weitere fünf im Flugzeug warten, ehe es dann abhob. Na ja, so war das eben bei Last-Minute-Flügen. Sie hatte es ja nicht eilig. Sie lehnte sich zurück, schloss die Augen und ließ die Gefühle an sich heran. Während der heißen Tage in der Türkei hatte sie sie verdrängt und sich nur darauf konzentriert, die asiatischen Laute, das Licht und die Gerüche aufzusaugen. Sie hatte ordentlich gegessen, Salat und Kebab, und zum Essen Wein getrunken. Jetzt verkrampfte sich ihr Magen wieder, und ihr Hals schnürte sich zusammen. Als sie versuchte, sich ihre Zukunft vorzustellen, sah sie nichts. Eine Leere ohne Konturen.

Ich muss vergessen, dachte sie. Hier und jetzt fängt alles an.

Sie schlief halb im Liegen ein und wachte nach zehn Minuten davon auf, dass sie in ihren nassen Kleidern fror. Schnell zog sie sich um und lief zum Badezimmer im Vorderhaus hinunter.

Als sie wieder hinaufkam, schlich sie in die Küche und schaute ins Mädchenzimmer. Es war niemand da. Sie war überrascht. Auf dem Weg nach Stockholm hatte sie sich über Patricias Anwesenheit in der Wohnung geärgert und geglaubt, allein sein zu wollen, aber das stimmte nicht. Sie vermisste den schwarzen Haarschopf auf dem Kissen, und dieses Gefühl gefiel ihr nicht.

Rastlos drehte sie eine weitere Runde durch die Wohnung, ins Wohnzimmer und wieder hinaus, machte sich einen Kaffee, den sie dann nicht trinken konnte. Sie schüttete die nassen Kleider zu einem Haufen auf den Wohnzimmerfußboden. Hängte sie über Stühle und Türklinken. Das Zimmer wurde von einem stockigen Geruch erfüllt, und sie öffnete ein Fenster.

Und was passiert jetzt?

Wovon soll ich leben?

Was werde ich mit meinem Leben anfangen?

Sie ließ sich wieder ins Sofa fallen. Die Müdigkeit wurde zu einem kleinen Klumpen Furcht direkt hinter dem Brustbein zusammengepresst. Es fiel ihr schwer zu atmen. Die Gardinen vor dem offenen Fenster hoben sich in den Raum hinein, wogten, atmeten und sanken wieder zurück. Annika sah, dass der Fußboden am Fenster nass wurde, und stand auf, um ihn abzutrocknen.

Das hier ist nur ein Abrisshaus, dachte sie mit einem Mal. Das ist doch alles egal. Es ist sinnlos. Keiner schert sich darum, wenn der Fußboden kaputtgeht. Warum sich die Mühe machen?

Die Parallele zu ihrem eigenen Leben erfüllte sie plötzlich mit Selbstmitleid. Sie setzte sich unverrichteter Dinge wieder hin, zog die Knie unters Kinn, wiegte sich vor und zurück und weinte. Ihre Arme erstarrten in einem krampfhaften Griff um die Beine, so hart, dass sie schmerzten.

Alles hört auf, dachte sie. Wohin soll ich nur gehen? Wer wird mir jetzt helfen?

Plötzlich wusste sie es.

Ihre Großmutter.

Sie wählte die Nummer, schloss die Augen und betete, dass ihre Großmutter in der Wohnung und nicht draußen in Lyckebo sein würde.

»Sofia Hällström«, meldete sich die alte Frau.

»Oh, Großmutter!«

Annika weinte.

»Aber, mein kleines Mädchen, was ist denn passiert?«

Die alte Frau war erschrocken, und Annika unterdrückte ihre Tränen.

»Ich fühle mich so allein und elend«, sagte sie.

Die Großmutter sprach beruhigend auf sie ein.

»So ist das manchmal im Leben«, meinte sie. »Es ist immer ein Kampf. Das Wichtigste ist, nicht aufzugeben, hörst du?«

»Was hat das denn alles noch für einen Sinn?«, fragte Annika, während ihre Augen in Tränen schwammen.

Die Stimme der alten Frau klang etwas müde.

»Die Einsamkeit ist schwer zu ertragen«, sagte sie. »Die Menschen kommen ohne ihre Herde einfach nicht klar. Du bist aus der sozialen Gemeinschaft, von der du ein Teil sein wolltest, ausgestoßen worden, du hast das Gefühl, in der Luft zu hängen. Das ist kein Wunder, Annika. Es wäre sehr erstaunlich, wenn es dir gut ginge. Lass es zu, dass du dich schlecht fühlst, und gib Acht auf dich.«

Annika trocknete sich das Gesicht mit dem Handrücken.

»Ich will einfach nur sterben«, sagte sie.

»Das verstehe ich«, tröstete die Großmutter sie, »aber das darfst du nicht. Du musst leben, damit du mich eines Tages mal begraben kannst.«

»Was redest du denn da?«, rief Annika ins Telefon. »Bist du krank? Du darfst nicht sterben!«
Die alte Frau lachte kurz.
»Nein, ich bin nicht krank, aber wir müssen alle sterben. Du musst für dich sorgen und darfst jetzt nichts überstürzen, meine Liebe. Bleibe ruhig und lass den Schmerz an dich herankommen. Du kannst ein wenig davor weglaufen, aber er holt dich doch immer wieder ein. Lass dich von ihm überspülen, fühle ihn, lebe in ihm. Du stirbst nicht. Du wirst leben, und wenn du auf der anderen Seite herauskommst, wirst du stärker sein, älter und klüger.«
Annika lächelte.
»So wie du, Großmutter.«
Die Frau lachte.
»Jetzt mach dir einen Kakao, Annika, kuschel dich in die Sofaecke und schau dir so eine Serie im Fernsehen an, das mache ich immer, wenn mir alles zu schwer wird. Leg dir eine Decke über die Beine, damit du es warm und schön hast. Du wirst sehen, alles wird sich fügen.«
»Danke, Großmutter«, flüsterte Annika.
Sie schwiegen eine Weile, und Annika merkte, wie selbstsüchtig sie war.
»Wie geht es dir denn?«, fragte sie rasch.
Die Großmutter seufzte ein wenig.
»Hier hat es jeden Tag geregnet, seit du weggefahren bist. Ich bin in den Ort gefahren, um einzukaufen und ein wenig zu waschen, es ist wirklich Zufall, dass du mich hier erwischst.«
Es gibt doch einen Gott, dachte Annika.
»Ich habe mit Ingegerd gesprochen, auf Harpsund war mächtig was los«, erzählte die Großmutter in ihrem plaudernden Tonfall.
Annika lächelte.
»Und wie geht es mit der Diät des Ministerpräsidenten voran?«
»Überhaupt nicht, sie ist auf unbestimmte Zeit verschoben. Aber es sind andere da gewesen, die umso weniger gegessen haben.«
Der Tratsch, den ihre Großmutter von der neuen Hausdame von Harpsund gehört hatte, interessierte Annika nicht sonderlich, aber sie fragte trotzdem höflich:

»Ach ja, wer denn?«
»Dieser Minister, der zurückgetreten ist, Christer Lundgren. Er kam an dem Tag, als die Sache veröffentlicht wurde, und blieb eine Woche. Alle Journalisten haben ihn gesucht, aber keiner hat ihn gefunden.«
Annika lachte.
»Da sieht man es mal wieder! Und du warst mitten drin!«
Sie lachten beide, der Klumpen in Annikas Brust löste sich langsam und verschwand.
»Danke, Großmutter«, sagte sie leise.
»Komm zu mir, wenn es zu schlimm wird. Whiskas hat Sehnsucht nach dir.«
»Das glaube ich kaum«, meinte Annika, »so wie du ihn verwöhnst. Gib ihm ein Küsschen von mir!«
Die Wärme blieb, als sie aufgelegt hatten, und doch flossen wieder die Tränen. Sie war traurig, aber nicht verzweifelt, sie weinte kräftig, aber doch erleichtert. Als das Telefon klingelte, ließ das schrille Geräusch sie in die Höhe fahren.
»Aha, bist du auch mal wieder zu Hause? Meine Güte, warst du lange weg. Wie war's denn?«
Annika wischte sich die Tränen ab.
»Schön. Es war total schön. Die Türkei ist einfach fantastisch.«
»Das glaube ich sofort«, antwortete Anne Snapphane. »Vielleicht sollte ich auch mal hinfahren. Wie steht es denn dort mit dem Gesundheitssystem?«
Annika konnte ihr Lachen nicht unterdrücken, es drang aus ihrem Inneren und sprudelte über, ehe sie nachdenken konnte. Anne Snapphane rief sie an, trotz allem, was geschehen war.
»Sie haben da besondere Kliniken für Hypochonder«, erwiderte Annika. »Kernspin zum Frühstück, Prozac zum Kaffee und Antibiotika zum Abendessen.«
»Klingt gut, und wie steht es mit der radioaktiven Verseuchung in den Häusern? Wo warst du überhaupt?«
Annika lachte wieder.
»In einem halb fertigen Touristengetto zwei Kilometer vor Alanya«, erzählte sie, »nur massenhaft Deutsche. Ich bin dann nach Istanbul

und habe bei einer Frau gewohnt, die ich im Bus kennen gelernt hatte. Ich habe eine Woche in ihrem Hotel gearbeitet. Dann bin ich nach Ankara weitergefahren, das ist bedeutend moderner ...«
Ein wohliges Gefühl lief durch ihren Körper, die Glieder wurden weich und entspannten sich.
»Und wo hast du da gewohnt?«
»Ich kam spät am Abend an, und an der Bushaltestelle war ziemlich viel los. Ich bin einfach ins erstbeste Taxi gesprungen und habe ›Hotel International‹ gesagt. Es gab tatsächlich eins, die Leute dort waren total nett.«
»Und du hast in einer Suite gewohnt, aber nur für ein Einzelzimmer bezahlt?«, riet Anne Snapphane.
Annika war verblüfft.
»Woher weißt du das?«
Anne lachte.
»Du hast das richtige Händchen für so etwas, wusstest du das noch nicht?«
Sie lachten gemeinsam und genossen die Nähe der anderen. Das folgende Schweigen war warm und durchlässig.
»Hast du jetzt frei?«, fragte Annika.
»Ja, ich hatte vorgestern meinen letzten Tag. Am zwölften geht der Fernsehjob mit so einer Art Herbstauftakt los. Was wirst du jetzt machen?«
Annika schwieg, der Klumpen wuchs wieder.
»Weiß nicht, so weit hab ich noch gar nicht gedacht. Ich kann immer noch wieder runterfahren und in Istanbul im Hotel arbeiten. Die brauchen Leute im Service und in der Küche.«
»Komm mit nach Piteå«, forderte Anne Snapphane sie auf. »Ich hatte vor, heute Nachmittag stand-by zu fliegen.«
Annika musste wieder lachen.
»Nein danke, ich habe die letzte Nacht schon in diversen Flugzeugsitzen verbracht.«
»Na, dann bist du ja eingewöhnt. Los, komm, warst du überhaupt schon mal nördlich vom Klarälven?«
»Ich habe noch nicht mal richtig ausgepackt«, sagte Annika.
»Umso besser«, meinte Anne. »Meine Eltern haben ein riesiges

Haus auf Pitholm, da ist genug Platz für dich. Du kannst morgen wieder nach Hause fahren, wenn du willst.«
Annika betrachtete den trostlosen Haufen nasser Klamotten und fasste einen Entschluss.
»Wo gibt es noch freie Plätze?«
Als sie aufgelegt hatten, rannte Annika in ihr Schlafzimmer und zog die alte Arbeitstasche heraus. Sie warf zwei Paar Unterhosen und ein T-Shirt hinein und sammelte ihr Necessaire vom Fußboden im Wohnzimmer auf.
Bevor sie losging, um sich mit Anne Snapphane am Kungholmstorg zu treffen, holte sie einen Feudel und wischte die Wasserflecken unter dem Fenster auf.

Annika sah sich enttäuscht um.
»Wo sind die Berge?«, fragte sie.
»Jetzt sei nicht so eine dämliche Hauptstadtnudel«, schimpfte Anne Snapphane. »Das hier ist die Küste. Die Riviera des Nordens. Nun komm, der Shuttle steht da drüben.«
Sie liefen über die Asphaltwege, die den Flugplatz von Kallax umgaben. Annika ließ den Blick über die Landschaft schweifen, meist Nadelbäume und plattes Land. Der Himmel war fast wolkenlos, die Sonne schien. Es war ziemlich kalt, vor allem, wenn man gerade aus der Türkei kam. Über ihre Köpfe donnerte ein Militärflugzeug hinweg.
»Eine F 21«, erklärte Anne Snapphane und warf ihre Taschen in den Kofferraum des Taxis.
»Kallax wird auch als Militärflughafen genutzt. Ich habe hier Fallschirmspringen gelernt.«
Annika nahm ihre Tasche auf den Schoß. Es zwängten sich noch zwei Flanellanzüge ins Auto, dann ging es los in Richtung Piteå.
Kleine Dörfer sausten vorbei, Feldstücke mit windschiefen Scheunen darauf, doch insgesamt stand der Wald an der E4 sehr dicht. Das Laub leuchtete bereits in Herbstfarben, obwohl es erst Anfang September war.
»Wann wird es hier Winter?«, fragte Annika.
»Ich habe am 7. Oktober Führerschein gemacht, zwei Tage später

gab es einen Schneesturm. Ich bin natürlich sofort in den Graben gefahren«, erzählte Anne Snapphane.
Sie blieben an der Kreuzung nach Norrfjärden stehen und ließen einen der Flanellanzüge aussteigen.
Zwanzig Minuten später stiegen Annika und Anne an der Bushaltestelle im Zentrum von Piteå aus und schlossen Annes Taschen in einem Schließfach im Wartesaal ein.
»Mein Vater holt uns in einer Stunde ab. Sollen wir eine Kleinigkeit essen gehen?«
In Ekebergs Konditorei in der Storgatan entschied sich Annika für ein Krabbensandwich. Sie hatte ihren Appetit wiedergefunden.
»Das war eine gute Idee«, sagte sie.
»Hattest du keine Entzugserscheinungen?«, fragte Anne Snapphane.
Annika schaute erstaunt auf.
»Wovon denn?«
»Leben. Nachrichten. Minister.«
Annika schnitt sich ein großes Stück von ihrem Sandwich ab.
»Der Journalismus ist mir scheißegal«, erwiderte sie knapp.
»Willst du nicht wissen, was passiert ist?«
Annika schüttelte den Kopf und kaute wie besessen.
»Okay«, meinte Anne Snapphane. »Warum heißt du Bengtzon mit z?«
Annika zuckte mit den Schultern.
»Keine Ahnung. Der Großvater meines Großvaters väterlicherseits, Gottfried, kam Ende 1850 nach Hälleforsnäs. Lasse Celsing, der Besitzer der Fabrik, hatte ein neues Pochwerk angeschafft, und mein Urahne sollte es bedienen. Eine Cousine von uns hat versucht, etwas Ahnenforschung zu betreiben, aber daraus wurde nichts. Der Stammbaum hörte bereits bei Gottfried auf. Keiner weiß, woher er kam, vielleicht war er Deutscher oder Tscheche. Auf jeden Fall hat er sich im Lohnregister ganz deutlich als Bengtzon eingetragen.«
Anne Snapphane nahm einen großen Happen Kartoffelauflauf.
»Das ist ja nicht besonders spektakulär. Und deine Mutter?«
»Sie stammt aus dem ältesten Geschlecht der Metallgießer in Hälleforsnäs. Ich habe sozusagen den Hochofen auf die Stirn geprägt.

Und du? Wie kannst du Snapphane heißen und aus Lappland kommen?«
Anne Snapphane stöhnte und leckte den Löffel ab.
»Wir sind hier an der Küste, das habe ich doch schon gesagt. Alle, die hier oben leben, abgesehen von den Samen, kommen von woanders. Sie waren Flößer und Bahnarbeiter und Wallonen und anderes fahrendes Volk. In unserer Familie geht die Legende, dass Snapphane zunächst als Schimpfwort für einen diebischen dänischen Urahnen benutzt wurde, der irgendwann im 18. Jahrhundert wegen Diebstahl auf dem Galgenberg bei Norrfjärden gehängt wurde. Zur Strafe und zur Abschreckung wurden seine Kinder auch Snapphane genannt, so dass es für sie nicht besonders gut lief. Den Hochofen auf der Stirn, ja, ich danke. Ich selbst trage einen Galgen im Familienwappen.«
Annika lachte und schob sich den letzten Rest Mayonnaise in den Mund.
»Gute Geschichte«, murmelte sie.
»Wahrscheinlich ist nicht ein einziges Wort davon wahr«, behauptete Anne. »Sollen wir gehen?«

Annes Vater hieß Hasse, fuhr einen Volvo und schien sich aufrichtig zu freuen, eine Kollegin von Anne aus Stockholm kennen zu lernen.
»Hier gibt es so viel zu sehen«, rief er voller Begeisterung, während das Auto langsam die Sundsgatan entlangfuhr. »Hier gibt es Storfors, die Eliasgrotte, die Gerberei von Böleby, das Landwirtschaftsmuseum von Gran und dann Altersbruk, eine alte Metallgießerei mit Mühlteich und Mühle …«
»Hör auf, Papa«, unterbrach ihn Anne Snapphane etwas verlegen. »Annika ist hier, um mich zu besuchen. Du klingst wie der letzte Touristenführer.«
Hasse Snapphane war nicht böse.
»Sagen Sie nur, wenn Sie irgendwohin möchten, dann fahre ich Sie herum«, meinte er fröhlich und sah Annika im Rückspiegel an.
Annika nickte und schaute aus dem Fenster. Ein schmaler Kanal war zu sehen. Das Zentrum hatten sie schon hinter sich gelassen.

Piteå. Hier wohnte doch der Mann, der auf dem Idiotentelefon anrief, als Studio 6 verkündete, Christer Lundgren sei im Pornoklub gewesen. Mit der Cousine des Ministers verheiratet, war es nicht so?

Instinktiv holte sie die Tasche herauf und wühlte darin herum. Ja! Der Block lag immer noch darin, sie blätterte zu den letzten Eintragungen.

»Roger Sundström«, las sie, »aus Piteå, kennen Sie den?«

Annes Vater fuhr links aus einem Kreisel heraus und dachte laut nach.

»Sundström, Roger Sundström, was macht er?«

»Keine Ahnung«, sagte Annika und blätterte weiter. »Hier, seine Frau heißt Britt-Inger.«

»Hier oben heißen alle Frauen Britt-Inger«, erklärte Hasse Snapphane. »Tut mir Leid, aber ich kann Ihnen nicht helfen.«

»Warum fragst du?«, erkundigte sich Anne.

»Ein Roger Sundström hatte am Abend vor dem Rücktritt des Außenhandelsministers einen seltsamen Tipp in der Sache.«

»Und ich kenne jemanden, der überhaupt nicht mehr am Journalismus interessiert ist«, sagte Anne Snapphane zuckersüß.

Annika stopfte den Block in die Tasche und stellte sie auf den Boden.

»Ich auch«, gab sie zurück.

Das Elternhaus von Anne Snapphane stand in der Oli-Jans-Gatan auf Pitholm. Es war groß und modern.

»Ihr Mädchen könnt das obere Stockwerk haben«, meinte der Vater. »Ich mache etwas zu essen, Britt-Inger arbeitet heute spät.«

Annika schaute Anne fragend an.

»Meine Mutter«, meinte diese. »Das war eben kein Witz.«

Das obere Stockwerk war offen und hell. Zur Linken am Fenster stand ein Schreibtisch mit Computer, Drucker und Scanner. Rechts befanden sich zwei Gästezimmer, von denen jede eines nahm.

Während Hasse Reste aufwärmte, gingen sie Annes alte LPs durch, die bei der Stereoanlage im Wohnzimmer standen.

»Meine Güte, dass du die hast!«, rief Annika erstaunt und zog Jim Steinmans Soloalbum *Bad for good* heraus.

»Eine Rarität«, sagte Anne Snapphane.

»Ich kenne außer mir niemanden, der je von dieser Platte gehört hat«, meinte Annika.
»Sie ist unglaublich«, bestätigte Anne. »Du weißt, dass er Material von diesem Album sowohl für *Meat Loaf* als auch für *Streets of fire* verwendet hat, oder?«
»Klar«, erwiderte Annika und studierte die Rückseite des Albums. »Den Titelsong *I'll be bad for good* hat er für den Film in *We're going nowhere fast* geändert.«
»Stimmt«, meinte Anne Snapphane, »und *Love and death and an American guitar* ist in der Einleitung zu *Back to hell* von *Meat Loaf*, aber da heißt es *Wasted youth*.«
»Der alte Jimmy ist einfach himmlisch«, schwärmte Annika.
»Ja, fast ein Gott«, stimmte Anne zu.
Sie saßen eine Weile schweigend da und sinnierten über die Größe von Jim Steinman.
»Hast du auch Platten von Bonnie Tyler?«, fragte Annika.
»Natürlich. Welche wollen wir nehmen? *Secret dreams and forbidden fire*?«
Anne setzte die Nadel auf das Vinyl, und beide sangen mit. Hasse kam rein und drehte behutsam die Lautstärke runter.
»Wir wohnen hier noch im Stadtbereich«, meinte er. »Haben Sie schon mal Blutklöße gegessen?«
»Nein«, erwiderte Annika.
Sie waren angebraten und schmeckten ausgesprochen gut, wie Kartoffelklöße mit Speck.
»Sollen wir ins Kino gehen?«, fragte Anne Snapphane, nachdem die Spülmaschine zu rumpeln angefangen hatte.
»Gibt es hier denn so etwas?«, fragte Annika erstaunt.
Anne sah ihren Vater fragend an.
»Gibt es noch ein Kino?«
Der Vater hob hinter der Abendzeitung bedauernd die Schultern.
»Tut mir Leid«, erklärte er, »habe keine Ahnung.«
»Könnte ich mal das Telefonbuch haben?«, fragte Annika.
»Oben am Computer«, antwortete Hasse Snapphane.
Es gab zwei Roger Sundström, und einen, dessen Frau Britt-Inger hieß. Sie wohnten in der Solandergatan.

»Das ist in Djupviken«, meinte Anne. »Auf der anderen Seite der Stadt.«
»Wollen wir einen Spaziergang machen?«, fragte Annika.

Die Sonne ging gerade hinter der Zellstofffabrik unter. Sie nahmen den Weg über Strömnäs und die Abkürzung über das Nolia-Gelände hinter dem Gemeinschaftshaus. Das Haus der Familie Sundström war eingeschossig und unterkellert, aus gelbem Ziegelstein, in den sechziger Jahren gebaut. Annika konnte Kinder singen hören.
»Mach, was du willst«, erklärte Anne. »Ich bin einfach nur dabei.«
Annika klingelte, Roger Sundström war zu Hause. Der Mann war skeptisch und erstaunt, als Annika sich vorstellte.
»Ich habe einfach immer wieder daran denken müssen, was Sie mir erzählt haben«, sagte Annika. »Und jetzt bin ich gerade in Piteå und besuche meine Freundin Anne, und da dachte ich, dass ich doch einmal vorbeischauen könnte.«
Die Kinder, ein Junge und ein Mädchen, kamen neugierig in den Flur gelaufen und versteckten sich hinter den Beinen des Vaters.
»Nun aber, geht rein und zieht eure Schlafanzüge an«, sagte der Mann und versuchte die Kinder in ein Zimmer, das zur Linken lag, zu schieben.
»Singen wir dann noch, Papa?«
»Ja klar, und Zähneputzen nicht vergessen.«
»Dürfen wir reinkommen?«, fragte Annika.
Der Mann zögerte einen Augenblick, geleitete sie dann aber ins Wohnzimmer: Ecksofa mit Lederbezug, Glastisch, Porzellanfiguren im Bücherregal.
»Britt-Inger ist auf einer Fortbildung«, erklärte er.
»Schön haben Sie es hier«, sagte Anne Snapphane in entschieden breiterem Norrländisch, als es sonst ihre Art war.
»Was wollen Sie eigentlich?«, fragte Roger Sundström und sank in einen Plüschsessel.
Annika setzte sich ganz vorn auf die Sofakante.
»Es tut mir Leid, dass wir hier so eindringen«, erklärte sie. »Aber ich frage mich die ganze Zeit, ob ich mich richtig erinnert habe. Sie flogen doch mit Transwede von Arlanda, oder?«

Der Mann kratzte sich das unrasierte Kinn.
»Ja«, erwiderte er, »doch, so war es. Möchten Sie einen Kaffee?«
Die Frage kam zögerlich, er wusste, dass er etwas anbieten musste.
»Nein, danke«, beeilte sich Anne zu sagen. »Wir werden nicht lange bleiben.«
»Und sind vom Terminal zwei geflogen, nicht wahr?«, hakte Annika nach. »Die kleine Halle.«
»Welche?«, fragte der Mann.
»Nicht die große Inlandsabfertigung, die ein Stückchen weiter weg liegt.«
Roger Sundström nickte nachdenklich.
»Genau«, sagte er schließlich. »Man musste mit dem Shuttlebus fahren, und dann mussten wir das ganze Gepäck mitschleifen, denn es sollte natürlich in Stockholm verzollt werden.«
Annika nickte.
»So ist es! Und dort, in der kleinen Abfertigungshalle, da haben Sie und Britt-Inger den Minister gesehen?«
Roger Sundström dachte nach.
»Ja«, sagte er, »das muss da gewesen sein. Denn er war ja beim Einchecken.«
»Wissen Sie noch, von welchem Gate Sie abgeflogen sind?«
Der Mann hob die Augenbrauen.
»Gäjt?«, wiederholte er verständnislos.
»Also, von welchem Ausgang?«
Er schüttelte den Kopf.
»Keine Ahnung«, erwiderte er.
Annika seufzte lautlos, nun ja, das war ein Schuss in den Ofen gewesen.
»Obwohl«, fügte Sundström nachdenklich hinzu, »die Kinder durften in der Abflughalle auf den Koffern fahren, das sah einfach zu lustig aus. Ich glaube, Britt-Inger hat sie gefilmt. Vielleicht sieht man das Gate auf dem Video.«
Annika riss die Augen auf.
»Wirklich?«, fragte sie.
»Mal sehen«, erwiderte der Mann und ging zum Bücherregal hinüber.

Er öffnete eine Schranktür und fing an, in kleinen Minivideokassetten herumzuwühlen.
»Mallorca, hier ist es«, sagte er, schob das Band in ein Gerät und schaltete den Videoapparat ein. Das Bild flimmerte auf, man sah die Kinder in einem Planschbecken spielen. Die Sonne stand offenkundig hoch, alle Schatten waren kurz. Zwei behaarte Beine, wahrscheinlich Rogers, ragten links in das Bild hinein. Die Datumsanzeige in der Ecke zeigte July 24, 2.27 pm.
»Geht die Uhr richtig?«, fragte Annika.
»Ich denke schon«, meinte Roger. »Wir müssen etwas vorspulen.«
Eine schlafende blonde Frau in einem Flugzeug, ihr Mund stand offen. Das Datum lautete jetzt July 27, 4.53 pm.
»Meine Frau«, erklärte der Ehemann.
Und dann ein braun gebrannter, lachender Roger, der am Flughafen einen hoch beladenen Gepäckwagen mit den Kindern darauf herumschob, July 27, 7.43 pm. Der Junge stand und hielt sich am Griff des Wagens fest, das Mädchen thronte oben auf den Koffern. Beide winkten der Mutter hinter der Kamera zu. Dann wackelte das Bild, und die Kamera schwenkte über die Halle.
»Da!«, rief Annika. »Haben Sie gesehen? 64!«
»Was?«, fragte Roger.
»Lassen Sie etwas zurücklaufen«, befahl Annika. »Können Sie das Bild anhalten?«
Roger drückte auf der Fernbedienung herum.
»Meine Güte«, sagte Anne. »Wie hast du das nur so schnell gesehen?«
»Ich war heute dort, und da habe ich über die Sache nachgedacht«, erklärte Annika.
»Machen Sie weiter, vielleicht kommt ja noch mehr.«
Massen von Menschen drängten sich plötzlich vor der Kamera. Irgendjemand stieß dagegen, plötzlich war Roger wieder im Bild.
»Christer!«, rief der Leinwand-Roger, hob die Hand und winkte. Dann stellte er sich auf die Zehenspitzen, sah nach links und wandte sich seiner Frau zu, um dann ins Wohnzimmer hineinzureden.
»Hast du gesehen? Das war Anna-Lenas Christer! Er fliegt auch mit.«

»Ja, geh doch hin und begrüße ihn«, sagte eine Frauenstimme aus dem Off.
Roger Sundström drehte sich um, und Annika sah plötzlich, wie die Menschenmenge sich teilte und ganz hinten Christer Lundgren auf einen Ausgang zueilte. Das Bild war zwar etwas unscharf, aber es war der ehemalige Außenhandelsminister, darüber bestand kein Zweifel.
»Sehen Sie!«, rief Annika. »Er hat ein Flugticket in der Hand! Er wird wirklich fliegen.«
Der Leinwand-Roger verlor den Minister im Gewühl aus den Augen, schaute in eine andere Richtung, rief »Christer«, und dann war alles schwarz. Das Bild fing an zu flimmern, das Band wurde zurückgespult. Annika spürte eine gewaltige Woge Adrenalin in ihrem Körper.
»Kein Wunder, dass Sie ihn im Flugzeug nicht gesehen haben«, sagte sie. »Christer Lundgren ist mit dem Flug von Gate 65 geflogen, nicht 64.«
»Und wohin ging der?«, fragte Anne Snapphane verwirrt.
»Das werden wir rauskriegen«, sagte Annika. »Haben Sie vielen herzlichen Dank, dass wir Sie stören durften.«
Sie gab Roger Sundström die Hand und ging schnell hinaus.
»Habe ich's nicht gesagt?«, jubelte sie, als sie zum Ankarskatavägen gekommen waren. »Dieser Kerl, er war in dieser Nacht irgendwo anders und darf nicht sagen, wo!«
Sie legte einen kleinen Kriegstanz auf die Fahrbahn.
»Wir wissen, wo er war«, gab Anne Snapphane nüchtern zu bedenken. »Im Pornoklub.«
»Nein«, sagte Annika. »Er ist irgendwohin gereist, und zwar aus einem total geheimen Grund.«
»Quatsch«, meinte Anne, »jetzt redest du Blödsinn.«
Annika vollführte eine Pirouette.
»Es ist sogar so verdammt geheim, dass er lieber eine Anklage wegen Mordes in Kauf nimmt und zurücktritt.«
»Lieber, als was zu tun?«
Annika blieb stehen.
»Als die Wahrheit zu sagen.«

Neunzehn Jahre, vier Monate und sieben Tage

Ich muss wissen, was für mich wichtig ist. Ich muss mich entscheiden, wer ich bin. Gibt es mich, außer durch ihn? Atme ich, außer durch seinen Mund? Denke ich, außerhalb seines Weltbilds?

Ich habe versucht, mit ihm darüber zu sprechen. Seine Logik ist einfach und klar. Gibt es mich, fragt er, außer durch dich? Lebe ich, fragt er, außer durch dich? Kann ich lieben ohne deine Liebe?
Dann antwortet er.
Nein.

Er braucht mich. Er kann ohne mich nicht leben. Verlasse mich nie, sagt er. Wir sind das Wichtigste, das es gibt, füreinander.

Er sagt,
dass er mich niemals
gehen lässt.

Ich bin schon lange allein.

DIENSTAG, 4. SEPTEMBER

Patricia hatte ein paar Stunden geschlafen, als sie plötzlich von einem unbestimmten Gefühl des Unbehagens erwachte. Sie setzte sich auf, strich sich das Haar aus dem Gesicht, sah den Mann und schrie.

»Wer bist du?«, fragte der Typ an der Tür. Er hockte vor ihr und sah sie an, als hätte er schon eine ganze Weile dort gehockt.

Patricia zog sich die Decke bis zum Kinn und schob sich rückwärts zur Wand.

»Wer bist du?«, fragte sie.

»Ich heiße Sven«, sagte Sven. »Wo ist Annika?«

Patricia schluckte und versuchte die Dinge zusammenzubringen.

»Ich … sie … ich weiß nicht.«

»Ist sie denn nicht gestern von ihrer Reise zurückgekommen?«

Patricia räusperte sich.

»Ja, ich glaube schon. Ihre Kleider waren zum Trocknen aufgehängt, als ich nach Hause kam.«

»Nach Hause?«

Sie sah zu Boden.

»Annika hat mir erlaubt, eine Weile hier zu wohnen. Ich habe vorher bei einer Freundin gewohnt, die … Ich habe sie gestern nicht gesehen. Ich weiß nicht, wo sie ist. Sie hat nicht zu Hause geschlafen.«

Die Worte hingen noch vibrierend in der Luft, als Patricia von dem Gefühl erfasst wurde, ein Déjà vu zu erleben.

»Und was glaubst du, wo sie jetzt ist?«

Die Frage hatte sie auch schon einmal gehört, das Zimmer drehte sich, sie antwortete dasselbe wie damals.

»Ich weiß nicht, vielleicht ist sie einkaufen gegangen, vielleicht ist sie bei dir …«

Der Typ sah sie prüfend an.
»Und du weißt nicht, wann sie zurückkommt?«
Sie schüttelte den Kopf und spürte, wie ihr die Tränen in den Augen brannten.
Sven stand auf.
»So, jetzt haben wir geklärt, wer ich bin und was ich will. Und wer, um Himmels willen, bist du?«
Patricia schluckte.
»Ich heiße Patricia. Ich habe Annika während ihrer Zeit beim *Abendblatt* kennen gelernt. Sie hat gesagt, ich könne eine Weile hier wohnen.«
Der Mann sah sie eingehend an, und sie drückte das Laken fester an ihr Kinn.
»Dann bist du auch Journalistin? Worüber schreibst du? Kennst du sie schon lange?«
Ein unangenehmes Gefühl kroch Patricia über den Rücken. Sie hatte auf so viele Fragen geantwortet und für so vieles geradestehen müssen, mit dem sie gar nichts zu tun hatte. Der Mann trat ein paar Schritte näher und stand nun genau über ihr.
»Annika war nicht sie selbst in der letzten Zeit«, sagte er. »Sie meinte, sie könne hier in der großen Stadt Karriere machen, aber das musste ja schief gehen. Gehörst du zu denen, die sie da reingezogen haben?«
Die Worte blitzten in Patricias Kopf auf, sie schrie einfach laut los.
»Ich habe überhaupt niemanden reingezogen! In gar nichts! Wie kannst du nur behaupten, dass ich daran schuld bin?«
Sie starrte zu dem Mann hoch, der einen Schritt zurücktrat.
»Annika wird bald wieder nach Hälleforsnäs ziehen«, sagte er. »Ich hoffe, dass du dann woanders hinkannst. Ich bleibe ein paar Tage hier, sag ihr, dass ich heute Abend komme.«
Patricia hörte, wie sich seine Schritte entfernten und die Wohnungstür zuschlug. Ein Wimmern entrang sich ihr, sie legte sich auf die Seite und rollte sich zu einem harten, kleinen Ball zusammen. Die Hände verschränkte sie verkrampft. Sie fing an zu weinen und schluchzte, bis sie einschlief.

Hasse Snapphane trank Kaffee und las die Lokalzeitung, als Annika in die Küche hinuntergeschlichen kam.
»Auf dem Herd stehen gekochte Eier«, begrüßte er sie.
Annika fischte sich eines heraus, spülte es unter kaltem Wasser ab und setzte sich.
»Meine Tochter schläft wahrscheinlich noch, oder?«
Annika nickte und lächelte.
»Sie hat lange und hart gearbeitet«, erklärte sie.
Hasse Snapphane seufzte und faltete die Zeitung zusammen.
»Ich glaube, es ist gut, dass sie da wegkommt. Das war kein guter Arbeitsplatz für sie. Der neue Job beim Fernsehen scheint bessere Bedingungen zu haben, menschlichere Arbeitszeiten und mehr Frauen in der Leitung.«
Annika sah verstohlen zu dem Mann hinüber, er war offenbar nicht auf den Kopf gefallen.
»Darf ich Ihr Telefon benutzen?«, fragte sie, als er aufstand und seine Aktentasche nahm.
»Natürlich, aber lassen Sie es mit Jim Steinman erst mal ruhig angehen. Britt-Inger muss heute Abend wieder spät arbeiten.«
Er winkte vom Auto aus.
Annika aß schnell das Ei auf und lief leichtfüßig nach oben in den ersten Stock. Sie begann damit, dass sie die Information des Flughafens in Arlanda anrief.
»Ja, guten Tag, ich möchte wissen, ob ich herausfinden kann, wann ein bestimmter Flug abging«, erkundigte sie sich.
»Natürlich«, versicherte der Mann beim Kundendienst. »Welcher denn?«
»Es ist ein wenig kompliziert«, fuhr Annika fort, »denn ich weiß nur, von welchem Gate er abgegangen ist.«
»Das kriegen wir schon raus, wenn es heute oder gestern war.«
Annika war irritiert.
»Nein, es war nicht heute. Kann man es dann nicht ermitteln?«
»Wissen Sie den Zeitpunkt? Wir können die Flüge einen Tag zurück- und sechs Tage voraussehen.«
Annika verlor den Mut.

»Dieser hier ist fünf Wochen her«, sagte sie.
»Und Sie wissen nur das Gate? Das wird etwas schwierig. So weit können wir leider nicht zurücksehen.«
»Aber Sie müssen doch Flugpläne haben«, meinte sie. »Ich weiß, wann das Flugzeug ungefähr abging.«
»Da müssen Sie sich direkt an die Fluglinie wenden. Worum geht es denn? Hat es mit einer Versicherung zu tun?«
»Nein, ganz und gar nicht«, sagte sie.
Es wurde still in der Leitung.
»Ja, wissen Sie«, antwortete der Mann an der Information, »da werden Sie sich wohl direkt an die Fluglinie wenden müssen.«
Sie seufzte.
»Ich weiß nicht, welche Fluglinie es war«, sagte sie enttäuscht. »Welche fliegen denn von Terminal zwei?«
Der Mann überlegte.
»Maersk Air, das ist eine dänische Linie, die unter anderem nach Jütland fliegt, Sabena, die nach Brüssel fliegt, Alitalia, Delta Air in die USA, Estonian Air, Austrian Airlines und Finnair.«
Annika schrieb mit.
»Und die fliegen von allen Gates?«
»Nicht ganz«, erwiderte der Mann, »die Auslandsflüge gehen von 65 bis 68, 70 bis 73 liegen eine Treppe tiefer, die werden mit Bussen bedient.«
»Was?«, meinte Annika erstaunt. »65 ist Ausland?«
»Davor liegen der Zoll und die Sicherheitskontrolle.«
»Und 64, was ist das für ein Gate?«
»Inland, meistens jedenfalls«, erklärte der Mann. »Die Gates liegen paarweise. Man kann sie natürlich austauschen, indem man die Türen auf eine bestimmte Weise stellt …«
»Haben Sie vielen Dank«, sagte Annika schnell und legte auf.
Ausland, du meine Güte. Christer Lundgren ist am Freitagabend, den 27. Juli, ins Ausland gereist. Und kurz nach fünf Uhr morgens am 28. war er wieder zurück.
»Dann ist er schon mal nicht in die USA geflogen«, sagte Annika laut zu sich selbst und strich Delta Air.
Nach Jütland, Finnland, Brüssel, Tallinn und Wien hätte er hin-

und zurückfliegen können, die Entfernung war kurz genug. Italien war eher fraglich.
Aber, dachte sie, die Frage ist, wie er mitten in der Nacht wieder nach Hause gekommen ist. Es muss ein verdammt wichtiges Treffen gewesen sein, und es muss zumindest etwas Zeit in Anspruch genommen haben.
Sie zählte an den Fingern ab.
Sagen wir mal, er ist um acht Uhr abends geflogen. Wo er auch immer hin ist, wird er nicht vor halb zehn angekommen und durch den Zoll gekommen sein. Dann ist er wahrscheinlich im Privatwagen oder mit einem Taxi irgendwohin gerauscht, wenn das Treffen nicht auf dem Flughafen stattfand.
Zweiundzwanzig Uhr, dachte sie, nehmen wir mal an, dass das Treffen um zweiundzwanzig Uhr stattfand. Sagen wir, es war um dreiundzwanzig Uhr beendet. Zurück zum Flughafen, einchecken – er kann nicht vor Mitternacht zurückgeflogen sein.
Um diese Zeit gehen nicht so viele Flüge, schon gar nicht mit diesen Fluglinien. Was ist eigentlich Maersk Air?
Er kann auch anders nach Hause gekommen sein, dachte sie, mit dem Auto oder einer Fähre. Das schließt Wien, Brüssel und Italien aus.
Sie sah auf ihren Block. Blieben noch Jütland, Finnland und Tallinn. Sie suchte das Büro der Finnair im Telefonbuch, wählte eine 0130er Nummer und landete beim Telefonservice der Fluggesellschaft in Helsinki.
»Nein«, sagte ein freundlicher Mann, der wie der Mumintroll klang, »auf diese Weise kann ich das in meinem Computer nicht herausfinden. Haben Sie keine Flugnummer? In dem Fall kann ich zurückblättern.«
Annika schloss die Augen und strich sich mit der Hand über die Stirn.
»Welche Städte fliegen Sie denn von Stockholm aus an?«
Der Mann tickerte auf seinem Computer.
»Natürlich Helsinki«, sagte er, »und Oslo, Kopenhagen, Wien, Berlin und London.«
Sackgasse. So würde sie nicht herausbekommen, wohin das Flugzeug gegangen war, es war unmöglich.

»Eine letzte Frage«, sagte sie. »Wann geht der letzte Flug nach Stockholm?«
»Von Helsinki? Um Viertel vor zehn, der ist um zwanzig vor zehn in Stockholm, weil Sie eine Stunde zurück sind.«
Sie dankte ihm und legte auf.
Er musste auf andere Weise als mit einem Linienflug nach Hause gekommen sein. Ein Privatflugzeug, dachte sie. Er kann sich ein Flugzeug gechartert haben.
Das ist teuer, fiel ihr dann ein, und sie erinnerte sich an das Theater um die Privatflüge des Ministerpräsidenten. Charterflüge mussten bezahlt werden, und sie glaubte nicht, dass Christer Lundgren selbst die Zeche gezahlt hatte. Das wäre gegen seine Grundeinstellung.
Es musste einen Abrechnungsbeleg für die Reise geben. Ganz egal, wie er nach Hause gekommen war, musste der Außenhandelsminister die Rechnung auf irgendeine Abteilung oder Behörde ausgestellt haben.
Welchem Ministerium war der Außenhandelsminister eigentlich zugeordnet?
Sie weckte Anne.
»Ich muss nach Stockholm zurück«, sagte Annika. »Ich habe viel zu tun.«

Vom Hauptbahnhof ging sie direkt zum Außenministerium am Gustav-Adolfs-Torg. Das in Gelb und Rosa gehaltene Gebäude war von glänzenden dunklen Autos, wichtigen Männern mit wachsamen Blicken und Rentnern mit Pocketkameras umgeben. Die Menschenmenge verunsicherte sie, sie ging langsam auf den Eingang zu. Ein großes schwarzes Gefährt mit einem sehr seltsamen Nummernschild, einer stilisierten Königskrone, versperrte den Eingang. Als sie daran vorbeiging, kam ein fetter Ordnungsbeamter in olivgrüner Uniform auf sie zu und stellte sich ihr in den Weg.
»Wohin wollen Sie?«
»Rein«, erwiderte Annika.
»Da sind schon genug Leute von der Presse«, meinte der Wachmann.

Verdammter Mist, dachte Annika.
»Aber ich will zur Registratur«, sagte sie.
»Da müssen Sie warten«, antwortete der Mann und legte sich, Ehrfurcht gebietend, die gekreuzten Hände über den Unterleib.
Annika blieb stehen.
»Warum?«
Der Wachmann bekam einen etwas unsteten Blick.
»Wir haben Staatsbesuch, der Präsident von Südafrika ist hier.«
»Verdammt«, sagte Annika und sah ein, wie sehr sie vom Nachrichtenfluss abgeschnitten war.
»Kommen Sie doch nach drei wieder zurück«, empfahl er.
Annika machte kehrt und ging über die Norrbro. Sie sah auf die Uhr: noch eine Stunde. Der Regen hörte auf, und sie beschloss, eine schnelle Runde über Söder zu gehen. In der Türkei hatte sie regelmäßig gejoggt und gemerkt, wie sehr sie das brauchte und wie gut ihr die Ruhe tat, die sich hinterher in ihrem Körper einstellte. Jetzt ging sie schnell und forsch auf Gamla Stan zu und dann zu den Treppen am Mosebacke Torg hinüber. Mit der Tasche, diagonal über die Brust gehängt, rannte sie die Stufen hinauf, bis ihr Puls raste und der Schweiß lief. Ganz oben am Klevgränd blieb sie stehen und schaute auf Stockholm hinab, die schmalen Gassen, die die Fassaden von Skeppsbron durchschnitten, die hellblaue Achterbahn auf Gröna Lund, die wie ein verwirrtes Knäuel gegen das Grün gelehnt zu sein schien.
Ich muss einen Weg finden, hier bleiben zu können, dachte sie.

Fünf vor drei waren alle Autos vor dem Erbprinzenpalais verschwunden.
»Ich wüsste gern etwas darüber, wie die Minister ihre Reisen handhaben«, sagte Annika höflich zu der Frau hinter dem Tresen der Registratur.
Die Dame hob leicht die Augenbrauen.
»Ach ja«, sagte sie bedächtig, »und wer fragt das?«
Annika lächelte.
»Es ist nicht meine Pflicht, mich auszuweisen. Sie haben nicht ein-

mal das Recht, das zu verlangen. Dahingegen ist es Ihre Pflicht, auf meine Fragen zu antworten.«
Die Dame erstarrte.
»Wie läuft das, wenn ein Minister eine Reise macht?«, fragte Annika sanft.
Die Stimme der Frau klang jetzt eisig.
»Der Assistent des Ministers bucht die Reise über das Reisebüro, das derzeit nach einem allgemein anerkannten Auswahlverfahren mit der Regierung verbunden ist. Zurzeit hat Nyman & Schultz diesen Auftrag.«
»Verfügt der Minister über ein eigenes Reisebudget?«
Die Frau sah sie gelangweilt an.
»Ja, natürlich.«
»Aha. Dann möchte ich Einsicht in ein öffentliches Dokument beantragen. Eine Quittung, die der ehemalige Außenhandelsminister Christer Lundgren am 28. Juli dieses Jahres einreichte.«
Die Frau hinter dem Tresen konnte ihren Triumph kaum verbergen.
»Tut mir Leid, aber das geht nicht«, tönte sie.
»Ach«, sagte Annika, »und warum nicht?«
»Der Außenhandelsminister untersteht, organisatorisch gesehen, dem Wirtschaftsministerium und nicht dem Außenministerium, dem er so lange unterstand, bis der derzeitige Ministerpräsident die Regierung übernahm«, erklärte sie. »Der Ministerpräsident hat alle Vorgänge, die mit dem Export zu tun haben, vom Außenministerium zum Wirtschaftsministerium verlegt, und dem Außenministerium wurden stattdessen die Asyl- und Einwanderungsangelegenheiten übertragen.«
Annika kniff die Augen zusammen.
»Das heißt, dass der Außenhandelsminister seine Rechnungen hier überhaupt nicht einreicht?«
»Ganz gewiss nicht«, antwortete die Dame.
»Keine Quittung und auch keine Reisekostenabrechnung?«
»Nicht eine einzige.«
Annika war fassungslos. Der Moderator von Studio 6 hatte behauptet, dass sie die Quittung aus dem Pornoklub im Außenmi-

nisterium gefunden hatten, da war sie sich todsicher. Die ganze Sendung dröhnte wie ein alter Schlager in ihrem Kopf, ob sie es nun wollte oder nicht.

»Wo befindet sich das Wirtschaftsministerium?«

Sie ging am Mittelmeermuseum vorbei zur Fredsgatan 8.

»Ich hätte gerne eine Reisekostenabrechnung und eine Quittung vom 28. Juli dieses Jahres«, erbat Annika. »Dauert das lange?«

Die Dame an der Registratur war freundlich und professionell.

»Nein, das geht schnell. Wenn Sie in einer Stunde zurückkommen, werden wir sie für Sie rausgesucht haben. Aber kommen Sie bitte nicht später, denn wir schließen dann ...«

Sie ging die Drottninggatan hinauf und sah sich um. Es nieselte leicht, schwarze Wolken hinter dem Reichstagsgebäude deuteten auf sehr viel mehr Regen im Laufe des Abends hin. Sie schlenderte unbeteiligt herum und sah sich die Schaufenster an. Musik, Poster und billige Kleidung. All das lag außerhalb ihrer Möglichkeiten, sie war völlig blank. Der spontane Flug nach Piteå hatte sie den letzten Fünfhunderter gekostet.

Anne Snapphane war ein wenig beleidigt gewesen, als sie so schnell wieder nach Hause fahren wollte.

»Jetzt lass doch den blöden Minister«, hatte sie gesagt. »Lass ihn in Frieden ruhen.«

Annika war das Ganze ein wenig unangenehm gewesen, aber sie bestand darauf.

»Ich muss fahren«, hatte sie geantwortet. »Ich will wissen, was passiert ist.«

Sie ging die Straße bis zur Klarabergsgatan hinab. Dort betrat sie ein grässliches amerikanisches Café und bestellte an der Kasse ein Eiswasser. Man verlangte dort fünf Kronen für ein Glas Wasser aus dem Hahn. Annika schluckte eine bissige Bemerkung hinunter und wühlte in der Jackentasche. Der Regen nahm zu, und es war einen Fünfer wert, nicht völlig durchnässt zu werden.

Sie setzte sich an die Bar und sah sich um. Das Café war voller Schickimickis mit Cappuccinos und Espressos. Annika nahm einen Schluck Wasser und kaute auf einem Stück Eis.

Bislang hatte sie sich geweigert, darüber nachzudenken, aber jetzt

ging es nicht mehr anders. Sie hatte einen Strafmonat bei der Arbeitslosenversicherung aufgebrummt bekommen, weil sie beim *Katrineholms-Kurier* gekündigt hatte, und sie würde keinen Lohn mehr vom *Abendblatt* bekommen.
Eigenlich habe ich nicht so furchtbar viele Ausgaben, dachte sie und listete alle einmal auf. Die Miete im Abrisshaus betrug 1970 Kronen monatlich, und außerdem teilten sie sie ja durch zwei. Das Essen brauchte nicht viel zu kosten, sie konnte von Tagliatelle leben. Die Monatskarte für die Bahn konnte sie kündigen und eine Streifenkarte für den Bus kaufen, zu Fuß gehen oder in der U-Bahn schwarzfahren. Das Telefon war notwendig, diese Investition hatte Vorrang. Hingegen fiel es ihr nicht sonderlich schwer, eine Weile auf Kleidung und Schminke zu verzichten.
Ich brauche noch einen Job, dachte sie.
»Ist der Stuhl hier frei?«
Ein Junge mit zweifarbig gefärbtem Haar und Mascara stand vor ihr.
»Klar«, murmelte Annika.
Sie musste noch aufs Klo gehen. Wenigstens das war gratis.

Nach fünfzig Minuten war sie wieder in der Fredsgatan. Die Dame an der Registratur verschwand sogleich, um ein paar Papiere zu holen. Als sie wiederkam, machte sie ein bedauerndes Gesicht.
»Ich habe keine Reisekostenabrechnung mit diesem Datum gefunden, aber hier ist die Quittung.«
Annika nahm eine Kopie der Quittung des Besuchs im Pornoklub Studio 6 entgegen. Sie belief sich auf 55 600 Kronen und war als »Unterhaltung und Erfrischungen« deklariert.
»Meine Güte!«, rief Annika aus.
»Ja, es wird schwer werden, das durch die Revision zu bekommen«, meinte die Frau, ohne aufzusehen.
»Haben schon viele danach gefragt?«, fragte Annika.
Die Frau überlegte.
»Nicht sonderlich viele«, antwortete sie und sah Annika an. »Wir hatten erwartet, dass es bedeutend mehr sein würden, aber bisher war es nur eine Hand voll.«
»Aber keine Reisekostenabrechnung?«

Die Frau schüttelte den Kopf.
»Ich habe eine Woche zurück- und eine Woche vorgeschaut.«
Annika dachte nach, betrachtete die Quittung und die krakelige Unterschrift.
»Könnte er eine Reisekostenabrechnung in einer anderen Abteilung eingereicht haben?«
»Der Außenhandelsminister? Das bezweifle ich. Sie wäre dennoch bei uns gelandet.«
»Dann bei irgendeiner Behörde? Er reist doch viel und setzt sich auch für verschiedene Organisationen und Firmen ein.«
Die Dame an der Registratur zuckte die Achseln.
»Das ist richtig«, sagte sie. »Dann bezahlen vielleicht die Firmen, wer weiß.«
Annila ließ nicht locker.
»Aber wenn er im Auftrag der Regierung reiste und die Abrechnung nicht hierher kam, wo kann sie denn dann sein?«
Das Telefon der Frau klingelte, und Annika sah, dass sie jetzt Stress hatte.
»Es tut mir Leid, aber ich weiß es wirklich nicht«, wiederholte sie. »Behalten Sie die Kopie, ich schenke sie Ihnen.«
Annika bedankte sich und ging.

In der Wohnung war es still und ruhig. Sie ging sofort zum Mädchenzimmer und schaute vorsichtig hinein. Patricia lag dort, zu einem kleinen Ball zusammengerollt, und schlief. Sie schloss die Tür behutsam, und sie ging mit einem leisen Klicken zu.
»Annika!«
Sie öffnete die Tür wieder einen Spalt weit.
»Annika!«
Patricia klang ängstlich und traurig, erstaunt betrat sie das Zimmer.
»Was ist denn?«, fragte Annika und lächelte.
Patricia schoss hoch, warf sich Annika um den Hals und begann zu weinen.
»Aber, meine Güte, was ist denn bloß?«, fragte Annika erschrocken. »Ist was passiert?«

Patricias Haare gerieten ihr in die Wimpern, sie versuchte sie vorsichtig beiseite zu schieben, um etwas sehen zu können.
»Du bist nicht nach Hause gekommen«, schluchzte Patricia. »Du hast nicht zu Hause geschlafen, und dein Freund kam her und hat nach dir gefragt. Ich dachte ... es wäre etwas passiert.«
Annika lachte und strich Patricia übers Haar.
»So ein Blödsinn«, sagte sie. »Was sollte mir schon passieren?«
Patricia ließ Annika los, trocknete ihre Tränen und schnäuzte sich in ihr T-Shirt.
»Weiß nicht«, flüsterte sie.
»Ich bin nicht Josefine«, sagte Annika lachend. »Du brauchst um mich keine Angst zu haben.«
Sie sah, wie verwirrt die andere Frau war, und musste lachen.
»Himmel nochmal, Patricia, jetzt hör aber auf! Du bist ja schlimmer als meine Mutter. Willst du einen Kaffee?«
Patricia nickte, und Annika ging in die Küche.
»Ein Brot?«
»Ja, gern«, antwortete Patricia.
Während Patricia sich einen Trainingsanzug anzog, holte Annika die Sachen für ein Abendbrot hervor. Die Stimmung am Tisch war jedoch etwas gedrückt.
»Tut mir Leid«, sagte Patricia und bestrich sich ein Brot mit Marmelade.
»Ach was«, gab Annika zurück. »Kein Problem. Du bist einfach ein wenig ängstlich, das ist doch klar.«
Sie aßen schweigend.
»Wirst du wegziehen?«, fragte Patricia vorsichtig nach einer Weile.
»Im Moment nicht«, antwortete Annika. »Wieso?«
Patricia zuckte mit den Schultern.
»Nur so ...«
Annika goss Kaffee nach.
»Ist viel über Josefine geschrieben worden, während ich weg war?«, fragte sie und pustete auf das heiße Getränk.
Patricia schüttelte den Kopf.
»Fast gar nichts. Die Polizei sagt, der Verdacht weise in eine be-

stimmte Richtung, dass sie aber niemanden festnehmen würden. Jedenfalls nicht im Moment.«

»Und alle schließen daraus, dass der Minister schuldig ist, oder?«, fragte Annika.

»So ungefähr«, erwiderte Patricia.

»Ist über ihn viel geschrieben worden?«

»Noch weniger. Es ist, als wäre er am Tag seines Rücktritts gestorben.«

Annika machte eine abfällige Geste.

»Man tritt keinen, der am Boden liegt.«

»Was?«, fragte Patricia.

»So sagt man, man wühlt nicht weiter, wenn jemand aus seinen Fehlern Konsequenzen gezogen hat und zurückgetreten ist. Was haben sie denn noch geschrieben, solange ich fort war?«

»Im *Rapport* sagen sie, dass die Wahlbeteiligung zurückgeht. Viele wollen überhaupt nicht wählen, man betrachtet die Politiker mit Verachtung. Die Sozis werden vielleicht nicht durchkommen.«

Annika nickte, das war logisch. Ein Minister unter Mordverdacht mitten im Wahlkampf musste ein Albtraum sein.

Patricia wischte sich die Finger an einem Stück Haushaltspapier ab und begann, die Sachen auf dem Tisch zusammenzuräumen.

»Hast du letztlich mal wieder mit der Polizei geredet?«, fragte Annika.

Patricia erstarrte.

»Nein«, erwiderte sie.

»Wissen die, dass du hier wohnst?«

Patricia stand auf und ging zur Spüle.

»Ich glaube, nicht«, meinte sie.

Annika erhob sich ebenfalls.

»Das solltest du ihnen vielleicht sagen. Womöglich wollen sie dich noch etwas fragen.«

»Schreibe mir nicht vor, was ich zu tun habe«, erwiderte Patricia kurz.

Sie drehte Annika den Rücken zu und ließ Wasser in einen Topf laufen, um es zum Spülen aufzuwärmen.

Annika stand noch eine Weile am Tisch und schaute auf den geraden Rücken der anderen. Dann sei eben sauer, dachte sie und ging in ihr Zimmer.

Der Regen pladderte auf das Fensterblech. Dass es aber auch nie aufhört, dachte Annika und ließ sich auf ihr Bett fallen. Sie legte sich auf die Decke, ohne Licht anzumachen. Das Zimmer war dunkel und ohne Schatten. Sie starrte auf die abgeschabte Tapete, leberwurstgrau, leicht vergilbt.

Das alles muss zusammenhängen, dachte sie. Kurz vor dem 27. Juli ist etwas geschehen, das den Außenhandelsminister dazu veranlasst hat, von Terminal zwei in Arlanda abzureisen, und zwar so ängstlich und gestresst, dass er nicht bemerkte, wie seine Verwandten nach ihm riefen. Die Sozis müssen in Panik gewesen sein.

Allerdings kann es auch eine Privatangelegenheit gewesen sein, wurde ihr plötzlich klar. Vielleicht hatten weder die Regierung noch die Partei ihn auf den Weg geschickt, vielleicht hatte er irgendwo eine Geliebte?

Konnte es so einfach sein?

Dann erinnerte sie sich an ihre Großmutter.

Harpsund fiel ihr ein. Wenn Christer Lundgren sich in privaten Schwierigkeiten befunden hätte, dann hätte ihm der Ministerpräsident niemals seine Sommerresidenz zur Verfügung gestellt. Es musste eine politische Angelegenheit gewesen sein.

Sie streckte sich auf dem Rücken aus, legte die Hände unter den Hinterkopf, holte tief Luft und schloss die Augen. Draußen in der Küche arbeitete Patricia, sie hörte das Porzellan klappern.

Struktur, dachte sie. Sortieren, was passiert ist. Fang am Anfang an. Nimm alles Wunschdenken heraus, denke logisch. Wäge ab. Was ist eigentlich passiert?

Ein Minister tritt zurück, nachdem er eines Mordes verdächtigt worden ist, was keine Kleinigkeit ist, denn schließlich handelt es sich um einen Sexualmord auf einem Friedhof. Nehmen wir einmal an, der Mann ist unschuldig. Sagen wir, er war an dem Morgen, als die Frau getötet und vergewaltigt wurde, ganz woanders. Nehmen wir einmal an, dass er ein Alibi hat. Warum, um Himmels willen, wäscht er sich nicht selbst rein? Sein Leben ist

schließlich ruiniert, politisch ist er mausetot, gesellschaftlich hat er Lepra.
Es gibt nur eine Erklärung, dachte Annika. Mein erster Gedanke war richtig: Das Alibi ist noch schlimmer.
Okay, noch schlimmer, aber für wen? Für ihn selbst? Wohl kaum, denn das ist so gut wie unmöglich.
Bleibt nur eine Möglichkeit: schlimmer für die Partei.
Aha, da hatte sie schon mal eine Lösung.
Und weiter? Was konnte schlimmer für die Partei sein als ein des Mordes verdächtigter Minister mitten im Wahlkampf?
Sie wälzte sich unruhig im Bett, legte sich auf die Seite und starrte ins Zimmer hinaus. Dann hörte sie Patricia die Wohnungstür öffnen und die Treppe hinuntergehen, wahrscheinlich wollte sie duschen.
Die Einsicht kam leicht wie der Wind.
Schlimmer war nur der Verlust der Macht. Christer Lundgren hatte in dieser Nacht etwas getan, das die Sozialdemokraten die Macht kosten würde, wenn es herauskäme. Es musste etwas Grundlegendes, Fundamentales sein. Was konnte der Regierungspartei derart den Boden unter den Füßen wegziehen?
Annika setzte sich kerzengerade im Bett auf. Sie erinnerte sich an die Worte, ließ sie in ihrem Kopf Revue passieren. Dann ging sie zum Telefon im Wohnzimmer, setzte sich mit dem Apparat auf dem Schoß auf das Sofa. Schloss die Augen, atmete ein paar Mal tief durch. Anne Snapphane redete immer noch mit ihr, obwohl sie rausgeschmissen worden war. Vielleicht betrachtete auch Berit Hamrin sie immer noch als Kollegin. Wenn sie es nicht probierte, würde sie nie eine Antwort bekommen.
Sie wählte resolut die Nummer der Redaktion des *Abendblatts*. Als sie nach Berit fragte, machte sie ihre Stimme etwas heller, denn sie wollte nicht, dass die Telefonistin sie wieder erkannte.
»Annika, wie schön, von dir zu hören«, rief Berit herzlich. »Wie geht es dir?«
Ihr Herz schlug wieder langsamer.
»Danke, gut. Ich war ein paar Wochen in der Türkei, das war unglaublich interessant.«

»Hast du eine Reportage über die Kurden gemacht?«
Berit glaubte, sie sei noch Journalistin.
»Nein, bloß Urlaub. Du, ich hab eine Frage zur IB. Hättest du Zeit, dich mit mir zu treffen, so dass wir etwas reden können?«
Wenn Berit erstaunt war, dann ließ sie es sich jedenfalls nicht anmerken.
»Ja, natürlich, wann denn?«
»Was machst du heute Abend?«
Sie verabredeten sich in einer halben Stunde in der siffigen Pizzeria.
Patricia kam zur Tür herein. Sie trug den Trainingsanzug und hatte ein Handtuch um die Haare gebunden.
»Ich gehe noch kurz weg«, sagte Annika und stand auf.
»Ich habe etwas vergessen«, meinte Patricia. »Sven hat gesagt, dass er ein paar Tage bleibt.«
Annika ging zur Garderobe.
»Arbeitest du heute Abend?«, fragte sie, während sie ihren Mantel anzog.
»Ja, wieso?«

Es schüttete wie aus Eimern, und der Regen ließ die schmutzigen Fenster des Restaurants in der Dunkelheit wie Strass funkeln. Berit war schon da. Annikas Schirm war im Wind umgeschlagen, sie stolperte durch die Tür, völlig durchnässt.
»Schön, dich zu sehen«, sagte Berit und lächelte. »Du siehst gut aus.«
Annika lachte und befreite sich aus dem nassen Mantel.
»Es hat einfach Wunder gewirkt, beim *Abendblatt* aufzuhören. Wie steht es mit der Zeitung?«
Berit stöhnte.
»Es ist ziemlich chaotisch. Anders Schyman versucht ein paar Sachen zu ändern, aber die übrige Redaktionsleitung arbeitet ganz schön gegen ihn.«
Annika schüttelte ihr nasses Haar und strich es zurück.
»Inwiefern?«
»Schyman will neue Arbeitsabläufe einführen, regelmäßige Be-

sprechungen und Klausurtagungen über die Ausrichtung der Zeitung durchsetzen.«
Annika riss die Augen auf.
»Dann ist mir einiges klar«, sagte sie. »Und die anderen schreien einhellig, dass er versucht, aus dem *Abendblatt* eine Fernsehsendung zu machen, nicht wahr?«
Berit nickte und lächelte.
»So ist es. Du hast in der kurzen Zeit einiges über das Innenleben der Zeitung gelernt.«
Ein Kellner nahm ihre magere Bestellung auf, Kaffee und Mineralwasser. Säuerlich ging er wieder.
»Wie schlimm steht es um die Sozis?«, fragte Annika.
»Grauslich«, erwiderte Berit. »Sie sind seit den Meinungsumfragen im Frühjahr von 54 Prozent auf unter 35 Prozent gefallen.«
»Liegt das nun an der IB-Affäre oder an der Pornoklubaffäre?«
»Wahrscheinlich an beidem«, meinte Berit.
Glas und Tasse landeten jeweils mit einem unnötigen kleinen Knall auf dem Tisch.
»Erinnerst du dich an unser Gespräch über das Archiv der IB?«, fragte Annika, als der Kellner verschwunden war.
»Klar«, sagte Berit, »wieso?«
»Du meintest, dass das Archiv des Außenministeriums immer noch im Original existiert. Wie kamst du eigentlich darauf?«, fragte Annika und nippte an ihrem Mineralwasser.
Berit dachte nach, ehe sie antwortete.
»Aus verschiedenen Gründen«, erklärte sie. »Es sind auch früher schon Ansichtsüberwachungen durchgeführt worden, allerdings war das während des Krieges und wurde nach Beendigung des Krieges verboten. Viel später sagte dann Verteidigungsminister Sven Andersson, die Akten aus den Kriegsjahren seien verschwunden. In Wirklichkeit aber lagen sie die ganze Zeit im Archiv des Generalstabs unter Fst/Säk. Das wurde vor ein paar Jahren bekannt.«
»Die Sozialdemokraten haben also auch früher schon einmal in Bezug auf verschwundene Archive gelogen«, befand Annika.
»Genau. Ein Jahr später behauptete Sven Andersson, das Archiv

der IB sei bereits 1969 vernichtet worden. Die letzte Information darüber ist, dass es 1973 kurz nach dem Auffliegen der IB abgefackelt wurde. Dennoch ist die Vernichtung von Archiven niemals festgehalten worden, weder im Inlands- noch im Auslandsbereich.«

»Soll das heißen, dass man Makulierungen dokumentierte?«, fragte Annika.

Berit trank von ihrem Kaffee und zog eine Grimasse.

»Huh, der hat aber schon eine Weile gestanden. Ja, die IB war eine ganz durchschnittliche schwedische Behörde. Im Archiv des Generalstabs finden sich Massen von ihren Unterlagen. Es ist alles festgehalten worden, auch die Vernichtungsaktionen. Allerdings gibt es keinen Hinweis darauf, dass das betreffende Archiv vernichtet wurde, was bedeutet, dass es wahrscheinlich noch existiert.«

»Sonst noch etwas?«, hakte Annika nach.

Berit überlegte.

»Sie haben immer behauptet, dass die Archive des Außen- und des Innenministeriums gleichzeitig vernichtet wurden und keine Kopien existieren. Das eine ist schon mal eine Lüge, das wissen wir jetzt.«

Annika schaute Berit prüfend an.

»Wie hast du den Sprecher dazu gebracht, seine Verbindung zur IB zuzugeben?«

Berit strich sich mit der Hand über die Stirn und holte tief Luft.

»Gute Frage«, sagte sie.

»Kannst du es erzählen?«

Berit saß eine Weile schweigend da, steckte zwei Stück Zucker in den Kaffee und rührte dann um.

»Der Sprecher hat sich immer geweigert, zuzugeben, dass er Birger Elmér überhaupt kannte«, berichtete sie leise. »Sie seien sich nicht einmal begegnet, hat er stets behauptet. Aber ich weiß, dass das nicht stimmt.«

Sie schwieg, Annika wartete.

»Im Frühjahr 1966«, sagte Berit schließlich, »trafen sich der Parteisprecher, Ingvar Carlsson, und Birger Elmér in der Wohnung des

Sprechers in Nacka. Auch die Frau des Parteisprechers war dabei. Sie aßen zu Abend. Bei der Gelegenheit kam das Gespräch auf die Kinderlosigkeit der Ehe des Parteisprechers. Birger Elmér schlug vor, dass die beiden doch Kinder adoptieren könnten, was sie später auch taten. Das habe ich dem Parteisprecher erzählt, und da fing er an zu reden …«

Annika starrte Berit an.

»Wie konntest du das wissen?«

Berit sah sie müde an.

»Das kann ich nicht erzählen, das ist ja wohl klar«, erwiderte sie.

Annika lehnte sich in ihrem Stuhl zurück. Die Gedanken rasten durcheinander. Himmel! Berit musste eine Quelle in der obersten Parteispitze haben.

Sie saßen lange schweigend da, während der Regen auf die Straße pladderte.

»Wo waren die Archive, ehe sie verschwanden?«, fragte Annika schließlich.

Berit seufzte.

»Das Archiv des Innenministeriums befand sich in der Grevgatan 24, das des Außenministeriums auf dem Valhallavägen 56. Warum fragst du?«

Annika hatte Papier und Stift hervorgeholt und notierte die Anschriften.

»Vielleicht waren es gar nicht die Sozis selbst, die dafür sorgten, dass die Archive verschwanden«, erwog sie.

»Wie meinst du das?«, fragte Berit.

Annika antwortete nicht, und Berit verschränkte die Arme.

»Es gab kaum jemanden, der wusste, dass die Akten existierten, geschweige denn wo sie aufbewahrt wurden.«

Annika lehnte sich vor.

»Die Kopien aus dem Archiv des Außenministeriums sind doch im Posteingang des Generalstabs der Armee gefunden worden, oder?«

»Stimmt«, meinte Berit. »Das Paket kam zur Druckerei und Expedition des Generalstabs, wurde registriert, aufgelistet und klassifiziert. Der Vorgang wurde überhaupt nicht geheim gehalten.«

»An welchem Tag kam das Paket an?«
»Am 17. Juli.«
»Und woher stammte es?«, fragte Annika.
»Das ging aus der Auflistung nicht hervor«, erklärte Berit. »Der Absender war anonym. Es kann aus jeder verstaubten Behörde gekommen sein.«
»Ja, aber warum sollte eine Behörde in diesem Fall anonym bleiben wollen?«, fragte Annika erstaunt.
Berit zuckte nur mit den Schultern.
»Vielleicht haben sie die Papiere ganz hinten in einem Schrank gefunden und wollten nicht eingestehen, dass sie all die Jahre darauf gesessen hatten.«
Annika stöhnte – wieder eine Sackgasse.
Sie saßen eine Weile schweigend da und beobachteten die anderen Gäste. Weiter hinten im Lokal saßen ein paar Männer im Blaumann, die zum Feierabend eine Pizza aßen, und zwei lautstarke Frauen, jede mit einem Bier vor sich.
»Wo genau lagen die Dokumente, als du sie gelesen hast?«, hakte Annika nach.
»Sie waren gerade ins Archiv gekommen«, antwortete Berit.
Annika lächelte.
»Du hast wohl überall Freunde, oder?«, scherzte sie.
»Man sollte sich immer mit Telefonistinnen, Sekretärinnen und Angestellten in Registraturen und Archiven gutstellen.«
Annika leerte ihr Glas.
»Und es gab nichts, was darauf hingewiesen hätte, woher die Papiere kamen?«
»Nein. Sie wurden in zwei großen Säcken angeliefert.«
Annika hob die Augenbrauen.
»Was für Säcke? Kartoffelsäcke?«
Berit schüttelte lachend den Kopf.
»Ich habe wirklich nicht darüber nachgedacht, worin die Papiere lagen, sondern mich auf ihren Inhalt konzentriert. Das war einer der besten Tipps, die ich je in meinem Leben bekommen habe.«
Annika lächelte.
»Das kann ich mir vorstellen. Wie sahen die Säcke denn aus?«

Berit sah sie einen Augenblick an.
»Also, jetzt, wo du es sagst«, sagte sie nachdenklich. »Es stand ein gedruckter Text auf den Säcken.«
»Hast du nicht gesehen, was da stand?«, fragte Annika.
Berit schloss die Augen und rieb sich mit Daumen und Zeigefinger zwischen den Augen.
»Was ist?«, fragte Annika.
»Es kann ein Luftbeutel gewesen sein«, meinte Berit.
Annika verstand sie nicht.
»Was ist denn ein Luftbeutel?«
»Eine Art Postsack. In der Wiener Konvention gibt es einen Paragrafen, der sich mit der Unverletzlichkeit der Kommunikation zwischen einem Staat und seinen Botschaften im Ausland beschäftigt, ich glaube, es ist Artikel 27. Gemeint ist, dass Diplomatenpost in speziellen Postsäcken verschickt wird, die nicht kontrolliert werden dürfen. Es könnte ein solcher Luftbeutel gewesen sein.«
Annika bekam eine Gänsehaut.
»Wie konnte der denn beim Generalstab landen?«
Berit schüttelte den Kopf.
»Ein schwedischer Luftbeutel sollte da überhaupt nicht landen. Der sollte immer nur zwischen dem Außenministerium und den verschiedenen Botschaften hin- und hergehen.«
»Aber der Sack war aus dem Ausland?«
Berit war ratlos.
»Nein«, sagte sie, »ich täusche mich. Ein schwedischer Luftbeutel ist blau mit gelber Schrift, ›diplomatic‹ steht da drauf. Der hier war grau mit roter Schrift. Ich habe nicht darauf geachtet, was da stand, sondern erst einmal versucht, einen Eindruck davon zu gewinnen, wie umfassend das Archiv war und ob es irgendwelche Vorgänge oder Anlagen im Original enthielt. Das war leider nicht der Fall …«
Sie saßen einen Augenblick schweigend da, und Annika betrachtete ihre ehemalige Kollegin.
»Woher weißt du das bloß alles, Artikel und Konventionen und so?«

Berit lächelte.
»Im Laufe der Jahre hat man über die meisten Sachen geschrieben. Ein paar Dinge prägen sich eben ein.«
Annika ließ den Blick aus dem Fenster schweifen.
»Kann es ein ausländischer Postsack gewesen sein?«
»Hm, oder ein Kartoffelsack«, meinte Berit.
»Siehst du, worauf das hinausläuft?«, erkundigte sich Annika.
»Worauf?«, fragte Berit erstaunt.
»Ich werde es dir erzählen, wenn ich meiner Sache sicher bin«, versprach Annika. »Vielen Dank, dass du gekommen bist!«
Sie umarmte Berit rasch, spannte den Schirm auf und warf sich in den Dauerregen.

Neunzehn Jahre, vier Monate und dreißig Tage

Er ahnt den Abgrund wie ein Schaudern in der Dunkelheit, er balanciert auf dem Grat, ohne sich der Tiefe bewusst zu sein. Der findet seinen Ausdruck in krampfhaften Forderungen und harten Lippen. Er leckt an mir und saugt so lange, bis die Klitoris groß ist wie eine Pflaume, und behauptet, dass die Schreie ein Zeichen für Genuss sind, nicht für Schmerz. Die Schwellung bleibt tagelang und scheuert, wenn ich mich bewege.

Ich tappe blind umher. Die Dunkelheit ist so groß. Die Furcht hängt wie graue Feuchtigkeit in meinem Inneren, es ist unmöglich aufzuatmen. Die Tränen sind direkt unter der Oberfläche, ständig gegenwärtig, unberechenbar, lassen sich immer schwerer unter Kontrolle halten. Die Wirklichkeit schrumpft, wird unter Druck und Kälte immer kleiner.

Meine einzige Wärmequelle verbreitet auch die eisige Grobheit.

Und er sagt,
dass er mich niemals
gehen lässt.

MITTWOCH, 5. SEPTEMBER

»Hier kann man einfach nicht wohnen. Kein warmes Wasser und nicht einmal ein verdammtes Klo. Wann kommst du nach Hause?«

Sven saß in der Küche, lediglich mit einer Unterhose bekleidet, und aß einen Teller Sauermilch.

»Zieh dir doch bitte etwas an«, bat ihn Annika und knotete ihren Morgenrock zu. »Patricia liegt da drin und schläft.«

Sie ging zum Herd und goss Kaffee auf.

»Das auch noch«, meinte Sven. »Was macht die eigentlich hier?«

»Sie musste irgendwo wohnen. Ich hatte ein Zimmer übrig.«

»Und dann dieser Herd«, knurrte Sven, »der ist einfach lebensgefährlich. Du wirst noch das ganze Haus in Brand stecken.«

Annika stöhnte leise.

»Das ist ein Gasherd, der ist kein bisschen gefährlicher als ein elektrischer.«

»Blödsinn«, schimpfte Sven beleidigt.

Annika antwortete nicht, sondern trank schweigend ihren Kaffee.

»Jetzt hör mal«, meinte Sven beschwichtigend nach ein paar Minuten, »mach Schluss mit all dem hier und komm nach Hause. Du hast es ausprobiert und siehst ja, dass es nicht funktioniert. Du bist keine knallharte Journalistin, du passt nicht in diese Stadt.«

Er stand auf, trat hinter ihren Stuhl und fing an, ihre Schultern zu massieren.

»Aber ich liebe dich trotzdem«, flüsterte er, beugte sich hinab und biss sie ins Ohrläppchen. Seine Hände glitten an ihrem Hals entlang und umfassten behutsam ihre Brust.

Annika stand auf und schenkte Kaffee nach.

»Ich komme noch nicht nach Hause«, sagte sie vorsichtig.
Sven schaute sie prüfend an.
»Und dein Job?«, fragte er. »Du solltest doch nach der Vertretung wieder beim *Katrineholms-Kurier* arbeiten.«
Sie holte schnell Luft.
»Ich muss mich beeilen«, sagte sie rasch. »Ich habe heute noch eine Menge zu tun.«
Sie eilte aus der Küche und zog sich an. Sven stellte sich in die Tür und beobachtete sie, während sie Jeans und Pullover anzog.
»Was machst du denn den ganzen Tag?«, fragte er.
»Sachen recherchieren«, meinte Annika.
»Triffst du dich mit einem andern?«
Annika ließ resigniert die Arme fallen.
»Mein Lieber«, sagte sie, »auch wenn du meinst, dass ich als Journalistin nichts tauge, gibt es doch Leute, die finden, dass ich ganz in Ordnung bin …«
Er unterbrach sie, indem er sie umarmte.
»Aber ich finde überhaupt nicht, dass du nichts taugst«, beteuerte er. »Im Gegenteil. Ich bin total sauer, wenn die da im Radio hocken und Mist über dich reden. Ich weiß doch, wie fantastisch du bist.«
Sie küssten sich intensiv, und Sven fing an, ihre Hose aufzumachen.
»Nein«, sagte Annika und schob den Mann von sich. »Ich muss los, wenn ich alles schaffen …«
Er brachte sie mit einem Kuss zum Schweigen und hob sie aufs Bett.

Das Archiv der *Morgenzeitung* lag Wand an Wand mit dem Eingang zum *Abendblatt*. Annika ging schnell durch die Tür und schaute sich dabei vorsichtig um. Sie wollte niemanden treffen, den sie kannte, und schlängelte sich diskret an der Rezeption vorbei zwischen die Regalreihen. Drei ältere Herren hatten sich bei den Mikrofilmen und am großen Tisch postiert, so dass sie ihre Tasche auf dem kleinen Tisch abstellte.
Die neunte Ausgabe von *Folket i Bild/Kulturfront* war im Mai 1973

am Monatsanfang erschienen. Sie holte die Ordner mit der *Morgenzeitung* aus dem April desselben Jahres hervor und begann zu blättern. Es war ein Schuss ins Blaue, das musste sie sich selbst eingestehen. Sie riss ihre Notizen aus dem Block und legte sie vor sich hin:
Archiv Innenministerium, Grevgatan 24
Archiv Außenministerium, Valhallavägen 56.
Die Zeitungsseiten waren vergilbt und an manchen Stellen zerrissen. Der Text war winzig klein und schwer zu lesen, sicher nicht mehr als sieben Punkt, die Montage war unruhig, die Buchstaben hüpften. Die Modeanzeigen brachten sie zum Lachen – die Leute sahen Anfang der siebziger Jahre einfach zu blöd aus.
Doch der Inhalt der Artikel kam ihr erstaunlich bekannt vor. In Afrika drohten Millionen von Menschen zu verhungern, der Jugend fiel es schwer, sich an den Arbeitsmarkt anzupassen, und Lasse Hallström hatte einen neuen Fernsehfilm gedreht.
Offenbar war die Eishockey-Weltmeisterschaft in vollem Gange, und Olof Palme hatte in Kungälv gesprochen. Der Krieg dieser Zeit wurde in Vietnam und Kambodscha ausgefochten, in Washington kam gerade der Watergate-Skandal ins Rollen. Sie war enttäuscht. Nicht eine Zeile über das, wonach sie suchte.
Sie nahm einen anderen Ordner, vom 1. bis zum 15. April.
Montag, der 2. April, war wie alle anderen Tage. Die Roten Khmer in Kambodscha hatten am Wochenende ein paar heftige Angriffe auf die Regierungsstreitkräfte in Phnom Penh unternommen. Ein dänischer Anwalt namens Mogens Glistrup hatte großen Erfolg mit einer neu gegründeten Einmannpartei, die den Namen »Fortschrittspartei« trug. Der ehemalige amerikanische Justizminister John Mitchell hatte sich bereit erklärt, in einem Verhör vor dem Senat auszusagen. Und ganz unten links auf Seite 17, neben der Bemerkung »Starkes Nordlicht über Stockholm«, stand:
»Geheimnisvoller Einbruch in Büroräume«.
Annika wurde aufgeregt.
Der kurze Text besagte, dass in der Grevgatan 24 im Laufe des Wochenendes ein Büro durchwühlt worden war, vermutlich in der Nacht zum Montag. Seltsamerweise fehlte nichts. Die komplette

Büroeinrichtung war noch da, aber alle Schränke und Schubladen waren aufgerissen worden.
Ich weiß, was gestohlen wurde, dachte sie. Großer Gott, ich weiß, was fehlt!
Die zweite Notiz fand sie im zweiten Teil der Zeitung, ganz oben links auf Seite 34. In ein Büro am Valhallavägen 56 war am Wochenende eingebrochen worden. Die Nachricht war kurz und stand zwischen einem Foto von Kronprinz Carl Gustaf, der in Mörrum zwei Lachse gefangen hatte, und einem Artikel darüber, dass die Gullfiber AB in Billesholm geschlossen würde.
Offenbar hatte kein Redakteur einen Zusammenhang zwischen den beiden Einbrüchen gesehen, ebenso wenig die Polizei.
Sie schrieb beide Meldungen ab und stellte den Ordner ins Regal zurück.
Ich bin auf dem richtigen Weg, dachte sie.
Dann nahm sie den 62er zurück zur Hantverkargatan.

Sven war gegangen, und Patricia schlief immer noch. Annika setzte sich mit Notizblock und Telefon ins Wohnzimmer. Sie schrieb ihre Fragen auf:
Welchen Aufgabenbereich hat der Außenhandelsminister?
Handel und Export, dachte sie. Den Handel mit anderen Ländern zu fördern. Welche Behörde könnte für derartige Reisen bezahlen?
Der Außenhandelsrat, schrieb sie.
Was exportiert Schweden eigentlich? Autos. Holz. Papier. Eisen. Elektrizität. Vielleicht Kernkraft?
Die Behörde für Atomenergie und Reaktorsicherheit, schrieb sie.
Was noch? Arzneimittel.
Das Gesundheitsministerium, schrieb sie.
Elektronische Produkte. Waffen.
Waffen? Richtig, der Waffenexport fiel in den Verantwortungsbereich des Außenhandelsministers.
Die Kriegsmittelinspektion, schrieb sie und ging die Liste dann noch einmal durch. Es musste noch massenhaft andere Behörden und verantwortliche Stellen geben, von denen sie nichts wusste.

Da hat es keinen Sinn, viel nachzugrübeln, dachte sie und wählte die Nummer des Außenhandelsrats.
Der Sprecher der Behörde war nicht im Haus, und eine Mitarbeiterin übernahm das Gespräch.
»Wir sind keine staatliche Behörde. Hier können Sie keine Akteneinsicht vornehmen«, beschied sie kurz angebunden.
»Sind Sie sicher?«, fragte Annika. »Könnte mich Ihr Pressechef nicht später noch mal anrufen?«
Sie hinterließ ihren Namen und die Telefonnummer.
»Ich werde es weiterleiten, aber die Antwort wird dieselbe sein«, erwiderte die Dame säuerlich.
Blöde Kuh, dachte Annika.
Dann suchte sie die Behörde für Atomenergie und Reaktorsicherheit heraus und stellte fest, dass sie ihren Sitz am Klarabergsviadukt 90 hatte. Dort war bis halb eins geschlossen. Eine Kriegsmittelinspektion gab es nicht im Telefonbuch, und sie rief die Auskunft an.
»Die haben ihren Namen in ›Amt für strategische Produkte‹ geändert«, erklärte die Frau bei der Telefongesellschaft.
Der Mann von der Registratur des Gesundheitsamtes war zu Tisch.
Annika legte resigniert den Stift weg und lehnte sich im Sofa zurück. Da konnte sie genauso gut auch etwas essen.

Klarabergsviadukt 90 war ein relativ neuer Glaskomplex auf der auf Kungsholmen liegenden Seite der Brücke. Annika stellte sich vor die Tür und las die Liste der Ämter, die es beherbergte: Amt für berufliche Weiterbildung, Amt für Naturschutz, Behörde für Atomenergie und Reaktorsicherheit, Amt für strategische Produkte (ASP).
Hier konnte man zwei Fliegen mit einer Klappe schlagen, freute sie sich.
Sie klingelte bei der Atombehörde, bekam aber keine Antwort. Also wählte sie stattdessen den Code des Amtes für strategische Produkte.
»Haus A, fünfte Etage«, verkündete eine unsichere Stimme durch den Lautsprecher.

In der fünften Etage stieg sie aus dem Fahrstuhl und sah sich selbst in mehreren Ausgaben – das Treppenhaus war ein Spiegelsaal aus poliertem Stahl. Es gab nur eine Tür, die des ASP. Sie klingelte.
»Wen möchten Sie sprechen?«
Die blonde Frau, die geöffnet hatte, war freundlich, aber reserviert. Annika sah sich um. Die Behörde schien klein und intim zu sein, in beide Richtungen gingen Flure ab. Es gab keinen Empfang, die Frau, die geöffnet hatte, saß offenbar in dem Büro, das der Tür am nächsten war.
»Ich heiße Annika Bengtzon«, sagte Annika nervös. »Ich würde gern ein öffentliches Dokument einsehen.«
Die blonde Frau sah sie bedauernd an.
»Fast neunzig Prozent unserer Akten unterliegen der Geheimhaltung«, sagte sie entschuldigend. »Sie können natürlich einen Antrag stellen, dann sehen wir nach, ob wir das betreffende Dokument herausgeben dürfen.«
Annika war enttäuscht. Na klar, das hätte sie sich ja denken können.
»Haben Sie hier eine Registratur?«, fragte sie.
»Ja, natürlich«, antwortete die Frau und zeigte den Flur hinunter.
»Unsere Registratur sitzt dort hinten, die letzte Tür.«
»Aber Sie haben natürlich kein Archiv, oder?«, fragte Annika und machte sich bereit zu gehen.
»Doch, das haben wir«, erwiderte die Frau.
Annika hielt inne.
»Das heißt, Reisekostenabrechnungen, die fünf, sechs Wochen alt sind, werden hier verwahrt?«
»Ja, allerdings nicht im Archiv. Ich kümmere mich um die Reisekostenabrechnungen. Ich habe sie bei mir und hebe sie auf, bis die Bücher geschlossen werden. Ich buche auch die Reisen, und das sind ziemlich viele. Das ASP nimmt an einer ganzen Reihe internationaler Konferenzen teil.«
Annika schaute die Frau etwas forschender an.
»Unterliegen die Reisekostenabrechnungen der Geheimhaltung?«
»Nein«, erwiderte die Frau. »Sie gehören zu den zehn Prozent, die wir aushändigen.«

»Wie oft nehmen Minister an solchen Konferenzen teil?«
»Wenn ein Minister im Auftrag der Behörde an einem Treffen teilnimmt, zahlt meist das Außenministerium.«
»Aber wenn der Außenhandelsminister reist?«
»Ja, auch dann wird die Quittung meist beim Außenministerium eingereicht.«
»Aber er gehört, organisatorisch gesehen, doch zum Wirtschaftsministerium.«
»Ähm, ja, dann müsste die Rechnung dorthin gehen.«
»Und das ist immer so?«, fragte Annika.
Die Frau zögerte plötzlich.
»Vielleicht nicht immer«, meinte sie.
»Ich würde gern wissen, ob sie eine Abrechnung von Christer Lundgren dahaben, vom 27. und 28. Juli dieses Jahres.«
Die Frau sah Annika eingehend an.
»Ja«, erwiderte sie, »das habe ich.«
Annika blinzelte.
»Fantastisch. Kann ich sie sehen?«
Die Frau trat von einem Bein aufs andere.
»Da muss ich erst mit meinem Chef reden«, sagte sie und ging rückwärts in ihr Zimmer zurück.
»Warum das denn?«, fragte Annika. »Sie haben doch gesagt, dass die Reisekostenabrechnungen öffentliche Dokumente seien.«
»Ja, aber die hier war etwas speziell.«
Annikas Puls dröhnte in den Ohren.
»Inwiefern?«
Die Frau zögerte.
»Also«, sagte sie, »wenn eine Rechnung von einem Minister plötzlich auftaucht, vor allem, wenn man vorher nicht wusste, dass sie kommen würde, dann ist man doch sehr erstaunt. Das ist ein bisschen zu viel des Guten.«
»Und was haben Sie gemacht?«, fragte Annika.
»Ich ging damit zu meinem Chef. Er hat jemanden im Ministerium angerufen und bekam grünes Licht für die Rechnung. Ich habe sie vor einer Woche bezahlt.«
Annika musste schlucken, ihr Mund war völlig ausgetrocknet.

»Kann ich eine Kopie von den Quittungen und den Tickets bekommen?«
»Da muss ich erst meinen Chef fragen«, wiederholte die Frau und verschwand in ihrem Zimmer. Einen Moment später kam sie raus und ging schnell den Korridor hinunter. Dreißig Sekunden später reichte sie Annika ein paar Fotokopien.
»Bitte schön«, sagte sie und lächelte.
Annikas Hände zitterten, als sie die Dokumente entgegennahm.
»Wo war er denn?«, fragte sie und blätterte.
»Er flog am Abend des 27. mit Estonian Air nach Tallinn und charterte für den Rückflug ein estnisches Privatflugzeug, das in Barkarby landete. Soll ich Ihnen die Summe in Schwedische Kronen umrechnen?«
»Danke, das ist nicht nötig«, sagte Annika.
Sie starrte auf die kopierten Quittungsabschnitte. Sie waren bereits am Montag, dem 30. Juli, eingereicht worden. Der Minister hatte das Flugzeug über die Eurocard der Regierung gechartert. Sie hatte dieselbe krakelige Unterschrift erwartet wie auf der Rechnung von Studio 6, doch diese hier war rund und kindlich.
»Haben Sie vielen Dank«, sagte Annika und lächelte die Frau an. »Sie können sich gar nicht vorstellen, wie wichtig das hier ist.«
»Gern geschehen«, erwiderte die Frau.

Sie rannte, hüpfte vor Freude immer wieder in die Höhe und lachte lauthals.
Der verdammte Geizkragen, natürlich musste er sofort jemanden für seine Kosten zur Kasse bitten!
Sie schwebte nach Hause in die Hantverkargatan – sie hatte Recht gehabt! Der Minister war verreist und wollte ums Verrecken nicht sagen, wohin.
Dieser Idiot, dachte sie. Jetzt ist er dran.
Das Telefon schrillte, als sie die Eingangstür aufschloss, sie lief hin und nahm keuchend ab.
»Ja, ich bin der Chef des Außenhandelsrats«, sagte ein Mann. »Sie wollten offenbar einige Dokumente einsehen?«

Annika ließ sich mit Mantel und Tasche über der Schulter ins Sofa fallen.

»Man hat mir gesagt, dass Ihre Organisation keine staatliche Behörde sei und dass es deshalb nicht möglich sei«, erwiderte Annika.

»Doch, doch, reichen Sie nur einen schriftlichen Antrag ein, dann werden wir ihn bearbeiten und Ihnen mitteilen, ob der Vorgang herausgegeben werden kann, denn einiges unterliegt der Geheimhaltung.«

Aha, dachte sie, so nennt man das also heutzutage.

»Haben Sie vielen Dank, dass Sie zurückgerufen haben«, sagte Annika müde.

Die Frau, mit der sie zuerst gesprochen hatte, hatte natürlich falsche Behauptungen aufgestellt, aber sie war nicht im Stande, sich über die machthörige Dummheit der Beamten zu ärgern. Viele wussten immer noch nicht, dass das Öffentlichkeitsprinzip ein Teil der im Grundgesetz festgeschriebenen Pressefreiheit war. Alle Vorgänge sämtlicher Verwaltungen mussten sofort herausgegeben werden, wenn jemand darum bat und sie nicht der Geheimhaltung unterlagen. Man muss in dieser Gesellschaft einfach alles selbst machen, dachte sie, wenn es richtig gemacht werden soll.

Sie stand auf und hängte den Mantel und die Tasche auf, ehe sie die Zeitarbeitsvermittlung anrief, um zu hören, ob man dort einen Job für sie hatte.

»Wir sind belegt«, sagte der Personalchef. »Versuchen Sie's im Frühjahr wieder.«

Die Wirklichkeit traf sie wie ein Ziegelstein am Hinterkopf. Sie legte den Hörer auf und schluckte. Was sollte sie jetzt tun?

Ruhelos stand sie auf, trank in der Küche etwas Wasser und sah nach Patricia, die tief und fest mit offenem Mund schlief. Annika blieb kurz stehen und sah sie an.

Patricia weiß viel mehr, als sie mir gesagt hat, dachte sie. Es ist nicht gut, dass die Polizei nicht weiß, wo sie steckt.

Sie schloss behutsam die Tür und ging zum Telefon zurück. Q war da.

»Natürlich erinnere ich mich an Sie«, sagte er. »Sie haben sich um die Sache mit Josefine Liljeberg gekümmert.«

»Damals habe ich als Journalistin gearbeitet«, erklärte Annika. »Das tue ich jetzt nicht mehr.«
»Aha«, sagte der Polizist belustigt. »Und warum rufen Sie mich jetzt an?«
»Ich weiß, wo Patricia wohnt.«
»Wer?«
Sie kam sich total blöd vor.
»Josefines Mitbewohnerin.«
»Ach so. Und wo wohnt sie?«
»Bei mir. Wir teilen uns meine Wohnung.«
»Kommt mir bekannt vor«, erwiderte der Polizist. »Seien Sie vorsichtig.«
»Jetzt hören Sie mal auf, sich über mich lustig zu machen«, fuhr Annika ihn an. »Ich wüsste gern, welche Fortschritte die Ermittlungen gemacht haben.«
Er lachte.
»Tatsächlich.«
»Ich weiß, dass der Minister in jener Nacht in Tallinn war«, sagte sie. »Warum will er nicht, dass das bekannt wird?«
Sein Lachen erstarb.
»Sie sind ganz schön fix, wenn es darum geht, Sachen auszugraben«, sagte er. »Wie sind Sie denn dahinter gekommen?«
»Sie wussten das natürlich die ganze Zeit, oder?«
»Ja, natürlich. Wir wissen eine Menge Dinge, die wir nicht an die Presse durchsickern lassen.«
»Wissen Sie auch, was er da gemacht hat?«
Der Polizist zögerte einen Augenblick.
»Nein, das weiß ich nicht«, gestand er. »Für die Ermittlungen war das unerheblich.«
»Haben Sie nie darüber nachgedacht?«, fragte Annika.
»Nicht sonderlich«, antwortete der Polizist. »Irgendein Politikertreffen, nehme ich an.«
»Am Freitagabend?«
Es wurde still.
»Für mich ist nicht interessant, was der Minister getan hat«, sagte Q. »Ich kümmere mich nur um den Täter.«

»Und das ist nicht Christer Lundgren?«
»Nein.«
»Der Mord ist also, ermittlungstechnisch gesehen, sozusagen aufgeklärt?«, fragte Annika.
Q holte tief Luft.
»Vielen Dank, dass Sie mir von Patricia erzählt haben«, sagte er. »Wir haben sie zwar nicht direkt vermisst, aber man weiß ja nie.«
»Können Sie nicht noch etwas zu den Ermittlungen sagen?«, fragte Annika flehend.
»Sie wollen immer noch mehr wissen. Jetzt muss ich weitermachen …«
Sie legten auf, Annika schloss die Augen. Es gab einiges, worüber sie nachdenken musste.

»Haben Sie einen Moment Zeit?«
Anders Schyman sah hoch, als Berit Hamrin den Kopf zur Tür hereinsteckte.
»Natürlich«, sagte der Ressortchef und klickte ein Dokument vom Schirm. »Kommen Sie herein.«
Berit zog mit Bedacht die Tür hinter sich zu und setzte sich auf das neue Ledersofa.
»Wie läuft's?«, fragte sie.
»Soso«, meinte Schyman. »Das hier ist ein schwer zu manövrierendes Schlachtschiff.«
Berit lächelte.
»Sie können den Kurs nicht mit einer Handbewegung ändern«, gab sie zu bedenken. »Nur, dass Sie es wissen, ich glaube, dass Sie alles richtig machen. Ihre Schritte in Richtung Auswertung und größerer Verantwortlichkeit sind absolut notwendig.«
Der Mann seufzte leise.
»Wie schön, dass wenigstens ein Mensch hier auf meiner Seite ist«, sagte er. »Das Gefühl habe ich nur selten.«
Berit knetete ihre Hände.
»Also«, sagte sie, »ich habe mir Gedanken über die Personalsituation in der Kriminalredaktion gemacht. Wir haben dort eine freie

Stelle, nachdem Sjölander zur Politik versetzt worden ist. Wird die Stelle wieder besetzt werden?«

Schyman wandte sich zum Bücherregal, zog einen Ordner heraus, blätterte darin und dachte nach.

»Nein«, sagte er schließlich. »Die Redaktionsleitung hat entschieden, dass Sjölander in der Gesellschaftsredaktion bleiben wird und dass die Kriminalredaktion mit Ihnen und den beiden anderen auskommen muss. Der Chefredakteur fand, dass wir bei den Kriminalgeschichten etwas zurückhaltender agieren sollten. Die Kritik in Studio 6 hat ihn ziemlich mitgenommen.«

Berit biss sich auf die Lippen.

»Ich glaube, dass er das falsch sieht«, gab sie vorsichtig zu bedenken. »Ich glaube nicht, dass wir uns aus dieser Krise herausbremsen können. Meiner Ansicht nach müssen wir Gas geben. Zu unseren Sachen stehen, forsch, aber gut durchdacht vorgehen. Leider ist das mit der derzeitigen Personaldecke nicht zu leisten.«

Anders Schyman nickte.

»Ich bin da Ihrer Ansicht«, erklärte er. »Aber so, wie es momentan aussieht, sehe ich keine Möglichkeit, eine derartige Auffassung durchzusetzen. Das bedarf nämlich, wie Sie sagen, sowohl einer Neuorganisation als auch neuer Leute.«

»Da hätte ich einen Vorschlag«, brachte Berit vor, und der Ressortchef lächelte.

»Ich kann mir vorstellen, wie der aussieht«, antwortete er.

Berit ereiferte sich.

»Annika Bengtzon ist eine sehr aufgeweckte junge Frau. Sie stellt die Sachen auf den Kopf, denkt völlig anders. Manchmal schlägt sie dabei über die Stränge, aber das kann man in den Griff bekommen. Ich finde, wir sollten versuchen, sie einzustellen.«

Der Ressortchef breitete die Hände aus.

»Tut mir Leid«, erwiderte er, »aber momentan ist sie als Kriminalreporterin unmöglich. Der Chefredakteur kriegt schon zu viel, wenn man sie nur erwähnt. Ich habe mich sehr für sie eingesetzt, als es um die Halbjahresvertretung ging, und das hätte mich fast meinen Job gekostet. Jansson war auf meiner Seite, aber die übrige Redaktionsleitung fand, wir sollten sie so schnell wie möglich rausschmeißen.«

»Das haben Sie ja auch gemacht«, sagte Berit etwas säuerlich.
Schyman zuckte mit den Achseln.
»Stimmt«, gab er zu, »aber das hat sie nicht umgebracht. Ich habe mit ihr gesprochen, bevor sie wegging. Sie war stinksauer, aber gefasst.«
Berit stand auf.
»Ich habe Annika gestern Abend getroffen. Das Mädchen hat irgendwas am Laufen. Sie wühlt in etwas herum, das mit der IB zu tun hat. Ich habe nicht richtig begriffen, was es sein könnte.«
»Sie darf gern mit Beiträgen herkommen«, sagte Anders Schyman.
Berit lächelte.
»Das werde ich ihr gern sagen, wenn ich sie sehe.«

Patricia klopfte an die Tür zu Annikas Schlafzimmer.
»Entschuldige bitte«, sagte sie, »aber es ist nichts zu essen da, und du bist dran mit Einkaufen.«
Annika legte das Buch weg und sah auf.
»Oje«, antwortete sie, »ich bin total blank.«
Patricia verschränkte die Arme vor der Brust.
»Du wirst wohl einen Job annehmen müssen«, meinte sie.
Annika stand auf, und sie gingen in die Küche. Der Kühlschrank war bis auf eine Büchse Sardinen völlig leer.
»So ein Mist«, sagte Annika. »Ich habe bei der Zeitarbeit angerufen, aber die haben erst im Frühjahr wieder etwas.«
»Hast du mal in der Zeitung des Arbeitsamts nachgeschaut?«, fragte Patricia.
»Im Schreckensblatt? Nee.«
»Vielleicht gibt es einen Reporterjob.«
»Ich bin keine Reporterin mehr«, erklärte Annika kurz, goss sich ein Glas Wasser ein und setzte sich an den Tisch.
»Ja, dann nimm doch den Job im Klub«, sagte Patricia und setzte sich auf den Stuhl ihr gegenüber. »Wir brauchen einen Croupier.«
»Himmel nochmal, ich kann doch nicht in einem Pornoklub arbeiten«, erwiderte Annika und trank einen Schluck.
Patricia zog die Augenbrauen hoch und sah Annika verächtlich an.

»Bist du denn so viel feiner als Josefine und ich? Ist der Job nicht gut genug für dich?«
Annikas Wangen wurden rot.
»So habe ich das nicht gemeint.«
Patricia beugte sich vor.
»Wir sind keine Huren. Wir sind nicht einmal nackt. Ich trage einen roten Bikini, der ist ausgesprochen schick. Du hast einen großen Busen, du kannst den von Josefine haben. Er ist blau.«
Annika merkte, wie sie noch mehr errötete.
»Ist das dein Ernst?«, fragte sie.
Patricia schnaubte.
»So komisch ist es nun auch wieder nicht. Aber ich muss mit Joachim reden, ich bestimme im Klub über nichts. Soll ich das tun?«
Annika zögerte.
So hätte ich Gelegenheit, zu sehen, wo sie gearbeitet hat, dachte sie. Ich werde ihren Freund und Chef kennen lernen. Ich muss einfach nur ihren BH und ihre Hose tragen.
Der letzte Gedanke verursachte ihr ein Kribbeln im Unterleib, ein Gefühl, das sie mit Erregung und Scham erfüllte.
Sie nickte.
»Okay«, sagte Patricia. »Wenn du schon schläfst, wenn ich nach Hause komme, lege ich dir einen Zettel auf den Tisch.«
Dann ging sie zur Arbeit.
Annika saß noch lange am Küchentisch.

Neunzehn Jahre, fünf Monate und zwei Tage

Einsichten gibt es nie im Sonderangebot. Erfahrungen werden nie verschleudert. Wenn man sie kauft, scheint der Preis immer zu hoch, unbezahlbar. Und doch stehen wir da mit unseren Kreditkarten, weisen uns aus und beleihen unseren Seelenfrieden auf Jahre im Voraus.
Und dann, wenn das Konto ausgeglichen und die Abzahlungen erledigt sind, finden wir immer, dass es die Sache wert war. Das ist mein Trost, denn ich habe mich heute entschieden. Ich habe begriffen, was ich tun muss. Ich habe meine Plastikkarte herausgezogen und meine Seele in Bargeld umgesetzt.

Gestern wäre es beinahe passiert. Ich erinnere mich kaum mehr an den Anlass. Es war irgendeine Sache, die er nicht finden konnte und von der er behauptete, ich hätte sie weggeworfen. Das stimmte natürlich nicht, was er auch wusste.

Ich weiß, was ich tun muss. Mit dem Rücken an der Wand.
Ich muss ihn zur Rede stellen, und ich weiß, dass das teuer sein wird.

Denn er sagt,
dass er mich niemals
gehen lässt.

DONNERSTAG, 6. SEPTEMBER

Der Zettel lag zusammengefaltet auf dem Küchentisch. Der Text bestand nur aus zwei Buchstaben.

»O.K.«

Annika begann zu zittern und beeilte sich, die Notiz wegzuwerfen.

Sven kam in die Küche, nackt, mit zerzausten Haaren. Annika musste lachen. »Du siehst aus wie ein kleiner Junge«, sagte sie.

Er küsste sie flüchtig.

»Gibt es hier in der Nähe irgendwelche guten Laufstrecken?«

»Keine mit Beleuchtung, aber um ganz Kungsholmen gehen Wege, auf denen man gut laufen kann.«

»Den Letzten beißen die Hunde«, rief Sven, stürzte in den Flur hinaus und hinein in die Trainingssachen.

Sie liefen die ganze Strecke um die Wette. Sven gewann natürlich, aber Annika war nicht weit hinter ihm. Dann liebten sie sich in der Dusche im Vorderhaus, schweigend und eng umschlungen, damit man sie nicht im ganzen Hinterhof hören konnte.

Oben in der Wohnung machte Annika Kaffee.

»Nächste Woche fängt das Training an«, erzählte Sven.

Annika goss jedem eine Tasse ein und setzte sich ihm gegenüber.

»Ich bleibe noch etwas hier«, sagte sie.

Sven wand sich ein wenig.

»Es gibt da eine Sache, über die ich nachgedacht habe«, begann er. »Ist es nicht blöd, dass jeder von uns eine Wohnung in Hälleforsnäs hat? Wir können eine Vierzimmerwohnung mieten oder ein Haus kaufen.«

Annika stand auf und öffnete den Kühlschrank. Er war genauso leer wie am Abend zuvor.

»Könntest du ein wenig einkaufen gehen?«, bat sie. »Unten am Platz gibt es einen Supermarkt.«

»Du hörst mir nicht zu«, sagte Sven.

Sie setzte sich hin und schüttelte den Kopf.

»Ja«, erwiderte sie, »aber du hörst mir auch nicht zu. Ich habe vor, hier wohnen zu bleiben.«

Der Mann starrte in seine Kaffeetasse.

»Wie lange noch?«

»Ich weiß nicht«, sagte sie. »Zumindest ein paar Wochen.«

»Und was ist mit deinem Job?«

»Ich habe noch frei.«

Sven lehnte sich über den Tisch und legte seine Hand auf ihre.

»Du fehlst mir«, sagte er.

Sie umfasste kurz seine Finger, stand auf und holte die leeren Dosen aus dem Schrank unter der Spüle.

»Wenn du nicht einkaufen gehst, muss ich es tun«, erklärte sie.

Er stand auf.

»Du hörst überhaupt nicht zu«, sagte er. »Ich will, dass wir zusammenziehen. Ich will, dass wir heiraten. Ich will, dass wir Kinder haben.«

Annika ließ die Hände sinken und starrte auf die Aluminiumdosen hinab.

»Sven«, erwiderte sie, »ich bin noch nicht so weit.«

Er warf die Arme hoch.

»Worauf wartest du denn? Ich habe doch gesagt, dass ich will.«

Sie sah zu ihm hoch und bemühte sich, ruhig zu bleiben.

»Ich sage nur, dass ich hier erst noch ein Projekt abschließen will. Ich bin an einer Sache dran, und das kann ein Weilchen dauern.«

Er trat einen Schritt näher an sie heran.

»Und ich sage, ich will, dass du nach Hause kommst. Jetzt. Heute.«

Sie stopfte die letzte Coladose in die Tüte. Der Rest in der Dose spritzte auf den Fußboden.

»Jetzt bist du es, der schlecht hört«, erwiderte sie und verließ die Küche. Sie zog sich schnell an und ging in den Laden am Kungsholmstorg. Eigentlich mochte sie das Geschäft nicht, es war dort eng, unordentlich und überkandidelt. Das Sortiment wurde von teuren kleinen Delikatessen in eleganten Dosen bestimmt, hundert verschiedene Sorten eingelegter Knoblauch, aber keine Stopfen fürs Spülbecken. Das Personal sah unfreundlich drein, als sie mit ihren Tüten voller Dosen und Plastikflaschen ankam. Ihr war das egal, das Pfand reichte jedenfalls für Weißbrot und einen Karton Eier.

Als sie nach Hause kam, war die Wohnung still und leer. Sven war weggegangen.

Im Küchenschrank fand sie eine Flasche Speiseöl und eine Dose Champignons, die sie mit drei Eiern zu einem ordentlichen Omelett briet. Während sie aß, starrte sie zum Vorderhaus hinüber, legte sich dann auf ihr Bett und starrte an die Decke.

Patricia öffnete die Tür zum Studio 6 mit Schlüssel und Türcode.

»Du wirst bald einen eigenen bekommen«, rief sie ihr über die Schulter zu.

Annika schluckte. Ihr Herz klopfte, und ihr ganzer Körper schrie, so bereute sie ihren Entschluss.

Die Dunkelheit hinter der Tür schimmerte rot, eine Wendeltreppe führte ins Licht.

»Pass auf«, warnte Patricia sie, »hier haben sich schon einige Gäste fast den Hals gebrochen.«

Annika hielt sich verkrampft an der Mittelstange fest, während sie langsam in die Unterwelt hinunterglitt.

Der Pornoschuppen, dachte sie. So also sieht es hier aus. Scham und Erwartung, Neugier und Ekel.

Im Vorraum stand der Roulettetisch, dessen Anblick sie mit etwas Ruhe und Selbstvertrauen erfüllte. Ein paar schwarze Ledersessel, ein runder Tisch, rechts ein kleiner Tresen mit Telefon und Kasse.

»Das ist der Eingang«, erklärte Patricia, »um den kümmert sich Sanna.«

Annika ließ den Blick über die Wände gleiten, die weiß gekalkt und leicht verschmutzt waren. Auf dem Fußboden lag Parkett, das mit billigen IKEA-Kopien von orientalischen Teppichen bedeckt war. Unter der Decke hing eine rote Lampe mit sehr niedriger Wattzahl, das Licht drang kaum durch den Schirm.

Hinter dem Tresen befanden sich zwei unauffällige Türen.

»Dort sind die Umkleideräume und das Büro«, sagte Patricia und nickte zu den Türen hinüber. »Wir fangen damit an, dass wir uns umziehen. Ich habe Jossies Bikini für dich gewaschen.«
Annika holte tief Luft und unterdrückte das Gefühl einer morbiden Erregung. Patricia ging voran, drehte an einem Schalter, und das kalte Licht blauweißer Neonröhren erfüllte den Raum.
»Das hier ist mein Schrank«, erklärte Patricia. »Du kannst Nummer vierzehn nehmen.«
Annika stellte die Tasche hinter die Metalltür.
»Hier ist kein Schloss«, sagte sie und war heilfroh, dass sie alles aus der Tasche genommen hatte, wodurch man sie identifizieren könnte.
»Joachim sagt, wir brauchen keins«, meinte Patricia. »Hier, ich glaube, der wird passen.«
Sie hielt einen BH mit himmelblauen Pailletten und einen winzigen String-Tanga hoch. Annika nahm die Teile, und es war, als würde der Stoff brennen. Dann drehte sie sich um und zog sich aus.
»Wir haben Tanz, Bar und privates Posieren«, zählte Patricia auf und holte eine Plastiktüte mit Schminke aus ihrem Schrank. »Ich kümmere mich um die Bar und posiere so gut wie nie. Josefine tanzte meistens, sie durfte wegen Joachim nicht posieren, er war immer so eifersüchtig.«
Patricia hakte ihren roten, paillettenbesetzten BH hinten zu. Annika sah, dass sie ihre Strümpfe zusammenrollte und in die Körbchen stopfte.
»Joachim findet, dass sie zu klein sind«, erklärte sie und machte ihre Schranktür zu. »Hier, zieh die Schuhe an.«
»Tragen hier alle solche Bikinis?«, fragte Annika.
»Nein«, antwortete Patricia und fing an, ihr Make-up aufzulegen. »Die meisten sind ganz nackt, außer wenn sie tanzen. Dann müssen sie einen String-Tanga tragen, denn Nacktauftritte sind in Schweden verboten.«
Annika bückte sich und machte die turmhohen Stilettosandalen zu.
»Was sind das für Männer, die hierher kommen?«
Patricia bürstete ihre Wimpern nach oben.

»Alle möglichen«, sagte sie. »Natürlich haben sie alle Geld. Ich schaue auf den Getränkerechnungen immer mal wieder nach, nur so aus Spaß. Es sind Anwälte, Autohändler, Direktoren, Politiker, Polizisten, Leute, die bei Reinigungsfirmen, Maklern, Werbeagenturen und Medienbetrieben arbeiten ...«
Annika erstarrte. Großer Gott, wenn nun jemand kam, den sie kannte. Sie befeuchtete ihre Lippen.
»Auch viele Prominente?«
Patricia reichte ihr die Plastiktüte mit der Schminke herüber.
»Allerdings«, sagte sie. »Einige. Wir haben einen Typen vom Fernsehen als Stammgast. Er kommt immer in Frauenkleidern her und kauft sich mit zwei Mädchen in einem Privatzimmer ein. Joachim hat es diese Woche einmal nachgerechnet, bisher hat der Typ über 260.000 Kronen bei neunundvierzig Besuchen ausgegeben.«
Annika machte ein erstauntes Gesicht. Sie erinnerte sich an das Idiotentelefon.
»Wie kann er sich das denn leisten?«
»Du glaubst doch wohl nicht, dass er selbst bezahlt.«
Patricia nahm vom Schminktisch ein Schlüsselbund auf.
»Joachim kommt später. Beeil dich, dann zeige ich dir alles und kann dir noch die Preise erklären, ehe die Mädchen kommen. Wie du mit dem Roulette umgehen sollst, musst du mit Joachim besprechen.«
Sie stand auffordernd an der Tür, und Annika beeilte sich, Mengen von grünem Lidschatten, Rouge und Lidstrich aufzulegen. Auf dem Weg aus dem Umkleideraum kam sie an einem großen Spiegel vorbei und konnte sich kurz von oben bis unten betrachten. Sie sah aus wie eine Las-Vegas-Hure.
»Der Eintritt kostet sechshundert Kronen«, sagte Patricia und klopfte auf den Tresen. »Der Kunde kann direkt am Eingang ein Privatzimmer mieten, das kostet zwölftausend Kronen, Eintritt inbegriffen. Dann darf er wählen, welches Mädchen er drinnen in der Bar haben will.«
Annika war verblüfft.
»Heißt das ... das hier ist ein Bordell?«
Patricia lachte.

»Natürlich nicht. Die Mädchen dürfen den Kunden anfassen, massieren oder so, aber niemals am Penis. Die Typen dürfen sich selbst befriedigen, aber das Mädchen muss dabei mindestens zwei Meter weg sitzen.«
»Wie kann einer bloß zwölf Riesen dafür bezahlen, sich einen runterholen zu dürfen?«, fragte Annika mit grenzenlosem Erstaunen.
Patricia zuckte mit den Achseln.
»Frag mich nicht«, sagte sie. »Es ist mir auch egal. Ich habe genug mit der Bar zu tun. Hier ist das Büro.«
Patricia schloss mit einem Schlüssel aus ihrem Bund auf. Der Raum war ebenso groß wie der Umkleideraum, und die Einrichtung bestand aus gewöhnlichen Büromöbeln, einem Kopiergerät und einem Tresor.
»Die Tür kann offen bleiben«, sagte Patricia. »Ich muss noch die Zahlen vom August von der Bar eintragen, Joachim hat die Bücher nur noch bis Samstag hier.«
Sie gingen in den Striptease-Saal, und Annika musste erst einmal Luft holen. Wände und Decke waren schwarz gestrichen, der Fußboden war mit dunkelroter Auslegeware bedeckt. Die Einrichtung war in Schwarz und Chrom gehalten und sah nach billigen achtziger Jahren aus. An der linken Wand lief eine lange Theke, die rechte Wand bestand aus schwarz gestrichenen Türen, die zu den Separees führten. Geradeaus war eine kleine Bühne mit einer glänzenden Chromstange zwischen Boden und Decke, die an die Plattform einer Feuerwache erinnerte. Der Raum hatte keine Fenster, und die abgehängte Decke wurde von schwarz gestrichenen Betonsäulen getragen, die die Bunkeratmosphäre noch verstärkten.
»Was ist das eigentlich?«, fragte Annika. »Eine alte Garage?«
»Ich glaube, ja«, erwiderte Patricia und trat hinter die Bar. »Waschen und Reparieren. Joachim hat in der Grube einen Whirlpool installiert.«
Sie reihte ein paar Flaschen auf der Theke auf.
»Also, pass auf«, sagte sie. »Alkoholfreier Champagner, sechzehnhundert Kronen. Die Mädchen dürfen von den ersten beiden Flaschen, die sie verkaufen, fünfundzwanzig Prozent behalten, für die dritte gibt's dann fünfzig Prozent.«

Annika klapperte mit ihren steifen Wimpern.
»Unglaublich«, staunte sie.
Patricia sah zur Bühne hinüber.
»Jossie war fantastisch im Verkaufen«, erzählte sie. »Sie war das schönste Mädchen hier. Sie trank die ganze Nacht mit den Freiern Champagner, ging aber niemals in die Privatzimmer. Die Typen bezahlten trotzdem, sie war so süß.«
Patricias Augen waren vor Rührung feucht geworden, und sie beeilte sich, die Champagnerflaschen wegzuräumen.
»Josefine muss reich gewesen sein«, sagte Annika.
»Wohl kaum«, erwiderte Patricia. »Joachim hat das Geld bekommen, es war die Bezahlung für ihre Brustoperation. Deshalb hat sie hier gearbeitet. Außerdem war sie nur an den Wochenenden hier, unter der Woche ging sie zur Schule.«
»Nimmt Joachim auch das Geld von den anderen Mädchen an sich?«
»Nein, natürlich nicht. Alle Mädchen sind nur wegen des Geldes hier. Sie verdienen gut, bis zu zehntausend pro Nacht, schwarz.«
Annika kniff die Augen zusammen.
»Und was sagt das Finanzamt dazu?«
Patricia zuckte mit den Schultern.
»Keine Ahnung, um die finanziellen Angelegenheiten kümmern sich Joachim und Sanna.«
»Aber wenn du das Geld von der Bar in die Buchführung einträgst, dann müsst ihr das doch versteuern.«
Patricia wurde ungehalten.
»Man hat zweierlei Bücher, das kapierst du doch wohl. Sollen wir jetzt zum Roulette gehen?«
Annika zögerte.
»Und ich? Wie werde ich bezahlt?«
Patricia runzelte die Stirn und ging zum Eingangsbereich.
»Ich weiß nicht, wie Joachim sich das gedacht hat«, meinte sie.
Annika drehte dem dunklen, schrecklichen Lokal den Rücken zu. Sie schwankte auf ihren Schuhen. Die Absätze sanken in den Teppich ein und wirbelten einen Staub aus dunkelrotem Synthetik auf.

Der Roulettetisch war abgenutzt, der grüne Filz zeigte Spuren von Zigaretten und Asche. Der Spielplan, der ihr mit seinen Zahlen und Kästchen so wohl bekannt war, ließ die Nervosität etwas abklingen.

»Der Tisch muss abgebürstet werden«, sagte Annika und schaute ihn sich genauer an.

Während Patricia die Bürste holte, ließ Annika die Hand über die Kante des Stoffes gleiten. Das würde schon gehen, es war nicht so schlimm. Sie stand nicht im Showroom, und der Eingangsbereich unterschied sich nicht sonderlich vom Foyer des Stadthotels in Katrineholm.

Patricia zeigte ihr, wo die Putzmittel lagen, und Annika bürstete den Tisch sauber und holte die Chips heraus.

»Warum haben die unterschiedliche Farben?«, fragte Patricia.

»Um die Spieler unterscheiden zu können«, erklärte Annika und stapelte die Chips um die Scheibe herum, jeweils zwanzig übereinander. »Wo ist die Kugel?«

»Es gibt zwei, eine große und eine kleine«, meinte Patricia und holte eine Pappschachtel hervor. »Ich weiß nicht, welche die richtige ist.«

Annika lächelte und wog die Kugeln in der Hand. Die Bewegung war ihr vertraut und gab ihr Mut.

»Sie laufen unterschiedlich lange. Ich ziehe die große vor.«

Sie ließ die Scheibe langsam gegen den Uhrzeigersinn anlaufen, nahm die große Kugel zwischen Zeigefinger und Daumen, drückte sie an die Kante der Innenseite des Rades und schoss sie im Uhrzeigersinn ab. Patricia staunte.

»Wie hast du das denn gemacht?«, fragte sie.

»Man muss es aus dem Handgelenk machen«, sagte Annika. »Die Kugel muss mindestens sieben Runden laufen, sonst ist der Schlag ungültig. Ich schaffe im Schnitt elf Runden.«

Die Kugel wurde langsamer und blieb schließlich bei Nummer 19 liegen. Annika beugte sich über die Scheibe.

»Wenn ich die Kugel das nächste Mal abschieße, muss ich das von der Nummer aus tun, von der ich sie aufgenommen habe«, erklärte sie.

»Warum?«, fragte Patricia.
»Damit man nicht schummeln kann.«
»Wie rechnet man den Gewinn aus?«
Annika erklärte ihr kurz, wofür Manque, Passe, Impair, Douze und die anderen Einsätze standen und welche Kombinationen das Spielfeld erlaubte. Alle Einsätze standen für verschiedene Auszahlungen.
Patricia fasste sich an die Stirn.
»Wie kann man denn ausrechnen, wie viel das alles wird?«
»Das geht ziemlich schnell«, bekannte Annika. »Anfangs ist es ganz praktisch, wenn man gut im Kopfrechnen ist, aber man lernt die verschiedenen Kombinationen schnell auswendig.«
Sie zeigte, wie sie die Gewinne ausrechnete, zwanzig Chips in jedem Stapel, die Hälfte nehmen, die Finger an der Kante entlangführen, so dass die restlichen Chips mitkamen. Patricia starrte fasziniert auf Annikas schnelle Finger.
»Mannomann, das ist ja toll«, sagte sie. »Vielleicht ist Roulette ja auch was für mich?«
Annika lachte und ließ die Kugel laufen.
Im selben Moment kamen die anderen Mädchen.

Sanna, die Wirtin, stand splitterfasernackt hinter ihrem Tresen, als die Männer kamen. Sie lächelte und kokettierte, flirtete und lockte und erzählte den Männern, wie scharf man sie machen würde. Annika erkannte ihre Stimme vom Anrufbeantworter wieder. Als Sanna die Männer dazu gebracht hatte zu bezahlen, sahen die Kunden zu Annika hinüber. Ihre Blicke trafen sie wie Stahlpfeile und gaben ihr das Gefühl, der BH würde schrumpfen und immer mehr von ihrer Brust entblößen. Sie sah zu Boden, starrte auf die Brandlöcher im Tisch und musste sich dazu zwingen, sich nicht mit den Händen zu schützen. Keiner hatte Interesse daran, Roulette zu spielen.
»Du musst flirten«, sagte Sanna kalt, als eine Gruppe italienischer Geschäftsleute gerade im Showroom verschwunden war. »Sei doch mal ein wenig sexy.«
Annika genierte sich.

»Das ist nicht gerade meine Stärke«, erklärte sie mit viel zu heller Stimme.
»Dann musst du es lernen. Es hat keinen Sinn, dich da stehen zu haben, wenn du keine Spieler anziehst.«
Annikas Augen blitzten auf.
»Der Tisch steht doch sowieso hier«, sagte sie. »Es tut dir doch wohl nicht weh, wenn ich hier stehe, oder? Soll ich dir den Sauerstoff bezahlen?«
Das laute Lachen eines Mannes auf der Wendeltreppe brachte sie zum Schweigen.
»Wir scheinen hier zwei Wildkatzen im selben Käfig zu haben«, lachte der Mann, der langsam die Treppe herunterkam.
Annika wusste sofort, dass es Joachim war: langes, helles Haar, teure, schicke Kleider, eine dicke Goldkette, die vor dem Brustkorb hing. Er war der Typ Mann, für den Josefine sich die Brust hätte operieren lassen.
Sie ging auf ihn zu und begrüßte ihn.
»Annika«, sagte sie. »Schön, hier zu sein.«
Sanna verzog den Mund.
Joachim begutachtete sie eingehend und nickte zufrieden, als er zu ihren Brüsten kam.
»Du würdest dich gut auf der Bühne machen«, sagte er. »Wenn du willst, haben wir schon heute Abend eine Shownummer für dich.«
Kein Mensch fragt nach meinem Nachnamen, dachte Annika und bemühte sich um ein natürliches Lächeln.
»Danke«, sagte sie, »aber ich versuche es erst einmal mit dem Roulette.«
»Weißt du«, sagte er, »du musst hier richtig Kohle ranholen, sonst hast du keine Chance.«
Annikas Lächeln erstarb.
»Ich werde mir Mühe geben«, sagte sie und senkte den Blick.
»Vielleicht solltest du erst mal ein paar Abende mit den anderen Mädchen an der Bar sitzen und dir anschauen, wie das so geht?«
Der Mann kam ihr etwas zu nah, Annika spürte seine elektrische Ausstrahlung. Er sah gut aus, das musste sie zugeben. Sie schloss

einen Moment lang die Augen, ehe sie aufsah und seinem Blick begegnete.

»Ja«, meinte sie leichthin, »das ist eine gute Idee. Aber ich will erst mal probieren, ob ich nicht doch ein paar Kunden auf dem Weg nach draußen dazu bringen kann, stehen zu bleiben.«

Im selben Moment kamen zwei leicht betrunkene Versicherungsvertreter aus dem dunkelroten Saal gestolpert. Der Schweiß stand ihnen auf der Stirn, und ihre Kleider waren leicht in Unordnung geraten. Annika ging auf sie zu, schob die Brust vor und legte ihre Arme um sie.

»Hallo, ihr zwei«, sagte sie, »jetzt habt ihr euer Glück in der Liebe gehabt, aber ein echter Abend ist es doch erst, wenn man auch Glück im Spiel hat, oder?«

Sie lächelte so verführerisch, wie sie nur konnte, die Knie zitterten. Joachim stand mit seiner Hüfte an ihrem Hintern, und am liebsten hätte sie laut geschrien.

»Nee, bloß nicht«, sagte der eine.

Annika trat einen Schritt vor, so kam sie von Joachims Hüfte weg, und umarmte den anderen Mann.

»Und du? Du scheinst mir ein Mann mit Glück zu sein, ein richtiger Gentleman. Komm und spiel eine Runde mit mir.«

Der Mann grinste.

»Was gewinnt man denn da? Dich?«

Annika brachte es fertig zu lachen.

»Wer weiß?«, erwiderte sie. »Vielleicht gewinnst du so viel Geld, dass du jedes Mädchen kaufen kannst, das du willst.«

»Okay«, sagte der Mann und zog die Brieftasche heraus, sein Kumpel machte es ihm widerwillig nach.

Er legte einen Hunderter auf den Tisch.

Annika lächelte mitleidig. Der Typ hatte soeben mehrere Tausend bezahlt, um etwas zu trinken und sich nackte Frauen anzusehen, und jetzt sollte sie hier stehen und für einen Hunderter schuften.

»Also, dafür bringe ich nicht einmal die Kugel ins Rollen«, sagte sie zuckersüß. »Wir spielen hier richtig, mein Süßer. Hohe Einsätze, hohe Gewinne. Tausend für zwanzig Chips.«

Der Mann zögerte, und Annika strich mit der Hand über den Tisch.

»Ein Stern, den ihr einfahrt, bringt fünftausend Kronen«, sagte sie, »ein Läufer sechstausendachthundert. Fast siebentausend in fünfzehn Sekunden. Da kannst du alles Geld zurückgewinnen, das du heute Abend ausgegeben hast.«
Jetzt leuchteten die Augen der beiden Männer gleichzeitig auf. Das stimmte.
Sie kauften jeder über ihre Kreditkarte Chips im Wert von tausend Kronen und legten sie über die Nummern elf bis sechzehn aus, ein gemeinsamer Einsatz von zwölfhundert Kronen. Annika ließ die Kugel schnell und hart laufen, sie rollte fast dreizehn Runden, ehe sie langsamer wurde.
»Keine weiteren Einsätze«, sagte sie bestimmt.
Die Kugel fiel auf die 3. Mit einem routinierten Handgriff machte sie den Tisch frei und stapelte die Chips auf.
»Neue Einsätze«, sagte sie und schaute verstohlen auf die enttäuschten Mienen der Männer. Diesmal waren sie vorsichtiger, setzten auf die Nummern neun bis achtzehn. Neues Rollen, keine weiteren Einsätze, Nummer 16. Einer der Typen gewann zehn Chips.
»Bitte sehr«, sagte Annika und schob den kleinen Stapel vor.
»Fünfhundert Kronen. Ich hab's ja gesagt, du bist ein Glückspilz.«
Das Gesicht des Mannes hellte sich auf wie eine Sonne, und Annika sah, dass die Sache lief. Beide Männer verspielten weitere dreitausend Kronen, ehe sie am Ende noch einmal bei Sanna eine Abrechnung machen ließen und gingen. Annika konnte sehen, dass die Wirtin »Essen und Getränke« auf die Rechnung schrieb.
Joachim hatte hinter dem Tresen gesessen und sie beobachtet.
»Du hast das drauf«, sagte er und kam vor. »Wo hast du das gelernt?«
»Stadthotel in … Piteå«, erklärte sie und lächelte.
»Dann kennst du vielleicht Peter Holmberg?«, fragte er und lächelte.
Annikas Lächeln zuckte in den Mundwinkeln. Verdammt, dachte sie, er wird rauskriegen, wer ich bin, ehe ich richtig angefangen habe.
»Nein«, sagte sie, »aber Roger Sundström in der Solandergatan,

kennen Sie den? Oder Hasse in der Oli-Jans-Gatan oben auf Pitholm?«
Joachim wechselte das Thema.
»Du nimmst zu viel Geld für die Chips«, sagte er. »Das ist nicht erlaubt. Du spielst zu hoch.«
»Ich kann die Preise an die Spieler anpassen. Keiner weiß, was der andere für seine Chips bezahlt hat, das steht ja nicht drauf. Ich halte mich an alle Regeln.«
»Du riskierst, dass die Bank gesprengt wird«, sagte Joachim.
Annika hörte auf zu lächeln.
»Es gibt beim Roulette nur einen Weg für einen Spieler, die Bank zu sprengen«, sagte sie. »Sofort zu gewinnen, sofort aufzuhören und den Gewinn zu behalten. Das macht keiner, der mit dem Gewinnen einmal angefangen hat. Es ist leicht, Croupier zu sein. Es kommt nur darauf an, die Spieler so lange bei der Stange zu halten, bis sie alles wieder verloren haben, was sie gewonnen haben.«
Joachim lächelte locker.
»Wir werden uns gut verstehen, du und ich«, sagte er und ließ seine Hand an ihrem Arm herabgleiten.
Dann ging er ins Büro. Annika drehte sich herum und spürte Sannas stechende Blicke auf ihrem Rücken.
Die sind zusammen, wurde ihr klar. Joachim und Sanna sind ein Paar. Der Laut von hochhackigen Schuhen, die die Wendeltreppe herunterkamen, ließ Annika aufsehen. Sie traute ihren Augen nicht. Der forsche Moderator aus dem Fernsehen kam in einem superkurzen Rock, Nylonstrümpfen und durchsichtiger Bluse mit BH darunter ins Studio 6 gestöckelt.
»Hallo, Mädels«, sagte der Mann mit Piepsstimme.
»Herzlich willkommen, meine Dame«, erwiderte Sanna und lächelte verführerisch. »Was können wir Ihnen heute Schönes bieten?«
Der Mann nannte die Namen einiger Mädchen, und Annika wurde bewusst, dass sie ihn hemmungslos anstarrte. Sie sah sich die Sendung des Mannes regelmäßig an, raue und witzige Talk-Runden mit Politikern und Prominenten. Sie wusste, dass er Familie hatte.

Der Mann glitt mit Sanna zusammen in den Striptease-Saal, und Annika seufzte. Die Füße taten ihr in den Schuhen weh. Einen Moment lang überlegte sie, sie einfach auszuziehen, denn hinter dem Tisch würde niemand den Unterschied bemerken. Aber im selben Augenblick kamen die italienischen Geschäftsleute wieder heraus. Sie sahen etwas unzufrieden aus. Annika ging hin und sprach sie auf Englisch an. Das lief nicht. Sie versuchte es mit Französisch, ebenso schlecht, aber Spanisch war gut.

Sie verspielten dreizehntausend, und Sanna sah immer wütender aus, je mehr die Männer verloren.

Sie mag mich nicht, dachte Annika. Sie weiß, dass ich Patricias Freundin bin, sie sieht in mir eine Nachfolgerin von Josefine. So betrachtet ist es vielleicht kein Wunder.

Sie schielte auf ihren winzigen Paillettenbikini hinunter, himmelblau, Josefines Arbeitskleidung.

»Ich muss mal aufs Klo«, murmelte sie.

Der Abend schleppte sich dahin und ging in eine nicht greifbare Nacht über. In der alten Pornogarage gab es keine andere Tageszeit als die Nacht, keine andere Jahreszeit als die Dunkelheit. Annika saß eine Weile im Umkleideraum mit den bläulichen Neonröhren. Sie schloss die Augen, die Tränen brannten.

Was mache ich hier?, fragte sie sich. Soll ich langsam in diese Halbwelt abgleiten und sie zu meiner machen? Werde ich irgendwann kapieren, dass ich noch mehr verdienen kann, wenn ich in Separees posiere, und werde ich das dann auch tun? Und was ich mit den Preisen der Chips mache, ist ungesetzlich, ich lande im Gefängnis, wenn man mich erwischt.

Sie legte etwas mehr Schminke auf, unter der Sonnenbräune war sie blass.

Patricia kam in den Umkleideraum und lächelte sie aufmunternd an.

»Ich höre, dass es gut läuft.«

Annika nickte.

»Siehst du.«

Patricia sah stolz aus.

»Ich wusste, dass du das schaffen würdest.«

Annika schloss die Augen, ich darf das nicht an mich rankommen lassen, dachte sie, darf nicht auf die Schmeicheleien hören. Ich darf hier keine Bestätigung bekommen. Der Pornoklub wird nicht meine neue Heimat werden. Ich verdiene etwas Besseres, Patricia verdient etwas Besseres.
Sie zog ihre Lippen nach und ging raus.

In den frühen Morgenstunden verschwand Sanna mit einem älteren Mann in einem Separee.
»Ein Stammkunde«, flüsterte die Wirtin, ehe sie ging. »Es sind fast keine Kunden mehr da, kassier bei denen ab, die gehen. Die Rechnungen liegen auf dem Tresen.«
Annika stellte sich verwirrt an den Roulettetisch und wusste nicht, was sie machen sollte. Wer würde kassieren, wenn sie gerade jemanden beim Spiel hatte?
Sie beschloss rasch, das Roulette sein zu lassen. Im nächsten Moment betrat der Fernsehmann den Eingangsbereich.
»Wo ist Sanna?«, fragte er, und jetzt erkannte Annika auch die Stimme aus der Sendung.
»Sie ist beschäftigt«, sagte Annika lächelnd. »Kann ich Ihnen helfen?«
Der Mann legte eine Kreditkarte hin, und Annika fuhr sich verzweifelt mit der Zunge über die Lippen. Sie ging zum Tresen und wühlte ein wenig in den Papieren. Tatsächlich, da lag eine Rechnung für ihn. Neuntausendsechshundert.
Sie legte die Karte in den Apparat und ließ die Rechnung heraus. Ihr war klar, dass Sanna die Prozente bekommen würde, denn ihr Code stand auf dem Papier. Der Mann unterschrieb.
»Ach, Liebling, gehst du schon?«, piepste ein Mädchen an der Tür. Sie war splitternackt, hatte eine rasierte Scham, kleine Zöpfchen und aufgemalte Sommersprossen.
»Oh, mein kleines Baby«, stöhnte der Fernsehmoderator und umarmte sie.
»Einen Moment bitte«, sagte Annika und schlich ins Büro. Das Zimmer war leer. Sie legte die Rechnung auf den Kopierer, schloss die Augen und betete.

Bitte, bitte, lass ihn nicht lärmen wie eine Dreschmaschine, lass ihn nicht langsam und kalt sein, lass Papier drin sein.
Lautlos und schnell glitt die statisch aufgeladene Lichttrommel unter dem Glas hin und her, ein Blatt wurde eingezogen, gemessen, mit Toner bedruckt, fixiert und kam dann aus der Maschine. Sie atmete auf, aber was sollte sie jetzt damit machen?
Schnell rollte sie die Kopie zu einem harten Röhrchen, knickte es zwei Mal und legte es in die Ritze unter dem String der Hose, was ziemlich scheuerte.
»So, bitte schön«, sagte Annika und legte die Rechnung auf den Tresen. Der Mann stand da und sog an den Brustwarzen des Pippi-Langstrumpf-Mädchens. Als das Mädchen Annika erblickte, schob sie den Mann schnell weg.
»Das wollte ich nicht«, sagte sie erschrocken.
Annika kniff die Augen zusammen. Plötzlich begriff sie, dass die anderen Mädchen in ihr eine Autoritätsperson sahen, vielleicht, weil Josefine das gewesen war. Sie beschloss, dies auszunutzen.
»Lass es nicht wieder vorkommen«, erwiderte sie streng und gab dem Mann seine Rechnung.
Er ging, und das Mädchen lief schnell in den Striptease-Saal. Annika wartete ein paar Sekunden und lauschte. Leise Musik sickerte von der Bühne in den Eingangsbereich hinaus, und plötzlich schauderte sie. Es war nicht sonderlich warm hier.
Sie ging in den Umkleideraum, holte die Kopie heraus und drückte sie in den Zeh von ihren Straßenschuhen. Schnell schlich sie sich heraus und lehnte sich an den Roulettetisch. Sie stand dort, bis Sannas Stunde mit dem Onkel im Privatzimmer zu Ende war.
»Hat alles geklappt?«, fragte die Wirtin.
»Klar«, gab Annika zurück und zeigte auf die Rechnung.
Sanna blickte auf die Summe, lächelte zufrieden und schaute schelmisch zu Annika hinüber.
»Bezahlst du auch immer ordentlich deine Fernsehgebühren?«, fragte sie. Sie erwartete keine Antwort, sondern wedelte mit der Rechnung, lachte und ging ins Büro.
Annika lächelte die geschlossene Tür an.

Patricia kochte Tee. Annika saß im Wohnzimmer im Sofa und sah in das türkisgraue Dunkel des Zimmers. Sie war furchtbar müde. Sie hatte Blasen von den schrecklichen Sandaletten.
»Wie hältst du das bloß aus?«, fragte sie leise.
Sie empfand Ekel, und wenn sie die Augen schloss, sah sie die magere Nacktheit des Zopfmädchens vor sich.
»Bitte«, sagte Patricia und stellte das Tablett neben das Telefon auf den kleinen Tisch.
»Ich weiß nicht, wie ich auch nur einen Abend noch durchhalten soll«, sagte Annika. »Wie machst du das?«
Patricia lächelte ein wenig, goss Tee in die Tassen, reichte Annika eine und setzte sich aufs Sofa.
»Alle nutzen einen aus«, sagte Patricia. »Im Klub ist es auch nicht schlimmer als woanders.«
Annika nahm einen Schluck und verbrannte sich den Mund.
»Das stimmt nicht«, entgegnete sie. »Es ist schlimmer als die meisten anderen Sachen. Ihr Mädchen im Klub, auch du, habt viele unsichtbare Grenzen überschritten, um dahin zu kommen, wo ihr jetzt seid.«
Patricia rührte mit ihrer Zitronenscheibe in der Tasse.
»Vielleicht«, meinte sie. »Tue ich dir Leid?«
Annika dachte nach.
»Nein«, erwiderte sie dann, »eigentlich nicht. Du weißt genau, was du tust. Du hast die Grenzen freiwillig überschritten. Es zeugt von Stärke und von einer gewissen Flexibilität, das tun zu können. Du hast keine Angst, was von Vorteil ist.«
Patricia sah Annika eingehend an.
»Und du?«, fragte sie. »Welche Grenzen hast du überschritten?«
Annika lächelte etwas schief, antwortete aber nicht.
Patricia stellte ihre Tasse auf den Boden, atmete hörbar ein und sah auf ihre Hände.
»An dem Morgen«, sagte sie, »in der letzten Nacht. Josefine und Joachim haben sich wie verrückt gestritten. Sie standen da und schrien einander an. Erst im Büro, dann oben auf der Treppe. Josefine rannte raus, und er folgte ihr.«
Annika blieb stumm, sie wusste, dass Patricia ihr großes Vertrauen entgegenbrachte. Patricia schwieg eine Weile, ehe sie fortfuhr.

»Jossie wollte mit dem Klub aufhören, sie wollte freihaben, ehe sie mit ihrer Ausbildung anfing. Sie war an der Universität angenommen worden, im Fachbereich Journalistik. Joachim wollte nicht, dass sie ging. Er versuchte, sie unter Druck zu setzen, sie an den Klub zu binden und dazu zu bringen, ihre Ausbildung aufzugeben. Jossie sagte, dass sie dennoch gehen wolle und genug Geld für ihn verdient hätte, dass es für zehn Brustoperationen reichen würde. Sie machte Schluss, sagte, dass ihre Beziehung beendet sei. Sie haben sich geschlagen.«
Patricia verstummte wieder. Durch die undichten Fenster drangen allmählich die Geräusche des beginnenden Tages. Der Nachtbus, der vor der Tür in der Hantverkargatan hielt, die ewigen Feuerwehrsirenen und das Flüstern der Herbstwinde, die von Kälte und Regen erzählten.
»Sie haben sich immer auf dem Friedhof geliebt«, flüsterte sie. »Joachim verschaffte das einen Kick, aber Jossie fand es furchtbar. Sie kletterten auf der Rückseite über den Zaun, dort ist er nicht so hoch. Ich fand es so schrecklich, stell dir vor, zwischen den Gräbern ...«
Annika erwiderte nichts, sie saßen lange schweigend da. Es fing an zu regnen, erst ein paar einzelne Tropfen, dann immer anhaltender.
»Ich weiß, was du denkst«, sagte Patricia.
»Was denn?«, fragte Annika leise.
»Du überlegst, warum sie bloß bei ihm geblieben ist, warum sie nicht einfach gegangen ist, oder?«
Annika seufzte schwer.
»Ich glaube, ich weiß, warum«, antwortete sie. »Erst war sie verliebt, und er war nett. Dann fing er an, kleine Forderungen zu stellen, liebevolle kleine Sachen, die Josefine goldig fand. Er hatte seine Vorstellungen davon, mit wem sie sich treffen, was sie tun, wie sie reden sollte. Am Anfang lief alles wunderbar, bis die Blase um sie beide herum platzte und Josefine sich wieder der Welt zuwenden wollte. Studieren, ins Kino gehen, mit Freundinnen am Telefon plauschen. Da wurde Joachim wütend, verlangte, dass sie damit aufhörte und machte, was er wollte. Wenn sie nicht ge-

horchte, schlug er sie. Hinterher bereute er es dann, weinte und beteuerte, dass er sie liebte.«
Patricia nickte erstaunt.
»Woher weißt du das alles?«
Annika lächelte traurig.
»Es gibt Bücher über Gewalt gegen Frauen«, erklärte sie. »Die Abendzeitungen schreiben Artikel über die Gewalt. Die Misshandlungen geschehen meist nach einem bestimmten Muster, bei Josefine war es sicher nicht anders. Sie meinte wahrscheinlich die ganze Zeit, dass es besser würde, wenn sie sich so veränderte, dass sie seinen Wünschen entsprach. An manchen Tagen war es auch sicher richtig schön, und Josefine glaubte, sie wären auf dem richtigen Weg. Aber sein Verlangen, sie zu kontrollieren, wurde immer größer, wahrscheinlich wurde auch seine Eifersucht immer schlimmer. Er kritisierte sie immer mehr, auch vor anderen Menschen, und höhlte so ihr Selbstvertrauen aus.«
Patricia nickte.
»Es war wie eine langsame Gehirnwäsche«, erzählte sie. »Jossie war sich ihrer selbst nicht mehr sicher, sie sagte, dass sie ihre Ausbildung nie schaffen würde. Sie hielt sich für eine hässliche, fette Hure, niemand außer ihm würde sie je lieben können. Jossie weinte immer mehr, am Ende fast ununterbrochen. Sie wagte es nicht, ihn zu verlassen, er hatte ihr gesagt, dass er sie totschlagen würde, wenn sie es versuchte.«
»Hat er sie vergewaltigt?«, fragte Annika. »Sexuelle Gewalt ist sehr verbreitet. Eine Reihe von Männern erregt es, zu sehen, wenn die Frau angstgelähmt ist … Was ist denn?«
Patricia presste die Hände auf die Ohren, kniff beide Augen fest zu und biss die Zähne zusammen. Sie fing an, verzweifelt zu weinen.
»Aber, Patricia, was ist denn?«
Annika nahm die andere Frau in den Arm und wiegte sie. Die Tränen liefen wie der Regen draußen, ein unkontrollierbares Schütteln und ein großer innerer Druck pressten sie hervor.
»Das war das Schlimmste«, flüsterte Patricia, als die Erschöpfung da war. »Das Schlimmste war, wenn er sie vergewaltigte. Sie hat so schrecklich geschrien.«

Neunzehn Jahre, sechs Monate und dreizehn Tage

Ich sehe ihn durch die Schleier der Erinnerung kommen, das Muster wird wiederholt, der Refrain beginnt. Er steigert sich in seine übliche Raserei hinein, fängt damit an, herumzugehen und zu trampeln und zu fluchen, dann, mich zu boxen und zu schreien. Ich werde von den üblichen Symptomen heimgesucht, das Gesichtsfeld verkleinert sich, die Schultern sinken herab, die Ellenbogen pressen sich in die Seiten, und die Hände fassen an den Kopf. Ich kann nichts mehr fixieren, die Geräusche sind alles, ich bin paralysiert. Eine Ecke, in die ich sinken könnte, ein lautloses Flehen um Gnade.

Seine Stimme hallt in meinem Kopf wider, und ich höre meine eigene nicht mehr. Der Gesang der Angst tost in meinem Inneren, die namenlose Angst, der unartikulierte Schrecken. Vielleicht versuche ich zu schreien, ich weiß es nicht, sein Brüllen wird lauter und leiser, ich werde bewegt, die Wärme breitet sich aus, das Rote kommt. Nein, ich spüre keinen Schmerz. Der Druck ist rot und heiß. Bei den schlimmsten Schlägen hört der Gesang auf, als würde die Nadel auf einer alten Vinylscheibe springen. Dann kehrt er einen Halbton höher wieder zurück. Angst, Angst, Furcht und Liebe. Tu mir nicht weh! Oh, Lieber, Einziger, so liebe mich doch!

Und er sagt,
dass er mich niemals
gehen lässt.

FREITAG, 7. SEPTEMBER

Annika war speiübel vor Müdigkeit, als der Wecker klingelte. Sie schaltete ihn mit einem Stöhnen aus. Die Beine taten ihr weh, sie waren schwer wie Blei. Der Regen trommelte immer noch auf das Fensterblech, ein abstrakter Rhythmus mit Schlägen in unterschiedlicher Stärke.

Sie warf sich aufs Wohnzimmersofa und erledigte zwei Telefonate. Sie hatte Glück. Beide Männer waren da. Mit dem ersten machte sie ein Treffen eine Stunde später aus, mit dem anderen am folgenden Tag. Dann kroch sie wieder ins Bett und kämpfte eine halbe Stunde gegen den Schlaf. Als sie aufstand, war sie noch müder. Sie roch stark und beißend nach Schweiß, schaffte es aber nicht, zu duschen. Stattdessen rollte sie etwas Deo unter die Achseln und zog einen dicken Pullover an.

Er war schon da, saß an einem Fenstertisch und starrte den Regen an, der die Scheibe herablief. Eine Tasse Kaffee und ein Glas Wasser standen vor ihm.

»Kennen Sie mich noch?«, fragte Annika und streckte ihre Hand aus.

Der Mann erhob sich und lächelte schief.

»Natürlich«, erwiderte er. »Wir sind ja buchstäblich zusammengestoßen.«

Annika wurde rot, sie schüttelten einander die Hände und setzten sich.

»Was genau wollen Sie?«, fragte Q.

»Studio 6 hinterzieht Steuern«, sagte Annika. »Joachim macht doppelte Buchführung, um das Finanzamt zu betrügen. Die richtigen Bücher, in denen die echten Einnahmen aufgeführt werden, sind nur manchmal im Klub zu finden.«

Annika trank das Wasserglas des Polizisten in einem Zug aus. Q zog die Augenbrauen hoch.
»Bitte, bedienen Sie sich«, sagte er. »Ich hatte sowieso keinen Durst.«
»Die Bücher sind im Moment da, und zwar bis Samstag.«
»Woher wissen Sie das?«, fragte der Polizist ruhig.
»Ich habe dort einen Job als Croupier angenommen. Ich bin keine Journalistin mehr. Ich habe meinen Job gekündigt und bin aus der Gewerkschaft ausgetreten. Die Mädchen im Klub bekommen ihr Geld bar auf die Hand. Man bezahlt weder Steuern noch Sozialabgaben.«
»Wer hat Ihnen das alles erzählt?«
»Patricia. Sie ist für die finanziellen Dinge nicht verantwortlich und hat auch keinen Einfluss darauf, aber sie trägt die Zahlen für die Bar in die Bücher ein. Ich habe es selbst heute Morgen gesehen.«
Der Polizist stand auf und ging zur Theke, wo er eine weitere Tasse Kaffee kaufte und zwei Glas Wasser eingoss. Er stellte alles auf den Tisch.
»Sie sehen aus, als könnten Sie eine Dosis Koffein gebrauchen«, sagte er.
Annika trank, der Kaffee war lauwarm.
»Warum erzählen Sie mir das?«, fragte Q leise.
Sie antwortete nicht.
»Wissen Sie, was Sie da tun?«, beharrte er.
Sie trank von dem Wasser.
»Was denn?«
»Sie arbeiten mit der Polizei zusammen«, sagte er. »Ich dachte, das läge weit unter Ihrer Würde.«
»Ich muss keine Quellen mehr schützen«, erklärte Annika kurz angebunden. »Ich bin keine Medienvertreterin mehr, ich kann der Polizei sagen, was ich will.«
Er sah sie belustigt an.
»Ach was«, meinte er. »So leicht legt man keine alten Gewohnheiten ab. Wenn ich Sie recht kenne, sitzen Sie hier schon und schreiben im Kopf den Einleitungstext zum Artikel über unser Treffen.«

Sie zuckte zusammen.
»Quatsch«, entgegnete sie. »Außerdem kennen Sie mich gar nicht.«
»Doch, die Journalistin in Ihnen.«
»Die ist tot.«
»Blödsinn«, konterte er. »Sie ist verletzt und erschöpft. Sie ruht sich nur aus und wird bald wieder im Einsatz sein.«
»Niemals«, behauptete sie.
»Wollen Sie bis ans Ende Ihres Lebens Croupier in miesen Spelunken sein? Das wäre doch schade.«
»Ich dachte, Sie fänden mich total anstrengend.«
Er grinste breit.
»Das sind Sie auch, wie ein Pickel am Hintern. Das ist gut, das brauchen wir. Wir müssen merken, dass wir noch leben.«
Sie sah ihn misstrauisch an.
»Sie machen sich über mich lustig«, sagte sie.
»Ja, vielleicht ein wenig«, gestand er.
»Sie können ihn wegen der Buchführung hochnehmen«, meinte sie. »Ich weiß nicht, wie viel es ist, aber es sollte sich genug finden, um den Klub zu schließen. Ich selbst mache mich übrigens auch strafbar, ich spiele beim Roulette zu hoch. Joachim fand das ganz in Ordnung.«
»Dabei wird man Sie früher oder später erwischen«, warnte Q.
»Ich werde heute Abend noch mal hingehen, dann ist Schluss. Ich habe gestern achttausend Kronen verdient, noch eine Nacht, und ich habe genug, bis ich Arbeitslosengeld bekomme.«
»Das sagen sie alle«, gab er zurück.
Annika verstummte, die Scham brannte ihr im Gesicht. Sie sah ein, dass er Recht hatte, und sah zu Boden.
»Jetzt habe ich genug geredet«, sagte sie. »Jetzt will ich nur noch zuhören.«
Der Polizist stand auf und kam mit einem Käsebrot zurück.
»Also, das hier ist nicht fürs Protokoll«, erklärte er. »Wenn Sie irgendwann darüber schreiben, röste ich Sie langsam über einem Feuer.«
»Ungesetzliche Drohung«, entgegnete Annika.
Er lächelte kurz und wurde dann wieder ernst.

»Sie hatten Recht«, begann er. »In unseren Augen ist der Mord an Josefine Liljeberg aufgeklärt.«
»Warum nehmen Sie ihn dann nicht fest?«, fragte Annika etwas zu laut.
Q lehnte sich über die Marmorplatte.
»Glauben Sie nicht, dass wir es tun würden, wenn wir nur könnten?«, fragte er leise. »Joachim hat ein bombensicheres Alibi. Sechs Typen behaupten, dass er bis fünf Uhr mit ihnen in der Sturecompagniet gewesen, und dann mit ihnen in einem Großraumtaxi zu einer privaten kleinen Nachfeier gefahren sei. Alle sechs erzählen dieselbe Geschichte.«
»Ja, aber die lügen doch!«, empörte sich Annika.
Der Polizist kaute auf seiner Stulle.
»Natürlich tun sie das«, murmelte er und schluckte. »Das Problem ist nur, wie beweisen wir das? Ein Kellner von der Sturecompagniet meint, Joachim sei da gewesen, aber er weiß nicht genau, um welche Uhrzeit. Er erinnert sich auch nicht, wann Joachim verschwand. Der Fahrer, der das Großraumtaxi fuhr, bestätigt, dass er eine Gruppe besoffener Typen vom Stureplan nach Birkastan gefahren hat, Joachim hat die Quittung. Der Taxifahrer kann weder bestätigen noch verneinen, dass Joachim mitgefahren ist, er hat die Typen, die ganz hinten saßen, nicht gesehen. Auf jeden Fall hat Joachim nicht vorn gesessen und bezahlt. Das Mädchen, dem die Wohnung in der Rörstrandsgatan gehört, sagt, dass Joachim irgendwann nach sechs Uhr auf ihrem Sofa eingeschlafen sei. Wahrscheinlich sagt sie sogar die Wahrheit.«
»Joachim war kurz vor fünf noch im Klub«, sagte Annika aufgeregt. »Er hat sich mit Josefine gestritten, Patricia hat sie gehört.«
Q nickte.
»Ja, das wissen wir. Aber es steht Patricias Wort gegen das der sieben Männer. Falls, sage ich, also falls in diesem Mordfall jemals Anklage erhoben wird und es uns gelingen würde, die Geschichte der betrunkenen Typen zu sprengen, müssten wir sie alle wegen Meineid verklagen. Das ist fast unmöglich.«
Sie saßen eine Weile schweigend da. Annika trank den eiskalten Kaffee aus, und der Polizist aß sein Käsebrot auf.

»Einer von ihnen könnte doch reden«, meinte Annika.
»Na klar«, stimmte Q ihr zu. »Das Problem ist nur, dass die meisten von ihnen zu besoffen waren, um sich überhaupt an etwas zu erinnern. Sie haben diese Geschichte als die Wahrheit serviert bekommen und glauben wirklich, was sie da sagen. Ich schätze, dass nur einer, vielleicht zwei von den Jungs sich überhaupt bewusst sind, dass sie lügen. Und das sind Joachims beste Freunde. Beide haben plötzlich ziemlich viel Geld, mit dem sie um sich schmeißen können. Die werden nie umfallen.«
Annika war furchtbar müde.
»Was ist eigentlich genau passiert?«, fragte sie matt.
»Genau, was Sie gedacht haben«, berichtete Q. »Er hat sie hinter den Grabsteinen erdrosselt.«
»Und vergewaltigt?«
»Nein, jedenfalls nicht dort, nicht um diese Zeit. Wir haben Sperma in ihrer Scheide gefunden, und der DNA-Test hat erwiesen, dass es von Joachim stammte. Sie hatten wahrscheinlich eine oder mehrere Stunden zuvor Sex, und es waren noch ein paar Reste da.«
Annika schloss die Augen und grub in ihrer Erinnerung.
»Aber Sie haben doch zuerst gesagt, dass es ein Sexualmord gewesen sei«, hakte sie nach. »Sie haben gesagt, es gebe Anzeichen sexueller Gewalt.«
Der Polizist strich sich über die Stirn.
»Das waren zumeist alte Verletzungen«, erklärte er, »vor allem im Enddarm. Er hat sie anal vergewaltigt.«
Annika wurde plötzlich schlecht.
»Wie entsetzlich«, sagte sie.
Sie schwiegen wieder.
»Die andere ermordete Frau im Kronobergspark«, sagte Annika plötzlich, »Eva hieß sie, der Fall ist auch nicht aufgeklärt, oder?«
Q zuckte die Achseln.
»Ja, aber dafür gilt dasselbe. Wir betrachten ihn als gelöst. Es war ihr Exmann. Wir haben ihn nach ein paar Jahren einmal festgenommen, mussten ihn aber wieder ziehen lassen. Wir konnten ihm nie etwas nachweisen. Jetzt ist er tot.«
»Und Joachim wird auch davonkommen?«, fragte Annika.

Q zog seine Jacke an.
»Nicht, wenn an Ihren Informationen etwas dran ist«, versicherte er. »Heute Nacht können wir keine Razzia mehr organisieren, aber morgen schlagen wir zu. Halten Sie sich fern.«
Er stand auf, blieb dann aber an ihrem Stuhl stehen.
»Es gibt nur eine Sache, für die wir keine Erklärung haben«, sagte er.
»Was denn?«, fragte Annika.
»Woher die Verletzungen an der Hand rühren.«
Annika blieb mit schweren Gliedern auf ihrem Stuhl sitzen, während der Mann die Cafeteria verließ.

Die Nacht im Klub wollte nicht vergehen. Patricia sah Annika fragend an.
»Du siehst etwas mitgenommen aus. Du wirst doch nicht krank?«
Annika trocknete sich den kalten Schweiß von der Stirn, die Hand war sofort voller Rouge.
»Ich glaube doch«, erwiderte sie. »Ich friere, und mir ist schlecht.«
Sie saßen auf einer Holzbank im Umkleideraum, das blaue Licht ließ die roten Blasen auf Annikas Füßen leuchten.
»Wie viel Geld hast du reingeholt?«, fragte Patricia.
Annika hätte am liebsten losgeheult.
»Nicht genug«, meinte sie und sah auf ihren himmelblauen Bikini hinunter.
Das Würgen in ihrer Kehle wurde immer heftiger. Heute war Freitag, und noch mehr Mädchen als sonst liefen völlig nackt im Lokal herum. Sie saßen auf den Schößen der Männer, pressten ihre Unterleiber an Bügelfalten und Schlipse. Sie lockten die Männer in die Privatzimmer und schmierten sie mit Lotion ein – die Krankenhauspackung aus der No-Name-Serie, denn die war ergiebiger und nicht parfümiert.
»Es ist wichtig, dass die Sachen nicht riechen«, hatte Patricia erklärt. »Die Freier sollen ja hinterher zu ihren Ehefrauen gehen können.«
Annika war nervös und beunruhigt, was, wenn sie das alles falsch verstanden hatte? Sie wagte nicht, Patricia noch einmal nach den

zweierlei Büchern zu fragen, und die andere kam nicht von selbst noch einmal auf das Thema zurück. Was, wenn die Polizei schon in dieser Nacht zuschlug?

Sie strich sich mit zitternden Händen das Haar aus dem Gesicht.

»Willst du ein Brot oder einen kleinen Kaffee?«, fragte Patricia besorgt, und Annika zwang sich zu einem Lächeln.

»Nein, danke, es geht mir sicher gleich besser.«

Joachim saß im Büro nebenan, Gott sei Dank war sie mit ein paar Spielern beschäftigt gewesen, als er kam.

Wie wird man nur wie er? Was läuft in so einem Kopf falsch, wenn man den Menschen umbringt, den man liebt? Wie kann man einen anderen Menschen töten und dann noch weiterleben, als wäre nichts geschehen?

»Ich muss wieder raus«, sagte Patricia. »Kommst du mit?«

Annika bückte sich und klebte neue Pflaster auf die Blasen.

»Klar«, sagte sie.

Die Musik im Showroom war lauter geworden. Auf der Bühne waren zwei Mädchen. Die eine umarmte die Stange, rieb und leckte, die andere hatte einen Mann aus dem Publikum heraufgeholt. Der Mann schmierte die Brust des Mädchens mit Rasierschaum ein, und sie warf den Kopf zurück und gab vor, in Ekstase zu stöhnen.

Annika folgte Patricia hinter die Bar und zog sich eine Cola aus dem Automaten.

»Findest du es nicht anstrengend, dir das jede Nacht anzuschauen?«, fragte Annika Patricia ins Ohr.

»Schreib für den Kahlköpfigen da hinten einen Champagner auf«, sagte eine der völlig Nackten, und Patricia wandte sich der Kasse zu.

Annika ging hinaus, zurück in ihre Ecke. Sie fror immer noch, im Eingangsbereich war es kalt. Sanna war nicht da. Sie setzte sich auf einen Barhocker, den sie hinter den Roulettetisch geklemmt hatte.

»Wie gehen die Geschäfte?«

Joachim stand lächelnd und mit verschränkten Armen in der Tür zum Büro.

Annika rutschte vor Schreck beinahe wieder auf den Boden.

»Geht so, gestern war es besser.«

Er ging zum Tisch, weiterhin lächelnd und ohne den Blick von ihr zu wenden.
»Ich habe den Eindruck, als hättest du bei uns eine Zukunft«, sagte er und stellte sich neben sie hinter den Tisch.
Annika versuchte zu lächeln.
»Danke«, erwiderte sie und senkte den Blick.
»Wie kommt es eigentlich, dass du hier angefangen hast?«, fragte er mit einer Stimme, die ein paar Grad kälter war.
Lüge, dachte sie, aber halte dich so nah an die Wahrheit wie möglich.
»Ich brauche verdammt schnell Geld«, erzählte sie und sah hoch. »Ich bin aus meinem vorigen Job rausgeschmissen worden. Dort fanden sie, ich sei zu streitsüchtig. Ein … Kunde hatte sich über mich beschwert, und der Chef geriet in Panik.«
Joachim lachte, streichelte ihre Schulter und ließ die Hand dann auf ihrer Brust liegen.
»Was hast du gearbeitet?«
Sie schluckte und kämpfte gegen den Reflex an, sich zurückzuziehen.
»Im Supermarkt«, sagte sie. »In der Metzgerei bei Vivo am Fridhemsplan. Den ganzen Tag Wurst schneiden, das macht wirklich keinen Spaß.«
Er lachte laut und zog die Hand zurück.
»Kein Wunder, dass du aufgehört hast«, meinte er. »Mit wem hast du gearbeitet?«
Ihr blieb das Herz stehen. Kannte er womöglich jemanden dort?
»Wieso?«, fragte sie und lächelte. »Haben Sie Bekannte in der Wurstbranche?«
Er lachte laut los.
»Ich glaube, du solltest mal über die Bühne nachdenken«, meinte er, als er sich wieder beruhigt hatte, und kam einen Schritt näher. »Du würdest dich im Scheinwerferlicht großartig machen. Hast du noch nie davon geträumt, ein Star zu sein?«
Er fuhr ihr mit beiden Händen ins Haar, umfasste ihren Nacken. Zu ihrem Entsetzen verspürte sie ein heftiges Kribbeln im Unterleib.

»Ein Star, so wie Josefine?«
Die Frage platzte aus ihr heraus. Er reagierte, als hätte man ihn geschlagen, ließ sie los und trat einen Schritt zurück.
»Was soll das? Was weißt du von ihr?«
Himmel nochmal, bin ich blöd, dachte sie und verfluchte ihre große Klappe.
»Sie hat doch hier gearbeitet, oder?«, fragte sie und konnte ein Zittern nicht unterdrücken.
Joachim wich noch weiter zurück.
»Kanntest du sie oder was?«
Annika lächelte nervös.
»Nein, ganz und gar nicht, ich habe sie nie kennen gelernt. Aber Patricia hat erzählt, dass sie hier gearbeitet hat …«
Er ging wieder zu ihr und kam ihr mit dem Gesicht ganz nah.
»Es ist für Josefine ziemlich übel ausgegangen«, presste er hervor. »Wir haben hier mächtige Kunden, weißt du. Sie meinte, sie könne ihnen Geld abluchsen. Hüte dich davor. Versuche nie, jemanden über den Tisch zu ziehen, weder die Kunden noch mich.«
Joachim machte kehrt und ging die Wendeltreppe hinauf.
Annika hielt sich an der Roulettescheibe fest, ihr war schwindelig.

Neunzehn Jahre, sieben Monate und fünfzehn Tage

Ich werde von dem Willen getrieben zu verstehen. Ich erkenne, dass ich nach Erklärungen und Zusammenhängen suche, wo es vielleicht keine gibt. Was weiß ich überhaupt von den Bedingungen der Liebe?

Im Grunde ist er nicht böse. Nur gefährdet, klein und empfindlich, von seiner Kindheit geprägt. Es gibt keinen Grund, anzunehmen, dass seine Machtlosigkeit sich immer gleich äußern wird. Wenn er reifer wird, wird er aufhören zu schlagen. Mein eigenes armseliges Misstrauen rammt mir Pfähle der Scham in den Magen: Ich habe ihn viel zu leichtfertig verurteilt. Meine eigene Entwicklung halte ich für selbstverständlich, seine ignoriere ich völlig.

Und dennoch hat sich die Kälte schon tief in meiner Brust eingenistet.

Denn er sagt,
dass er mich niemals
gehen lässt.

SAMSTAG, 8. SEPTEMBER

Es war ein seltsames Gefühl, wieder den Fahrstuhl nach oben zu nehmen. Sie erinnerte sich noch, wie sie voriges Mal geglaubt hatte, es wäre das letzte Mal.

Nichts währt ewig, dachte sie bei sich. Alles bewegt sich in Zirkeln. In der Redaktion war es hell, still und wie immer am Wochenende leer, genau wie sie es gern hatte. Ingvar Johansson saß mit dem Rücken zu ihr und telefonierte, er bemerkte sie nicht.

Anders Schyman hockte in seinem Aquarium am Schreibtisch.

»Kommen Sie herein«, forderte er sie auf und zeigte auf ein dunkelrotes Ledersofa, mit dem er das Stinkobjekt ersetzt hatte.

Annika schob die Tür hinter sich zu und schaute durch die müden Gardinen in die Redaktion hinaus. Es war seltsam, dass alles aussah wie früher, gerade so, als hätte es sie nie gegeben.

»Sie sehen erholt aus«, bemerkte er.

Blödes Gerede, dachte Annika.

»Ich glaube nicht, dass ich damals so furchtbar müde war«, erwiderte sie und setzte sich auf das Sofa. Die Füllung war hart, das Leder kalt.

»Wie war Kaukasien?«, erkundigte er sich.

Sie begriff nicht, kniff die Lippen zusammen.

»Sie wollten doch dahin«, half ihr Schyman.

»Es gab keine Flüge mehr«, behauptete Annika. »Ich war stattdessen in der Türkei.«

Der Ressortchef lächelte.

»Welch ein Glück«, meinte er. »Dort unten braut sich ein Krieg zusammen. Die Armee scheint mobilzumachen.«

Annika nickte.

»Die Regierung hat endlich Zugang zu Waffen bekommen.«
Sie saßen eine Weile schweigend da.
»Was haben Sie am Laufen?«, fragte Schyman.
Annika holte Luft.
»Ich habe es noch nicht geschrieben«, sagte sie, »ich habe keinen Computer. Ich dachte, ich trage es Ihnen mal vor und Sie sagen mir, was Sie davon halten.«
»Schießen Sie los«, sagte der Ressortleiter.
Annika holte ihre Fotokopien aus der Tasche.
»Es geht um den Mord an Josefine Liljeberg und den verdächtigen Minister«, erklärte sie.
Anders Schyman wartete, ohne etwas zu sagen.
»Der Minister ist unschuldig«, begann sie. »Für die Polizei ist der Fall aufgeklärt. Es war der Freund des Mädchens, Joachim, der Besitzer des Pornoklubs. Sie können ihn allerdings nicht festnehmen, da er sechs Zeugen hat, die ihm ein Alibi verschaffen. Die kann man nicht alle verklagen und wegen Meineid verurteilen, doch die Polizei ist überzeugt, dass sie lügen.«
Annika schwieg und blätterte in ihren Papieren.
»Das heißt, dass niemand für den Mord verurteilt werden wird?«, fragte Schyman vorsichtig.
»Genau«, bestätigte Annika. »Er wird so lange als ungelöst gelten, bis einer von den Alibileuten anfängt zu reden. Und in fünfundzwanzig Jahren ist alles verjährt.«
Sie stand auf und legte zwei Rechnungen auf den Tisch des Ressortchefs.
»Sehen Sie«, erklärte sie. »Das hier ist die Rechnung aus dem Studio 6 von der Nacht zwischen dem 27. und 28. Juli dieses Jahres. Sieben Personen haben sich Unterhaltung und Erfrischungen im Wert von 55 600 Kronen gekauft. Die Rechnung ist von Josefine gebongt, das erkennt man an dem Code hier, und wurde mit einer Diners-Club-Karte bezahlt, die auf Christer Lundgren ausgestellt ist. Schauen Sie sich die Unterschrift an.«
Anders Schyman nahm die Kopie in die Hand und betrachtete sie.
»Man kann sie nicht lesen«, sagte er.
»Eben«, meinte Annika. »Sehen Sie sich jetzt diese Rechnung an.«

Sie hielt ihm die Reisekostenabrechnung aus Tallinn entgegen.
»Christer Lundgren«, las Schyman und sah Annika an. »Die Unterschriften stammen von zwei verschiedenen Personen!«
Annika nickte.
»Der Außenhandelsminister war niemals in diesem Pornoklub«, erklärte sie. »Ich glaube, dass die Rechnung aus dem Studio 6 von seinem Staatssekretär unterschrieben wurde.«
Anders Schyman nahm die erste Rechnung und hielt sie sich dicht vor die Brille.
»Ja«, sagte er. »Das könnte hinhauen.«
»Christer Lundgren war in jener Nacht in Tallinn«, fuhr Annika fort. »Er flog mit Estonian Air um acht Uhr am Abend des 27. Juli, das kann man dieser Rechnung entnehmen. Dort traf er sich mit einer Person oder Gruppe und flog noch am Morgen mit einem Privatflugzeug zurück.«
Der Ressortchef griff nach dem anderen Papier.
»Nicht zu glauben«, sagte er fassungslos. »Was hat er denn da gemacht?«
Annika holte rasch Luft.
»Das Treffen war geheim«, sagte sie. »Es hatte etwas mit Waffenexporten zu tun. Er wollte die Rechnung nicht in seinem eigenen Ministerium einreichen, denn dort hätte man sie möglicherweise gefunden. Er schickte sie ins Amt für Strategische Produkte.«
Anders Schyman sah sie an.
»Zu der Behörde, die die schwedischen Waffenexporte kontrolliert?«
Annika nickte.
»Sind Sie sicher?«
Sie wies schweigend auf den Stempel.
»Meine Güte«, sagte der Ressortchef. »Warum das denn?«
»Ich kann mir nur vorstellen«, sagte Annika, »dass mit dem Export etwas nicht in Ordnung war.«
Anders Schyman bekam eine Falte zwischen den Augenbrauen.
»Das klingt seltsam«, meinte er. »Warum sollte sich die Regierung auf zweifelhafte Waffengeschäfte einlassen?«
Annika richtete sich auf und schluckte.

»Ich glaube, sie hatte keine andere Wahl«, sagte sie leise.
Schyman lehnte sich in seinem Bürostuhl zurück.
»Jetzt fängt es an, diffus zu werden«, befand er.
»Ich weiß«, beharrte Annika, »aber die Fakten haben Bestand. Christer Lundgren reiste in jener Nacht nach Tallinn und tat etwas, das so anfechtbar war, dass er sich lieber des Mordes verdächtigen ließ und zurücktrat, als die Wahrheit zu sagen. So ist es. Das sind Tatsachen. Und was könnte schlimmer sein, als unter Mordverdacht zu stehen?«
Sie war aufgestanden und gestikulierte. Anders Schyman beobachtete sie interessiert.
»Ich kann mich des Eindrucks nicht erwehren, als hätten Sie eine Theorie«, sagte er leicht amüsiert.
»IB«, antwortete Annika. »Die verschwundenen Archive, Originalvorgänge und Dokumente, die die Sozialdemokraten auf absehbare Zeit ins Abseits reiten würden.«
Schyman lehnte sich über den Tisch vor.
»Die sind doch vernichtet.«
»Glaube ich nicht«, entgegnete Annika. »Eine Kopie aus dem Außenministerium landete am 17. Juli dieses Jahres beim Generalstab der Armee. Sie kam aus dem Ausland, über Diplomatenpost. Das war eine Warnung an die Regierung: Tut, was wir sagen, sonst kommt der Rest auch noch, und zwar im Original.«
»Aber«, gab Schyman zu bedenken, »wie kann das denn vor sich gegangen sein?«
Annika setzte sich auf den Schreibtisch.
»Die Sozis haben die ganze Nachkriegszeit genutzt, um Kommunisten auszuspionieren, haben alles, was sie über sie bekommen konnten, gesammelt. Glauben Sie, dass die Jungs da drüben dasaßen und Däumchen drehten?«
Sie zeigte über die Schulter in Richtung auf die russische Botschaft.
»Wohl kaum«, fuhr sie fort. »Die wussten natürlich, was die Schweden da trieben.«
Sie stand auf, nahm ihre Tasche und zog den Block heraus.
»Im Frühjahr 1973 wussten Elmér und seine Leute, dass Guillou

und Bratt ihnen auf der Spur waren«, erzählte sie. »Bei den Sozialdemokraten brach Panik aus. Natürlich wussten die Russen das. Ihnen wurde klar, dass die Schweden versuchen würden, die Spuren zu verwischen. Und, was taten sie?«

Sie hielt ihre Abschriften der Notizen aus der *Morgenzeitung* vom 2. April 1973 hoch.

»Die Russen haben die Archive gestohlen«, sagte sie. »Der verantwortliche Chef des KGB in der Stockholmer Botschaft sorgte dafür, dass sie außer Landes gebracht wurden, vermutlich in großen Postsäcken.«

Schyman nahm den Block und las schweigend.

»Und wer war KGB-Chef in Stockholm zu Beginn der siebziger Jahre? Der Mann, der heute Präsident eines schwer geplagten Landes in Kaukasien ist. Er spricht sogar Schwedisch. Dieser Präsident hat ein riesiges Problem: Er besitzt keine Waffen, um die Guerilla zu bekämpfen, und die Staatengemeinschaft hat entschieden, dass niemand ihm welche verkaufen darf.«

Der Ressortchef drehte die Rechnungen in der Hand.

Annika setzte sich auf das Sofa und zog ihren Schluss.

»Was macht also der Präsident? Nun, er holt die alten Papiere aus der Grevgatan 24 und dem Valhallavägen 56 aus der Schublade. Wenn die schwedische Regierung ihn nicht mit Waffen versorgt, wird er dafür sorgen, dass sie in kurzer Zeit die Macht verliert. Zuerst weigert sich die Regierung. Sie glaubt vielleicht nicht, dass er tatsächlich Akten in seinem Besitz hat, und deshalb wird eine Warnung an den Generalstab geschickt. Kopien aus dem Außenministerium, nicht genug, um die Regierung zu Fall zu bringen, aber genug, um den Sozialdemokraten mitten im Wahlkampf eine IB-Diskussion auf den Hals zu hetzen. Also beschließt der Ministerpräsident, seinen Minister zu einem Treffen mit den Vertretern des Präsidenten zu schicken. Sie treffen sich auf halbem Wege, in Estland. Die Lieferung wird vereinbart, die Waffen umgehend über ein Drittland, vermutlich Singapur, geliefert. Die Armee macht mobil.«

Annika strich sich mit der Hand über die Stirn.

»Alles geht nach Plan«, fuhr sie fort. »Es gibt nur einen Haken. In der Nacht, in der das Treffen in Tallinn stattfindet, wird ein junges

Mädchen vor der Tür des Ministers ermordet. Durch höchst unglückliche Umstände kommt heraus, dass der Staatssekretär des Außenhandelsministers eine Gruppe deutscher Gewerkschaftsvertreter in den Pornoklub eingeladen hat, wo das Mädchen arbeitete, und dass er die Rechnung mit der Karte des Ministers bezahlt hat. Nun sitzt der Minister in der Scheiße. Er kann nichts tun. Er kann nicht sagen, wo er war oder was er gemacht hat ...«

Die Stille im Glaskäfig war greifbar. Annika sah, dass Anders Schymans Gehirn auf Hochtouren arbeitete. Er nahm den Block und die Kopien, machte sich eine Notiz, raufte sich die Haare.

»Das gibt's doch nicht«, sagte er. »Das ist doch das Letzte ... Was sagt er selbst?«

Annika schluckte in einem verzweifelten Versuch, ihre Kehle zu befeuchten. Es half nichts.

»Ich habe lediglich mit seiner Frau, Anna-Lena, gesprochen. Christer Lundgren weigert sich, ans Telefon zu kommen. Dann versuchte ich, über seine Pressesprecherin Karina Björnlund an ihn heranzukommen. Ich habe ihr geschildert, was sich meiner Meinung nach zugetragen hat. Sie sagte, sie werde versuchen, eine Stellungnahme zu erwirken, aber sie hat nie zurückgerufen ...«

Sie saßen eine Weile lang schweigend da, dann räusperte sich der Ressortchef.

»Wem haben Sie davon erzählt?«, fragte er.

»Niemandem«, sagte Annika rasch. »Nur Ihnen.«

»Und Karina Björnlund. Sonst noch jemandem?«

Annika schloss die Augen und dachte nach.

»Nein«, erklärte sie. »Nur Ihnen und Karina Björnlund.«

Sie spürte, wie sich ihre Muskeln anspannten, jetzt kamen die Gegenargumente.

»Das ist alles unglaublich interessant«, sagte Anders Schyman, »aber man kann es nicht veröffentlichen.«

»Warum nicht?«, fragte Annika rasch.

»Zu viele lose Enden«, antwortete Schyman. »Ihre Schlüsse sind logisch und sogar glaubwürdig, aber man kann nichts beweisen.«

»Aber ich habe doch die Kopien der Rechnungen!«, beharrte Annika.

»Ja, natürlich, aber das genügt nicht. Und das wissen Sie auch.«
Annika antwortete nicht.
»Dass der Minister in Tallinn war, ist neu, aber das gibt ihm noch kein Alibi für den Mord. Er war um fünf Uhr morgens zu Hause, als das Mädchen ermordet wurde. Sie erinnern sich doch an die Nachbarin, die ihn an der Tür getroffen hat.«
Annika nickte, Schyman fuhr fort.
»Christer Lundgren ist zurückgetreten, und man tritt ...«
»... keinen, der am Boden liegt, ich weiß«, sagte Annika. »Aber man kann Fakten veröffentlichen, die Einbrüche an den Adressen, wo sich die Archive befanden, die Reisekostenabrechnungen, die Rechnung aus dem Pornoklub ...«
Der Ressortchef hob die Schultern.
»Wozu? Um zu zeigen, wie die Regierung Waffen schmuggelt? Stellen Sie sich das Gerichtsverfahren zum Thema Pressefreiheit vor, das dann folgen würde.«
Annika starrte auf den Fußboden.
»Die Story ist tot, Annika«, konstatierte Anders Schyman.
»Vielleicht die Rechnung von der Reise nach Tallinn?«, fragte sie leise. »Ist das nichts?«
»Vielleicht«, meinte Schyman, »wenn die Umstände anders lägen. Unglücklicherweise hat der Chefredakteur eine Allergie gegen die Geschichte entwickelt. Er fängt schon an, um sich zu schlagen, sowie man den Mord oder den Minister nur erwähnt. Und dass ein Minister zu einem Treffen in ein Nachbarland gereist ist, ist wohl kaum ein derart kontroverses Thema, dass ich dafür meinen Job aufs Spiel setzen werde. Wir wissen nicht, wen er traf und zu welchem Zweck. Ein Außenhandelsminister ist wahrscheinlich an dreihundert Tagen des Jahres auf Reisen.«
»Warum hat er die Rechnung beim Amt für Strategische Produkte eingereicht?«, fragte Annika.
»Das ist verdammt seltsam, aber allein kaum einen Artikel wert. Die Behörden reichen jeden Tag Hunderte von Rechnungen zur Bezahlung ein, und die hier ist nicht einmal anfechtbar. Es ist nichts Besonderes, dass ein Minister, in dessen Verantwortungsbereich der Außenhandel fällt, ins Ausland reist.«

Annika spürte, wie sich ihre Brust zusammenschnürte. In ihrem tiefsten Inneren wusste sie, dass Anders Schyman Recht hatte. Jetzt wollte sie nur noch sterben, in den Boden versinken und verschwinden.
Der Ressortchef stand auf und blickte über die Redaktion.
»Wir könnten Sie hier brauchen«, sagte er.
Annika sah ihn erstaunt an.
»Wie bitte?«, fragte sie.
»Wir könnten jemanden von Ihrem Kaliber in der Kriminalredaktion gebrauchen. Momentan sind da nur drei Leute, Berit Hamrin, Nils Langeby und Eva-Britt Qvist. Berit könnte gut jemanden mit etwas Kompetenz an ihrer Seite gebrauchen.«
»Ich habe die anderen beiden nie kennen gelernt«, meinte Annika leise.
Schyman wandte sich ihr zu.
»Was machen Sie denn jetzt? Haben Sie sich einen anderen Job gesucht?«
Sie schüttelte den Kopf.
Der Ressortchef setzte sich neben sie aufs Sofa.
»Es tut mir aufrichtig Leid, dass wir Ihre Informationen nicht veröffentlichen können«, sagte er. »Sie haben eine großartige Recherchearbeit geleistet, aber die Geschichte ist einfach zu unglaublich, als dass man sie verwenden könnte.«
Annika antwortete nicht, sah auf ihre Hände hinunter. Sie waren kalt und feucht. Schyman sah sie eine Weile schweigend an.
»Das Schlimmste ist, dass Sie wahrscheinlich richtig liegen«, meinte er.
»Ich habe noch eine andere Sache«, sagte Annika. »Ich kann sie nicht selbst schreiben, aber Sie können sie Berit geben.«
Sie nahm ihre Tasche und zog die Kopie der Rechnung des Fernsehmoderators heraus. Es war bereits die zweite Kopie, die sie im Postamt gemacht hatte.
»Er hat zwei Mädchen gemietet und verbrachte fast eine Stunde in einem Separee. Auf dem Weg hinaus kaufte er drei Filme mit Tieren. Das ist alles hier aufgelistet, er hat mit der Kreditkarte des Schwedischen Fernsehens bezahlt.«

Schyman ließ einen Pfiff hören.
»Nicht zu glauben«, sagte er. »Hier haben wir eine einfache und glasklare Headline: Fernsehstar zahlt Bordell mit Rundfunkgebühren.«
Annika lächelte müde.
»Schön, wenn man wenigstens etwas helfen kann«, sagte sie in ironischem Ton.
»Warum schreiben Sie es nicht selbst?«, fragte Schyman.
»Das tut nichts zur Sache«, erwiderte Annika.
»Aber Sie sollten etwas dafür bekommen, was können wir für Sie tun?«
Annika ließ den Blick über die leere Redaktion schweifen, die von der schräg einfallenden Herbstsonne überflutet wurde.
»Einen Job«, flüsterte sie.
Schyman ging zu seinem Schreibtisch und blätterte in einem Ordner.
»Textredakteurin in Janssons Nachtschicht ab November«, sagte er, »eine Mutterschaftsvertretung, wie klingt das?«
Annika blinzelte eine Träne fort, ohne dass ihr Gegenüber es merkte.
»Absolut in Ordnung, ist gebongt«, erwiderte sie.
»Das ist ein Halbjahresvertrag, es muss also darüber verhandelt werden«, erklärte der Ressortchef. »Die Arbeitszeiten sind der Horror, Sie fangen um zweiundzwanzig Uhr an und arbeiten bis sechs Uhr, vier Nächte da, vier frei. Sie müssen das offizielle Angebot noch abwarten, aber diesmal lasse ich mich nicht über den Tisch ziehen. Diese Vertretung gehört Ihnen. Sollen wir so sagen?«
Er stand auf und streckte ihr die Hand entgegen. Sie erhob sich, nahm sie und genierte sich etwas wegen ihrer feuchtkalten Hände.
»Schön, dass Sie wieder zurück sind«, sagte Schyman und lächelte.
»Da ist nur noch eine Sache«, sagte Annika. »Erinnern Sie sich, dass die Leute in Studio 6 gesagt haben, sie hätten die Rechnung aus dem Pornoklub im Außenministerium gefunden?«
Schyman kniff die Augen zusammen, dachte nach und schüttelte dann den Kopf.
»Ich erinnere mich nicht.«

»Ich bin mir ganz sicher«, beteuerte Annika. »Aber die Rechnung war da gar nicht, sondern im Wirtschaftsministerium. Was würden Sie sagen, was das heißt?«
Schyman sah sie prüfend an.
»Wahrscheinlich dasselbe, was Sie denken«, meinte er. »Sie haben die Rechnung nicht selbst gefunden.«
Annika lächelte verhalten.
»Genau.«
»Irgendein Lobbyist hat sie ihnen zukommen lassen«, konstatierte Schyman. »Man hat das Studio benutzt, um ein Gerücht zu streuen.«
»Ironische Wendung, nicht wahr?«, sagte Annika und verließ den Käfig.

Der Regen hing irgendwo direkt über den Baumkronen, es ging ein kalter Wind. Sie schlug den Kragen hoch und ging zum Fridhemsplan hinunter. Sie empfand eine innere Ruhe, sie durfte dabei sein. Die Textredaktion war nicht gerade das Gelbe vom Ei, aber es kam ihr trotzdem vor wie der Hauptgewinn. Sie würde am Ende des Nachrichtendesks sitzen und die Artikel der anderen Reporter durchgehen, Schreib- und Grammatikfehler berichtigen, wenn erforderlich, kürzen, einen Satz dazuschreiben, der fehlte. Sie würde Bildunterschriften verfassen und kleine Schaubilder, Vorschläge für Headlines machen und unklare Einleitungstexte umschreiben. Sie hegte keinerlei Illusionen, warum Schyman ihr diesen Job hatte anbieten können. Keiner bei der Zeitung wollte ihn haben, und sie mussten jemanden von außen dafür holen. Obwohl die Arbeit für das fertige Produkt wichtig war, wurde sie als minderwertig angesehen. Kein Bildeinschlag, kein Glanz, keine Chance, nach der Arbeit ins In-Café zu gehen und dort anzugeben – kurz, überhaupt keine Vorteile.
Die haben eben alle noch nie in einem Bordell am Roulettetisch gestanden, dachte Annika.
Der Wind frischte auf, als sie auf die Västerbro kam. Sie ging langsam, sog die Luft in die Lungen und hielt sie dort fest. Sie schloss die Augen gegen die Feuchtigkeit und ließ die Haare flattern.

November, dachte sie. Noch zwei Monate bis dahin. Freiheit, zu denken und Energie zu tanken. Die Wohnung in Hälleforsnäs auszuräumen, die Ritzen in den Fenstern in der Hantverkargatan abzudichten. Ins Moderna Museet zu gehen, sich die Musicals im Oscars anzuschauen. Großmutter zu besuchen, mit Whiskas zu schmusen.

Plötzlich vermisste sie ihren Kater. In der Stadt konnte sie ihn nicht halten, er würde bei Großmutter bleiben.

Sie musste mit Sven Schluss machen.

Da war er. Da war der Gedanke, den sie den ganzen Sommer lang weggeschoben hatte. Sie schauderte im Wind, zog die Jacke fester um sich. Der Sommer war definitiv vorbei, es war an der Zeit, die Herbstgarderobe hervorzuholen.

Sie ging den Drottningholmsvägen entlang und trat nach den feuchten Blättern, die sich schon auf dem Bürgersteig angesammelt hatten. Erst als sie im Park war, sah sie zum Grün hinauf.

Die Vegetation hockte auf dem Kronoberg wie eine saugende, verrottende Masse.

Sie ging langsam zum Friedhof hinauf, die Feuchtigkeit ließ den Zaun glänzen. Die Luft stand still, der Wind schaffte es nicht bis in Bodennähe. Die Geräusche der Stadt wurden gedämpft und entfernten sich, wurden von dem sterbenden Grün absorbiert.

Annika blieb am Eingang stehen, legte die Hand auf das Vorhängeschloss, schloss die Augen. Mit einem Mal konnte sie wieder die glühende Hitze des Sommers spüren, den Schwindel an dem Tag, als Josefine bei den Gräbern gelegen hatte, das Spiel der Sonne über dem Granit, die Vibrationen von der U-Bahn darunter.

So sinnlos, dachte sie. Warum hat Josefine Liljeberg gelebt? Warum wurde sie geboren, warum hat sie lesen gelernt, rechnen, schreiben, warum hat sie sich Gedanken über Veränderungen an ihrem schönen Körper gemacht? Zu welchem Nutzen, nur um zu sterben?

Es muss einen Sinn geben, dachte Annika. Es muss hinter allem ein Ziel geben. Wie sollen wir sonst weitermachen?

»Ja, hallo, was machen Sie denn hier?«

Annika stöhnte innerlich auf.

»Hallo, Daniella«, sagte sie. »Wie geht es Ihnen?«
»Gut, gut«, zwitscherte Daniella Hermansson. »Wir waren im Park, aber es wurde dann doch etwas kalt. Schätzchen hat einen Kindergartenplatz bekommen, wir fangen am Montag mit dem Eingewöhnen an. Das ist ein etwas seltsames Gefühl, das finden wir beide, Schätzchen und ich, nicht wahr, Schätzchen?«
Das Kind saß im Wagen und guckte böse.
»Wollen Sie nicht auf einen Kaffee raufkommen? Schätzchen muss ein wenig schlafen, und wir können etwas plaudern.«
Annika erinnerte sich mit Schrecken an Daniellas dünnen Kaffee.
»Heute nicht«, sagte sie und lächelte. »Ich bin auf dem Weg nach Hause.«
Daniella sah sich schnell um und kam vertraulich näher.
»Sagen Sie mal, Sie sind doch von der Presse«, sagte sie mit betontem Flüstern. »Haben sie den Kerl jemals gekriegt?«
»Der Josefine getötet hat? Nein, das haben sie nicht. Wenigstens nicht wegen des Mordes.«
Daniella seufzte.
»Das ist übel, dass der jetzt frei herumlaufen darf.«
»Die Polizei weiß, wer es ist«, erzählte Annika. »Sie werden ihn auf jeden Fall hochnehmen, wegen etwas anderem. Er wird ins Gefängnis kommen.«
Daniella Hermansson atmete auf.
»Gott, das ist schön zu wissen. Ja, also, dass es Christer sein sollte, das haben wir nie geglaubt.«
»Auch Ihre Nachbarin nicht, die Frau mit dem Hund?«
Daniella kicherte ein wenig, ein nervöses und unnatürliches Lachen.
»Also«, fing sie an, »erzählen Sie das bloß niemandem, aber Elna hat die Leiche schon um fünf Uhr morgens gefunden.«
Annika erstarrte und musste sich zwingen, ganz unbefangen auszusehen.
»Ach, ehrlich?«, fragte sie. »Wie denn das?«
»Der Hund von der Frau, haben Sie den gesehen, Jesper? Total goldig. Wie auch immer, der Hund ist reingelaufen und hat das Mädchen gebissen, Tante Elna war total verzweifelt. Sie hat sich nicht

getraut, die Polizei anzurufen, denn sie dachte, die würden Jesper ins Gefängnis bringen. Haben Sie so was Dämliches schon mal gehört?«

Daniella lachte gurrend, Annika schluckte.

»Nein«, erwiderte sie, »wirklich nicht.«

Schätzchen gab im Wagen einen lauten Brüller von sich, er war seine redselige Mutter leid.

»Jaja, mein Kleiner, wir gehen jetzt nach Hause, und dann kriegst du eine Banane, die magst du doch, mein Schmusebär, oder?«

Die Frau wippte die Kronobergsgatan hinunter bis zu ihrer Haustür. Annika sah ihr lange nach.

Es gibt für alles eine Erklärung, dachte sie.

Langsam ging sie in die andere Richtung, auf die Feuerwache zu. Sobald sie um die Ecke kam, sah sie die Streifenwagen, sie blockierten die ganze Hantverkargatan. Sie blieb stehen.

Sie sind früh dran, dachte sie. Hoffentlich finden sie die Bücher.

Sie nahm einen anderen Weg nach Hause.

Neunzehn Jahre, elf Monate und ein Tag

Das Raue an nackter Haut, die Luft schwer von Staub, der Sauerstoff verbraucht – mein Lebensraum ist auf die Größe eines Sarges zusammengeschrumpft. Der Deckel drückt mir auf den Kopf. Knie und Ellenbogen werden aufgerissen.

Tiefes Loch, dunkles Grab, Erdgeruch.
Panik.

Er sagt, ich hätte alles falsch verstanden. Ich hätte die Proportionen total verdreht. Es ist nicht das Leben, das zu klein ist, ich bin zu groß.

Seine Liebe ist unendlich. Er liebt mich trotz allem. Keiner kann mir das geben, was er mir gibt. Er hat nur eine Bedingung.

Er sagt,
dass er mich niemals
gehen lässt.

SONNTAG, 9. SEPTEMBER

Der Entschluss reifte über Nacht. Sie würde Schluss machen. Es gab ein anderes Leben, sie hatte endlich einen Weg herausgefunden. Die Situation erfüllte sie mit Wehmut und Trauer. So lange waren sie und Sven zusammen gewesen. Sie hatte noch nie mit einem anderen Mann geschlafen. Unter der Dusche weinte sie ein wenig.

Es hatte aufgehört zu regnen, die Sonne war bleich und kalt. Sie machte Kaffee und rief beim Bahnhof an, in einer Stunde und zehn Minuten würde der nächste Zug nach Flen gehen.

Sie öffnete das Fenster im Wohnzimmer, setzte sich auf das Sofa und beobachtete die langsame Atmung der Gardinen. Sie würde hier bleiben dürfen. Sie würde ihr eigenes Leben leben dürfen.

Annika war aufgestanden, hatte die Jacke angezogen und war auf dem Weg nach draußen, als sie auf der anderen Seite der Tür Schlüssel klappern hörte. Sie erschrak, entspannte sich aber wieder, als sie sah, dass es Patricia war, die hereinkam.

»Hallo«, sagte Annika, »wo warst du?«

Patricia schloss die Tür behutsam hinter sich, blieb einen Moment lang mit der Klinke in der Hand stehen und sah dann auf.

»Wie konntest du nur?«, fragte sie gepresst.

Ihr Gesicht war erhitzt, die Augen rot geweint. Annika erschrak furchtbar, begriff aber sofort, was geschehen war.

»Du warst im Klub«, sagte sie. »Sie haben dich bei der Razzia erwischt!«

»Du hast mich verraten, du hast den Klub ruiniert, wie konntest du nur?«

Patricia kam mit zusammengekniffenen Lippen und Händen wie

Klauen auf sie zu, und Annika blieb stehen und versuchte, Ruhe zu bewahren.

»Ich habe keinen Klub ruiniert«, wandte sie ein.

Patricia trat einen Schritt vor, stieß sie an und schleuderte die Wohnungsschlüssel auf den Boden, so dass Annika unfreiwillig ein paar Schritte zurückwich.

»Ich habe das getan, um dir zu helfen«, schrie Patricia. »Du brauchtest Geld, ich habe dir einen Job besorgt. Warum hast du mir das angetan?«

Annika hielt schützend die Hände hoch, während sie ins Wohnzimmer zurückwich.

»Liebe Patricia, ich wollte dir nichts Böses, das muss dir doch klar sein, oder? Ich will nur das Beste für dich! Ich will dir helfen, ich will, dass du diesen Klub loswirst, die Erniedrigung ...«

»Begreifst du denn nicht, was passieren wird?«, kreischte Patricia. »Er wird alles auf mich schieben! Er hat mit allen anderen Mädchen gebumst, alle gehörten sie ihm! Ich gehörte Josefine, mir ist er zu nichts verpflichtet. Er wird mich in die Scheiße ziehen! Verdammt!«

Sie fing hemmungslos an zu weinen. Annika packte sie an den Schultern und schüttelte sie.

»Aber das stimmt doch nicht!«, sagte sie. »Die anderen Mädchen werden die Wahrheit sagen. Geh zur Polizei und sage, wie es gewesen ist, sie werden dir glauben.«

Patricia warf den Kopf in den Nacken und lachte laut und gellend. »Du bist so naiv, Annika«, sagte sie, und die Tränen liefen ihr die Wangen herab. »Du glaubst immer, dass die Wahrheit am Ende siegen wird. Werd mal erwachsen, du Kindskopf. Das ist nämlich nie so.«

Sie riss sich los und rannte ins Mädchenzimmer, warf ihre Sachen in die Sporttasche und schleifte die Matratze hinter sich her. Sie verkantete sich in der Tür, und Patricia zerrte und fluchte.

»Du musst nicht ausziehen«, sagte Annika.

Die Matratze kam los, und Patricia fiel fast hin. Sie zitterte vor Schluchzen, zog das Schaumgummi hinter sich her.

»Ich werde hier wohnen bleiben«, erklärte Annika. »Ich habe wie-

der einen Job beim *Abendblatt* bekommen. Du kannst hier wohnen, so lange du willst.«
Patricia hatte es bis zur Eingangstür geschafft, jetzt hielt sie inne.
»Was sagst du da?«, fragte sie. »Du hast einen Job bekommen?«
Annika lächelte nervös.
»Ich habe eine Menge Recherche betrieben und bin damit zum Ressortchef, und er hat mich wieder eingestellt.«
Patricia ließ die Matratze auf den Boden fallen, machte kehrt und ging zu Annika zurück. Ihre schwarzen Augen brannten wie Feuer.
»Pfui, schäm dich«, zischte sie. »Pfui, du hast deine Freunde reingerissen.«
Annika versuchte zu erklären.
»Aber das hatte nichts mit dir zu tun und auch nicht mit dem Klub …«
»Und bei der Polizei hast du auch gequatscht, du mieses Luder! Wie konnten die sonst wissen, dass die Bücher gerade jetzt dort waren? Du hast mich geopfert, deine Freundin, für einen verdammten Job!« Patricia verlor die Beherrschung und schrie es laut heraus.
»Pfui, was für ein widerlicher Haufen Scheiße du doch bist! Pfui, schäm dich!«
Annika wich zurück, sie hörte ihre eigenen Worte im Kopf dröhnen, großer Gott, Patricia hatte Recht, was habe ich getan, was habe ich nur getan?
Die andere Frau lief zu ihrer Matratze zurück, schleifte sie hinter sich her und verließ die Wohnung, ohne die Tür zu schließen. Annika eilte zum Fenster und sah Patricia über den Hinterhof rennen und die Matratze durch den Kies hinter sich herzerren. Sie drückte die Stirn an das kühle Glas. Langsam ging sie zum Mädchenzimmer zurück. Auf dem Fußboden lag ein umgefallener Becher, an der Wand hing noch Josefines rosa Kleid. Die Tränen stiegen in ihr hoch.
»Entschuldige«, wisperte sie. »Das wollte ich nicht.«

Sie war den ganzen Weg nach Flen wie betäubt. Sie sah die sörmländischen Bauernhöfe vorbeifliegen, sie konnte nichts fühlen oder essen. Das Rattern des Zuges wurde in ihrem Kopf zu Beschwörungen, Studio 6, ihr Fehler, Patri-ci-a, ihr Fehler, Be-trug, ihr Fehler, ihr Fehler, ihr Fehler …

Sie hielt sich die Hände vor die Ohren und schloss die Augen.

Der Bus wartete an der Haltestelle gegenüber vom Bahnhof, immerhin etwas. Wenige Minuten später fuhr er in Richtung Hälleforsnäs los, an Mellösa vorbei und hielt am Baumarkt in Flenmo.

Vielleicht ist es das letzte Mal, dass ich hierher komme, um nach Hause zu fahren, dachte sie.

Vor dem Supermarkt stieg sie wie gewöhnlich aus, blieb stehen und sah dem Bus nach, der an der Imbissbude verschwand. Sie mochte nicht nach Hause gehen, wollte noch nicht in ihre aufgegebene Wohnung. Nach kurzem Zögern besuchte sie ihre Mutter.

Es wäre übertrieben, zu behaupten, dass ihre Mutter sich freute.

»Komm rein«, sagte sie. »Ich habe gerade Kaffee gemacht.«

Annika setzte sich, immer noch in einem Zustand von betäubter Scham, an den Küchentisch.

»Ich habe ein Haus gefunden«, erzählte die Mutter und stellte eine zweite Tasse hin.

Annika tat, als hätte sie es nicht gehört, und sah über das Blechdach der Fabrik hinweg.

»Mit Carport und Pool«, fuhr die Mutter etwas lauter fort. »Mexikanischer Ziegel. Es ist groß, sieben Zimmer. Da ist auch Platz für dich und Sven.«

»Ich will nicht in Eskilstuna wohnen«, sagte Annika, ohne den Blick vom Fenster zu wenden.

»Es liegt in Svista, das ist draußen. Hugelstaborg. Eine feine Gegend. Gute Leute.«

»Was willst du denn mit sieben Zimmern?«

Die Mutter hörte auf zu hantieren, sie war verletzt.

»Ich will einfach nur Platz für euch haben, für dich und Sven und Birgitta. Und für die Enkelkinder natürlich.«

Annika stand auf, die Mutter zwinkerte ihr bedeutungsvoll zu.

»Da wirst du dich voll und ganz auf Birgitta verlassen müssen«, meinte Annika. »Ich werde noch eine ganze Weile keine Kinder haben.«

Sie ging zum Spültisch hinüber, nahm ein Glas aus dem Oberschrank und füllte es mit Wasser aus dem Hahn. Der leicht vorwurfsvolle Blick der Mutter folgte ihr.
»Hat Sven da nicht ein Wörtchen mitzureden?«
Annika fuhr herum.
»Was meinst du damit?«
Die Mutter warf den Kopf in den Nacken.
»Es gibt Leute, die finden, dass du ihn zum Narren hältst. Einfach so nach Stockholm zu ziehen, ohne ihn zu fragen.«
Annika Gesicht wurde bleich vor Zorn.
»Was weißt du schon davon?«, fragte sie.
Die Mutter fummelte mit ihrem Päckchen Zigaretten herum, das Plastik knisterte, und das Feuerzeug klickte ein paar Mal, ehe der Tabak zu glühen anfing. Sie nahm einen tiefen Zug und bekam einen Hustenanfall.
»Du weißt überhaupt nichts über Sven und mich«, konstatierte Annika, während sich die andere freihustete. »Meinst du, dass ich nur seinetwegen diese Chance hätte ausschlagen sollen, oder was? Sollen meine Karriere und meine Existenz von seiner verdammten Zustimmung abhängig sein? Ist das wirklich deine Meinung? Was?«
Die Mutter hatte Tränen in den Augen, als sie wieder Luft holen konnte.
»Ojeoje, ich muss mit diesen Giftstängeln aufhören.«
Sie versuchte zu lächeln, aber Annika erwiderte das Lächeln nicht.
»Natürlich finde ich, dass du einen richtigen Job haben solltest. Du bist ja so begabt. Aber in Stockholm ist das hart, das wissen doch alle. Niemand macht dir einen Vorwurf, weil es schief gegangen ist.«
Annika drehte sich um und füllte das Wasserglas erneut. Die Mutter kam zu ihr und strich ihr unbeholfen über den Arm.
»Annika«, bat sie, »sei mir nicht böse.«
»Ich bin dir nicht böse«, sagte Annika gedämpft, ohne sich umzudrehen.
Die Mutter zweifelte.
»Manchmal kommt es mir aber so vor.«

Annika drehte sich um, und ihre Augen waren müde, als sie ihre Mutter ansah.
»Ich verstehe einfach nicht, warum du meinst, du müsstest in eine schicke Villa in Eskilstuna ziehen. Du hast doch gar nicht das Geld dafür! Und was willst du dann arbeiten? Willst du immer hierher pendeln, um weiterhin im Supermarkt zu sitzen?«
Jetzt war es an ihrer Mutter, sich abzuwenden.
»Es gibt jede Menge Jobs in Eskilstuna«, sagte sie stur. »Ehrliche und zuverlässige Kassiererinnen wachsen nicht auf den Bäumen.«
»Aber warum fängst du nicht damit an? Such dir erst mal einen Job. Es ist einfach das falsche Ende, mit einem teuren Haus anzufangen, das ist doch wohl klar.«
Die Frau nahm einen langen Zug von ihrer Zigarette.
»Du hast keinen Respekt vor mir«, sagte sie.
»Doch, das habe ich!«, beteuerte Annika und warf die Arme in die Luft. »Mein Gott, schließlich bist du meine Mutter! Ich finde einfach, dass du mal wieder auf den Teppich kommen solltest. Wenn du nun unbedingt in einer Villa wohnen willst, warum kaufst du dir dann keine in Hälleforsnäs? Die kosten so gut wie nichts. Oben am Flensvägen habe ich ein Verkaufsschild gesehen. Hast du gefragt, was sie dafür haben wollen?«
»Finnen«, spuckte die Mutter verächtlich aus.
»Nun bist du aber dumm«, gab Annika zurück.
»Du musst gerade reden«, sagte ihre Mutter. »Du willst ja auch nicht hier wohnen, du willst nur nach Stockholm.«
»Ja, aber nicht, weil mit Hälleforsnäs irgendetwas verkehrt ist! Ich liebe die Gegend hier. Aber den Job, den ich haben will, gibt es hier nun mal nicht.«
Die Mutter drückte die Zigarette im Ausguss aus. Ihre Wangen glühten, vor Erregung hatten sich rote Ringe um ihre Augen gebildet. Ihre Stimme zitterte.
»Ich will nicht in diesem Kaff in einer alten Bruchbude leben, begreif das doch! Da bleibe ich lieber in der Wohnung.«
»Ja, dann tu das«, sagte Annika, nahm ihre Tasche und ging hinaus.
Sie holte ihr Fahrrad und ließ sich zu Sven hinunterrollen. Es

hatte keinen Sinn, die Sache noch länger aufzuschieben. Er wohnte in dem alten Depot, das zur Fabrik gehörte, einem Gebäude, das früher einmal stattlich und standesgemäß gewesen war, jetzt aber das schäbige Schlusslicht auf dem Tattarbacken bildete.

Er war zu Hause, saß mit Bier vor dem Fernseher und schaute Fußball.

»Liebling«, sagte er und umarmte sie. »Du hast ja keine Ahnung, wie froh ich bin, dass du wieder zu Hause bist.«

Sie befreite sich vorsichtig aus seiner Umarmung, ihr Herz klopfte, die Knie zitterten.

»Ich bin hergekommen, um zu packen, Sven«, sagte sie mit bebender Stimme.

Er lächelte.

»Ja, ich möchte auch, dass wir zusammenziehen.«

Sie schluckte und rang nach Atem, Tränen stiegen ihr in die Augen.

»Sven«, fing sie wieder an, »ich habe in Stockholm einen Job gefunden. Beim *Abendblatt*, die wollten, dass ich zurückkomme. Ich fange im November an.«

Sie krampfte die Hände um den Griff der Tasche, sie hatte immer noch ihre Straßenschuhe an.

Sven schüttelte den Kopf.

»Aber das geht doch nicht«, meinte er. »Du kannst doch nicht jeden Tag pendeln.«

Sie schloss die Augen und spürte die Tränen.

»Ich werde wegziehen«, sagte sie. »Für immer. Ich habe die Wohnung und meinen Job beim *Katrineholms-Kurier* gekündigt.«

Gleichzeitig begann sie instinktiv, sich zur Tür zurückzuziehen.

»Was sagst du da?«

Sven kam auf sie zu.

»Es tut mir so Leid«, weinte sie. »Ich wollte dich nie verletzen. Ich habe dich wirklich geliebt.«

»Verlässt du mich?«, fragte er gepresst und packte sie an den Oberarmen.

Sie legte den Kopf zurück, und die Tränen liefen ihr übers Gesicht und den Hals hinunter.

»Es muss sein«, sagte sie atemlos. »Du verdienst jemanden, der dich mehr liebt. Ich kann es nicht länger tun.«
Er schüttelte sie, erst langsam, dann immer heftiger.
»Was redest du denn da?«, schrie er. »Meinst du, du machst Schluss? Mit mir?«
Annika weinte, ihr Kopf schlug gegen die Tür, sie versuchte ihn von sich fern zu halten.
»Sven«, sagte sie, »Sven, so hör mir doch zu ...«
»Wieso soll ich dir noch zuhören?«, schrie der Mann. »Du hast mich schließlich den ganzen verdammten Sommer lang angelogen! Du hast gesagt, du wolltest mal ausprobieren, in Stockholm zu wohnen, aber du hast nie daran gedacht, wieder nach Hause zu kommen, oder? Du hast mich betrogen!«
Annika hörte abrupt auf zu weinen, sie sah ihm starr in die Augen.
»Du hast vollkommen Recht«, sagte sie. »Alles, was ich will, ist, mich von dir zu befreien.«
Er ließ sie los und starrte sie ungläubig an.
Sie machte kehrt, stieß die Tür auf und rannte los.

Neunzehn Jahre, elf Monate und fünfundzwanzig Tage

Gestern kamen die Tränen nicht, die furchtbare Panik, wenn der Anfall vorbei ist. Die Hitze wurde zu groß, steigerte sich, bis das Rote schwarz wurde. Sie sagen, er habe mir das Leben gerettet. Die Mund-zu-Mund-Beatmung holte meinen Geist zurück, den die Hände aufgelöst hatten. Ich kann noch nicht sprechen. Die Schäden können chronisch sein. Er sagt, ich hätte ein Stück Fleisch in den Hals bekommen, und ich sehe in den Augen des Arztes, dass er ihm nicht glaubt. Aber keiner fragt etwas.

Er weint auf meine Bettdecke. Er hat viele Stunden lang meine Hand gehalten. Er bittet und fleht.

Wenn ich seinem Willen nachgebe, hebe ich das letzte Hindernis auf. Ich radiere aus, was von meiner Persönlichkeit noch geblieben ist, und dann ist nichts mehr da. Er hat sein Ziel erreicht. Keiner hindert ihn daran, den letzten Schritt zu tun. Und dann ruft er meinen Geist nicht mehr zurück.

Er sagt, dass er mich tötet,
wenn ich gehe.

MONTAG, 10. SEPTEMBER

Der Hosjö funkelte wie ein eiskalter Saphir in der Morgensonne. Annika ging langsam zum Wasser hinunter. Whiskas folgte ihr. Der Kater hüpfte und tanzte um ihre Füße herum, ganz wild vor Glück. Sie lachte und nahm ihn auf den Arm. Das Tier kuschelte sich an ihr Kinn, leckte sie am Hals und schnurrte wie ein Maschinchen.

»Du bist einfach die albernste Katze der Welt, weißt du das?«, sagte Annika und kraulte ihn hinter den Ohren.

Sie setzte sich auf den Steg und schaute auf den See hinaus. Der Wind, leicht und sanft, kräuselte die Oberfläche, das Wasser glitzerte. Annika kniff die Augen zu. Sie sah auf der anderen Seite die grauen Felsen sich aus dem Wasser erheben und in eine dunkelgrüne Wand aus Nadelbäumen übergehen. Etwas weiter entfernt, wo der See zu Ende war und der große Wald begann, wohnte der alte Gustav. Irgendwann in den nächsten Tagen würde sie bei ihm vorbeischauen, sie hatte ihn lange nicht gesehen.

Die Zukunft lag wie ein ungemaltes Aquarell vor ihr. Sie selbst konnte es mit Motiven und Farben füllen, Stärke und Intensität wählen.

Warm und voll, dachte sie, leicht und hell.

Die Katze rollte sich auf ihrem Schoß zusammen und schlief ein. Sie schloss die Augen, und ihre Finger spielten mit dem weichen Fell des Tieres. Sie atmete tief ein, von einem großen Glücksgefühl erfüllt. So sollte sich das Leben anfühlen, dachte sie.

Die Großmutter rief etwas vom Haus her, und Annika richtete sich auf und horchte. Whiskas zuckte zusammen und sprang auf den Steg. Die alte Frau formte die Hände zu einem Megafon.

»Frühstück!«
Annika lief zu dem kleinen Hof zurück, und die Katze dachte, sie würden um die Wette laufen, und raste wie verrückt. Oben auf der Treppe hatte sie sich dann auf die Lauer gelegt und überfiel Annikas Füße. Sie nahm das strampelnde Tier hoch, bohrte ihre Nase in sein Fell und pustete auf seinen Bauch.
»Du bist so albern, Kater«, sagte sie.
Die Großmutter hatte Sauermilch und Waldhimbeeren, Roggenbrot und Käse auf den Tisch gestellt. Der Geruch von gekochtem Kaffee hing in der Luft. Annika merkte, was für einen Bärenhunger sie hatte.
»Nein, geh runter«, sagte sie zu der Katze, die versuchte, auf ihren Schoß zu hüpfen.
»Er wird dich vermissen«, sagte die Großmutter.
Annika sah sie betrübt an.
»Ich werde ganz oft kommen«, versprach sie.
Die Großmutter servierte den Kaffee in dünnwandigen Tassen.
»Du sollst wissen, dass ich finde, du tust das Richtige«, erklärte sie.
»Du solltest dich auf deine Arbeit konzentrieren. Wenn man die Verantwortung für seine eigene Versorgung übernimmt, erfüllt einen das mit Selbstvertrauen und Befriedigung, das habe ich immer so empfunden. Man sollte nicht mit einem Mann zusammen sein, der einen zurückhält.«
Sie aßen schweigend. Die Sonne beschien den Küchentisch und ließ das Wachstuch weich und warm werden.
»Gibt es viele Pfifferlinge?«
Die Großmutter kicherte.
»Ich habe mich gerade gefragt, wie lange es wohl dauern würde, bis du dich danach erkundigst. Es gibt unglaublich viele.«
Annika sprang auf.
»Ich gehe und pflücke uns welche zum Mittagessen.«
Sie zog zwei Plastiktüten aus der untersten Küchenschublade und lief schnell in den Wald. Whiskas rannte hinter ihr her.
Im Dunkel des Waldes musste sie erst eine Weile blinzeln, ehe sie das Muster auf dem Moos erkannte. Dann traute sie ihren Augen nicht. Der Boden war vollkommen von hellbraunen Pfifferlingen

bedeckt, sie wuchsen in Gruppen um die hundert, vielleicht tausend, am Saum des Kahlschlags.
Sie pflückte beide Tüten voll und brauchte nicht einmal eine Stunde dafür. Whiskas fing in der Zeit zwei Feldmäuse.
»Und wer soll die alle putzen?«, fragte die Großmutter erschrocken.
Annika lachte laut und leerte die erste Tüte auf den Tisch.
»Jetzt komm schon«, sagte sie, und wie gewöhnlich dauerte es länger, die Pilze zu putzen, als sie zu sammeln.

Sie aßen gebratenes Weißbrot und zwei Berge von Pfifferlingen zum Mittag.
»Ich habe keine Milch, kein Brot und keine Butter mehr«, sagte die Großmutter, als sie gespült hatten.
»Ich fahre mit dem Rad rein und gehe einkaufen«, erbot sich Annika.
Die alte Frau lächelte.
»Das ist lieb von dir.«
Annika kämmte sich die Haare und holte ihre Tasche.
»Du musst jetzt bei Großmutter bleiben«, ermahnte sie die Katze.
Whiskas kümmerte sich nicht um das, was sie sagte, und lief einfach voraus in Richtung Schlagbaum.
»Nein«, wiederholte Annika, hob die Katze hoch und trug sie zum Haus zurück. »Ich werde auf der Straße fahren, das ist zu gefährlich für dich. Bleib jetzt hier.«
Die Katze strampelte sich los und lief in den Wald.
»Schließ ihn cin, wenn er zurückkommt«, sagte sie zu ihrer Großmutter. »Ich will nicht, dass er in der Nähe der Straße ist.«
Mit schwingenden Armen ging sie zu ihrem Fahrrad. Die Sonne schien klar und scharf über der Landschaft. Sie sah das Chrom des Rades, das an den Schlagbaum gelehnt war, schon von weitem blinken.
Erst als sie näher gekommen war, bemerkte sie, dass etwas nicht stimmte. Sie nahm den Lenker und hielt das Rad ein wenig von sich fort. Beide Reifen waren in Fetzen geschnitten, ebenso der Sattel. Sie starrte ungläubig darauf, ohne richtig zu begreifen, was sie sah.

»Und das ist nur der Anfang, du verdammte Hure.«
Sie schrak zusammen und sah auf. Sven stand ein paar Meter entfernt im Graben. Ihr wurde klar, was jetzt geschehen würde.
»Ich habe deine ganze verdammte Wohnung kurz und klein geschlagen«, sagte er. »Ich habe all deine verdammten Hurenklamotten zerschnitten.«
Der Mann schluchzte und wankte, und Annika sah, dass er betrunken war. Sie ging vorsichtig, ohne ihn aus den Augen zu lassen, um den Schlagbaum herum.
»Du bist wütend, Sven«, beschwichtigte sie. »Du bist betrunken. Du bist nicht du selbst. Überlege dir, was du sagst.«
Er fing an zu weinen und fuchtelte mit den Armen.
»Du bist eine HURE, und jetzt wirst du STERBEN!«
Sie ließ die Tasche fallen und rannte los. Die Sinne schwanden ihr, alles wurde weiß. Sie rannte, raste, ein Ast traf sie ins Gesicht und riss die Wange auf, sie fiel hin, rappelte sich wieder auf, die Geräusche, wo waren nur alle Geräusche, oh, Gott, lauf, lauf, Füße, die auf den Boden donnern, Hilfe, Hilfe, wo ist er, oh, Gott, Hilfe!
Sie rannte, ohne etwas zu sehen, zwischen die Bäume, über den Weg, in den Graben hinab, tauchte ins Unterholz ein. Da stolperte sie über eine Baumwurzel und fiel der Länge nach auf die Erde, Ameisen krochen ihr übers Gesicht. Sie schloss die Augen und wartete auf den Tod, er kam nicht. Stattdessen die Geräusche, Wind in den Bäumen, ihr eigener Atem, Stille.
Er ist nicht hinter mir, dachte sie, und:
Ich muss zu den Häusern kommen. Ich muss Hilfe holen.
Zögernd und ganz leise stand sie auf, bürstete Dreck und Ameisen ab, horchte, wo war er?
Nicht hier, im Moment jedenfalls nicht. Sie sah sich um, sie konnte nicht weit vom alten Gustav entfernt sein.
Vorsichtig, leicht geduckt, lief sie in Richtung Lillsjötorp. Die Pfifferlinge wurden unter ihren Sportschuhen zertreten. Die Baumstämme flogen vorbei, braun, rau, strichen an ihren Händen entlang, am verlassenen Sägewerk sprang sie über einen Bach.
Da, sie konnte die rote Farbe durch die Bäume schimmern sehen,

der Hof des alten Gustav. Sie nahm noch mal alle Kraft zusammen und lief, so schnell sie konnte, zum Haus.
»Gustav!«, schrie sie. »Gustav, bist du zu Hause?«
Sie rannte zur Veranda, rüttelte an der Tür, verschlossen. Sie sah sich um, da hinten, der Holzschuppen, in dem der alte Mann sich fast immer aufhielt, und dort stand auch jemand, aber es war nicht Gustav.
»Ich wusste, dass du herkommen würdest, du miese Hure!«
Sven stürzte auf sie zu, er hielt etwas in der Hand.
Sie sprang über das Geländer der Veranda und landete in Gustavs Rosenbeet. Die Dornen und der süße Duft bohrten sich in ihre Nase.
»Annika, ich will doch nur mit dir reden. Bleib stehen!«
Sie stolperte in den Wald, wieder hinunter in die Senke, über den Bach, um den Sumpf herum, das Keuchen hinter ihr hörte nicht auf. Das Trampeln der Füße dröhnte im Moos, sie flog über Äste und Steine, Tunnelblick, Atemlosigkeit, die Umgebung nur vorbeitanzende Fragmente.
Ich renne, dachte sie, ich bin noch nicht tot. Ich renne, ich lebe, es ist noch nicht vorbei, ich habe eine Chance. Rennen ist nicht das Problem, rennen ist die Lösung, ich kann gut rennen.
Sie rief sich die Einstellung bei einer knallharten Trainingseinheit ins Bewusstsein, zwang das Adrenalin zurück, konzentrierte sich auf die Atmung und die Aufnahme von Sauerstoff, atmen, atmen, das Gesichtsfeld kehrte zurück, das Pochen im Kopf nahm ab, Gedanken nahmen Form an.
Er läuft schneller als ich, dachte sie, aber er ist betrunken, und ich kenne den Wald besser. Auf ebenem Untergrund läuft er schneller als ich, ich muss mich im Wald halten.
Sofort wandte sie sich nach Norden und ließ den richtungsweisenden Weg hinter sich. Da oben gab es den Gorgsjö und den Holmsjö, wenn sie um die herumlief, konnte sie sich östlich halten, auf den Sörmlandsleden, einen Fernwanderweg, treffen und über die Fabrik ins Dorf hinunterlaufen.
Ihre Beine wurden langsam schwer, sie hatte erst kurz zuvor ein halbes Kilo Pfifferlinge gegessen. Annika zwang sie, im Takt zu bleiben, und biss die Zähne zusammen. Das Keuchen hinter ihr

war nicht mehr zu hören, sie warf einen Blick über die Schulter, Bäume und Grün, Himmel und Steine.
Er könnte einen Waldweg nehmen, mich abfangen, dachte sie plötzlich und blieb abrupt stehen.
Der Puls hämmerte, sie horchte in den Wald hinein. Nichts, nur der Wind.
Wo waren die Waldwege?
Hinter ihr raschelte etwas, sie sah sich um und geriet in Panik.
Oh, Gott, wo ist der Weg, es gibt hier einen Weg, aber wo?
Sie atmete, zwang sich nachzudenken. Wie sah der Weg aus?
Es ist ein Waldarbeiterweg, die haben darauf Holz aus dem Wald geholt, er ist wieder zugewachsen, der Wald ist jetzt mannshoch.
Lauf zum Unterholz, dachte sie.
Im selben Moment sprang die Katze hervor und rieb sich an ihrem Bein, sie stolperte über das Tier.
»Whiskas, du Dummkopf. Lauf nach Hause.«
Sie trat nach ihm, versuchte ihn von sich zu stoßen.
»Lauf nach Lyckebo. Lauf zu Großmutter.«
Das Tier jaulte und verschwand hinter einem Busch.
Sie lief nach Osten, plötzlich wurde der Wald licht und niedrig. Sie hatte Recht gehabt, da lag der Weg. Sie verharrte einen Augenblick im Buschwerk am Waldsaum, ehe sie aus dem Wald trat, den Atem angehalten, und einfach drauflosging. An Gorgnäs vorbei, keiner zu Hause, Mastorp, auch niemand da, dann direkt nach Osten, geradewegs auf den Sörmlandsleden zu.

Er stand in der letzten Biegung vor dem Sörmlandsleden. Sie sah ihn drei Sekunden früher als er sie, warf sich nach Norden, in Richtung Fabriksteich. In seiner Hand hatte etwas aufgeblitzt, sie wusste, was es war. Der Verstand verließ ihren Körper. Sie rannte, schrie, fiel, torkelte, kam ans Wasser, rannte hinein, rang nach Luft vor Kälte, schwamm, schwamm, kam am Badestrand wieder heraus, spuckte, stolperte zu den Baracken hinauf, Gatter, Gatter, lief nach links, kletterte in eine große Espe, hinein zwischen die Häuser, in die Fabrik.
»Du entkommst mir nicht, du verdammte Hure!«

Sie sah sich um, konnte ihn nicht sehen, rannte an einem weißen Haus vorbei, riss eine verblichene hellblaue Eisentür auf, lief in die Dunkelheit hinein. Blind, tappte in einen Schlackehaufen, spuckte Asche, ging weiter hinein, noch weiter, weinte. Die Dunkelheit wich, die Schatten nahmen Formen an, ein Hochofen, verlassene Schmelztiegel. Reihen von braun verschlammten kleinen Fenstern unter dem Dach, Ruß und Rost. Die Tür, die sie geöffnet hatte, zeichnete sich wie ein Viereck aus Licht ganz hinten ab, die Silhouette des Mannes näherte sich langsam. Sie sah das Messer in seiner Hand blitzen. Sie erkannte es, sein Jagdmesser.

Sie machte kehrt und lief, die Bodenplatten dröhnten unter ihren Füßen, am großen Ofen vorbei. Die Treppe hinauf, Dunkelheit, noch eine Treppe, sie fiel und schlug sich das Knie auf, das Licht kehrte zurück, eine Plattform, Fenster, Winschen, sie stieß sich den Kopf an einem Einlassboden für Kalkstein.

»Jetzt kommst du nicht mehr weiter.«

Er keuchte laut, die Augen glänzten vor Hass und Alkohol.

»Sven«, weinte sie und wich zum Schrottschacht zurück. »Sven, tu es nicht, du willst das gar nicht ...«

»Du verdammte Hure«, sagte er.

Im selben Moment hörte man ein leises Jaulen von der Treppe her. Annika blinzelte gegen die Schatten, blickte suchend zwischen Schlacke und Schmutz. Die Katze, oh, Gott, die Katze, sie war ihr den ganzen Weg gefolgt.

»Whiskas!«, rief sie.

Sven trat einen Schritt näher, und sie wich zurück. Die Katze näherte sich ihnen, jaulte und schnurrte, drehte kleine Kreise und schlug Haken, rieb ihre Nase an den rostigen Maschinenteilen, spielte mit einem Stück Koks.

»Scheißkatze«, sagte Sven heiser, sie erkannte diese Stimme, er fing an zu weinen.

»Du kannst mich nicht einfach so verlassen. Was soll ich denn ohne dich tun?«

Er wurde von einem Schluchzen geschüttelt. Annika konnte nicht antworten. Ihre Kehle war zugeschnürt, sie konnte keinen Laut

hervorbringen. Sie sah die Konturen des Messers funkeln, ein Sonnenstrahl, zielloses Wedeln in zunehmendem Weinen.
»Annika, verdammt nochmal, ich liebe dich doch!«, schrie er.
Sie ahnte mehr, als dass sie es sah, wie die Katze zu ihm kam, die Hinterbeine streckte, um ihre Nase an seinem Knie zu reiben, folgte dem blanken Glitzern des Messers, als es die Luft durchschnitt und den Bauch der Katze traf.
»NEIN!«
Der Schrei kam wie aus dem Abgrund, bewusstlos. Der Körper der Katze flog durch die Luft, in hohem Bogen über den Kokseinlass, hinterließ einen roten Streifen Blut, die Gedärme plumpsten aus dem Körper, ringelten sich wie ein Seil unter dem Bauch.
»Du Schwein!«
Sie spürte die Kraft wie Feuer und Eisen, wie die Masse, die ihre Vorväter in diesem verdammten Gebäude geschmolzen und gegossen hatten. Sie war voll glühender Wut und nicht aufzuhalten, ihr Gesichtsfeld färbte sich rot, die Eindrücke stürzten auf sie ein. Sie bückte sich, streckte sich nach einem Rohr, rostig und schwarz, das tief, tief unten auf dem Boden lag, in nicht messbarer Entfernung, und griff es mit beiden Händen, die stark waren wie Eisen, schwang es mit einer Kraft, die es eigentlich nicht gab.
Das Rohr traf ihn genau an der Schläfe. Wie in Zeitlupe sah sie, wie es seinen Schädelknochen eindrückte und er wie eine Eierschale zerbrach, seine Augen rollten herum, und man sah das Weiße, etwas spritzte aus dem Loch an der Seite, die Arme schlugen hoch, das Messer flog wie eine Sternschnuppe durch den Raum, der Körper wurde nach links geworfen, taumelte, die Füße verloren den Boden, tanzten, brachen ein.
Der nächste Schlag traf seinen Körper, sie hörte Rippen brechen. Der ganze Männerkörper wurde von der Kraft hochgehoben, wurde von Eisen und Feuer mitgerissen und fiel langsam über die Kante in den Schacht zum Ofen hinab.
»Da hast du es, du Schwein«, sagte Annika.
Mit einem letzten Stoß schickte sie ihn in den Hochofen hinunter. Das Letzte, was sie sah, waren die Füße, die dem Rest des Körpers über die Kante folgten.

Sie ließ das Rohr auf den Zementboden fallen, das in der plötzlichen Stille laut klirrte.
»Whiskas«, sagte sie leise.
Er lag hinter dem Einlass, das Brustbein aufgerissen. Eine blasige Masse davor, immer noch kleine, stille Atemzüge. Seine Hinterbeine zuckten, seine Augen sahen in ihre, er versuchte zu jaulen. Sie zögerte, bevor sie ihn aufnahm, wollte ihn nicht noch mehr verletzen. Vorsichtig hob sie etwas Gedärm in seinen Bauch zurück, setzte sich hin und nahm ihn in den Arm. Sie wiegte ihn sanft, während seine Lungen langsam zur Ruhe kamen. Seine Augen ließen ihre los, wurden leer und starr.
Annika weinte, wiegte den zerrissenen kleinen Tierkörper in ihren Armen. Die Laute, die sie ausstieß, waren klagend und lang, eintönig jammernd. So saß sie lange, bis die Tränen versiegten und die Sonne hinter der Fabrik zu sinken begann.
Der Zementfußboden war hart und kalt. Sie zitterte vor Kälte. Ihre Kleider waren fast getrocknet, die Beine eingeschlafen, sie erhob sich schwerfällig mit der Katze im Arm. Langsam folgte sie der Blutspur durch den Staub. Sie bückte sich und nahm die Reste seiner Gedärme auf, versuchte sie ein wenig abzubürsten, legte sie in seinen schlaffen Körper.
Langsam ging sie zur Treppe, Staub tanzte in der Luft. Es war weit nach unten, sie tastete sich zum Licht vor, zu dem leuchtenden Viereck. Der Tag draußen war ebenso klar wie zuvor, etwas kühler, die Schatten länger. Eine Weile stand sie zögernd da, dann lenkte sie ihre Schritte zum Fabrikgelände und dem Eingang.

Die acht Menschen, die noch in der Fabrik arbeiteten, machten sich gerade auf den Heimweg. Zwei von ihnen saßen bereits in ihren Autos. Die anderen standen beisammen und diskutierten etwas, während der Vorarbeiter das Tor verschloss.
Der Mann, der sie erblickte, schrie auf und zeigte auf sie. Sie war von der Stirn bis zur Hüfte blutig und hielt die tote Katze im Arm.
»Was, um Himmels willen, ist passiert?«
Der Vorarbeiter fasste sich als Erster und lief zu ihr.
»Er liegt da hinten«, sagte Annika tonlos. »In einem Hochofen.«

»Sind Sie verletzt? Brauchen Sie Hilfe?«
Annika antwortete nicht, ging auf den Ausgang zu.
»Kommen Sie, wir helfen Ihnen«, sagte der Vorarbeiter.
Die Männer standen um sie herum, und die beiden, die schon ihre Autos angelassen hatten, machten sie wieder aus und stiegen heraus. Der Vorarbeiter schloss auf und geleitete Annika in sein Büro.
»War das ein Unfall? Hier auf dem Fabrikgelände?«
Annika antwortete nicht. Sie setzte sich auf einen Besucherstuhl, hielt die Katze krampfhaft im Arm.
»Schaut mal im Fünfundvierzigtonner im alten Ofenhaus nach«, sagte der Vorarbeiter leise. Drei der Männer gingen.
Der Vorarbeiter setzte sich neben sie und betrachtete vorsichtig die verwirrte Frau. Sie war blutig, schien aber nicht verletzt zu sein.
»Was halten Sie denn da?«, fragte er.
»Whiskas«, sagte Annika. »Das ist meine Katze.«
Sie beugte sich hinab und strich mit der Wange über sein weiches Fell, blies ein wenig in sein Ohr. Er war so kitzelig, kratzte sich immer mit der Hinterpfote, wenn sie das tat.
»Wollen Sie, dass ich sie nehme?«
Sie antwortete nicht, drehte sich nur von dem Vorarbeiter weg und umarmte die tote Katze noch fester. Der Mann seufzte und ging hinaus.
»Passt auf sie auf«, sagte er zu einem der Männer, die an der Tür standen.
Sie hatte keine Ahnung, wie lange sie da gesessen hatte, als ein Mann ihr die Hand auf die Schulter legte. Wie unglaublich stereotyp, dachte sie.
»Wie geht es Ihnen?«
Sie antwortete nicht.
»Ich bin Kriminalkommissar aus Eskilstuna«, erklärte er. »Dort hinten in einem Hochofen liegt ein toter Mann. Wissen Sie etwas darüber?«
Sie reagierte nicht. Der Polizist setzte sich neben sie. Er beobachtete sie eine Weile eingehend.
»Es scheint, als hätten Sie da etwas wirklich Schlimmes erlebt. Ist das Ihre Katze?«

Sie nickte.
»Wie heißt sie denn?«
»Es ist ein Kater. Whiskas.«
Wenigstens konnte sie sprechen.
»Was ist denn mit Whiskas passiert?«
Sie fing wieder an zu weinen. Der Polizist wartete schweigend an ihrer Seite, bis sie aufhörte.
»Er hat ihn getötet, mit dem Jagdmesser«, sagte sie schließlich. »Ich konnte nichts tun. Er hat ihm den ganzen Bauch aufgeschlitzt.«
»Wer hat das getan?«
Sie antwortete nicht.
»Die Arbeiter glauben, dass der tote Mann da draußen Sven Matsson ist, der Bandyspieler. Stimmt das?«
Sie zögerte, dann sah sie zu ihm auf und nickte.
»Er hätte sich nicht an meinem Kater vergreifen dürfen«, sagte sie. »Er hätte Whiskas nichts antun dürfen. Verstehen Sie?«
Der Polizist nickte.
»Absolut«, sagte er. »Und wer sind Sie?«
Sie schluchzte und holte tief Luft.
»Annika Sofia Bengtzon«, sagte sie.
Er nahm einen Notizblock aus seiner Tasche.
»Wie alt sind Sie?«
Sie sah ihm in die Augen.
»Vierundzwanzig Jahre, fünf Monate und zwanzig Tage«, sagte sie.
»Meine Güte«, erwiderte er, »das nenne ich Präzision!«
»Ich zähle genau mit. In meinem Tagebuch«, sagte sie und senkte den Kopf über ihrer toten Katze.

EPILOG

»Ja, hallo, hier ist Karina. Karina Björnlund. Störe ich?«
Der Ministerpräsident seufzte leise am anderen Ende.
»Nein, ganz und gar nicht. Was kann ich für Sie tun?«
»Eine Menge, denke ich. Wie Sie sich wahrscheinlich denken können, war das eine recht anstrengende Zeit für mich. Mitten im Wahlkampf und so ...«
Sie verstummte, und der Ministerpräsident wartete darauf, dass sie weitersprechen würde.
»Ja, also, ich habe ja nur acht Monate arbeiten können«, erklärte sie, »so dass meine Abfindung ziemlich niedrig ausfallen wird.«
Ja, das war klar.
»Und da habe ich mich gefragt, ob ich nicht weiterhin für die Regierung arbeiten könnte. Ich habe eine Menge gelernt und denke, dass ich einiges beitragen könnte.«
Der Ministerpräsident lächelte.
»Das glaube ich bestimmt, Karina. Im Zentrum des Sturms zu arbeiten verändert einen für alle Zeiten. Ich bin sicher, dass Sie bald einen guten Job finden werden. Ihre Verdienste kann Ihnen keiner nehmen.«
»Und mein Wissen auch nicht.«
»So ist es. Aber Sie wissen ja, dass die Minister gern selbst mitreden, wenn es um die Wahl ihrer Pressesprecher geht. Ich kann Ihnen nichts versprechen.«
Sie lachte kurz.
»Doch, das können Sie. Jeder weiß, dass Sie bestimmen. Keiner lehnt sich gegen Ihre Beschlüsse auf, denn dann ist man sofort aus dem Geschäft.«

Das stimmte, dachte er ein wenig belustigt. Vielleicht war sie doch nicht so blöd, wie jeder dachte.

»Karina, ich verstehe, was Sie sagen. Okay? Sie wollen sich festbeißen, aber ich sage Nein. Sind wir uns einig?«

Die Frau in der Leitung schwieg einen Moment.

»Ja, also, wenn es sonst nichts gibt«, sagte der Ministerpräsident und wollte auflegen.

»Sie haben überhaupt nichts begriffen, oder?«, fragte Karina Björnlund leise.

»Wie bitte?«

Seine Stimme hatte jetzt einen Anflug von Ärger.

»Ich habe mich vielleicht nicht deutlich genug ausgedrückt«, fuhr Karina Björnlund fort. »Das hier ist keine Verhandlung. Ich sage, dass ich mir in diesen acht Monaten Wissen angeeignet habe, das absolut unschätzbar ist. Ich sage Ihnen jetzt noch einmal, dass ich viel beizutragen habe und weiterhin für die Regierung arbeiten will.«

Der Ministerpräsident atmete in die Leitung, er verstand nicht. Wie, in aller Welt, was hatte sie …?

»Und Sie sollten jetzt ganz genau zuhören, denn ich sage das nur einmal. Danach will ich es nie wieder zur Sprache bringen müssen, aber das liegt nicht an mir.«

Sein Mund war völlig ausgetrocknet.

»Sie sind doch nicht einmal in der Partei«, sagte er.

»Das spielt ja wohl keine Rolle«, erwiderte sie.

Artikel im *Abendblatt*
Datum: 7. Oktober
Seite: 1 von 2
Autor: Sjölander

ZWEI ÜBERRASCHUNGEN IN DER NEUEN REGIERUNG

Brottext:
Nun hat der Ministerpräsident also endlich seine neue Regierung vorgestellt. Bis zuletzt hatte es eine Menge Heimlichtuerei darum gegeben. Keinerlei Informationen sickerten nach draußen, bis gestern in Rosenbad die Regierung vollzählig präsentiert wurde.
»Die Bedingungen für die Minister sind knallhart«, berichtete eine Quelle dem *Abendblatt*. »Wer der Presse im Voraus was erzählt, fliegt raus.«
Außer den alten Hasen gab es auch zwei echte Überraschungen. Nachfolger Christer Lundgrens als Außenhandelsminister, der kürzlich zum Chef der SSAB in Luleå gewählt wurde, wird der ehemalige Vorsitzende des Sozialausschusses in Katrineholm, NN. Er hat keinerlei politische Meriten auf Landesebene vorzuweisen, soll aber ein sehr guter Freund des Ministerpräsidenten sein.
Die zweite Überraschung ist noch größer. Karina Björnlund, die ehemalige Pressesprecherin von Christer Lundgren, ist zur Kultusministerin ernannt worden.
»Die Kommerzialisierung in den Medien hat überhand genommen«, sagte die neue Kultusministerin in einer ersten Stellungnahme. »Ich werde ein Medienkonzentrationskomitee einsetzen, um darauf zu achten, dass die mediale Vielfalt bewahrt und die Möglichkeiten zum Erwerb von Medienunternehmen eingeschränkt werden. Die Medien haben meiner Ansicht nach eine viel zu große Macht.«
Die Frage ist nur, wie viel von ihrer Politik Karina Björnlund und der Rest der Regierung durchsetzen können.

Das Ergebnis der Wahl war das bisher schlechteste für die Sozialdemokraten nach dem Krieg. Sie müssen mit mindestens zwei anderen Parteien zusammenarbeiten, um ihre Politik im Reichstag und
(Forts. S. 2)

Pressemitteilung der Vereinigung der Lokalzeitungen (VLZ)
Datum: 10. November
Abteilung: Allgemeines

STUDIO 6 ERHÄLT DEN DIESJÄHRIGEN JOURNALISTENPREIS

STOCKHOLM (VLZ) Das Liveprogramm mit Debatten und Analysen direkt aus dem Studio 6 im Funkhaus Stockholm erhält in diesem Jahr den großen Journalistenpreis für den Bereich Rundfunk. Studio 6 erhält den Preis für seine Berichterstattung über die Verwicklung des ehemaligen Außenhandelsministers Christer Lundgren in den Mord an einer Striptease-Tänzerin im Juli dieses Jahres.
»Das ist ein Sieg für den kritischen Journalismus«, sagte der Moderator zu VLZ. »Der Preis zeigt, dass es sich lohnt, auf eine seriöse Redaktion und kompetentes Personal zu setzen.«
Die Preisverleihung wird am 20. November stattfinden.

Copyright: FLT

Mitteilung der Presseagentur tt
Datum: 24. Februar
Abteilung: Innen

GEFÄNGNIS
FÜR PORNOKÖNIG

STOCKHOLM (tt) Ein 29-Jähriger Mann, ehemals Betreiber des Pornoklubs Studio 6 in Stockholm, wurde am Dienstag zu fünf Jahren und sechs Monaten Gefängnis verurteilt. Das Gericht in Stockholm verurteilte ihn wegen Betrug an Gläubigern, Buchführungsfälschung, groben Verstößen gegen die Steuergesetzgebung und wegen Steuerbetrug und Steuerhinterziehung.
Die 22-jährige Frau, die verdächtigt wird, die Straftaten gemeinsam mit dem Mann begangen zu haben, ist immer noch auf freiem Fuß. Gegen die Frau, die aus einem südamerikanischen Land stammt, ist in ihrer Abwesenheit ein Haftbefehl erlassen worden.

(nnnn)

Copyright: Presseagentur

Auszug aus dem *Lunchekot*
Datum: 15. März
Abteilung: Politik

SCHWEDISCHE WAFFEN IM BLUTIGEN BÜRGERKRIEG IN KAUKASIEN

Beitrag:
(Sprecher) Im September des vorigen Jahres flammte in der kleinen Bergrepublik Kaukasien der Konflikt mit neuer Kraft auf. Seither sind in dem Kampf zwischen Guerilla und Regierungskräften über zehntausend Menschen getötet worden. Jetzt behaupten Vertreter der Schwedischen Friedens- und Schlichtungsvereinigung, dass die Armee mit Waffen der Firma Swedish Weapon ausgerüstet sei. Die Vorwürfe wurden heute in einem kontroversen Artikel im *Abendblatt* formuliert.
Die Regierung bezweifelt die Informationen. Der Pressechef des Ministerpräsidenten:
»Wir betrachten diese Informationen mit großer Skepsis. Die Republik unterliegt einem Waffenembargo, und wir können uns nicht vorstellen, wie schwedische Waffen dorthin gelangt sein könnten. Die schwedische Regierung wird auf absehbare Zeit keine Waffenlieferungen in diese Region genehmigen.
(Beitrag Ende)

Abmoderation: Reporter war …

Notiz im *Eskilstuna-Kuriren*
Datum: 23. Juni
Seite: 17

FRAU WEGEN TOTSCHLAG VON BANDYSTAR VERURTEILT

ESKILSTUNA Die 25-Jährige Frau, die im vergangenen Jahr in Hälleforsnäs den Bandyspieler Sven Matsson tötete, wurde gestern vom Gericht in Eskilstuna wegen Totschlag verurteilt. Die Strafe wurde zur Bewährung ausgesetzt.
Die Staatsanwaltschaft hatte auf Mord plädiert, doch das Gericht folgte den Argumenten der Verteidigung. Aus der Urteilsbegründung geht hervor, dass die langjährige Misshandlung der Frau durch den Bandyspieler eine Rolle bei der Beurteilung der Straftat gespielt hat. Die Tat wurde zum Teil als Notwehr gewertet.
»Die detaillierten Beschreibungen von Übergriffen, die die Frau viele Jahre lang in ihrem Tagebuch notiert hatte, haben sicherlich zum Ausgang der Verhandlung beigetragen«, erklärte die Anwältin der Frau.
Die Frau selbst wollte sich zu dem Urteil nicht äußern.
»Sie hat sich nach diesem tragischen Ereignis ein völlig neues Leben aufgebaut«, sagte ihre Anwältin. Sie lebt in Stockholm und erhielt gestern eine feste Anstellung, am Tag der Urteilsverkündung.
(EK)

DANKSAGUNGEN

Dieses Buch ist ein Stück Fiktion. Das *Abendblatt* gibt es nicht, es trägt jedoch Züge vieler existierender Medienunternehmen.
Die Aufteilung der Regierung in Ministerien, wie sie in diesem Roman beschrieben wird, basiert auf der Organisationsform vor 1999, ehe das neue Zuwachsministerium gebildet wurde.
Sämtliche Romanfiguren sind voll und ganz der Fantasie der Autorin entsprungen. Ähnlichkeiten mit lebenden Personen sind völlig zufällig. Allerdings kommen eine Reihe wirklicher Politiker und Geschäftsleute unter ihren richtigen Namen vor. Man findet sie in den historischen Rechenschaftsberichten über die Spionage der Sozialdemokratie gegen das schwedische Volk. Sämtliche Informationen basieren auf bereits bekannten Fakten. Der Schluss, der in dem Roman aus der IB-Affäre gezogen wird, ist jedoch Fiktion.

Meine Quellen zur IB-Affäre waren:
Folket i Bild/Kulturfront, 9/1973, von Jan Guillou und Peter Bratt.
»Kommunistjägarna/*Die Kommunistenjäger*«, von Jonas Gummesson und Thomas Kanger (Ordfront 1990).
Aftonbladet, Beilage 3/12 1990, »Sanningen om den svenska neutraliteten/*Die Wahrheit über die schwedische Neutralität*«, von Jonas Gummesson und Thomas Kanger.
Beitrag in *Nyheterna*, TV4, während des Wahlkampfs 1998.

Die Informationen über Tarotkarten und ihre Interpretation sind Gerd Zieglers »Tarot, själens spegel/*Tarot, Spiegel der Seele*« (Vatturmannen förlag) entnommen.

Details über die Betreibung eines Pornoklubs habe ich der Biografie von Isabella Johansson, »En strippas bekännelse/*Bekenntnisse einer Striptease-Tänzerin*«, entnommen.

Ich möchte allen Menschen danken, die mir auf meine manchmal sehr seltsamen Fragen geantwortet haben, und zwar:
Jonas Gummesson, Nachrichtenchef Innen in der Nachrichtenredaktion von TV4, für Quellenmaterial, Gegenlesen und sein Wissen über die schwedische Aus- und Inlandsspionage.
Dozent Robert Grundin in der rechtsmedizinischen Abteilung in Stockholm für eine Einführung in die Arbeit dieser Abteilung.
Sven-Olov Gund, Chef der technischen Einheit der Stockholmer Polizei, für seine geduldigen Erläuterungen der Arbeit von Kriminaltechnikern.
Claes Cassel, Pressesprecher der Stockholmer Polizei, der mir das Polizeipräsidium und die Büros der Landespolizei gezeigt hat.
Kaj Hällström, Vorführer in der Fabrik Hälleforsnäs, für die Führung und Fachbegriffe zu Stahlkochen und verlassenen Hochöfen.
Eva Wintzell, Staatsanwältin in Stockholm, für juristischen Rat und Analysen.
Kersti Rosén, Ombudsfrau für Presse, und Eva Tetzell, Abteilungsleiterin bei der Kontrollkommission für Radio und Fernsehen, für Hilfe bei der Analyse presseethischer Fragen.
Birgitta Wiklund, Informationssekretärin bei der Informationsabteilung der Armee, für Erklärungen zum Öffentlichkeitsprinzip und Postroutinen innerhalb der Armee.
Nils-Gunnar Hellgren, Abteilungssekretär für Kurierversand beim Außenministerium, für Hintergründe und Regeln, diplomatische Kuriersendungen und ihre Postsäcke betreffend.
Peter Rösth, Sieger der Gotland Rund, für hilfreiche Segelbegriffe.
Olov Karlsson, Ressortchef bei TV Norrbotten, für Informationen über Piteå.
Maria Hällström und Catarina Nitz für sörmländische Details.
Nikolaj Alsterdal und Linus Feldt, meinen Computergurus.
Sigge Sigfridsson, meinem fantastischen Verleger, der niemals ins Wanken geraten ist.

Lotta Snickare, Ausbilderin bei der Föreningssparbanken, für einen immer hilfreichen Meinungsaustausch.
Johanne Hildebrandt, Fernsehproduzentin, Kriegskorrespondentin und meine gute Freundin, für alle täglichen ermunternden Zurufe.
Und, schließlich und vor allem, der Dramatikerin Tove Alsterdal, die alles zuerst lesen durfte: genial als Lektorin und Kritikerin.

Für mögliche Sachfehler, die sich eingeschlichen haben könnten, trage ich allein die Verantwortung.